KRABBEN, KUNST UND KÜSTENKILLER

Dieses Buch ist ein Roman. Handlungen und Personen sind frei erfunden. Ähnlichkeiten mit lebenden oder toten Personen sind nicht gewollt und rein zufällig.

HELGA BÜRSTER

KRABBEN, KUNST UND KÜSTENKILLER

URLAUBSKRIMI

emons:

Bibliografische Information der Deutschen Nationalbibliothek
Die Deutsche Nationalbibliothek verzeichnet diese Publikation in der Deutschen Nationalbibliografie; detaillierte bibliografische Daten sind im Internet über http://dnb.d-nb.de abrufbar.

Umschlagmotiv vorn: iStockphoto.com/david franklin
Umschlagmotiv hinten: fotolia.com/dispicture
Umschlaggestaltung: Franziska Emons/Tobias Doetsch
Gestaltung Innenteil: César Satz & Grafik GmbH, Köln
Lektorat: Lisa Bitzer
Druck und Bindung: CPI – Clausen & Bosse, Leck
Printed in Germany 2015
ISBN 978-3-95451-542-4
Urlaubskrimi
Originalausgabe

1

Das Taxi hatte sie nach kurzer Fahrt auf dem Künstlerhof Coors am Meckumer Deich abgesetzt. Zumindest im Wagen hatte die Klimaanlage funktioniert. Die übrige Zugfahrt von Bremen nach Esens, mit zweimal Umsteigen, war dagegen eine schweißtreibende Angelegenheit gewesen.

Jetzt stand Tilde in der Wohndiele des alten Bauernhauses und war angenehm überrascht. Sie meinte, hier noch das alte Herdfeuer zu riechen, aber da, wo einst das Flett, die offene Kochstelle, gewesen sein musste, stand jetzt ein beeindruckender Kamin mit friesischen Fliesen. Es brannte kein Feuer darin, denn draußen waren es knapp dreißig Grad, was man hier drinnen jedoch kaum spürte. Das mächtige Reetdach hielt die Hitze ab.

Sie sah sich um. Die tragenden Balken waren freigelegt, man ahnte, wo einmal Kühe gestanden hatten, als der Hof noch bewirtschaftet worden war, aber das musste lange her sein. Die Eichenständer hatten sich mit den Jahren schwarz verfärbt, und Risse zogen sich durch das Holz. Man sah ihnen die dreihundert Jahre an, die sie schon am Meckumer Deich standen, um das alte Bauernhaus zu stützen. Sicher hatten sie so manche Sturmflut und Überschwemmung überstanden. Seit einigen Jahren bewohnten Ariane und Otto Coors, ein bekanntes Künstlerehepaar, das alte Haus. Sie hatten sich große Mühe gegeben, es aufwendig und liebevoll zu restaurieren.

Tilde fielen sofort die großformatigen Gemälde ins Auge, die geschmackvoll im Raum verteilt waren. »Die sind sicher alle von Ihrer Frau?«, fragte sie und wandte sich Otto Coors zu, der sie draußen in Empfang genommen und in die Diele geführt hatte.

Er nickte. »Stimmt. Die meisten jedenfalls. Das Bild über dem Kamin ist allerdings von mir.«

»Ach, Sie malen auch? Ich dachte, Sie sind Bildhauer?«

»Oh, nein. Ich schwinge nur hin und wieder den Pinsel.« Er lachte, und um seine beeindruckend grauen Augen bildeten sich entzückende Fältchen. »Aber eigentlich ist die Kunst nur ein Hobby von mir. Ich bin Autodidakt. Ariane kann ich nicht das Wasser reichen.«

Tilde wischte sich eine Strähne ihres widerspenstigen Haares aus der Stirn. Sie hatte es in den vergangenen Jahrzehnten nur an den wenigsten Tagen geschafft, ihre dunkle Lockenmähne zu bändigen. Aus den ersten weißen Fäden waren Strähnen geworden, und auch die zarten Fältchen um Mund und Augen hatten sich in den letzten Jahren vertieft. Kleidergröße sechsunddreißig hatte sich zwar schon lange von ihrer Figur verabschiedet, dafür besaß Tilde andere Vorzüge, zum Beispiel ihre leuchtend grünen Augen, die einer Meernixe zur Ehre gereicht hätten. Im Großen und Ganzen fand sie sich nicht unattraktiv.

»Sind Sie da nicht ein bisschen zu bescheiden?«, fragte sie. »Schließlich stellen Sie in ganz Ostfriesland aus. Die Holzskulptur vor der Eingangstür finde ich wunderbar.«

»Hein Klabuster gefällt Ihnen?« Er lächelte verschmitzt und nickte mit dem Kopf zur Tür.

»Sehr sogar.«

»Tja. Das müssen Sie dem Wirt vom ›Anker‹ erzählen, der wird sich freuen. Ewald interessiert sich nämlich für Holzarbeiten. Den Matrosen hat er in jungen Jahren selbst geschnitzt. Er hat ihn mir geschenkt, weil seine Tochter ihn wegwerfen wollte.«

»Tatsächlich?«

»War ihr wohl zu altmodisch, der Knabe.«

Tilde spürte, wie ihr die Hitze bis unter die Haarwurzeln kroch. »Ach ja?« Sie lachte verlegen. »Sieht doch noch gar nicht so alt aus.«

»Kein Wunder. Ich habe ihm einen frischen Anstrich verpasst, unserem Hein Klabuster. Der stand schließlich bei Wind und Wetter draußen vor dem ›Anker‹, mit der aktuellen Speisekarte in der Hand. Na ja, nun ist er eben hier gelandet. Ohne Speisekarte.«

Tilde schluckte. Sie verstand nicht viel von Kunst. Woher sollte sie wissen, dass die bemalte Holzfigur vor der Tür nicht dazu zählte? Sie hatte gute Lust, im Boden zu versinken, zumal sie den Künstlerhof Coors beruflich besuchte. Für ihren Job als freie Journalistin hatte sie sich schon als Expertin für alles Mögliche ausgegeben. Schließlich musste sie davon leben. Vorwiegend schrieb sie für verschiedene Hochglanz-Lifestylemagazine, die gerade sehr beliebt waren.

Über einen E-Mail-Verteiler für freie Journalisten hatte sie zufällig mitbekommen, dass das Magazin »Cottage«, für das sie schon einige Male gearbeitet hatte, jemanden mit Kunstkenntnissen suchte, der eine Reportage über den Meckumer Künstlerhof machen sollte. Die Besitzer, Ariane und Otto Coors, spendierten zu diesem Zweck eine Woche Kreativurlaub an der Nordsee inklusive Malkurs und Übernahme der Spesen. Tilde hatte sich sofort beworben, und da viele Redakteure in Urlaub waren und sie bisher gute Arbeit abgeliefert hatte, bekam sie den Job, ohne dass jemand nach ihren Referenzen gefragt hätte.

»Also, das tut mir leid«, stammelte sie. »Ich finde, er ist …«

Otto Coors schmunzelte. »Kein Problem. Ich mag den alten Seebären auch. Im Gegensatz zu meiner Frau«, raunte er verschwörerisch. »Sie hasst ihn.«

»Tatsächlich? Warum?«

»Er ist ihr zu traditionell. Tja, sie ist die Künstlerin. Ich bin nur der Verwalter und halte ihr den Rücken frei, damit sie in Ruhe arbeiten kann. Ich darf Hein Klabuster also schön finden. Und Sie müssen sich nicht dafür schämen.«

»Was ist mit Ihren eigenen Werken? Was sagt Ihre Frau dazu?«

Coors hob die Schultern. »Wie schon gesagt, für mich ist es nur ein Hobby. Wenn ich Langeweile habe, experimentiere ich ein bisschen mit Farbe. Genau das werden Sie die nächsten Tage ja auch tun.«

Tilde warf ihm einen interessierten Blick zu. Ihr war schon draußen aufgefallen, dass er trotz seines kleinen Handicaps – er zog das linke Bein nach und benutzte einen Gehstock – ein äußerst attraktiver Mann war. Breitschultrig, aufrecht und mit einem Blick, der durch Mark und Bein ging. Er hatte etwas Geheimnisvolles an sich, und Tilde liebte Geheimnisse. Ein bisschen erinnerte er sie an diesen Schauspieler, der in ihrer Lieblingsserie mitspielte. Wie hieß der doch gleich? Ach, sie kam wieder einmal nicht auf den Namen. Dabei war Otto Coors nicht mehr jung, ja sogar erheblich älter als sie selbst. Sie schätzte ihn auf Mitte fünfzig. Nun gut, so viel älter war er nun auch wieder nicht. Eigentlich war der Unterschied eher marginal. Sie seufzte innerlich, denn sie selbst hatte vor zwei Wochen zum dritten Mal ihren neunundvierzigsten Geburtstag gefeiert, was ihr große Sorgen bereitete, obwohl ihr Freundinnen immer wieder versicherten, sie sehe zehn Jahre jünger aus. Aber so was sagten Freundinnen eben. Dennoch: Sie gab sich Mühe.

»Habe ich da was?« Coors rieb sich über den Mund, als müsste er einen Krümel wegwischen.

Tilde schreckte auf. »Was?« Sie bemerkte erst jetzt, dass sie ihn die ganze Zeit angestarrt hatte. »Nein. Verzeihung.« Sie lachte verlegen. »Ich bin nur ein bisschen müde.«

Ihr Blick fiel auf ein Bild mit abstrakten Formen, das über dem Kamin hing und von dem Coors gesagt hatte, es sei von ihm. Sie tat so, als wäre sie von dem Anblick gefangen, und trat näher an das Gemälde heran. Ein Schildchen am Rahmen nannte den Titel: »Schafe am Deich.«

»Diese weißen Spiralen da, sind das die Schafe?«

»Messerscharf erkannt.«

»Sie haben einen kühnen Schwung. Und Sie mögen kräftige Farben, wie es scheint.«

»Ah, da kommt die Kunstkennerin ans Licht.«

Coors klang ein wenig spöttisch, wie er das so sagte, und Tilde schwieg verlegen. Wenn sie ehrlich war, verstand sie so viel von Kunst wie eine Kuh vom Kochen. Einen Stift benutzte sie selten zum Zeichnen, höchstens wenn sie jemandem einen Weg skizzieren musste oder für Kritzeleien beim Telefonieren. Ansonsten brauchte sie ihn nur, um sich Notizen zu machen.

Coors sah sie fragend an, und Tilde spürte eine weitere Hitzewelle in sich hochschwappen. Augenblicklich brach ihr der Schweiß aus. Sie hatte Wallungen – ausgerechnet jetzt! Peinlich berührt angelte sie ein Taschentuch aus ihrer Hosentasche und tupfte sich den Schweiß von der Stirn.

»Ist Ihnen nicht gut?«

»Doch, doch! Alles in Ordnung. Es ist nur … die Hitze.« Sie wandte sich einer kleinen Keramikvase zu, die unter dem Schafbild auf dem Kaminsims stand, und nahm sie in die Hand. »Sehr hübsch. Dieses irisierende Farbenspiel in der Glasur. Ihre Frau töpfert auch? Oder haben Sie die gemacht?« Sie drehte die Vase um und warf einen Blick auf den Boden. »Made in Vietnam«, stand da eingeritzt in den Ton.

Langsam stellte Tilde das gute Stück zurück und atmete tief durch. Sie war gerade dabei, den internationalen Rekord im Fettnäpfchentreten zu brechen. Es hatte keinen Sinn, sich länger zu verstellen.

Seufzend wandte sie sich zu Coors um und hob bedauernd die Hände. »Ich muss Ihnen ein Geständnis machen.«

»Ach ja? Wir kennen uns doch gerade mal fünf Minuten.«

»Was Kunst angeht, bin ich so gut wie ahnungslos. Es tut mir sehr leid. Ich werde die Redaktion anrufen, die schicken jemand anderen.«

Tilde schluckte. Sie war schon lange nicht mehr in einer solch peinlichen Situation gewesen. Das Magazin »Cottage« würde ihr nie wieder eine Reportage anbieten, und wenn, dann höchstens über Heimtextilien oder die neuesten Tapetenmuster. Tilde schämte sich dafür, sich so blauäugig für die Reportage angeboten zu haben. Wenn sie ehrlich war, hatte sie in erster Linie der Gratisaufenthalt an der Nordsee gelockt.

»Ich werde mit dem nächsten Zug zurückfahren«, seufzte sie und griff nach ihrem Koffer.

»Das kommt gar nicht in Frage, Frau Brand«, sagte da eine weibliche Stimme von hinten.

Tilde drehte sich langsam um. Eine Frau stand im Türrahmen, ein Tablett in der Hand, auf dem eine Wasserkaraffe neben einigen Tonkrügen stand. Das musste Ariane Coors sein. Freundlich lächelnd trat sie in die Diele und stellte das Tablett auf dem massiven Esstisch ab, der die Mitte des Raumes einnahm. Sie hauchte ihrem Mann einen Kuss auf die Wange, woraufhin er sie mit der freien Hand um die Hüfte fasste. Er lächelte sie verliebt an.

»Jetzt nicht«, sagte Ariane verlegen und schob ihrem Mann schnell einen der Binsenstühle hin.

Otto Coors ließ sich etwas umständlich nieder und nahm einen der Becher, um sich einzuschenken. »Du hast wohl geahnt, wie durstig wir sind?«, fragte er und trank das Wasser in einem Zug aus.

Ariane wandte sich Tilde zu. »Entschuldigen Sie die Unhöflichkeit meines Mannes. Darf ich Ihnen auch eine kleine Erfrischung anbieten? Zitronenwasser, selbst gemacht.«

Coors blickte auf. »Oh, Verzeihung. Ich war zu gierig.« Ächzend streckte er sein Bein aus. »Diese verfluchte Prothese.« Er rieb sich das Knie.

»Alles in Ordnung, Schatz?«

»Ja. Doch. Nur das Übliche.«

»Was ist mit Ihrem Bein?«, fragte Tilde neugierig und setzte sich ebenfalls, während Ariane die Becher vollschenkte.

Coors klopfte gegen seine Wade. Es klang massiv. »Ein Unfall. Der Ersatz ist eigentlich nicht übel. Zumindest muss ich auf dieser Seite keinen Fußpilz fürchten.«

»Otto!«

Tilde zuckte bei Arianes schneidend scharfer Stimme zusammen. Sie schien ein heikles Thema zu sein, die Prothese. Klar, dass Tilde ausgerechnet das als Erstes angesprochen hatte, wo sie sich bereits bei jeder sich bietenden Gelegenheit blamiert hatte. Sie biss sich auf die Zunge.

»Wo sind denn die anderen Teilnehmer?«, fragte sie, um das Gespräch in sicheres Fahrwasser zurückzulenken.

»Frau Färber und Frau Henkelmann-Leimersdorf sind schon auf ihren Zimmern, Frau Dahms und Herr Stein müssten jeden Augenblick ankommen«, antwortete Ariane, setzte sich zu ihnen an den Tisch und schob Tilde den vollen Becher hin.

»Dann sind wir nur zu fünft?«, fragte die überrascht.

»Mehr Teilnehmer nehme ich nie auf in meinen Kursen. Ich will mich schließlich jedem Einzelnen intensiv widmen können. Haben Sie das Infomaterial nicht bekommen?«

Tilde zögerte. »Nein. Das … hat meine Kollegin vergessen, mir zu geben«, log sie und trank hastig.

In Wahrheit hatte sie keine Lust gehabt, alle Prospekte und Zeitungsartikel zu lesen, die man ihr im Vorfeld ausgehändigt hatte. Sie hatte sich vorgenommen, den Kram während der Zugfahrt zu studieren, spätestens an Ort und Stelle, aber jetzt erwischte Ariane sie eiskalt und total unvorbereitet.

»Na, dann stelle ich Ihnen die Unterlagen noch einmal zusammen. Den Rest werden Sie dann selbst erleben. Ab morgen arbeiten alle intensiv an einem Kunstprojekt.«

»Alle? Das heißt, ich auch?«

Ariane lächelte irritiert. »Was dachten Sie denn?«

»Na ja, ich dachte, ich gucke zu, stelle Fragen und mache Fotos.«

»Da dachten Sie leider falsch. Das würde nur stören. Sie müssen schon mitmachen.«

Tilde riss die Augen auf. »Aber ich bin vollkommen talentfrei.«

»Da haben Sie mit den meisten Teilnehmern etwas gemeinsam«, warf ihr Mann ein. »Aber meine Frau bringt sie schon auf Spur. Sie ist eine strenge, aber gute Lehrerin. Nicht wahr, Ariane?« Er zwinkerte ihr zu.

Tilde trank ihr Zitronenwasser und verabschiedete sich von der Vorstellung, eine Woche Urlaub an der Nordsee vor sich zu haben. Während sich andere am sonnigen Strand im Sand wälzten, würde sie sich mit Pinsel und Farbe abmühen, eine Vorstellung, die ihr ganz und gar nicht behagte.

Sie stellte den Becher ab. »Wie sieht das Programm für heute aus?«

Coors warf einen Blick auf seine Armbanduhr. »Wir lassen es erst mal locker angehen. In einer Stunde treffen wir uns im Garten zu einem kleinen Kennenlernabend. Ich werde grillen.« Er sah aus dem Fenster. »Hoffentlich verspäten sich Frau Dahms und Herr Stein nicht allzu sehr. Sie sollten längst da sein. Wäre schade, wenn sie den Anfang verpassten.«

»Geh doch bitte raus und nimm sie in Empfang, wenn sie kommen«, trug Ariane ihm auf. »Ich werde noch ein bisschen mit Frau Brand plaudern.«

Ihr Mann erhob sich umständlich und griff nach seinem Stock. »Mach ich.« Er hob die Hand. »Wir sehen uns später.«

»Schön, dass Sie es einrichten konnten, so kurzfristig hierherzukommen«, sagte Ariane, als die Haustür ins Schloss gefallen war.

Tilde holte tief Luft. »Ich hoffe, Sie sind nicht allzu sehr von mir enttäuscht. Sie haben bestimmt jemand mit mehr Kunstverstand erwartet.«

Ariane machte eine wegwerfende Geste. »Wir sind froh, dass die Redaktion vom ›Cottage‹ uns überhaupt jemanden schickt. Es ist uns eine große Ehre, Sie hier begrüßen zu dürfen, und ich bin mir sicher, dass Sie es gut machen. Bei Fachfragen stehe ich Ihnen selbstverständlich zur Verfügung.« Sie lächelte gewinnend. »Noch etwas Zitronenwasser?«

»Gern.« Tilde hielt ihr den Becher hin, und Ariane goss nach.

Während sie das tat, musterte Tilde die Künstlerin verstohlen. Sie war um einiges jünger als ihr Mann und von einer ätherischen Schönheit, die fast schmerzte. Ihre Haut war sehr hell, beinahe durchsichtig. Das rotblonde, vollkommen glatte Haar hatte sie zu einem Pferdeschwanz im Nacken zusammengebunden, es korrespondierte wunderbar mit den fast türkisfarbenen Augen. Alles in allem wirkte Ariane Coors zerbrechlich und nicht ganz von dieser Welt, aber auch unnahbar und kühl. Ihr fehlte die warmherzige Ausstrahlung ihres Mannes. Tilde würde diese Frau sicher nicht ins Herz schließen, wenngleich sie sie auf eine eigentümliche Art faszinierte.

Ariane stellte den Krug auf den Tisch zurück. »Ich hoffe, Sie fühlen sich bei uns wohl.«

»Ja. Das werde ich bestimmt. Sie haben ein sehr schönes Haus, und es liegt direkt am Deich. Herrlich! Ich mag die Nordsee.«

»Das Haus stammt aus dem 18. Jahrhundert. Ich habe es geerbt. Es war ziemlich heruntergekommen, als wir es bekommen haben.«

»So ein historisches Gebäude in Schuss zu halten, macht sicher viel Arbeit.«

Ariane seufzte. »Ja, das ist richtig.«

Das Gespräch versiegte. Tilde nippte verlegen an ihrem Zitronenwasser, das bei den Temperaturen vor der Haustür wunderbar erfrischend war. Sie suchte krampfhaft nach einer intelligenten Frage, die sie stellen konnte, oder nach einem schlauen Kommentar zu Ariane Coors Werken, aber sie wagte nicht, die Künstlerin auf eines der Bilder in der Diele anzusprechen. Zu oft hatte sie schon danebengelegen – mehr Peinlichkeiten wollte sie sich gern ersparen, zumindest für heute. Warum zeigte sie Tilde nicht einfach ihr Zimmer? Fast schien es, als ob die Malerin ihre Verlegenheit genoss.

Tilde war drauf und dran, einfach aufzustehen, da fuhr ein Auto auf den Hof.

Ariane reckte den Hals. »Da sind sie ja endlich!«

Durch das Fenster konnte Tilde beobachten, wie ihr Mann auf die Neuankömmlinge zuging und sie begrüßte.

»Frau Brand?«

Tilde wandte sich wieder Ariane zu.

»Soll ich Ihnen nun Ihr Zimmer zeigen?«

»Sehr gern«, antwortete Tilde erleichtert und erhob sich. »Eine Frage hätte ich noch: Wo soll dieses Kennenlerngrillen gleich stattfinden?«

»Im Garten. Aus der Tür raus und den Kiesweg entlang, gleich hinter dem Sanddorn. Sie können es nicht verfehlen.«

Tilde griff nach ihrem Koffer und folgte Ariane in den Hausflur, der an die alte Diele grenzte, die geschickt zum Wohnzimmer umgebaut worden war. Von hier führte eine Treppe ins Obergeschoss. Sie stiegen hinauf. Die Eichenbohlen ächzten bei jedem Schritt. Wahrscheinlich war das Holz kürzlich geölt worden, denn es glänzte wie gebohnert und verströmte einen würzigen Duft.

»Hier oben befinden sich die Gästezimmer«, erklärte Ariane, als sie den ersten Stock erreicht hatten.

Sie kamen an mehreren Türen vorbei, die Nummern trugen wie in einem Hotel. Ariane ging voran bis zu einer Tür am Kopfende des Flurs. Sie schloss auf und ließ Tilde den Vortritt.

Die betrat den Raum, blieb stehen und schlug die Hände zusammen. »Nein!«

»Gefällt es Ihnen nicht?«

»Na, und ob! Ich bin entzückt.«

Tilde ließ den Koffer stehen und eilte zur Giebelseite, die eine einzige Fensterfront war. Von hier aus bot sich ihr ein fulminanter Blick über den Deich und die Nordsee. Da der Hof etwas erhöht auf einem künstlich angelegten Hügel stand, einer Wurt, die die ersten Bauern zum Schutz vor Sturmfluten angelegt hatten, konnte sie bis aufs Meer hinaus sehen. Wie es schien, war gerade Flut.

»Es ist himmlisch!«, rief sie begeistert.

Ariane lächelte. »Wir dachten, das inspiriert Sie beim Schreiben.«

»Da bin ich mir ganz sicher.«

2

Tilde hatte sich, nachdem Ariane aus dem Zimmer gegangen war, auf das Bett geworfen und war, von der langen Anfahrt und der Hitze des Tages erschöpft, prompt eingenickt. Obwohl sie nun spät dran war und die anderen sicher schon vor Spareribs, Nudelsalat und Gemüsespießen saßen, hatte sie keine Lust, sich abzuhetzen. Deshalb ging sie, als sie nach etwa einer Stunde wieder erwachte, zunächst einmal ins Bad und machte sich frisch.

Nachdem sie sich ein wenig hergerichtet hatte, verließ sie ihr Zimmer und machte sich auf den Weg in den Garten. Sie trat vor die Tür des Hauses und reckte sich. Es war so friedlich hier am Deich, so vollkommen ruhig. Was für eine Wohltat im Gegensatz zum Stadtlärm, der sie sonst umgab. Sie blieb eine Weile stehen und genoss die Stille, die nur vom Gekreisch der Möwen und Austernfischer unterbrochen wurde. Von weiter hinten wehte ihr ein leichter Grillkohlegeruch entgegen und erinnerte sie daran, dass sie nicht zum Vergnügen hier war. Seufzend folgte sie den Dunstschwaden und leisen Stimmen, die zu ihr herüberdrangen.

Wie Ariane gesagt hatte, führte ein Kiesweg vom Haus in den Garten, den eine hohe Sanddornhecke vom Parkplatz abschirmte und der vom Hofgebäude und einem ehemaligen Geräteschuppen gesäumt wurde. Der Schuppen war wie das Haupthaus aufwendig restauriert worden. Nachträglich hatte man große, bis zum Boden reichende Fenster eingebaut. Tilde vermutete, dass es sich bei dem kleinen Häuschen um Arianes Atelier handelte.

Hinter der Sanddornhecke hörte sie die anderen reden, aber sie zögerte den Moment hinaus, sich zu ihnen zu gesellen. Vorstellungsrunden waren ihr schon immer ein Graus. Viel lieber hätte sie stattdessen auf dem Deich gesessen, ein Glas Wein in der Hand. Sie nahm sich vor, das nachzuholen, Artikel und Malkurs hin oder her.

Tilde spitzte die Ohren. Grillen zirpten in der hereinbrechenden Nacht um die Wette, und die Erde strahlte die Sommerhitze des Tages ab. Obwohl es auf acht Uhr am Abend zuging, war es immer noch sehr warm. Immerhin wehte eine kühle Brise vom Meer herüber und brachte etwas Abkühlung. Ein Austernfischer flog über ihren Kopf hinweg und übertönte mit seinem Schrei kurz das ewige Konzert der Möwen. In der Ferne hörte Tilde das Meer. Was hätte sie darum gegeben, jetzt allein am Wasser spazieren zu gehen. Aber sie war ja beruflich hier. Also wappnete sie sich innerlich und reckte den Kopf über die Sanddornhecke. »Guten Abend«, begrüßte sie die anderen.

Die Stimmen verstummten.

»Frau Brand«, rief Ariane, als sie sie entdeckte. »Wir haben schon sehnsüchtig auf Sie gewartet. Kommen Sie! Setzen Sie sich zu uns.«

Es sah nach einer gemütlichen Runde aus. Ariane saß auf einer Bank neben einem älteren Paar, das fantasievoll und farbenfroh gekleidet war, während sich Otto am Grill zu schaffen machte. Wie es aussah, hatte sich Tilde umsonst Sorgen um ihre Verspätung gemacht. Es lagen noch nicht einmal Würste auf dem Rost.

»Hallo.« Sie setzte sich auf einen der Gartenstühle.

»Tag«, grüßte der Mann links von ihr kurz angebunden, während die Frau neben ihm mit den Mundwinkeln zuckte.

Ariane mischte sich ein. »Darf ich vorstellen? Gundula Dahms und Henning Stein.«

Tilde nickte den beiden zu.

»Und dies ist Frau Brand vom Magazin ›Cottage‹. Sie wird uns diese Woche begleiten und eine Reportage über den Hof schreiben.«

Die beiden musterten Tilde skeptisch, sagten aber nichts. Sie schienen wenig begeistert zu sein. Vielleicht hatten sie auch gerade erst erfahren, dass der Aufenthalt auf dem Hof Arbeit bedeutete.

Ariane wandte sich ihnen wieder zu, und sie nahmen keine weitere Notiz von Tilde, sondern setzten das Gespräch von vorher fort.

Tilde erwischte sich dabei, wie sie Frau Dahms und Herrn Stein immer wieder taxierte. Er hatte sein dünnes weißes Haar zu einem mickrigen Pferdeschwanz zusammengebunden. Das Fischerhemd, das er trug, war so ausgebleicht, dass man das Blau nur noch erahnen konnte. Die Frau trug ein langes, sehr buntes Flatterkleid mit Blümchenmuster. Ihre Haare waren streichholzkurz und hatten die Farbe von Karotten. Tilde vermutete eine missglückte Färbung mit Henna. Alles in allem wirkten die beiden wie gealterte Hippies, wobei ihnen die fröhliche Gelassenheit dieser Spezies völlig abging. Sie blickten recht verbiestert drein.

Tilde wandte sich von ihnen ab und schaute sich im Garten der Coors um. Etwas abseits flanierten zwei Frauen, von denen die eine etwas gestenreich zu erklären schien, während die andere mit geneigtem Kopf zuhörte. Das mussten Frau Färber und die Dame mit dem unaussprechlichen Doppelnamen sein.

»Verflixt noch mal, das will einfach nicht glühen!«, fluchte Otto und pustete mit einem Blasebalg Luft in die Kohlen, von denen sofort Funken aufstoben.

»Kann ich helfen?«, fragte Tilde, erhob sich und ging zu ihm rüber.

»Ich wüsste nicht, wie. Diese Grillbriketts taugen einfach nichts.« Er sah zu ihr auf. Sein Gesicht war gerötet von der Hitze, und über seine Stirn zog sich ein dunkler Kohlenstreifen. »Es tut mir leid, das dauert hier noch ein bisschen. Sehen Sie sich doch unseren Garten an. Am besten gehen Sie zu Frau Färber und Frau …« Er räusperte sich. »Wenn ich so weit bin, rufe ich.«

»Gute Idee.« Tilde nahm den Vorschlag dankend an. Sie fühlte sich in Arianes Nähe seltsam verkrampft.

Der Garten war groß und durch Hecken und Büsche in verschiedene Räume aufgeteilt. Diese unterschieden sich durch die Farbgebung der Gewächse und die Architektur der Anpflanzungen voneinander. Wer auch immer diesen Garten angelegt hatte, er hatte es mit Leidenschaft getan. Dieses Fleckchen Erde war eine Hommage an die Natur, eine Einladung, sich ins Grüne zu setzen und zu genießen. In einigen Beeten, die auf eine lässige Art verwildert wirkten, blühten Wildblumen wie Schafgarbe und Fingerhut, in einer anderen Ecke wuchsen Rosen und Malven. Mehrere alte Obstbäume und eine mächtige Eiche spendeten Schatten, und der Rasen war übersät mit weiß blühenden Gänseblümchen.

Sie kam an einem mannshohen Hügel vorbei, in den eine Tür eingelassen war. Sie vermutete, dass es sich um einen Erdkeller handelte, wie man ihn früher noch häufiger genutzt hatte. Dahinter entdeckte sie weitere Skulpturen, die aus alten Eichenbohlen geschnitzt waren, und Figuren aus Granit und Marmor. Tilde wanderte zwischen den Kunstwerken herum und kam sich klein vor. Sie musste sich ein weiteres Mal eingestehen, dass sie ihren Auftrag nicht ganz ernst genommen hatte. Nordsee, Kost und Logis frei, eine Woche Urlaub für lau – das war es, was sie hierhergelockt hatte. Sie nahm sich vor, gleich heute Abend das Infomaterial über das Künstlerehepaar Coors zu lesen, um ihrer Ahnungslosigkeit den Kampf anzusagen.

»Haben Sie sich ein bisschen erholt?«, fragte Otto Coors, als sie zurückkam und sich neben ihn in einen bequemen Gartenstuhl setzte.

»Es ist wunderschön hier. Ich bin begeistert.«

»Sind Sie mit Ihrem Zimmer zufrieden? Ist alles in Ordnung?«

»Na, und ob! Ich habe mich vorhin aufs Bett gelegt und bin sofort eingeschlafen.«

Der mürrische Althippie neben Coors' Frau schnaubte laut, als er das hörte, die Frau mit dem Namen Gundula nickte ihm missmutig zu. Tilde hatte den Eindruck, dass sich Ottos Miene eine Spur verfinsterte.

»Gut geschlafen?«, schnauzte der Mann. »Also, ich werde hier kein Auge zutun. In meinem Bad tropft der Wasserhahn.«

Otto ließ den Blasebalg sinken, mit dem er einen weiteren Versuch unternommen hatte, die Glut zu schüren. »Mein lieber Henning, ich habe Ihnen doch gesagt, ich kümmere mich später darum. Es ist sicher nur eine Dichtung kaputt. Entspannen Sie sich.«

»Und was ist mit den Matratzen? Die sind so durchgelegen, als würden die noch aus dem Krieg stammen.«

»Den Eindruck hatte ich auch«, bestätigte seine Begleiterin. »Und das, wo ich doch gerade einen Bandscheibenvorfall hatte.«

Die Hippies von früher sind auch nicht mehr das, was sie mal waren, dachte Tilde. Nächtigten die nicht in Schlafsäcken auf dem nackten Boden? Oder in Hängematten zwischen den Bäumen?

»Wir werden die Matratzen gleich nach dem Essen austauschen«, beschwichtigte Ariane. Sie erhob sich. »Ich denke, der Grill ist endlich so weit, dass ich die Steaks holen kann. Otto?«

Ihr Mann nickte, und Ariane eilte ins Haus, während das schlecht gelaunte Paar hocken blieb und seine schlechte Laune pflegte. Coors blies noch einige Male Luft in die Glut, bis Flammen aus den Kohlen schlugen.

»Bier«, sagte Henning Stein genervt.

»Bitte?«

»Da muss man Bier draufschütten! Sie haben wohl noch nie gegrillt.«

»Möchten Sie für mich weitermachen?«

Stein schnaubte. »Ich habe viel Geld für diesen Urlaub bezahlt. Das ist ja wohl nicht meine Aufgabe, oder?«

»Nein. Natürlich nicht«, bemerkte Otto und verdrehte die Augen – allerdings war das nur für Tilde sichtbar.

Ariane kehrte mit einer Platte voller Fleisch und Würstchen zurück. Sie stellte sie griffbereit neben ihrem Mann ab. Der stach die Grillgabel mit unterdrückter Wut in ein Steak und pfefferte es auf den Rost. Es machte einen Satz und landete zu seinen Füßen im Gras. »Mist!« Otto hob es auf, um es sich von allen Seiten anzusehen.

»Das wollen Sie aber nicht wieder drauflegen, oder?«, meckerte Henning Stein.

Coors sah ihn an. Seine Lippen waren nur noch zwei dünne Striche, und sein Gesicht färbte sich rosa.

Ariane legte ihm beschwichtigend die Hand auf den Arm. »Natürlich nicht«, sagte sie lächelnd und griff mit spitzen Fingern nach dem Fleischlappen, um ihn in den bereitstehenden Mülleimer zu werfen.

»Dieses Tier ist für Sie gestorben, und nun entsorgen Sie es einfach so?«, empörte sich da Frau Färber, die von ihrem Spaziergang zurückgekehrt war. Die Frau mit dem Doppelnamen nickte pikiert.

Henning Stein blickte sie verständnislos an. »Welches Tier?«

»Ich meine das Fleisch da.«

»Das ist kein Tier. Das ist tot.«

»Ja. Aber es war mal ein Tier!«

Stein schnaubte. »Na, sonst würde ich es nicht essen, oder? Ich hoffe nur, dass es nicht aus Massentierhaltung kommt.«

»Wir haben die Sau gestern selbst geschlachtet«, bemerkte Coors trocken.

Die Frau mit dem Doppelnamen stieß einen spitzen Schrei aus. »Ich bin Veganerin.«

»Meine Güte«, rief Stein. »Noch so eine Lebensmittelmilitaristin.«

»Also, wenn ich da mal etwas dazu sagen darf«, mischte Frau Färber sich ein, »wir sollten uns nicht streiten. Oder uns zumindest bemühen, es nicht zu tun. Es liegt letztendlich alles nur an dieser Wasserader.«

»Was denn für eine Wasserader?«, fragte Tilde, die dem Gespräch nicht mehr folgen konnte.

»Unter dem Haus verläuft eine Wasserader. Habt ihr noch gar nicht bemerkt, was? Nun ja, nicht jeder ist sensibel genug, so etwas ohne Hilfsmittel zu erspüren. Aber merken tun wir es alle.« Sie wischte sich mit einer einstudiert wirkenden Geste eine Haarsträhne aus dem Gesicht. »Sie ist todsicher der Grund, warum wir alle ein bisschen nervös sind.«

»Aha. Jetzt weiß ich auch, warum die Kohle nicht glühen wollte.« Otto nickte nachdenklich.

»Durchaus möglich.« Die Frau warf ihm ein Lächeln zu. Offenbar gefiel er ihr, jedenfalls schmachtete sie ihn für alle sichtbar an. »Eine Wasserader zieht Energien ab. Ich habe das sofort gespürt, als ich hier ankam. Sie verläuft quer durch den Garten und unter dem Wohnhaus hindurch, also durch fast alle Zimmer.«

»Ich hab mal gehört, dagegen helfen Magnetsohlen«, überlegte Gundula laut.

Die Wasseraderexpertin schüttelte den Kopf. »Man müsste das Haus energetisch reinigen und Korkmatten unter die Betten legen.«

»Korkmatten?« Otto ließ die Grillgabel sinken. »Wo soll ich die auf die Schnelle herkriegen?«

»Ich hätte da ein paar Bezugsadressen«, bemerkte Frau Färber. »Wenn Sie interessiert sind …«

Ariane hatte dem Gespräch bis jetzt schweigend zugehört, jetzt meldete sie sich zu Wort. »Ich denke, für die gemeinsame Woche werden wir mit dieser Wasserader zurechtkommen.«

Der leicht spöttische Unterton musste Frau Färber entgangen sein, denn sie plauderte munter weiter. »Dann bleibt uns wohl nichts anderes übrig, als die Betten umzustellen.«

»Ich bin doch nicht gekommen, um Möbel zu rücken«, empörte sich Henning Stein lautstark. »Was ist denn das für ein hanebüchener Blödsinn. Korkmatten! Haben Sie am Ende auch noch Rheumadecken im Angebot?«

»Also, entschuldigen Sie mal!«, empörte sich Frau Färber. »Ich bin ausgebildete Feng-Shui-Beraterin. Ich kenne mich mit so was aus.«

»Und ich kenne mich mit Leuten wie Ihnen aus«, wetterte er.

»Henning, nun lass es mal gut sein«, beschwichtigte Gundula und strich ihm über den Arm.

Ariane nutzte die kurze Unterbrechung und klatschte laut in die Hände. »Ich finde, wir sollten uns jetzt alle kurz vorstellen, bevor die ersten Grillsachen fertig sind.«

»Gute Idee«, stimmte die Tofutante ihr zu.

Ariane lächelte und fuhr fort: »Schließlich werden wir eine Woche lang sehr intensiv zusammenarbeiten, und ich freue mich auf jede und jeden Einzelnen von Ihnen.« Ihr Blick wanderte von einem zum anderen. »Ich fange an«, sagte sie schließlich. »Mein Name ist Ariane Coors, ich bin Künstlerin und wohne seit einigen Jahren wieder auf dem Hof meiner Eltern und Vorfahren. Der Hof ist seit fünf Generationen im Besitz unserer Familie.«

Ein anerkennendes Raunen wurde hörbar.

»Ich lebe und arbeite hier zusammen mit meinem Mann Otto.« Sie ging zu ihm hin und legte ihm die Hand auf die Schulter. »Ihm habe ich das hier alles zu verdanken.«

Otto senkte verlegen den Blick, und das folgende Schweigen zog sich etwas in die Länge.

»Mögen Sie weitermachen?«, forderte Ariane Henning Stein schließlich auf.

Der Nörgler verdrehte die Augen. »Können wir uns nicht einfach Namensschildchen anpinnen? Ich hab Hunger.«

Ariane hob entschuldigend die Schultern.

Henning kniff die Lippen zusammen. »Dann wollen Sie jetzt also wissen, wie ich heiße, ob meine Prostata noch in Ordnung ist und ob ich schon als Kind Strichmännchen gemalt habe?«

Ariane, das musste man ihr lassen, verzog nicht einmal das Gesicht. »So in etwa.«

Er seufzte tief. »Wenn es denn sein muss. Mein Name ist Henning Stein, aber Henning reicht. Ich bin dreiundsechzig und Frührentner. Reicht das?«

»Warum sind Sie hier?«, fragte Ariane interessiert.

Stein blieb der Mund einen Moment lang offen stehen. Er warf

Gundula neben sich einen hilflosen Blick zu, aber die zuckte nur mit den Schultern.

»Na ja, also … Malen, das hab ich ja beruflich auch gemacht. Ich war nämlich Malermeister. Kreative Wandgestaltung und so, bis … na ja, ich habe eine Allergie bekommen.«

Tilde horchte auf. Vielleicht war der ungehobelte Althippie für einen kurzen O-Ton in einem Artikel zu haben? Retro war gerade wieder angesagt. Aber bevor sie nachhaken konnte, rief die Wasseraderexpertin: »Ach, du liebe Güte! Ich dachte, wir machen hier Kunst und keinen Tapezierkurs.«

»Wer sind Sie denn überhaupt?«, fuhr Stein sie an.

»Färber. Marleen Färber. Und ich kann nicht sagen, dass ich erfreut bin, Sie kennenzulernen, lieber Henning.«

Na, das kann ja heiter werden, dachte Tilde mit wachsendem Wohlwollen. Langsam begann ihr die Sache Spaß zu machen. Wie es schien, bot die bunt zusammengewürfelte Truppe einiges Potenzial für eine spannende Woche.

Ariane ließ sich immer noch nicht aus der Ruhe bringen. »Ich freue mich, Henning, dass Sie hier sind und den Mut haben, mal etwas ganz Neues auszuprobieren. Ich bin mir sicher, ich kann von Ihnen noch das eine oder andere lernen. Und was Ihre Allergie betrifft: Meine Farben sind lösemittelfrei, aber das haben Sie sicher in meinem Prospekt gelesen.«

Stein blickte erstaunt auf. Er sah fast aus, als versuchte er zu lächeln, offenbar fühlte er sich geschmeichelt. Er verschränkte zufrieden die Arme vor der Brust, während Marleen Färber puterrot anlief.

Ariane wandte sich ihr ebenso freundlich zu, wie sie es bei Stein getan hatte. »Die Sache mit der Wasserader sollten wir in Ruhe besprechen, Marleen. Einstweilen herzlich willkommen auf unserem Hof. Möchten Sie noch kurz erzählen, was Sie hierher verschlagen hat?«

Marleen starrte Ariane an, dann räusperte sie sich. »Na ja, ich mag, was Sie machen, es strahlt eine positive Energie aus, es ist …«

»Danke vielmals für das große Lob«, unterbrach Ariane geschickt. »Ich denke, Ihre Sensibilität wird Ihnen bei der Arbeit hier zugutekommen.«

Marleen lehnte sich ein wenig versöhnt zurück, und Ariane blickte wieder in die Runde, um sich das nächste Opfer herauszupicken. Sie blieb bei der Veganerin hängen. »Mögen Sie weitermachen?«

»Ja, also …«, Die Frau räusperte sich nervös. »Ich bin … also, ich heiße Cornelia. Cornelia Henkelmann-Leimersdorf.« Die Frau sah zu Boden und bekam rote Flecken am Hals. »Und ich bin Archivarin im Staatsarchiv von Oldenburg.«

»Interessant. Und was führt Sie her?«

»Ich hoffe, beim Malen wieder zu mir zu finden. Ich habe schon mal angefangen mit Acrylmalerei, an der Volkshochschule. Ich bin …«

»Herzlich willkommen, Cornelia«, fuhr ihr Ariane in die Parade. »Ich freue mich, dass Sie dabei sind.«

Die Archivarin lächelte erleichtert, und Arianes Blick wanderte weiter. Nun war Gundula dran, die gerade Henning etwas ins Ohr flüsterte und dabei kicherte wie ein kleines Mädchen.

»Warum sagen Sie uns nicht allen, was Sie so erheitert?«, fragte Ariane.

Gundula blickte erschrocken auf. »Was? Ich?«

»Ja, Sie. Machen Sie doch einfach mal weiter.«

»Ich bin … ich heiße Gundula. Gundula Dahms. Alle nennen mich Gundi. Ihr könnt mich auch so nennen. Ich komme aus der Nähe von Braunschweig. Henning habe ich kennengelernt, weil er meine Wohnung gewischt hat.«

»Er hat für Sie geputzt?«, fragte Tilde überrascht.

»Das wäre ja noch schöner!«, entrüstete sich Henning. »Ich habe Gundulas Wohnung mit Farbpigmenten *gewischt*. Also: die Wände gestrichen.«

»Ach so.«

»Vielleicht verraten Sie uns noch, was Sie hierhergeführt hat?«, fragte Ariane weiter, und Gundula blickte irritiert von einem zum anderen.

»Was? Ja. Also, gemalt hab ich ja schon in der Schule gern, und später, als ich studiert hab an der FH, ich bin nämlich Ökotrophologin, da …«

»Lassen Sie die letzten fünfzig Jahre aus«, unterbrach Otto. »Die Sau ist durch!« Er begann, Steaks und Gemüsespieße auf verschiedene Platten zu häufen.

Tilde atmete erleichtert auf. Sie war ihm dankbar, dass er ihr die Peinlichkeit der Vorstellung ersparte. Aber sie hatte sich zu früh gefreut.

»Einen kleinen Moment noch«, sagte Ariane, und Tilde ahnte nichts Gutes, denn die Hausherrin hatte sie ins Visier genommen. »Zu guter Letzt möchten Sie sich auch noch vorstellen, oder? Schließlich sind Sie so etwas wie ein Ehrengast, Frau Brand.«

»Na gut«, seufzte sie. »Mein Name ist Tilde Brand, und ich bin Journalistin.«

»Ich autorisiere kein Foto, auf dem ich zu sehen bin«, pampte Henning, und Gundula nickte zustimmend.

»Keine Sorge. Ich käme nicht auf die Idee, Sie zu fotografieren.«

Henning blies empört die Luft aus.

»Was schreiben Sie denn überhaupt?«, fragte Cornelia mit dem Doppelnamen interessiert.

Tilde lächelte ein wenig verlegen. »Nun, ich schreibe für verschiedene Magazine. Vorwiegend sind es Artikel und Reportagen über Mode, Wohnstile und dergleichen mehr. Hin und wieder werde ich eine Kolumne los.«

»Und für wen schreiben Sie diese Reportage hier?«

»Für das Magazin ›Cottage‹.«

Marleen Färber nickte. »Die Zeitschrift liegt bei meinem Zahnarzt aus.«

»Mein Friseur hat die auch«, rief Cornelia aufgeregt. »Dann werde ich demnächst da drinnen erscheinen?«

»Könnte sein. Wenn Sie nichts dagegen haben, fotografiert zu werden?«

»Schön, schön«, rief Ariane und lächelte in die Runde. »Ich denke, es wird für uns alle eine ereignisreiche Woche.« Sie wandte sich Tilde zu und zwinkerte. »Vielleicht entdeckt die eine oder der andere sogar ein schlummerndes Talent?«

»Ich glaube, da besteht wenig Hoffnung«, seufzte Tilde.

»Wir werden sehen.« Ariane ließ den Blick ein letztes Mal über ihre Teilnehmer schweifen.

Tilde sah ihr an, was sie dachte. Es würde ein hartes Stück Arbeit werden.

3

Einige Jahre vorher

»Sie erhalten garantiert 1000,00 € (in Worten: eintausend Euro) Garantiegewinn!!!«

Sie hatte diesen Satz so oft gelesen, dass ihr die Augen tränten. Garantierter Garantiegewinn. Das klang ein wenig großspurig, aber es stand in dem Brief, den der Postbote ihr vor zwei Tagen ausgehändigt hatte. Gewinnzertifikat nannte sich das Schreiben hochtrabend, und es war ausdrücklich an sie adressiert. »Bitte nur persönlich aushändigen!«, hatte über ihrem Namen gestanden. Mit Ausrufezeichen. Da wollte wohl einer ganz sichergehen.

Sie hatte nach dem Winkelzug in den Formulierungen gesucht, der das alles relativierte. Man las ja immer wieder, dass Rentner mit dubiosen Gewinnbenachrichtigungen über den Tisch gezogen wurden. Aber dieser Brief wirkte durch und durch seriös, bis auf den stilistischen Schnitzer mit dem doppelt gemoppelt garantierten Gewinn. Der Brief war sogar mit dem Stempel einer Bundesbehörde versehen. Tausend Euro! Wie gut sie das Geld gebrauchen könnte. Die lange Krankheit ihres Mannes hatte ihre bescheidenen Ersparnisse aufgebraucht, aber das wusste nur sie.

Sie hatte sofort ihren Sohn in Augsburg angerufen und ihn um Rat gefragt, was das Schreiben anging. Er war Anwalt. »Wenn es unterschrieben ist, steht dir der Gewinn juristisch gesehen zu. Aber ob du ihn bekommst, das steht auf einem anderen Blatt.« Dann hatte er sie ungeduldig abgewimmelt. »Wenn du diesen Mist unbedingt ausprobieren willst, bitte schön. Aber jammere mir hinterher nicht die Ohren voll. Ich kann dir dabei nicht helfen. Und wo soll Papa überhaupt so lange bleiben? Wie lange dauert diese ›Seniorenfrische‹? Drei Tage? Du weißt, ich muss arbeiten, ich habe keine Zeit, mich zu kümmern.«

Er hatte nie Zeit. Er arbeitete ja so viel, und dann war ihm auch noch Frau samt Sohn davongelaufen. Weil er so viel arbeitete.

Sie seufzte, strich das Papier glatt, dessen Knickkanten vom vielen Auseinander- und Wiederzusammenfalten ganz weich geworden waren, und las noch einmal alles sorgfältig durch, selbst das Kleingedruckte. Sie sah zu ihrem Mann hinüber. Er lag im Wohnzimmer. Sie hatte das Pflegebett extra dort aufstellen lassen, damit sie ihn im Blick hatte und mit ihm reden konnte, wie vor seiner Krankheit. Sie hatten viel geredet, vor allem über schöne Dinge. Aber seit dem Schlaganfall vor drei Jahren war er fast vollständig gelähmt und konnte nicht mehr sprechen, obwohl er klar im Kopf war. Gefangen im eigenen Körper, was für ein entsetzlicher Zustand.

Er sah sie an. In seinen Augen erkannte sie die Bitte, ihm zu erzählen, was ihr auf dem Herzen lag. Sie setzte sich in den Sessel, der neben dem Bett stand, und schaltete den Fernseher aus, in dem der Abspann einer neuen Folge ihrer Lieblingsserie lief, die in einem Hotel spielte. Sie sahen das immer. Es erinnerte sie an gute Tage. An Zeiten, in denen sie gemeinsam Urlaub gemacht hatten. Am liebsten in Berchtesgaden. Sie liebte die Berge. Er auch. Sie waren immer viel gewandert.

Sie las ihm den Brief vor. Sein linker Mundwinkel rutschte hoch, er lächelte. Ein Wochenende lang würde er es schaffen, allein mit dem Pflegedienst. Dreimal täglich müssten sie kommen. Morgens, mittags, abends. Ob das die Krankenkasse alles zahlte? Wohl kaum. Aber sie hatte ja tausend Euro gewonnen. Garantiert. So stand es mit einem goldenen Stempel und von einem Professor Dr. Martin C. Eggebrecht unterschrieben in dem Zertifikat. Nach Abzug der Kosten, und wenn sie sparsam wäre, würden mindestens siebenhundert übrig bleiben. Sie wusste auch schon, was sie damit anfangen wollte.

Sie erhob sich, strich ihrem Mann über die pergamentene Wange und griff mit zitternden Fingern zum Telefonhörer.

4

Die Grillen zirpten, und die Milchstraße reichte von einem Ende des Himmels bis zum anderen. Tilde konnte sich nicht sattsehen daran. Auf der Dachterrasse ihrer Altbauwohnung im Bremer Steintorviertel war es auch zur Nachtzeit hell von der Straßenbeleuchtung und den Autoscheinwerfern. Sterne konnte man da kaum erkennen, geschweige denn die Milchstraße. Aber hier, an der Nordsee, war der Himmel schlichtweg spektakulär. Das permanente Meeresrauschen im Hintergrund gab die passende Musik dazu ab. Tilde kannte Leute, die kauften sich das auf CD.

Der Grillabend war überraschenderweise noch recht anregend geworden. Das hatte wahrscheinlich daran gelegen, dass Henning und Gundula die meiste Zeit schweigend ein Glas Wein nach dem anderen in sich hineingeschüttet hatten, ohne die anderen zu nerven. Nach dem Essen beschlossen alle, die beiden nörgeligen Althippies eingeschlossen, sich zu duzen, was zum größten Teil Arianes Verdienst war. Tilde musste anerkennen, dass die Hausherrin ein Händchen für Gruppendynamik hatte, obwohl sie sich selbst kaum am Gespräch beteiligte. Sie besaß die Gabe, aus dem Hintergrund die Fäden zu ziehen. Den Part des Unterhalters überließ sie dabei ihrem Mann.

Tilde fand, dass er ein amüsanter Erzähler war, aber nach Mitternacht waren die Gespräche versiegt. Otto hatte, nachdem sie mit Grillen fertig gewesen waren, Holzscheite und Kohlen nachgelegt, und seitdem saßen alle schweigend vor dem Feuer, das sich rot auf ihren Gesichtern spiegelte.

Henning erhob sich mühsam. Er hielt sich kurz am Tisch fest, als müsste er das Gleichgewicht wiederfinden. Er schwankte.

Gundula stand ebenfalls auf. Sie hielt seinen Arm fest. »Warte, ich bringe dich ins Bett«, sagte sie und hakte sich bei ihm unter.

»Ich kann allein gehen«, erwiderte er mit schwerer Zunge, ließ sich dann aber doch von ihr ins Haus führen.

Tilde streckte sich. Sie war noch nicht müde und verspürte wenig Lust, schlafen zu gehen. Sie blickte Gundula und Henning nach, die schwankend durch den Garten wanderten, und fragte sich immer noch, was die beiden wohl hierher verschlagen hatte.

Marleen hockte etwas abseits im Gras und schien zu meditieren, vielleicht spürte sie neue Wasseradern auf, während die fleischlose Cornelia schon längst im Bett lag. Otto und Ariane saßen nebeneinander auf der Bank, er hatte seinen Arm um ihre Schulter gelegt. Sie blickten schweigend in die Flammen, die leise knisterten. Die Stimmung hätte nicht friedlicher sein können. Fast freute Tilde sich auf den Malkurs, der morgen begann. Sie goss sich ein letztes Glas Wein ein und sah dann wieder hinauf zum Sternenhimmel.

Nach einer Weile kehrte Gundula zurück in den Garten und setzte sich neben Tilde. Leichtes Unbehagen beschlich sie, als sie Gundulas Alkoholfahne roch.

»Henning is manchmal 'n richtiges Arschloch.« Die Frau mit dem karottenroten Haar sah Tilde von der Seite an, aber die ignorierte, dass sie angesprochen wurde. »Ers' macht er mich fertig, un' dann fällt er um und pennt. Wie 'n Stein.« Sie kicherte. »Henning Stein pennt wie 'n Stein.« Sie griff nach ihrem leeren Glas und goss sich nach.

»Ich glaube, du hast genug getrunken«, bemerkte Otto.

Gundula schnaubte und nahm einen tiefen Schluck, ohne ihn aus den Augen zu lassen. »Sag mal, wills' du dich nich auch mal der Runde vorstellen?«, sagte sie und wirkte mit einem Mal wie ausgewechselt.

Es lag plötzlich wieder diese unterschwellige Aggressivität in der Luft, wie zu Beginn des Abends. Otto hob den Kopf und musterte sie.

»Es ist wohl besser, wenn du jetzt auch ins Bett gehst, Gundula.«

»Ins Bett? Nee. Die Nacht is noch jung. Komm, komm, erzähl uns einen Schwank aus deinem Leben!« Sie beugte sich zu ihm über den Tisch, das halb volle Weinglas in der Hand.

»Falls das witzig sein soll, verstehe ich deinen Humor nicht«, sagte er ärgerlich. »Geh schlafen, du bist betrunken.«

»Otto!«, fuhr Ariane ihn an.

»Nu hab dich nich so!«, keifte Gundula.

Er erhob sich. »Aus meinem Leben gibt es nichts zu erzählen. Außerdem bin ich müde.«

»Sieh mal einer an. Ziehen wir jetzt den Schwanz ein, ja?«, feixte Gundula.

Tilde kam aus ihrem Liegestuhl hoch. Gerade noch war alles so friedlich gewesen. Warum um alles in der Welt machte diese blöde Kuh nun alles wieder kaputt? Sie stellte sich neben sie.

»Gundi, nun lass es gut sein. Ich glaube, du gehst besser schlafen, sonst sagst du Dinge, die dir morgen leidtun.«

Schon während sie es sagte, wusste sie, dass sie besser geschwiegen hätte. Gundi richtete sich kerzengerade auf. Ihre Karottenhaare glühten geradezu im Widerschein des Feuers, und ihre Augen blitzten zornig. Sie schnaubte wie ein Stier in der Arena.

»Ihr schickt mich ins Bett wie ein Schulkind? Jetzt, wo es spannend wird und der große Meister aus dem Nähkästchen plaudern will?«

»Welcher große Meister?«, fragte Otto irritiert.

Gundula erhob sich langsam, bemüht darum, nicht zu torkeln. Sie machte einen Schritt und hielt sich am Gartentisch fest. Dann stieß sie drohend den Zeigefinger in Ottos Richtung. »Du …!«

Er kam nun ebenfalls hoch. »Geh ins Bett!«, zischte er sie an und hob seinen Gehstock. Einen verrückten Moment lang dachte Tilde, er würde Gundula damit schlagen, aber er zeigte damit nur zum Haus.

Betretenes Schweigen machte sich breit. Tilde konnte es schließlich nicht länger ertragen. Sie hakte Gundula kurzerhand unter. »Ich bring dich auf dein Zimmer«, sagte sie sanft. »Ich wollte sowieso ins Haus. Der Abend war lang genug.«

Aber Gundula fauchte: »Fass mich nicht an!« Dann riss sie sich von Tilde los.

Coors ließ den Stock sinken. Er lachte bitter. »Mit Verlaub. Soll ich einen Arzt holen?«

Gundula wandte sich ihm langsam zu. Ihr Gesicht war wutverzerrt. Sie zeigte auf ihn. »Zieh dich warm an! Ganz warm.« Sie kippte den Rest Wein hinunter und knallte das Glas so heftig auf den Tisch, dass der Stiel zerbrach. »Verflucht!«

Wie es schien, hatte sie sich geschnitten, denn sie steckte sich den Zeigefinger in den Mund. Während sie daran lutschte, nuschelte sie: »Hast du noch eine schöne Rheumadecke für mich? Oder muss ich ohne Schutz in meinem Bakterienschlachtschiff schlafen?« Sie warf Coors einen hasserfüllten Blick zu. »Ich weiß über dich Bescheid!« Dann wankte sie davon.

»Was war *das* denn?«, fragte Marleen verblüfft.

»Das würde ich auch gern wissen.« Otto wischte sich über das Gesicht. Er wirkte erschüttert, was Tilde gut verstehen konnte, und wandte sich Ariane zu, die Gundulas Auftritt schweigend verfolgt hatte.

»Du solltest deine Kursteilnehmer das nächste Mal besser auswählen«, sagte er und fügte hinzu: »Morgen rede ich mit den beiden. Die kriegen ihr Geld wieder, und dann sollen sie verschwinden.« Er rammte seinen Stock in den Boden und verließ ohne ein weiteres Wort den Garten.

Marleen, die sich wie Cornelia im Hintergrund gehalten hatte, kam jetzt an den Tisch und blickte sorgenvoll von einem zum anderen. »Vielleicht solltet ihr euch doch überlegen, Korkmatten anzuschaffen«, seufzte sie.

5

Tilde wurde von lautem Donner geweckt. Sie schlug die Augen auf. Im Zimmer war es dunkel. Sie sah auf die Uhr, es war kurz vor drei in der Früh. Draußen schlug heftiger Regen hart gegen die Scheiben, Donner und Blitz krachten fast gleichzeitig auf die Erde herunter.

Tilde kuschelte sich in ihr Laken, das sie bei der Hitze als Decke benutzte. Das Gewitter tobte sich direkt über dem Deich aus, aber sie hatte keine Angst. Sie genoss es, im weichen Bett zu liegen, ein Dach über dem Kopf, während es draußen wie aus Kübeln goss.

Sie war gerade kurz davor wieder einzuschlafen, da hörte sie ein Martinshorn. Sicher war irgendwo der Blitz eingeschlagen. Tilde versuchte, das unangenehme Jaulen zu ignorieren, aber es hörte nicht auf, sondern kam immer näher.

Als sie es nicht länger ausblenden konnte, schlug sie das Laken zurück, sprang aus dem Bett und eilte zum Fenster. Gerade raste ein Krankenwagen so schnell auf den Hof, dass der Kies nach allen Seiten spritzte. Sanitäter und ein Notarzt sprangen aus dem Wagen. Die Szene wurde von herunterkrachenden Blitzen immer wieder hell erleuchtet. Otto stand auf dem Parkplatz, er gestikulierte wild. Es sah aus, als wollte er den Wagen einweisen, rückwärts einzuparken. Hinter ihm stand seine Frau, die sich nur eine Regenjacke übergezogen hatte, ihre Beine waren nackt. Die Sanitäter achteten nicht weiter auf die beiden, sondern rannten an ihnen vorbei in den Garten. Otto humpelte hinterher. Nur Ariane blieb stehen und sah ihnen nach.

Was war da nur los? Tilde reckte den Hals, aber das Sanddorngebüsch verdeckte alles, was dort vor sich ging. Sie wollte sich gerade vom Fenster abwenden, um sich etwas zum Anziehen zu suchen, da kam jemand auf dem Fahrrad angefahren und kam schlingernd vor Ariane zum Stehen. Ein Mann in Polizeiuniform sprang vom Rad. Er lehnte den Drahtesel an den Gartenzaun, auf dem Gepäckträger klemmte etwas, das aussah wie eine Aktentasche. Der Polizist riss sie an sich und redete dann auf Ariane ein. Die rührte sich kaum, zeigte aber in die Richtung, in die die Sanitäter und ihr Mann verschwunden waren. Der Beamte folgte ihnen eilig, wobei Tilde sich wunderte, wie schnell und geschmeidig er sich trotz seines beachtlichen Bauchumfangs bewegte.

Sie selbst hielt es nicht mehr auf ihrem Zimmer. Sie wühlte in ihrer Reisetasche, die noch unausgepackt neben dem Bett stand, nach dem Regencape, das sie eigens für diesen Trip in der Drogerie gekauft hatte, weil es sich so schön klein zusammenknautschen ließ. Sie zog etwas aus der Tasche, das sich anfühlte wie das Cape, aber es war nur ihr Schultertuch. Durch das Fenster blinkte das Blaulicht zu ihr hoch, und aufgeregte Stimmen riefen durcheinander. Ohne weiter nachzudenken, schlang sich Tilde das Tuch um die Schultern und verließ das Zimmer.

Marleen und Cornelia standen in Morgenmänteln und mit zerzausten Haaren im Flur, als sie vorbeirannte. »Brennt das Haus?«, rief Marleen ihr zu.

»Nein, dann wäre ja wohl die Feuerwehr gekommen, oder?«

Tilde beachtete sie nicht weiter. Während sie die Treppe runterstolperte, fiel ihr auf, dass weder Gundula noch Henning aus ihrem Zimmer geschaut hatten. Kein Wunder. Sie schliefen vermutlich ihre Räusche aus.

Neben Hein Klabuster, der vor dem Eingang ungerührt Wache hielt, stieß Tilde mit Ariane zusammen. Sie stand barfuß und immer noch nur mit einer dünnen Regenjacke bekleidet im Platzregen, starrte zum Rettungswagen hin, der mit offenen Türen und blinkendem Blaulicht auf dem Hof wartete, und machte einen verwirrten Eindruck.

»Was ist denn passiert?«, fragte Tilde außer Atem.

Ariane drehte sich zu ihr um. Ihre hellen Augen glänzten fiebrig. »Ich hab jemanden umgebracht«, sagte sie mit rauer Stimme.

»*Was* hast du?« Tilde glaubte, sich verhört zu haben. Gerade polterte ein weiterer krachender Donner über sie hinweg, sodass sie ihr eigenes Wort nicht verstand.

»Da hinten. Im Erdkeller.«

»Was ist da?«, schrie Tilde gegen das Gewitter an. Ariane bewegte die Lippen, aber Tilde verstand nur ein Wort. »Tot.«

»Was?«

Ariane schob Tilde beiseite und schleppte sich ins Haus. Sie zog eine nasse Spur hinter sich her, denn der Regen hatte sie derart durchnässt, dass das Wasser in dünnen Rinnsalen an ihr hinunterlief.

Tilde war hin- und hergerissen. Sollte sie Ariane folgen und sich um sie kümmern oder den anderen nachlaufen, um zu sehen, was im Garten los war? Am Ende siegte, wie fast immer, ihre Neugierde.

Von irgendwoher hörte sie aufgeregte Rufe. Das Gewitter machte es schwierig, die Richtung zu bestimmen, aus der die Geräusche kamen, und warum zum Teufel war dieser Garten so unübersichtlich? Man konnte kaum um die nächste Ecke sehen. Mehrmals stolperte Tilde, während sie den Stimmen folgte, und entdeckte schließlich den Hügel, in dem sie am Nachmittag das kleine Türchen entdeckt hatte. Der Erdkeller lag versteckt zwischen Komposthaufen und Brombeerbüschen. Das Licht von mehreren Taschenlampen huschte über den Rasen, auch im Inneren des Kellers war alles hell erleuchtet. Die Tür stand offen. Auf dem Boden knieten zwei Rettungssanitäter über einer Person, von der Tilde nur die Unterschenkel und Füße sehen konnte.

Sie wollte gerade näher herangehen, aber eine plötzliche Windböe warf sie fast um. Als ob jemand eine Dusche aufgedreht hätte, ging ein weiterer Sturzregen nieder, der sie in wenigen Sekunden bis auf die Haut durchnässte. Sie suchte Schutz unter einem Obstbaum, aber sie hätte sich genauso gut unter ein Sieb stellen können. Immerhin konnte sie von hier aus den Eingang des Erdkellers beobachten – was ihr jedoch nicht viel nützte, denn die Sanitäter versperrten ihr immer noch die Sicht. Wer lag da? Wen versuchten sie zu retten?

Vor den Stufen des Erdkellers stand Otto verloren im Regen, tief über seinen Stock gebeugt. Sie wollte gerade zu ihm, da drehte er sich um und ging mit steifen Schritten zum Haus zurück.

Tilde, die ohnehin klitschnass war, eilte ihm hinterher, aber sie kam nicht weit. Einer der Sanitäter war aus dem Erdkeller herausgekommen, er schob den völlig aufgelösten Henning Stein vor sich her. Als er Tilde entdeckte, rief er laut: »He! Kümmern Sie sich bitte um diesen Mann.«

Es war ein Befehl, und Tilde gehorchte, obwohl sich alles in ihr dagegen sträubte. Der Sanitäter drückte ihr Henning in die Arme und verschwand wieder im Erdkeller.

Henning war ein Häuflein Elend. Er wurde von einem Weinkrampf geschüttelt. Sie hätte beinahe Mitleid mit ihm gehabt, wenn er nicht so stark nach Alkohol und Zigarettenqualm gestunken hätte. Tilde hielt ihn fest. Eine Weile standen sie im Regen, und sie machte einen langen Hals. Wer zum Teufel lag da? Sosehr sie sich auch reckte und streckte, sie konnte nur die Rücken der Sanitäter und des Notarztes sehen.

Tilde schaute ihren unfreiwilligen Schützling an. »Was ist da passiert, Henning?«

»Ich wollte sie retten.«

Eine böse Ahnung stieg in Tilde auf. »Wen wolltest du retten?«

»Gundula. Wen denn sonst?«

Sie ließ ihn los. »Aber die ist doch im Bett? Was hat sie denn da zu suchen? Was ist mit ihr?«

Das waren viele Fragen auf einmal, aber Henning schien sie nicht zu hören. »Warum?«, jammerte er laut. »Ich wollte das nicht!« Er wischte sich über die Nase.

»Was wolltest du nicht?«

»Wir haben uns gestritten. Sie ist einfach abgehauen. Aber warum ausgerechnet da rein?«

Tilde erinnerte sich an Gundulas Auftritt, nachdem sie den betrunkenen Henning ins Bett gebracht hatte. War der Streit auf dem Zimmer also weitergegangen und vielleicht sogar eskaliert? Hatte Henning Gundula am Ende etwas angetan, als sie später ins Bett gekommen war? Sie starrte ihn an, wie er dastand, schluchzend und zerschmettert.

»Komm ins Haus«, sagte sie tonlos. »Das wird schon wieder.« Sie tätschelte ihm linkisch die Schulter, während sich die Gedanken in ihrem Kopf überschlugen.

»Ich wollte das nicht«, wiederholte Henning.

Aber was hatte er nicht gewollt? Was war Gundula im Erdkeller zugestoßen? Kümmerte sich Tilde am Ende gerade um einen Totschläger? Sie trat erschrocken einen Schritt zurück.

»Ich hab Herzmassage und alles gemacht«, keuchte Henning, »aber sie atmete nicht mehr.«

In diesem Moment rief jemand: »Sie hat wieder Puls!«

Henning verstummte, und Tilde legte ihm die Hand auf die Schulter. »Komm jetzt«, sagte sie. »Sie lebt. Die kriegen sie wieder hin. Alles wird gut.«

Sie schob ihn vor sich her in Richtung Haus. Er zitterte, als hätte ihn jemand auf Vibrationsalarm gestellt, aber er gab wenigstens seinen Widerstand auf und ließ sich von Tilde wegführen.

Sie kamen jedoch nur bis zum Grillplatz. Da machte er sich von ihr los und lief zur Bank, auf der er und Gundula am Abend vorher gesessen hatten. Laut heulend wie ein Wolf bei Vollmond ließ er sich darauf fallen und vergrub das Gesicht in den Händen.

»Wir hätten nicht herkommen sollen. Es ist alles meine Schuld!«

Tilde stand hilflos daneben. Der Regen, der kurz nachgelassen hatte, legte wieder zu. »Lass uns reingehen«, bat sie. Ihr war kalt. »Wir holen uns hier noch den …«

Sie verschluckte das letzte Wort, aber Henning ahnte wohl, was ihr auf der Zunge gelegen hatte.

Er hörte auf mit seinem Gejaule und blickte auf. »Ich hab sonst niemanden«, sagte er.

Tilde ergab sich in ihr Schicksal und setzte sich zu ihm auf die nasse Bank. Sie nahm mehrmals Anlauf, dann fragte sie: »Ich weiß, dass es schwierig ist, darüber zu reden, aber was ist im Erdkeller passiert?«

Henning begann wieder zu schluchzen, und Tilde beobachtete ihn von der Seite, wie er dasaß in seinem Unterhemd und der dünnen Schlafanzughose, die ihm feucht an den Beinen klebte. Sie war kurz davor, ihm ihr Schultertuch zu geben, aber dann fiel ihr ein, dass das nichts nützen würde, denn es war genauso nass wie Hennings spärliche Bekleidung.

»Sie überlebt das nicht«, jammerte er.

»Was überlebt sie nicht? Jetzt red doch endlich!«

»Sie hat nicht geatmet. Ich habe versucht, sie wiederzubeleben.«

»Was dir anscheinend gelungen ist. Aber jetzt sag: Warum hat sie nicht geatmet?«

»Herrgott, was weiß denn ich?« Henning schnaubte unglücklich. »Glaubst du, sie schafft es?«

»Natürlich schafft sie es«, beteuerte Tilde, obwohl sie immer noch nicht wusste, was Gundula zugestoßen war. »Hast du sie gefunden?«, hakte sie deshalb nach.

Henning nickte. »Ich bin aufgewacht und hatte gleich so ein komisches Gefühl, weil ...« Er stockte.

»Ja?«

»Sie lag nicht neben mir.«

»Sie ist noch mal in den Garten zurückgekommen, nachdem sie dich ins Bett verfrachtet hat.«

»Ich weiß. Aber sie kommt doch immer zurück. Immer kommt sie wieder!«

»Du sagtest, ihr habt gestritten? Worüber?«

Henning rückte von ihr ab. »Das geht dich nichts an.« Er fasste sich mit den Händen in die Haare und wippte vor und zurück. »Scheiße, sie hatte immer solche Platzangst! Sie ist da nicht freiwillig reingegangen.«

Tilde spürte, wie ihre Kopfhaut zu kribbeln begann. Ihr fiel ein, dass Ariane gerade eben etwas davon gefaselt hatte, dass sie einen Mord begangen habe. Langsam wurde es ihr zu bunt.

»Wenn du damit nichts zu tun hast, wer dann? Hast du eine Ahnung, wer Gundula etwas angetan haben könnte?«, fragte sie aufgeregt. »Hast du irgendwas oder jemanden beim Erdkeller gesehen?«

Er nickte. »Sie kam von draußen. Unsere große Künstlerin.«

»Du meinst Ariane? Hast du gesehen, wie sie es getan hat?«

Henning schüttelte verzweifelt den Kopf. »Ich weiß nicht. Sie stand im Flur, als ich runterkam, um Gundula zu suchen. Klatschnass und nur mit einem T-Shirt an.«

»Das ist alles?«

»Ich hab sie gefragt, ob sie wüsste, wo Gundi ist, aber sie hat mich einfach stehen lassen.«

»Und dann hast du dich auf die Suche gemacht?«

»Ja.« Er schluckte schwer. »Sie neigt dazu, ein bisschen viel zu trinken. Aus medizinischen Gründen. Rotwein stärkt ja das Herz.«

»Ach ja? Dann hast du wohl auch Herzprobleme?«

Er wischte sich den Regen aus dem Gesicht. »Ich dachte, sie ist vielleicht im Garten versackt und liegt irgendwo zwischen den Büschen, weil sie nicht zurückgekommen ist.«

»Und dann hast du ausgerechnet im Erdkeller nach ihr gesehen? Einfach so?«

»Herrgott, ich hab sie eben da gefunden, reicht das nicht?«

»Na ja, ich hätte dort als Letztes reingeguckt.«

Henning starrte in den Garten. »Das war kein Zufall«, flüsterte er und nickte wie zur Bestätigung.

Bevor Tilde fragen konnte, was er damit meinte, hörte sie, wie sich schwere Schritte näherten. Sie hob den Kopf, und aus dem Dunkel der Nacht schälte sich eine massige Gestalt heraus. Es war ein Mann. Er trug eine Polizeiuniform, in der er aussah wie eine Kugel, der man ein Jackett übergezogen hatte. Von Nahem sah Tilde, dass sein Kopf ebenso rund war wie sein Körper, aber sein Gesicht mit den roten Wangen und den ruhig dreinblickenden hellen Augen sah nett aus. Sie fasste sofort Vertrauen zu dem Mann, der mit dem Fahrrad gekommen war. In der einen Hand hielt er eine Taschenlampe, in der anderen die altmodische Aktentasche, die auf dem Gepäckträger festgeklemmt gewesen war.

Er blieb vor ihnen stehen. »Moin«, begrüßte er sie. »Ist Ihnen denn gar nicht kalt, so nass, wie Sie beide sind?«

»Ein bisschen«, sagte Tilde, während Henning immer noch haltlos zitterte.

Der Beamte musterte sie eine Weile. Dann öffnete er die Aktentasche und entnahm ein glitzerndes Rechteck. »Das hat mir der Sanitäter gerade in die Hand gedrückt. Ich soll es Ihnen geben, Sie hätten einen Schock, sagt er.«

Er entfaltete das Glitzerding. Es war eine Rettungsdecke. Der Polizist legte sie Henning um die Schultern und setzte sich kurzerhand auf die andere Seite der Bank. Die Tasche legte er auf seinen Knien ab. Gemeinsam sahen sie eine Weile zu, wie die Nacht langsam durchsichtig wurde.

»Polizeiobermeister Niemann aus Meckum«, stellte der Polizist sich schließlich vor und reichte Tilde seine fleischige Hand. Sein Händedruck war warm und fest. Er wandte sich Henning zu. »Ist das Ihre Frau, die Sie gefunden haben?«

Henning schüttelte den Kopf.

Der Polizist sah zu Tilde. »Dann gehören Sie beide zusammen?«

»Nein!« Sie rückte instinktiv ein Stückchen von Henning ab.

Vom Erdkeller her hörte sie immer noch Stimmen, die nun allerdings weniger aufgeregt klangen. Erst jetzt fiel ihr auf, dass es nicht mehr regnete. Das Gewitter verzog sich langsam.

Niemann öffnete seine Tasche und holte eine Thermoskanne hervor. Er schraubte den Deckel ab, der gleichzeitig als Becher diente, und goss ein. »Auch einen Schluck? Ist aber mit viel Milch und Zucker, sonst vertrag ich das nicht.«

Henning nickte, aber Tilde winkte dankend ab.

»Was ist mit Frau Dahms passiert?«, fragte sie den Polizisten in der Hoffnung, er würde ihr mehr verraten, aber er tat ihr den Gefallen nicht.

Henning nahm den Kaffeebecher in die zitternden Hände und trank. Der Polizist machte ein zufriedenes Gesicht und kramte eine Brotdose hervor. Er schien Tildes Frage gar nicht gehört zu haben.

»Ich würde gern wissen, was mit Gundula passiert ist«, hakte sie nach, aber Niemann stellte sich weiter taub, was Tilde fast in den Wahnsinn trieb.

Er öffnete stattdessen die Brotdose, nahm sich eine Stulle heraus und bot ihnen ebenfalls etwas an, aber beide lehnten ab. Niemann zuckte bedauernd mit den Schultern und begann in aller Seelenruhe zu essen. »Ohne Frühstück bin ich nicht zu gebrauchen«, nuschelte er und schluckte einen Bissen hinunter. Tilde sah ihm dabei zu, wie seine breiten Kiefer mahlten.

»Gundi«, heulte Henning da auf. »Sie hat nicht geatmet!«

»Ja, das wissen wir.« Tilde knirschte mit den Zähnen.

»Doch, doch. Sie lebt«, nuschelte Niemann mit vollem Mund und zeigte mit dem angebissenen Brot in Richtung Erdkeller. »Ist das eine gute Freundin von Ihnen?«

»Wir sind befreundet. Sehr sogar.«

»Verstehe.«

»Was ist denn nun mit Gundula?« Tilde schlug mit der flachen Hand auf die Tischplatte. »Kann mir das mal einer sagen?«

»Sie sind später dran«, sagte Niemann in leicht genervtem Tonfall, ohne den Blick von Henning zu wenden.

Tilde schnappte nach Luft. »Ich bin Journalistin!«

Endlich sah er sie an. »Ach so. Na, ich denke, dann lassen Sie mich besser allein mit dem guten Mann weiterreden.«

»Was?«

Niemann nahm die Mütze vom Kopf und entblößte einen fast kahlen Schädel, der von hellem Flaum umkränzt war. Er wischte sich mit dem Ärmel über die Glatze und setzte die Mütze wieder auf. Dann goss er noch mal Kaffee nach und trank in kleinen Schlucken.

Tilde sah ihm fassungslos dabei zu. Sie hätte ihm den Becher am liebsten aus der Hand geschlagen. Schließlich platzte sie heraus: »Wie kann man seelenruhig dasitzen und frühstücken, während keine hundert Meter weiter ein Mord passiert ist?«

Niemann stellte den Becher ab. »Mord? Wie kommen Sie denn darauf?«

»Es gibt Hinweise.«

»Soso. Welche?«

Tilde setzte sich kerzengerade hin. »Ich habe mit meinen eigenen Ohren gehört, wie Ariane Coors sagte, sie hätte einen Menschen umgebracht.«

Niemann lachte. »Wir wollen die Kirche mal im Dorf lassen. Ich habe mit Ariane schon gesprochen. Sie ist ein bisschen durcheinander. Außerdem lebt die Frau. Also, diese Gundula Dahms.«

»Sie hat nicht geatmet«, wiederholte Henning sein Mantra.

»Da hören Sie es«, rief Tilde.

»Aha«, machte Niemann, stopfte sich den letzten Bissen in den Mund und spülte mit einem Schluck Kaffee nach. Dann verstaute er in aller Seelenruhe Thermoskanne und Brotdose in seiner Aktentasche, während Tilde innerlich kochte.

»Jetzt stellen Sie endlich die blöde Tasche weg und kümmern sich um den Fall!«, fuhr sie ihn an.

»Welchen Fall?«, fragte er, fischte aber einen Notizblock samt Kugelschreiber aus der Brusttasche seiner Uniformjacke.

Tilde fehlten die Worte, was höchst selten vorkam.

Niemann wandte sich wieder Henning zu. »Nur fürs Protokoll: Wann genau haben Sie Ihre Freundin gefunden?«

Henning schniefte. »Ich weiß es nicht. Heute Nacht eben. Keine Ahnung, wie spät das war.«

»Denken Sie in Ruhe nach.«

Henning tat es. Dann riss er die Augen auf. »Die Kirchturmuhr hat zweimal geschlagen. Ja, jetzt fällt's mir ein. Es war so gegen zwei Uhr.«

»Und dann?«

»Sie lag da und hat nicht geatmet!«

Tilde stöhnte auf. »Wie oft denn noch?«

»Gut. Und warum hat sie nicht geatmet?«

Henning zuckte mit den Schultern. »Was weiß denn ich?«

»Ist Ihnen noch irgendetwas anderes aufgefallen?«

»Ich bin Ariane begegnet. Sie kam von draußen rein, als ich gerade aus dem Haus wollte, um Gundi zu suchen. Sie war komisch drauf. Sie hatte nur ein T-Shirt an. Und nass war sie.«

»Nass?«

»Na, ich denke mal, sie kam aus dem Garten«, rief Tilde aufgeregt.

»Haben Sie sie von dort kommen sehen?«, fragte Niemann den immer noch schlotternden Henning. Der schüttelte den Kopf.

»Dann hätte sie also auch aus ihrem Atelier kommen können?«

»Möglich.«

»Aber was hatte sie bei dem Wetter im T-Shirt da zu suchen?«, hakte Tilde nach.

»Vielleicht das Gleiche wie Sie.« Niemann musterte sie nachdenklich, und Tilde schlang die Arme um ihren Oberkörper.

»Wie meinen Sie das?«, fragte sie.

»Vielleicht war sie auch nur neugierig.«

»Aber sie konnte doch noch gar nicht wissen, dass etwas passiert ist!«

»Da haben Sie möglicherweise recht.« Niemann lächelte, und Tilde hatte das Gefühl, dass der Dorfpolizist sie zum Narren hielt.

»Bei der Gelegenheit verraten Sie mir bitte Ihren Namen«, forderte er sie auf.

»Tilde Brand. Ich komme aus Bremen.«

»Machen Sie hier Urlaub?«

»Ich hab doch gesagt, ich bin Journalistin.«

Der Polizist machte sich Notizen. Dann lehnte er sich zurück, sodass sein Bauch aus dem Hosenbund hervorquoll. »Sie schreiben also über unser schönes Meckum? Wir haben gerade erst den Wettbewerb ›Unser Dorf hat Zukunft‹ gewonnen. Goldmedaille. Vom

Landwirtschaftsminister in Berlin höchstpersönlich verliehen. Das wissen Sie sicher?«

Tilde wusste es nicht, nickte aber pflichtschuldig. »Natürlich. Wusste ich.«

»Und warum treiben *Sie* sich so leicht bekleidet mitten in der Nacht hier draußen herum?«

»Also … Ich bin aufgewacht und habe den Rettungswagen vorfahren sehen. Na ja, und dann bin ich runter, weil …«

Sie hielt inne, denn in diesem Moment trugen die Sanitäter die Trage mit Gundula an ihnen vorbei in Richtung Krankenwagen. Allerlei Schläuche hingen an ihr, und über ihrem Gesicht lag eine Atemmaske.

Henning stand hastig auf und lief ihnen hinterher. »Kommt sie durch?«, rief er den Sanitätern zu.

Einer von ihnen drehte sich um. »Wir bringen sie jetzt in die Klinik. Rufen Sie dort an.«

»Alkoholvergiftung?«, fragte Tilde laut. Sie war ebenfalls aufgestanden.

»Wohl eher Kohlenmonoxid. Der Grill war noch warm, und er stand direkt neben der Frau.«

»Der Grill?«, rief Henning völlig perplex. »Ich komme mit«, sagte er entschlossen und folgte den Sanitätern.

»Sie haben nichts an!«, rief ihm Tilde hinterher, aber das schien ihn wenig zu interessieren, und es stimmte auch nicht ganz, immerhin trug er eine Rettungsdecke. Im blassen Licht der Dämmerung sah Tilde, wie er hinter den Sanitätern in den Krankenwagen stieg und mit ihnen davonfuhr.

6

Beim Frühstück am nächsten Morgen herrschte gedrückte Stimmung. Tilde hätte am liebsten die Sonne abgeschaltet, die nach der Gewitternacht freundlich durch die Scheiben hereinschien und zu einem unbeschwerten Strandspaziergang einlud.

Ariane saß blass und hohlwangig neben ihrem Mann. Außer Marleen, die mit einem gesunden Appetit gesegnet war, rührte kaum jemand das Essen an.

Tilde musste immer wieder zu den beiden leeren Plätzen am Tisch sehen. Henning war noch nicht wieder aufgetaucht, und Gundulas Zustand war unverändert kritisch. Das hatte Polizeiobermeister Niemann ihnen berichtet. Er war kurz zuvor aus dem Krankenhaus gekommen, wo er sich nach der Verletzten und Henning erkundigt hatte.

Alle hatten die Information schweigend aufgenommen, nur Marleen war in den Garten gestürmt, um ein Sträußchen Gänseblumen zu pflücken. Gerade war sie damit zurückgekommen. Sie hatte die Blumen in ein Weinglas gestellt, das möglicherweise noch von ihrem Kennenlernabend draußen herumgestanden hatte. Sie postierte das Glas samt Blumen an Gundulas Platz. »Das hilft uns, mit guten Energien an sie zu denken«, erklärte sie.

Tilde verkniff sich einen Kommentar zur Wahl der Vase.

»Ich ertrag das nicht länger«, flüsterte Ariane. »Ich mochte sie nicht besonders, aber ich wünschte, das hier wäre niemals passiert.«

Wie sich herausgestellt hatte, war das Ganze wohl ein schrecklicher Unfall gewesen, und Ariane machte sich die schlimmsten Vorwürfe. Sie hatte Niemann gerade noch einmal in allen Einzelheiten geschildert, was sie gestern schon angedeutet hatte: Nachdem alle ins Bett gegangen waren, hatte sie den immer noch heißen Grill mit den glühenden Kohlen darin wegen des aufziehenden Gewitters in den Erdkeller geschoben, damit er gefahrlos auskühlen konnte.

»Ich habe sie wirklich nicht gesehen«, beteuerte sie wieder und wieder. »Sie muss später reingegangen sein, die Tür hat kein Schloss.«

Polizeiobermeister Niemann nickte bekümmert. »Machen Sie sich keine Vorwürfe, Frau Coors. Es war eine Verkettung unglücklicher Umstände. Ein tragischer Unfall. Da kann keiner was dafür. Aber warum sind Sie später noch mal rausgelaufen bei dem schrecklichen Wetter?«

»Bitte?« Ariane runzelte verständnislos die Stirn.

»Herr Stein hat ausgesagt, dass … Moment mal.« Niemann blätterte in seinem Notizblock herum. »Er sagte, Sie hätten im Flur gestanden, nass und nur im Nachthemd, als er in den Garten wollte, um Frau Dahms zu suchen.« Niemann sah auf.

»Ich trage keine Nachthemden«, entrüstete sich Ariane.

»Na, dann habe ich das falsch notiert.« Niemann hob die Hand. »Ist ja auch egal, was Sie im Bett anhaben.«

»Da muss er sich täuschen«, mischte Otto sich nun ein. »Ariane war im Bett.«

»Und sie ist nicht rausgegangen?«

»Nicht, bevor Herr Stein die Frau gefunden hat.«

»Woher wissen Sie das so genau?«

»Wir hatten eine kleine Diskussion.«

»Worüber?«

»Wir haben uns … über die Leute gestritten«, sagte Otto zögernd. Ariane wandte sich demonstrativ von ihrem Mann ab, aber er sprach weiter. »Ich habe meine Frau gebeten, ihre Kursteilnehmer das nächste Mal ein bisschen besser auszusuchen. Ich weiß, es ist nicht der richtige Moment, sich zu beschweren, aber Stein und seine Partnerin haben sich unmöglich benommen.«

Betretenes Schweigen machte sich breit.

Ariane schlug die Hände vor das Gesicht. »Es ist alles meine Schuld.«

Cornelia beugte sich mit mütterlich besorgtem Blick über den Tisch und tätschelte ihren Arm. »Quäl dich nicht so! Wenn hier einer Schuld hat, dann Gundula. Sie war betrunken und hat die Kontrolle über sich verloren.«

»Zu viel Wein verstärkt die Wirkung der Wasserader. Das ist wie mit Tabletten und Alkohol«, nuschelte Marleen, und ein Stück Käse fiel ihr aus dem Mund. Sie fing es auf und stopfte es zurück.

»Aber es besteht Hoffnung, dass sie durchkommt?«, fragte Otto.

Niemann hob die Schultern. »Ich bin kein Arzt.«

»Kann man von so was überhaupt sterben?«, fragte Cornelia skeptisch. »Nur von Grillkohlenrauch?«

»Na, und ob«, klärte Niemann sie auf. »So eine Kohlenmonoxidvergiftung ist tückisch. Man riecht nichts, man schmeckt nichts. Es gibt da tragische Geschichten. Zum Beispiel von der Familie, die es sich nach dem Grillen im Wohnzimmer noch ein bisschen kuschelig machen wollte mit dem Grill.«

»Und dann?«, fragte Tilde.

»Ab in die ewigen Jagdgründe.«

Marleen verschluckte sich heftig, und Cornelia kam ihr mit leichten Schlägen auf den Rücken zu Hilfe.

Niemann klopfte mit der Hand auf die Tischplatte. »Es tut mir leid, aber ich muss jetzt trotzdem noch ein paar Fragen stellen.« Er zupfte mit wichtiger Miene einen unsichtbaren Fussel vom Revers seiner Uniformjacke. »Reine Routine. So ist das eben in einem solchen Fall.«

Marleen beeilte sich, den letzten Bissen Käsebrot hinunterzuwürgen. »Also, mein Tensor weiß, dass Gundula ganz von allein in den Erdkeller gegangen ist. Da gibt es nichts zu untersuchen.«

»Ihr Tensor? Wer ist das denn nun schon wieder? Auch ein Kursteilnehmer?«

Marleen holte tief Luft, als müsste sie einem verstockten Kind etwas erklären. »Ein Tensor ist die moderne Variante der Wünschelrute.«

Der Polizeiobermeister starrte Marleen völlig verständnislos an, und Tilde erlöste ihn von seiner Ahnungslosigkeit.

»Sie meint, sie hat eine homöopathische Ermittlung durchgeführt, und dabei ist herausgekommen, dass sich Gundula freiwillig neben den Grill gelegt hat.«

»Aha.« Niemann klopfte mit den Fingern einen rasanten Rhythmus auf die Tischplatte, wobei er Marleen skeptisch betrachtete. Schließlich fragte er sie: »Und wo waren Sie zwischen ein Uhr und halb drei in der Nacht?«

Marleen dachte kurz nach. »Ich habe mein Bett umgestellt.«

»Das hat so lange gedauert?«

»Nein, natürlich nicht. Es hat etwa zehn Minuten gedauert, um kurz nach eins habe ich damit angefangen. Als ich fertig war, habe ich mich schlafen gelegt. Ich war aber irgendwie aufgeregt und habe dann meditiert, um meine Mitte wiederzufinden.«

Niemanns Blick glitt an ihr hinunter. Sie bemerkte das und verschränkte die Arme vor der Brust.

»Haben Sie etwas gehört oder gesehen?«

»Nein, ich war in Trance.«

»Wie schreibt man das?«

»Wie ›Tran‹ mit c und e am Ende«, half Tilde weiter.

Niemann schrieb es auf, wobei er die Lippen stumm bewegte, dann steckte er seine Notizen wieder weg und erhob sich. »Ich geh dann mal. Sollte Ihnen noch etwas einfallen, wissen Sie ja, wo Sie mich finden.«

In diesem Moment ertönte eine elektronische Version des Flohwalzers. Niemann griff sich an die Brust und fummelte ein altmodisches Klapphandy aus der Hemdtasche. Er nahm das Gespräch an, horchte kurz und beendete es mit einem knappen »Verstanden«. Dann steckte er das Handy wieder weg, wobei er es vermied, Ariane anzusehen.

Tildes Knie wurden weich. Sie ahnte, was das Telefonat zu bedeuten hatte. Den anderen ging es ebenso, die Spannung im Raum war mit Händen greifbar.

Der Polizist seufzte tief. »Es tut mir leid«, begann er, »aber ich muss Ihnen leider mitteilen, dass Frau Dahms gerade verstorben ist.«

Coors fing Ariane auf, die neben ihm zusammensackte und heftig atmete, als ob sie gerade einen Herzanfall erlitt. Cornelia stieß daraufhin einen spitzen Schrei aus, und Marleen schlug die Hände vor den vollen Mund.

Allein Tilde reagierte instinktiv. Sie sprang auf, griff nach der Wasserkaraffe, goss ein Glas voll und reichte es Otto Coors. »Geben Sie ihr zu trinken!«

Er nickte fahrig und flößte seiner Frau mit zitternder Hand das Wasser ein. Ariane schluckte, hustete und beruhigte sich ein wenig. Als ob ihr der kleine Schwächeanfall peinlich wäre, richtete sie sich schnell auf.

»Soll ich einen Arzt rufen?«, fragte Niemann erschrocken.

Ariane hob abwehrend die Hand. »Nein. Nicht nötig. Es tut mir leid, dass ich hier so ein Theater mache.«

Tilde fand, dass »Theater« das richtige Wort für diese Szene war. Aus irgendeinem unerfindlichen Grund nahm sie der Künstlerin die Erschütterung nicht ganz ab.

»Mir geht es gut«, flüsterte Ariane. »Sie wollen mich jetzt sicher festnehmen?«

Niemann wischte sich den Schweiß von der Stirn. Die Sache nahm ihn sichtlich mit. »Nein«, sagte er. »Ich nehme Sie nicht fest. Es besteht ja kein Tatverdacht. Ich müsste nun aber doch in das Zimmer von Frau Dahms.«

»Um was zu finden?«, fragte ihr Mann aufgebracht.

»Möglicherweise gibt es einen Abschiedsbrief oder etwas in der Art.«

»Selbstmord?« Otto schnaubte. »Nie und nimmer! Sie hätte sich nicht freiwillig der Möglichkeit beraubt, hier weiter rumzustänkern.«

Ariane schüttelte den Kopf. »Hör auf, Otto. Ich hätte einfach besser aufpassen müssen. Wir haben ja alle gesehen, wie betrunken sie war.«

»Betrunken? Sie hat rumgekeift wie eine Gassenhure.«

»Bitte! Sie ist tot.«

Otto Coors ließ Ariane los. »Ist doch wahr!«, rief er wütend. »Warum nimmst du sie auch noch in Schutz?«

»Worüber hat Frau Dahms sich denn so fürchterlich aufgeregt?«, unterbrach Niemann den Streit.

Coors machte eine wegwerfende Handbewegung. »Ach, keine Ahnung. Über alles. Sie gehörte zu der Sorte Mensch, die überall Verschwörungen gegen sich vermutet.«

»Sie sagte etwas von Bakterienschlachtschiffen«, erinnerte sich Tilde.

»Bitte?« Niemann machte ganz große Augen.

»Es ging wohl um ihr Bett. Sie und Henning haben sich über die Matratzen in den Zimmern aufgeregt.«

Marleen nahm sich ein weiteres Käseschnittchen und biss davon ab. »Die Wasserader war schuld«, sagte sie mit vollem Mund. »Wenn wir alle die Betten umgestellt hätten, würde sie sicher noch leben, aber es hat ja niemand für nötig gehalten außer mir selbst, und sehen Sie? Mir geht es gut.«

»Ich habe mein Bett auch umgestellt«, beteuerte Cornelia.

»Nun ist es aber gut!«, herrschte Tilde die beiden Frauen an. »Lasst uns doch bitte sachlich bleiben. Gundula hatte ganz offensichtlich ein Alkoholproblem, und ich habe noch nie gehört, dass Möbelrücken dagegen hilft.«

»Hm«, machte Niemann und wandte sich Tilde zu, die er inzwischen offenbar für die Vernünftigste in der Runde hielt. »Und was passierte, nachdem sie sich über die Matratzen aufgeregt hatte?«

»Sie ist ins Bett gegangen. Zumindest hat sie gesagt, dass sie das vorhat.«

»Dann haben Sie sie also nicht ins Haus gehen sehen?«

Tilde rief sich die nächtliche Szene ins Gedächtnis. Gundula war wütend abgerauscht, aber wohin? Sie schüttelte den Kopf. »Nein. Sie könnte auch im Garten herumgelaufen sein.«

Alle anderen nickten.

»Gut«, sagte Niemann und wandte sich noch einmal Ariane zu, die blass an Ottos Schulter lehnte. »Was haben Sie gemacht, nachdem Frau Dahms gegangen ist?«

»Mein Mann und ich haben aufgeräumt. Was sonst? Tilde hat uns ein bisschen geholfen. Die anderen sind kurz nach Gundula auf ihre Zimmer.«

»Ja, das stimmt«, bestätigte Marleen, und Cornelia nickte wieder.

»Gegen halb eins habe ich dann den Grill in den Erdkeller geschoben«, fuhr Ariane fort. »Das machen wir oft, damit es keinen Funkenflug gibt. Es ist ja so trocken diesen Sommer, und wir haben das Reetdach.«

»Der Grill hat Rollen?«

»Ja. Wir haben uns extra ein leichtes Modell angeschafft, damit ich den Grill allein wegräumen kann.«

»Warum gerade Sie?«, fragte Niemann und warf Otto einen skeptischen Blick zu.

»Mein Mann hat ja leider dieses kleine Handicap«, fuhr Ariane fort und blickte dabei zu Boden, als ob es ihr unangenehm wäre, darüber zu reden.

Tilde nahm sich vor, Otto bei Gelegenheit nach dem Grund für die Prothese zu fragen.

»Ich verstehe«, sagte Niemann. »Und Sie haben tatsächlich niemanden gesehen, als Sie den Grill im Erdkeller abgestellt haben?«

»Nein, Herrgott noch mal!«, brauste Ariane auf.

»Verstehe. Aber ich ...«

Ariane erhob sich so schnell, dass ihr Stuhl nach hinten kippte. Ihr Mann fing ihn auf. »Wenn Gundula zu dem Zeitpunkt schon dort gewesen wäre, hätte ich sie gesehen und rausgeschmissen. Und zwar gleich vom Hof. Endgültig! Zusammen mit ihrem Malermeister. Und jetzt entschuldigen Sie mich. Wenn Sie noch etwas wissen wollen, wenden Sie sich an meinen Anwalt.«

Ariane rauschte aus dem Zimmer, und alle starrten ihr verdattert nach.

»Sie wird sich wieder beruhigen«, entschuldigte Otto unnötigerweise das Verhalten seiner Frau. »Es ist alles ein bisschen viel.«

»Klar. Ich verstehe das.« Niemann ging ans Fenster und sah hinaus, während die anderen schwiegen.

Draußen brannte die Sonne unbarmherzig vom wolkenlosen Himmel herab. Tilde sehnte sich danach, endlich ihre Füße ins Meer zu tunken, und beschloss, dieser ermüdenden Sitzung ein Ende zu machen.

»Ich denke, es war folgendermaßen«, begann sie die Ereignisse zusammenzufassen. »Gundula wollte ins Haus und hat, alkoholisiert, wie sie war, die Orientierung verloren. Das Gelände ist ziemlich groß und unübersichtlich. Also hat sie sich irgendwie in den Erdkeller verirrt, nachdem Ariane dort war und den Grill darin untergestellt hatte. Gundula war kalt, aber da stand ja der warme Grill. Da beschloss sie, dort zu übernachten. Sie schlief friedlich ein und starb im Schlaf an einer Kohlenmonoxidvergiftung. Eigentlich ein schöner Tod.«

»Einen hübschen Humor hast du«, bemerkte Otto Coors und wandte sich zu Niemann um. »Aber sie hat recht. Ich wüsste keine andere Erklärung. Und ich fände es schön, wenn wir das jetzt beenden könnten, damit ich mich um meine Frau kümmern kann.«

Niemann machte ein paar Schritte in den Raum. »Wenn Sie

mich noch kurz in das Zimmer lassen könnten? Dann bin ich ganz schnell weg.«

Otto nickte und erhob sich.

»War's das jetzt?«, fragte Marleen und stopfte sich das letzte Schnittchen in den Mund.

»Wie es aussieht, schon«, antwortete Coors.

»Gut. Den nächsten Zug könnte ich noch erwischen, wenn ich jetzt packe. Ich gehe davon aus, dass die Malkurse für diese Woche gestrichen sind.«

»Da muss ich Sie leider enttäuschen«, hielt Niemann sie zurück.

»Warum?«

»Weil Sie sich noch zur Verfügung halten müssen, bis alle Fragen geklärt sind.«

1

Tilde saß am Strand und blickte auf das Watt hinaus. Das Meer hatte sich zurückgezogen, und die Sonne spiegelte sich in den Prielen. Familien hatten es sich unter Sonnenschirmen und in Strandkörben gemütlich gemacht, Kinder buddelten im Sand. Ganz in der Nähe baute ein Vater selbstvergessen an einer Sandburg, während seine Tochter Muscheln, Federn und Krebsschalen sammelte, um die Festung damit zu verzieren. Die meisten der Strandbesucher dösten jedoch unter Schatten spendenden Schirmen und Strandmuscheln in der brütenden Hitze vor sich hin, bis auf einige Verwegene, die sich wie Brathühnchen in der prallen Sonne rösten ließen.

Da Tilde keinen Sonnenschirm besaß, hatte sie ihren Regenschirm mit an den Strand genommen. Nach einem ausgedehnten Spaziergang hatte sie sich ein Krabbenbrötchen an einem Fischimbiss gekauft und mit Genuss verspeist, um sich anschließend ein ruhiges Plätzchen zu suchen und den Kriminalroman zu lesen, der irgendwo in England spielte. Sie hatte sich diese Urlaubslektüre am Bremer Bahnhof gekauft, denn sie hegte eine heimliche Schwäche für skurrile Mordgeschichten.

Nachdem sie die ersten Seiten gelesen hatte, musste sie sich jedoch eingestehen, dass sie nichts begriff, denn ihre Gedanken schweiften immer wieder ab. Es war zum Mäusemelken. Sie hatte sich so sehr nach dem Meer gesehnt, und jetzt, wo sie endlich am Ziel war, musste sie feststellen, dass es ihr keinen rechten Spaß machte, denn diese hässliche Geschichte ging ihr nicht aus dem Kopf.

Es gab da ein paar Dinge, die sie sehr beschäftigten und denen sie gern auf den Grund gegangen wäre, zum Beispiel Arianes affiges Theater am Frühstückstisch, ihr angeblicher Schwächeanfall. Auch Hennings unglaubliche Behauptung, dass Gundula nicht zufällig in den Erdkeller geraten sei, oder der seltsame Streit um Bakterienschlachtschiffe am gestrigen Abend. All das gab ihr zu denken, und es wurmte sie, dass sie die Wahrheit wohl nie erfahren würde.

Ariane wartete ganz offenbar schon sehnsüchtig darauf, dass die Gäste ihr Haus verließen. Der Dorfpolizist gab sicher bald grünes

Licht für die Abreise. Den Koffer hatte Tilde deshalb längst gepackt, wie die anderen auch, obwohl es ihr in den Fingern juckte, der Sache weiter nachzugehen. Sie würde zu gern ein bisschen Polizistin spielen, nur war das leider nicht ihr Auftrag. Eine Reportage über die tödlichen Gefahren beim Grillen, womöglich neben den neuesten veganen Barbecue-Rezepten, käme nicht besonders gut – besonders nicht in der »Cottage«.

Leicht verstimmt klappte sie das Buch zu, streckte sich aus und schloss die Augen. Es musste doch möglich sein, dieses verfluchte Meer noch ein bisschen zu genießen. Sie sog tief die Salzluft ein. Es roch nach Tang, Möwen segelten auf der Suche nach Essbarem kreischend über den Himmel. Eine leichte Brise strich über den heißen Sand. Diese Szene wäre ein schöner Anfang für einen Artikel. Sie wüsste auch schon den Titel: »Grausiger Tod auf glühenden Kohlen«.

Sie kam hoch und wischte sich den Schweiß vom Gesicht. Sie spürte ein leichtes Kribbeln unter der Kopfhaut und wusste, was das bedeutete. Sie hatte Blut geleckt. Wer bestimmte denn darüber, an wen sie ihre Artikel verkaufte und über was sie schrieb? Und war sie nicht sowieso beruflich hier? Es wäre dumm, jetzt einfach die Segel zu streichen.

Ich könnte mich im Dorf einmieten, schoss es ihr durch den Kopf. Das mit dem Malkurs war doch sowieso nur ein Vorwand gewesen, um hierherzukommen. Und jetzt, wo sie schon mal da war, könnte sie ungeniert am Strand liegen, lesen, Krabbenbrötchen essen und ganz nebenbei ein bisschen recherchieren.

Tilde klappte ihren Regenschirm zu und erhob sich. Gut gelaunt nahm sie ihre Sandalen in die Hand und schlenderte zurück zum Hof.

Kurz vor ihr fuhr ein Taxi auf den Vorplatz des Coors'schen Künstlerhofs. Ein Mann stieg aus. Tilde erkannte, dass es Henning war. Er trug immer noch die Schlafanzughose samt Unterhemd, diesen Aufzug hatte er schon in der Nacht angehabt.

Tilde machte einen Schritt auf ihn zu, aber er schien sie nicht zu bemerken. Er schlurfte müde und mit gesenktem Kopf ins Haus.

Sie zögerte. Sollte sie ihm folgen? Er machte nicht den Eindruck, scharf auf ein Interview zu sein. Schließlich war seine Lebensgefährtin gerade gestorben. Aber Zurückhaltung sollte nicht unbedingt zu den Tugenden einer Journalistin gehören, zumal wenn sie in einem Todesfall recherchierte. Also wischte sie alle Bedenken beiseite und lief ihm hinterher. Sie holte ihn vor seiner Zimmertür ein.

»Herr Stein? Henning?« Sie war sich plötzlich nicht mehr sicher, ob sie ihn weiterhin duzen durfte.

Die Klinke in der Hand drehte er sich zu ihr um. Tilde wich einen Schritt zurück. Er wirkte vollkommen niedergeschmettert, war blass und hatte rot geweinte Augen.

Sie schluckte die Frage, die ihr auf der Zunge lag, hinunter und reichte ihm schweigend die Hand, aber er reagierte nicht, also ließ sie sie wieder sinken.

»Herzliches Beileid«, sagte sie leise und versuchte den Kloß, der ihr im Hals steckte, zu ignorieren.

Er wandte sich wieder ab. »Was willst du?«, fragte er heiser. Er wollte den Schlüssel in das Schloss seiner Zimmertür stecken, aber die Tür war schon offen. Sie schwang auf, als er die Klinke nach unten drückte.

»Niemann war da drin«, erklärte Tilde.

Henning drehte sich zu ihr um und sah ihr ins Gesicht. An seiner Nasenspitze hing ein Tropfen. Sie war drauf und dran, ihn darauf aufmerksam zu machen, aber sie beherrschte sich.

Stattdessen sprudelte es aus ihr heraus: »Da fahrt ihr zusammen in einen ganz besonderen Urlaub, und dann verirrt sich Gundula ausgerechnet in diesen Erdkeller. Das ist doch wirklich blöd, oder meinst du …«

Hennings linkes Auge zuckte, und Tilde spürte, dass sie rot wurde, noch bevor sie den Satz zu Ende gesprochen hatte. Endlich wischte er sich über die Nase.

Tilde versuchte ein Lächeln. »Entschuldige bitte. Ich rede dummes Zeug. Ich weiß einfach nicht, was ich sagen soll.«

»Dann halt doch die Klappe«, schnaubte Henning.

Tilde schluckte. Sie sollte ihn jetzt besser allein lassen, das wäre anständig, aber dies war die letzte Gelegenheit, mit ihm zu sprechen, vermutete sie. Während sie in Gedanken weiter an ihrer ersten Frage bastelte, sagte er: »Das war Absicht.«

Tilde starrte ihn an. »Dann glaubst du tatsächlich, dass sie sich das Leben genommen hat? Aber warum hat sie das getan?«

Henning ließ die Klinke los und machte einen Schritt auf sie zu. Er war ihr jetzt so nahe, dass sie seinen schlechten Atem roch. Sie zwang sich, nicht zurückzuweichen.

»Selbstmord? Niemals. Da hat jemand nachgeholfen, und ich weiß auch schon, wer«, presste er zwischen den Zähnen hervor. Seine schlammbraunen Augen glühten regelrecht auf vor Hass.

Tilde bekam weiche Knie. »Du meinst, es war Mord?«

Henning nickte langsam.

»Hast du das der Polizei gesagt?«

»Natürlich habe ich das der Polizei gesagt.« Er stupste Tilde gegen die Schulter. »Jetzt geht euch der Hintern ganz schön auf Grundeis, was?«

»Wieso ›euch‹?« Tilde verstand die seltsame Bemerkung nicht, aber Hennings Blick wanderte wieder in die Ferne.

»Dieses ganze Kommando ist so was von im Arsch«, flüsterte er.

Sie verstand kein Wort. Henning redete wirres Zeug. Langsam machte er ihr richtig Angst.

»Polizeiobermeister Niemann wollte übrigens mit dir reden«, bemerkte sie, nur um etwas zu sagen.

Henning lachte verächtlich auf. »Warum? Der denkt doch auch, dass es ein Unfall war. Das ist so schön einfach.«

Tilde wich noch einen Schritt zurück, denn Henning erinnerte sie jetzt ein wenig an Ariane. Seine Gesichtszüge hatten einen leicht irren Ausdruck angenommen. Er schien durch sie hindurchzublicken. Dann verzog er plötzlich das Gesicht zu einer hässlichen Fratze und hob drohend den Zeigefinger.

»Zieht euch warm an! Ihr alle!«

Aus heiterem Himmel machte er noch einen Schritt auf Tilde zu und schubste sie heftig zurück. Sie prallte gegen die Wand und schrie auf. Henning packte sie im Würgegriff am Hals und schüttelte sie. Tilde glaubte, ihr letztes Stündchen habe geschlagen. Sie krallte voller Panik die Hände in seine Arme und versuchte, ihn wegzuschieben, aber Henning, so dürr, wie er war, besaß Bärenkräfte.

»Und falls ihr versuchen solltet, mich als Nächsten dranzukriegen, dann denkt immer daran: Ich weiß alles!«

Spucketropfen regneten ihr ins Gesicht, und ihr Magen drehte sich um. Sie war kurz davor, ohnmächtig zu werden, da ließ er sie los, und Tilde rutschte die Wand hinunter. Sie keuchte und rieb sich den schmerzenden Hals.

»Was soll das Theater, Henning?«, flüsterte sie und schluckte mühsam. Das Sprechen fiel ihr schwer. »Hast du am Ende selbst etwas mit Gundis Tod zu tun?«, stieß sie hervor. »Oder willst du uns das anhängen?«

»Liege ich da so falsch?«

»Niemand wäre auf die Idee gekommen, sie im Erdkeller zu suchen!«

Einen Moment lang glaubte Tilde, er würde sich noch einmal auf sie stürzen, aber er wandte sich von ihr ab, hastete mit zwei langen Schritten zu seinem Zimmer und verschwand türenknallend. Tilde hörte, wie er von innen den Schlüssel umdrehte. Wie vom Donner gerührt saß sie da, an die Wand gelehnt, und versuchte, irgendeinen Sinn in Hennings Verhalten zu erkennen.

»Ist er zurück?«, fragte jemand hinter ihr.

Tilde wandte den Kopf. »Otto! Meine Güte, du hast mich erschreckt.«

Er reichte ihr die Hand, und sie ließ sich von ihm auf die Füße ziehen. Seine Hand war kräftig und warm. Er blickte sie besorgt an.

»Entschuldige. Ich habe Stimmen gehört. Es klang nach Streit.«

Sie warf einen ängstlichen Blick auf Hennings Zimmertür. »Streit? Na ja, ich weiß nicht recht. So kann man das nicht nennen.«

Otto Coors musterte sie. »Was ist passiert? Du bist weiß wie die Wand.«

Tilde rieb sich den Hals. »Er ist völlig durcheinander. Fast schon irre. Er hat sich da drinnen eingeschlossen.«

»Und weiter war nichts?«

Sie überlegte, ob sie ihm Einzelheiten schildern sollte, beschloss aber, Hennings abstruse Vorwürfe vorerst für sich zu behalten. Arianes Mann wirkte selbst vollkommen erschöpft. Er hatte genug mit seiner Frau zu tun, die sich seit letzter Nacht wahlweise ins Bett verkroch und heulte oder rastlos durchs Haus geisterte.

»Am besten lassen wir ihn in Ruhe, bis er sich gefangen hat«, meinte sie und nahm sich vor, einen günstigen Moment abzuwarten, um ihn noch einmal zu dem vergangenen Abend zu befragen. Die Sache wurde tatsächlich immer verwirrender, und wie es schien, war Otto Coors der Einzige, der das eine oder andere Geheimnis lüften konnte.

»Gut«, seufzte er. »Lass uns ein bisschen vor die Tür gehen. Da können wir ungestört reden.«

Tilde folgte ihm nach draußen. Otto deutete auf eine Bank gleich neben Hein Klabuster, der auch in der größten Sommerhitze gelassen seine Pfeife rauchte. Sie setzten sich in den Schatten des tief hängenden Reetdaches und blickten eine Weile schweigend zum Deich.

»Ich verstehe nicht, warum sie Henning in diesem Zustand nicht in der Klinik behalten haben«, sagte Tilde schließlich. »Die müssen doch gemerkt haben, dass er nicht ganz zurechnungsfähig ist.«

»Willst du mir nicht sagen, was er getan hat?«

»Er hat mich geschubst.« Tilde machte eine Pause. »Und gewürgt. Ein bisschen jedenfalls.«

Otto sog hörbar die Luft ein. »Er hat dich gewürgt? Einfach so?«

Tilde malte mit dem Fuß einen Kreis in den Kies. »Na ja. Ich hätte ihn nicht fragen sollen, ob Gundula sich selbst …« Sie stockte.

»Hat er etwas darauf geantwortet?«, fragte Otto schnell.

Tilde biss sich auf die Zunge, um nicht mit Hennings Mordverdacht herauszuplatzen, und schüttelte den Kopf.

Otto seufzte tief. »Dass ich mal mit ihm rede, hat wohl keinen Sinn, oder? Was denkst du?«

»Auf keinen Fall.« Sie warf ihm einen prüfenden Blick zu. »Was willst du denn von ihm?«

»Nichts Bestimmtes.« Er machte eine vage Handbewegung. »Ich war gerade auf dem Weg zu ihm, um ihm mein Beileid auszusprechen. Ich denke, das macht man doch so, oder?« Er stützte sich auf den Knauf seines Stocks. »Es ist entsetzlich! So ein schrecklicher Unfall auf unserem Hof.«

Tilde nickte. Irgendwie hatte es ihr die Sprache verschlagen, was selten vorkam. Vielleicht lag es daran, dass sie Ottos Körperwärme an ihrer Seite spürte, und sie nahm seinen Geruch wahr. Er duftete nach einem Hauch Rasierwasser und nach sich selbst. Nie hatte ein Mann besser gerochen. Sie schloss die Augen und sog die Luft ein.

»Geht es dir nicht gut?«, fragte Otto.

Tilde riss die Augen auf. »Was? Doch. Alles okay. Warum?«

»Ich dachte nur.«

»Ah. Ja. Ich hab das auch gerade gemacht. Denken, meine ich.«

Was redest du denn für einen Müll?, dachte Tilde verwirrt.

Otto legte ihr eine Hand auf den Arm. Tilde spürte, dass sein Blick auf ihr ruhte, und sie hätte sich am liebsten an seine starke Schulter gelehnt, wie die Frau in dem englischen Krimi, den sie las. Aber das hier war kein Cottage in Cornwall und Otto kein Retter in der Not. Das hier war Meckum an der Nordsee.

»Henning hat etwas Komisches gesagt«, sagte sie da, schneller, als ihr Kopf es ihrer Zunge hatte verbieten können.

Otto zog seine Hand weg und richtete sich auf. »Etwas Komisches? Und was war das?«

»Er hat sich so eine Art Verschwörungstheorie zurechtgelegt. Er glaubt, wir seien schuld an Gundulas Tod und würden ihn als Nächsten umbringen.«

Tilde schluckte. Jetzt, wo sie es ausgesprochen hatte, kam es ihr nur noch albern vor.

»Meine Güte, Tilde! Das kannst du doch nicht ernst nehmen, dieses wirre Gefasel.«

Sie lachte entschuldigend. »Das habe ich mir auch gedacht, aber immerhin ist er mir an die Gurgel gegangen. Schon seltsam, oder? Ich frage mich, wie er auf so etwas kommt und warum er so empfindlich reagiert.«

Otto stöhnte hörbar auf und rückte von ihr ab. »Hör doch endlich mal auf, in dieser Sache rumzustochern, Tilde. Es ist alles schon schlimm genug, findest du nicht?«

Tilde nickte nachdenklich. »Du hast recht. Aber dieses Stochern, das ist so eine Art Berufskrankheit, weißt du? Und du musst zugeben, dass es das eine oder andere in dieser Geschichte gibt, das zum Stochern geradezu einlädt.«

Otto sah sie von der Seite an, dann stemmte er sich von der Bank hoch. »Ich habe uns einen Kaffee gekocht. Und Sandwiches gibt es auch. Kommst du? Die anderen warten sicher schon.«

Tilde blickte ihn von der Seite an. »Und wenn es doch kein Unfall war?«

Er runzelte die Stirn. »Komm jetzt. Der Kaffee wird kalt.«

8

Einige Jahre vorher

Sie stieg ein. Der Busfahrer hatte wie seine Gäste das Rentenalter ebenfalls weit überschritten. Vielleicht musste er sich etwas dazuverdienen? Aus dem Radio blökte laut irgendein Schlagersternchen von tausendfacher Liebe.

Sie war weder schwerhörig noch Schlagerfan. Sie bevorzugte klassische Musik. Als es ihrem Mann noch besser gegangen war, waren sie regelmäßig ins Theater gegangen. Sie mochten beide die Oper, wobei sie persönlich die Operette vorzog. Nun, sie würde das Gedröhne aus dem Radio einfach ignorieren und an das Geld denken, das sie gewonnen hatte. Alles andere war unwichtig, schließlich war sie nicht zum Vergnügen hier.

Einen kleinen Moment lang schweiften ihre Gedanken ab zu ihrem Mann, der zu Hause allein in seinem Bett lag. Ob es ihm gut ging? Ob der Pflegedienst seine Arbeit zuverlässig machte, wie abgesprochen? Er war ja so hilflos. Sie beruhigte sich, indem sie an die Worte der Pflegerin dachte: »Wir kümmern uns, Frau Barthus. Spannen Sie ein bisschen aus, das muss auch mal sein.«

Sie ließ sich tiefer in die Polster sinken. Der Bus war recht komfortabel, mit Toilette, Minibar und Klimaanlage. Die Fahrt nach Potsdam, denn das war ihr Ziel, würde fünf Stunden dauern. So lange könnte sie den Krach aus den Lautsprechern ertragen. Ihre einzige Sorge war das Hotelbett. Sie hatte es im Rücken, seit sie ihren Mann Tag für Tag aus dem Bett stemmen musste. Andererseits waren es nur zwei Nächte. Die ersten beiden, die sie in all den Jahren ohne ihn verbrachte.

»Friedrich«, flüsterte sie, und Tränen stiegen ihr in die Augen. Sie fühlte sich nackt ohne ihn, unvollständig. Sie tröstete sich mit dem Gedanken, dass sie es für ihn tat. Es musste sein.

Endlich fuhr der Bus los. Jemand ließ sich schwer neben ihr in den Nachbarsitz fallen und wedelte sich mit einem Briefumschlag Luft zu. Der Brief sah exakt so aus wie ihr eigenes Gewinnzertifikat.

9

»Da hätten wir auch malen können, wenn wir schon hier rumsitzen müssen. Wir haben das schließlich bezahlt«, maulte Marleen. Sie saß neben Cornelia, die in einem Bildband über den Expressionismus blätterte, den sie sich aus dem Bücherregal in der Wohndiele genommen hatte.

Marleen mischte einen Stapel Tarotkarten. Sie saßen im Garten, nachdem sie den Imbiss in gedrückter Stimmung hinter sich gebracht hatten. Ariane hatte sich nicht blicken lassen, worüber zumindest Tilde nicht traurig war. Dafür wartete sie sehnlichst auf ein Zeichen von Polizeiobermeister Niemann. Der könnte ihr vielleicht die eine oder andere Frage beantworten, wenn er denn endlich käme. Mehr als warten konnte sie im Moment nicht tun, auf Niemann – und auf Henning, der sich in seinem Zimmer verbarrikadiert hatte. Also hatte sie sich wohl oder übel Marleen und Cornelia angeschlossen, die es sich im Garten bequem gemacht hatten. Auch Tilde hatte sich gleich auf einen der Liegestühle gestürzt, jetzt blätterte sie in einer Gartenzeitschrift.

»Ariane geht es nicht gut«, seufzte Cornelia. »Otto meinte, der Arzt hat ihr ein Beruhigungsmittel verschrieben. Sie hat sich hingelegt.«

»Die Arme«, seufzte Marleen, ohne von ihren Karten aufzublicken. Cornelia schlug den Bildband zu, um ihr beim Kartenlegen zuzusehen.

Tilde hatte kaum zugehört. Sie versuchte, einen Artikel über die Zucht von Sukkulenten zu Ende zu lesen, aber immer wieder wanderten ihre Gedanken zu Henning. Wenn er in seinem Zustand nur nichts Dummes anstellte. Sie nahm sich vor, an seine Tür zu klopfen, wenn er sich die nächste Stunde nicht blicken ließ.

Otto Coors war ins Dorf gefahren, um Niemann aufzustöbern. Das Warten zermürbte sie alle. Am liebsten hätte Tilde ihn begleitet, aber Otto hatte ihren Vorschlag mit dem Hinweis abgelehnt, er müsse vorher noch zum Arzt. Sie schlug die Zeitschrift zu. Gartenkakteen fand sie nur mäßig interessant. Sie erhob sich ächzend aus dem Liegestuhl und trat an den Tisch, wo Cornelia und Marleen über den Karten brüteten.

Sie sahen zu ihr auf. »Möchtest du mitmachen? Das ist total interessant«, sagte Cornelia, und ihre Augen leuchteten vor Begeisterung. »Die Karten verraten dir alles. Echt faszinierend!«

»Nee, lass mal. Ist nicht so mein Ding.«

»Marleen hat die Karten gerade danach befragt, wie es Gundula geht.«

»Gundula?« Tilde lachte. »Ich würde mal sagen, dann ist das die falsche Frage.«

»Es geht ihr gut«, sagte Marleen mit Nachdruck. »Sie lässt grüßen.«

»Aus der Kühlkammer?«

»Blödsinn! Da liegt doch nur ihre Hülle.«

Tilde verkniff sich jede weitere Bemerkung. »Ich werde mal an Hennings Tür klopfen und fragen, wie es *ihm* geht.«

»Ich dachte, der hat sich eingeschlossen?«, bemerkte Marleen kühl, während sie eine Karte vom Stapel nahm.

Tilde nickte. »Ja, das hat er. Aber die Wahrscheinlichkeit, dass er antwortet, liegt um einiges höher als bei Gundula.«

»Ich könnte auch die Karten danach befragen«, schlug Cornelia vor, »dann musst du nicht zu ihm. Ich meine, er ist dir immerhin an den Hals gegangen.«

»Mach, was du für richtig hältst«, sagte Tilde. »Ich persönlich rede lieber selbst mit den Leuten, und zwar bevor sie im Leichenhaus liegen.«

Sie überhörte das empörte Schnauben der beiden Frauen und machte, dass sie wegkam. Dieses übersinnliche Gequatsche ging ihr gehörig auf die Nerven.

An der Haustür angekommen verließ sie jedoch der Mut. Tilde blieb auf der Schwelle stehen und rieb sich den Hals. »Du hast es gut«, sagte sie zu Hein Klabuster, »sitzt den ganzen Tag hier rum, und nichts kann dir etwas anhaben.«

Täuschte Tilde sich, oder lächelte er? Unmöglich. »Jetzt werde ich auch schon komisch.«

Sie gab sich einen Ruck und trat in das Haus ein, und zum ersten Mal fiel ihr auf, wie düster es hier drinnen war. Es roch nach Staub und morschem Holz. Das Gebäude schien nach Gundulas Tod seltsam gealtert zu sein, es fühlte sich verlassen an. Sie ging schnurstracks die Treppe hinauf in den Gästetrakt, blieb vor Hennings Tür stehen und lauschte. Sie drückte ihr Ohr gegen das Türblatt. Die Stille dahinter war so groß wie der Weltraum.

Sie fasste die Klinke und drückte sie vorsichtig herunter. »Henning?«, rief sie leise. »Kann ich irgendetwas für dich tun?« Sie horchte angestrengt.

Nichts rührte sich. War er überhaupt noch da drinnen?

Tilde betrachtete ihre Finger, die die Klinke so fest gedrückt hielten, dass die Knöchel weiß hervortraten. Sie ließ los und wischte sich die feuchten Handinnenflächen am T-Shirt ab. Irgendetwas stimmte hier nicht, aber was? Henning meldete sich nicht. Na und? Höchstwahrscheinlich schlief er nach all den Strapazen, das wäre nur vernünftig. Dennoch blieb diese unheilvolle Ahnung.

Tilde blickte den Flur hinunter, um sich zu vergewissern, dass sie allein war. Dann ging sie in die Hocke und linste durch das altmodische Schlüsselloch, konnte aber nur die Rückseite eines Sessels erkennen, der wenige Meter von der Tür entfernt stand. Mist.

Sie richtete sich auf und klopfte noch einmal an die Tür, diesmal etwas lauter. »Henning? Bist du da drinnen?«

Keine Antwort.

Vom Flur her hörte sie leise Schritte. Sie wandte sich um, aber da war niemand. Möglicherweise schlich Ariane wieder durch das Haus. Tilde schüttelte ihre Beklemmung ab und machte auf dem Absatz kehrt. Sie nahm sich vor, in der Wohndiele nachzusehen, ob sie dort jemanden fand, der ihr weiterhelfen konnte. Und falls Otto zurückgekehrt war, hatte er vielleicht Neuigkeiten von Niemann. Aber weder im Flur noch in der Diele stieß sie auf eine Menschenseele.

Sie durchquerte den Raum, warf einen Blick in die angrenzende Küche und kam sich dabei wie ein Eindringling vor. »Ist hier jemand?«, rief sie laut.

Niemand antwortete. Aus den Augenwinkeln nahm sie eine Bewegung wahr und drehte sich schnell danach um. Wieder hatte sie sich getäuscht – oder verfolgte sie jemand, der nicht entdeckt werden wollte?

»Ist da jemand?« Tilde hörte nur ihren eigenen Atem.

Und noch etwas. Sie zuckte zusammen. Da war es wieder.

Dieses Mal hatte sie sich nicht getäuscht: ein leises Knarren und Rascheln im Gebälk. Tilde spürte, wie sie eine Gänsehaut bekam. Das Haus steckte voller Schatten. Hatten Marleen und Cornelia am Ende doch recht mit ihrer Küchenesoterik, und Gundula war zurückgekehrt an den Tatort? Sei nicht albern, rief sie sich zur Vernunft. Es mussten die Holzbohlen sein, die sich in der Hitze dehnten. Oder die Geräusche kamen von draußen.

Tilde warf einen Blick aus einem der Dielenfenster. Der Hof war leer, Ottos Wagen fehlte, er war immer noch im Dorf unterwegs. Sie fühlte sich plötzlich müde und ausgepumpt und setzte sich an den Tisch. War es erst gestern gewesen, dass sie hier das erste Mal mit Otto Coors geredet hatte? Ihr kam es vor, als wären seitdem hundert Jahre vergangen. Warum war sie nicht einfach am Strand geblieben? Was zum Teufel hatte sie bewogen, sich in diese Geschichte einzumischen? Konnte sie nicht einmal ihre verfluchte Neugierde im Zaum halten?

Entschlossen stand sie wieder auf. Ich hole jetzt meine Badesachen, dachte sie, bevor die Badezeit vorbei ist und die Ebbe wieder einsetzt. Sie warf einen sehnsuchtsvollen Blick aus dem Fenster, da fiel ihr Blick auf einen hageren Mann. Er trug einen dunkelblauen Jogginganzug und schlich gerade aus einem der Nebengebäude, blieb im Schatten einer Eiche stehen und blickte sich verstohlen um.

Tilde erkannte sofort, dass es Henning Stein war. Sie stellte sich hinter das Fenster, um ihn besser im Blick zu haben. Nachdem er sich vergewissert hatte, dass ihn niemand beobachtete, überquerte er schnell den leeren Hof.

Sie hörte, wie die Haustür leise geöffnet wurde und wieder ins Schloss fiel, wagte kaum zu atmen und lauschte angestrengt. Zum Glück konnte er sie vom Flur aus nicht sehen, und hinter dem Fenster hatte er sie offenbar auch nicht entdeckt.

Henning huschte die Treppe hinauf in den Gästebereich. Tilde hielt es nicht mehr in der Wohndiele. Sie schlich ihm nach und sah gerade noch, wie seine Zimmertür hinter ihm ins Schloss fiel. Der Schlüssel klackte, er hatte sich erneut eingeschlossen. Was trieb der Kerl? Warum stahl er sich heimlich aus seinem Zimmer und dann wie ein Schwerverbrecher wieder zurück?

Ohne lange nachzudenken, trat Tilde vor Hennings Zimmer

und schlug mit der Faust gegen die Tür. »Henning, mach auf! Ich muss mit dir reden.«

Eben noch hatte sie ihn rumpeln hören, jetzt wurde es still im Raum hinter der Tür.

»Sei nicht albern, Henning! Mach auf. Ich habe ein paar Fragen an dich.«

Wieder horchte sie lange, aber er reagierte nicht. Sie hämmerte noch einmal gegen das Türblatt. »Mach verdammt noch mal auf und lass uns wie erwachsene Menschen reden!«

Die Tür blieb weiter verschlossen. Henning gab keinen Mucks mehr von sich, und Tilde wurde wütend. »Ich sag Niemann, dass du hier rumschleichst!«

Das war zugegebenermaßen ein schlapper Einwurf. Sie klang nach ihrer Mutter, wenn sie sauer auf Tilde gewesen war: »Ich sag deinem Vater, wenn er von der Arbeit zurück ist, dass du nicht brav warst.«

Tilde trat von der Tür zurück und atmete tief durch. »Na gut. Dann gehe ich jetzt nachsehen, was du da draußen gemacht hast, wenn du nicht mit mir reden willst.«

Die Luft flirrte in der Nachmittagshitze. Tilde hörte Marleen und Cornelia leise hinter dem Sanddorngebüsch reden und eilte über den staubigen Hof zum Nebengebäude, aus dem sie Henning hatte kommen sehen. Durch die riesigen Scheiben erkannte sie, dass sich hier, wie vermutet, Arianes Atelier befand, in das sie noch keinen Schritt getan hatten.

Tilde beschattete ihre Augen und blickte durch eines der Fenster ins Innere. Staffeleien standen im Raum verteilt, auf einigen lehnten auf Holzrahmen gezogene Leinwände. Werktische säumten die Ränder des Ateliers, auf ihnen lagen und standen wild verstreut Farbtuben, Gläser mit Pinseln, Papier, Pappe und Werkzeuge. Es herrschte kreatives Chaos. Tilde versuchte, die Tür zum Atelier zu öffnen, aber sie war verschlossen. Hier drinnen konnte Henning also nicht gewesen sein.

Sie sah sich um und entdeckte, halb versteckt hinter einem Rosenbogen, einen weiteren Eingang zum Gebäude. Sie trat unter dem Rosenbogen hindurch und entdeckte ein abgestoßenes

Emailleschild an der Wand gleich neben der Tür. »Büro«, las sie und vermutete, dass sich hier Ottos Reich befand. Die Tür stand einen Spaltbreit offen.

Hier bist du also gewesen, dachte Tilde und stieß sie weiter auf. »Ist da jemand?«, rief sie ins Innere hinein. Als niemand antwortete, trat sie durch die Tür und schloss sie hinter sich.

In den ersten Sekunden konnte sie kaum etwas erkennen, denn sie war noch geblendet vom hellen Sonnenlicht. Dieser Raum hatte im Gegensatz zu Arianes Atelier nur ein einziges kleines Sprossenfenster, das zudem halb von der mächtigen Kletterrose, die den Rosenbogen berankte, verdeckt wurde. Das Licht hier drinnen war ebenso schummrig wie im Haupthaus. Ihre Augen gewöhnten sich jedoch schnell an das Halbdunkel, und sie sah sich um.

Vom Schnitt her erinnerte sie der Raum an eine Garage, und vielleicht war er das ursprünglich mal gewesen. Bis unter die Decke reichten die Regale, die vollgestellt waren mit Ordnern, Kartons und diversem Nippes. An der Rückwand stapelten sich Umzugskartons. In einer Ecke neben dem Fenster befand sich ein Schirmständer, in dem drei Gehstöcke in verschiedenen Ausführungen standen. Sie gehörten zweifellos Otto. Ansonsten strahlte der Raum pure Funktionalität aus, auf jegliche Art von schmückendem Beiwerk war hier verzichtet worden. Außer einem Kalender hing nichts an der Wand.

Tilde stellte sich vor eines der Regale und überflog die Beschriftungen der Aktenrücken. Sie las fast nur Jahreszahlen oder kryptische Abkürzungen, mit denen sie nichts anfangen konnte. Von hier aus verwaltete er also den Hof.

Sie wandte sich dem Schreibtisch zu, der die Mitte des Raumes einnahm. Es war eines dieser massiven Möbelstücke aus Wurzelholz mit Intarsien in den Türen. Auf der Tischplatte stapelten sich Papiere. Beim ersten Hinsehen erkannte Tilde Prospekte für den Künstlerbedarf und ausgeschnittene Zeitungsartikel über Ausstellungen und Aktionen von Ariane, einige davon schon vergilbt. Ein moderner Laptop lag zusammengeklappt auf der Schreibfläche.

Was hast du hier gesucht, Henning?, dachte Tilde und drehte sich einmal im Kreis, wobei sie alles aufmerksam musterte. Es war zwar nicht sehr ordentlich hier, aber nichts deutete darauf hin, dass Henning herumgestöbert hatte.

Ihr Blick fiel auf die mittlere Schreibtischschublade. Sie stand ein winziges Stück offen. Jemand hatte sie herausgezogen und nicht ordentlich wieder geschlossen. Vielleicht klemmte sie auch, das kam öfter vor bei diesen alten Möbeln, oder Henning hatte darin herumgewühlt. Sie würde es herausfinden.

Etwas huschte am Fenster vorbei, und Tilde zog die Hand, die sie schon ausgestreckt hatte, um die Lade zu öffnen, wieder zurück. Sie blickte erschrocken auf, nur um ein weiteres Mal festzustellen, dass sie die Flöhe husten hörte. Da war niemand! Sie atmete auf. Wahrscheinlich war nur ein Vogel vorbeigeflogen.

Und so was will kriminalisieren, dachte sie, wütend über sich selbst, und wandte sich entschlossen der Schreibtischschublade zu. Sie zog sie vorsichtig bis zum Anschlag heraus. Es ging ganz leicht. Klemmen konnte sie als Ursache dafür, dass sie offen gestanden hatte, ausschließen. Sie untersuchte das Schloss und erkannte auf den ersten Blick, dass es beschädigt war. Aufgebrochen vermutlich. Das Innere der Lade sah aus, als ob es durchwühlt worden wäre.

Tilde ließ sich auf den Bürostuhl fallen und betrachtete das Durcheinander eine Weile. Mehrere Notizbücher lagen wild verstreut zwischen Schreibutensilien und Kram aller Art: Schlüssel, ein Flaschenöffner, Gummibänder, einzelne Schnürsenkel und ein Aschenbecher mit einem Bild vom Watzmann und dem Schriftzug »Grüße aus Berchtesgaden« darauf. Zwischen diesem Sammelsurium stach Tilde ein Foto ins Auge. Sie zog es vorsichtig heraus. Es zeigte Otto Coors, in einen eleganten Anzug gekleidet. An seine Schulter gelehnt stand eine Frau, sie lachte in die Kamera. Es handelte sich nicht um Ariane, aber die beiden wirkten sehr vertraut. Die Frau war schwanger. Tilde drehte das Foto um, es war nicht beschriftet.

Sie blickte auf, als sie draußen das Brummen eines Motors hörte. Otto. Er kam zurück.

In aller Eile steckte Tilde das Foto ein, schob die Schublade zu und verließ das Büro.

Otto Coors stieg gerade aus seinem Wagen, als er sie vor dem Atelier entdeckte. Er winkte, und Tilde tat so, als hätte sie ihn gerade erst entdeckt.

»Otto! Schon zurück aus dem Dorf?«

»Hallo Tilde!« Er klang überrascht. »Malt ihr? Ist Ariane aufgestanden?«

Tilde schlenderte betont lässig zu ihm hin. »Nein, nein«, sagte sie, als sie vor ihm stand. »Ich hab nur einen kleinen Rundgang gemacht. Ich dachte, ich könnte mir Arianes Bilder ansehen, aber das Atelier ist abgeschlossen.«

Otto hob die Augenbrauen. »Du wolltest da rein?«

»Ist das verboten?«

»Nein. Aber Ariane ist sehr eigen. Sie lässt Fremde nie ohne Begleitung in ihr Atelier.«

»Ach so. Das wusste ich nicht.«

Er wandte sich von ihr ab und humpelte um den Wagen zum Kofferraum, anscheinend machte ihm sein Bein wieder Probleme. »Wärst du so freundlich, mir beim Ausladen zu helfen?«, rief er ihr zu. »Ich habe ein bisschen eingekauft für heute Abend.«

»Dann müssen wir also noch dableiben?«, fragte Tilde, während sie ihm um den Wagen folgte.

Otto seufzte. »So ist es. Tut mir leid.«

»Was hat Niemann denn gesagt?«

»Gundulas Leiche wurde zur Obduktion in die Gerichtsmedizin nach Oldenburg gebracht.«

Tilde klappte der Mund auf. »Sie wird obduziert? Warum denn das?«

»Henning hat wohl ziemlich viel Wind gemacht. Wo ist er überhaupt?«

»Ich habe ihn gerade gesehen, wie er ...«

Tilde wollte erzählen, was sie beobachtet hatte, aber Otto hatte sich von ihr abgewandt. Er starrte zum Haus hinüber.

»Ariane! Geht es dir besser?«, rief er überrascht aus.

Tilde folgte seinem Blick. Ariane stand vor dem Haus, direkt neben Hein Klabuster. Sie hatte sich zurechtgemacht und sah umwerfend aus, war kaum wiederzuerkennen im Vergleich zum Vormittag, als sie mit Niemann am Tisch gesessen hatten. Jetzt kam sie zu ihnen herüber. Die weite Leinenhose flatterte bei jedem Schritt um ihre Knöchel. Ihr Gesicht wurde von der ausladenden Krempe eines Strohhuts beschattet. Sie erinnerte Tilde an eine elegante Dame aus den Dreißigern, die gerade zur Sommerfrische aufgebrochen war.

Sie blieb vor ihrem Mann stehen, ohne Tilde zu beachten, und hauchte ihm einen Kuss auf die Wange. »Danke, es geht mir besser.« Sie warf einen Blick in den Kofferraum. »Wie schön. Du hast eingekauft?«

»Ja. Hab ich«, sagte er und reichte Tilde zwei prall gefüllte Supermarkttüten, wobei er die Augen nicht von seiner schönen Frau lassen konnte.

Ariane hakte sich bei ihm ein, zu zweit schlenderten sie zum Haus zurück und ließen Tilde mit dem Einkauf stehen. Sie folgte ihnen grummelnd in die Küche und kam sich dabei vor wie ein Sherpa.

Sie stellte die Tüten auf dem Küchentisch ab, während Otto Ariane einen Kuss gab. Angesäuert drehte Tilde sich um und wollte gerade wieder verschwinden, als Ariane sich von ihrem Mann losmachte und sie warm anlächelte.

»Jetzt trägst du uns schon die Sachen nach. Entschuldige, Tilde. Ich war mit meinen Gedanken gerade ganz woanders.«

Das habe ich gemerkt, dachte Tilde und rang sich ein knappes »Keine Ursache« ab.

Otto ließ sich auf einen Stuhl am Tisch fallen. Stöhnend rieb er sein Knie. »Diese verfluchte Prothese.«

»Hast du wieder Schmerzen?«, fragte Ariane besorgt.

Otto nickte.

»Möchtet ihr beide ein Glas Wasser?«, fragte Ariane.

»Gern«, antwortete ihr Mann und streckte sein Bein aus.

Tilde, die etwas verloren am Tisch stand, nickte ebenfalls, und Ariane öffnete den Kühlschrank, um eine Karaffe mit Wasser herauszunehmen und drei Gläser zu befüllen. Tilde kam sich sehr fehl am Platz vor und wäre lieber gegangen, aber sie wollte nicht unhöflich sein, also nahm sie das Glas, das Ariane ihr reichte, und trank es aus.

Verlegen sah sie sich in der Küche um, in die sie bisher nur einen kurzen Blick geworfen hatte. Statt einer Einbauzeile aus dem Möbeldiscounter stand links von ihnen ein honigfarbenes Küchenbüfett mit bunten Glaseinsätzen in den Türen. Ein etwas klapprig wirkender

Gasherd befand sich an der gegenüberliegenden Wand, gleich neben der Spüle und dem Kühlschrank. Tisch und Stühle sahen ebenso antik aus wie das Büfett. Im Grunde war es zusammengewürfeltes Zeugs, das hier stand, nicht viel mehr wert als Trödelware, aber es wirkte ungeheuer gemütlich. Dazu kam der unverstellte Blick durch das Sprossenfenster direkt auf den Deich, auf dem die Schafe faul in der Sonne lagen. Unter anderen Umständen hätte Tilde diesen Raum geliebt, doch jetzt fühlte sie sich unwohl. Sie stellte das Glas auf dem Tisch ab und fasste einen Entschluss.

»Ich muss euch etwas sagen«, begann sie vorsichtig.

Otto und Ariane hoben gleichzeitig die Köpfe.

»Es hat vielleicht nichts zu bedeuten, aber ich habe Henning dabei beobachtet, wie er aus dem Büro neben dem Atelier kam.«

»Aus *meinem* Büro? Was zum Teufel wollte er denn da?« Otto knallte sein Glas so heftig auf die Tischplatte, dass Wasser herausschwappte. »Und wann hast du ihn da beobachtet?«

Tilde senkte verlegen den Kopf. »Gerade eben. Ich habe nachgesehen, was er dort getrieben hat, als du aus dem Dorf gekommen bist.«

»Dann wolltest du also gar nicht in Arianes Atelier?«

Tilde lachte verlegen. »Ich habe ein bisschen geflunkert. Tut mir leid.«

»Moment mal.« Ariane klang ein wenig empört. »Wer wollte in mein Atelier?«

Tilde hob abwehrend die Hände. »Ich schwöre, ich habe im Büro nichts angefasst, und ich war auch nicht im Atelier. Ich wollte nur nach dem Rechten sehen.«

»Und was hat Henning in meinem Büro gemacht?«, wollte Otto wissen.

»Wie es aussieht, hat er deinen Schreibtisch durchwühlt.«

Er lachte auf. »Meinen Schreibtisch? Was hat er gehofft, dort zu finden?«

»Warum lässt du auch immer die Tür offen?«, schnauzte Ariane ihren Mann unvermittelt an.

Er wandte sich ihr zu. »Das stimmt doch gar nicht! Ich hatte abgeschlossen. Obwohl …« Sein Blick glitt nachdenklich durch das Fenster.

»Siehst du, du weißt es nicht einmal.« Ariane wandte sich kopfschüttelnd Tilde zu. »Wurde etwas gestohlen?«

»Woher soll ich das wissen?«

»Na, trug er etwas bei sich, als er aus dem Büro kam?«

»Nein. Ich glaube nicht. Wenn er etwas mitgenommen hat, war es so klein, dass er es in die Hosentasche stecken konnte. Ich habe nicht gesehen, dass er etwas in der Hand hatte.«

»Es reicht jetzt!« Otto wandte sich vom Fenster ab und griff nach seinem Stock. Er schien entschlossen, Henning damit eins überzuziehen, wenn er ihm nicht einen sehr guten Grund für seinen Einbruch nennen konnte.

»Bestimmt gibt es dafür eine ganz harmlose Erklärung«, beschwichtigte Tilde halbherzig.

»Wo ist er jetzt?«

»Er hat sich wieder in seinem Zimmer eingeschlossen.«

Otto humpelte wütend aus der Küche.

Tilde wäre ihm gern gefolgt, einerseits um zu verhindern, dass Henning Otto ebenfalls an die Kehle ging, andererseits um zu sehen, was als Nächstes passierte. Sie lief los und kam schon am Tisch vorbei, als ihr Blick auf Ariane fiel, die sie mit zusammengekniffenen Augen beobachtete. Tilde hörte sie geradezu denken: Was ist das nur für eine neugierige Kuh!

Es kostete sie einige Mühe, sich wieder zu setzen. Sie zwang sich, aus dem Fenster zu blicken. »Was für eine schöne Aussicht.«

»Ja.«

Eine Zeit lang herrschte Schweigen, nur Ottos gedämpftes Rufen und Klopfen an der Tür drang leise zur Küche herüber.

»Über das, was hier gerade vor sich geht, wirst du doch nicht schreiben, oder?«, fragte Ariane schließlich.

»Nein, natürlich nicht«, antwortete Tilde im Brustton der Überzeugung, allerdings entsprach das nicht der Wahrheit. Sie sah schon die Schlagzeile vor sich: »Krimi auf Künstlerhof«. Das war endlich mal eine Story nach Tildes Geschmack und eine willkommene Abwechslung zu Themen wie den neuen Dekotrends im Herbst.

»Es tut mir so leid, dass das alles ausgerechnet jetzt passieren musste, wo du über unseren Hof berichten wolltest«, seufzte Ariane und riss Tilde aus ihren Gedanken.

Sie hob bedauernd die Schultern. »Da kann man nichts machen.«

Ariane lächelte traurig, und wieder wirkte ihre Mimik seltsam aufgesetzt. »Nein. Natürlich nicht.« Sie riss sich theatralisch den Strohhut vom Kopf, den sie unnötigerweise immer noch trug, und pfefferte ihn in eine Ecke. »Ich werde mir für den Rest des Lebens Vorwürfe machen.«

»Es war ein Unfall.«

Ariane nickte bekümmert und verfiel wieder in Schweigen, während Tilde verzweifelt nach einem guten Grund suchte, die Küche zu verlassen. Sie war fast erleichtert, als sie den lauten Streit in der Wohndiele hörte.

Tilde eilte zur Tür und entdeckte Otto, der Henning mit dem Gehstock vor sich hertrieb, bis sie beide vor dem Kamin zum Stehen kamen. In der Hand hielt er etwas, das aussah wie eine Fotografie.

»Wie kommen Sie dazu, in mein Büro zu marschieren und meinen Schreibtisch zu durchwühlen? Was wollen Sie eigentlich mit dem alten Bild von mir?«

»Ach! Siezen wir uns wieder?«

»In Ihrem Fall würde mir jedes Du im Hals stecken bleiben. Antworten Sie!«

»Du kennst die Antwort.«

»Was?«

»Tu nicht so unschuldig, Coors! Du weißt genau, worum es geht.«

»Ich weiß gar nichts. Ich weiß nur, dass ich den halben Tag bei der Polizei gesessen habe, um Niemann Beine zu machen, damit hier alle möglichst schnell abreisen können. Und was tun Sie? Sie verbreiten Schauermärchen und schnüffeln in meinen Sachen herum!«

»Ich habe allen Grund dazu.«

Coors fuchtelte mit dem Gehstock vor Hennings Nase herum. »Sie sind ja wahnsinnig!«

»Ich sage nur einen Namen: Dora Barthus.«

»Was?«

»Der Name kommt dir doch sicher bekannt vor.«

Otto ließ von Henning ab. Schwer atmend stützte er sich auf

den Stock. »Sie entwenden ein Foto von mir und faseln dummes Zeug. Ich rufe jetzt die Polizei. Sie verschwinden von hier, und zwar auf der Stelle!«

Mit schwerem Schritt ging er zum Telefon, das auf einem Sekretär an der Wand stand.

Henning lachte auf. »Du machst mir keine Angst. Ruf doch diesen Dorfcolumbo! Wenn er kommt, packe ich aus.«

Otto fuhr herum. »Auspacken? Was wollen Sie denn um Himmels willen auspacken? Ich kenne keine Dora Dingsbums!«

»Kann ich mir vorstellen, dass du dich nicht gern an sie erinnerst. Du hast sie schließlich ermordet, Otto Coors.«

Eine Weile sagte niemand etwas. Otto starrte Henning völlig verständnislos an. Dann schüttelte er den Kopf. »Ich höre mir das nicht länger an.« Er griff zum Telefonhörer.

»Ich habe denen übrigens gesagt, dass ihr für Gundulas Tod verantwortlich seid, du und deine Frau«, stieß Henning leise hervor.

Otto ließ den Hörer sinken. »Dann ist das also der Grund, warum die Leiche obduziert wird.« Henning nickte, und Otto sah ihn fassungslos an. »Wissen Sie, was ich glaube?«

Henning verschränkte die Arme vor der Brust. »Da bin ich aber mal gespannt.«

»Ich denke, dass Sie nur von sich selbst ablenken wollen. Gundula kam gestern völlig aufgelöst zurück, nachdem sie Sie auf Ihr Zimmer gebracht hat. Erst, als Sie beide allein miteinander waren, war sie so durch den Wind. Was haben Sie ihr denn gesagt? Haben Sie ihr Angst gemacht? Hat sie sich deshalb nicht zurück ins Zimmer getraut? War das der Grund, warum sie blöderweise im Erdkeller übernachten wollte?«

Henning sprang förmlich auf Coors zu und schlug ihm den Gehstock aus der Hand. Otto wankte kurz, hielt sich aber am Sekretär fest und angelte mit dem Fuß nach seiner Gehhilfe.

Tilde wollte ihm zu Hilfe kommen, aber Ariane war hinter sie getreten, ohne dass Tilde es gemerkt hatte. Sie berührte sie an der Schulter.

»Lass sie!«, zischte sie ihr ins Ohr.

»Ich soll meiner Gundi Angst eingejagt haben?« Henning Stein lachte laut auf. Ein Faden Speichel glänzte an seinem Kinn. Wieder ging er auf Otto los und kickte den Stock, den Otto sich schon halb geangelt hatte, mit dem Fuß quer durch den Raum. Henning packte ihn an der Schulter und schüttelte ihn.

»Du bist es! Du Drecksack!«

Otto schaffte es, sich von ihm loszumachen. Er versuchte wieder, nach dem Telefon zu greifen, das auf den Boden gefallen war, aber Henning war schnell. Er holte sich den Stock und begann, auf Otto einzuprügeln. Der hielt sich die Hände schützend über den Kopf, unfähig zu fliehen, während die Schläge auf ihn niederprasselten.

Ariane stand immer noch hinter Tilde im Türrahmen und hielt sie fest. Die drehte sich nach ihr um. Warum tat sie denn nichts? »Er blutet!«, schrie sie sie an.

Aber Ariane stand nur da wie versteinert.

Tilde hielt es nicht länger aus. Sie wischte Arianes Hand von der Schulter und stürzte sich zwischen die beiden Kampfhähne.

»Aufhören, Henning! Du bist ja völlig von Sinnen!«

Ein Schlag traf sie zwischen den Schulterblättern, sie keuchte vor Schmerz, wirbelte herum und bekam den Stock zu fassen. Sie riss ihn aus Hennings Händen.

Er schnaubte wütend. Kurz sah es aus, als ob er sich mit bloßen Fäusten über sie hermachen wollte, aber dann, als hätte jemand die Stopptaste gedrückt, ließ Henning die Arme sinken. Schwer atmend standen sie sich gegenüber. Aus dem Augenwinkel nahm Tilde wahr, wie Ariane hinter ihr quer durch die Wohndiele ging und den Raum verließ, ohne auch nur ein Wort zu sagen. Warum half sie ihrem Mann nicht? Waren denn hier alle verrückt geworden?

Henning wischte sich über die Nase und hob seine Faust in Ottos Richtung. »Für Dora!« Dann drehte er sich um und stürmte ebenfalls aus dem Zimmer. Kurze Zeit später schlug eine Tür zu.

»Danke«, stöhnte Otto und richtete sich mit Tildes Hilfe langsam auf. Sie führte ihn zu einem der Binsenstühle. Er setzte sich und betastete seine Stirn. Fassungslos starrte er auf die blutigen Finger.

»Gibt es hier irgendwo Verbandszeug?«, fragte Tilde.

»In der Küche. Neben dem Büfett.«

Sie eilte dorthin und fand sofort das weiße Schränkchen mit dem gut sichtbaren roten Kreuz darauf. Sie riss es auf und nahm heraus, was sie brauchte. Dann lief sie zurück, zog einen Stuhl heran und setzte sich vor Otto. Er zuckte zusammen, als sie begann, die Platzwunde an der Stirn abzutupfen.

Sie hielt inne. »Entschuldige. Ich bin nicht sehr geübt in solchen Dingen.«

»Dass du das überhaupt für mich tust …«

»Ist doch selbstverständlich.«

Sie sahen sich kurz in die Augen. Dann setzte Tilde ihr Werk fort, wobei sie sich bemühte, behutsamer vorzugehen, aber ihre Finger zitterten stark. Tausend Fragen lagen ihr auf der Zunge, doch sie kniff die Lippen zusammen.

»Verdammt, Tilde! Ich bin kein Indianer, der keinen Schmerz fühlt!«, beschwerte sich Otto.

Tilde hatte gerade eine Kompresse sehr fest auf die Wunde gedrückt. Sie zog sofort die Hand zurück.

»Wer ist diese Dora, von der Henning gesprochen hat?«, schoss es aus ihr heraus.

»Was weiß denn ich?«, knurrte Otto mit schmerzverzerrtem Gesicht. »Ich kenne keine Dora.«

»Vielleicht war sie mal hier zu Gast?«

»Möglich. Ich kann mich nicht an alle Namen erinnern.«

»Du solltest das nachprüfen. Könnte doch sein, dass in der Vergangenheit irgendwas passiert ist, das mit den Ereignissen hier zusammenhängt. Auf jeden Fall scheinen Henning und Gundula nicht gekommen zu sein, weil sie hier malen wollten.«

Er sah sie an. »Das glaubst du?«

»Warum sollte Henning dir sonst nachschnüffeln?«

Otto nickte nachdenklich, und Tilde startete einen weiteren Versuch, die Kompresse auf seine Stirn zu kleben.

»Bist du Henning und Gundula vorher schon mal begegnet?«, fragte sie. »Vielleicht in einem völlig anderen Zusammenhang?«

Otto drehte so schnell den Kopf, dass Tilde die Kompresse fallen ließ. Sie versuchte, sie aufzufangen, doch sie landete auf dem Boden.

»Wie kommst du denn darauf?«, fragte er empört. »Solche Leute gehören normalerweise nicht zu meinem Bekanntenkreis.«

Sie hob die Kompresse auf und betrachtete sie von allen Seiten. »Ich dachte nur, dass …«

»Ja?«

Tilde riss eine neue Verpackung auf. Während sie sich wieder der Kopfwunde zuwandte, fragte sie: »Was bist du eigentlich ursprünglich von Beruf? Du warst doch nicht immer Verwalter von diesem …«

»Ahhh!«, stöhnte Otto und verzog das Gesicht.

Tilde ließ sich davon nicht beeindrucken, sondern riss einen Streifen Hansaplast mit den Zähnen von der Rolle und klebte ihn über die Kompresse.

»Geschafft!« Mit Überraschung nahm sie wahr, dass Otto jegliche Farbe aus dem Gesicht gewichen war. »Ist dir nicht gut?«, fragte sie besorgt. »Vielleicht hast du eine Gehirnerschütterung. Du solltest dich hinlegen. Oder besser noch, ich rufe einen Krankenwagen.«

»Nein!« Otto packte ihre Hand und zog Tilde nah zu sich heran. Sie spürte seinen Atem in ihrem Gesicht. »Mir geht es gut. Es ist nur die Hitze. Und deine verdammte Neugierde.«

»Meine Neugierde?«

Er ließ sie los, schloss die Augen und atmete mehrmals tief ein und aus.

Tilde beobachtete ihn besorgt. »Soll ich nicht doch lieber –«

»Nein. Du sollst nur aufhören, ständig irgendwelche Vermutungen anzustellen. Ich komme mir vor wie bei einem Dauerverhör. Es ist so schon alles schlimm genug. Da musst du nicht auch noch in allem herumstochern.«

Tilde senkte schuldbewusst den Kopf. »Es tut mir leid. Ehrlich.«

Sie begann, das Verbandszeug zusammenzuräumen. Tränen stiegen ihr in die Augen, und sie wischte sie verstohlen weg. Wieder mal hatte sie sich unbeliebt gemacht, und das auch noch bei einem Menschen, den sie mochte. Sehr sogar, stellte sie mit Verwunderung fest. Dabei kannte sie ihn kaum. Aber immer, wenn er in ihre Nähe kam, spürte sie dieses Kribbeln im Nacken, ein Gefühl, das sie fast vergessen hatte.

Seit fünfzehn Jahren war sie Witwe, und außer einigen Einladungen zum Essen, die sie an einer Hand abzählen konnte, war nichts gewesen. Sie hielt sich von Männern fern, aus leidvoller Erfahrung. Ihr Exgatte hatte sie mit so ziemlich allem betrogen, was nicht bei drei auf dem Baum gewesen war, bevor er an einem Herzinfarkt gestorben war. Ein passender Tod, fand Tilde. Und jetzt war sie drauf und dran, sich in einen verheirateten Mann zu verlieben. So gesehen war es sogar gut, wenn sie sich bei ihm unbeliebt machte, um ja nicht in Versuchung zu geraten.

Sie sammelte den Abfall zusammen und brachte ihn in die Küche, wo sie ihn in den Mülleimer warf. Als sie wieder zurückkam, um den Rest abzuräumen, griff Otto nach ihrer Hand. Sie zuckte erschrocken zurück.

»Was ist denn? Hab ich dir wehgetan?«, fragte er besorgt.

»Nein. Ich …« Sie schüttelte verwirrt den Kopf. »Es ist alles ein bisschen viel gerade.«

»Ja. Das ist es.« Er sah sie lange an. Dann nahm er vorsichtig wieder ihre Hand. Diesmal ließ sie es zu. »Ich wollte mich nur fürs Verarzten bedanken.«

»Keine Ursache«, schniefte Tilde und wischte sich mit der freien Hand über die Nase.

Sie sollte gehen, aber Otto ließ sie nicht los. Er lächelte. Diese Augen! Das Kribbeln im Nacken rieselte ihr wie ein Schauer den Rücken hinab.

Er spielte gedankenverloren mit ihren Fingern. »Du hast schöne Hände, weißt du das?«

Tilde wusste nicht, was sie darauf antworten sollte. So etwas hatte noch niemand zu ihr gesagt, nicht einmal ihr Exgatte, als sie noch frisch verliebt gewesen waren. Sie lachte leise. Otto drehte ihre Hand um und fuhr die Innenlinien mit dem Zeigefinger nach.

Geh von ihm weg, lass ihn in Ruhe, er ist gebunden!, schoss es Tilde durch den Kopf, aber sie schaffte es nicht, sich loszureißen. Er las ihr doch nur aus der Hand. Das hatte nichts zu bedeuten. Sie schloss die Augen.

»Hat Marleen dir das Handlesen beigebracht?«, fragte sie heiser.

»Hab in einer Zeitschrift beim Arzt was darüber gelesen«, antwortete er abwesend.

»Verrate mir, was du siehst.«

»Ich kann es versuchen. Aber dazu musst du dich neben mich setzen.«

Sie tat es, und Otto prüfte konzentriert ihre Handlinien. »Ich lese, dass du ein bisschen Zuwendung brauchst.«

Tilde riss die Augen auf und lachte laut. »Meine Güte! Wie hast du das nur herausgefunden?«

»Deine Herzlinie ist unterbrochen.«

Tilde entzog ihm jäh die Hand. »Ach ja?«

»Hab ich was Falsches gesagt?«

»Ich bin seit fünfzehn Jahren Witwe.«

Otto wirkte erschüttert. »Was ist passiert?«

»Mein Mann ist betrunken auf die falsche Seite der Autobahn aufgefahren.«

»Scheiße.«

»Gott sei Dank hat es niemand anderen erwischt.«

»Bist du froh, dass er weg ist?«

»Natürlich nicht.«

»Wie war er denn so, dein Mann?«

»Also, ich finde, jetzt bist *du* ziemlich neugierig.«

Er nickte grinsend und sah sie eine Weile nachdenklich an. Dann tat er etwas Unerwartetes. Er griff erneut nach Tildes Hand, zog sie zu sich heran und hauchte einen Kuss auf ihre Fingerspitzen. »Entschuldige. Es muss schrecklich für dich gewesen sein. Ich weiß, wie sich Verlust anfühlt.«

Tilde musste sofort an das geheimnisvolle Foto denken, das sie in seiner Schreibtischschublade gefunden hatte und das ihn mit einer fremden Frau zusammen zeigte. Sollte sie ihn danach fragen?

Er kam ihr zuvor. »Weißt du eigentlich, dass du eine sehr attraktive Frau bist?«

Tilde lachte auf. »Willst du mich auf den Arm nehmen?«

»Du hast schon richtig gehört. Ich meine es ernst.«

»Das sagt ausgerechnet der Mann, der mit Ariane verheiratet ist, der schönsten Frau weit und breit. Dagegen bin ich ein kleines dickes Mauerblümchen.«

Otto lachte auf, aber Tilde war noch nicht fertig. Endlich fand sie die Kraft, sich ihm zu entziehen. Sie setzte sich kerzengerade auf den Stuhl. »Sie ist deine Frau. Sie ist wunderschön, und außerdem ist sie eine tolle Künstlerin und ich nur eine Schreiberin für Buntes und Vermischtes.«

»Ich hatte nicht vor, dich zu heiraten. Ich wollte dir nur ein Kompliment machen.«

Tilde starrte Otto verständnislos an.

Er lächelte schelmisch. »War da nie ein anderer Mann in deinem Leben? Eine kleine Affäre oder so was?«

»Ah! Jetzt verstehe ich«, entgegnete Tilde. »Jetzt kommt die Sache mit der offenen Zweierbeziehung und ›Wir sind ja alle erwachsen‹ und der ganze Scheiß. Das habe ich hinter mir, es endete mit einer Katze aus dem Tierheim.«

Otto lachte auf. »Ich hoffe, es war wenigstens ein Kater?«

Tilde nickte grimmig. »Ich habe ihn kastrieren lassen, als er anfing, die Wohnung als sein Revier zu markieren und mir alles vollzupissen.«

Er lachte auf und nahm ohne Vorwarnung wieder ihre Hand. Was hatte er nur immer damit? Sie spürte, wie Otto sie mit einem kräftigen Ruck auf seinen Schoß zog. Bevor sie protestieren konnte, schlang er seine Arme um sie und vergrub den Kopf in ihrer Halsbeuge.

»Was soll das werden?«, fragte sie atemlos.

»Ein bisschen Zuwendung«, nuschelte er in ihre wilde Mähne.

»Was?«

»Bitte. Lass uns einfach nur ein bisschen hier sitzen.«

Tilde verstand die Welt nicht mehr. Ihr Herz raste. Sie strich ihm über die dunklen Locken. Sein Haar fühlte sich seidig weich an und duftete nach irgendetwas, das sie an Baumharz erinnerte.

»Warum gehst du nicht zu Ariane?«, fragte sie heiser.

Er hob den Kopf. »Zu Ariane? Was soll ich bei der?«

»Dir Zuwendung holen. Dich trösten lassen. Sie ist immerhin deine Frau.«

Er lachte verächtlich. »Meine Frau *lässt* sich trösten. Ansonsten liebt sie ihre Kunst. Daneben gibt es nichts anderes. Ich bin nur der Verwalter.«

Tilde antwortete nicht darauf. Es rührte sie, dass Otto sie ins Vertrauen zog und ausgerechnet bei ihr Trost suchte, denn so gut, wie es nach außen hin wirkte, schien es um seine Ehe nicht bestellt zu sein. Der letzte Rest Vernunft warnte sie jedoch: Lass dich nicht benutzen!

Ach, halt doch die Klappe, antwortete ihr Herz.

»Ich hoffe, du schreibst nicht darüber, was hier gerade passiert«, sagte er und lächelte schelmisch. Seine Augen funkelten.

Tilde fuhr ihm mit dem Finger über die Brauen, die kräftig geschwungen darüber wuchsen. »Davor scheinen hier mehrere Angst zu haben. Aber ich bin Journalistin, da muss man mit allem rechnen.«

»Das hatte ich befürchtet.«

Tilde spürte, wie seine Hand ihren Rücken hinunterhuschte. Es fühlte sich an, als ob leichte Stromschläge ihre Wirbelsäule entlangrasten, und sie seufzte tief.

»Es ist nicht in Ordnung, was wir hier tun«, flüsterte sie ihm ins Ohr.

»Hier ist vieles nicht in Ordnung. Wir passen uns nur an.«

»Ich denke, du solltest Niemann sagen, dass Henning in deinem Büro war.«

Er fuhr mit dem Finger die Konturen ihrer Lippen nach. Tilde wurde es heiß und kalt gleichzeitig.

»Später«, hauchte er.

Sie richtete sich auf. »Und weshalb nicht gleich? Er hat dich angegriffen.«

»Warum muss dieses Plappermäulchen immer in Bewegung sein?« Er lächelte. Dann streichelte er ihren Hals, und es fühlte sich verdammt gut an.

Trotzdem schaffte es Tilde unter großer Anstrengung, seine Hand wegzuschieben. »Das geht doch nicht«, keuchte sie, obwohl sie in diesem Moment nichts lieber getan hätte, als sich ihm hinzugeben.

Sie stand von seinem Schoß auf, richtete in einem kläglichen Versuch ihr Haar und ging zum Fenster. »Wenn Ariane uns sieht, ist hier der Teufel los. Und sie hätte recht.«

Sie hörte, wie Otto enttäuscht die Luft ausblies, und wandte sich nach ihm um. »Es tut mir leid, Otto. Aber ich kann das nicht«, fuhr sie fort. »Ich weiß, wie es sich anfühlt, betrogen zu werden. Das ist ein beschissenes Gefühl.«

Otto sah sie lange an, dann schüttelte er den Kopf. »Kannst du nicht *einmal* die Klappe halten und einfach die Dinge so hinnehmen?«

Tilde hätte sich ohrfeigen können. Sie stand da wie ein begossener Pudel und sah Otto dabei zu, wie er nun ebenfalls aufstand, wobei er das Gesicht verzog, als hätte er Schmerzen. Er hielt sich am Tisch fest, als er endlich stand, und stöhnte leise auf. Er war weiß wie die Wand.

Tilde war sofort bei ihm und ergriff seinen Arm, um ihn zu stützen. »Du solltest dich wirklich untersuchen lassen«, sagte sie streng.

Otto sah sie an. Seine Augen glänzten feucht. Was hatte er nur? »Es ist dieses verfluchte Bein«, keuchte er.

»Du lügst. Es ist etwas anderes.«

Sie standen ganz nah beieinander. Tilde meinte, seinen Herzschlag zu hören, aber es war ihr eigener. Sie öffnete den Mund, um etwas zu sagen.

Otto legte sich den Finger auf die Lippen und machte: »Scht!« Dann beugte er sich zu ihr herunter.

Einen Moment lang dachte Tilde, er wollte ihr etwas ins Ohr flüstern, aber dann spürte sie seinen warmen Atem auf ihrer Wange.

»Wir sollten das nicht …«, flüsterte sie ein weiteres Mal, brachte den Satz aber nicht zu Ende, weil er sie sanft auf die Lippen küsste.

Tilde konnte nicht anders. Sie gab jeden Widerstand auf, denn sie war ausgehungert wie ein Wolf nach einem langen Winter.

»Oh! Entschuldigung. Wir kommen wohl ungelegen?«, fragte jemand laut in ihrem Rücken.

Sie fuhren erschrocken auseinander. Marleen stand in der Tür und starrte sie mit weit aufgerissenen Augen an.

Tilde befreite sich aus der Umarmung. Hitze stieg ihr ins Gesicht und kroch bis unter die Haarwurzeln.

»Da sieh mal einer an!«, empörte sich Cornelia, die hinter Marleen zum Vorschein kam.

Tilde sammelte hektisch das restliche Verbandszeug auf dem Tisch zusammen. »Ich, ähm, habe nur geholfen.«

»Ja, das hat sie«, bestätigte Otto, und es lag etwas Spöttisches in seinem Tonfall. »Es ist nicht so, wie ihr denkt.«

»Wie ist es dann?«, fragte Marleen empört.

»Frag doch einfach deine Karten«, sagte Tilde.

10

Sie blieb den ganzen Nachmittag auf ihrem Zimmer. Die Sache mit dem Kuss und dass ausgerechnet Marleen und Cornelia sie dabei erwischt hatten, war Tilde so außerordentlich peinlich, dass sie es nicht wagte, sich blicken zu lassen. Was, wenn die beiden sie bei Ariane für diese Ungeheuerlichkeit verpetzt hatten? Marleen und Cornelia vergötterten die Künstlerin geradezu, also war es sehr wahrscheinlich, dass sie Tilde bei ihr anschwärzen wollten. Sie wunderte sich, dass Ariane nicht schon längst an ihre Tür geklopft und darum gebeten hatte, ihr die Augen auskratzen zu dürfen.

Sie verstand ja selbst nicht, wie sie sich so hatte gehen lassen können. Otto machte sie keinen Vorwurf, immerhin hatte er kurz zuvor einige Schläge auf den Kopf bekommen. Aber sie war bei Verstand gewesen. Oder hätte es sein sollen.

Tilde seufzte tief und trat an die Fensterfront ihres Zimmers, um auf das Meer hinauszusehen, das wieder bis kurz vor den Deich herangekommen war. Diesen Anblick würde sie vermissen. Es war zudem schönstes Strandwetter und seit einer Stunde auch Badezeit. Wenn sie länger wartete, wäre die Flut vorbei. Sie würde jetzt nichts lieber tun, als endlich ins Meer zu springen. Was hielt sie davon ab? Die anderen saßen bestimmt im Garten. Sie könnte sich unbemerkt davonschleichen.

Ein schmaler Weg führte über den Deich zum Meer. Als Tilde auf der Deichkrone ankam, blieb sie stehen und beobachtete eine Weile die Wellen, die träge an Land schwappten. Es ging kaum Wind. Möwen und Austernfischer staksten auf der Suche nach Krebsen und Muscheln über den Strand.

Tilde lief den Deich hinunter und setzte sich in den Sand, der noch warm war von der Hitze des Tages. Die Badetasche stellte sie neben sich. Dann zog sie sich bis auf den Badeanzug aus und schlenderte zum Wasser. Die Wellen leckten an ihren Füßen. Sie genoss das kühle Kitzeln und beobachtete eine Weile die Sonne, wie sie sich langsam dem Horizont näherte. Als sie genug davon hatte, watete sie ins Wasser und stürzte sich in die Fluten.

Es tat so gut, das Wasser auf ihrer erhitzten Haut zu spüren und den salzigen Geschmack auf ihren Lippen zu schmecken. Tilde war keine gute Schwimmerin, deshalb wagte sie sich nicht weit hinaus. Sie ließ sich eine Weile auf dem Rücken treiben und genoss es, sich von der Dünung schaukeln zu lassen. Ein Fischerboot tuckerte ganz nah vorbei und wühlte das Wasser auf. Eine Welle schwappte über sie hinweg, sie schluckte Wasser. Tilde prustete und schwamm zurück.

Als sie zu ihren Sachen zurückkehrte, entdeckte sie die Reste der Sandburg, die der Vater am Vormittag hier gebaut hatte. Sie war von der Flut zum Einsturz gebracht worden, dafür führte der Burggraben nun Wasser.

Der Strand war trotz besten Wetters nicht voll, denn viele saßen jetzt schon in den Restaurants und genossen ein frühes Abendessen. Tilde trocknete sich ab und breitete das Handtuch aus. Dann hockte sie sich im Schneidersitz darauf und griff mit beiden Händen in den Sand, um die feinen Körner zwischen den Fingern hindurchrieseln zu lassen.

Etwas abseits hockte ein Grüppchen Jugendlicher um einen Einweggrill. So wie es roch, brieten sie verbotenerweise Würstchen. Tilde lief das Wasser im Mund zusammen, denn sie hatte seit dem Krabbenbrötchen am Vormittag kaum etwas gegessen. Ob der Fischimbiss noch geöffnet hatte? Sie beschloss, auf dem Heimweg dort vorbeizuschauen. Sie hatte ohnehin wenig Lust, mit den anderen Abendbrot zu essen – wenn es überhaupt eines gab. Für sie bestimmt nicht, nach dem, was passiert war. Nein, sie konnte unmöglich länger hierbleiben.

Wütend auf sich selbst griff sie nach einem angeschwemmten Stock, an dem sich der Fetzen eines Fischernetzes verfangen hatte. Sie hob ihn auf und schleuderte ihn weit von sich weg, dann ließ sie sich nach hinten aufs Handtuch fallen und sah in den blauen Himmel, an dem sich ein blasser Mond abzeichnete.

Lange lag sie so da und spürte, wie sich ihre Nerven ein wenig beruhigten. Sie horchte auf das Gluckern der Wellen und das Säuseln des Windes. Ein Flugzeug flog in gerader Bahn über sie hinweg, sie sah seine Lichter blinken. In die entgegengesetzte Richtung flatterte ein laut schreiender Schwarm Stare. Die letzte Fähre brachte Urlauber von der Insel zurück aufs Festland, während sich der Horizont langsam rot färbte. Es wäre ein spannender Artikel geworden, dachte Tilde und bedauerte, dass alles so schiefgelaufen war.

Ein wummernder Bass wehte in Fetzen zu ihr herüber. Die Jugendlichen hatten ein Radio aufgedreht. Das fehlte noch. Sie begann, sich anzuziehen und ihre Sachen zusammenzuräumen, dann machte sie sich auf den Weg zum Imbiss.

Schon von Weitem sah sie, dass er bereits geschlossen hatte. So ein Mist! Ratlos und mit knurrendem Magen setzte sie sich auf eine der Bierbänke, die davorstanden. Von hier aus konnte sie den Künstlerhof sehen, es war nicht weit, aber sie hatte wenig Lust, dorthin zurückzukehren, obwohl sie sich insgeheim nach Ottos Nähe sehnte. Schöner Schlamassel. Sie hatte sich tatsächlich verknallt. Sie stützte ihren Kopf in die Hände und starrte ratlos vor sich hin. Warum musste ihr das ausgerechnet jetzt passieren?

Mehrere Jogger hetzten vorbei, einige Spaziergänger schlenderten den Deich entlang, und ein Kiter im Neoprenanzug sauste mit dem Fahrrad über den Weg, seine Ausrüstung in einem Anhänger mit sich schleppend. Tildes Gedanken schweiften ab, und sofort waren wieder die Fragen da, die sie sich schon den ganzen Tag stellte. Wer war die schwangere Frau auf dem Foto, das sie in Ottos Schreibtischschublade gefunden hatte? Und wer war Dora Barthus? War am Ende doch etwas dran an Hennings abstrusen Anschuldigungen? Gab es ein dunkles Geheimnis, und wenn ja, hatte Gundula deswegen sterben müssen? Tilde dachte an den Moment, als Otto und sie sich geküsst hatten. Sie spürte seine zärtlichen Hände auf ihrem Rücken … immer noch.

Tilde sprang so schnell auf die Füße, dass die Bank hinter ihr umkippte. Sie hob sie schnell wieder auf und eilte zurück zum Hof.

»Es wird Zeit, dass ich etwas unternehme«, sagte sie laut zu sich. Sie musste mit Ariane reden. Und mit Henning. Zuletzt mit Otto, aber das hatte Zeit.

Als sie zehn Minuten später auf den Hof zurückkehrte, knurrte ihr Magen so laut, dass sie fürchtete, es könnten alle hören. Im

Garten vernahm sie leise Stimmen. Sie saßen also noch zusammen. Vielleicht warteten sie, dass sie zurückkehrte? Jetzt verließ der Mut sie doch ein wenig. Sie blieb stehen. Wie würden die anderen sie empfangen? Sie reckte sich.

»Schietegal«, flüsterte sie und gab sich einen Ruck.

In einer Feuerschale brannten einige Holzscheite. Cornelia und Marleen hockten auf Gartenstühlen vor dem Feuer und steckten die Köpfe zusammen. Otto saß auf der Bank neben seiner Frau, die ins Feuer starrte. Er hatte seinen Arm um Ariane gelegt. Der Anblick versetzte Tilde einen Stich, aber sie riss sich zusammen. Was hatte sie denn erwartet? Sie setzte ein Lächeln auf, als er zu ihr aufblickte.

»Ah, Tilde, da bist du ja. Wir haben dich schon vermisst.«

Marleen und Cornelia warfen sich vielsagende Blicke zu, aber Tilde ignorierte die beiden. »Ich war schwimmen und hab mir den Sonnenuntergang am Meer angesehen. Wer weiß, wann ich wieder an die Küste komme.«

Ariane sah auf. Tilde konnte ihren Blick nicht deuten. Wenn sie von ihrem Ausrutscher wusste, nahm sie es bewundernswert gelassen. Seltsamerweise konnte Tilde sich nicht darüber freuen.

»Ist Henning immer noch oben auf seinem Zimmer?«, versuchte sie ein neues Thema anzuschneiden.

»Wenn er sich nicht aus dem Haus geschlichen hat, ist er noch da.«

»Hat mal jemand nach ihm gesehen?«

»Warum sollten wir?«, entgegnete Ariane kühl. »Ich glaube nicht, dass er unsere Gesellschaft sucht.«

Otto hob beschwichtigend die Hand. »Wenn er meint, er muss in seinem Zimmer bleiben, soll er das tun.«

»Ja.« Tilde schluckte. »Ich dachte nur …«

»Möchtest du dich nicht zu uns setzen und etwas essen?«, fragte Otto.

Tilde war hin- und hergerissen. Sie entschied sich jedoch, das Angebot auszuschlagen. Otto und Ariane schienen sich wieder bestens zu verstehen, da wollte sie die Harmonie nicht stören. Möglicherweise litt Otto unter partieller Amnesie und hatte längst vergessen, was zwischen ihm und Tilde passiert war. Oder war sie nur eine altmodische, alberne Kuh, die nicht begriff, dass das alles nichts zu bedeuten hatte? Wie vertraut die beiden da saßen. Und dann die verliebten Blicke. Otto musste nicht ganz bei Verstand gewesen sein, als er Tilde erzählt hatte, Ariane liebe nur ihre Kunst. Den Gang nach Canossa konnte sie sich sparen.

»Ist irgendwas?«, fragte Otto.

Tilde verzog den Mund zu einem breiten Lächeln. »Was soll denn sein? Ich bin nur ein bisschen müde. Es war ein anstrengender Tag. Er steckte voller Überraschungen.«

Sie machte auf dem Absatz kehrt und beeilte sich, ins Haus zu kommen.

Vor Hennings Zimmer blieb sie stehen. Sie bebte vor Zorn. Am liebsten hätte sie ihre Wut an seiner Tür ausgelassen. Wenn er nicht mit dem Stock auf Otto eingeschlagen hätte, vielleicht wäre es dann gar nicht erst so weit gekommen.

Tilde legte das Ohr an die Tür und lauschte. Wieder war alles still. Gespenstisch still. Er kann doch nicht schon wieder schlafen, dachte sie und schlug mit der Faust gegen die Tür.

»Henning? Bist du da drinnen? Mach auf, ich muss mit dir reden!«

Keine Antwort. Allerdings glaubte sie, ein leises Schnarchen zu hören.

»Na dann, gute Nacht«, rief sie wütend.

Sie konnte nichts tun, als abzuwarten. Oder abzureisen. Sie hatte sich noch nicht entschieden.

11

Sie schlief schlecht in dieser Nacht. Mehrmals wurde sie von schlagenden Türen und Stimmen geweckt. Die anderen hatten, wie es sich anhörte, im Garten die eine oder andere Flasche Wein geleert.

Cornelia und Marleen hatten lange im Flur gestanden und sich lautstark und mit schwerer Zunge unterhalten. Tilde nahm das im Halbschlaf wahr. Sie hatte eine Schlaftablette genommen, was sie selten tat, aber heute Nacht hatte sie, wie sie meinte, allen Grund dazu. Unfähig, richtig wach zu werden, sank sie immer wieder zurück in unruhige Träume, in denen Gundula Dahms ihr etwas vorsang, während Henning mit Ottos Gehhilfe dirigierte. Als Gundula endlich fertig gesungen hatte, schlug Henning mit dem Stock gegen ihre Tür.

Tilde erwachte jäh und stellte erschrocken fest, dass dies kein Traum mehr war. Jemand stand tatsächlich draußen und klopfte.

»Tilde? Bist du wach?«

Es dauerte einige endlose Sekunden, bis sie den schweren Schlaf nach der Dosis Rohypnol abgeschüttelt und sich orientiert hatte. Der Morgen war längst angebrochen, und die Sonne schien durch die Vorhänge ins Zimmer. Was für ein Tag war heute? Mittwoch. Und sie befand sich immer noch in Meckum auf dem Künstlerhof. Sie blickte verschlafen auf ihren Wecker und riss die Augen auf. Zehn Uhr! Tilde schlug die Decke zur Seite und sprang aus dem Bett. Sie musste sich an der Wand abstützen, denn ihr wurde sofort schwindlig.

»Geht es dir gut?«

Es war Ariane, die vor der Tür stand. Auch das noch.

»Ja, ja. Alles in Ordnung«, keuchte Tilde. »Mein Wecker muss kaputt sein. Ich habe verschlafen.«

»Wir sind im Garten. Tammo Niemann ist gekommen. Beeil dich bitte. Es ist dringend, er will mit uns reden.«

»Ich komme sofort!«

Eilig spritzte sie sich Wasser ins Gesicht und zog sich an. Dann lief sie hinunter in den Garten, in der Hoffnung, Niemann würde ihnen endlich erlauben, den Hof zu verlassen.

Als sie an Hennings Zimmer vorbeikam, bemerkte sie, dass die Tür nur angelehnt war. Er hatte sein Eremitendasein also aufgegeben. Sie glaubte, etwas zu hören, und klopfte an.

»Henning? Bist du da drinnen? Alles in Ordnung?«

Niemand antwortete. Wahrscheinlich war er schon in den Garten runtergegangen.

Sie wusste, sie sollte sich ebenfalls beeilen. Stattdessen stieß sie die Tür auf und schaute ins Zimmer hinein. Es war sorgfältig aufgeräumt und zeigte keine Anzeichen, dass jemand darin wohnte, beinahe so, als ob das Zimmer schon für den nächsten Gast hergerichtet worden wäre.

Tilde ging in den Raum und sah sich um. »Henning?«

Bis auf seinen Koffer, der gepackt neben dem perfekt gemachten Bett stand, war das Zimmer leer. Weder Decke noch Kissen wiesen auch nur eine einzige Falte auf, als hätte nie jemand darin geschlafen.

Tilde strich über den glatten Stoff des Bettbezugs. Dann ging sie zum Fenster und öffnete es, denn die Luft im Zimmer drinnen war stickig. Von hier aus konnte man auf die Straße sehen, die ins Dorf führte, wenn man den gepflasterten Weg überhaupt Straße nennen konnte. Etwas entfernt entdeckte sie den Meckumer Kirchturm, der sich wie ein Zeigefinger in die Höhe reckte.

Sie wandte sich vom Fenster ab und blickte noch einmal in alle Zimmerecken, aber sogar der Papierkorb war leer. Selbst die Handtücher lagen akkurat gefaltet auf einem Stuhl. Entweder war die Putzfrau schon durchgegangen, oder Henning musste ein überaus ordentlicher Mensch sein.

Tilde warf einen Blick unter das Bett, auch dort war alles klinisch rein. Vermutlich hatte Henning einen extremen Putzfimmel – oder er war schon abgereist, aber das ließe sich in Erfahrung bringen.

Otto, Ariane, Cornelia und Marleen saßen wie erwartet im Garten. Das Frühstück stand noch auf dem Tisch. Niemann war bei ihnen. Sie blickten ungeduldig zu Tilde auf.

»Na endlich«, herrschte Otto sie an, der nervös wirkte. »Wir warten schon seit mehr als einer Stunde auf dich und haben schon mehrfach an deine Tür geklopft.«

»Entschuldigt bitte. Ich habe gestern eine Schlaftablette genommen, nach dem ganzen Theater konnte ich nicht schlafen.«

»Hast du keinen Wecker?«, schnauzte er.

Ariane legte ihrem Mann die Hand auf den Arm. »Otto, bitte. Mach es nicht noch schlimmer.«

Er lachte bitter. »Geht das?« Wütend verscheuchte er eine dicke Fliege vom Käse, der schon ziemlich zerlaufen war. »Ich habe Besseres zu tun, als den ganzen Tag hier im Garten zu hocken und auf Frau Brand zu warten. Und Sie sicher auch, Herr Niemann.«

Der Polizist nickte verhalten. Er saß eingekeilt zwischen Marleen und Cornelia am Tisch, vor sich eine Tasse Kaffee.

»Nun ist sie ja da, und wir wollen auch gleich anfangen.«

»Es tut mir leid«, entschuldigte sich Tilde noch einmal und setzte sich auf einen der freien Stühle. »Wo ist eigentlich Henning? Ich dachte, er ist hier unten bei euch.« Sie sah sich suchend um. »Oder ist er abgereist?«

Ein betroffenes Schweigen machte sich breit, und Tilde, die gerade hungrig nach einem Brötchen gegriffen hatte, ließ es wieder sinken. »Ist etwas passiert?«

Otto verschränkte die Arme vor der Brust und warf Niemann einen wütenden Blick zu. »Vielleicht sind Sie jetzt so nett, uns mehr zu verraten? Schließlich haben Sie uns lange genug auf die Folter gespannt.«

Der Polizeiobermeister holte tief Luft. »Ich wollte auf Frau Brand warten, damit ich es nicht zweimal erzählen muss. Es ist nämlich nicht ganz leicht.«

»Um Himmels willen, worum geht es denn?«, fragte Tilde.

Niemann warf einen besorgten Blick in die Runde. »Das wird nach allem, was schon passiert ist, ein weiterer Schock für Sie alle sein. Herr Stein wurde nämlich aufgefunden.« Er kratzte sich verlegen an der Stirnglatze.

»Henning?«, fragte Tilde. »Er wurde ›aufgefunden‹? Was soll das heißen?«

Marleen langte nach der Kaffeekanne, goss sich ein und trank einen Schluck, während die anderen Niemann verständnislos anstarrten.

»Wahrscheinlich hat er betrunken in der Gosse gelegen«, feixte Otto, aber Niemann schüttelte den Kopf.

»Nein. Aber es kommt der Sache recht nahe.«

»Kann ich mal die Milch haben?«, fragte Marleen.

Tilde reichte ihr wortlos das Kännchen und bemerkte: »Falls er in der Ausnüchterungszelle sitzt, hoffe ich, es geht ihm richtig schlecht.«

»Ja«, bestätigte Niemann. »Es geht ihm leider mehr als schlecht.«

»Was ist denn nun passiert?«

»Das wissen wir noch nicht so genau.«

»Reden Sie nicht um den heißen Brei herum, Niemann«, fuhr Otto aus der Haut. »Raus mit der Sprache!«

Tilde blickte überrascht auf. So aufgebracht hatte sie Otto Coors die letzten Tage nicht erlebt. Sie bemerkte, dass er die Kompresse an seiner Stirn gegen ein unauffälligeres Pflaster eingetauscht hatte, das eine Haarsträhne fast ganz bedeckte. Er sah übernächtigt aus.

Niemann ließ sich jedoch nicht drängeln. Er trank einen Schluck Kaffee und stellte die Tasse ab. »Tja«, sagte er schließlich. »Ich habe drei Nachrichten. Die beste zuerst: Die Obduktion von Frau Dahms hat ergeben, dass sie mehr als zwei Promille im Blut hatte und keine Anzeichen von Gewalt an ihrem Leichnam festzustellen waren.« Er hüstelte. »Die hätte auch neben einem Vulkan geschlafen. Es bleibt also dabei: Es war ein Unfall.«

Ariane atmete hörbar auf.

»Die zweite Nachricht ist«, fuhr Niemann fort, »dass Henning Stein im Feuerwehrteich ertrunken ist.«

Otto lachte auf. »Guter Witz.«

Niemann blickte ihn ernst an, und Otto verstummte.

»Es ist leider wahr. Wir haben ihn heute Morgen dort aufgefunden.«

»Im Feuerwehrteich? Wie besoffen muss man sein, um in dieser Pfütze zu ertrinken? Das geht doch gar nicht!«

»Anscheinend doch. Die Gerichtsmedizin klärt das noch.«

»Schon wieder die Gerichtsmedizin?«, fragte Ariane und stieß vor Aufregung ihre Tasse um. »Obduzieren Sie den jetzt auch?«

»Nein. Der liegt erst mal auf Eis. Das geht immer schön der Reihe nach.«

»Dann sitzen wir hier noch länger fest?«, fragte Marleen mit vollem Mund.

Niemann verneinte. »Das wäre die dritte Nachricht, die ich für Sie habe. Sie dürfen abreisen, wenn Sie möchten.«

»Ernsthaft? Wir dürfen tatsächlich nach Hause?«, fragte Cornelia hoffnungsvoll.

»Ja. Aber ich bräuchte Ihre Adressen, und Sie müssen in den kommenden Tagen erreichbar sein.«

»Dann ist die Untersuchung also abgeschlossen?«

»Was Frau Dahms betrifft, ja.« Niemann zog sein Notizbuch aus der Brusttasche und schlug es sorgfältig auf. Dann leckte er sich über den Zeigefinger und blätterte die Seiten um.

»Was ist denn jetzt noch?«, fragte Otto ungehalten.

»Ich müsste, bevor gleich alle weg sind, wissen, was Herr Stein in den letzten Stunden gemacht hat.«

»Wozu?«

Niemann lehnte sich zurück und setzte eine wichtige Miene auf. »Reine Routine.«

Tilde nahm an, dass er diesen Satz sehr liebte.

»Er hat die ganze Zeit in seinem Zimmer gesteckt«, sagte Ariane. »Wir haben mehrmals an seine Tür geklopft, aber er hat nicht geantwortet.«

»Das ist wahr«, stimmte Marleen mit vollem Mund zu. »Wir haben ihn nicht mehr zu Gesicht bekommen.«

Tilde konnte sich nicht länger zurückhalten. »Ich habe ihn beobachtet, wie er gestern in Ottos Büro eingebrochen ist.«

Niemann blickte zu Coors. »Tatsächlich? Fehlt denn etwas?«

Otto hob die Schultern. »Ja, mein Gott, er hat ein Foto von mir mitgehen lassen. Er war wohl so was wie ein Autogrammjäger.«

»Aber warum ein Foto von Ihnen und nicht von Ihrer Frau?«, wunderte sich Niemann und schlug die Spitze seines Kugelschreibers gegen die obere Zahnreihe.

Otto schnaubte. »Vielleicht gehört er zu den wenigen Menschen, die meine Kunst zu würdigen wissen?«

Tilde überlegte, ob sie auch von dem hässlichen Streit zwischen Henning und Otto erzählen sollte, aber sie fürchtete, dass in diesem Zusammenhang auch das, was danach passiert war, zur Sprache kommen würde, also schwieg sie. Sie vermutete, dass Otto aus dem gleichen Grund kein Wort darüber verlor, und hoffte inständig, dass die anderen ebenso die Klappe hielten.

Niemann rieb sich nachdenklich das Kinn. »Ein Foto. So, so. Was war denn drauf, auf dem Foto?«

»Ich«, antwortete Otto. »Es handelt sich um eine dreißig Jahre alte Aufnahme von mir.«

»Und Sie haben keine Vermutung, warum er das Bild gestohlen hat?«

»Keinen blassen Schimmer.«

»Er hat übrigens später Otto verletzt«, meldete sich Cornelia zu Wort und zeigte auf das Pflaster an seiner Stirn.

Tildes Magen krampfte sich zusammen. Sie warf Cornelia einen wütenden Blick zu.

Otto schien ebenso wenig begeistert von dem Verlauf des Gesprächs und winkte ab. »Das ist nur ein Kratzer.«

»Den Herr Stein Ihnen zugefügt hat?«, hakte Niemann nach.

Otto nickte, und Cornelia fügte mit wichtiger Miene hinzu: »Henning hat mit dem Stock auf ihn eingeprügelt. Wir haben es durch die Scheibe gesehen.«

Marleen nickte.

Und da sag noch einer, ich bin neugierig, dachte Tilde.

»Warum haben Sie keine Anzeige erstattet?«, fragte Niemann.

Otto lächelte. »Es sah schlimmer aus, als es war. Außerdem: Hätte es was genützt? Tiefgekühlt kann er nicht mehr zur Rechenschaft gezogen werden, oder?«

»Gestern hat er aber noch gelebt.«

»Ja.« Es klang, als hätte Otto zu gern ein »leider« hinzugefügt.

Niemann betrachtete ihn nachdenklich. »Ging es bei dem Streit um den Einbruch?«

»Na ja, ich wollte ihn zur Rede stellen, aber er ist sofort auf mich losgegangen.«

»Warum hat er so aggressiv reagiert?«

»Henning war der Meinung, wir wären alle schuld an Gundulas Tod«, meldete sich Tilde zu Wort, die nicht länger an sich halten konnte.

Niemann nickte. »Das hat er mir auch erzählt. Aber dafür gibt es keinerlei Beweise, oder?« Er sah prüfend in die Runde.

»Wenn Sie mich fragen, hat er sich völlig absurde Geschichten zusammengereimt«, antwortete Tilde, und Marleen fügte mit ernster Miene hinzu: »Alles nur wegen dieser Wasserader.«

Ariane stöhnte gequält auf. »Meine Güte, was für ein Schwachsinn! Was hat denn diese bescheuerte Wasserader damit zu tun, dass ich vergessen habe, die Tür vom Erdkeller abzuschließen, sodass Gundula hineinkonnte? Henning stand unter Schock. Das ist der Grund für seine Verschwörungstheorien. Und wahrscheinlich auch für seinen Selbstmord. Jeder Hobbypsychologe könnte von allein darauf kommen.« Sie verbarg ihr Gesicht in den Händen. »Das ist alles so schrecklich. Zwei Tote innerhalb von drei Tagen. Auf unserem Hof. Und ich bin schuld! Ich …« Sie brach ab.

Tilde verdrehte innerlich die Augen. Ariane schien auf Dramatik nicht verzichten zu können.

»Selbstmord?« Niemann konnte sich ein Grinsen nicht verkneifen. »Henning Stein soll Selbstmord begangen haben?«

Ariane riss die Augen auf. »Was ist denn daran so witzig?«

»Keine Ahnung. Frau Coors, wann haben Sie Herrn Stein denn das letzte Mal gesehen?«, fragte Niemann.

Otto legte seiner Frau schützend den Arm um die Schultern, aber sie stieß ihn weg. »Ich will wissen, was daran witzig ist!«, schrie sie den Polizisten an.

Niemann wurde rot bis unter die Haarwurzeln, was seine Sommersprossen noch deutlicher hervortreten ließ. Er räusperte sich. »Würden Sie bitte meine Frage beantworten?«

Ariane blickte zur Seite und wischte sich mit einer Serviette über die Augen. »Ich kann mich nicht erinnern. Ich bin völlig durcheinander.«

»Es ist wohl besser, wenn du dich ein bisschen hinlegst«, riet ihr Mann und warf Niemann einen vorwurfsvollen Blick zu.

»Also gut. Ihre Frau kann gehen. Aber Sie bleiben da.«

»Ich kann sie doch in dem Zustand nicht alleinlassen!«, wetterte Otto.

Niemann überlegte kurz, ließ den Blick in die Runde schweifen und verharrte auf Marleen, die beleidigt die Tischplatte anstarrte. Dass Ariane ihre Wasserader für Blödsinn hielt, konnte sie anscheinend nur schwer verkraften.

»Vielleicht könnten Sie Frau Coors ins Haus begleiten?«, fragte der Polizist.

Marleen blickte auf. »Natürlich. Ich mache das doch gern«, sagte sie widerwillig und erhob sich.

»Kann mein Mann mich nicht …«, protestierte Ariane, aber Niemann brachte sie mit einer Geste zum Schweigen.

Marleen hakte sich mit versteinerter Miene bei Ariane unter. Ohne ein weiteres Wort führte sie sie über den Rasen in Richtung Haus davon, während Otto ihnen nachblickte.

»Das war nicht nötig«, sagte er und ließ sich langsam wieder in seinen Stuhl zurücksinken. »Also, was gibt es denn noch?«

»Erzählen Sie mir doch bitte noch mal genau, warum Stein gestern auf Sie losgegangen ist.«

Otto lächelte freudlos. »Ah! Sie glauben, ich hätte ihn im Feuerwehrteich ertränkt, weil wir uns ein bisschen in die Haare gekriegt haben?«

Niemann hob die Augenbrauen. »Es gab schon nichtigere Auslöser, um jemanden abzumurksen. Glauben Sie mir.«

»Schauen Sie sich doch mal um!«, fuhr Otto ihn an. »Können Sie sich überhaupt vorstellen, wie viel Arbeit hier drinsteckt? In dem alten Haus und dem Garten?«

»Ich kann es mir denken. Sie haben sich ein kleines Paradies geschaffen.«

»Wie können Sie auch nur eine Sekunde annehmen, ich würde das hier aufs Spiel setzen, nur weil sich ein durchgeknalltes Arschloch absonderliche Verschwörungstheorien ausdenkt?«

Niemann folgte Ottos Ausbruch mit sichtbarem Befremden. »Ich weiß nicht, was Sie mir damit sagen wollen.«

»Ich will damit sagen, dass ich sicher keine armselige Kreatur umbringe, um dann den Rest meines Lebens im Gefängnis zu verbringen. Was hätte ich denn für einen Grund?«

»Nennen *Sie* mir einen.«

Otto schnaubte. »Haben Sie schon mal darüber nachgedacht, dass Henning seine Frau selbst in den Keller gezerrt haben könnte? Die beiden haben sich an dem Abend nämlich auch ganz schön in der Wolle gehabt.«

»Das stimmt«, bestätigte Cornelia. »Ich habe das gehört, ich war nämlich schon im Bett und habe gelesen, als Gundula ins Zimmer ging. Oder torkelte.«

Niemann wandte sich ihr zu. »Jetzt wird es endlich interessant. Worüber haben die beiden denn gestritten?«

»Es ging um irgendein Kommando.«

»Ein Kommando?« Niemann runzelte die Stirn. »Sind Sie sich sicher, dass Sie das richtig verstanden haben?«

»Nein.«

Niemann seufzte, und Otto beugte sich vor. »Henning und Gundula waren ziemlich schräge Vögel. Nicht dass wir das in den Malkursen nicht gewohnt wären. Aber die beiden waren hochgradig gestört. Ermitteln Sie mal in diese Richtung.«

»Wie meinen Sie das?«

»Vielleicht waren sie in einer Sekte aktiv oder in irgendwelchen komischen Gruppen. Kriegen Sie raus, ob die beiden schon mal in psychiatrischer Behandlung waren, ob sie Psychopharmaka nahmen und so weiter.«

Niemann nickte und machte sich eifrig Notizen. Als er fertig war, wandte er sich wieder Otto zu. »Und welchen Grund gab es nun für Ihren Streit?«

Otto stöhnte gequält auf. »Ich habe nur an seine Tür geklopft, wie wir das gestern alle mehrmals getan haben, weil er sich in seinem Zimmer verbarrikadiert hatte. Diesmal kam er raus, riss mir den Stock aus der Hand und ging damit auf mich los. Das war's.«

»Was passierte dann?«, fragte Niemann weiter.

Tilde sank in sich zusammen. Sie hätte in diesem Moment alles für eine Falltür gegeben, die sich unter ihr auftat, um darin zu verschwinden. Cornelia warf ihr schon scheele Blicke zu.

»Er ging auf sein Zimmer«, antwortete Otto schlicht.

»Und dann?«

Tilde hielt die Luft an.

»Nichts«, antwortete Otto. »Er hat sich eingeschlossen und wurde nicht mehr gesehen.«

Cornelia meldete sich und schnippte aufgeregt mit den Fingern. Tilde hatte Mühe, ruhig zu bleiben.

»Ich weiß noch was!«, rief Cornelia.

»Was denn?«, fragte Niemann. »Haben Sie gesehen, was Herr Stein nach dem Angriff auf Herrn Coors gemacht hat?«

»Das nicht«, bemerkte Cornelia spitz, »aber Tilde hab ich gesehen. Sie war bei Otto.« Sie legte eine dramatische Pause ein.

Wahrscheinlich hat sie sich das von Ariane abgeguckt, dachte Tilde.

»Ja?«, hakte Niemann nach. »Und was haben die beiden gemacht?«

Eine Woge kochender Lava schwappte in Tilde hoch, und augenblicklich brach ihr der Schweiß aus.

Cornelia betrachtete vielsagend ihre Fingernägel. »Die beiden waren sehr beschäftigt miteinander.«

Niemann warf Tilde einen fragenden Blick zu.

»Also, ich habe noch mal an Steins Tür geklopft«, plapperte sie drauflos und wischte sich über die Stirn, »aber er hat nicht geantwortet. Ich dachte aber, dass ich ihn schnarchen gehört hätte.«

»Schnarchen.« Niemann klopfte mit der Spitze seines Kugelschreibers auf den Notizblock. »Dann hat er sich nach der Prügelattacke hingelegt und ein Nickerchen gemacht?«

»Es hörte sich so an.«

»Aha. Können Sie sich an die genaue Uhrzeit erinnern?«

»Das weiß die bestimmt nicht mehr«, schnappte Cornelia, und Tilde gab sich geschlagen.

Jetzt würde alles rauskommen! Am besten beichtete sie sofort, bevor Cornelia ihre Version zum Besten gab, aber Otto kam ihr zuvor.

»Frau Brand hat mich verarztet, nachdem Henning auf mich losgegangen ist. Dieser kleine Riss an der Stirn hat sehr geblutet, aber es war nur halb so schlimm. Jedenfalls kamen Cornelia und Marleen genau in dem Moment rein …« Er lächelte entschuldigend. »Ich denke mal, die beiden haben die Situation missverstanden.«

»Inwiefern?« Niemann zog die Augenbrauen zusammen.

»Was gab es denn da misszuverstehen?«, empörte sich Cornelia. »Also, mir ist neu, dass Mund-zu-Mund-Beatmung bei Kopfwunden hilft.«

Niemann blinzelte irritiert. »Bei Kopfwunden lässt man am besten ganz die Finger weg.«

»Hätte ich das bloß getan«, murmelte Tilde.

»Bitte?«

»Ich sagte, Hennings Zimmer ist total leer geräumt.« Der Ablenkungsversuch war durchschaubar, aber Tilde versuchte es dennoch. Sie hatte nichts mehr zu verlieren. Nicht mal ihre Würde.

»Ich verstehe nicht«, sagte Niemann.

»Es sieht aus, als ob nie jemand darin gewohnt hätte. Nur sein Koffer steht noch dort. Sogar das Bett ist gemacht. Ich war vorhin drinnen und hab mich ein bisschen umgesehen. Die Tür stand offen.«

»Und das sagen Sie erst jetzt?«

»Sie haben mich nicht gefragt.«

»Müssen Sie eigentlich in alles Ihre Nase stecken, Frau Brand?«, wollte Niemann wissen.

»Ja. Ich glaube schon.«

12

Hennings Tür war verschlossen, als sie wenige Minuten später davorstanden. Tilde überlegte, ob sie sie nach ihrer Inspektion hinter sich zugezogen hatte.

Niemann schob sie beiseite, öffnete die Tür und trat als Erster ein. »Sie bleiben da stehen und fassen nichts an, verstanden?«

»Aber ich kann …«

»Keine Widerrede, Frau Brand. Oder ich lege Sie in Handschellen. Dasselbe gilt für Sie, Herr Coors und Frau … Cornelia.«

Zähneknirschend verharrte Tilde neben Cornelia, während sich Otto lässig an den Türrahmen lehnte. Sie konnte nur zusehen, wie Niemann sich gründlich im Zimmer umsah, genau wie sie es vorhin getan hatte. Er untersuchte jede Ecke, öffnete die Schränke und schaute sogar unter die Möbel.

Tilde reckte den Hals, um nichts zu verpassen, während Otto Niemann mit mäßigem Interesse bei der Arbeit zusah.

»Kann ich nicht gehen und nach meiner Frau sehen?«, fragte er, als der Polizist sich hinkniete, um einen Blick unter das Bett zu werfen, aber er bekam keine Antwort.

»Marleen ist ja bei ihr«, warf Cornelia ein.

»Sieh mal einer an!«, rief Niemann da triumphierend und zog eine Schuhschachtel aus der hintersten Ecke unter dem Bett hervor. Er legte sie auf die frisch gemachte Bettdecke und stemmte sich hoch. Dann nahm er den Deckel des Kartons ab und beförderte eine Medikamentenschachtel ans Tageslicht, die Tilde bekannt vorkam. Er öffnete sie. »Leer.«

»Rohypnol?«, fragte Tilde.

Niemann sah sie an. »Haben Sie das nicht vorhin schon mal erwähnt?«

»Ich sprach von Schlaftabletten. Gelegentlich nehme ich auch so eine«, bestätigte sie. »Gestern Abend zum Beispiel.« Sie machte einen Schritt ins Zimmer.

»Bleiben Sie, wo Sie sind, oder ich nehme Sie fest!«, blaffte Niemann sie an.

Tilde hob die Hände. »Journalistischer Reflex. Entschuldigung.«

Niemann wandte sich wieder seinem Fund zu und griff erneut in den Karton.

»Das ist ja wie im Zirkus«, bemerkte Otto sarkastisch. »Fehlt nur noch das Kaninchen.«

Aber Niemann zog kein Kaninchen hervor, sondern einen Brief. Er faltete ihn langsam auseinander und las.

»Was steht drin?«, fragte Tilde aufgeregt. In ihrem Nacken spürte sie Cornelias Atem, die sich ebenfalls den Hals verrenkte. Doch der Polizeiobermeister ließ sich viel Zeit bei der Entzifferung des Briefes. Mehrmals schüttelte er den Kopf. Schließlich seufzte er tief.

»Was steht denn drin?«, fragte Tilde atemlos und stellte sich auf die Zehenspitzen. Von hinten drängelte Cornelia, die auch etwas sehen wollte. Tilde verlor das Gleichgewicht. Sie konnte sich gerade noch an Otto festhalten, der gefährlich ins Schwanken kam.

»Verdammt noch mal, Tilde!«, fluchte er.

Zu allem Überfluss schob sich Marleen in diesem Moment an ihnen vorbei ins Zimmer.

»Was machst du denn hier?«, fragte Tilde, aber Marleen ignorierte sie und ging schnurstracks auf Niemann zu.

»Ich wollte nur Bescheid geben, dass Ariane sich hingelegt hat. Sie hat eine Tablette genommen und schläft jetzt. Ich denke, Sie sollten das wissen. Ist vielleicht wichtig für die Ermittlungen.« Sie machte auf dem Absatz kehrt.

Niemann starrte ihr irritiert nach. »Nehmen denn hier alle irgendwas?«

»Was steht denn jetzt in dem Brief?«, wollte Tilde wissen.

»Tja.« Niemann nahm die Dienstmütze vom Kopf und rieb sich über die Glatze. »Verstehen tu ich das nicht, aber das ist ein lupenreiner Abschiedsbrief.«

Otto schlug mit der Faust gegen den Türrahmen, und Cornelia stieß vor Schreck einen spitzen Schrei aus – aber Tilde hatte den Eindruck, dass er eher erleichtert als erschüttert war.

Marleen legte der erschrockenen Cornelia den Arm um die Schultern. »Komm. Wir gehen packen. Das ist ja hier ein Irrenhaus!«

Tilde hielt es nicht länger im Flur. Sie machte ein paar eilige Schritte in den Raum hinein und riss dem Polizisten den Brief einfach aus der Hand. Niemann war so überrumpelt, dass er sie nur versteinert anstarrte, während sie die wenigen Zeilen überflog. Die Schrift war tatsächlich schwer leserlich. Sie konnte auf die Schnelle keinen Satz entziffern, aber etwas fiel ihr dennoch auf.

Bevor sie es jedoch sagen konnte, fing Niemann sich und nahm den Brief wieder an sich. Er faltete ihn zusammen und legte ihn in die Schachtel zurück.

»Hatte ich nicht gesagt, Sie sollen an der Tür stehen bleiben?«, fragte er betont freundlich.

»Der ist aber nicht von Stein, der Brief!«

Niemann verschränkte die Arme vor der Brust. »Tatsächlich? Und warum nicht?«

»Weil er ihn nach seinem Tod dort hingelegt haben müsste. Der Schuhkarton war noch nicht da, als ich vorhin im Zimmer war.«

»Dann haben Sie ihn wohl übersehen. Er stand ja auch unter dem Bett.«

»Da habe ich nachgesehen.«

Niemann fehlten für einen Moment die Worte. Seine Miene verfinsterte sich.

Tilde wich einen Schritt zurück. »Ich dachte nur, das sei wichtig für die Ermittlung.«

»Was hier alles wichtig für die Ermittlung sein soll! Dass Frau Coors Tabletten nimmt, dass Sie welche nehmen, dass Sie hier einfach so rumschnüffeln!« Niemann keuchte schwer. Sein blasses Gesicht leuchtete wie eine Reklametafel. »Müssen Sie sich eigentlich überall einmischen?«

»Ist 'ne Art Berufskrankheit«, sagte Tilde kleinlaut.

Otto, der immer noch in der Tür lehnte, schüttelte missbilligend den Kopf. »Kann ich jetzt *endlich* gehen? Dann können Sie sich ungestört weiter mit Frau Brand zanken.«

»Nein!« Niemann hatte so laut geschrien, dass selbst Otto erschrocken die Augen aufriss. Der Polizist schien ein wenig überfordert. »Wenn mir hier noch einer ins Handwerk pfuscht, kommen Sie alle wegen Behinderung der polizeilichen Ermittlungen in die Zelle. Haben Sie mich verstanden?«

Tilde nickte.

»Vollkommen«, sagte Otto.

»Ich hätte da nur noch eine klitzekleine Frage«, fügte Tilde hinzu.

An Niemanns Hals schwoll eine Ader an. Dennoch lächelte er. »So, so«, sagte er zuckersüß. »Eine Frage haben Sie also? Da bin ich aber gespannt.«

»Finden Sie es nicht komisch, dass hier alles so aufgeräumt ist?«

»Vielleicht war Herr Stein ein ordentlicher Mensch?«

»Oder es hat jemand hinter ihm sauber gemacht, um Spuren zu verwischen.«

Otto stöhnte auf. »Welche Spuren denn?«

»Das frage ich mich allerdings auch«, schnaubte Niemann wütend. »Ich glaube, Sie haben zu viele Krimis im Fernsehen geguckt, werte Frau Brand.«

»Nein. Ich bin Journalistin. Das stellt man nun mal Fragen.«

»Ich dachte, Sie schreiben für diese Landluftzeitungen, die man beim Zahnarzt liest? Artikel über Bauernmalerei, Gartendeko und den besten Schneckenschutz.« Niemann seufzte. »Muss man für diese Art von Journalismus so schrecklich aufdringlich sein?«

Tilde hob die Schultern und seufzte. »Entlocken Sie mal einem Hobbygärtner sein Geheimrezept gegen Schnecken und Läuse.«

»Also, ich hätte da einen todsicheren Tipp.«

Tilde sah Niemann mit neuem Interesse an. »Echt?«

Er nickte.

»Ich komme darauf zurück, wenn wir diesen Fall gelöst haben.«

»Wen meinen Sie mit ›wir‹?«

Tilde blies die Luft aus. »Ich meinte natürlich, wenn *Sie* den Fall gelöst haben.«

Mit meiner Hilfe, setzte sie in Gedanken hinzu.

»Na, dann ist es ja gut.«

»Trotzdem finde ich es verdächtig, dass plötzlich dieser Karton unter dem Bett steht«, nahm sie den Faden wieder auf. »Das müssen Sie zugeben.«

»Vielleicht ist Henning als Geist noch mal zurückgekommen?«, bemerkte Otto.

Tilde wandte sich um. Sie hatte fast vergessen, dass er noch dort stand. »Wenn ich es mir so richtig überlege, können eigentlich nur Marleen oder deine Frau den Karton unter das Bett geschoben haben. Die sind als Einzige nach mir zusammen hier vorbeigekommen.«

Noch während sie es sagte, wurde ihr klar, dass sie schon wieder mitten in einen dicken Fettnapf getreten war.

Otto Coors Blick wurde eisig. »Wir können die beiden ja fragen, ob sie einen Abstecher in Hennings Zimmer gemacht haben, um einen Mord zu vertuschen. Oder um einen vorzutäuschen? Welche Variante gefällt dir am besten, Frau Detektivin?«

Noch bevor Tilde antworten konnte, sagte jemand: »Vielleicht steckt *sie* ja hinter der ganzen Geschichte. Ich hab gerade über alles nachgedacht. Sie war es!«

Hinter Otto stand Ariane, wie aus dem Boden gewachsen. Niemand hatte sie kommen sehen. Sie sprach lallend. Wahrscheinlich lag das an dem Beruhigungsmittel, das Marleen ihr gegeben hatte.

»Warum sollte ich?«, fragte Tilde.

Ariane schob ihren Mann beiseite und kam einen Schritt näher. Sie torkelte, und er hielt sie fest. »Du willst mich aus dem Weg räumen, stimmt's?«, sagte sie zu Tilde. »Aber warum so kompliziert? Nimm ihn dir doch einfach!« Sie machte sich von ihrem Mann los und schubste Otto in Tildes Richtung.

»Ariane, was soll das?«, zischte er. »Leg dich hin! Du weißt nicht, was du sagst, du bist ja betrunken.«

Sie lachte auf. »Ich bin nicht betrunken. Nur ein bisschen müde. Scheißtabletten.«

»Dann schlaf deinen Rausch aus!«

»Nein, nein«, mischte sich Niemann mit freundlicher Stimme ein. »Bleiben Sie, Frau Coors. Wo wir schon mal dabei sind. Ich bin für jede Theorie offen. Warum will Frau Brand Sie Ihrer Meinung nach aus dem Weg räumen?«

Ariane grinste anzüglich. »Sie hat sich in meinen Mann verknallt. Ist doch so, oder? Marleen hat mir nämlich gerade erzählt, was gestern los war, nachdem ich gegangen bin. Ihr habt ein bisschen rumgeknutscht und euch befummelt. Stimmt's, Otto?«

»Ariane, bitte!«

Seine Frau stieß ein hässliches Lachen aus. »Also, ich will ja nicht kleinlich sein, aber warum gerade diese alte Kuh?«

»Es hatte nichts zu bedeuten, Ariane. Ich war ein bisschen durcheinander nach der ganzen Aufregung. Immerhin hab ich einen Schlag auf den Kopf bekommen. Bitte, verzeih mir«, säuselte er.

Tilde spürte Wut in sich hochkochen. Dann stimmte ihre Vermutung also, dass er sie in einem schwachen Moment nur benutzt hatte. Am liebsten hätte sie dem schönen Otto Coors auf der Stelle eine saftige Ohrfeige verpasst, aber sie beherrschte sich.

»Komm, ich bring dich ins Bett zurück«, sagte Otto und machte einen weiteren Versuch, seine Frau zu umarmen, aber die wich zurück.

»Geh weg und fass mich nicht an!« Sie lachte meckernd. »Ihr seid wirklich ein schönes Paar. Ich seh euch schon auf dem Sofa sitzen und Gartenmagazine lesen. So sieht echte Liebe aus!«

»Und was ist mit dir?«, fuhr Tilde sie an und ließ nun jede Zurückhaltung hinter sich. »Warum bist du gestern einfach weggegangen, als Henning auf deinen Mann eingeprügelt hat? Er konnte sich kaum wehren, aber du hast ihn stehen lassen. Sieht so Liebe aus?«

»›Sieht so Liebe aus?‹«, äffte Ariane sie nach und zeigte auf die Schuhschachtel. »Ein fein ausgetüftelter Plan. Geschickt! Man erkennt die Absicht dahinter erst auf den zweiten Blick. Hast du meinen Mann schon länger im Visier? Ich meine, so was denkt man sich doch nicht auf die Schnelle aus.«

»Ariane. Liebes!«, warf Otto sich erneut in die Schlacht. »Du verstehst das vollkommen falsch. Das hatte alles nichts zu bedeuten. Ich finde …«

»Lass mich ausreden!«, unterbrach Ariane ihren Mann und wandte sich wieder Tilde zu. »Du willst mich aus dem Weg schaffen. Du willst mir Hennings Tod in die Schuhe schieben, stimmt's?«

Tilde schüttelte fassungslos den Kopf. »Ariane, das ist doch Quatsch!«

»Liebst du ihn so sehr, dass du dafür über Leichen gehst?«

»Aber das war nur ein blöder Ausrutscher!«, begehrte Tilde auf. »Deshalb will ich doch niemanden aus dem Weg schaffen.«

Doch Ariane ließ sich nicht überzeugen. Sie sah zu Niemann, der fassungslos zuhörte. »Nehmen Sie sie fest!«, schrie sie und zeigte auf Tilde. »Sehen Sie denn nicht, dass sie das alles geplant hat? Zuerst hat sie Stein mit ihren eigenen Pillen umgebracht, und jetzt will sie es mir in die Schuhe schieben, um Otto für sich allein zu haben.«

Niemann trat zu Ariane und legte ihr die Hand auf die Schulter. »Frau Coors«, sagte er in einem Tonfall, als ob er zu einem verstörten Kind sprach, »ich kann verstehen, dass Sie ein bisschen durcheinander sind. Aber was Sie da behaupten, ist, mit Verlaub, Blödsinn.«

»Er hat recht«, bemerkte Tilde kühl. »Du kannst deinen Mann behalten. Ich kann gut auf ihn verzichten.«

Ariane funkelte sie an. Dann spuckte sie vor Tilde aus wie eine Furie.

»Du bist ja krank«, sagte Tilde und machte einen Schritt auf sie zu, um sich an ihr vorbeizuschieben. Sie wollte nur noch weg. Sollten doch andere herausfinden, was hier los war, so weit reichte ihr Neugierde dann doch nicht.

Aber Ariane hielt sie fest. »Wie kannst du es wagen, dich an meinem Mann zu vergreifen!« Sie krallte ihre Fingernägel in Tildes Schulter.

Die schrie auf. »Lass mich sofort los!«

»Ariane! Was soll das?«, schrie Otto, aber seine Frau ließ sich nicht beschwichtigen. Sie war vollkommen außer sich und klammerte sich an Tilde fest, die versuchte, sich loszureißen.

Gemeinsam gingen sie zu Boden. Tilde spürte, wie sich Ariane unter ihr wand und keuchte, aber sie wollte sie festhalten, damit sie sich beruhigte, und sie war stärker. Sie drückte die Künstlerin zu Boden, aber andere Hände zerrten an ihr. Schließlich wurde sie von Ariane weggerissen, die sich wimmernd zur Seite rollte.

Tilde rang nach Luft. Blut lief ihr die Wange hinunter, wo Ariane sie gekratzt hatte. Ihr Herz schien zu platzen, so schnell schlug es. Otto hatte Ariane am Arm gepackt und zog sie auf die Füße, während Niemann Tilde festhielt.

»Bringen Sie Ihre Frau hier raus«, sagte er.

Otto nickte nur und bugsierte sie nach draußen.

Endlich ließ Niemann Tilde los. Die rieb sich den Arm. »Scheiße, das gibt blaue Flecken«, keuchte sie.

»Das gibt noch ganz was anderes«, sagte Niemann und holte seine Handschellen hervor. Er ließ sie aufschnappen.

»Das wollen Sie jetzt nicht wirklich tun, oder?«, fragte Tilde erschrocken. »Sie hat mich provoziert, das haben Sie doch selbst gesehen!«

»Tja. Leider sind Sie gerade meine einzige Verdächtige, Frau Brand.«

»Aber Henning hat sich doch umgebracht! Sie haben sogar den Abschiedsbrief.«

»Haben Sie mir nicht gerade glaubhaft versichert, dass der Brief gar nicht von ihm stammen kann?«

Tildes Magen rutschte ihr in die Knie. »Das … habe ich nur vermutet.«

»Ich fand das ganz plausibel. Und deshalb nehme ich Sie fest wegen …« Niemann zögerte.

»Ja?«

»Wegen Mordverdachts an Henning Stein. Und wegen tätlichen Angriffs auf Frau Coors. Sie kommen jetzt mit auf die Wache, und da unterhalten wir uns weiter.«

Tilde lachte auf. »Das glaube ich nicht. Das können Sie nicht ernst meinen!«

»Ich habe selten etwas ernster gemeint.« Er ließ die Handschellen zuschnappen.

»Herr Niemann! Das können Sie doch nicht machen.«

»Ich kann!«

»Sie wissen, dass das bekloppt ist, oder?«

»Und wenn schon. Hier sind ja alle vollkommen bekloppt. Das muss mal ein Ende haben. Und bei Ihnen fange ich an.«

»Ach! Dann bin ich das Bauernopfer?«

Niemann hörte nicht mehr zu. Er nahm sein Handy und führte ein kurzes Gespräch. Tilde bekam nur mit halbem Ohr mit, dass er die Spurensicherung anforderte. Dann schob er sie auf den Flur hinaus und schloss Hennings Zimmertür.

»Ist sie die Mörderin?«, fragte Marleen atemlos, als Niemann Tilde aus dem Haus führte. Sie und Cornelia standen im Flur neben ihren gepackten Koffern.

»Ich hab gleich gewusst, dass mit der was nicht stimmt«, bemerkte Cornelia. »Die Karten haben es mir gesagt.«

13

Die ganze Fahrt über schwieg Tilde, was ihr in diesem Fall nicht schwerfiel, denn sie parkten nach nur fünf Minuten vor der kleinen Polizeiwache in Meckum.

Niemann wandte sich zu ihr um. »Sie können von Glück sagen, dass ich heute einen Wagen habe. Alles nur wegen dieser Geschichte.«

»Hätten Sie mich sonst auf dem Gepäckträger mitgenommen?«

»Ich hätte Sie hinterherlaufen lassen.«

Er hatte den Wagen vor einem fast schon historisch anmutenden Gebäude aus roten Ziegelsteinen abgestellt. Es musste in früheren Zeiten einem anderen Zweck gedient haben, denn neben dem Eingang fand sich eine alte Laderampe. Tilde vermutete, dass es ein landwirtschaftlicher Betrieb gewesen war, eine Molkerei vielleicht oder ein Landmaschinenhandel. Jetzt waren hier neben der Polizeiwache ein Kosmetikstudio mit Fußpflege, eine Fahrschule und ein ambulanter Pflegedienst untergekommen, wie auf einer Werbetafel am Eingang zu lesen war.

Niemann zog Tilde aus dem Wagen und stieß sie vor sich her. Er schien immer noch wütend zu sein.

»He! Jetzt kriegen Sie sich mal wieder ein«, beschwerte sie sich ob der unsanften Behandlung. »Ich hab doch gar nichts gemacht.«

»Das sagen sie alle.«

»Könnten Sie mir nicht wenigstens die Handschellen abnehmen? Ich bin doch keine Schwerverbrecherin.«

»Das wird sich erst noch zeigen.«

»Bitte!« Tilde hielt ihm die Hände hin, die Handschellen taten ihr weh.

»Im Verhörraum.«

Sie vergaß für einen Moment den Schmerz und prustete los. Dann nickte sie zu dem Gebäude hin. »Das da hat einen Verhörraum? Ich lach mich tot!«

Dass dies die falsche Reaktion gewesen war, merkte sie an der Vehemenz, mit der Niemann sie die Eingangstreppe hinaufbeförderte. Er führte sie einen Flur entlang bis zu einer Tür, neben der ein Schild hing: »Polizeiwache Meckum«. Er schloss auf und schob sie hinein. Der Raum war so winzig, dass sie nach zwei Schritten vor dem Schreibtisch stand.

»Und wo ist jetzt der Verhörraum?«

Niemann durchquerte sein Büro mit wenigen Schritten und öffnete eine Tür auf der gegenüberliegenden Seite. »Eintreten. Also …« Er räusperte sich und trat einen Schritt zurück. »Bitte.«

Tilde sah ihn etwas verwundert an. Gerade hatte er noch den Rambo markiert, jetzt bat er sie, einzutreten? Sie folgte dennoch seiner Einladung.

Im ersten Moment dachte sie, er habe sich einen schlechten Scherz erlaubt, um ihr Angst zu machen. »Sie wollen mich nicht ernsthaft in die Besenkammer sperren?«

Niemann bugsierte Tilde schweigend in die hinterste Ecke. »Sie bleiben hier stehen.«

Sie nickte und sah sich ratlos um. Der fensterlose Raum war vollgestellt mit Kartons, Putzmitteln, Eimern, Besen und Schrubbern. Sie schaute schweigend zu, wie Niemann die Putzsachen in eine Ecke schubste und die Kartons aufeinanderstapelte, bis ein Tisch zum Vorschein kam. Darauf stand ein vorsintflutliches Aufnahmegerät, das noch mit Kassetten funktionierte. Niemann drehte einen Eimer um und stieß ihn mit dem Fuß hinter den Tisch.

»Setzen Sie sich«, ordnete er an.

Tilde hielt ihm wortlos ihre gefesselten Hände hin, aber er schüttelte den Kopf.

»Sie haben es mir versprochen«, bettelte sie.

»Erst setzen.«

Sie tat es widerwillig, und endlich nahm Niemann ihr die Handschellen ab.

»Danke«, stöhnte sie und rieb sich die Gelenke. Tilde, die so niedrig saß, dass sie gerade mal über den Tisch sehen konnte, fragte sich, was als Nächstes käme.

Niemann fummelte an dem Aufnahmegerät herum, legte eine Kassette ein, stöpselte ein winziges Mikro in den Apparat und schloss die ganze Vorrichtung an die Steckdose an. Dann prüfte er umständlich, ob alles funktionierte. Anscheinend war er mit dem Ergebnis zufrieden, denn er rollte seinen Schreibtischstuhl aus dem Büro heran und setzte sich Tilde gegenüber an den Tisch. Dann schaltete er das Gerät ein und sagte: »Dienstag, 25. Juli, Verhör der des Mordes an Henning Stein verdächtigten Tilde Brand, geboren am …« Er sah fragend auf.

»3. Juni in Fischerhude.«

»Jahr?«

»Das geht Sie gar nichts an!«

»Frau Brand …«

Sie wandte beleidigt den Kopf ab.

Er seufzte. »Das Verhör führt Polizeiobermeister Tammo Niemann. Es ist exakt …« Er warf einen Blick auf seine Uhr. »Mist, jetzt ist das Ding schon wieder stehen geblieben.« Er sah Tilde an. »Haben Sie die genaue Uhrzeit?«

Sie schüttelte den Kopf. »Da müsste ich auf mein Handy gucken, und das liegt auf meinem Zimmer.«

»Na schön. Also es ist ungefähr halb drei am Nachmittag.« Niemann räusperte sich. »Erste Frage: Was für ein Verhältnis hatten Sie zu Henning Stein?«

»Gar keines.«

»Beantworten Sie bitte meine Frage.«

»Welche denn?«

»Die mit dem Verhältnis.«

»Hab ich doch. Ich hatte keines.«

»Sie waren doch die letzten Tage mit ihm zusammen. Da muss man doch irgendein Verhältnis zueinander aufbauen.«

»Ich bin ihm von Anfang an aus dem Weg gegangen. Er hatte etwas an sich …«

»Ja?«

»Er war ein unangenehmer Mensch, um es mal nett auszudrücken. Ich mochte ihn nicht.«

»Aha! Da hätten wir schon das Motiv.«

»Meine Güte, so viele Feuerwehrteiche gibt es gar nicht, wie es bräuchte, um alle Arschlöcher dieser Welt darin zu ertränken.«

»Sie wollen also noch mehr Menschen umbringen?«

»Nein! Das legen Sie mir in den Mund, Herrgott.«

»Sie haben anscheinend ziemlich viel aggressives Potenzial. Das spricht für eine soziopathische Veranlagung.«

»Was?« Tilde schlug mit der flachen Hand auf den Tisch. Das Mikro kippte um, aber Niemann stellte es wieder auf. »Haben Sie gerade eine Fortbildung in Psychologie gemacht, oder was soll das Ganze hier?«

»Ja.«

Tilde lachte auf. »Wie erklären Sie sich dann, dass ich mich nach dem Unfall mit Gundula um Henning Stein gekümmert habe, obwohl ich ihn total doof fand? Mit meiner soziopathischen Veranlagung?«

Niemann überlegte. »Ich würde trotzdem gern wissen, was in der Zwischenzeit passiert ist.«

»Welche Zwischenzeit meinen Sie?«

»Die Zeit von Steins Rückkehr auf den Hof bis zu seinem Tod im Feuerwehrteich.«

»Keine Ahnung. Er hatte sich die meiste Zeit in seinem Zimmer eingeschlossen.«

»Immerhin hat er Otto Coors verprügelt, und jetzt ist er tot.«

»Na, dann wissen Sie ja, was in der Zwischenzeit passiert ist. Außerdem haben Sie den Einbruch vergessen.«

»Haben Sie ihn deswegen in den Tod getrieben?«

»Nein.«

»Wo sind eigentlich Ihre Tabletten?«

»Die sind in meinem Koffer.«

»Wir prüfen das nach.«

»Ich freu mich drauf.«

Es entstand eine Pause, in der Niemann mit den Fingern auf die Tischplatte trommelte.

»Bitte, lassen Sie das, es macht mich kirre«, sagte Tilde.

»Das ist Taktik.«

»Haben Sie das auch auf Ihrer Fortbildung gelernt?«

»Könnte sein.«

»Ich merke schon, die Meckumer Polizei arbeitet mit modernsten Methoden.«

Niemann ging nicht darauf ein, immerhin hörte er mit dem Getrommel auf. »Also, noch mal. Wie war das mit Stein?«

Sie ruckelte mit dem Eimer ein Stück zurück, denn sie lag fast mit dem Kinn auf der Tischplatte.

»Es war so«, begann Tilde. »Ich habe ihn erst bezirzt, wie ich das mit allen Männern tue, und dann habe ich ihn zu einem Schäferstündchen an den Feuerwehrteich gelockt. Da habe ich ihm die Schlaftabletten unter dem Vorwand gegeben, es wäre Viagra. Als er müde wurde, habe ich ihn ins Wasser geschubst. Anschließend habe ich den Abschiedsbrief geschrieben und alles unter sein Bett gelegt, um den Verdacht auf Ariane zu lenken, damit ich mir, wenn sie im Gefängnis sitzt, ihren Mann angeln kann. Wow, das wird sicher verfilmt.«

Niemann hatte ihr mit wachsender Skepsis zugehört. Als er nichts sagte, fragte Tilde: »Das glauben Sie doch selbst nicht, oder?«

Niemann schaltete das Aufnahmegerät aus und wischte sich den Schweiß von der Stirn. »Frau Brand, Sie sind mir eine!«, sagte er halb belustigt, halb ernst.

»Ja. Da kann ich nichts für. Aber ich habe Stein nicht umgebracht. Und schon gar nicht wegen Otto Coors, diesem Blödsack.«

»Ich dachte, Sie mögen ihn und haben sogar eine Affäre?«

»Jaaa«, begann Tilde gedehnt. »Wir haben uns einmal geküsst. Mehr war nicht. Ich gebe zu, dass das nicht in Ordnung war. Ein Ausrutscher. Die Stimmung war aufgepeitscht. Da ist es eben passiert.«

Niemann erhob sich schwerfällig. »Künstler!«

14

Einige Jahre vorher

Sie nickte ihrem Sitznachbarn zu. »Haben Sie auch etwas gewonnen?«, fragte sie freundlich.

Er blickte amüsiert. »Na, aber hundert Prozent!«

Seine Stimme war unangenehm laut, als ob er es gewohnt wäre, ständig im Mittelpunkt zu stehen. Sie schätzte ihn auf Mitte sechzig. Er war einer der Jüngsten im Bus, ein schmächtiger Kerl. Die roten Äderchen auf Nase und Wangen verrieten, dass er gern trank.

»Diese Einladung haben wir doch alle bekommen, oder?«

Sie sah sich mit großen Augen um. »Alle? Sie machen einen Scherz.«

»Nein, das ist die Wahrheit. Nach der Veranstaltung, wenn wir aus Dankbarkeit für den Gewinn die Topfsets und Rheumadecken gekauft haben, rücken sie damit raus, dass das nicht so gemeint war.«

»Jetzt seien Sie doch still!«, zischte der Mann, der vor ihnen saß. »Das weiß doch jeder, dass das mit dem Gewinn nur Bauernfängerei ist.«

»Und warum fahren Sie dann mit?«, fragte sie den Mann vor sich fassungslos und beugte sich weit nach vorn.

»Geht Sie das was an?«

Sie ließ sich in ihren Sitz zurückfallen. »Unfreundlicher Kerl!«

Der Kerl neben ihr winkte ab. »Ach, vergessen Sie den.«

Sie musterte ihn. »Verraten Sie mir, warum *Sie* mitfahren?«

»Weil ich mal rauskomme und etwas anderes sehe als immer nur meine eigenen vier Wände.« Er lachte auf. »Aber das mit dem Gewinn haben Sie nicht ernsthaft geglaubt, oder?«

Sie spürte, wie ihr das Blut in den Kopf schoss. »Nein. Natürlich nicht«, log sie.

»Ich glaub Ihnen kein Wort«, sagte der Mann, und sie atmete vor Erschöpfung mehrmals tief durch.

»He! Kratzen Sie jetzt ab?«, fragte er.

Sie lächelte mühsam. »Keine Sorge. Ich bin nur ein bisschen müde.«

»Doch wohl nicht lebensmüde, oder? Dann setze ich mich nämlich anderswohin. Ich kann keine Toten sehen.«

»Warum fahren Sie dann bei einer Seniorenreise mit? Da muss man mit allem rechnen.«

Der Mann grinste. »Sie gefallen mir, gute Frau. Sie haben Humor.«

Sie beugte sich vor und griff nach der Handtasche, die sie in das Gepäcknetz vor ihren Knien gestopft hatte. Sie öffnete sie und zog das Gewinnzertifikat heraus, entfaltete es und zeigte es ihrem Nachbarn.

»Hier. Da steht drauf, dass ich gewonnen habe. Schwarz auf weiß. Erklären Sie mir bitte, was daran nicht stimmt.«

Der Mann warf nur einen vagen Blick auf das bunt bedruckte Papier und seufzte. »Ich kenne den Brief. Tausend Euro. Das hat nichts zu bedeuten.«

Sie starrte ihn an. »Das verstehe ich nicht. Warum dürfen die so dreist lügen?«

»Ach, wissen Sie, wer auf eine solche Fahrt geht, sollte wissen, worauf er sich einlässt.«

Sie steckte den Brief in die Handtasche zurück und kam sich unendlich dumm vor. Am liebsten wäre sie wieder ausgestiegen. Sie wischte sich verstohlen über die Augen.

Ihr Sitznachbar musterte sie. »Das ist Ihre erste Kaffeefahrt, habe ich recht?«

»Ich habe noch nie so eine Einladung bekommen.« Sie schüttelte den Kopf. »Aber der Brief ist doch unterschrieben. Von einem Professor sogar.«

»Diesen Professor gibt es gar nicht. Die Unterschrift ist nur eine wertlose Kopie. Haben Sie das denn nicht gesehen?«

»Meine Augen sind nicht mehr die besten, junger Mann.« Sie ließ sich tief in die Polster sinken. »Dann hatte mein Sohn also recht. Das ist alles Betrug. Und ich bin darauf reingefallen.«

»Es ist ein Lockmittel. Aber trösten Sie sich. Uns allen ist das am Anfang so gegangen.«

Sie starrte ihn an. »Sie lassen sich also freiwillig betrügen?«

»Wir hören uns den Sermon an und trinken Kaffee. Es heißt ja auch Kaffeefahrt. Man sieht mal andere Leute, das ist doch schon was, wenn man alt und einsam ist.«

»Ich bin alt, aber nicht einsam«, flüstert sie, aber ihr Nachbar hörte sie nicht.

Der Bus fuhr längst auf der Autobahn. Ihr liefen die Tränen über die Wangen, ohne dass sie einen Laut von sich gab. Ihr Sohn würde ihr schwere Vorwürfe machen, und das zu Recht. Sie hatte sich blenden lassen, und nun befand sie sich auf einer Urlaubsreise, die sie ohne den versprochenen Gewinn gar nicht bezahlen konnte. Sie sah sich schon im Gefängnis sitzen. Ihr Sohn würde sie nicht rausholen, der hatte Besseres zu tun, als die Dummheit seiner Mutter auszubügeln. Und ihr Mann würde ins Heim kommen.

Sie ballte die Fäuste. Wut stieg in ihr auf. »Wenn ich das Geld schon nicht bekomme, dann mache ich denen die Hölle heiß!«, sagte sie laut.

Der Mann vor ihr drehte sich wieder zu ihr um. »Klappe halten! Ich will schlafen.«

Ihr Sitznachbar musterte sie lange. »Warum wollen Sie das tun? Ich meine, Sie sind alt und –«

»Eben«, unterbrach sie ihn. »Ich bin alt und habe nichts mehr zu verlieren.«

15

Niemann brachte sie mit dem Polizeiwagen auf den Hof zurück. Ein Kollege hatte in Tildes Koffer nach den Tabletten gesucht und die Schachtel, in der nur zwei Pillen fehlten, in die Besenkammer gebracht. Niemann hatte sich mehrmals entschuldigt und ihr angeboten, sie zum Hof zurückzufahren. Auf der kurzen Fahrt war ihnen ein Taxi entgegengekommen. Tilde hatte Marleen und Cornelia auf der Rückbank erkannt.

Der Parkplatz vor dem Haus stand voll mit Polizeiwagen. Sie parkten davor, stiegen aus, und Niemann begrüßte einen Kollegen von der Spurensicherung, der dabei war, seinen weißen Overall überzustreifen.

»Seit wann seid ihr da?«, fragte er.

»Gerade gekommen. Wir hatten noch in Wittmund zu tun. Eine Wasserleiche. Selbstmord.«

»Noch so ein Lebensmüder?« Niemann schüttelte den Kopf. »Und das mitten im Sommer.«

Der Kollege nickte zustimmend. »Ja. Eigentlich nicht die richtige Zeit für einen freiwilligen Abgang. Die Sonne scheint, die Vögel singen und so weiter.« Er schloss den Reißverschluss des Overalls und hob die Hand zum Gruß. »Ich muss. Man sieht sich.«

Niemann wandte sich an Tilde. »Was werden Sie jetzt tun?«

»Na, was wohl? Abreisen. So schnell wie möglich.« Sie seufzte. »Obwohl mir ein sattes Honorar durch die Lappen geht. Die Reportage hätte ich gut gebrauchen können. Aber wenn die schon nicht hinhaut, wollte ich wenigstens über den Fall schreiben.«

Niemann runzelte die Stirn. »Gibt es keine schöneren Themen, über die Sie schreiben können?«

Tilde seufzte. »Da fällt mir gerade nichts ein.«

»Ich hätte da eine Idee.«

»So?«

»Warum mieten Sie sich nicht im Dorf ein und schreiben über unser kleines Meckum? Wir haben eine romanische Kirche mit Arp-Schnitger-Orgel.«

»Klingt verlockend. Aber in der Hauptsaison kann ich mir hier kein Zimmer leisten. Tut mir leid. So üppig sind meine Honorare leider nicht.«

Niemann grinste listig. »Wenn das so ist, könnte ich Ihnen ein Zimmer im ›Anker‹ besorgen. Ewald hält immer eine Kammer für Einheimische oder Monteure frei.«

»Wer ist Ewald?«

»Der Wirt.«

Tilde zuckte mit den Schultern. »Ich denke darüber nach. Ein bisschen Urlaub wäre wirklich nicht schlecht nach all den Katastrophen. Aber ausgerechnet hier?«

»Dann ist es abgemacht?«

Tilde taxierte Niemann prüfend. »So ganz verstehe ich das nicht, Herr Niemann. Erst nehmen Sie mich fest und behandeln mich wie einen Häftling aus Guantánamo, und dann besorgen Sie mir ein Zimmer im Dorf zum Meckumer Sonderrabatt?«

Er machte eine wegwerfende Geste. »Schwamm drüber. Ich mache doch nur meine Arbeit.«

Tilde zögerte immer noch.

»Ich könnte Ihnen das Rezept für den todsicheren Schneckenschutz jetzt gleich verraten«, setzte Niemann nach, dem es wichtig zu sein schien, sich mit Tilde zu versöhnen.

Sie seufzte. »Na schön. Für ein paar Tage bleibe ich. Sie haben mich überzeugt.«

Er lachte über das ganze Gesicht. »Gut, gut. Und falls Sie die Neugierde plagt, kommen Sie gern mal auf einen Kaffee vorbei.« Er reichte Tilde die Hand. »Wir sehen uns im ›Anker‹. Fragen Sie nach Ewald.«

Während sich Niemann zu seinen Kollegen gesellte, stieg Tilde die Treppe zu ihrem Zimmer hinauf, um endgültig zu packen. Weder Ariane noch Otto hatten sich bisher blicken lassen, was Tilde mehr als lieb war. Besonders Otto konnte ihr gestohlen bleiben.

Aber noch etwas anderes lag ihr schwer im Magen. Sie hätte schon längst in der Redaktion anrufen müssen, um Bescheid zu geben, dass es mit der Reportage nichts wurde, aber sie verschob es auch dieses Mal auf später. Sie musste erst einmal hier weg.

Sie warf ihre Sachen in den Koffer und kniete sich darauf, um ihn schließen zu können. Nachdem das erledigt war, trat sie noch einmal an das Fenster, um den atemberaubenden Ausblick zu genießen. Heute lagen die Schafe nicht faul herum, sondern grasten eifrig. Das Blöken hörte Tilde bis hierher. Die Luft hatte sich angenehm abgekühlt, und ein frischer Wind wehte. Von Südwesten zogen allerdings dunkle Wolken heran. Über Langeoog hingen schon graue Regenschlieren. In Meckum aber schien noch die Sonne, und über dem Meer stand ein fetter Regenbogen.

Tilde wandte sich ab und nahm das Handy von der Bettdecke, wo sie es abgelegt hatte. Sie wählte die Nummer eines örtlichen Taxiunternehmens und bestellte sich eines auf den Hof. Als das erledigt war, nahm sie ihren Koffer und rollte ihn auf den Flur hinaus. Wieder musste sie an Hennings Zimmer vorbei, in dem zwei Beamte von der Spurensicherung beschäftigt waren. Die Tür stand sperrangelweit offen. Sie blieb stehen, um ihnen einen Moment lang bei der Arbeit zuzusehen, denn sie kannte das nur aus dem Fernsehen.

»Haben Sie schon etwas gefunden?«, rief sie in den Raum hinein.

»Gehen Sie bitte weiter!«

»Erst wenn Sie mir geantwortet haben. Ich bin Journalistin.«

Der Beamte vom Hof, der sich eben noch mit Niemann unterhalten hatte, kam ihr entgegen und baute sich vor ihr auf.

Sie lächelte ihn an. »Gut. Es war einen Versuch wert.« Dann nahm sie wieder ihren Koffer und eilte dem Ausgang zu. Sie verspürte wenig Lust, ein weiteres Mal in Niemanns Besenkammer zu landen.

Jetzt musste sie nur noch unentdeckt aus dem Haus kommen. Leider hatte sie Pech, denn Ariane schien in der Wohndiele auf sie gewartet zu haben und stellte sich ihr in den Weg.

»Was willst du noch von mir?«, fragte Tilde ungehalten.

Ariane blickte schuldbewusst. Die Wirkung des Medikamentes hatte anscheinend nachgelassen. Sie suchte nach Worten, aber Tilde kam ihr nicht zu Hilfe.

»Tilde, ich … Also, das war vorhin …« Sie verfiel in Schweigen. »Du gehst?«, fragte sie schließlich.

»Natürlich.«

»Das ist alles ziemlich blöd gelaufen, was?«

»Kann man sagen.« Tilde wollte an ihr vorbei, aber Ariane hielt sie fest. »Bitte. Lass uns so nicht auseinandergehen.«

»Warum? Aller Wahrscheinlichkeit nach sehen wir uns nicht wieder. Wo ist das Problem? Und jetzt lass mich los.«

Ariane ließ die Hand sinken. Sie knetete verlegen ihre Finger. Irgendetwas war da im Busch, und Tilde konnte sich schon vorstellen, was es war.

»Du kannst beruhigt sein«, sagte sie deshalb. »Ich schreibe weder über den Hof noch über die Ereignisse hier. Die Reportage liegt auf Eis.«

»Nun ja, ich dachte, dass wir trotz allem …«

»Wende dich an meine Redaktion. Die schicken sicher jemand anderen. Du hast ja die Nummer.«

»Darum geht es doch gar nicht!«

»Worum dann?«

»Es tut mir leid. Sehr sogar. Ich möchte mich bei dir entschuldigen.«

Tilde ließ den Koffer auf den Boden sinken und sah sie überrascht an.

Ariane senkte den Blick. »Es lag an den Tabletten. Ich habe mich wie eine Wahnsinnige benommen. Ich vertrage die Dinger nicht.« Sie rang die Hände. »Bei mir wirken die eher wie ein Aufputschmittel. Mein Arzt meint, ich reagiere paradox darauf. Und dann hat Marleen mich auch noch aufgestachelt. Du und Otto … das war einfach zu viel.«

Tildes Zorn auf Ariane verblasste in dem Maße, wie ihre Wut auf Marleen zunahm.

»Nimmst du meine Entschuldigung an?«, fragte Ariane.

»Wenn dir daran liegt … ja. Gut.«

Die Künstlerin reichte ihr die Hand, und Tilde schlug ein.

Sie räusperte sich. »Ich muss mich wohl auch entschuldigen«, sagte sie. »Das mit dem Kuss, das war … einfach nur bescheuert. Und es hatte wirklich nichts zu bedeuten.« Der letzte Satz kam ihr schwer über die Lippen, denn was sie betraf, stimmte er nicht. Noch nicht.

Ariane nickte. »Ich hätte nicht so hysterisch reagieren dürfen.«

Sie lachte kurz auf, und Tilde suchte fieberhaft nach etwas Tröstlichem oder Intelligentem, mit dem sie sich verabschieden konnte, ohne dass es unhöflich wirkte, aber ihr fiel nichts Besseres ein als: »Ich muss los.«

»Warte!«

Tilde stöhnte innerlich auf. »Was ist denn noch?«

»Ich kann verstehen, dass du so schnell wie möglich von hier verschwinden willst. Aber ich finde, wir sollten trotz allem im Guten auseinandergehen. Ich habe Eistee im Kühlschrank. Selbst gemacht. Wie wäre es mit einem kleinen Versöhnungstrunk in meinem Atelier? Du wolltest doch meine Bilder sehen.«

Tilde starrte sie völlig perplex an. Es war keine zwei Stunden her, da hatte Ariane die schlimmsten Anschuldigungen gegen sie erhoben und war wie eine Raubkatze über sie hergefallen, und nun lud sie sie zum Eistee in ihr Heiligtum ein?

»Das ist wirklich verlockend, aber mein Taxi kommt gleich.«

Ariane lachte hell. »Bis das da ist, haben wir die Karaffe leer. Hubert bringt doch gerade Marleen und Cornelia zum Bahnhof.«

»Wer ist Hubert?«

»Na, der Taxifahrer.«

»Dann habt ihr nur ein einziges Taxi in Meckum?«

»Um die Mittagszeit schon.« Ariane legte ihr die Hand auf den Arm. »Es würde mir viel bedeuten.«

Tildes Kopfhaut begann zu kribbeln, ein untrügliches Zeichen, dass hier etwas nicht stimmte. Arianes Stimmungswechsel kam überraschend, aber: Konnte es nicht wirklich sein, dass Ariane das Medikament nicht vertragen hatte? Vielleicht hörte Tilde wieder mal die Flöhe husten. Außerdem: Was sollte ihr schon passieren? Der Hof war voller Polizisten. Sie gab nach.

»Also schön. Aber nur, bis das Taxi kommt.«

Ariane schlug vor Begeisterung in die Hände. »Wunderbar! Geh schon mal rüber und sieh dich um, ich hole den Tee und bin gleich bei dir.«

Tilde zog den Koffer hinter sich her über den Hof in Richtung Atelier. Ein Wagen parkte neben dem Bulli der Spurensicherung, und einen Moment lang hoffte Tilde, das Taxi sei wider Erwarten schon da. Leider handelte es sich um einen Privatwagen, der wahrscheinlich einem Beamten von der Kripo gehörte.

Mit einem unangenehmen Gefühl im Bauch setzte sie ihren Weg fort, denn ihre Lust, mit Ariane Eistee zu trinken und sich auszusprechen, tendierte gegen null. Ein Gespräch von Frau zu Frau, in dem es um Otto ging und bei dem sie sich am Ende in den Armen lagen? Gott bewahre!

Als sie vor dem Atelier angekommen war, entdeckte sie einen Mann, der eifrig Fotos von Otto Coors Büroschild schoss. Ein Makler, das war Tildes erster Gedanke. Aber es fehlte der elegante Anzug.

Als er sich zu ihr umdrehte, erschrak der Mann heftig. »Verdammt! Schleichen Sie sich immer so leise von hinten an?«

»Fotografieren Sie immer heimlich in Ecken herum?«

»Ich bin von der Presse.«

»Ah! Machen Sie einen Bericht über Emailleschilder?«

»Blödsinn! Ich bin hier wegen dieser Todesfälle.«

Tilde nickte. Eigentlich erkannte sie jeden Kollegen auf hundert Metern Entfernung. Sie hatten alle diesen hungrigen Blick. Sie reichte ihm die Hand. »Ich bin Tilde Brand und schreibe für das Magazin ›Cottage‹.«

»Eine Kollegin also.« Er nahm Tildes Hand, ließ sie aber nach einem schlappen Händedruck wieder fallen. Er schwitzte.

Tilde wischte sich verstohlen die Innenfläche an ihrer Hose ab.

Der Mann sah sie stirnrunzelnd an. »›Cottage‹? Ist das nicht diese Wald- und Wiesenzeitung?«

»Eher Haus und Hof. Landleben und Lifestyle.« Sie seufzte. »Man muss sehen, wo man bleibt, in diesem Job.«

»Da haben Sie recht.« Der Mann lachte bellend.

Tilde musterte ihn. Sie schätzte ihn auf Mitte fünfzig. Er war groß und ein wenig aus dem Leim gegangen, auch im Gesicht. Man ahnte, dass er einmal ein leidlich attraktiver Mann gewesen sein musste, aber jetzt machte er den Eindruck eines Menschen, der von allem ein wenig zu viel genossen hatte.

Er verzog den Mund zu einem jovialen Grinsen. »Gerd Bramstede. Ich mache den Meckumer Boten. Hier ist ja der Teufel los. Endlich!« Bramstede machte ein Gesicht wie ein Kind kurz vor der Weihnachtsbescherung.

»Tja«, sagte Tilde, enthielt sich aber sonst eines Kommentars.

Bramstede zeigte auf ihren Koffer. »Haben Sie auf dem Hof gewohnt, als das alles passiert ist?«

»Hab ich.«

»Dann kannten Sie die Opfer?«

»Ja.«

»Herrlich!« Er klatschte in die Hände, zog ein Aufnahmegerät aus seiner Schultertasche und schaltete es ein.

Tilde trat einen Schritt zurück. »Also, falls Sie die Hoffnung haben, dass ich Ihnen ein Interview gebe, muss ich Sie leider enttäuschen.«

»Jetzt kommen Sie!« Bramstede knuffte ihr jovial in die Schulter. »So unter Kollegen. Sie werden mich doch nicht hängen lassen.«

»Warum wenden Sie sich nicht an die Pressestelle der Polizei?«

Bramstede lachte auf. »So was Hochtrabendes haben wir hier nicht. Wir haben Tammo Niemann, und der redet nicht mit mir.«

»Warum?«

Bramstedes Gesicht verfinsterte sich. »Der steht mit der Presse allgemein auf Kriegsfuß.«

»Aha. Das erklärt einiges«, bemerkte Tilde trocken.

»Jetzt zieren Sie sich nicht, altes Mädchen!« Er beugte sich zu ihr herunter, die zwei Köpfe kleiner war, und sie konnte seine schlechten Zähne sehen, die er ansonsten hinter einem markanten Schnurrbart verbarg. »Bitte! Tun Sie Ihrer Zunft den Gefallen.«

Tilde wich noch weiter zurück. »Erstens bin ich kein altes Mädchen, und zweitens tut es mir leid. Ich kann Ihnen nicht helfen, denn ich habe so was wie Redeverbot und will es mir nicht noch einmal mit dem Dorfpolizisten verderben.«

Bramstede richtete sich auf und musterte sie mit zusammengekniffenen Augen. »Sie sind das! Tammo hat jemanden vom Hof festgenommen. Das waren Sie.« Mit der freien Hand hob er die Kamera und nahm Tilde ins Visier. Es klickte mehrmals.

»Jetzt hören Sie aber auf!«, fuhr sie ihn an und hielt sich die Hand vor das Gesicht. »Wie Sie sehen, bin ich wieder auf freiem Fuß, also unschuldig. Und ich autorisiere diese Fotos nicht, die Sie gerade gemacht haben!«

Bramstede ließ die Kamera sinken und lächelte. »Auch in Meckum haben wir Pressefreiheit, liebe Frau Brand. Sie können autorisieren, was Sie wollen, aber Sie können nicht von mir verlangen, dass ich mir diese Geschichte von den Überregionalen wegschnappen lasse.« Er steckte das Aufnahmegerät weg. »Ich will auch mal bei den Großen mitspielen. Das wollen wir doch alle, oder?« Er grinste anzüglich.

Tilde konnte verstehen, dass Bramstede danach lechzte, einmal den Leitartikel mit der dicksten Überschrift für eine renommierte Zeitung zu schreiben, davon träumte jeder Journalist, sie eingeschlossen. Dass ausgerechnet ihr Foto diesen Aufmacher schmücken sollte, fand sie jedoch wenig reizvoll.

Sie schüttelte den Kopf. »Tut mir leid.«

»Seien Sie keine Spielverderberin! Sagen Sie mir wenigstens, warum Tammo Sie festgenommen und dann wieder freigelassen hat.«

»Ich denke, er brauchte einen Anlass, um seine Besenkammer mal wieder aufzuräumen.«

»Was?« Bramstede starrte sie völlig verdattert an, und Tilde hob die Hand zum Gruß.

»Man sieht sich.« Dann ließ sie ihn stehen und war froh, in Arianes Atelier flüchten zu können.

Sie stellte den Koffer ab und sah sich um, während sie Bramstede draußen vor sich hin fluchen hörte. Es roch nach Farbe, Leim und Staub. Die Luft war aufgeheizt von der Sonne, die bis vor Kurzem noch geschienen hatte. Jetzt versteckte sie sich hinter den aufziehenden Regenwolken.

Tilde trat an eines der hohen Fenster und überlegte, es zu öffnen, um frische Luft hereinzulassen. Aber dann kam ihr der Gedanke, dass ein Windstoß Arianes Papierstapel, die überall herumlagen, durcheinanderwirbeln könnte. Das wollte sie lieber nicht riskieren. In der Ferne vernahm sie leises Grummeln. Das Gewitter kam schnell näher.

Sie sah zum Haus hin. Wo blieb Ariane mit dem blöden Eistee? So lange konnte es doch nicht dauern, bis sie zwei Gläser füllte. Tilde sah sich suchend nach einer Sitzgelegenheit um, aber vor den Staffeleien gab es nur ein paar Stehhilfen, wie Tilde sie beim Bügeln benutzte. Anscheinend hatte Ariane das Atelier zum Malen hergerichtet, bevor die Nachricht von Hennings Tod eingetroffen war.

Tilde fühlte sich hier nicht wohl. Sie hoffte inständig, dass das Taxi bald käme. Um es sich ein wenig bequemer zu machen, lehnte sie sich mit dem Rücken an einen der Werktische und verschränkte die Arme vor der Brust. Warum konnten sie sich nicht im Garten treffen? Da war es wenigstens kühl und um einiges gemütlicher.

Durch eines der hohen Fenster beobachtete sie, wie Niemanns Kollege von der Spurensicherung neben dem Bulli eine Zigarette rauchte. Den Overall hatte er geöffnet. Vielleicht ließ Ariane sie warten, weil die Beamten sie noch einmal befragten? Tilde überlegte, wieder ins Haus zu gehen, ließ es dann aber aus Angst, sie könnte das einzige Taxi, das in Meckum um diese Zeit unterwegs war, verpassen.

Also schlenderte sie durch das Atelier und betrachtete Skizzen und angefangene Bilder. Auf einem der Stapel lag eine Klarsichthülle, die Tildes Aufmerksamkeit auf sich zog. Es steckte die schlechte Kopie eines Zeitungsartikels darin. Die Überschrift hatte anscheinend nicht mehr in den Kopierer gepasst. Sie war am oberen Bildrand abgeschnitten.

Tilde nahm den Artikel zur Hand und trat damit ans Fenster. Es war das Foto, an dem ihr Blick zuerst hängen blieb. Die Aufnahme zeigte einen Mann, dessen Züge, obwohl nur verschwommen sichtbar, große Ähnlichkeit mit Otto Coors hatten. Der Mann auf dem Bild trug jedoch Anzug und Krawatte, was zu dem Otto, den sie kannte, ganz und gar nicht passte. Allerdings gab es das Foto aus der Schreibtischschublade, auf dem er ebenfalls mit Schlips und Anzug zu sehen war. Der Kopf schien ein wenig zu groß für den Körper zu sein, aber das lag vermutlich an der schlechten Kopierqualität, die alles verzerrte. Dennoch war es unverkennbar Otto Coors auf dem Zeitungsfoto.

Sie zog das Blatt aus der Hülle und begann zu lesen, aber sie war noch nicht einmal mit dem ersten Satz fertig, da knallte die Eingangstür gegen die Wand. Tilde fuhr erschrocken herum. Wie im Reflex schob sie das Papier in die Handtasche, die ihr abreisebereit über der Schulter hing. In der Tür stand Otto und blickte sie entgeistert an.

»Was tust du denn noch hier? Und wo ist meine Frau?«

»Ariane hat mich auf einen Eistee hierher eingeladen. Ich warte auf sie.«

»Sie hat dich allein in die heiligen Hallen ihrer Kunst gelassen? Das glaube ich nicht!«

»Hat sie aber«, sagte Tilde trotzig, denn Ottos Reaktion machte sie wütend. Er tat geradezu, als wäre es ihre Schuld, dass alles so gekommen war. Nicht ein einziger Satz der Entschuldigung oder eine Erklärung kamen über seine Lippen. Schöne Männer haben eben immer einen Haken, schoss es Tilde durch den Kopf. Auch ihr Exgatte war ein durchaus ansehnliches Mannsbild gewesen, aber leider ein mieser Kerl. Als solcher hatte sich Otto nun auch entpuppt. Bedauerlicherweise tat die Erkenntnis trotzdem weh, aber das wollte sie sich nicht anmerken lassen.

»Ich kann draußen warten. Mein Taxi kommt sowieso jeden Augenblick.« Sie nahm ihren Koffer und wollte sich an ihm vorbeischieben, aber er stellte sich ihr in den Weg.

»Du schnüffelst hier herum, stimmt's?«, zischte er sie an.

Tilde versuchte, sich an ihm vorbeizudrängeln, aber er packte sie fest am Arm. Sie schrie auf. »Au! Den Arm hat Niemann schon lädiert. Lass mich los, Otto!«

Er hielt sie weiter fest, und Tilde keuchte auf.

»Ich schnüffle nicht, und ich habe nicht vor, über diese Sache zu schreiben! Soll ich es dir schriftlich geben? Und jetzt lass mich gefälligst los, du tust mir weh!«

»Der Polizist von der Spurensicherung hat mir gerade gesagt, dass sich die Presse hier rumtreibt und Fotos macht. Gib mir den Apparat!«

Tilde stöhnte auf, denn Ottos Griff wurde noch fester.

»Der meinte diesen Lokalheini«, presste sie zwischen zusammengebissenen Zähnen hervor. »Der ist vom Meckumer Boten oder so. Mein Fotoapparat liegt im Koffer, ich habe nicht ein einziges Bild gemacht. Du kannst mich ja durchsuchen. Aber ich denke, wenn Ariane uns so erwischt, wird es richtig eng für dich.«

Otto ließ sie los und wich vor ihr zurück. »Gerd Bramstede? Was hat der denn hier zu suchen?«

»Na, ich denke mal, er will berichten?« Tilde rieb sich den Arm.

»Ich glaube, ich gehe dann besser.« Ottos Blick wanderte zu ihrer Hand, in der sich immer noch die Klarsichthülle befand, in der der Zeitungsartikel gesteckt hatte. »Warst du in meinem Büro?«

»Nein. Wie kommst du darauf?«

»Was ist das da?«

Tilde hob die Hand und betrachtete die Hülle, die sie tatsächlich ganz vergessen hatte. »Ach das.« Sie legte sie auf einem Papierstapel ab. »Die lag hier rum.«

»Und was war da drin?«

»Nichts.«

»Warum hast du die Hülle dann genommen?«

Tilde zuckte mit den Schultern. »Nur so. Du weißt ja, ich bin neugierig.«

Otto griff danach. »Du lügst. Da steckte etwas drin.«

»Also bitte!« Tilde hob die Arme. »Durchsuch mich.«

Otto betrachtete sie nachdenklich, und sie hoffte inständig, dass er sie aus Furcht, seine Frau könnte ihn beim erneuten Herumfummeln an ihr erwischen, in Ruhe ließ.

Leider schreckte ihn die Aussicht darauf nicht ab. Er trat näher an sie heran, umfasste Tildes Handgelenke und zog sie so nah zu sich heran, dass sie seinen Atem in ihrem Gesicht spüren konnte. Es prickelte in ihrem Rücken, ob sie wollte oder nicht – es passierte einfach.

»Nun sag schon, was da drinnen war«, flüsterte er. »Bitte! Es ist wichtig.«

Tilde war sich plötzlich nicht mehr so sicher, ob es wirklich nur um den Inhalt der Klarsichtfolie ging oder um sie. Nutzte er die Gelegenheit, um ihr nahezukommen? Und wenn ja, warum? Er hatte ziemlich deutlich gemacht, was sie ihm bedeutete. Nämlich nichts.

Ihre Lippen näherten sich den seinen. Du bist verrückt, dachte sie, und dann berührten sie sich.

In diesem Moment schnappte jemand laut nach Luft. »Otto!«

Sie fuhren auseinander.

»Ariane!«, keuchte Otto.

Seine Frau stand in der Tür, ein Tablett in den Händen, auf dem eine Karaffe und zwei Becher standen. Sie ließ alles fallen, Karaffe und Becher knallten auf den Boden. Der Eistee bespritzte mehrere Papierstapel voller Skizzen und ergoss sich über den Fußboden. Ariane achtete nicht darauf. Weiß wie die Wände des Ateliers stand sie da und starrte sie an.

»Er wollte mich rausschmeißen«, versuchte Tilde die Situation zu retten, aber es klang lahm, und sie wusste, dass Ariane ihre eigenen Schlüsse zog, von denen sie schwerlich abzubringen sein würde.

»Was …«, keuchte Ariane, »was macht ihr da?«

Sie trat einen Schritt auf ihren Mann zu, der schützend den Stock hob.

»Willst du mich etwa schlagen?«, flüsterte Ariane. »Dann tu's doch!« Sie trat einen Schritt vor und schlug ihm mit aller Kraft ins Gesicht.

Otto keuchte auf. »Du verstehst das falsch! Ich habe nichts getan.«

»Taxi für Frau Brand!«

Alle wirbelten herum.

In der Tür stand ein kleiner, untersetzter Mann mit Prinz-Heinrich-Mütze auf dem Kopf. Er nahm sie ab und kratzte sich verlegen hinter dem Ohr. »Also, ich kann auch später noch mal kommen.«

Tilde griff nach ihrem Koffer und eilte zu ihm hin. »Bloß nicht. Bringen Sie mich weg von hier!«

Der Taxifahrer rührte sich nicht. Er starrte auf Ariane und Otto, die sich mit Blicken traktierten, als ob sie jeden Moment übereinander herfallen würden – allerdings nicht im ehelichen Sinn.

»Soll ich die Polizei holen?«

»Die ist schon da«, sagte Tilde und drängelte sich an dem Taxifahrer vorbei. Der folgte ihr zögernd. »Nun kommen Sie schon!«, rief sie ihm zu.

»Wo soll's denn hingehen, junge Frau?«, fragte der Fahrer, als sie eingestiegen waren.

»In den ›Anker‹ nach Meckum.«

Er zog eine Schnute und ließ den Motor an. »Na, da hätten Sie auch zu Fuß laufen können.«

16

Das Dörfchen Meckum überraschte Tilde auf das Angenehmste. Der Ortskern bestand aus rot geklinkerten Fischerhäuschen, die sich rund um den Dorfplatz aneinanderkuschelten und friesische Gemütlichkeit ausstrahlten. In den Vorgärten blühten Stockrosen, Astern und Frauenmantel. Ein Lädchen bot Kunsthandwerk und Souvenirs für die Touristen an, einen kleinen Lebensmittelmarkt und eine Bäckerei gab es außerdem am Platz. Mitten durch den Ort hindurch führte eine schmale kopfsteingepflasterte Straße, und auf dem Dorfplatz wuchs eine Linde, die allerdings noch recht jung war. Seit einiger Zeit pflanzte man wieder Dorfbäume, Tilde hatte erst kürzlich eine Reportage darüber geschrieben.

Unter dem Bäumchen stand eine Bank. Tilde zog ihren Koffer dorthin und setzte sich. Wunderbarerweise fühlte sie sich das erste Mal, seit sie hierhergekommen war, wie im Urlaub. Sie atmete tief durch und überlegte, was sie als Nächstes tun wollte. Zuallererst brauchte sie ein Bett für die Nacht, dann ein Stück Butterkuchen mit Zucker und Mandeln und einen großen Pott Kaffee. Alles andere würde sich finden.

Der Gasthof »Zum Anker« lag direkt vor ihrer Nase. Kürzlich war das Gebäude renoviert worden. Die Sprossenfenster strahlten in frischem Weiß, und auf den Fensterbänken standen Blumenkästen mit Tagetes. Neben dem Eingang führte eine rollstuhlgerechte Rampe zur Tür, die man ansonsten nur über eine kurze Treppe erreichte. Auch dieses Gasthaus hatte sich auf die älter werdende Kundschaft eingestellt. Als Prunkstück ragte vor dem Eingang ein mächtiger Anker aus dem Boden. Tilde fragte sich, ob er echt oder nur ein billiger Nachbau war. Sie erhob sich und ging hin, um es zu überprüfen, und klopfte dagegen. Der Anker war aus Eisen, und er stand auf einem Betonsockel. An vielen Stellen hatte der Rost Löcher in ihn hineingefressen, man sah ihm an, dass er viele Jahre lang der Nordsee getrotzt hatte.

Direkt neben dem Gasthaus entdeckte Tilde die romanische Kirche, von der Niemann erzählt hatte. Ihr Turm warf einen mächtigen Schatten auf den Anker, als die Sonne kurz hinter den Wolken hervorschaute.

Tilde nahm den Koffer und zog ihn die Rollstuhlrampe hinauf. Sie hatte die Klinke schon in der Hand, da flog die Tür auf und hätte sie fast umgeworfen.

Polizeiobermeister Niemann fiel ihr in die Arme. »Hoppla!«

»Hallo, Herr Niemann«, begrüßte ihn Tilde.

Er lächelte breit. »Da sind Sie ja endlich! Ich habe Sie schon angekündigt. Dann kommen Sie mal mit.«

Er machte kehrt und ging voraus durch einen langen Flur bis zu einer Tür, auf der »Gaststube« stand. Er blieb davor stehen. »Der Alte ist ein bisschen brummig, aber im Grunde ein feiner Kerl«, warnte er sie vor. »Anders als seine Tochter Mareike. Vor der nehmen Sie sich besser in Acht. Die hat Haare auf den Zähnen.«

»Ist das so?«

»Die hat hier alles umgekrempelt. Modernisiert für die Touristen.«

»Und warum stört Sie das? Sie leben doch hier vom Tourismus, oder?«

Niemann machte eine wegwerfende Geste. »Ist ja auch egal. Über die Kammer unter dem Dach hat sie sowieso nicht zu bestimmen. Das ist Ewalds Reich. Der hat seine Wohnung gleich nebenan. Er entscheidet, wer da reindarf.«

Tilde beschlich ein leichtes Unwohlsein. Die Vorstellung, direkt neben einem brummigen alten Wirt zu logieren, behagte ihr nicht, aber bevor sie protestieren konnte, hatte Niemann sie schon in die Gaststube hineingeschoben.

Es roch nach Kleister. Helle Tapeten mit orangefarbenen Ornamenten klebten an den Wänden, allerdings waren Möbel und Tresen eher von der Sorte Gelsenkirchener Barock. Zwei ältere Paare und eine Familie mit zwei Kindern im Grundschulalter saßen an den Tischen und nahmen ein spätes Mittagessen zu sich. Die Kinder stopften Pommes und Fischstäbchen in sich hinein.

Hinter der Theke stand ein Mann, der das Rentenalter längst überschritten hatte. Das musste Ewald sein, der grimmige Wirt. Gerade stellte er mehrere Gläser mit Cola, Wasser und Bier auf ein Tablett, auf das eine junge Bedienung ungeduldig wartete.

Als sich Niemann und Tilde auf die Barhocker vor der Theke setzten, sah der Wirt auf. Trotz seines Alters wirkte er drahtig. Seine Hände sortierten flink die Getränke auf dem Tablett. Mit dem Vollbart und der dichten weißen Mähne auf dem Kopf erinnerte er Tilde an die gealterte Version von Wolf Larsen in dieser alten Fernsehserie »Der Seewolf«. Sein Gesicht war ebenso wettergegerbt und seine Augen stahlgrau wie die Nordsee bei Sturm. Sein Blick wanderte auf eine Art über Tildes Körper, dass sie eine Gänsehaut bekam. Dann sah Ewald zu Niemann.

»Du al woller? Hest wat vergeeten?«, fragte er mürrisch.

»Ick bring di een neen Gast«, antwortete Niemann auf Platt.

Tilde, die in Bremen aufgewachsen war, verstand ihn – er kündigte sie als neuen Gast für die Dachkammer an.

Der Wirt schob der Bedienung das Tablett hin und wandte sich Tilde zu. Eine Weile betrachtete er sie schweigend. Überhaupt schien er nicht sehr gesprächig zu sein. Dann lehnte er sich über den Tresen. »Eigentlich sind wir belegt.«

»Komm schon! Du hast mir versprochen, dass sie hier wohnen kann, Ewald«, insistierte Niemann. »Dein Monteur ist doch längst abgereist.«

»Jo. Kommt aber bald einer nach.«

»Bald ist nicht jetzt.«

»Drei Nächte. Die Kammer hat Klo und Dusche aufm Gang.«

Auch das noch, dachte Tilde und sah auf die Uhr. Wann fuhr der nächste Zug nach Bremen? Fuhr heute überhaupt noch einer? Und wie sollte sie jetzt zum Bahnhof kommen? Sie seufzte. Drei Nächte waren eindeutig zu viel. Aber für eine Nacht würde es schon gehen.

Sie fühlte sich plötzlich sehr müde, außerdem knurrte ihr Magen. »Haben Sie Butterkuchen?«

»Erst ab drei.«

»Nun komm schon, Ewald«, sagte Niemann. »Ein Stück Butterkuchen wirst du dieser Dame doch nicht vorenthalten.«

Der Wirt nickte. »Na gut.«

»Und vielleicht einen Pott Kaffee?«, wagte Tilde zu fragen.

»Nur Kännchen.«

»Meinetwegen.«

»Sie ist eine wichtige Zeugin in dieser Sache mit dem Künstlerhof. Du weißt schon«, raunte Niemann ihm vielsagend zu.

»Ach so. Der Tote im Feuerwehrteich.«

»Auch. Es gab ja zwei Tote.«

»Ich hab immer schon gesagt, mit denen stimmt was nicht.« Der Wirt nickte in Richtung Deich.

Niemann verzog den Mund. »Da könntest du sogar recht haben«, seufzte er und nahm seine Polizeimütze von der Theke, um sie aufzusetzen. »Pass gut auf sie auf, Ewald.« Er tippte sich zum Abschied an die Stirn. »Ich muss dann mal.«

Tilde richtete sich auf. Was sollte das denn nun? Hatte Niemann sie am Ende hier untergebracht, um sie besser im Blick zu haben? »Ich kann selbst auf mich aufpassen!«, rief sie empört, aber Niemann war schon draußen.

Der Wirt sah sie fragend an. »Erst aufs Zimmer oder erst Butterkuchen?«

»Ein Schinkenbrot wär mir jetzt doch lieber. Und ein großes Bier.«

Zehn Minuten später stand ein wagenradgroßer Teller gefüllt mit Schinkenbroten samt bestelltem Bier vor ihr. Mit Appetit begann sie zu essen, und es schmeckte köstlich. Ewald sah ihr zufrieden dabei zu, wie sie die Brote verputzte. Die anderen Gäste verließen nach und nach die Gaststube, sodass sie schließlich mit Ewald allein war.

Als sie fertiggegessen hatte, schob sie den Teller zurück. Die Mundwinkel des Wirtes zuckten und deuteten ein Lächeln an. Er nahm den leeren Teller und stellte ihn in eine Durchreiche. Dann goss er zwei Schnäpse ein und schob ihr eines der Gläser hin. »Prost!«

Eigentlich trank Tilde keinen Schnaps, schon gar nicht am helllichten Tag, aber sie hatte das deutliche Gefühl, sie würde es sich bis in alle Ewigkeiten mit Ewald verscherzen, wenn sie jetzt ablehnte. Deshalb prostete sie ihm ebenfalls zu. Sie exten gleichzeitig, und Tilde spürte, wie der Alkohol in ihrer Kehle einen Flächenbrand verursachte.

»Was war das für ein Zeug?«, keuchte sie.

»Bullenschluck. Noch einen? Geht aufs Haus.«

»Bloß nicht! Danke.«

»Ach wat! Op een Been kanns nich stahn, Deern.« Er schenkte nach.

Tilde blieb nichts anderes übrig, als auch den zweiten Bullenschluck mit Ewald zu trinken. Wie gut, dass sie gerade gegessen hatte.

»Was war denn los da bei den Künstlern?«, fragte Ewald ganz beiläufig.

»Wenn ich das wüsste«, seufzte Tilde.

»Zwei Tote. In drei Tagen. Ist schon gediegen.«

»Ja. Das ist ungewöhnlich.«

Ewald musterte sie eindringlich. Dann beugte er sich über die Theke und raunte ihr zu: »Und die haben sich beide selbst …?« Er zog sich die Handkante über die Kehle.

Tilde sah ihm in die Augen, die vor unterdrückter Neugierde flackerten. Sie hatte einen Seelenverwandten gefunden. Er war ihr sofort sympathisch. »Sieht wohl so aus.«

Ewald hob die Augenbrauen. »Glaubst du das?«

»Tja.« Tilde verzog zweifelnd den Mund. »Kann sein, dass es nur so aussehen soll.« Sie hatte leise gesprochen, obwohl die Gaststube leer war und niemand sie hörte.

»Warum bist du eine wichtige Zeugin? Warst du etwa dabei?«

»Ich habe auf dem Hof gewohnt.«

Ewald streckte sich und trat einen Schritt zurück. Seine Miene war wieder undurchdringlich. »Dann bist du auch so eine Künstlerin?« Er legte Verachtung in das letzte Wort.

Tilde schüttelte den Kopf. »Nein. Ich bin Journalistin. Ich hatte den Auftrag, über den Hof zu schreiben.«

»Auch nicht viel besser.« Er machte eine lange Pause.

Tilde fiel auf, dass er sie ungefragt duzte, aber es störte sie nicht.

»Irgendwas musst du doch wissen, wenn du eine Zeugin bist«, hakte Ewald schließlich nach.

Sie lächelte vielsagend, und Ewald goss ihr noch einen Schnaps ein. »Vertell!«

Bevor sie dazu kam, ihm ein paar verschwörerische Worte zuzuraunen, steckte ein Mann seinen Kopf durch die Tür in die

Gaststube. »Gibt's schon Kaffee und Kuchen? Ich hab einen Bus draußen. Dreißig Landfrauen.«

»Könt ji jo nich anmelden?«, fragte Ewald ungehalten und kippte seinen Schnaps hinunter.

»Wat is denn nu? Geht das, oder soll ich weiterfahren?«, pampte der Fahrer zurück.

Ewald nickte mit dem Kopf in Richtung Flur. »Hinten im Clubraum. Bedienung kommt.«

Als der Busfahrer draußen war, rief er nach der jungen Frau, die in der Küche eine Pause eingelegt hatte, und gab ihr einige Instruktionen. Dann wandte er sich wieder Tilde zu. »Komm mit. Ich zeig dir die Kammer.«

Er führte sie zwei Treppen hoch bis unter das Dach. Für sein Alter war er ziemlich flott, nur den Koffer musste Tilde selbst schleppen. »Ich hab nämlich Schulter«, entschuldigte sich Ewald. Er führte sie bis vor eine schmale Tür, schloss auf und ließ sie vorgehen.

Die Kammer entpuppte sich als ein winziges Zimmerchen, das fast nur aus Dachschrägen bestand. Es war funktional eingerichtet mit Bett, Schrank und einem kleinen Schreibtisch samt Stuhl. Mehr passte nicht hinein.

Tilde stellte den Koffer ab.

»Dusche und Klo«, sagte Ewald und zeigte auf den Flur hinaus, wo sich eine schmale Tür befand.

Tilde schaute sich auch das an. Alles war einfach, aber sauber. »Was kostet das Zimmer?«

»Niemanns Zeugen gehn aufs Haus.«

»Nein. Ich bezahle natürlich.«

»Erzähl mir, was da draußen los ist, und wir sind quitt. Heute Abend. Und nun muss ich runter. Die Landfrauen warten auf Kaffee und Kuchen.«

Tilde sah sich um, als sie allein war, und stellte ihren Koffer vor dem Schrank ab. Dann warf sie einen Blick aus dem Dachfenster, das auf Kipp stand. Der Himmel war vollständig zugezogen, und die Luft war diesig, aber noch konnte sie bis zum Deich sehen. Sogar den Hof erkannte sie in der Ferne inmitten einer Insel von Bäumen und Büschen. Als sie sich seufzend umdrehte, um ihre

Sachen auszupacken, erschrak sie, denn Ewald stand wieder in der Tür. Wartete er auf ein Trinkgeld?

Tilde wollte gerade nach ihrer Tasche greifen, da sagte er: »Warum Ariane den geheiratet hat, versteht kein Mensch.«

Tilde brauchte eine Weile, bis der Sinn dieses Satzes bei ihr ankam. Sie runzelte die Stirn. »Meinst du Otto Coors?«

Der Wirt nickte. Sein Blick wanderte nach draußen, und er zuckte mit den Schultern. »Den hat sie sich vor Jahren von irgendwoher mitgebracht.«

»Aha. Warum erzählst du mir das?«

»Das is ein Fremder.«

»Ein Fremder? Aber er spricht doch perfekt Deutsch.«

»Der is erst seit zehn Jahren im Dorf.«

»Zehn Jahre sind ganz schön lang.«

Ewald schnaubte. »Inner Stadt vielleicht. Aber nich hier.«

17

Einige Jahre vorher

Die Busfahrt zog sich. Endlich hielt der Fahrer an einer Raststätte, damit sich alle die Füße vertreten konnten. Es regnete, und ein kalter Wind fegte Laub vor sich her. Die meisten blieben einfach sitzen, aber sie stieg aus und lief zum Busfahrer, der sich draußen eine Zigarette angesteckt hatte. Sie nahm all ihren Mut zusammen und sprach ihn an.

»Entschuldigen Sie, wer ist denn der Verantwortliche hier?«

Er zog an der Zigarette und blies den Rauch in ihre Richtung. »Der Verantwortliche? Für was denn?«

»Für diese Reise.«

Er lachte auf. »Na, der bin im Moment wohl ich.«

»Dann haben Sie die Gewinnbenachrichtigungen verschickt?«

»Was? Nein. Ich bin nur der Fahrer.«

»Und wo ist Ihr Chef?«

»Was weiß ich? Wollen Sie sich beschweren? Bin ich zu schnell gefahren?«

»Nein. Es geht doch gar nicht um Sie. Es geht um den Gewinn.«

Der Fahrer nahm einen weiteren tiefen Zug. »Ah. Um den Gewinn geht es also.« Er taxierte sie grinsend. »Welchen Gewinn meinen Sie denn?«

Sie wühlte in ihrer Handtasche nach dem Brief und zog ihn heraus. Er war schon ganz zerknittert und an einigen Stellen eingerissen. Ohne ihn aufzufalten, hielt sie ihn dem Busfahrer unter die Nase.

»Darüber will ich mich beschweren. Erst versprechen die uns so viel Geld, und dann stimmt das alles nicht. Was sind das für Menschen, dass sie alte Leute so täuschen?« Sie redete sich in Rage. »Ich weiß gar nicht, was ich dazu sagen soll! Ihre Vorgesetzten sind doch nicht besser als diese Banden von Taschendieben, die in den Städten unterwegs sind. Und Sie machen dabei auch noch mit!«

»Sie können ja nach Hause fahren, wenn Ihnen das hier nicht passt.« Er warf die brennende Zigarette auf den Boden und drückte sie mit der Schuhspitze aus. Ein Windstoß fegte Funken von seinem Fuß. Er rieb sich die kalten Hände und blies hinein. »Ich für meinen Teil steige jetzt wieder in den Bus. Kommen Sie gut nach Hause.«

Er ließ sie stehen. Sie starrte ihm verdattert nach. Das konnte er doch nicht ernst meinen, was er gerade gesagt hatte. Oder doch? Die Bustür schloss sich zischend hinter ihm. Sie eilte ihm nach und hämmerte gegen die Scheibe.

»Halt! Wie stellen Sie sich das vor? Das hier ist kein Bahnhof, sondern eine Raststätte. Sie können mich nicht einfach stehen lassen!«

»Trampen Sie doch.« Er hielt den Daumen hoch, als wollte er ein Auto anhalten.

»Ich zeige Sie an. Mein Sohn ist Anwalt!«

Es war das erste Mal, dass sie mit dem Beruf ihres Sohnes drohte, aber sie war so in Panik, dass es einfach aus ihr herausgesprudelt war. Wunderbarerweise schwang die Bustür wieder auf. Sie machte, dass sie hineinkam.

18

Tilde hatte geschlafen. Als sie wach wurde, prasselte ein Regenschauer biblischen Ausmaßes auf das Dach nieder. Von Weitem hörte sie das leise Grummeln des Donners. Es war so dunkel in der Dachkammer, als ob schon Nacht wäre.

Sie wartete ab, bis der Regen nicht mehr gegen die Scheibe schlug. Sie liebte nichts mehr, als bei einem solchen Schietwetter im Bett zu liegen. Fehlte nur noch ein guter Krimi, aber der steckte in ihrem Koffer. Sie erhob sich, um ihn zu holen. Ihr Kopf fühlte sich ein wenig schwer an von den Schnäpsen. Sie ging zum Fenster und riss es weit auf. Frische Luft schlug ihr entgegen. Tilde reckte sich und gähnte herzhaft. Seit Tagen hatte sie nicht so gut geschlafen.

Sie war nicht abergläubisch, und Marleens Gefasel von Wasseradern und Tarotkarten war ihr gehörig auf die Nerven gefallen, aber vielleicht war ja doch etwas dran gewesen, denn sie fühlte sich befreit von einer Last, die sie nicht benennen konnte, seit sie nicht mehr auf dem Künstlerhof war. Nun gut, es waren zwei Todesfälle zu beklagen, das schlug schon mal auf die Stimmung.

Sie sah auf ihr Handy. Es war erst kurz nach fünf am Nachmittag. Das Mittagsschläfchen hatte ihr gutgetan, aber es war zu früh, um wieder hinunter in die Gaststube zu gehen. Sie würde Ewald begegnen, und sie fürchtete, er würde sie mit seinem Bullenschluck innerhalb kürzester Zeit abfüllen, damit sie ihm von den Ereignissen auf dem Hof erzählte.

Sie hatte einen fürchterlichen Geschmack im Mund und das starke Bedürfnis, sich die Zähne zu putzen und frisch zu machen. Also kniete sie sich vor den Koffer und öffnete den Reißverschluss. Der Inhalt quoll ihr entgegen. Sie zog ihre Kulturtasche aus den Tiefen heraus und war damit schon an der Tür, als ihr einfiel, dass Lippenstift und Kajal in ihrer Handtasche lagen. Sie blickte sich suchend im Zimmer um, fand die Tasche auf dem Nachttisch und kippte den Inhalt auf die Bettdecke. Der zusammengeknüllte Artikel fiel heraus, den sie aus Arianes Atelier hatte mitgehen lassen. Er kullerte zu Boden. Wie hatte sie den nur vergessen können?

Tilde hob ihn auf. Vorsichtig faltete sie das Papier auseinander und setzte sich damit an den Tisch. Sie strich den Zeitungsausschnitt glatt und betrachtete das Foto, das Otto Coors als smarten Geschäftsmann zeigte. Dann las sie die Bildunterschrift: *O. Siefken, Reiseunternehmer aus dem Raum Cloppenburg, nach dem Freispruch wegen fahrlässiger Tötung an Dora B. aus Emden.*

Wer war O. Siefken? Und schon wieder diese Dora, von der Henning schon gesprochen hatte. Tilde las weiter.

O. Siefken (49), Reiseunternehmer aus dem Raum Cloppenburg, wurde gestern von dem Verdacht der fahrlässigen Tötung an der Rentnerin Dora B. (72) aus Emden freigesprochen. Das Opfer war Teilnehmerin einer von Siefkens Reiseunternehmen angebotenen Seniorenfahrt. Sie wurde von einem Reisebus des Unternehmens überrollt und war sofort tot. Der Verdacht der Selbsttötung konnte weder bestätigt noch ausgeschlossen werden. Ein technischer Defekt lag nicht vor. Auch der Fahrer (69) habe nicht unter Alkoholeinfluss gestanden, hieß es. Zeugen berichteten, dass es im Laufe der Reise …

Hier wurde der Text unleserlich. Wenn die Kopie nur ein wenig schärfer wäre! Tilde kramte nach der Fotografie, die sie im Büro von Otto hatte mitgehen lassen, und legte sie daneben. Die Ähnlichkeit zwischen diesem Siefken und Otto Coors war nicht von der Hand zu weisen, nur der Name stimmte nicht. Vielleicht hatte Otto einen Zwillingsbruder? Und wer war die schwangere Frau auf dem Foto?

Tilde studierte noch einmal den Text und suchte nach einem Hinweis, aus welcher Zeitung der Artikel stammen könnte, fand aber nichts. Selbst das Kürzel des Autors war geschwärzt, als wollte jemand verhindern, dass der Schreiber des Artikels bekannt wurde. Tilde ging ans Fenster und hielt sowohl die Fotografie als auch die Kopie ins Licht. Auf beiden Bildern hatte der mutmaßliche Otto Coors oder Siefken keinen Gehstock bei sich.

»Wer bist du?«, flüsterte Tilde.

Sie faltete den Artikel nachdenklich zusammen und legte ihn mit der Fotografie in die Schublade ihres Nachttischchens. Warum hatte sich Otto bei ihrer letzten Begegnung im Atelier derartig über die leere Klarsichthülle aufgeregt? Wusste er, was darin gesteckt hatte? Konnte es sein, dass er ein Doppelleben führte oder geführt hatte? Und wenn ja, wusste Ariane davon?

Tilde schüttelte den Kopf. Sie konnte sich Otto Coors beim besten Willen nicht als Trickbetrüger vorstellen, der jetzt unter falschem Namen lebte. Die Kopie war zudem nicht die allerbeste. Vielleicht täuschte die Ähnlichkeit?

Das Foto zeigte ihn allerdings ganz eindeutig, da war keine Verwechslung möglich. Oder doch? Tilde kramte es noch einmal hervor. Sowohl Otto als auch die fremde Frau trugen einen Ring an der rechten Hand.

»Du warst also schon mal verheiratet«, flüsterte Tilde.

Nun gut, das war sie auch. Sie legte das Foto zurück und schob die Schublade langsam zu. Dann setzte sie sich auf das Bett. So wie sie ihn kennengelernt hatte, war Otto Galaxien vom Typ »Kaffeefahrtenanimateur« entfernt, der marktschreierisch von muffigen Gasthausbühnen herab minderwertige Ware zu astronomischen Preisen an Rentner verhökerte. Diese Veranstaltungen waren einmal sehr beliebt gewesen und dann in Verruf gekommen. Es gab sie jedoch immer noch. Sie tarnten sich jetzt gern als Seniorenreisen und gaben sich seriös. Möglicherweise hatte er doch die Finger im Spiel? Dass Otto Coors ebenso unberechenbar war wie seine Frau, hatte sie am eigenen Leib erfahren. Zuerst hatte er sie geküsst, um ihr kurz danach im Atelier an die Gurgel zu gehen.

»Wer bist du?«, fragte sie sich ein weiteres Mal und spürte, wie sie vor Aufregung eine Gänsehaut bekam. Dieses Geheimnis galt es zu lüften, bevor sie Meckum den Rücken kehrte. Vielleicht heilte sie das von ihm, denn ein bisschen war sie immer noch in ihn verschossen, das musste sie sich eingestehen.

Sie griff nach ihrer Kulturtasche und eilte für eine Katzenwäsche ins Bad. Als sie damit fertig war, kramte sie ihren Laptop hervor und klemmte ihn sich unter den Arm. Der »Anker« würde sicherlich einen Internetzugang für die Gäste haben. Sie würde Ewald danach fragen, Bullenschluck hin oder her. Die Jagd war eröffnet.

Der Wirt starrte sie missmutig an. »Wehlahn? So wat hebbt wi nich.«

»Hotspot?«

»Wat?«

»Kabelfreies Internet?«

»Nee! Was willst du denn mit so een neemoodschen Kram?«

»Ich will nur ein paar Dinge in Erfahrung bringen. Recherchieren, wenn du weißt, was ich meine. Rein beruflich.«

»Wir haben Telefon.« Er zeigte auf einen lindgrünen Apparat, der immerhin schon Tasten statt einer Wählscheibe besaß.

Tilde legte ihren Laptop auf der Theke ab und starrte bekümmert auf das vorsintflutliche Teil. »Und was ist mit einem Modem?«, wagte sie zu fragen.

Ewald hob nur verständnislos die Augenbrauen.

Ein Mann im Blaumann saß am anderen Ende der Theke vor einem halb vollen Glas Bier und grinste. Tilde nickte ihm zu. Er sah aus wie ein Hafenarbeiter, der hier sein Feierabendbier trank. »Dat bruukt wi nich«, brummte er zustimmend.

Ewald nickte bekümmert. »Tööv man. Bald haben wir das auch, Fiete. Mareike liegt mir damit in den Ohren.«

»Wo ist die eigentlich?«, fragte der Hafenarbeiter.

»Auf 'ner Messe. Kommt übermorgen wieder.« Er seufzte. »Und dann bringt sie viele neue Ideen mit.«

»Zum Beispiel Internet inner Wirtschaft.«

»So was.«

Tilde schluckte den bissigen Kommentar hinunter, der ihr auf der Zunge lag, schließlich ließ der Wirt sie umsonst hier wohnen.

»Macht ja nichts«, sagte sie. »Dann gehe ich einfach ins Internetcafé.«

Ewald und Fiete sahen sich an. »Die Bäckerei hat so was auch nich«, bemerkte der Wirt, und Fiete stimmte ihm zu. »Aber inner Bücherei kannste 'ne halbe Stunde lang umsonst an' Computer. Musst dich aber vorher anmelden.«

»Und wo ist die Bücherei?«

Der Wirt wies mit dem Kopf in Richtung Kirche. »Neben dem Gemeinderaum. Bei 'er Kirche. Aber die haben erst morgen wieder auf. Von vier bis sechs.«

»Und der Büchereiausweis dauert drei Tage«, fügte Fiete hinzu.

Tilde starrte die beiden Männer an. »Das ist nicht euer Ernst, oder?«

»Kannst ja zu Niemann rübergehen. Der hat einen Computer.

Oder mich fragen.« Er tippte sich an die Stirn. »Mein Computer hier oben funktioniert auch noch ganz gut. Geht doch um den Künstlerhof, oder?«

Ewald warf ihr einen vieldeutigen Blick zu, während er den Wasserhahn aufdrehte und ein Glas füllte, das er in einem Zug austrank. Anscheinend musste er nach so vielen Worten seine Kehle befeuchten.

Tilde seufzte und stieg auf einen der Barhocker. »Mir auch so was. Bitte.«

»Schnäpschen dazu?«

»Bloß nicht.«

Ewald füllte ihr ein Glas und schob es über den Tresen.

»Vielleicht kannst du mir tatsächlich helfen«, überlegte Tilde und blickte misstrauisch zu Fiete hin, der sein Bier trank.

»Kannst ruhig laut reden. Fiete schweigt wie ein Grab. Nicht wahr, Fiete?«

»Klar.« Der Hafenarbeiter hob zur Bestätigung das Glas.

»Na gut«, gab sie nach. »Weiß einer von euch, ob Otto Coors einen Bruder hat? Oder kennt ihr jemanden, der ihm ähnlich sieht?«

Ewald überlegte. »Nee. Nicht dass ich wüsste. Aber möglich ist das. Weiß ja keiner, woher der kommt.« Er sah zu Fiete hin. »Weißt du was davon? Hat Ariane einen Schwager?«

»Nee.«

»Kennt ihr zufällig einen O. Siefken?«

Ewald runzelte die Stirn. »Siefkens gibt's hier eine ganze Menge. Aber ein O. Siefken? Was soll das O. denn überhaupt heißen?«

»Weiß ich nicht.«

»Drüben in Bensersiel wohnt ein Oswald Siefken«, mischte Fiete sich ein. »Was is mit dem?«

»Sieht der Otto Coors ähnlich?«, wollte sie wissen.

»Keine Ahnung.«

»Ist der zufällig im Kaffeefahrtengeschäft tätig?«, fragte Tilde.

»Wat?« Fiete starrte sie verständnislos an.

Ewald half ihm auf die Sprünge. »Das, wo deine Oma mal eine Rheumadecke für fünftausend Mark gekauft hat.«

»Ach so! Ja, das hat sie. Aber der Siefken aus Bensersiel is schon lange tot. Oder so.«

»Oder so?«, hakte Tilde nach.

»Na ja, oder im Altersheim. Meine Oma is mit dem zur Schule gegangen. Ich kenn den nicht.«

Tilde stöhnte innerlich auf. Aber dann kam ihr ein Gedanke. »Hat Otto Coors eigentlich den Namen von Ariane angenommen, als er sie geheiratet hat?«

»Ja, hat er«, bestätigte Ewald.

»Und wie hieß er vor der Hochzeit?«

Ewald zuckte mit den Schultern. Dann wandte er sich wieder Fiete zu. »Weißt du, wie der vorher geheißen hat?«

»Nee.«

»Dann wisst ihr auch nicht, was er beruflich gemacht hat?«

Ewald schüttelte den Kopf, und Fiete sagte: »Keine Ahnung. Interessiert mich auch nicht.«

»Hieß mal, der war Pilot. Oder so.« Ewald rieb sich das Kinn.

»Pilot?« Fiete winkte ab. »Bestimmt nicht. Mit einem Bein …«

»Oder Busfahrer?«, sinnierte Ewald weiter.

»Moment mal«, unterbrach Tilde. »Könnte es sein, dass er ein Reiseunternehmen hatte? Für Kaffeefahrten?«

»Was hast du immer mit diesen Kaffeefahrten? Gah mi weg mit so wat!«, schimpfte Ewald.

Fiete verzog das Gesicht. »Tja. Kann mir kaum vorstellen, dass Ariane so einen geheiratet hätte. Die is doch so etepetete.«

»Und Busfahren funktioniert mit einem Bein noch weniger als fliegen, wenn du mich fragst.«

»Das heißt, ihr wisst nichts über Arianes Mann?«

Ewald nickte. »So is dat. Der war schon immer ein Mirakel.«

»Mirácoli«, korrigierte Fiete wichtig.

»Verstehe.« Tilde rutschte vom Barhocker und nahm ihren Laptop in die Hand. Es hatte keinen Sinn, so kam sie nicht weiter. Dann fiel ihr doch noch eine Frage ein. »Wie hat Otto eigentlich seinen Unterschenkel verloren?«

»Tja«, machte Ewald. »Das wüssten wir auch gern. Nich, Fiete?«

Der Hafenarbeiter nickte.

»Danke für das Gespräch«, sagte Tilde spöttisch. »Das Internet ist echt ein Witz gegen euch beide.« Sie hob die Hand und rauschte ab.

»Heute Abend, neun Uhr, wenn die Gäste weg sind, gibt's gebratenen Hering«, rief Ewald ihr nach. »Und bring uns Neuigkeiten mit!«

»Ich bin doch keine wandelnde Litfaßsäule.«

»Gibt's so was noch?«, hörte sie Fiete fragen.

Ratlos stand sie kurze Zeit später vor der Gaststätte und blickte die Dorfstraße hinunter. Fahrradfahrer radelten vorbei, und ein Vater zog einen Bollerwagen hinter sich her, in dem ein Junge zwischen Sandschäufelchen und Eimern schlief. Vor dem Lebensmittelladen stand ein Grüppchen Frauen, das sich lautstark unterhielt. Tilde hörte den Namen Coors heraus und blieb kurz stehen, um die Frauen verstohlen in Augenschein zu nehmen. Touristinnen waren das sicher nicht. Ob sie sie ansprechen sollte? Tilde entschied sich dagegen.

Vielleicht sollte sie sich endlich dazu durchringen, ein Smartphone oder Tablet anzuschaffen. Mit denen konnte man doch immer und überall ins Internet, jedenfalls hatte sie das gelesen. Dass sie technisch auf dem neuesten Stand war, konnte sie nicht von sich behaupten. Aber ihr altes Handy funktionierte noch einwandfrei. Und sie hatte das Gefühl, gerade erst alle Funktionen verstanden zu haben. Aus welchem Grund sollte sie sich die Mühe machen, eine Gebrauchsanweisung, so dick wie eine Enzyklopädie, durchzulesen, nur weil sie mit dem alten Knochen nicht einmal ins Internet kam? Sie beschloss, es doch einmal bei der Bücherei zu versuchen, und ging in Richtung Kirche.

Ein geschnitztes Schild wies ihr den Weg zu einem Gebäude, das an den Gemeinderaum grenzte. Es hatte hohe Fenster, hinter denen sich Bücherregale aneinanderreihten. Allerdings brannte kein Licht. Die Bücherei hatte heute geschlossen, wie von Ewald prophezeit. Blieb also noch Tammo Niemann, der Dorfpolizist. Aber würde der sie an seinen Computer lassen? Durfte er das überhaupt? Die Antwort war ein klares Nein.

Frustriert trottete Tilde zur Dorfstraße zurück und stand wieder vor dem »Anker«, unschlüssig, was sie als Nächstes tun sollte. Ihr Blick fiel auf die kleine Dorfbäckerei. Sie entschied, sich dort erst einmal ein dickes Stück Butterkuchen zu holen. Eigentlich war es eher Zeit für das Abendbrot, aber was sie jetzt brauchte, war ein ordentlicher Zuckerschock, um wieder klar denken zu können.

»Moin«, grüßten die Frauen, als sie an ihnen vorbeischlenderte.

»Moin«, grüßte Tilde zurück.

Die Frauen tuschelten hinter ihrem Rücken, aber sie achtete nicht darauf, sondern ging weiter in Richtung Bäckerei. Dabei entdeckte sie ein unscheinbares Schild über dem Souvenirladen daneben. »Meckumer Bote«, las sie und blieb stehen. Hier also befand sich das Büro von Gerd Bramstede, dem sie auf der Suche nach Sensationen am Vormittag knapp entkommen war. Sie spürte wenig Lust, ihm noch einmal zu begegnen, allerdings hatte er mit hundertprozentiger Sicherheit etwas, das sie brauchte, nämlich einen Internetanschluss.

Sie zögerte. Er würde ihr nicht uneigennützig helfen, sondern verlangen, dass sie ihm Informationen lieferte. Ewald erwartete das ebenfalls von ihr, aber Bramstede hatte mehr zu bieten als Bullenschluck. Sie betrat das Gebäude.

Die Redaktion bestand aus einem winzigen, völlig überfüllten Büro im ersten Stock. Eine Mischung aus Nikotin, Staub und Papiergeruch hing in der Luft.

»Internet?«, fragte Bramstede und grinste süffisant. »Könnte sein, dass ich das habe.«

»Ich muss nur kurz ins Netz. Einen winzigen Moment.«

»Könnte sogar sein, dass das geht.«

Sie verstand sofort, was er meinte, und seufzte. »Also gut. Aber mein Name bleibt außen vor.«

»Ich schwöre feierlich.« Bramstede legte ein Aufnahmegerät auf den Tisch.

»Oh nein!«, protestierte Tilde. »Keine Aufnahmen. Wir nehmen den guten alten Kugelschreiber.«

Sein Grinsen verschwand. Dann schob er das Aufnahmegerät in die Schreibtischschublade zurück und wandte sich dem Bildschirm zu. »Ich hab zu tun. Muss die letzte Seite fertig kriegen.«

Tilde setzte sich auf den Besucherstuhl und sah Bramstede eine Weile bei der Arbeit zu. Er baute seine Artikel und Meldungen in eine Maske ein, die den ganzen Bildschirm ausfüllte, sie kannte das Programm. Allerdings schien er nicht richtig bei der Sache zu sein. Tilde spürte seine Anspannung und ließ ihn kochen.

Schließlich wandte er sich fluchend von seinem Computer ab. »Also gut! Erzähl mir, was du weißt, und ich lass dich ins Netz.« Er nahm einen Kugelschreiber und zog ein leeres Blatt aus dem Papierfach des Druckers.

Tilde erhob sich, ging zum Schreibtisch und griff in die offene Schublade. Sie nahm das Aufnahmegerät heraus. Es war eingeschaltet. »Netter Versuch«, sagte sie und drückte die Off-Taste.

Bramstede blickte sie in gespielter Überraschung an. »Ups! Hab ich wohl vergessen auszumachen.«

Tilde setzte sich wieder und rieb sich das Kinn. Sie überlegte, wie viel sie verraten durfte, ohne dass sie in Schwierigkeiten geriet.

»Wenn wir uns schon duzen, könntest du mir wenigstens einen Kaffee anbieten«, sagte sie in der Hoffnung, er würde ihren Versuch, Zeit zu gewinnen, nicht durchschauen.

Tatsächlich stand er auf, räumte einen Stapel Papier beiseite und stellte zwei Kaffeetassen hin. Dann machte er sich an der Kaffeemaschine zu schaffen, die dem Aussehen nach noch aus den Achtzigern stammte.

»Für wen schreibst du eigentlich?«, fragte er.

»Ich bin freie Journalistin. Ursprünglich wollte ich für das Magazin ›Cottage‹ über den Künstlerhof berichten.«

»Das ›Cottage‹? Diese Hochglanzgazette für gelangweilte Millionärsgattinnen?«

»Unser Publikum ist gemischt«, bemerkte Tilde ein wenig beleidigt.

»Na, die werden sich kaum für eine Mordserie interessieren. Viel zu schäbig.«

»Wie kommst du auf Mord?«, fragte Tilde interessiert.

Bramstede lächelte listig. »Die Spurensicherung war da. Die kommen doch nicht einfach so, oder?«

»Keine Ahnung. Jedenfalls war der erste Todesfall ein Unfall und der zweite höchstwahrscheinlich Selbstmord. Frag Niemann.«

»Ich frag aber dich.«

Tilde schwieg, und die Kaffeemaschine gab ein schlürfendes Geräusch von sich. Bramstede wartete, bis der Kaffee vollständig durchgelaufen war, dann nahm er die Glaskanne heraus und kam damit an den Tisch, um die Tassen vollzuschenken.

»Milch und Zucker?«

»Nur Milch.«

Er stellte die Kanne zurück auf die Warmhalteplatte der Kaffeemaschine und reichte Tilde eine Milchtüte. Sie goss etwas davon in ihren Kaffee, und die Milch verteilte sich wolkig in der schwarzen Flüssigkeit. Sie trank einen Schluck und verzog den Mund. Der Kaffee war so stark, dass er ein pelziges Gefühl auf der Zunge hinterließ.

»In Henning Steins Zimmer wurde ein Abschiedsbrief gefunden«, sagte sie.

»Was hat er denn als Grund für seinen Abgang angegeben?«, fragte Bramstede begierig.

Tilde schüttelte den Kopf. »Ich habe ihn nicht gelesen. Aber ich weiß, dass der Brief nicht von Stein stammt. Jedenfalls kann er ihn nicht selbst dorthin gelegt haben.«

Bramstede verschluckte sich und hustete. »Woher weißt du das?«

»Wenn ich ins Netz komme, verrate ich es dir.«

»Das ist Erpressung«, japste der Redakteur.

Nach einer halben Stunde, die Tilde an Bramstedes Computer verbracht hatte, zog er den Netzstecker. »Es reicht für heute«, sagte er. »Ich bin spät dran mit dem Boten.«

»Verflucht noch mal, ich hatte gerade eine Spur!«, schimpfte Tilde.

Bramstede hob die Schultern. »Mein Computer. Und jetzt mach Platz.«

Tilde tat ihm widerwillig den Gefallen. Sie hatte gelogen. Sie war in der kurzen Zeit auf nichts Interessantes gestoßen. Über Otto Coors hatte das Netz kaum etwas zu bieten, außer einigen Berichten über den Hof und regionale Ausstellungen, die er gehabt hatte.

Über Ariane gab es dagegen Tausende von Einträgen, und alle handelten von ihrer künstlerischen Arbeit. Immerhin hatte Tilde erfahren, dass Ariane in Meckum auf ebendem Hof geboren war, den sie nun bewohnte. In der Zwischenzeit hatte sie in Berlin, Barcelona und Paris Kunst und Bildhauerei studiert und anschließend in München gelebt, wo sie mehrere Preise eingeheimst hatte. Sie war auf internationalen Ausstellungen vertreten gewesen, zumindest bis vor acht Jahren. Da hatte sie Otto geheiratet, wie aus einer einsilbigen Zeitungsmeldung hervorging, und sich wieder auf dem elterlichen Hof niedergelassen, um eine Malschule zu eröffnen. Seitdem war es sehr viel stiller um sie geworden. Tilde hatte das deutliche Gefühl, dass es einen anderen Grund für Arianes Rückzug gab als die Ehe oder das plötzliche Bedürfnis, Frauen in den Wechseljahren das Malen beizubringen.

»Hast du eine Ahnung, warum Ariane nach Meckum zurückgekehrt ist?«, fragte sie, während Bramstede es sich wieder in seinem Chefsessel bequem machte.

»Nein. Ich habe keinen blassen Schimmer. Als ich zurückgekommen bin, war sie wieder da. Ich hab nur gehört, dass sich im Dorf alle gewundert haben. Der Hof stand kurz vor dem Verkauf, war ja halb verfallen. Ariane hat sich nie um das Erbe gekümmert. Es hieß, sie hatte Streit mit ihren Eltern.«

»Hier weiß doch eigentlich jeder über den anderen Bescheid, oder?«

Bramstede nickte und holte die halb fertige Seite zurück auf den Monitor.

»Warum wisst ihr dann so wenig über Ariane und ihren Mann? Ist doch komisch.«

Bramstede drehte sich mitsamt Stuhl zu ihr um. »Es gibt Leute, die igeln sich ein, und die Coors gehören dazu. Die leben auf dem Hof wie Eremiten. Sind in keinem Verein und machen nirgendwo mit. Die wollen für sich sein.« Er sah auf seine Uhr. »Ach du meine Güte! Jetzt muss ich mich aber ranhalten.«

»Wie lautet die morgige Schlagzeile?«, fragte Tilde.

»Meckumer Rammler holt Gold bei Kaninhopp-Cup.«

»Wahnsinn. Na dann, viel Spaß noch.« Sie wandte sich zum Gehen, blieb in der Tür aber noch einmal stehen. »Wer ist denn hier im Dorf die ›lebende‹ Zeitung?«

Bramstede grinste wissend. »Da musst du in die Bäckerei gehen. Anke Joken ist die Inhaberin. Über ihren Verkaufstresen laufen alle

Neuigkeiten im Dorf. Allerdings ist sie ein bisschen gewöhnungsbedürftig.«

»Inwiefern?«

»Das wirst du schon merken.«

»Danke.« Tilde hob die Hand zum Abschied und verließ das Büro. Es war jetzt wirklich allerhöchste Zeit für ein Stück Butterkuchen.

19

Aus dem Ladenlokal duftete es herrlich nach Brot und frischen Brötchen. Tilde blieb stehen und sah durch die Scheibe, dass die Regale schon fast leer waren. Kurz vor Ladenschluss konnte sie nichts anderes erwarten. Sie trat ein. Die Ladenglocke über ihrem Kopf bimmelte laut.

Der Verkaufsraum war leer, aber sie hörte Geräusche aus der Backstube. Als sie nach einigen Augenblicken immer noch allein war, wagte sie ein vorsichtiges »Hallo? Hier ist Kundschaft«.

Aus dem hinteren Raum kam ein ärgerliches Schnauben, dann schaute eine Frau um die Ecke. Sie hatte ein rundes rotwangiges Gesicht und helle dauergewellte Haare. Tilde schätzte sie auf Anfang sechzig.

»Bin ja gleich da«, brummelte die Frau und verschwand wieder. »Kaum im Urlaub, fangen sie an zu kommandieren«, hörte Tilde sie vor sich hin schimpfen.

Kurze Zeit später kam sie wieder und wischte sich die Hände an ihrer Schürze ab. Eine Anstecknadel am Kittel wies sie als Inhaberin Anke Joken aus.

»Ich hätte gern ein Stück Butterkuchen, wenn es keine Mühe macht«, sagte Tilde freundlich.

»Haben Sie mal auf die Uhr geguckt?«, schnauzte die Bäckerin sie an.

Tilde schaute über den Kopf der Bäckerin hinweg auf die Bahnhofsuhr, die wie eine materialisierte Anklage über den leeren Brotregalen hing. Es war fünf Minuten nach sechs.

»Tut mir leid. Ich dachte, weil die Tür noch offen war …«

»Den Butterkuchen hab ich schon nach hinten gebracht.«

Tilde betrachtete das magere Kuchenangebot. Auf einem Tablett lag noch ein einsames Nougathörnchen, daneben eine verlorene Rumkugel. »Wenn Sie mir das Hörnchen vielleicht einpacken könnten?«, fragte sie vorsichtig.

Die Bäckerin tat es und legte das in Papier gewickelte Gebäck auf den Tresen. »Macht drei Euro fünfzig.«

»So viel?«

»Feierabendzuschlag.«

Tilde zahlte wortlos. Es hatte wenig Sinn, die Bäckerin nach den Coors zu fragen, so wie die gerade gelaunt war. Deshalb drehte sie sich grußlos um und wollte gehen, wurde aber von einem erstaunten Ruf zurückgehalten: »Das sind doch Sie!«

Tilde drehte sich zu der Frau hinter dem Tresen um, die plötzlich gar nicht mehr so mürrisch aussah.

»Wen meinen Sie denn?«

»Na, die vom Künstlerhof. Die Verdächtige, die Tammo Niemann festgenommen hat.«

»Ähm … ja. Das bin ich.«

»Und jetzt hat er Sie bei Ewald untergebracht, oder?« Der Mund der Bäckerin verzog sich zu einem breiten Grinsen. »Typisch Tammo.«

»Wieso?«

»Im Grunde ist er ein Netter.«

»Hab ich gemerkt«, knurrte Tilde und rieb sich automatisch die Handgelenke. »Und woher wissen Sie, dass er mich im ›Anker‹ untergebracht hat?«

Die Bäckerin winkte ab. »Hat mir Tammo selbst erzählt.«

»Schön, wenn die Dorfpolizei so kommunikativ ist.«

»Ja, nicht? Ich hab übrigens noch schöne frische Feierabendbrötchen.« Die Bäckerin war plötzlich wie verwandelt. »Ich pack Ihnen mal was ein.«

»Moment, ich …« Tilde wollte sagen, dass sie noch zum Heringsessen eingeladen war, aber sie kam nicht weiter, denn Anke Joken redete drauflos, während sie mehrere Brötchen in eine gigantische Papiertüte schaufelte.

»Was ist denn da genau passiert, auf dem Hof? Man hört ja schlimme Sachen. Hat Ariane wirklich diese Frau in den Keller eingesperrt? Und dann der arme Mann! Der hat sich vor Kummer im Teich ertränkt?« Sie schauderte sichtbar. »Ich hab schon immer gesagt, Ariane ist nicht zu trauen. Schon als Kind war die anders. Verstehe nicht, warum Tammo *die* nicht festgenommen hat.«

»Das sind aber ganz schön viele Brötchen«, rief Tilde.

Die Bäckerin blickte auf die Tüte, die überquoll, und nahm

zwei wieder heraus. Dann schob sie die Tüte über den Tresen zu Tilde hin und raunte: »Stimmt es wirklich, dass Ariane die Frau im Keller eingesperrt hat?«

»Da muss ich Sie leider enttäuschen«, antwortete Tilde. »Es war ein Unfall.«

»Ach so.« Anke Joken klang ernüchtert. Sie trat einen Schritt zurück und verschränkte die Arme vor der beeindruckenden Brust. »Wer sagt das?«

»Die Gerichtsmedizin.«

Anke Joken schüttelte zweifelnd den Kopf. »Das ist ein ganz raffiniertes Luder, wenn Sie mich fragen. Um ihre Eltern hat sie sich nicht gekümmert. Ist lieber in der Weltgeschichte unterwegs gewesen. Wollte schon immer was Besseres sein.« Die Bäckerin trat wieder vor und beugte sich über die Verkaufstheke. »Und die ist ja eifersüchtig wie eine arabische Prinzessin. Hat ihren Mann so was von unter der Fuchtel!« Sie schnaubte. »Der hat bei ihr nichts zu melden, der Arme. Der Hof gehört ja ihr. Die hat ihn doch nur geheiratet, weil sie einen Verwalter brauchte. Kein Wunder, dass der sich hin und wieder mal bei anderen Frauen ausweint.« Die Bäckerin zwinkerte ihr zu. »Wenn Sie wissen, was ich meine.«

Tilde schnappte nach Luft. Sie errötete und begann, unkontrolliert zu schwitzen.

Anke Jokens Mundwinkel zuckten. »Ach nee! Sie sind wohl auch in Otto verknallt? Dann würde ich mich von Ariane aber lieber fernhalten.«

»Also, erstens bin ich nicht verknallt«, japste Tilde. »Und zweitens glauben Sie ja wohl nicht, dass Ariane die Frau im Erdkeller aus Eifersucht umgebracht hat?«

»Könnte doch sein.«

»Was? Nein. Und die Brötchen brauche ich nicht. Ich krieg heute noch Hering.« Tilde schob die Tüte über den Tresen zurück.

Die Bäckerin sah sie mit verkniffenem Gesichtsausdruck an. Dann drehte sie sich wortlos um und kippte den Inhalt der Brötchentüte in den Korb zurück, aus dem sie kamen. »Dann kriegen sie eben die Schweine.«

Tilde hatte sofort ein schlechtes Gewissen und war drauf und dran, die Brötchen doch zu nehmen, da fragte die Bäckerin: »Was ist denn mit dem toten Mann?«

Tilde sah auf. »Henning Stein? Keine Ahnung. Wissen Sie was darüber?«

Anke Joken griff nach einem Handfeger und begann, das Innere der Ladentheke auszufegen. »Der Arme hat den Tod seiner Frau nicht verkraftet, wenn Sie mich fragen.«

»So weit war ich auch schon.«

»Vielleicht wollte er sich an Ariane rächen? Aber die ist clever. Sie ist ihm zuvorgekommen.« Die Bäckerin streckte sich und wedelte mit dem Handfeger vor Tildes Nase herum.

»Sie glauben, sie hat ihn im Teich ertränkt?«

»Könnte doch sein.«

»Die Polizei meint, es war Selbstmord.«

»Glauben Sie das?« Anke Joken grinste hinterhältig. »Da hat jemand nachgeholfen.«

»Warum sind Sie sich da so sicher?«

»Haben Sie sich die Pfütze mal angesehen?«

»Nein.«

»Dann tun Sie das. Da drinnen zu ertrinken ist genauso dämlich, wie beim Zähneputzen zu ersticken.«

»Tatsächlich?«

»Sind Sie immer so gesprächig?«

Tilde schüttelte den Kopf, und die Bäckerin pfefferte den Handfeger in die Ecke. »Wir schließen jetzt.« Sie griff nach dem Besen und begann, vor Tildes Füßen den Boden zu fegen.

Die machte, dass sie rauskam, und die Bäckerin verriegelte hinter ihr die Tür. Kurz danach rauschten die Jalousien vor dem Schaufenster herunter.

Tilde stand da und wusste nicht genau, was sie von der Begegnung halten sollte, aber der Geruch nach frischen Teigwaren hatte sie hungrig gemacht. Sie nahm das Nougathörnchen aus der Tüte und biss hinein. Kauend machte sie sich auf den Weg zur Polizeiwache und hoffte, dass Niemann nicht bereits zu Hause auf dem Sofa saß. Er war ihre letzte Chance heute.

Sie stieg die Stufen zur Polizeistation hinauf und klingelte. Der Öffner summte, und sie trat ein. Die Tür zu Niemanns Büro stand offen, und ein Geräusch wie von einem Zahnarztbohrer kreischte über den Flur. Machten Zahnärzte auch Hausbesuche? Tilde leckte sich unwillkürlich über die eigenen Zähne, die eine Kontrolluntersuchung dringend nötig hatten. Mit mulmigem Gefühl klopfte sie gegen die angelehnte Tür.

»Herr Niemann? Kann ich reinkommen?«

Das Kreischen verstummte kurz. »Wir sind gleich fertig. Nur herein!«, rief der Polizist.

Tilde stieß die Tür vorsichtig auf und trat ein. Eine junge Frau mit schwarz gefärbten Fingernägeln und mehreren Piercings im Gesicht saß vor Niemann auf einem niedrigen Hocker. Sie hatte seinen nackten Fuß auf ihren Knien liegen und bearbeitete die Nägel mit einem Schleifgerät. Es staubte gewaltig. Ohne von ihrer Arbeit aufzublicken, begrüßte sie Tilde mit einem »Moin« und schliff währenddessen munter weiter.

»Mittwochs kommt Sabrina immer zur Fußpflege runter. Ich hab so starke Nägel«, erklärte Niemann.

»Ach so.« Tilde war fast erleichtert.

»Sie hat ihre Praxis ja gleich über meinem Büro. Und so unter Freunden …« Er lächelte der jungen Frau väterlich zu. »Ist doch so, oder?«

Sabrina nickte. »Ich mach Kosmetik und alles rund um den Fuß. Ich kann Ihnen meine Karte gern geben.«

»Sie hat ein Händchen dafür«, schwärmte Niemann.

»Danke, nicht nötig«, antwortete Tilde. »Ich warte hier, bis Sie fertig sind.«

»Haben Sie was auf dem Herzen?«, fragte Niemann.

»Nein, nein, nichts.« In der Hand hielt sie noch immer das halbe Hörnchen, aber der Appetit war ihr vergangen.

Sie schob das angebissene Gebäck in die Tüte zurück, schlenderte zum Fenster und blickte hinaus auf eine Weide, auf der Kühe grasten, bis ihr ein durchdringender Geruch nach Kampfer in die Nase stieg. Sie wandte sich vom Anblick der friedlich grasenden Kühe ab. Sabrina massierte gerade Niemanns Füße mit einer öligen Flüssigkeit. Der Polizeiobermeister grunzte wohlig. Als sie damit fertig war, begann die junge Frau, ihr Werkzeug einzupacken. Der Polizist steckte ihr einen Geldschein zu, und sie verabschiedeten sich.

»Nächsten Mittwoch um die gleiche Zeit?«

»Geht in Ordnung.«

»Und? Wie gefällt es Ihnen im ›Anker‹?«, fragte Niemann und rückte seinen Schreibtischstuhl wieder an den richtigen Platz. »Hat Ewald Sie schon ins Herz geschlossen?« Er setzte sich, nahm seine Socken von der Tastatur und begann, sie über die Füße zu streifen.

»Er hat mich für heute Abend zum Heringsessen eingeladen.«

»Oh! Er mag Sie.«

»Ich wüsste nicht, womit ich das verdient hätte.«

»Nicht?« Niemann zwinkerte. »Sie sind doch für Ihr Alter noch ganz gut beieinander.«

»Ach, bin ich das?«, fragte Tilde spitz.

Niemann überhörte den scharfen Ton und holte einen Tischstaubsauger aus dem Verhörraum. Er begann, den Boden um seinen Stuhl herum und dann die Tischplatte samt Computertastatur damit abzusaugen. Tilde sah ihm stirnrunzelnd dabei zu. Entweder hatte er einen Putzfimmel, oder er war einfach nur nervös.

»Mir geht die eine oder andere Frage im Fall Coors durch den Kopf!«, schrie sie über das Brummen des Saugers. »Und da dachte ich, wir könnten uns vielleicht gegenseitig ein bisschen weiterhelfen?« Tilde war froh, ein anderes Thema als ihren Marktwert bei Männern anschlagen zu können.

Niemann schwieg. Er kippte den Inhalt des Staubbehälters in den Mülleimer, verstaute den Staubsauger wieder im Verhörraum und stand dann etwas unschlüssig vor Tilde, die auf seine Antwort wartete.

»Sie wissen, dass ich Ihnen keine Informationen über laufende Ermittlungen geben darf.«

»Also wird noch ermittelt«, stellte Tilde zufrieden fest. »Dann glauben Sie mir jetzt, dass dieser ominöse Abschiedsbrief erst später unter das Bett gelegt wurde?«

»Wir gehen dem nach.«

»Hat die Spurensicherung etwas gefunden?«

»Nein. Nichts. Nicht einmal eine Haarschuppe.«

»Und das finden Sie nicht seltsam?«

»Die Coors haben eine ordentliche Putzfrau.«

»Haben Sie schon mit ihr gesprochen?«

»Nein. Himmel noch mal! Ich hatte einen Termin.«

»Bei der Fußpflege?«

Er sah sie eine Weile schweigend an. Dann sagte er: »Ich muss los. Hab mir schon Pizza nach Hause bestellt.«

»Sie wohnen allein?«

»Nur vorübergehend. Jutta ist bei ihrer Mutter. Die hat sich den Arm gebrochen.«

»Na, dann haben Sie ja Zeit für mich. Es betrifft die laufenden Ermittlungen auch nur am Rande.«

»Und die Pizza?«

»Die können Sie später im Backofen aufwärmen.«

»Ach nö«, maulte Niemann. »Ich hatte mich so darauf gefreut.«

»Wie wäre es mit einem halben Nougathörnchen?« Tilde reichte ihm die Tüte, die Niemann mit einem skeptischen Blick öffnete. Dann seufzte er und holte das Gebäck heraus. »Sie lassen nicht locker?«

Tilde schüttelte den Kopf.

»Also gut. Aber um acht kommt ›Barnaby‹. Den will ich unbedingt sehen. Bis dahin haben wir Zeit.« Er stopfte sich das süße Teilchen in den Mund. »Schießen Sie los!«

»Wie hieß Otto Coors vor seiner Hochzeit mit Ariane, und was hat er beruflich gemacht?«

Niemann sagte mit vollen Backen: »Na, Sie fragen mich Sachen! Warum ist das so wichtig?«

Tilde kramte die Kopie hervor und legte sie vor ihm auf den Tisch. Sie wies auf das Zeitungsfoto. »Das da ist ein gewisser O. Siefken.«

»Aha. Und?«

»Sehen Sie sich das Bild an!«

Der Polizeiobermeister beugte sich tief über das Foto und betrachtete es eingehend. »Das is ja ’n Ding. Sieht aus, als ob das Otto Coors wäre.«

»Ist doch seltsam, oder?«

Niemann kramte in seiner Schreibtischschublade nach einer Lupe und prüfte damit noch einmal das Zeitungsfoto. »Vielleicht hat er einen Zwillingsbruder?«

»Genau das möchte ich herausfinden.«

Er sah sie stirnrunzelnd an. »Wo haben Sie das her?«

Tilde lächelte. »Das kann ich leider nicht sagen.« Sie hob bedauernd die Hände.

Niemann knurrte etwas vor sich hin. Dann nahm er sich ein weiteres Mal die Kopie vor und las den Text. Seine Miene drückte Befremden aus. Schließlich fuhr er den Rechner wieder hoch, den er wohl in Erwartung seines wohlverdienten Feierabends schon ausgeschaltet hatte.

»Sagen Sie bloß, Sie haben Internet.«

»Ich hab sogar Intranet. Und da guck ich jetzt mal rein, ob ein O-Punkt-Siefken Kunde bei uns ist.«

Tilde trat neben Niemann und stützte sich auf der Tischplatte ab, aber Niemann drehte den Bildschirm von ihr weg.

»Eigentlich darf ich Sie das gar nicht sehen lassen.«

Sie stöhnte auf. »Kommen Sie, Tammo. Seien Sie nicht kleinlich. Immerhin habe ich mein Nougathörnchen mit Ihnen geteilt.«

»Also gut«, seufzte er ergeben und ließ es zu, dass sie sich auf die Tischkante setzte. Er gab im Zwei-Finger-Suchsystem den Namen »O. Siefken« ein. Eine ganze Liste von Einträgen wurde sichtbar.

»Siefken ist hier ein Allerweltsname«, seufzte Niemann. »Bis wir da den Richtigen gefunden haben, ist ›Barnaby‹ gelaufen. Ich glaube, das verschieben wir auf morgen.«

Tilde legte ihm die Hand auf den Arm. »Warten Sie. Können Sie wenigstens nachschauen, wie Otto Coors Geburtsname lautet?«

»Also schön. Aber dann ist Feierabend.« Er tippte umständlich etwas in die Tastatur und pfiff dann leise durch die Zähne. »Donnerwetter! Der hieß ja wirklich so.«

Es war wie ein leichter Schlag in die Magengrube. Tilde hatte insgeheim gehofft, dass O. Siefken und Otto Coors nicht ein und dieselbe Person waren, aber es wurde immer wahrscheinlicher. Sie atmete tief durch.

»Hat er was mit dieser toten Rentnerin aus Emden zu tun?«

Niemann scrollte ein wenig herum und schüttelte dann den Kopf. »Nichts. Nicht einmal ein Eintrag wegen überhöhter Geschwindigkeit.«

»Aber das kann doch nicht sein!«

Der Polizist lehnte sich zurück und verschränkte die Arme hinter dem Kopf. »Es ist aber so. Kein Eintrag über Otto Coors alias Otto Siefken.«

»Hm.« Tilde biss sich auf die Unterlippe. »Gucken Sie mal nach, ob er einen Zwillingsbruder hat. Vielleicht heißt der ja auch O. Siefken. Oskar. Oder Oliver.«

Widerwillig hackte Niemann in die Tasten. Tilde ging derweil zum Fenster und starrte wieder die phlegmatischen Kühe an. Sie spielte mit dem Gedanken, Niemann die Tastatur zu entreißen, denn er brauchte für jeden Buchstaben gefühlte zehn Minuten.

»Auch Fehlanzeige«, rief er, kurz bevor Tildes Geduldsfaden riss. »Otto Coors hat nur eine Schwester, und die ist mit zehn gestorben.«

»Steht da, woran sie gestorben ist?«

»Nein.«

Tilde wandte sich wieder zu Niemann um. »Haben Sie Gundula Dahms und Henning Stein auch überprüft?«

»Warum sollte ich das tun?«

»Nur so.« Sie schenkte ihm ein zuckersüßes Lächeln. »Bitte.«

Niemann blickte verstohlen zur Uhr. »Aber dann ist Schluss.«

»Wissen Sie eigentlich, dass es ›Barnaby‹ auch auf DVD gibt?«

»Aber nicht die neue Staffel.« Niemann vergriff sich wieder an den Tasten. Genauso gut hätte er eine Anfrage auf dem Postweg schicken können.

»Nun machen Sie schon!«, polterte Tilde.

»Ja, ja«, knurrte Niemann. »Nur Geduld.«

Aber ausgerechnet damit war Tilde fast am Ende.

Plötzlich gab der Polizeiobermeister einen überraschten Laut von sich. »Na, sieh mal einer an!«

Tilde kehrte an den Schreibtisch zurück und linste Niemann über die Schulter.

»Henning war der Vorsitzende einer kriminellen Vereinigung«, sagte er, »und seine Bekannte, diese Gundula Dahms, war ebenfalls Mitglied in dem Verein.«

»Was für ein Verein?«

»Kommando 68.«

»Was soll das sein?«

»Das ist eine Vereinigung gegen Rentnerbetrug. Und die haben es selbst ordentlich krachen lassen. Sachbeschädigung, Einbruch, Diebstahl, die Liste ihrer Strafanzeigen ist lang.«

»Kommando 68?« Tilde schnaubte. »Schließen die sich wieder zusammen?«

»Wieso wieder?«

»Dieser Name. Klingelt da nichts bei Ihnen?«

»Nee.«

»Das klingt für mich nach Untergrund und Achtundsechziger.«

»Jetzt, wo Sie es sagen ...« Niemann rieb sich das Kinn. »Könnte passen. Die Achtundsechziger sind jetzt im Alter für Rheumadecken und Vitaminpillen.«

Tilde lachte auf. »Sie meinen, die Politaktivisten von gestern gehen jetzt auf Kaffeefahrt?«

»Warum nicht?« Niemann scrollte die Website der seltsamen Vereinigung hinunter und pfiff durch die Zähne. »Hast du Töne?«

»Was denn?«

»Die gehen gegen die Veranstalter dieser Kaffeefahrten vor. Sehen Sie sich das mal an.« Niemann drehte Tilde den Bildschirm zu. Der zeigte die Aufnahme von einem brennenden Bus. »Das war Brandstiftung. Der Bus sollte am nächsten Tag zu einer Kaffeefahrt aufbrechen. Ein sogenanntes ›Kommando68plus‹ hat sich dazu bekannt.«

»Was?« Tilde begann zu lachen und konnte sich kaum einkriegen. »Dann hat Henning also so eine Art Rentner-RAF gegründet?«

»Sieht so aus.«

»Und warum wurde er nicht längst festgenommen?«

»Hier steht, dass nicht geklärt werden konnte, ob der Inhaber den Bus nicht selbst angesteckt hat, um die Versicherungssumme einzukassieren. Die Versicherung hat damals einen Zeugen gefunden, der ...« Niemann stockte.

»Was?«

»Der Inhaber des Unternehmens hieß Onno Siefken.«

Tilde rückte noch näher an Niemann heran. »Gibt es ein Foto von diesem Kerl?«

»Nein.«

»Aber da muss es doch was geben. Lassen Sie mich mal ran!« Sie war kurz davor, Niemann vom Schreibtisch wegzuschubsen. Die

Tastatur hielt sie schon umklammert, da fiel ihr Blick auf Niemanns Gesicht. Es versprach nichts Gutes.

»Das hier ist immer noch mein Büro, Frau Brand. Und wenn Sie die Nacht nicht zwischen Putzeimer, Besen und Staubsauger verbringen wollen, dann nehmen Sie Ihre Hände da weg.«

Tilde ließ vorsichtig die Tastatur los, und Niemann tippte gemächlich den Namen Onno Siefken ein. Buchstabe für Buchstabe. Dann starrte er eine Weile auf den Bildschirm, um schließlich zu bekennen: »Ich komme da nicht weiter.«

Tilde holte tief Luft. »Lassen Sie mich mal versuchen. Nur ganz kurz.«

Niemann schüttelte den Kopf. »Tut mir leid. Wenn rauskommt, dass ich eine fremde Person an den Dienstcomputer gelassen habe, kann ich froh sein, wenn ich in Zukunft noch den Verkehr regeln darf.«

»Bitte.«

»Ich könnte morgen einen Kollegen fragen, der guckt sich das genauer an.«

Tilde stöhnte auf. »Na schön. Halten Sie mich wenigstens auf dem Laufenden? Immerhin habe ich Sie mit dieser Kopie auf die Spur gebracht.«

Niemann lächelte. »Wenn Sie mich nicht verraten, könnte ich Sie sogar zu meiner V-Frau machen.«

»Sie meinen als Undercoverermittlerin?«

»So ähnlich. Eine Hand wäscht die andere. Wenn Sie mir versprechen, mich sofort zu informieren, falls Sie etwas Neues herausfinden. Deshalb sind Sie doch noch hier, oder?«

Tilde tat ganz unschuldig. »Sie haben mir die Dachkammer vermittelt. Da dachte ich, ich könnte in diesem schönen kleinen Dorf noch ein bisschen ausspannen.« Sie lächelte. »Sehen wir uns morgen?«

»Na klar. Ich frühstücke sowieso im ›Anker‹, solange Jutta weg ist.«

20

Einige Jahre vorher

Sie hatten kaum die Koffer ausgepackt, da klopfte es auch schon an der Tür. »In zehn Minuten treffen wir uns im Saal. Seien Sie bitte pünktlich.«

Sie hörte, wie der Mann, der ihr Bescheid gegeben hatte, weiterging und an der nächsten Tür seinen Spruch aufsagte. Sie beeilte sich, denn nach der langen Busfahrt war ihr nach etwas Süßem und einer Tasse Kaffee zumute, und laut Plan stand das jetzt auf dem Programm. Sie dachte darüber nach, noch schnell zu Hause anzurufen, aber die Zeit war zu knapp. Sie würde später mit ihrem Mann reden.

Sorgfältig richtete sie ihr Haar und legte noch ein wenig Rouge und Lippenstift auf. Sie war zwar alt und arm, aber nicht verlottert – im Gegenteil. Sie legte großen Wert darauf, gepflegt auszusehen; so viel Zeit musste sein.

Ihre neue Busbekanntschaft wartete schon am Eingang zum Saal. Er hatte sich umgezogen und machte einen recht stattlichen Eindruck, obwohl er ein wenig nachlässig gekleidet war. Er trug eine Cordhose, die an den Knien ausbeulte, und einen grauen Rollkragenpullover. Sie wunderte sich, was so ein Mann allein auf einer Seniorenreise zu suchen hatte. Der war doch sicher noch keine sechzig, aber das täuschte manchmal. Allerdings hatte sie schon davon gehört, dass es Typen gab, die auf ältere Damen standen.

»Sind Sie nicht verheiratet?«, fragte sie.

Er lächelte. »Das war ich mal. Ist lange her.« Charmant bot er ihr seinen Arm, führte sie zu einem der vorderen Tische und rückte ihr galant den Stuhl zurecht.

Ein Kavalier der alten Schule, dachte sie und fühlte sich ein klein wenig geschmeichelt.

»Hoffentlich dauert die Verkaufsveranstaltung nicht so lange«, seufzte ihr Begleiter und setzte sich neben sie.

»Steht nicht nach dem Kaffeetrinken der Ausflug nach Schloss Sanssouci auf dem Programm?«

»Doch. Ja.«

»Dann kann es ja nicht allzu schlimm werden, oder?«

Er lachte auf und zeigte zur Bühne, wo ein Mann geschäftig allerlei Waren auf einem langen Tisch so hindrapierte, dass man sie von allen Plätzen aus gut sehen konnte. »Wenn ich mir das Verkaufsprogramm so anschaue, wird es schlimmer als schlimm. Ich schätze, vor drei Stunden kommen wir hier nicht raus.«

Ihr wurde ein wenig flau. »Sie glauben, die halten uns den ganzen Nachmittag hier fest?«

»Zuzutrauen ist denen alles. Ich habe es sogar schon erlebt, dass die uns eingeschlossen haben, nachdem einige Leute unruhig wurden.«

»Was? Ich will aber nicht eingesperrt werden!«

Der Mann auf der Bühne sah kurz zu ihnen herunter, räumte dann aber weiter.

»Machen Sie sich keine Sorgen. Ich bin an Ihrer Seite.«

»Na, da bin ich aber froh.«

Der Saal füllte sich langsam, und zwei Bedienungen verteilten Kaffeekannen und Kuchenplatten mit Butter- und Marmorkuchen. Als alle Tische versorgt waren, verschwanden die Kellnerinnen.

Es knackte in den Lautsprechern. Dann dröhnte der bayrische Defiliermarsch durch den Saal. Sie zuckte zusammen von dem plötzlichen Lärm, nicht wenige Gäste fingerten nervös an ihren Hörgeräten herum, aber der Großteil klatschte begeistert mit. Auch ihr Begleiter trommelte im Takt mit den Fingern auf die Tischplatte.

Er schrie ihr ins Ohr: »Das ist der Einmarsch der Gladiatoren!«

Aber es marschierte nur ein Mann herein. Es war der Kerl, der die Waren auf den Tischen verteilt hatte. Feierlich stolzierte er zur Bühne. Er trug jetzt ein dunkelrotes glänzendes Jackett und winkte huldvoll mit einer Hand, in der anderen hielt er ein schnurloses Mikrofon. Sein Gang ähnelte dem eines Boxers, der zum Kampf schreitet.

21

Sie erwachte mit einem fischigen Geschmack im Mund. Durch die Dachluke fiel ein Sonnenstrahl. Staubpartikel tanzten darin. Für einen kurzen Moment wusste sie nicht, wo sie war und welches Datum sie hatten.

Dann fiel ihr ein, dass sie am Abend vorher mit Ewald zusammen Hering gegessen hatte, und ihr wurde ein wenig übel. Was nach dem Abendessen im »Anker« geschehen war, versank in Dunkelheit und Nebel. Sie erinnerte sich, dass sie, Ewald und Fiete einige Verdauungsschnäpschen getrunken hatten.

»Damit der Fisch schwimmen kann«, stöhnte Tilde jetzt. Den Satz hatte sie im Gedächtnis behalten. Es war hoch hergegangen, und sie hatten viel gelacht, aber sie wusste nicht mehr, worüber.

Jetzt lag sie mit einem gewaltigen Kater im Bett. Draußen schlug die Kirchturmuhr, und jeder Schlag dröhnte in ihren Ohren. Tilde zählte mit. Nach dem elften Schlag verstummte die Glocke endlich. Sie schlug die Decke beiseite und schwang die Beine aus dem Bett. Dann setzte sie sich auf. Ihr wurde sofort schwindlig, und sie krallte sich am Bettrahmen fest, bis sich das Gefühl, in einer Schiffschaukel zu stehen, ein wenig gelegt hatte.

Tilde atmete tief durch und sah sich um. Der Boden vor ihren Füßen war bedeckt mit Kleidungsstücken. Sie blickte an sich hinunter und stellte mit leichtem Unbehagen fest, dass sie vollkommen nackt war. Am Kopfende neben dem Bett stand zudem ein Eimer, auf dessen Boden eine bläuliche Flüssigkeit schwamm, die einen leichten Chlorgeruch verströmte. Sie verzog das Gesicht. »Sanitärreiniger.«

Schlagartig fiel ihr ein, wer den Eimer dort hingestellt hatte: Ewald, der Wirt, in dessen geheimer Dachkammer sie seit gestern logierte. Es musste Donnerstag sein. Aber warum trug sie nicht einmal einen Schlüpfer? Sie schlief doch sonst niemals nackt. Hatte er sie etwa ausgezogen? Und wenn ja, warum?

Sie stellte sich vorsichtig auf die Füße. Es ging besser, als sie gedacht hatte, und sie schaffte es bis zum Dachfenster, das sie weit öffnete. Sie steckte den Kopf ins Freie und atmete gierig die würzige Seeluft ein. Frischer Wind, der den Geruch von Tang mit sich führte, wehte ihr um die Nase. Eine Weile stand sie so da und genoss die kühle Brise, bis es klopfte. Sie zuckte zusammen.

»Tilde? Bist du wach?«

Das war Ewalds Stimme. Schnell griff sie nach der Bettdecke und schlang sie um ihren Körper. »Ja, ja. Komme gleich.«

»Kaffee? Oder was Stärkeres?«

Das klang eine Spur anzüglich, oder bildete sie sich das nur ein?

»Kaffee!«

»Gibt's unten. Niemann ist auch da. Der will mit dir schnacken. Wartet schon ein Weilchen.«

»Ach du Scheiße.«

»Wat?«

»Ich beeile mich!« Tilde fiel schlagartig ein, dass sie sich mit dem Polizisten verabredet hatte.

»Musst dich nicht beeilen. Tammo und Fiete sind am Knobeln. Ich sag ihm, dass du gleich kommst.«

Sie hörte, wie Ewald die Treppe hinunterstampfte. Augenblicklich wurde ihr wieder schwindlig, und sie ließ sich zurück auf das Bett fallen. Ihr Schädel dröhnte, sie sehnte sich nach einem Glas Wasser, zwei Kopfschmerztabletten und einer Dusche. Also zwang sie sich wieder auf die Füße und suchte im Koffer nach den Schmerzmitteln. Sie fand den Streifen, drückte die letzten beiden Pillen heraus und steckte sie in den Mund.

Dann schlüpfte sie in ihren Bademantel, huschte über den Flur ins Bad und trank Wasser aus dem Wasserhahn, gegen den höllischen Durst und um die Pillen hinunterschlucken zu können. Dann stellte sie sich unter die Dusche.

Das Wasser tat gut. Während es warm an ihrem Körper hinunterrann, versuchte sie, die Erinnerungsfetzen an den vergangenen Abend wieder zusammenzufügen. Leider klafften zwischen einzelnen verschwommenen Bildern nur große schwarze Löcher. Da war Ewald, der ihr einen Schnaps nach dem anderen einschenkte, und Fiete, der mittrank, bis er sich schwankend verabschiedete. Die Bedienung war kurz nach ihm gegangen. Aber was war danach passiert?

Tilde kramte tief in ihrem Gedächtnis, und eine Szene kam ihr in den Sinn, die ihr ganz und gar nicht gefiel: Ewald schob sie die Treppe hinauf bis zu ihrer Dachkammer. Dann ließ die Erinnerung sie im Stich, bis auf ein vages Bild, das urplötzlich aus den Tiefen ihres Verstandes nach oben ploppte. Sie hatte auf dem Bett gelegen, und Ewald hatte an den Hosensäumen ihrer Jeans gezogen, während sie sich gackernd wie ein Backfisch am Kopfende festgehalten hatte.

»Oh mein Gott!« Tilde schlug sich die Hände vor den Mund. Hatten sie, oder hatten sie nicht? Sie betastete hektisch ihren Körper, stürzte aus der Dusche, wischte über den beschlagenen Spiegel und blickte hinein. Ein blasses Gesicht mit Augenringen, so tief wie der Grand Canyon, starrte sie an. Hektisch untersuchte sie ihren Hals nach Knutschflecken, aber da war rein gar nichts – oder doch? Sie schaffte es gerade noch bis zur Toilette. Dann übergab sie sich. Danach fühlte sie sich ein wenig besser.

»Ach du meine Güte. War einer von den Schnäpsen schlecht?«, fragte Niemann, der den Knobelbecher sinken ließ.

Tilde fiel auf, dass er keine Uniform trug.

Fiete lächelte wissend. »Du bist ja ganz grün im Gesicht.«

Sie setzte sich zu den beiden an den Tisch. »Gibt's hier in der Nähe eine Apotheke?«

»Ja. In Bensersiel.«

»Ist das weit?«

»Nee. Nur sieben Kilometer.«

Sie stöhnte auf.

»Mach ihr doch erst mal einen Kaffee, Ewald«, sagte Niemann.

Fiete erhob sich. »Ich hab Schicht. Man sieht sich.« Er nahm seine Mütze und ging, während Niemann den Würfelbecher abstellte.

»Du haust ja nur ab, weil du verlierst!«, rief er Fiete nach, aber der hob die Hand, ohne sich umzudrehen, und verließ die Gaststube.

Ewald hantierte an der Kaffeemaschine herum. Kurze Zeit später hatte Tilde eine dampfende Tasse vor sich stehen. Sie schnupperte und blickte dankbar auf. Täuschte sie sich, oder zwinkerte Ewald ihr zu? Am liebsten hätte sie ihn auf der Stelle gefragt, was in ihrem Zimmer passiert war, aber vor Tammo Niemann wagte sie es nicht.

Stattdessen fragte sie: »Haben Sie Neuigkeiten, Herr Niemann?«

»Meine Güte, nun seid mal nicht so steif«, bemerkte Ewald. »Der junge Mann ist Tammo, und das Fräulein hier heißt Tilde. Eigentlich trinkt man jetzt Bruderschaft, aber das wird wohl nix bei dem Kater.« Er sah Tilde mitleidig an.

Niemann schmunzelte.

»Was redest du denn da?«, fragte Tilde.

»Sei mal nicht so schwer von Kapee! Hier sagt man du.«

»Ist mir auch schon aufgefallen«, knurrte Tilde und nippte an ihrem Kaffee. »Also meinetwegen.« Sie reichte Niemann die Hand. »Ich hab dir ja in der Besenkammer schon alles über mich erzählt.«

»Ich weiß. Nenn mich einfach Tammo.«

Tilde zog ihre Hand zurück. »Gut, dann wäre das geklärt, und du kannst mir erzählen, was du in Erfahrung bringen konntest.« Sie nahm die Tasse hoch und trank einen Schluck. Der Kaffee war gut. Sie spürte, wie sich ihre Lebensgeister regten.

»Ich hab mit meinem Kollegen gesprochen«, sagte Niemann.

»Und?« Tilde stellte die Kaffeetasse ab.

»Na ja, der will sich mal schlaumachen, was diese Kaffeefahrtterroristen angeht.«

»Dann weißt du also noch nicht, was es mit diesem Kommando 68 und dem geheimnisvollen Onno Siefken auf sich hat?«

»Nee. Aber mein Kollege meldet sich.«

»Frühstück?«, fragte Ewald.

Tilde schüttelte den Kopf.

»Für mich noch einen Kaffee«, bestellte Niemann.

»Kommt.«

»Das ist nicht gerade viel. Mehr hast du nicht rausgekriegt?«, fragte Tilde enttäuscht.

»Nee.«

»Warum treffen wir uns dann?«

»Ich hab frei heute. Auf dem Künstlerhof ist Tag des offenen Gartens, und ich dachte, wir könnten da mal hinfahren.«

Tilde starrte ihn an. Dann lachte sie auf, aber die Erschütterung des Zwerchfells verursachte ihr weitere Kopfschmerzen.

»Du hast einen Fall mit zwei Toten und machst einen Tag frei?«

»Jau. Es gibt eine Ausstellung im Garten und Häppchen, und

jemand macht Musik. Außerdem trifft man da eine Menge Leute.« Er zwinkerte ihr zu. »Hast du Lust?«

»Du fragst mich, ob ich Lust auf Häppchen und Musik habe?«

»Was ist daran so komisch?«

»Also erstens finde ich es fast unanständig, dass Otto und Ariane ein Fest machen, so kurz nachdem zwei Leute bei ihnen ums Leben gekommen sind«, machte sie ihrer Empörung Luft. »Und zweitens –«

Niemann unterbrach sie. »Das ist eine wichtige Veranstaltung hier an der Küste. Da kommen die Leute von weit her, an dem Tag verkaufen die Coors einige von ihren Werken.«

»Ach ja?«

»Und zweitens? Du wolltest noch weiterreden.«

»Und zweitens werfen die mich vom Hof, wenn ich da aufkreuze.«

»Nicht, wenn ich dabei bin. Außerdem ist da so viel los, da fallen wir beiden Hübschen gar nicht auf. Wir könnten uns unbemerkt ein bisschen umsehen.«

Tilde fiel die Kinnlade herunter. »Ein Undercovereinsatz?«

Er wackelte mit den Augenbrauen. »Sozusagen.«

Am Nachmittag radelten sie zum Hof. Tilde hatte sich Ewalds Fahrrad ausgeliehen. Schon kurz nach dem Ortsausgang reihte sich ein Auto an das nächste, sie parkten den ganzen Seitenstreifen zu.

»Ganz schön viel Betrieb«, wunderte sich Tilde.

Niemann, der neben ihr fuhr, nickte. »Der Künstlerhof ist eben berühmt.«

Sie waren bald da und stellten die Räder ab. Gemeinsam schlenderten sie in den Garten. Hier drängelten sich eine Menge Leute, und sie fielen in dem Getümmel tatsächlich nicht weiter auf. Mehrere Pavillons waren auf dem Rasen aufgestellt worden, in denen auf Staffeleien Bilder von Ariane ausgestellt wurden. Der Himmel war dunkel, es sah nach Regen aus. Bisher hatte das Wetter jedoch gehalten, denn der Wind wehte die Wolken aufs Meer hinaus. Hin und wieder schaute sogar die Sonne kurz hervor.

Tilde warf einen sehnsüchtigen Blick in Richtung Deich.

»Was ist?«, fragte Niemann.

»Ich würde jetzt viel lieber in die Fluten springen.«

»Wir haben Ebbe.«

»Irgendwie ist immer Ebbe«, seufzte Tilde.

Sie gingen weiter. Ihr war immer noch ein wenig flau im Magen, und ihre Knie fühlten sich wattig an. Sie setzte ihre Sonnenbrille auf, in der Hoffnung, sie würde nicht sofort erkannt, sollten sie Ariane oder Otto in die Arme laufen, was natürlich ein frommer Wunsch war. Inmitten des Gewusels entdeckte sie schließlich die Hausherrin, die vor einem ihrer Bilder posierte. Mehrere Fotografen ließen die Blitzlichter aufflackern, auch Bramstede war da. Otto konnte sie jedoch nirgends entdecken. Sie gingen weiter, bis sie zum Büfett kamen, das schon kräftig abgegrast war.

»Wo fangen wir an?«, fragte Niemann und nahm sich einen Käsespieß, der einsam auf einer Platte zwischen Gürkchen und Salatblättern lag.

Tilde hob die Schultern, denn sie wusste selbst nicht genau, wonach sie suchen sollten. Immerhin waren ihre Kopfschmerzen bis auf einen leichten Druck hinter den Schläfen gewichen, und sie konnte wieder klar denken.

»Da hinten, neben dem Atelier, da ist Ottos Büro«, sagte sie. »Vielleicht haben wir Glück, und es ist unverschlossen. Wir könnten uns da ein bisschen umsehen.«

»Wir haben keinen Durchsuchungsbefehl.«

»Im Fernsehen kümmert das keinen Kommissar.«

»Ich bin kein Kommissar, sondern Polizeiobermeister.«

»Hast du dir eine Genehmigung geholt, mich als Undercoveragentin im Schlepptau einzusetzen?«

Niemanns Blick verfinsterte sich. »Wenn du damit hausieren gehst, weißt du ja, was dir blüht.«

Tilde nickte bekümmert. »Die Besenkammer.«

»Genau.«

Sie schlenderten in Richtung Atelier. Kurz bevor sie am Ziel angekommen waren, rief eine Stimme von hinten: »Herr Niemann? Tilde? Was für eine Überraschung!«

Sie erkannte die Stimme, und sofort war da wieder dieses Kribbeln, das ihr den Rücken hinunterrieselte. Hörte das denn nie auf?

Sie drehte sich langsam um. Da stand Otto, keine zehn Schritte von ihr entfernt, den Redakteur des Meckumer Boten im Schlepptau. Beide hielten ein Glas Sekt in der Hand. Bramstedes Kamera baumelte um seinen Hals.

»Hätte nicht gedacht, dass wir uns so schnell wiedersehen«, bemerkte der Reporter.

»Wir sind rein privat hier, Tammo und ich.« Tilde versuchte, kühl zu klingen, aber ihre Stimme versagte ihr fast den Dienst.

»›Tammo und ich‹?« Bramstede blickte amüsiert von Tilde zum Polizisten.

Niemann wurde knallrot.

»Wolltest du nicht abreisen?«, fragte Otto und lächelte.

Verflucht noch mal, er sah einfach gut aus.

Tilde räusperte sich. »Ich habe es mir anders überlegt. Ich mache noch ein bisschen Urlaub in Meckum.«

»Hast du denn noch ein Zimmer gekriegt?«

»Ich wohne im ›Anker‹.«

»Ah. Bei Ewald. Verstehe.«

Es entstand eine unangenehme Pause.

»Und ihr feiert schon wieder?«, fragte Tilde.

»Das Leben geht schließlich weiter.«

»Ja. Für einige zumindest.«

Otto hatte es nicht gehört. Er war abgelenkt von zwei Frauen, die ihm von ferne zuwinkten, er winkte zurück. Tilde riss sich von seinem Anblick los.

Lass dich nicht schon wieder um den Finger wickeln!, rief sie sich zur Vernunft.

»Komm, wir gehen weiter«, sagte sie zu Niemann. »Wir wollen nicht beim Feiern stören.«

Otto wandte sich ihr zu. »Ja, wir feiern«, sagte er provozierend langsam. »Trotz allem. Du machst ja auch einfach weiter.«

»Was soll das denn heißen?«

»Du schreibst heimlich an einem Artikel über die Ereignisse. Auch nicht gerade die feine Art.«

»Woher weißt du das?«

»Gerd hat es mir erzählt.«

Tilde warf dem Redakteur einen wütenden Blick zu. »Na und?«, begann sie, sich zu rechtfertigen. »Es gibt so etwas wie Pressefreiheit in unserem Land. Ich kann machen, was ich will.«

»Zählt Diebstahl auch dazu?«

Tilde schluckte. »Was meinst du?«

»Jetzt tu doch nicht so! Du weißt genau, wovon ich spreche. Gerd hat mir erzählt, dass du Nachforschungen über mich und Ariane anstellst aufgrund eines ominösen Zeitungsberichts, den du hier gefunden hast.«

»Na und? Ich werde doch noch ein bisschen recherchieren dürfen, oder? Das ist mein Job.«

»Du glaubst allen Ernstes, dass Ariane und ich Mörder sind?« Otto war laut geworden, und mehrere Gäste blieben stehen und steckten die Köpfe zusammen. »Das sind doch Hirngespinste einer überambitionierten Artikelschreiberin.«

»Also, ich glaube, wir gehen dann mal«, warf Niemann ein und packte Tilde am Arm. »Tut mir leid, Herr Coors. Frau Brand ist nach allem, was passiert ist, ein bisschen nervös.«

Tilde riss sich los. »Was bin ich? Nervös?« Sie lachte laut auf und trat einige Schritte von Niemann zurück. »Was redest du denn da?«

»Jetzt beruhig dich doch!«, zischte er und streckte die Hand nach ihr aus.

»Fass mich bloß nicht an!«, schrie Tilde, die vor Wut kochte.

Hatten sich denn alle gegen sie verschworen? Am Rande nahm sie wahr, dass sich inzwischen eine ganze Menge Leute um sie geschart hatten. Es kümmerte sie nicht. Sie ließ jede Zurückhaltung fahren.

»Ihr kotzt mich alle an, wisst ihr das?«, tobte sie und wandte sich Niemann zu. »Und du! Du steckst doch auch mit denen hier unter einer Decke. Du hast mich nur mitgenommen, um mir zu zeigen, dass das alles Quatsch ist, was ich ermittelt habe. Stimmt's?«

Niemann hob beschwichtigend die Hände. »Tilde, bitte! Lass uns einfach gehen.«

»Das ist wohl das Beste. Verlassen Sie umgehend den Hof«, forderte Coors die beiden kühl auf, »und wagen Sie nicht, sich noch einmal hier blicken zu lassen, Frau Brand. Andernfalls zeige ich Sie an. Kein Schmierenblatt wird Sie dann noch anstellen.«

»Ich gehe freiwillig, Herr Coors.« Sie spuckte seinen Namen

förmlich aus. »Und danke, dass Sie mir Gelegenheit geben zu erkennen, was Sie für ein armseliger Mensch sind.«

»Das Kompliment kann ich nur zurückgeben.«

»Ach ja? Was bin ich denn für ein Mensch in Ihren Augen?«, fragte Tilde, und ihre Stimme zitterte.

»Sie sind sensationslüstern und aufdringlich. Sie lieben es, den guten Ruf unbescholtener Leute zu beschmutzen. Das ist ekelhaft. Sie sind ein Paparazzi.«

Tilde verlor den letzten Rest ihrer Beherrschung. »Das sagt der Richtige!«, schrie sie. »Soll ich vor allen Leuten sagen, was *Sie* sind? Ich glaube nämlich kaum, dass hier jemand weiß, wer Sie wirklich sind!«

»Tilde! Hör auf. Wir gehen einfach«, versuchte Niemann sie noch einmal zu beschwichtigen, aber sie war nicht mehr zu bremsen. Es brodelte in ihr wie in einem Schnellkochtopf, der unter gewaltigem Druck stand. Sie musste sich Luft machen, oder sie würde explodieren. Die Reise auf diesen Hof war ein einziges Desaster gewesen, angefangen bei Marleens Wasseradergeschwätz über Arianes Gehabe und ihre schlechten Schauspielkünste bis hin zu Ottos verlogener Aktion, sich ihr an den Hals zu werfen, um sie gleich darauf wieder fallen zu lassen.

Sie rang nach Worten, aber alles, was über ihre Lippen kam, war: »Du küsst lausig, Otto Coors!«

Er starrte sie an, dann brach er in Gelächter aus. Die Menge, die sie jetzt umgab, wusste offenbar nicht recht, wie sie reagieren sollte. Einige Gäste lachten mit, andere schüttelten die Köpfe.

»Bist du gekommen, um mir das zu sagen?«, gluckste Otto.

Tilde schluckte. Dann kratzte sie ihren Mut zusammen und wandte sich den Leuten zu. Sie hatte nichts mehr zu verlieren. »Alle mal herhören!«, rief sie laut. »Dieser Mann hier«, sie zeigte auf Otto, der sich Lachtränen aus dem Gesicht wischte, »ist nicht der, für den Sie ihn halten. Er ist nicht der charmante Künstler und bescheidene Verwalter, für den er sich ausgibt. Er ist ein Be–«

»Okay, es reicht!«, unterbrach Otto, dem das Lachen nun doch vergangen war. »Du hast deinen Spaß gehabt, und nun geh.«

»Einen Teufel werde ich tun«, zischte Tilde. »Die Wahrheit kommt ans Licht. Ob du willst oder nicht!«

Das überhebliche Grinsen verschwand so schnell aus Ottos Gesicht, wie es gekommen war. Er packte sie an der Schulter. »Halt sofort die Klappe und hau hier ab, oder ich …«

»Oder was?« Tilde starrte ihn angriffslustig an.

Er knirschte mit den Zähnen und drückte zu. Seine Hände schlossen sich wie Schraubstöcke um ihre Schultern.

Sie stöhnte auf. »Du tust mir weh!«

»Lassen Sie die Frau los!«, schrie Niemann.

Tilde sah kurz zu ihm hin. Sie hatte fast vergessen, dass er neben ihr stand. »Jetzt nimm ihn doch endlich fest!«, schrie sie ihn an.

Niemann griff sich an die Hüfte, wo er normalerweise seine Dienstwaffe trug.

»Was ist denn hier los?«, fragte jemand laut. Das war Arianes Stimme. Ottos Frau drängelte sich durch die Menge. »Was tust du da?«

»Mach dir keine Sorgen, Liebes. Ich entferne nur einen lästigen Gast.« Er griff nach Tildes Arm und bog ihn so weit nach hinten, dass es knackte.

Sie schrie auf. »Tammo, tu endlich was!«

»Ja, tun Sie doch endlich was«, wiederholte Otto Coors und blickte den Polizeiobermeister an, der hilflos vor ihnen stand.

»Sie wissen, dass Sie sich strafbar machen?«, fragte der lahm.

»Ich entferne nur ein öffentliches Ärgernis. Ich glaube kaum, dass ich dafür ins Gefängnis komme.«

Otto gab Tilde einen Schubs, sodass sie gegen Niemann taumelte. Der versuchte, sie aufzufangen, und geriet dabei selbst ins Straucheln. Beide landeten auf dem Boden.

Coors trat über sie. Es war jetzt vollkommen still im Garten. Die gaffende Menge hielt die Luft an, ebenso wie Tilde, denn einen Augenblick lang sah es aus, als ob er ihr ins Gesicht treten wollte.

Niemann sog scharf die Luft ein. »Das wollen Sie nicht tun, Herr Coors«, sagte er leise.

Otto ging einen Schritt zurück. »Nehmen Sie sie mit, Herr Niemann, und bringen Sie sie irgendwohin, weit weg von meinem Hof. Ich will, dass Sie diese Frau augenblicklich von hier entfernen. Ansonsten …«

Niemann half Tilde auf die Füße. »Wollen Sie Anzeige erstatten?«

»Schaffen Sie sie einfach nur weg. Oder ich erledige das selbst!«, schnauzte Otto.

»Das ist ja interessant.« Tilde hatte ihre Stimme wiedergefunden. »Du willst mich also aus dem Weg schaffen? Das ist das, was du wirklich gut kannst, oder? Und wie willst du es tun? Mich ersticken wie Gundula oder ertränken wie Henning? Oder lieber überfahren, so wie diese Frau, wie hieß sie noch mal?«

»Ich weiß nicht, wovon du redest.«

»Doch. Das weißt du, mein lieber Onno. Das ist doch dein richtiger Name, oder? Onno Siefken.«

Bramstede, der Tildes Ausführungen mit wachsendem Befremden gelauscht hatte, fiel das Sektglas aus der Hand. Er stolperte rückwärts, während Otto Coors kreideweiß wurde.

»Bist du verrückt geworden?«, flüsterte er.

Ariane stand hinter ihrem Mann, sie legte ihm die Hand auf die Schulter. »Lass sie. Sie weiß nicht, was sie sagt.«

»Oh, doch, das weiß sie«, zischte Coors.

Er kam langsam auf Tilde zu. Die wich zurück. Alle schienen den Atem anzuhalten, bis die Bombe platzte. Dann ging alles sehr schnell. Bevor sich Tilde versah, hatte Otto sie mit einem Arm in den Schwitzkasten genommen und drückte ihr die Luft ab.

Sie japste.

»Lassen Sie die Frau los!«, schrie Niemann, aber Coors reagierte nicht.

Verzweifelt krallte sich Tilde in seinen Arm, versuchte, ihn zu kratzen oder zu beißen, aber sie bekam keine Luft. Vor ihren Augen flackerten Lichtblitze auf. In wenigen Momenten würde sie das Bewusstsein verlieren. Konzentrier dich!, dachte sie, nahm all ihre restliche Kraft zusammen und grub ihre Fingernägel in seinen Arm, schlug um sich und trat mit den Füßen.

Mit so viel Gegenwehr hatte er nicht gerechnet. Für einen winzigen Augenblick ließ er locker, und Tildes Lungen füllten sich mit herrlich frischer Luft.

Aber er gab sich nicht geschlagen, sondern drückte wieder zu. Ariane schrie auf, und die Menge wich zurück.

Warum half ihr denn keiner? Warum standen sie nur da und

starrten sie an, sogar Tammo Niemann? »Hilf mir!«, wollte sie sagen, aber sie brachte nur ein heiseres Krächzen zustande.

Was dann passierte, konnte sie kaum glauben. Der Polizist hob langsam die Hände über den Kopf. Alle taten das. Auch der Redakteur. Sie gaben auf, ohne Grund. Sie hatten nicht vor, sie zu befreien, dabei wäre es doch ein Leichtes gewesen, den fußlahmen Coors zu überwältigen, er hatte noch nicht einmal eine Waffe.

Jetzt streckte er die Hand aus, in der er sonst den Gehstock hielt. Er hatte etwas darin.

Es war ein Revolver.

22

Er stieß sie vor sich her. Immerhin hatte er seinen Griff so weit gelockert, dass sie atmen konnte.

»Bewahren Sie Ruhe!«, hörte sie Niemann rufen.

Hätte Tilde gekonnt, hätte sie gelacht. Das war wohl das Bekloppteste, was er in dieser Situation von den Schaulustigen fordern konnte. Die Leute sollten keine Ruhe bewahren, sondern sich auf Coors stürzen und sie verdammt noch mal befreien, bevor er sie tötete, wie er es mit dieser Rentnerin und den anderen getan hatte!

Sie beobachtete, wie Niemann die Arme langsam wieder sinken ließ. »Herr Coors«, rief er. »Lassen Sie die Frau los! Das bringt doch nichts.«

»Eher erschieße ich uns alle«, presste Otto zwischen zusammengebissenen Zähnen hervor.

»Aber warum? Nur weil Frau Brand ein etwas loses Mundwerk hat? Wollen Sie deswegen tatsächlich ins Gefängnis, für den Rest Ihres Lebens?«

Tilde blickte plötzlich in das Gesicht von Niemann. Er hatte sich ihnen in den Weg gestellt. So feige, wie sie gedacht hatte, war er also doch nicht.

»Geben Sie mir die Waffe«, sagte er leise und hob besänftigend die Hände, aber Otto schrie ihn an: »Gehen Sie mir aus dem Weg! Ich meine es ernst. Ich habe nichts zu verlieren.«

»Man hat immer etwas zu verlieren.«

Otto lachte auf. »Aus welcher Kalenderspruchsammlung haben Sie das denn?«

»Das ist von mir.«

»Sie sind ja ein richtiger Philosoph. So, und jetzt gehen Sie. Oder ich erschieße diese Frau.«

Tilde spürte etwas Kaltes und Metallisches an ihrer Schläfe. Ihre Knie gaben nach, sie stöhnte auf. »Bitte«, flüsterte sie und starrte Niemann dabei an. »Tu, was er sagt.«

Sie konnte sehen, wie der Polizist langsam zurückwich. Aber

der Weg war noch nicht frei, denn jemand anderes baute sich jetzt vor ihnen auf.

»Was soll das, Otto?«, fragte Ariane kühl. »Bist du von allen guten Geistern verlassen?«

»Geh ins Haus, Ariane!«

»Erst wenn du Vernunft annimmst. Lass sie los.«

Tilde spürte seinen schweren Atem an ihrem Hinterkopf.

»Meine Vergangenheit klebt wie ein Fluch an mir«, keuchte er. »Dass ich die letzten Jahre den Hof aufgebaut habe, das interessiert doch kein Schwein mehr! Nicht einmal dich, wo du mich …« Er verstummte.

Ariane blickte ihn herausfordernd an. »Ja? Sag es doch!«

Otto schüttelte den Kopf. »Was habe ich dir getan, Ariane?«

»Du hast mich belogen.«

»Und deshalb holst du ausgerechnet die Presse ins Haus? Damit sie es herausfindet und in die Welt posaunt? Fein ausgedacht. Und du spielst die Ahnungslose.«

»Red keinen Stuss!« Ariane machte noch einen Schritt auf ihren Mann zu.

»Bleib, wo du bist!«, schrie er sie an und geriet ins Straucheln. Ohne die Gehhilfe verlor er das Gleichgewicht. Er knickte ein und kippte nach hinten, wobei er Tilde mit zu Boden riss. Er ließ sie los, und sie rollte sich zur Seite weg.

Dann krachte ein Schuss.

Ariane schrie.

Tilde hatte sich wie ein Embryo zusammengerollt. Es war still geworden. Nach einer endlos langen Zeit, oder vielleicht waren es auch nur Bruchteile von Sekunden, öffnete sie die Augen.

Coors lag am Boden, in der Hand immer noch die Waffe. Er hatte den Kopf gehoben und starrte fassungslos auf sein Bein. In der Hose klaffte ein Loch. Wie es schien, hatte er sich selbst dort hineingeschossen, aber es blutete nicht. Er ließ sich ganz auf den Boden fallen und begann zu lachen. Offenbar hatte er sich in die Prothese geschossen.

Tilde kam auf alle viere und kroch hastig von ihm weg.

»Bleib, wo du bist!«, schrie er sie an. Nun lachte er nicht mehr.

Sie blickte zurück.

Coors hatte seine Waffe wieder auf sie gerichtet. »Los, hilf mir auf!«, verlangte er.

Sie rappelte sich hoch, kam zurück und zog ihn auf die Beine, alles unter den Augen der gaffenden Menge. »Warum zum Teufel hilft mir denn keiner?«, schrie sie sie an.

Er packte sie wieder am Hals und drückte den Lauf des Revolvers gegen ihren Hinterkopf. »Klappe halten!«

Tilde hob ihre Hände als Zeichen, dass sie sich ergab.

Coors nahm die Schaulustigen ins Visier. »Das gilt auch für euch! Wenn einer von euch irgendwas sagt oder meint, in meine Nähe kommen zu müssen, ist sie tot. Geht jetzt! Das Fest ist vorbei.«

»Otto! Was willst du denn tun?«, fragte Ariane mit Tränen in den Augen, und diesmal schienen sie echt zu sein.

»Das geht nur mich und diese dumme Kuh was an.« Er rammte Tilde den Lauf gegen die Schläfe.

Sie stöhnte auf vor Schmerz.

»Geh ins Haus, Ariane. Hau ab! Such dir einen anderen Dummen, der dein Chaos verwaltet. Ich hab was zu erledigen«, spie er seiner Frau entgegen.

Tatsächlich wichen die Gäste zurück, bis auf Niemann. Der startete einen letzten Versuch, Tilde zu befreien. »Herr Coors, lassen Sie Frau Brand gehen. Sie hat mit alldem nichts zu tun.«

»Ach nein? Da sind Sie aber auf dem Holzweg, Niemann.«

»Wir können doch über alles reden. Es ist ja noch nichts passiert.«

»Nun, ich habe mir ins Bein geschossen.« Coors lachte bitter. »Diese Prothese hat sowieso nichts getaugt.«

»Lassen Sie einfach die Frau gehen. Machen Sie sich Ihr Leben nicht kaputt!«

Coors schwieg, und einen Moment lang schien es so, als würde er nachgeben. Der Griff um Tildes Hals lockerte sich, er atmete schwer aus, als wollte er etwas sagen, aber dann blitzte es, und der Auslöser einer Kamera klackte mehrmals hintereinander.

Coors' Arm schloss sich wieder um Tildes Hals, und er wirbelte sie herum. Bramstede stand da, den Apparat in der Hand, er machte ungeniert Fotos.

»Gerd, verflucht noch mal, was soll das?«, schrie Niemann, aber es war zu spät.

Tilde wusste, dass nun alles schieflaufen würde.

»Na?«, schrie Coors den Redakteur an, und seine Stimme überschlug sich beinahe. »Trittst du nun in die Fußstapfen von der hier?« Er schüttelte Tilde. »Endlich was los in Meckum, was? Mal was anderes als goldene Hochzeiten und Kaninchenzüchtertreffen?«

»Ich hab doch nur …«

»Klappe!« Coors ließ Tilde los, und ihre Knie knickten ein. Er stieß ihr mit der Waffe gegen die Schulter. »Steh auf!«

Tilde kam mühsam auf die Füße.

»Vorwärts!« Er schubste sie vor sich her bis zu seinem Wagen.

Niemann folgte in einigem Abstand, aber er konnte nichts tun, denn Coors war so aufgewühlt, dass er zu allem fähig schien. Von Weitem hörte Tilde ein Martinshorn, das sich schnell näherte. Irgendwer hatte über Notruf Hilfe angefordert, aber was nützte ihr das?

Coors nestelte mit der freien Hand den Autoschlüssel aus seiner Westentasche, während er Tilde weiter mit der Waffe bedrohte. Er drückte den Knopf für die Zentralverriegelung, die sofort aufsprang.

»Rein da!« Er zeigte auf die Fahrertür seines Geländewagens, den er wie immer vor seinem Büro stehen hatte. Obwohl viele Gäste das Fest schon fluchtartig verlassen hatten, standen immer noch andere Wagen im Weg.

Tilde starrte darauf. »Ich soll dieses Geschoss hier nicht etwa rausfahren?«

»Doch. Damit ich dich besser im Blick habe. Los, rein da!«

Tilde kletterte auf den Fahrersitz. »Automatik? Das kann ich nicht!«

Coors stöhnte auf. »Dann rutsch rüber. Mach schon!«

Als Tilde zögerte, stieß er ihr den Revolver so heftig in die Seite, dass sie vor Schmerzen jaulte. Die Hände in die Seite gepresst rutschte sie auf den Beifahrersitz, während Coors sich neben sie setzte.

Er fuhr mit quietschenden Reifen los. »Schnall dich an!«, knurrte er.

Tilde lachte gequält. »Warum? Machst du dir am Ende etwa Sorgen um mein Leben?«

Sie rasten auf einer schmalen Straße am Deich entlang, überholten in halsbrecherischer Fahrt mehrere Traktoren und streiften einen Passat, der ins Schleudern kam und sich einmal um die eigene Achse drehte.

Tilde hatte sich abgewandt, sie kniete zusammengekauert auf ihrem Sitz und blickte durch die Rückscheibe, während sie sich am seitlichen Haltegriff über der Tür und dem Armaturenbrett festklammerte. Wenn Coors sie beide umbrachte, indem er den Wagen frontal in einen Trecker oder Mähdrescher hineinkrachen ließ, was er ohne Zweifel vorhatte, wollte sie es nicht kommen sehen. Er ließ sie gewähren.

Sie sah aus dem Augenwinkel, dass mindestens ein Wagen ihnen folgte. Dahinter, aber immer noch einige hundert Meter entfernt, folgte ein Polizeiwagen.

Wieder krachte es, Tilde fuhr erschrocken zusammen, als ein Seitenspiegel scheppernd über die Straße schlitterte. Otto hatte einen Kleinbus gestreift, der schlingernd zum Stehen kam.

»Wenn du uns umbringen willst, warum erschießt du uns nicht einfach? Das tut weniger weh!«, schrie sie ihn verzweifelt an.

Er reagierte nicht.

Tilde schloss die Augen und versuchte, ihrer Angst Herr zu werden. Das Einzige, was sie tun konnte, um ihn von dieser Harakiri-Aktion abzubringen, war reden. Einen Versuch war es wert.

»Warum tust du das?«, fragte sie ihn. »Warum ergibst du dich nicht einfach? Ich würde dich nicht anzeigen.«

»Wie nett.« Er machte einen Schlenker und wich einer Gruppe Fahrradfahrer aus, von denen einige in den Graben kippten.

Der Verfolger bremste scharf, um nach den Radfahrern zu sehen, die sich wieder hochrappelten, dann beschleunigte er und nahm die Verfolgung wieder auf. Jetzt erkannte Tilde auch, wer im Wagen saß: Es waren Gerd Bramstede und Tammo Niemann. Der Redakteur fuhr das Auto.

»Die Presse ist hinter uns her«, sagte Tilde.

»Na und? Ich hab auch Presse neben mir.«

»Pass auf!«, kreischte sie, die sich kurz nach vorn gewandt hatte und einen Reisebus auf sie zukommen sah.

Coors riss das Steuer herum, durchbrach einen Zaun und

fuhr ein Stück den Deich hoch, sodass Tilde gegen ihn fiel, dann plumpste der Wagen wieder auf die Straße zurück.

»Ich will hier raus!«, keuchte sie. »Ich hab dir nichts getan.«

»Du hast mit deiner verfluchten Neugierde und Schnüffelei alles kaputt gemacht!«

»Was habe ich?«

»Scheiße!« Coors wich einer Pferdekutsche aus, indem er in einen ungepflasterten Weg hineinschlingerte. Es war heute viel Verkehr auf der Straße, die am Deich entlang führte.

Tilde beobachtete, wie eines der Pferde ausbrach, das andere mit sich ziehend. Das Gespann rannte direkt auf Bramstedes Wagen zu, der immer noch an ihnen klebte. Der Reporter verriss das Lenkrad und rumpelte auf eine Kuhweide, wo sich das Auto überschlug und mit sich drehenden Reifen auf dem Dach liegen blieb. Der nachfolgende Polizeiwagen konnte der vorbeipreschenden Kutsche gerade noch ausweichen. Er bremste scharf ab und hielt an.

»So. Die wären wir erst mal los«, sagte Coors zufrieden und verlangsamte das Tempo. Sie fuhren auf einer schmalen Straße, die schnurgerade zwischen den Feldern vom Deich wegführte.

Nach einer Weile wagte es Tilde, den Haltegriff loszulassen und sich richtig hinzusetzen. Sie wagte jedoch nicht, sich anzuschnallen. »Willst du uns jetzt doch nicht mehr umbringen?«

Coors schwieg. Er schlug mehrmals mit der Faust gegen das Lenkrad. »Warum? Warum jetzt, wo alles gut war?«

»Was meinst du?«

»Das weißt du doch genau!«

»Nein. Ich weiß im Grunde gar nichts. Nur, dass dein Geburtsname Siefken ist und dass ein gewisser O. Siefken dubiose Geschäfte gemacht hat.«

»Siefken?« Otto lachte auf. »Was geht der mich an?«

»Du kannst deiner Vergangenheit nicht ewig davonlaufen.«

»Nein. Das kann ich nicht.«

»Dann erzähl mir davon.«

»Wozu? Ich bin ein Mörder. Das denkst du doch, oder?«

Tilde schluckte. Dann stimmte es also, was sie über ihn herausgefunden hatte? Nämlich, dass er in seinem früheren Leben ein mieser kleiner Kaffeefahrtenanimateur gewesen war, der nicht davor zurückschreckte, Rentnerinnen in den Tod zu treiben. Sie blickte ihn verstohlen von der Seite an und wagte keine weiteren Fragen zu stellen.

Sie fuhren einige Zeit kreuz und quer durch die Landschaft. Überall ragten Windräder aus den Wiesen und Weiden, und mächtige Stromtrassen durchschnitten den Himmel. Coors vermied jede größere Straße, wahrscheinlich befürchtete er, dass die Polizei Sperren errichtet hatte. Hinter einer einsamen Scheune hielt er schließlich an und ließ seinen Kopf erschöpft auf das Lenkrad sinken.

Flieh, dachte Tilde, aber seine Waffe lag griffbereit auf dem Armaturenbrett. Sie überlegte krampfhaft, was sie tun oder sagen könnte, um ihn dazu zu bewegen, sie freizulassen, aber ihr fiel nichts ein außer: »Ich möchte mich bei dir entschuldigen.«

Er hob den Kopf. »Was willst du?«

»Ich habe etwas, was dir gehört.« Sie griff in ihre Handtasche, wühlte die Kopie des Artikels hervor und reichte sie ihm.

Er nahm das Papier und starrte darauf. Dann schüttelte er den Kopf. »Was soll ich damit?« Er gab ihr den Artikel zurück.

»Ich hab das aus dem Atelier mitgenommen. Das steckte in der Hülle. Ich will es dir zurückgeben.«

»Schön.«

Er versank in Schweigen, saß einfach nur da und glotzte auf einen Haufen Heurollen vor ihnen.

Als er auch nach zehn Minuten noch nichts gesagt hatte, fragte Tilde rundheraus: »Was weiß Ariane von deiner Vergangenheit?«

Wieder schüttelte er nur den Kopf. Dann nahm er den Revolver vom Armaturenbrett.

Tilde rutschte unwillkürlich von ihm weg. »Du willst mich doch nicht etwa erschießen?«, fragte sie heiser.

Er hob kurz die Schultern und legte die Waffe in das Handschuhfach. Tilde seufzte vor Erleichterung.

Von hinten näherte sich ein Wagen.

Otto hob den Kopf. »Raus!«, brüllte er sie an.

»Was?«

Er beugte sich über ihren Schoß. Einen Moment lang dachte sie, er würde sich den Revolver wiederholen, stattdessen stieß er die

Beifahrertür auf. Im nächsten Moment spürte sie einen heftigen Stoß in die Seite, sie kippte aus dem Wagen und landete in einer matschigen Pfütze.

Coors fuhr so schnell an, dass Tilde einen Schwall Schlamm ins Gesicht bekam, der von den durchdrehenden Reifen hochspritzte. Die offene Beifahrertür flatterte einige Male wie ein Flügel, dann klappte sie zu.

In diesem Moment, als Coors mit durchdrehenden Reifen davonstob, kam das Polizeiauto schlingernd vor Tilde zum Stehen.

23

Einige Jahre vorher

Der Mann kletterte auf die Bühne. Er fingerte am Mikro herum und pustete hinein. Ein stürmisches »Pfump« übertönte kurz die Musik, die daraufhin abrupt verstummte. Der Mann breitete die Arme aus, und einen Moment lang erinnerte er an einen Zirkusdirektor, der die nächste Nummer ansagt.

»Herzlichen Glückwunsch Ihnen allen!«, rief er in den Saal. »Sie haben gewonnen!« Er zeigte auf einen Mann, der direkt vor der Bühne saß. »Sie. Und Sie auch. Und Sie.« So ging es eine Weile weiter.

»Wenn wir heute noch durchkommen wollen, müssten Sie langsam zur Sache kommen!«, rief ihr Tischnachbar.

Sie kicherte über seine Unverfrorenheit, denn der Kerl auf der Bühne ließ kurz die Arme sinken und wirkte irritiert. Aber er fing sich schnell und wandte sich den beiden zu.

»Ah! Wir haben Komiker unter uns.«

Es klang überaus sarkastisch, und es ärgerte sie, denn sie fand, dass ihr Begleiter recht hatte. Genau das wollte sie dem Mann auf der Bühne sagen. Also reckte sie ihren Finger in die Luft. »Entschuldigung?«

»Die Toiletten sind dahinten bei den Garderoben.«

»Nein, ich wollte fragen, wann wir den Gewinn ausgezahlt bekommen.«

»Erst die Arbeit, dann das Vergnügen. Das haben Sie doch sicher alle in der Schule gelernt. Oder haben Sie gefehlt, als das durchgenommen wurde?«

Sie ließ den Arm wieder sinken und fühlte sich seltsam ertappt.

»So. Und nun schalten Sie Ihre Hörgeräte ein, putzen Sie die Brillengläser und hören Sie gut zu, denn ich werde Ihnen heute einige Weltneuheiten vorstellen, die vor Ihnen noch kein Mensch zu Gesicht bekommen hat.«

Ein anerkennendes Raunen ging durch den Saal.

»Beginnen wir mit diesem wunderbaren Produkt.« Der Mann

nahm ein kleines Gerät vom Tisch, das die Form einer dicken Zigarre hatte. »Ein Wunderding der Körperpflege und modernen Hygiene. Es gehört in jedes Badezimmer. Was meinen Sie, was das ist?«

Ihr Tischnachbar stöhnte auf. »Ein Nasenhaartrimmer. Gibt's in jeder Drogerie.« Er stand auf und wandte sich den anderen Tischen zu. »Lassen Sie sich den Scheiß nicht andrehen! Das Gerät kostet im Laden keine zehn Euro.«

»Ah, unser Komiker wieder!« Der Moderator sprang sportlich von der Bühne, einige Damen stießen angesichts dieser artistischen Leistung spitze Schreie aus oder schlugen die Hände vor den Mund. »So ein hochwertiges Gerät wie dieses hier, das bekommen Sie eben *nicht* in der Drogerie nebenan.« Der Mann beugte sich zu einer Frau über den Tisch, sodass sie ihm direkt ins Gesicht sehen konnte. »Na? Sehen Sie aus meiner wunderschönen Nase ein einziges Haar herauswuchern?«

»Nein«, bestätigte die Frau und wich mit angewiderter Miene zurück.

Der Verkäufer richtete sich auf und musterte nun den Mann, der der Frau gegenübersaß. »Ihrem Gatten wächst allerdings ein Fell aus dem Riechkolben. Und dann erst die Ohren! Ach du meine Güte! Wenn das so weitersprießt, sehen Sie bald aus wie ein Gorilla.«

»Ich muss doch sehr bitten!«, empörte sich der Mann.

»Ja, bitten Sie! Und zwar um dieses praktische kleine Gerät. Bitten Sie Ihre Frau, Ihnen das hier zum Supersonderangebot von weniger als neunzig, ach, was sage ich, achtzig Euro zu kaufen!« Er zwinkerte der Frau zu. »Oder wollen Sie Ihren Gatten bald im Zoo besuchen?«

Diese Ansage verursachte einen Ausbruch von schadenfroher Heiterkeit im Saal. Nicht wenige klatschten.

Sie war entsetzt. »Das ist ja widerlich«, flüsterte sie.

Ihr Begleiter lächelte mitleidig. »Und das ist erst der Anfang.«

24

Tammo Niemann sprang aus dem Wagen und rannte auf sie zu. »Du meine Güte! Bist du verletzt?«

»Nein. Alles in Ordnung.« Tilde rappelte sich aus der Pfütze hoch. Sie war über und über mit Schlamm besudelt.

Niemann bremste kurz vor ihr ab, und fast wäre er in sie gerannt, denn sein massiger Körper entwickelte, einmal in Schwung gekommen, eine erhebliche Schubkraft. Keuchend blieb er vor ihr stehen, packte sie an den Schultern und schüttelte sie. »Bist du dir sicher?«

»Ja. Und jetzt lass mich los, sonst brichst du mir noch alle Knochen.«

Niemann drehte sich zu seinen Kollegen um und rief ihnen zu: »Sie ist in Ordnung! Wenn er diesen Weg weiterfährt, kommt er nur bis zum Siel. Dann schnappt ihr ihn euch!«

Der Polizeiwagen preschte wieder los und nahm die Verfolgung auf. Niemann reichte Tilde ein Taschentuch. Sie wischte sich damit den Schlamm aus dem Gesicht. Ihr Herz schlug ihr immer noch bis zum Hals.

Dann stand Bramstede plötzlich neben ihnen. Er war aus dem Wagen gestiegen, aber nicht, um zu helfen, sondern um Tilde sein Aufnahmegerät unter die Nase zu halten. Der Mann war wirklich mehr als unverfroren.

Tilde wich erschrocken zurück. »Was soll das denn?«

»Was hat Coors gesagt? Wo will er hin, und warum hat er dich freigelassen?«

Tilde schlug dem Redakteur wütend das Gerät aus der Hand. Es landete im Matsch.

»He!«, pfiff er sie an. »Das wird jetzt aber teuer!«

»Hör auf damit, Gerd«, mischte Niemann sich ein. »Das ist wirklich nicht der richtige Moment.«

Bramstede hob das Gerät auf und begann, es an seiner Hose sauber zu wischen. »Was glaubst du, was meine Leser von mir erwarten?«

»Sicher keine Verbrecherjagd.«

»Und ob«, schnaubte Bramstede.

Tilde war plötzlich kalt, und sie zitterte am ganzen Leib. Niemann bemerkte es, zog seine Strickjacke aus und legte sie ihr über die Schultern. Ihre Zähne schlugen aufeinander, so sehr fror sie, obwohl die Temperaturen immer noch um die zwanzig Grad lagen.

Bramstede ließ nicht locker, obwohl er sah, dass es Tilde nicht gut ging. Er probierte sein Aufnahmegerät, es funktionierte – leider.

»Tilde, du bist Journalistin. Du weißt, was diese Geschichte für mich bedeutet. Bitte!« Wieder hielt er ihr das Gerät hin. »Nur drei Sätze. Ein ganz kurzer O-Ton.«

Tildes Knie gaben nach, und Niemann fing sie auf.

»Scheiße!«, brüllte er Bramstede an. »Siehst du denn nicht, dass sie einen Schock hat?«

In diesem Moment hasste sie ihren Beruf und Kollegen wie Bramstede. Sie wollte es ihm ins Gesicht schreien, aber sie war zu beschäftigt damit, nicht in Ohnmacht zu fallen.

Niemann umfasste ihre Schulter und führte sie zu einem Strohballen, wo er ihr half, sich zu setzen. Ihre Beine fühlten sich an wie mit Pudding gefüllt.

»D-d-danke«, flüsterte sie zitternd und umschlang ihre Knie.

Wieder klappte eine Autotür, ein Motor wurde angelassen.

Niemann richtete sich auf und rannte los. »He«, schrie er. »Bleib hier, du Blödmann!«

Aber der Wagen fuhr mit hoher Geschwindigkeit weg, der Polizeiobermeister konnte gerade noch mit einem waghalsigen Sprung zur Seite hechten.

»Hoffentlich sperren die Kollegen dich auch gleich mit ein!« Niemann rappelte sich hoch und fummelte sein Handy aus der Hosentasche. Einen Moment lang blickte er auf das Display. »Kein Empfang.« Er klopfte an das Gerät. »Ist das zum Kotzen!«

»D-d-d-danke, dass du g-g-g-gekommen bist«, schnatterte Tilde und versuchte ein Lächeln.

»Ich bin so ein Idiot! Warum habe ich den Kollegen nicht gesagt, dass sie einen Krankenwagen rufen sollen?«

»Ach w-w-w-was. Mir geht es g-g-g-gut. Mir ist nur ein b-b-b-bisschen kalt.«

Niemann betrachtete sie skeptisch, dann setzte er sich neben sie und schlang die Arme um ihre Schultern.

»Ich bin n-n-n-nass und dreck-k-k-kig.«

»Na und?« Er legte seinen Arm um sie, und sie war dankbar für die Wärme und Nähe, die er ihr schenkte. Wie ein Vater, der sein Kind tröstet, dachte sie und begann mit einem Mal, wie ein kleines Mädchen zu schluchzen.

»Na, na, na«, tröstete Niemann etwas unbeholfen und tätschelte ihren Arm. »Wird schon wieder.«

Eine Weile saßen sie so nebeneinander, und Tilde beruhigte sich langsam. Auch das Zittern hörte auf. Irgendwann hörte sie wieder einen Wagen.

Niemann ließ sie los und kam mühsam auf die Beine. »Das sind die Kollegen. Sie haben ihn«, rief er aufgeregt.

Tilde horchte ebenfalls auf. »Das sind aber mehrere Fahrzeuge. Und die sind ganz schön schnell.«

Niemann achtete nicht weiter auf sie. Er stand schon auf dem Weg und reckte den Hals in Erwartung, etwas sehen zu können, aber der Weg machte nach fünfzig Metern eine Kurve und verschwand hinter einer hohen Wallhecke.

Tilde stand auf und stellte sich neben ihn. Da tauchte der erste Wagen auf.

»Ach du Scheiße!«, fluchte Niemann.

In rasender Geschwindigkeit näherte sich Coors bulliger Geländewagen, dicht verfolgt von Bramstede. Niemann und Tilde spürten den Sog und stolperten einige Schritte zurück, als die beiden Autos an ihnen vorbeirasten.

»Er hat am Siel gewendet!«, rief Niemann und sah ihnen fassungslos nach. »Wie hat er das gemacht, verflucht noch mal?«

Weit abgeschlagen folgten Niemanns Kollegen. Ein Kotflügel war an einer Seite eingedellt, und Grassoden hingen daran. Niemann machte Zeichen, dass sie anhalten sollten. Sie bremsten tatsächlich ab.

»Was ist denn?«, rief der Fahrer ärgerlich durch die geöffnete Scheibe.

»Mein Handy hat keinen Empfang. Wir brauchen einen Krankenwagen.«

»Quatsch, ich fahr mit!« Tilde riss die hintere Tür auf und saß im Nullkommanichts auf der Rückbank.

Die beiden Beamten sahen sie verblüfft an. Der Fahrer fing sich als Erster. »Steig ein, Tammo, der haut uns doch ab!«

Er tat, wie ihm geheißen, und sie nahmen die Verfolgung wieder auf.

»Wie um alles in der Welt ist er euch entkommen?«, fragte Niemann atemlos.

»Der hat einfach das Steuer rumgerissen und ist auf uns los mit seinem Panzer. Wir mussten auf einen Acker ausweichen.«

Niemann wandte sich Tilde zu. »Was hat der vor?«, fragte er. »Hat er irgendwas zu dir gesagt?«

Tilde schüttelte den Kopf. »Ich glaube, das weiß der selbst nicht.«

»Im Moment fährt er in Richtung Altfunnixsiel«, stellte der Beamte auf dem Beifahrersitz fest. »Ich werd den Kollegen Bescheid geben. Vielleicht können die ihn abfangen.«

Der Geländewagen, in dem Coors die Straße entlangraste, kam ins Schlingern. Sowohl Bramstede, der einige hundert Meter vor ihnen auf der schnurgeraden Straße fuhr, als auch der Polizeiwagen holten auf, aber schon bald war der Geländewagen wieder auf der Straße und raste weiter.

»Wenn der so weitermacht, landet er in der Harle«, rief der Fahrer und drückte das Gaspedal durch, um nicht weiter abgehängt zu werden.

Ein schmaler Fluss säumte den Fahrweg. Einige Kanufahrer starrten neugierig zu ihnen herüber und verfingen sich prompt im Ufergebüsch. Der Weg zog sich endlos am Fluss entlang, jedenfalls kam es Tilde so vor. Zweige klatschten gegen die Frontscheibe, und einmal wären sie fast in eine Bullenweide gerast, weil der Weg einen scharfen Knick machte. Die Bullen galoppierten wütend ein Stück neben ihnen her, mussten aber am Ende der Weide abdrehen, als der Weg wieder zum Fluss hin abbog. Fast wären sie wegen der hohen Geschwindigkeit in der Uferböschung gelandet, aber der Fahrer riss das Steuer in letzter Sekunde herum.

»Wenn die Kollegen in Altfunnixsiel eine Straßensperre errichtet haben, brauchen wir uns doch nicht umzubringen!«, polterte Niemann.

Der Fahrer blickte ihn im Rückspiegel an. »Und wenn er irgendwo zwischendrin abdreht?«

»Wohin denn? Auf eine Kuhweide?«

»So was hat er gerade schon mal gemacht. Kurz vor dem Siel, wir hatten ihn schon fast.«

»Da ist die Sperre!«, rief der Beifahrer und deutete aus dem Fenster.

Vor ihnen blinkten mehrere Warnleuchten, und ein Polizeiwagen stand mit eingeschaltetem Blaulicht quer über der Straße. Bramstede, der immer noch am Geländewagen klebte, wurde langsamer, auch der Fahrer des Polizeiwagens stieg in die Eisen – nur Coors gab weiter Vollgas.

»Warum bremst der denn nicht?«, rief Niemann.

Tilde klammerte sich an den Rücksitz. Ihr Hals fühlte sich seit Ottos Attacke geschwollen an, und in diesem Moment hatte sie den Eindruck, gar keine Luft mehr zu bekommen.

»Verdammt noch mal, Otto, was tust du?«, flüsterte sie.

Er raste bis kurz vor die Sperre. Ein Beamter, der mit hochgehaltener Kelle neben dem Polizeiwagen stand, brachte sich mit einem Hechtsprung in Sicherheit. Sein Kollege riss instinktiv die Waffe aus seinem Holster, aber was sollte das bringen?

Coors bremste immer noch nicht; es sah aus, als ob er den Wagen in voller Fahrt gegen das quer gestellte Polizeiauto krachen lassen wollte. Aber dann riss er in letzter Sekunde das Steuer herum. Er schlitterte seitwärts gegen den Polizeiwagen, um dann über die Uferböschung zu fliegen und mit der Schnauze voran im Wasser zu landen. Der Wagen drehte sich einmal um die eigene Achse und sank.

Nach mehreren Schrecksekunden watete alles, was auf den Beinen war, in den Fluss, der an dieser Stelle überraschend tief war und eine starke Strömung hatte. Sie kamen nicht bis an das rasch versinkende Auto heran, von dem nur noch das Heck aus dem Wasser ragte.

Ein junger Beamter kämpfte sich zurück an Land, zog sich in rasender Eile bis auf die Unterwäsche aus und stürzte sich erneut in die Harle. Er schwamm zum Heck und zog sich daran hoch, versuchte, die Klappe zu öffnen, aber das funktionierte nicht. Dann tauchte er. Nach quälend langen Sekunden kam er prustend wieder hoch. Er hatte Mühe, gegen die Strömung bis zum Ufer zu gelangen. Die Kollegen halfen ihm aus dem Wasser.

Er hob entschuldigend die Hände. »Scheißsicherheitsverriegelung!«

»Was ist mit dem Mann im Wagen?«, fragte ein Polizist.

»Der hing in einer Luftblase, aber der Wagen läuft voll.«

»Wir müssen die Heckklappe einschlagen und ihn da rausholen!«

Der junge Beamte schüttelte den Kopf. »Für den kommt jede Hilfe zu spät.«

»Meinst du, er ist schon tot?«

»Hundert Prozent.«

Kurze Zeit später wimmelte es auf dem schmalen Weg von schweren Bergungsgeräten und anderen Fahrzeugen. Außerdem waren eine Menge Schaulustige gekommen, die die Polizei in Schach halten musste.

Niemann war zu seinen Kollegen gegangen, nachdem er Tilde den Sanitätern übergeben hatte. Der Notarzt hatte ihr eine Beruhigungsspritze gegeben und eine Decke um die Schultern gelegt. Sie hielt einen Becher Kaffee in den Händen, konnte sich aber nicht erinnern, wer ihr den gegeben hatte. So saß sie in der offenen Tür des Krankenwagens und brütete vor sich hin.

Der Täter war enttarnt, es war vorbei. Otto Coors alias Onno Siefken hatte versucht, sich auf Arianes Hof zu verstecken, aber Gundula und Henning, die Vorhut der Rentner-RAF, hatten ihn dort aufgestöbert, um sich für überteuerte Heizdecken zu rächen. Und für den Tod dieser Dora Irgendwas. So ganz stieg Tilde da nicht durch. Auf jeden Fall musste Otto Coors ihnen auf die Schliche gekommen sein, und dann hatte er sie beseitigt. Unglücklicherweise konnte man ihn jetzt nicht mehr nach den Details befragen.

»Was für eine Räuberpistole«, seufzte Tilde, und genau das störte sie an der Geschichte: dass es zu haarsträubend klang, um wahr zu sein. Nachdenklich nippte sie an dem heißen Kaffee und verbrannte sich prompt die Zunge.

Niemann kam und setzte sich neben sie. »Na? Wie geht's dir nach den Schrecken?«

Tilde zuckte mit den Schultern. »Ich weiß nicht.«

Sie saßen lange da, und Tilde war dankbar, dass er sie nicht mit Fragen löcherte.

Schließlich sagte er: »Was für ein Schlamassel. Diese Geschichte erzählen sich die Meckumer noch in hundert Jahren.«

Tilde nickte. Ein Taucher stieg gerade aus dem Wasser und gab dem Kranführer ein Zeichen, dass er den Wagen heben konnte.

Sie wandte sich Niemann zu, obwohl sie nicht wusste, wie sie ausgerechnet jetzt darauf kam. »Ich wollte dich die ganze Zeit fragen, was die Obduktion von Henning Stein ergeben hat. Oder liegt der noch unangetastet in der Kühlkammer?«

Niemann blickte erschüttert und seufzte. »Er hat sich mit Tabletten und Alkohol umgebracht wie vermutet. Er hatte kaum Wasser in der Lunge. Ertrunken ist er nicht, aber er muss im Teich gestorben sein.«

»Wie kann ich mir das denn vorstellen?«

Niemann hob die Schultern. »Tja. Er ist wohl in den Teich gestiegen und ohnmächtig geworden, und dann hatte er einen Herzstillstand. Oder umgekehrt.«

»Mit andern Worten: Du weißt es nicht.« Sie seufzte. »Habt ihr an den Sachen unter dem Bett irgendwas Brauchbares gefunden?«

»Ja. Da waren Steins Fingerabdrücke drauf. Zumindest auf dem Tablettenblister.«

»Und was ist mit dem Brief?«

Niemann hob die Schultern. »Nichts. Klinisch rein sozusagen.«

Tilde schnaubte. »Er wird den wohl kaum mit Latexhandschuhen an den Händen geschrieben haben.«

»Vielleicht wollte er uns in die Irre führen? Oder den Verdacht auf jemand anderen lenken?«

»Das tun Mörder im Allgemeinen, oder?«

Niemann sah sie an. »Dann bist du immer noch fest davon überzeugt, dass Coors Henning umgebracht hat?«

Tilde nickte. »Gundula wahrscheinlich auch, ich weiß nur noch nicht, wie. Vielleicht ist Ariane seine Komplizin oder –«

»Niemals! So entsetzt, wie die war.«

»Auf jeden Fall hatte er ein Motiv.«

Niemann stieß erschöpft die Luft aus. »Da ist noch was. Henning hatte Sand im Mund.«

Tilde war plötzlich hellwach. »Kein Wasser in der Lunge, aber Sand im Mund?«

Er seufzte. »Ja. Wahrscheinlich ist er ohnmächtig geworden und ins Wasser gefallen. Das ist ja nicht tief. Aber da ist die Kripo jetzt dran.«

»Was denn für Sand?«

»Tilde! Was für Sand wohl? Wir sind hier an der Küste.«

»Sand vom Strand?«

»Ja.«

Tilde guckte fassungslos. »Und das macht dich nicht stutzig?«

»Meine Güte, er war eben vorher noch am Strand. Wollte sich von dieser schönen Welt verabschieden oder so.«

»Und dann hat er schon mal so rein probeweise statt ins Gras in den Sand gebissen?«

Niemann schwieg. Der Kran zog derweil Zentimeter für Zentimeter das Autowrack aus dem Wasser. Es würde dauern, bis sie es vollständig geborgen hatten.

»Raffiniert. Ein fast perfekter Mord«, überlegte Tilde und nickte anerkennend.

»Vielleicht. Aber das hat uns nicht mehr zu interessieren.«

»Mich schon. Und ich finde auch noch raus, wer diesen Abschiedsbrief nach Hennings Verschwinden ins Zimmer gelegt hat.«

»Du gibst nie auf, was?«

»Es gibt da nur zwei, die in Frage kommen: Ariane und Marleen.«

»Warum nicht Otto? Wenn er schon der Mörder ist?«

»Er hat ein Alibi. Er war die ganze Zeit bei uns im Garten. Du warst dabei.«

»Stimmt.« Niemann schlug sich gegen die Stirn. »Dann war er doch nicht der Mörder?«

»Doch. Er hat höchstwahrscheinlich eine von beiden dazu überredet, die Sachen zu deponieren.«

»Ariane bestimmt nicht.«

»Ich tippe auch eher auf Marleen. Sie hat ihn doch angehimmelt.«

Niemann warf Tilde einen seltsamen Blick zu.

»Ich war es nicht!«, rief sie. »Aber denk mal nach. Marleen hat Ariane auf ihr Zimmer begleitet, nachdem sie den Nervenzusammenbruch hatte. Das war, kurz bevor du in Steins Zimmer gegangen bist, um nach so einem Brief zu suchen. Aber das habe ich dir bei unserem Verhör doch schon alles erzählt.«

»Es fehlt das Motiv, Tilde. Welches Interesse sollte Marleen daran haben, Henning um die Ecke zu bringen?«

»Sie hat ihn nicht um die Ecke gebracht! Sie hat sich nur als Komplizin missbrauchen lassen.«

»Das ist mir alles viel zu hoch. Lassen wir es dabei bewenden, dass Coors das irgendwie getan hat. Wie, werden wir wohl nie herausfinden.«

Tilde seufzte. »Ja. Vielleicht hast du recht. Und trotzdem …«

Eine Polizeibeamtin unterbrach sie. »Tammo, kannst du mal kurz kommen?«

Niemann stand auf. »Klar. Habt ihr ihn draußen?«

Die Beamtin nickte, und Tilde sah zum Kran. Der schwere Geländewagen baumelte mit der Schnauze voran über dem Wasser. Der Kranarm schwenkte ihn gerade ans Ufer.

Sie rutschte von der Ladefläche des Rettungswagens, aber Niemann hielt sie auf. »Du bleibst, wo du bist!«

»Aber …«

»Kein Aber!« Er zeichnete mit dem Fuß eine Linie quer über den Weg. »Solltest du die hier übertreten, sperre ich dich eine Nacht lang in die Besenkammer.«

»Ich bin doch kein kleines Kind!«

»Aber Journalistin. Und eine neugierige dazu. Du bleibst hier, basta!«

Murrend und widerwillig setzte sich Tilde wieder hin und sah den beiden nach, wie sie zur Unfallstelle eilten.

Es dauerte noch eine ganze Weile, bis Coors Wagen wieder auf seinen vier Reifen stand. Tildes Blutdruck stieg, als sie beobachtete, wie Bramstede den Wagen mit seiner Kamera umrundete, während sie hier feststeckte.

Dann hielt es sie nicht mehr. Sie stand auf, ging bis zur Linie und beobachtete, wie ein Beamter Bramstede aufhielt und ihn wegschickte. Der Journalist protestierte gestenreich und entfernte sich ein paar Meter, um dann munter weiterzufotografieren.

Mehrere Polizisten umrundeten das Wrack, es gab so etwas wie einen Tumult. Was zum Teufel ging da vor sich? Warum bargen sie die Leiche nicht? Und warum standen die Sanitäter tatenlos mit ihrer Trage daneben?

Tilde warf die Decke von den Schultern, denn mit einem Mal war ihr sehr warm. Sie tigerte an der Linie hin und her. Was für ein blödsinniges Spiel das doch war! Sie reckte sich, um mehr zu sehen. Keine hundert Meter von ihr entfernt stand der Geländewagen, und Coors lag höchstwahrscheinlich tot darin. Sie hatte keine Lust, das sehen zu müssen, aber sie wollte wissen, was da vorn los war.

Es dauerte eine Weile, bis sie es schafften, die Beifahrertür zu öffnen. Ein Schwall Wasser sprudelte heraus. Jemand beugte sich ins Innere, kam wieder heraus und sprach aufgeregt mit den anderen Polizisten. Der Taucher zwängte sich wieder in seinen Neoprenanzug. Was hatte das zu bedeuten?

Tilde trat trotzig einen Schritt über die Linie. Niemand kam, um sie festzunehmen, denn alle rannten aufgeregt herum.

»Ach, scheißegal«, sagte sie und marschierte los. Sie lief zum Wagen. Sollte Niemann doch versuchen, sie wieder in die Besenkammer zu sperren. Das war es wert, wenn sie nur in Erfahrung bringen konnte, was los war.

Niemann war in ein Polizeiauto gestiegen und redete mit den Kollegen. Tilde nutzte seine Unachtsamkeit und näherte sich dem Geländewagen, bis sie in den Fahrerraum sehen konnte. Die Windschutzscheibe war herausgebrochen, Scherben lagen auf dem Fahrersitz, aber von Coors gab es keine Spur.

Eine junge Beamtin kam auf sie zu. »Sollten Sie nicht dahinten beim Rettungswagen bleiben?«

»Wo ist Herr Coors? Lebt er?«

»Tut mir leid. Ich darf keine Auskunft geben.«

»Warum zieht der Taucher seinen Anzug wieder an?«

Die Beamtin verdrehte die Augen. »Vielleicht übt er für den Kölner Karneval?«

»Witzig.«

»Kommt vor«, sagte die Beamtin genervt. »Und jetzt gehen Sie bitte und lassen uns unsere Arbeit tun.«

»Dann vermuten Sie den Fahrer noch im Fluss?«, hakte Tilde nach.

»Wenn er nicht in seinem Wagen ist, dann wahrscheinlich im Wasser, oder er hat sich in Luft aufgelöst.«

Tilde stürmte auf den Polizeiwagen los, in dem Niemann saß, und riss die Tür auf. »Er ist euch also wieder entwischt?«

Niemanns Gesicht verfinsterte sich. »Nehmt sie fest, und dann ab in die Arrestzelle.«

»Warum?«, fragte ein Kollege und starrte ratlos von Tilde zu Niemann, der wütend schnaubte.

»Sie hat meine Linie übertreten!«

»Welche Linie?«

»Polizeiobermeister Tammo Niemann hat einen schönen Strich in den Sand gemalt«, erklärte Tilde.

»Wenn man aus einem Künstlerdorf kommt, kann man so was, was, Tammo?« Die Kollegen brachen in schallendes Gelächter aus.

Niemann stieg wütend aus dem Wagen und baute sich vor Tilde auf. »Du hältst dich für sehr schlau, was? So einen debilen Dorfbullen muss man nicht ernst nehmen, wenn er sagt, die Linie wird nicht übertreten?«

»Sperrt ihr eure Gauner in Meckum immer auf diese Weise ein?«, platzte ein Beamter heraus. »Wir in Wittmund haben dafür Handschellen und Zellen.«

»Er hat eine Besenkammer«, feixte Tilde.

Niemann wirkte nun ehrlich getroffen, und Tilde merkte, dass sie zu weit gegangen war.

»Ich hab's nicht so gemeint. Ich bin manchmal ein bisschen unüberlegt mit dem, was ich sage.«

Niemann winkte ab und drehte sich von Tilde weg. Er ließ sie stehen und ging.

»He! Warte doch mal, Tammo.« Sie lief ihm nach. »Wo ist Otto Coors?«

Tammo blieb stehen. »Der treibt in der Harle. Wir werden ihn schon finden. Und jetzt lass mich in Ruhe.«

25

Als Tilde in den »Anker« kam, stand in der Gaststube kein Ewald hinter der Theke, sondern eine Frau, deren Alter Tilde schwer schätzen konnte. Auf jeden Fall war sie zu jung, um Ewalds Frau sein zu können. Obwohl: Wer konnte das heutzutage noch sagen?

Die Frau musterte sie misstrauisch. Groß und kräftig, wie sie war, erinnerte sie Tilde an eine Sumoringerin.

»Sind Sie in den Graben gefallen?«, fragte die Frau.

Tilde sah an sich hinunter. Sie war von oben bis unten eingesaut. »So ähnlich.«

»So wollen Sie sich aber nicht hier hinsetzen, oder?«

»Nein, ich würde gern auf mein Zimmer gehen und mich umziehen.«

»Welche Nummer?« Die Frau wandte sich zum Schlüsselbrett um.

»Ich wohne unter dem Dach«, bemerkte Tilde matt, denn sie war hundemüde.

Die Frau sah sie alles andere als freundlich an. »Dann sind Sie diese Tilde Brand?«

»Ja, *diese* bin ich. Ist Ewald nicht da?«

»Mein Vater ist zum Friedhof gegangen. Heute ist der Todestag meiner Mutter.«

»Dann sind Sie also …«

»Mareike. Ich bin die Tochter. Mein Vater hat Ihnen die Dachkammer überlassen, was?«

»Ja. Freundlicherweise.«

»Ab morgen habe ich an einen Monteur vermietet. Die anderen Zimmer sind leider ebenfalls belegt.«

»Ich dachte, das Dachzimmer wird von Ihrem Vater vermietet?«

»Da dachten Sie falsch.«

Tilde nickte. Sie fühlte sich mies. Ich habe es verdient, dass ich rausgeworfen werde, dachte sie. Wahrscheinlich hatte Ewald seiner Tochter gebeichtet, dass sie mit ihm gesoffen hatte … und noch einiges mehr. Wenn sie sich nur erinnern könnte!

»Ich packe meine Sachen. Morgen früh reise ich ab, vorher bekomme ich leider keinen Zug mehr.«

»Bis zehn muss das Zimmer geräumt sein.«

»Geht klar. Könnte ich etwas zu essen bekommen?«, fragte Tilde kleinlaut.

»Wir kriegen gleich eine Gesellschaft. Drei Busse aus Oldenburg. Die Nummer vom Pizzaservice steht im Telefonbuch.«

»Danke vielmals.«

Wie ein begossener Pudel schlich Tilde die Treppe hinauf in ihr Zimmer. Ihr Blick fiel auf das Bett. Ihr Körper schrie nach Schlaf, aber ihr Geist war hellwach. Sie fühlte sich völlig überdreht und brauchte etwas zu essen. Sie sah auf die Uhr. In einer halben Stunde schloss die Bäckerei.

Bramstede stand vor der halb ausgeräumten Ladentheke und unterhielt sich gestenreich mit Anke Joken. Sicher erzählte er gerade von der Sensation des Tages.

Tilde spürte, wie der Zorn in ihr hochkochte. Im Grunde war er es gewesen, der das Fass mit seiner Sensationsgier zum Überlaufen gebracht hatte. Hätte er nicht im falschen Moment Fotos geschossen, hätte Otto Coors höchstwahrscheinlich schon auf dem Hof aufgegeben, und diese bescheuerte Entführung hätte gar nicht erst stattgefunden. Tilde spürte, wie ihr die Tatsache, dass er tot war, einen heftigen Stich versetzte. So ganz hatte sie ihn trotz allem noch nicht aus ihrem Herzen verbannt gehabt. Liebe war doch ein Scheißgeschäft. Völlig irrational und unvernünftig.

Mit gemischten Gefühlen trat sie in den Laden, und wie auf Kommando verstummten der Reporter und die Bäckerin und starrten sie wie vom Donner gerührt an. Eine Sekunde lang dachte Tilde, Anke Joken würde sie rausschmeißen, aber dann lächelte sie breit.

»Frau Brand! Wir dachten, Sie sind im Krankenhaus. Dass Sie schon wieder auf den Beinen sind, nach allem, was passiert ist …«

»Ich musste schnell wieder auf die Beine kommen, ich gehe so ungern auf den Händen.«

Die Bäckerin starrte sie verständnislos an. Warum fielen die Worte nur immer schneller aus ihrem Mund, als sie denken konnte?

»Entschuldigung, ich wollte nicht unhöflich sein.«

»Man wird doch noch einen kleinen Spaß verstehen. Aber sagen Sie mal, Frau Brand«, fuhr Anke Joken fort und beugte sich weit über den Verkaufstresen. »Gerd hat mir gerade erzählt, was heute alles los war. Das ist ja wohl kaum zu glauben! Dieser Coors hat Sie tatsächlich entführt?«

Tilde vermied es, Bramstede anzusehen, denn sie war zu müde, um einen Streit vom Zaun zu brechen. Sie nickte. »Sozusagen.«

»Und wie sind Sie freigekommen? Man erzählt sich ja die dollsten Dinge.«

»Was denn zum Beispiel?«

»Dass Sie ihm eins übergebraten haben. Mit seiner eigenen Pistole.«

Tilde sah zu Bramstede hin. »Erzählt *er* das?«

Anke Joken antwortete nicht darauf, und Bramstede hüllte sich in zustimmendes Schweigen.

»Stimmt es, dass Coors gar nicht tot ist, sondern vermisst wird?«, fragte die Bäckerin begierig.

Tilde schüttelte den Kopf. »Sie suchen seine Leiche in der Harle.«

»Hat er tatsächlich rumgeballert auf dem Hof? So wie im Fernsehen?« Anke Joken sah sie mit weit aufgerissenen Augen an, und auf ihrem Hals bildeten sich rote Flecken.

Bramstede lächelte verhalten. »Na ja, er hat sich in die Beinprothese geschossen.«

»Aus Versehen«, fügte Tilde hinzu und warf dem Kollegen einen bösen Blick zu.

»Es sah aber so aus, als ob er um sich schießen wollte«, verteidigte der sich.

Tilde hielt es nicht mehr aus. »Wenn du nicht im falschen Moment Fotos geschossen hättest, wäre die ganze Sache sehr viel glimpflicher verlaufen. Du bist schuld, dass er tot ist!«

»Was noch zu beweisen wäre.«

Tilde wurde schwindlig. Sie spürte förmlich, wie die letzten Reste von Adrenalin in ihrem Körper aufgebraucht wurden. Eine bleierne Niedergeschlagenheit ergriff von ihr Besitz. Was tat sie hier eigentlich? Statt einen netten Artikel über Kunst zu schreiben, hatte sie sich in einen zwielichtigen Typen verknallt, der zugleich der schönste und netteste Mann gewesen war, den sie jemals geküsst hatte, abgesehen von ein paar Kleinigkeiten wie Würgen und Entführung. Leider war er zu allem Überfluss ein Mörder und seit einigen Stunden tot.

Sie schloss die Augen und atmete tief durch, aber es nützte nichts. Tausend widerstreitende Gefühle schossen wie ein Geysir in ihr hoch, und sie hatte gleichzeitig Lust, Bramstede zu schlagen, gegen die Ladentheke zu treten und in Ohnmacht zu fallen. Stattdessen wandte sie sich ab und blinzelte die Tränen weg.

»Ist Ihnen nicht gut, Frau Brand?«, fragte die Bäckerin.

»Was? Doch, doch. Es ist alles in Ordnung mit mir«, log Tilde.

»Danach sehen Sie aber ganz und gar nicht aus. Sie sind ja vollkommen fertig. Ich mache Ihnen erst mal einen Kaffee.«

»Aber es ist schon Feierabend«, murmelte Tilde.

»Ich bin doch kein Unmensch. Setzen Sie sich!«

Tilde wankte zur Sitzecke des Ladens und ließ sich auf einen Stuhl fallen, während die Bäckerin die Kaffeemaschine wieder anschmiss.

»Eigentlich wollte ich mir nur etwas zu essen holen«, sagte Tilde. »Im ›Anker‹ ist nämlich eine Gesellschaft, und die Wirtin hat keine Zeit, mir ein Brot zu schmieren.«

»Das ist doch ein Ding«, empörte sich Anke und schüttete Kaffeebohnen in die Maschine. »Das war unter Ewald anders, oder, Gerd?«

Der Angesprochene zuckte mit den Schultern. »Kann sein.«

Die Maschine begann, laute Geräusche von sich zu geben.

»Stimmt doch!«, rief die Bäckerin über den Krach hinweg. »Mareike hat nur Eurozeichen in den Augen.« Sie wandte sich wieder Tilde zu, die ihren Kopf auf die Tischplatte gelegt hatte. »Wissen Sie was? Ich mache Ihnen ein schönes Mettbrötchen, bevor Sie mir noch in Ohnmacht fallen.« Die Kaffeemaschine fauchte, und Anke befüllte eine Tasse. »Du auch, Gerd?«

Bramstede stand unschlüssig am Verkaufstresen. »Also gut. Ich trink noch einen Kaffee mit«, seufzte er schließlich und setzte sich Tilde gegenüber an den Tisch. Er wirkte nervös.

Wenige Minuten später saßen sie zu dritt beieinander. In der Mitte stand ein Pappteller, gefüllt mit fingerdick bestrichenen Mettbrötchen. Tilde griff zu und biss kräftig in ihre Hälfte. Die Bäckerin lächelte zufrieden.

»Nun erzählen Sie mal«, forderte Anke sie auf. »Wie war die Entführung denn so?«

Ach, nett war's, lag es Tilde auf der Zunge, aber sie hatte glücklicherweise den Mund voll. »Schrecklich«, nuschelte sie und schluckte den Bissen hinunter.

»Hatten Sie denn keine Angst, dass er Sie mit in den Tod reißt?«

»Doch.« Tilde griff schnell nach ihrer Tasse und trank.

»Hat er Sie denn so richtig bedroht? Mit vorgehaltener Pistole?«

»Er hatte einen Revolver.«

»Ist doch dasselbe!«, rief Bramstede dazwischen, Anke warf ihm einen tadelnden Blick zu.

»Und hatten Sie keine Todesangst?«, drang die Bäckerin weiter in sie und rückte Tilde immer mehr auf die Pelle.

Tilde biss erneut in das Brötchen, um nichts sagen zu müssen. Dieses Verhör war ihr unangenehm.

»Wie sind Sie denn freigekommen? Hat er aufgegeben, oder sind Sie ihm entkommen?«

»Er ... hat mich aus dem Wagen geworfen.«

Anke lehnte sich zurück. Sie sah ein wenig enttäuscht aus. »Einfach so?«

Tilde legte den Rest Brötchen zurück auf den Teller. Sie war plötzlich satt.

»Nun frag *du* sie doch mal was!« Anke stieß den verdatterten Bramstede in die Rippen. »Die Meckumer wollen morgen was zu lesen kriegen in deinem Käseblatt.«

Das hatte ihr gerade noch gefehlt. Bilder vom Tatort neben ihrem Porträt samt einem Exklusivinterview mit dem Entführungsopfer im Meckumer Boten. Tilde erhob sich. »Entschuldigung. Ich bin müde ...« Sie wandte sich zur Tür.

»He!«, rief die Bäckerin sie zurück. »Du kannst doch jetzt nicht einfach so abhauen. Du hast ja noch gar nichts erzählt!«

»Ich will auch nichts erzählen. Tut mir leid.«

Anke Joken starrte sie an. Dann stand sie auf, riss Bramstede den Pappteller aus der Hand, von dem er gerade das letzte Brötchen nehmen wollte, und verschwand damit hinter der Ladentheke.

»Was ist mit zahlen?«, rief sie Tilde nach, als die schon an der Tür stand.

»Ich übernehme das«, sagte Bramstede, und Tilde beeilte sich, aus dem Laden zu kommen.

Es waren nur wenige Menschen unterwegs, dafür waren die Lokale voll. Diejenigen, die nicht beim Abendbrot saßen, starrten sie jedoch ungeniert an, und Tilde wunderte sich ein weiteres Mal, woher die Leute hier so schnell wussten, dass sie in die Sache verwickelt war.

Sie legte einen Zahn zu, obwohl sie nicht wusste, wohin sie überhaupt gehen sollte. Die Geschäfte hatten alle geschlossen, und sie hatte keine Lust, in ihr Zimmer unter dem Dach zurückzukehren. Am liebsten wäre sie jetzt am Meer spazieren gegangen, aber es war ein weiter Weg bis dorthin. Und die reizende Mareike brauchte sie wohl kaum nach einem Fahrrad zu fragen.

Als sie am Friedhof vorbeikam, sah sie in einiger Entfernung Ewald. Er hockte in sich zusammengesunken auf einer Bank und rauchte eine Zigarre. Sein Blick war auf einen Grabstein gerichtet. Dann hatte Mareike also recht gehabt, er besuchte das Grab seiner Frau. Tilde überlegte kurz, ob sie zu ihm gehen sollte, beschloss aber, ihn lieber nicht zu stören. Es gab da jemanden, den sie dringender sprechen musste.

Sie schlug den Weg zur Polizeiwache ein. Bevor sie Meckum für immer verließ, wollte sie sich bei Tammo Niemann entschuldigen. Ihre unbedachten Bemerkungen über seine Malkünste und die Besenkammer taten ihr leid, denn die Kollegen aus Wittmund würden sich noch lange darüber lustig machen. Und wenn einer das nicht verdient hatte, war es Tammo.

Sie vermutete richtig, dass er noch in seinem Büro war. Schon vom Flur aus konnte sie sein unerträglich langsames Tippen hören. Nach den Vorfällen des Tages musste er sicher Protokolle und dergleichen mehr schreiben, freier Tag hin oder her.

Die Fußpflegerin kam ihr entgegen.

»Moin«, begrüßte Tilde sie. »Noch fleißig?«

Die junge Frau starrte sie an wie eine Erscheinung. »Ich dachte, ... Sie sind doch entführt worden, oder?«

»Ähm, ja. Stimmt.«

»Und dieser Coors hat Sie nicht erschossen?«

»Nicht dass ich wüsste.«

Die junge Frau nickte ernst. »Da hatten Sie aber Glück.« Sie grüßte und eilte dem Ausgang entgegen. An der Tür drehte sie sich noch einmal um: »Steht doch bestimmt alles morgen im Boten, oder?«

»Das befürchte ich auch«, knurrte Tilde und klopfte an Niemanns Tür. Die stand offen, und Tilde trat ein.

Der Polizeiobermeister saß am Schreibtisch und hackte wie gewohnt mit den Zeigefingern auf die Tastatur seines Computers ein. Niemann sah auf, als Tilde vor ihm stand. Er blies erleichtert die Luft aus den Backen. »Gott sei Dank, dass du noch da bist. Ich hab im ›Anker‹ nach dir gefragt, aber die Bedienung meinte, du bist schon weg.«

»Hab mir nur was zu essen besorgt.«

»Ach ja. Mareike ist wieder da«, seufzte Niemann verständnisvoll. »Setz dich doch.«

Tilde tat es, und irgendetwas kam ihr dabei seltsam vor, aber sie schob den Gedanken beiseite. »Dann bist du mir nicht mehr böse?«, fragte sie erleichtert.

Niemann winkte ab. »Ach, das. Schwamm drüber. Ich hab überreagiert.«

»Nein, es war blöd, was ich da gesagt habe. Ich hab es nicht so gemeint, Tammo. Ehrlich.«

Niemann grinste. »Schon vergessen. Lass uns nicht mehr darüber reden.«

Tilde riss den Mund auf und gähnte.

»Meine Güte, du musst total erledigt sein.«

»Schon in Ordnung.«

»Wie geht es jetzt weiter?«

»Morgen reise ich ab. Ewalds Tochter hat mich rausgeschmissen.«

»Hab ich mir schon fast gedacht.«

»Sie hat an einen Monteur vermietet.«

»Und was sagt Ewald dazu?«

»Der sitzt auf dem Friedhof und starrt das Grab seiner Frau an.«

Niemann seufzte tief. »Dann hat Mareike ihm also auch die Leviten gelesen wegen seiner Kammer. Damit ist er sie wohl los.«

Eine Weile schwiegen sie. Schließlich stellte Tilde die Frage, die ihr auf der Zunge lag, seit sie die Bäckerei verlassen hatte.

»Habt ihr Ottos Leiche gefunden?«

Niemann sah sie bekümmert an. »Nein. Nur seine Prothese. Morgen geht die Suche weiter. Wahrscheinlich hängt der Kerl irgendwo am Grund fest.«

Tilde schluckte. Sie wollte sich das gar nicht vorstellen, wie er da verhakt zwischen Steinen auf dem Boden trieb, von Fischen umkreist.

Niemann lehnte sich zurück und verschränkte die Arme hinter dem Kopf. »Ich hätte nie gedacht, dass so etwas in unserem ruhigen Meckum passieren könnte. Drei Tote in einer Woche. Jeder scheint sich irgendwie selbst um die Ecke gebracht zu haben und doch wieder nicht. Da steigt doch keiner mehr durch.«

»Tja«, seufzte Tilde. »Ich beneide euch nicht um den Job, dieses verknotete Knäuel auseinanderzudröseln.«

»Und du hast keine Lust mehr, mir als V-Frau noch ein bisschen unter die Arme zu greifen?«

Tilde lachte auf. »So wie das heute in die Hose gegangen ist, bestimmt nicht. Ich tauge nicht zu so was.«

»Sag das nicht.« Niemann sah auf die Uhr. »Schon so spät?«

»Wenn du dich beeilst, schaffst du es noch, bis ›Barnaby‹ anfängt.«

»Der läuft heute nicht. Ich mach trotzdem Feierabend.« Er speicherte die Daten und schalte den Computer aus.

Tilde erhob sich. »Hat mich wirklich gefreut, dich kennenzulernen. Vielleicht …« Sie wandte sich ab, denn sie wusste nicht, was sie noch sagen sollte.

»Warte mal«, rief Niemann.

»Was ist denn noch?«

»Ich finde, wir sollten nach diesem schrecklichen Tag zum Abschied noch einmal anstoßen. Ich habe selbst gemachten Brombeerlikör.« Er bückte sich hinter seinen Schreibtisch und holte eine bauchige Flasche hervor, in der eine fast schwarze Flüssigkeit träge gegen das Glas schwappte.

»Na gut. Solange das kein Bullenschluck ist«, antwortete Tilde und setzte sich wieder.

Niemann zauberte auch noch zwei Gläser hervor und schenkte sie voll. Jetzt fiel ihr auf, was sie zu Beginn ihrer Unterhaltung seltsam gefunden hatte.

»Seit wann dürfen Besucher bei dir eigentlich auf einem Stuhl sitzen?«, fragte sie. »Ist der Eimer kaputt?«

»Den brauche ich nur noch zum Aufwischen. Das Büro im zweiten Stock hat morgen Sperrmüll, und da hab ich mir einfach diesen Stuhl vom Haufen geholt. Aber verrat mich nicht. Das ist nämlich verboten.«

Tilde lachte. »Einen Stuhl aus dem Müll zu nehmen ist verboten?«

»Ja. Sobald der an der Straße steht, gehört er der Müllabfuhr.« Er zwinkerte ihr zu und hob sein Glas.

Tilde tat es ihm nach.

»Auf ruhigere Tage!«

»Und bessere Stühle.«

Der Likör schmeckte süß und herb zugleich. Tilde mochte ihn, und Niemann schenkte noch einmal nach. Während er das tat, fiel ihr Blick auf ein Blatt Papier, das in einem aufgeschlagenen Ordner heftete, der auf dem Schreibtisch lag. Etwas daran kam ihr bekannt vor.

»Ist das etwa Hennings Abschiedsbrief?«, fragte sie und verrenkte den Kopf, um die Schrift besser lesen zu können.

Niemann warf einen vagen Blick darauf, während er Tilde ihr Glas hinschob. »Ich hab mir eine Kopie davon gemacht. Die Akte liegt ja nun bei der Kripo.«

»Darf ich mal?«

Bevor Niemann antworten konnte, hatte sie den Ordner herumgedreht. Der Inhalt des Briefes war kurz und eindeutig: *Es tut mir leid, aber ich kann nicht mehr. Ohne meine Gundula will ich nicht mehr leben. Henning Stein.*

Tilde las die hingekritzelten Sätze ein zweites Mal. Es war die Schrift, die sie stutzig machte, sie hatte elegante Ober- und Unterschwünge.

»Ich hab diese Schrift schon mal gesehen.« Sie schloss die Augen und kramte in ihrem Gedächtnis. Dann fiel es ihr wie Schuppen von den Augen.

»Ich muss los«, sagte sie und stand schnell auf.

»Wo willst du denn hin?«

»Ich muss noch mal auf den Hof und mit Ariane sprechen.«

26

Einige Jahre vorher

Nach zwei Stunden hingen die Gäste müde auf ihren Stühlen. Kaffee und Kuchen waren schon lange leer, und keine Bedienung hatte sich mehr blicken lassen, dennoch lag noch ein gigantisches Pensum vor ihnen.

Nach dem Nasenhaartrimmer hatte der Mann auf der Bühne Vitaminpillen, Anti-Aging-Präparate, ein Mittel gegen Inkontinenz und diverse andere Dinge angepriesen, und er hatte so lange nicht mit seiner Verkaufsshow aufgehört, bis sich mindestens ein Käufer gefunden hatte. Langsam erlahmte die Kauflust, und die Veranstaltung wurde zäh. Sie war einige Male kurz davor gewesen nachzugeben, nur damit es endlich weiterging, aber ihr Begleiter hielt sie jedes Mal zurück.

»Ich kann nicht mehr«, flüsterte sie ihm schließlich zu. »Ich habe Durst und möchte mich ein bisschen hinlegen.«

»Sie haben recht. Ich werde etwas unternehmen.«

Er erhob sich und stieg die wenigen Stufen zur Bühne hoch. Der Verkäufer hatte sich abgewandt und war vor einem Stapel Wolldecken stehen geblieben, mit dem Rücken zum Publikum. Er nahm eine in die Hand und hielt sie hoch, wahrscheinlich hielt er das für besonders dramatisch.

»Und nun, meine Damen und Herren, kommen wir zum Highlight. Zum absoluten Superstar unseres Sortiments. Sicher haben Sie schon lange darauf gewartet. Nun ist es endlich so weit!«

Er machte eine elegante Drehung, wobei er die Decke mit einem Ruck entfaltete. Der Showeffekt verpuffte jedoch, denn die Decke traf den Mann, der hinter dem Verkäufer stand. Er fing sie auf und riss sie ihm aus den Händen.

»Es ist genug für heute«, sagte er.

Einen winzigen Moment lang herrschte Schweigen. Der Mann nutzte die Pause.

»Bevor gleich einige Gäste halb verdurstet von den Stühlen fallen, sollten Sie endlich zum Ende kommen. Wir sitzen seit drei Stunden hier, und es ist genug. Wir möchten endlich unser Gratisgeschenk und das Geld.«

Im Publikum hoben sich die Köpfe. Einige, die eingeschlafen waren, erwachten. »Der Mann hat recht!«, rief der Mann mit dem wuchernden Nasenhaar. Zustimmendes Gemurmel war zu hören.

Der Verkäufer hatte seine Fassung schnell wiedergefunden. Er lächelte breit. »Ja, ja, der Gewinn. Was habe ich zu Beginn mit Ihnen ausgemacht? Erst die Arbeit, dann das Vergnügen. Das gilt für Sie wie für mich.«

Im Publikum regte sich Unmut.

»Wir sitzen hier die ganze Zeit auf dem Trockenen!«

»Eigentlich sollten wir längst im Bus sein, auf dem Weg nach Sanssouci!«

»Ich kann nicht mehr sitzen.«

Der Verkäufer hob die Arme und blickte bedauernd ins Publikum. »Ich wäre ja schon längst fertig, wenn mich dieser Komiker nicht ständig unterbrechen würde. Beschweren Sie sich bei ihm. Und nun möchte ich endlich zu unserem …«

Der Mann riss ihm das Mikrofon aus der Hand. »Sie wollten sicher sagen, dass Sie endlich zu unseren Gewinnen kommen wollen, oder? Rheumadecken sind morgen wieder dran.«

Der Verkäufer riss das Mikro wieder an sich. »Entschuldigung, aber wovon faseln Sie denn da?«

Der Mann entfaltete die Gewinnbenachrichtigung, die alle im Saal bekommen hatten. »Soll ich sie vorlesen, oder kennen Sie den Inhalt?«

»Gewinn, Gewinn! Ich hör immer nur Gewinn.« Der Verkäufer tat ahnungslos.

»Gut, ich lese vor, vielleicht erinnern Sie sich dann. ›Sehr geehrter Herr …‹«

Der Verkäufer unterbrach ihn mit übertrieben lautem Gelächter. »Ach, *das* meinen Sie!« Er wandte sich an die Gäste, die aufgebracht oder irritiert zu ihm hochblickten. »Er hat das für bare Münze genommen.« Er schlug sich prustend auf die Schenkel. »Ist das zu glauben? Dieser Mann ist wirklich ein Witzbold!« Dann wurde er wieder ernst. »Ist ein einziger der Anwesenden im Saal genauso naiv wie dieser Mann?«

Verhaltenes Lachen war zu vernehmen.

Sie nahm all ihren Mut zusammen und meldete sich, aber der Verkäufer ignorierte sie.

»Dies hier«, plapperte er weiter, »ist doch nur eine Benachrichtigung über eine Gewinn*möglichkeit*. Niemand, der noch bei Verstand ist, glaubt, dass er das Geld tatsächlich ausgezahlt bekommt. So was nennt man Werbung!« Wütend drehte er eine Runde auf der Bühne, bevor er sich wieder seinem Publikum zuwandte. »Sie glauben doch auch nicht, dass der Hunger ein Männchen ist, das in Ihrem Kühlschrank wohnt, oder?«

Einige wenige lachten, ansonsten herrschte betretenes Schweigen.

»Und nun würde ich gern im Programm weitermachen. Ist das möglich?«

Sie meldete sich immer noch, was der Verkäufer jedoch geflissentlich übersah. »Hallo?«, rief sie laut.

Endlich wandte er sich ihr zu. »Also, wenn das so weitergeht, sitzen wir heute Nacht noch hier«, pampte er ins Mikrofon.

»Ich möchte einen Vorschlag machen«, sagte sie. »Ich finde, wir sollten die Polizei rufen.«

Der Verkäufer starrte sie fassungslos an. Dann drehte er sich langsam zu dem Mann um, der immer noch neben ihm auf der Bühne stand. »Verlassen Sie jetzt die Bühne, damit ich dieser Dame ihr Präsent überreichen kann.«

Der Mann tat es und setzte sich wieder an den Tisch.

Sie knuffte ihn aufgeregt in die Seite. »Das haben Sie gut eingefädelt.« Sie stand auf.

Von oben winkte ihr der Verkäufer zu. »Nun kommen Sie schon zu mir hoch, gute Frau!«

Hoch erhobenen Hauptes schritt sie zur Bühne und stand kurze Zeit später neben dem Verkäufer, der sich sofort bei ihr einhakte und sie in die Mitte der Bühne führte. Sie roch sein billiges Parfum. Er schwitzte, und sie war froh, als er sie wieder losließ. Er holte unter dem Tisch einen Korb hervor. Sie konnte sehen, dass dort viele solcher Körbe standen.

Er überreichte ihn ihr mit großer Geste. »Herzlichen Glückwunsch.« Er applaudierte, doch sein einsamer Applaus verhallte in der Stille. »Liebe Frau, Sie bekommen als Erste heute Nachmittag unseren tollen Gewinn. Einen Präsentkorb im Wert von zweihundertfünfzig Euro. Ist das nicht toll? Wo kriegen Sie denn heutzutage noch etwas von einer Firma geschenkt? Vielleicht mal ein Hustenbonbon in der Apotheke. Oder einen Korb von Ihrem Verehrer im Altenheim, weil er eine Jüngere gefunden hat. Ist es nicht so?«

Das Publikum lachte, und Applaus brandete auf.

Er hatte sie wieder in der Tasche.

21

Tilde überredete Niemann, ihr sein Fahrrad zu leihen, und nach langem Zögern gab er schließlich nach.

»Soll ich dich nicht doch bringen? Ich hab ausnahmsweise den Dienstwagen hier.«

Sie hatte Niemann erklärt, sie wolle sich von Ariane verabschieden und ihr Beileid aussprechen. Er hatte ihr das ohne weitere Nachfragen abgenommen. Jetzt standen sie vor der Wache, und Tilde stützte sich auf den Lenker.

»Wenn du auf dem Hof irgendwas anstellst, behaupte ich, du hättest das Rad geklaut.« Mit diesen Worten übergab er Tilde den Schlüssel für das Fahrradschloss und setzte sich in den Polizeiwagen. »Ich fahr jetzt nach Hause. Jutta wartet auf mich. Sie ist heute wiedergekommen und macht zur Feier des Tages Birnen und Speck.«

»Klingt lecker.«

»Na dann.« Er winkte aus der heruntergekurbelten Scheibe. »Es war mir ein Vergnügen.« Dann gab er Gas und brauste davon.

Tilde sah ihm nach. Als er hinter der nächsten Wegbiegung verschwunden war, stieg sie auf das Rad und fuhr ebenfalls los. Hinter dem Deich ging gerade die Sonne unter. Ein Schwarm Möwen flog über sie hinweg, die Vögel lachten keckernd. Wahrscheinlich machen sie sich über mich lustig, dachte Tilde, denn sie kam mit den Füßen kaum an die Pedale.

Der Künstlerhof lag wie ausgestorben da. Die Pavillons standen noch, ihre Kunststoffdächer flatterten im Wind und machten dabei seltsame Geräusche. Die Staffeleien mit den Bildern hatte niemand ins Haus gebracht, sie standen immer noch da, wo man sie hingestellt hatte. Nicht wenige der kostbaren Gemälde lagen auf dem Boden, denn der Wind hatte sie von den Staffeleien geweht. Auf dem Büfett stritten sich einige Vögel um die Reste. Tilde beobachtete, wie eine riesige Saatkrähe von einem halb leeren Weinglas nippte. Als sie sich näherte, flog der Vogel auf, das Glas kippte um und ergoss seinen blutroten Inhalt auf die weiße Tischdecke.

Tilde lehnte das Rad an den Büfetttisch und begann, die Bilder einzusammeln, die heruntergeweht worden waren. Voll bepackt ging sie zum Haus und drückte mit dem Ellenbogen auf den Klingelknopf. Nichts rührte sich. Vorsichtig stieß sie mit dem Fuß gegen die Tür, die nur angelehnt war.

»Ariane? Bist du da?«

Sie bekam keine Antwort.

»Ich bringe dir ein paar Bilder von draußen rein. Die lagen auf dem Boden.«

Stille.

Tilde ging ins Haus. Die Tür zur Wohndiele stand wie immer offen, sie trat ein und legte die Bilder auf dem Tisch ab.

»Ariane?«

Sie meinte, ein Geräusch in der Küche gehört zu haben, und folgte ihm. Ariane saß am Tisch und bot einen erbärmlichen Anblick. Die Arme hatte sie um die Knie geschlungen. Sie blickte nicht einmal auf, als Tilde in die Küche kam und sie leicht an der Schulter berührte.

»Ariane? Geht es dir gut?«

Sie antwortete nicht. Auf dem Tisch standen eine fast leere Flasche Wein und ein halb volles Glas.

»Darf ich mich dazusetzen?«, fragte Tilde nach einer Weile.

Ariane machte eine unbestimmte Bewegung mit dem Kopf. Ihre langen rotblonden Haare waren zerzaust und hingen strähnig über ihr Gesicht. Der Kajal war verlaufen und ließ ihre Augen wie schwarze Löcher aussehen. »Was willst du denn noch?«, fragte sie. Ihre Stimme klang rau und fremd.

»Ich möchte dir sagen, wie leid es mir tut, was mit Otto passiert ist.«

Endlich hob Ariane den Kopf. »Ist ja witzig!« Sie stieß ein ordinäres Lachen aus, das so gar nicht zu ihr passte.

»Witzig?«, fragte Tilde irritiert. »Wie meinst du das?«

Ariane griff, ohne zu antworten, nach dem Weinglas. Tilde bemerkte, dass ihre Hand zitterte.

»Kann ich dir irgendwie helfen?«

Ariane schüttelte den Kopf und kippte den Wein in sich hinein, als wäre es Wasser.

»Er hat dich geliebt«, sagte Tilde leise.

Ihr Gegenüber knallte das Glas auf den Tisch und goss sich nach. Eine Unterhaltung schien aussichtslos, aber Tilde wollte die Künstlerin in dem Zustand nicht allein lassen, es hatte schon genug Unglücksfälle gegeben. Also gesellte sie sich zu Ariane und ihrem Schweigen an den Tisch. So saßen sie da, während die Schatten in der Küche länger wurden.

»Erzähl mir von seinen letzten Momenten«, flüsterte Ariane, als es fast dunkel war.

»Warum?«

»Es interessiert mich eben.«

Die halsbrecherische Flucht war nun wirklich kein Thema, über das Tilde plaudern wollte. »Was hat dir die Polizei denn gesagt?«, wich sie aus.

»Die Polizei?« Ariane griff wieder nach dem Weinglas und schwenkte die rote Pfütze darin einige Male im Kreis. »Die hat gesagt, dass Otto in der Harle ersoffen ist und sein Körper irgendwo im Wasser treibt. Und dann haben sie mir das hier gegeben. Als Erinnerung.« Sie griff neben sich und hob die Prothese hoch. »Da hab ich was, das ich beerdigen kann. Prothesensärge sind bestimmt billiger.«

»Du bist zynisch.«

»Ja.« Sie trank den Rest Wein aus. Wieder folgte ein langes Schweigen.

»Sie werden ihn bald finden«, sagte Tilde in dem hilflosen Versuch, zu Ariane durchzudringen, denn sie hatte noch ein anderes Thema, das sie mit ihr besprechen musste. »Es ist vielleicht nicht der richtige Zeitpunkt«, begann sie vorsichtig, »aber ich muss dich etwas fragen. Ich wüsste gern, ob du Hennings Abschiedsbrief geschrieben und in sein Zimmer gelegt hast.«

Endlich blickte Ariane auf. Dann erhob sie sich schwankend von ihrem Stuhl. Tilde sprang auf, um sie zu stützen, aber Ariane stieß sie weg. Sie schaffte es bis zum Küchenfenster und kletterte auf die breite Fensterbank, zog die Beine eng an ihren Körper und stieß die Flügel des Fensters weit auf. Zu ihren Füßen lag eine Packung Zigarillos. Sie angelte danach, hob sie auf und nahm sich eine heraus, um sie sich anzustecken.

»Du rauchst?«, fragte Tilde überrascht.

Ariane hustete. »Die gehörten Otto. Viel mehr ist mir ja nicht von ihm geblieben. Das ist sozusagen eine Hommage an meinen verstorbenen Gatten, wenn ich sie rauche. Ich sollte das malen.«

»Ich habe ihn nie rauchen sehen.«

»Er hatte es sich abgewöhnt.« Ariane paffte eine Dampfwolke in die Küche hinein.

Am liebsten wäre Tilde zu ihr hingegangen, um sie zu schütteln, aber sie zwang sich zur Ruhe. »Ich habe dir eine Frage gestellt«, hakte sie nach.

»Oh ja, natürlich. Wie war das noch? Du willst wissen, ob ich Hennings Abschiedsbrief geschrieben habe. Lass mich nachdenken.« Ariane nahm einen weiteren Zug. »Klar, jetzt fällt es mir wieder ein!«, rief sie theatralisch und klatschte sich mit der Hand gegen die Stirn. »Natürlich habe ich den geschrieben.«

Tilde verschlug es einen Moment lang die Sprache. »Dann habt ihr das Ganze also gemeinsam durchgezogen?«

Ariane sah Tilde mitleidig an. »Zusammen? Nein. Dazu fehlte Otto der Mumm.«

Tilde verstand nun gar nichts mehr, aber Ariane fuhr fort: »Ich habe Henning nicht umgebracht. Ich habe seinen Abgang nur ein bisschen … dramatisiert.« Sie verzog das Gesicht zu einem widerwärtigen Grinsen. »Wozu bin ich Künstlerin?«

Tilde fehlten für einen Moment die Worte. Sie schnappte nach Luft. »Dann hast du dieses ganze Theater hier inszeniert? Das war alles geplant?«

Ariane paffte Rauch in die Luft und lächelte unergründlich. »So ist es.«

»Drei Tote, Ariane! Wofür?«

»Nimm dir ein Glas und trink mit mir. Zwei Witwen machen es sich gemütlich.«

»Lass das!«

»Du warst doch auch in dieses Schwein vernarrt, oder?« Sie stieß ein spitzes Lachen aus. »Otto Coors, der Traum aller Frauen in den Wechseljahren. Die Betonung liegt auf ›aller‹.« Sie sah Tilde an. »Gib mir noch mehr Wein.«

»Die Flasche ist leer.«

»Scheiße.«

Tilde lehnte sich in ihrem Stuhl zurück. »Wie hast du es gemacht, Ariane?«, fragte sie. »Erzähl mir die Wahrheit, und ich bin weg.«

Ariane lächelte. »Wozu willst du das wissen?«

»Ich mag keine Geschichten mit offenem Ende.«

Ariane paffte noch ein paar Züge und hustete. »Wahrheit!« Sie spuckte das Wort aus und sah Tilde geradewegs ins Gesicht. Ihre türkisfarbenen Augen hatten sich verdunkelt, vielleicht lag es auch nur an den Schatten, die die Küche in Besitz nahmen, oder an den Medikamenten, die Ariane schluckte – die würden zumindest ihr Verhalten erklären.

»Hast du wieder was genommen, Ariane?«

»Willst du auch? Ich hab noch ein paar von Mamis kleinen Helferlein.«

»Du weißt doch, dass du das Zeugs nicht verträgst. Ich rufe einen Arzt.«

»Nein.« Ariane drückte die Glut des Zigarillos an der Außenmauer des Hauses aus und warf die Kippe ins Blumenbeet unter dem Fenster. »Mir geht es gut.«

Tilde schüttelte den Kopf. »Ich glaube, ich gehe jetzt besser. Ich habe genug gehört.« Sie wandte sich ohne ein weiteres Wort zur Tür, aber da rief Ariane ihr nach: »Willst du die Details gar nicht wissen?«

Tilde drehte sich langsam um und setzte sich wieder an den Tisch.

»Ich habe Henning am Strand gefunden«, fuhr Ariane fort. »Er war schon halbtot. Die Pillen hatte er nämlich selbst geschluckt.«

»Und dann?«

»Dann hab ich mich zu ihm gesetzt und gewartet.«

»Du hättest den Krankenwagen rufen können. Warum hast du das nicht gemacht?«

Ariane hob die Schultern. »Ich habe nicht daran gedacht.«

»Du warst selbst zugedröhnt, stimmt's?«

»Kann schon sein.«

»Und wie ist Henning dann im Feuerwehrteich gelandet?«

Ariane kicherte albern. »Das hat euch zu denken gegeben, oder? Ich hab ihn da reingelegt. Das war's.«

Tilde lachte auf. »Erzähl mir nicht, dass eine zierliche Person wie du einen Kerl wie Henning Stein rumschleppen kann.«

Ariane sprang von der Fensterbank. »Ich kann dir zeigen, wie ich das gemacht habe.«

»Na, dann mal los.«

Ariane stürzte sich auf Tilde und schlang ihre Arme um ihren Oberkörper.

Tilde versuchte, sich zu wehren, aber Ariane schleppte sie wie einen Mehlsack zum Fenster und ließ sie dort fallen. Schwer keuchend stand sie dann über Tilde gebeugt, die sich fassungslos die Arme rieb. »Ich bin auch Bildhauerin. Und ich bearbeite nicht nur Holz, sondern auch Granit.«

Tilde kam hoch. »Okay, aber das war eine vollkommen sinnlose Aktion. Der Mann bringt sich vor deinen Augen um. Es wäre doch das Einfachste der Welt gewesen, ihn zur Polizei zu fahren oder ins Krankenhaus. Meinetwegen auch zur Feuerwehr. Von mir aus lässt du ihn liegen – meinetwegen. Aber kein vernünftiger Mensch käme auf die Idee, ihn in den Teich zu werfen. Hast du am Ende auch noch das Zimmer sauber gemacht?«

»Klar.«

»Du bist ja krank.«

Ariane grinste. »Wer kann das schon wissen?«

Sie kauerte sich wieder auf die Fensterbank. Frischer Wind wehte von draußen in die Küche herein. Das letzte Abendlicht verlosch.

»Das hast du alles sehr geschickt eingefädelt. Auch die Sache mit der Kopie, die du mir ins Atelier gelegt hast, damit ich sie finde, als du mich so nett zum Eistee eingeladen hast …« Tilde nahm das Papier aus ihrer Handtasche und legte es vor Ariane hin.

Die starrte völlig verständnislos darauf. »Was ist das?«

Tilde lachte. »Nun tu nicht so unschuldig.«

»Aber ich kenne das nicht.« Ariane nahm die Kopie und las. »Woher hast du das?«

»Von dir, nehme ich an.«

Ariane starrte auf den Artikel. Dann knüllte sie die Kopie zusammen und warf sie Tilde vor die Füße. »Ich dachte bis vor Kurzem, er wäre Steuerberater gewesen.«

»Du *dachtest*?«

»Er hat mich angelogen und ausgenutzt. Er wollte nur an mein Vermögen.«

Tilde lachte. »Das glaubst du doch selbst nicht.«

Ariane schwang die Beine von der Fensterbank. »Du willst also die Wahrheit hören?«

»Darum bin ich gekommen.«

Ariane lächelte schief. »Also gut. Ich werde dir alles erzählen. Aber nicht heute.«

»Ich reise aber morgen ab.«

»Komm zum Frühstück. Morgen geht es mir besser. War alles ein bisschen viel heute. Passt dir neun Uhr?«

Tilde musterte sie. Bildete sie es sich schon wieder nur ein, oder führte diese Frau etwas im Schilde? Immerhin wusste sie jetzt, wozu Ariane fähig war.

»Also gut«, sagte Tilde wider alle Vernunft. »Aber ich werde nicht viel Zeit haben.«

»Es wird nicht lange dauern.«

Tilde machte, dass sie aus dem Haus kam, und schwang sich auf den Sattel von Niemanns Rad. Es war spät und bereits stockdunkel. Sie trat kräftig in die Pedale. Das Kugellager knackte, und sie musste sich gegen den Wind stemmen, der wieder aufgefrischt hatte. Er wehte ihr von vorn ins Gesicht.

Von hinten näherte sich ein Auto. Tilde fuhr möglichst weit an den Rand der Straße, denn einen Radweg gab es hier nicht. Der Wagen überholte sie, und sie sah, dass es ein Polizeifahrzeug war. Fuhren die etwa Streife, nach allem, was passiert war?

Der Wagen wurde langsamer, und der Beifahrer hielt eine Kelle aus dem Fenster. Was sollte das jetzt bitte? Suchten die sie, um ihr zu erzählen, dass sie Otto gefunden hatten? Tilde bremste und kam hinter dem Wagen zum Stehen.

Zwei Beamte stiegen aus und begrüßten sie knapp.

»Haben Sie die Leiche endlich?«, fragte sie.

»Vermissen Sie denn eine?«

»Ich rede von Herrn Coors.«

»Ach so.« Mehr war nicht aus den beiden herauszubekommen.

Der Kleinere kam auf sie zu, umrundete sie und leuchtete mit der Taschenlampe das Rad ab, wobei er mehrmals tief seufzte.

»Das hab ich mir nur ausgeliehen«, erklärte Tilde.

»Das sagen alle.«

»Es stimmt aber.«

»Trotzdem hätten Sie das Licht überprüfen müssen, bevor Sie es benutzen.«

»Was hätte ich?«

»Ihr Rücklicht geht nicht.«

Tilde starrte den Beamten an. »Das Rücklicht ist kaputt?«, prustete sie. »Ehrlich?«

»Was ist denn daran so lustig?«

»Das hier ist ein Polizeifahrrad!«

»Dann haben Sie es also geklaut?«

»Nein. Ein Kollege von Ihnen hat es mir geliehen.«

Der Beamte, der am Wagen stehen geblieben war, lachte auf. »Die Ausrede hat das Zeug, unter die zehn besten in diesem Jahr zu kommen«, sagte er. »Sind Sie mit einer Verwarnung von zehn Euro einverstanden?«

28

Sie hatte sich mit den beiden Polizisten so lange gestritten, bis sie das komplette Fahrrad auf Mängel untersucht hatten und neben der kaputten Rückleuchte eine defekte Bremse und abgefahrene Reifenprofile fanden. Zu allem Überfluss fehlte die Klingel, und Tilde hatte null Komma acht Promille. Sie hatte am Ende ein Verwarnungsgeld von fünfzig Euro bezahlt und die Auflage erhalten, das Rad in überholtem Zustand auf der Wache in Meckum vorstellen zu müssen. Da das Rad Tammo Niemann gehörte, was sie stur verschwiegen hatte, erübrigte sich der letzte Punkt. Die beiden hatten ihr überdies nahegelegt, den Rest des Weges zu schieben, und damit gedroht, noch einmal umzukehren und zu überprüfen, ob sie sich an die Auflagen hielt.

Natürlich waren sie nicht wieder aufgetaucht, aber Tilde war den ganzen Weg neben dem Fahrrad hergelaufen und vollkommen erledigt vor der Polizeiwache angekommen. Der Wind wuchs sich langsam zu einem handfesten Sturm aus. Von Weitem glaubte sie, das Fauchen der Wellen vom Meer her zu hören, aber das bildete sie sich vermutlich nur ein.

Zu allem Überfluss hatte es angefangen zu regnen, und der Wind schleuderte ihr Regentropfen ins Gesicht. Sie war nass bis auf die Haut, als sie vor Niemanns Büro ankam. Wütend und müde warf sie das Rad gegen die Hausmauer und stapfte die Stufen zur Eingangstür hinauf, obwohl sie wusste, dass Niemann bei Birnen und Speck saß. Ob sie ihm Arianes Geschichte verraten würde, musste sie sich noch schwer überlegen. Sie drückte trotzdem mehrmals auf die Klingel. Vergeblich. Grummelnd machte sie sich auf den Weg zum »Anker«.

Der Gasthof war brechend voll, als Tilde ihn betrat, und niemand achtete auf sie. Müde schleppte sie sich in ihre Dachkammer und schloss sich ein. Was für ein schrecklicher Tag das gewesen war. Ihr Kopf schwirrte, und ihr Körper fühlte sich an, als hätte jemand Blei hineingegossen.

Dicke Regentropfen schlugen gegen das Dachfenster. Erst jetzt spürte Tilde, wie kühl es im Zimmer war, und sie stand noch einmal auf, um das Fenster zu schließen, das einen Spaltbreit offen stand. Von unten aus der Gaststube drangen laute Stimmen, Lachen und der wummernde Bass von Discomusik herauf. Na wunderbar. Vor ihren Augen flimmerte es, ein untrügliches Anzeichen für einen beginnenden Migräneanfall, und sie besaß keine einzige Kopfschmerztablette mehr. Sie ließ sich aufs Bett fallen und schloss die Augen.

Trotz allem hatte sie geschlafen. Als sie erwachte, war es immer noch stockdunkel im Zimmer. Wie spät mochte es sein? Tilde lag da und horchte. Unter ihr war nun alles still, die Gäste hatten ausgefeiert.

Sie stand auf, um aus dem Fenster zu sehen. Es hatte ein wenig aufgeklart. Heftige Böen trieben Wolkenfetzen vor sich her. Sie betrachtete eine Weile die Sterne, die hier und da zwischen den Wolken hindurchschienen und an der Küste heller waren als anderswo. Ein widerlicher Geschmack lag auf ihrer Zunge, aber immerhin hatte sie keine Kopfschmerzen mehr.

Sie nahm ihren Waschbeutel, ging zur Tür und horchte. Alles war ruhig. Der Gasthof hatte sicher schon geschlossen, und Ewald schlief. Sie trat auf den Flur hinaus.

Kaum hatte sie die Klinke der Badezimmertür in der Hand, sprach sie jemand von hinten an: »Ick mutt mit di schnacken.«

Tilde blieb fast das Herz stehen. Sie schoss herum. Im funzeligen Nachtlicht erkannte sie Ewald. Er saß im Flur auf einem Stuhl, die Füße in dicken Filzpuschen, die Arme vor der Brust verschränkt.

»Was machst du denn hier?«, fragte Tilde atemlos.

»Ich hab auf dich gewartet.«

»Die ganze Zeit schon?«

»Nur zwei Stunden. Ich dachte, irgendwann muss sie wohl mal raus. Frauen müssen doch immer nachts raus, oder?«

»Was willst du mitten in der Nacht von mir?«

»Reden.«

Tilde schnappte nach Luft. »Meine Güte, ich war besoffen, sonst hätte ich das nicht gemacht! Es tut mir leid.«

»Wat denn?«

»Das mit dem Sex.«

Ewald brauchte einige Sekunden, bis der Groschen fiel. Dann lachte er laut und herzlich. »Du glaubst, wir haben gepoppt?« Er schlug sich auf den Schenkel. »Du traust mir das noch zu?«

»Na ja.« Tilde fühlte sich plötzlich schrecklich albern. »War es denn nicht so? Ich hatte nichts an im Bett, als ich am nächsten Morgen aufgewacht bin. Und da –«

»Da hast du gedacht, der alte Ewald hat mal eben die knusprige Tilde vernascht? So was traust du mir wirklich noch zu, Deern?«

»Na ja, ich dachte –«

»Ich hab dich ins Bett gelegt und einen Eimer hingestellt. Das war alles.«

»Dann hab ich mich selbst ausgezogen?«

»Wenn du keinen anderen Besuch hattest, musst du das wohl gewesen sein.«

»Und warum ist Mareike dann so sauer auf mich?«

»Ach, die ist sauer auf die ganze Welt.«

Tilde blies erleichtert die Luft aus. »Gott sei Dank!«

»Also, so schlimm wär das ja nun auch nicht gewesen.« Ewald fuhr sich mit der Hand durch seine beeindruckende weiße Mähne und rieb sich den Bart. Er klang ein klein bisschen beleidigt, und Tilde legte ihm beschwichtigend die Hand auf den Arm.

»Nein, Ewald. Das wäre nicht schlimm gewesen. Nur irgendwie ... überraschend. Aber darum hast du doch nicht die ganze Zeit hier auf mich gewartet, oder?«

»Nee. Ich wollte dir bloß sagen, dass es mir leidtut.«

»Dass aus uns beiden nichts geworden ist?«

»Dass Mareike dich rauswirft.«

»Ach, das. Na ja, ich muss sowieso abreisen.«

»Von mir aus hättest du bleiben können. Hab lange nicht so viel Spaß gehabt.«

Tilde seufzte. »Was dich und deine Gastfreundschaft angeht, geht es mir ebenso. Wenn ich mal wieder in die Gegend komme, steige ich im ›Anker‹ ab.«

»Wenn ick denn noch leeven do.«

»Ach, Ewald! Du wirst hundert.«

Er stand mühsam von seinem Stuhl auf. »Wird Zeit. Ich geh dann mal in meine Koje. Sehen wir uns morgen noch zum Frühstück?«

Tilde spürte ein heftiges Bedauern. »Das tut mir jetzt wirklich leid, aber ich bin bei Ariane eingeladen.«

»Bei der lustigen Witwe?«

»Einen besonders lustigen Eindruck macht die nicht.«

»Hast du sie besucht?«

»Ja.«

Ewald rieb sich die Nase. »Schade. Na, dann pass mal gut auf dich auf, Deern.«

Er nahm seinen Stuhl und verschwand in seiner Wohnung, ohne Tilde eines weiteren Blickes zu würdigen.

Sie zahlte am nächsten Morgen einen hohen Preis für die beiden Übernachtungen in der Dachkammer und legte trotzig ein großzügiges Trinkgeld obendrauf.

»Kaufen Sie sich davon ein bisschen gute Laune!«

Mareikes sprachloser Blick verschaffte ihr ein wenig Genugtuung für den unfreundlichen Rauswurf, und sie verließ gut gelaunt den Gasthof.

Der Sturm hatte sich gelegt, aber vom Meer wehte immer noch eine steife Brise. Die Sonne schaute hin und wieder hinter dicken Wolken hervor, und die Temperaturen waren unter zwanzig Grad gefallen. Eigentlich wäre es ein perfekter Tag für Tee und Kluntje gewesen, dachte Tilde, als sie vor dem Gasthof auf das Taxi wartete. Sie nahm sich vor, dies in ihrer Lieblingsteestube in Bremen nachzuholen, wenn sie wieder daheim war. Eine Sache galt es noch zu erledigen: das Frühstück mit Ariane. Sie musste sich eingestehen, dass sie aufgeregt war und dem Frieden noch nicht ganz traute. Sie nahm sich vor, die Sache möglichst schnell hinter sich zu bringen, denn sie hatte keine Lust mehr auf Arianes Spielchen. Allerdings war sie gespannt, was die Künstlerin ihr noch zu berichten hatte. Falls nötig, würde sie Niemann vom Bahnhof aus anrufen.

Mit gemischten Gefühlen stieg sie vor dem Künstlerhof aus dem Taxi und bat den Fahrer, in einer Stunde wiederzukommen. Den Koffer vertraute sie ihm an.

Ariane stand in grüner Arbeitshose im Garten und räumte auf. Der Kastenwagen vom Cateringservice war bis an die Überreste des Büfetts herangefahren worden, zwei Mitarbeiterinnen stapelten

Platten, Stehtische und Wärmetöpfe im Kofferraum. Wie es schien, wollten sie hier möglichst schnell wieder verschwinden, was Tilde gut verstehen konnte.

Ariane kam lächelnd auf sie zu, als ob nichts geschehen wäre. Sie wischte sich die Hände an der Hose ab und begrüßte Tilde mit Handschlag. Sie sah um einiges besser aus als gestern, vor allem war sie nüchtern.

»Wie geht es dir heute?«, fragte Tilde.

»Besser. Ich freue mich, dass du gekommen bist. Ich hatte schon damit gerechnet, dass du einfach abreist, nachdem ich mich gestern so blöd benommen habe.« Sie hob entschuldigend die Hände. »Zu viel Wein auf das Beruhigungsmittel. Ich war unvernünftig.«

»Schon gut. Ist ja irgendwie verständlich.«

Tilde folgte ihr den Weg hinauf zum Hauseingang. Der Kies knirschte unter ihren Füßen. Das Haus wirkte auch von außen seltsam verlassen.

»Ich habe drinnen gedeckt. Das Wetter lädt ja nicht gerade zum Picknick ein«, sagte Ariane und schlüpfte vor der Eingangstür aus den Gartenclogs. Sie öffnete die Tür und ließ Tilde vorgehen. »Wir sind in der Diele. Du kennst dich ja aus. Ich zieh mich nur schnell um.«

Ariane verschwand in ihrem Zimmer, während Tilde in die Wohndiele ging. Der Tisch war bereits gedeckt, und es fehlte an nichts, aber Tilde verspürte keinen rechten Appetit. Sie setzte sich, um auf Ariane zu warten. Es dauerte nur wenige Minuten, dann kam sie, und sie sah wieder mal umwerfend aus. Wie machte sie das nur?

»Jetzt habe ich aber Kohldampf«, sagte sie munter und setzte sich Tilde gegenüber an den Tisch. »Greif zu!«

»Das sieht wirklich sehr lecker aus, aber ich habe nicht viel Zeit«, bemerkte Tilde und hob bedauernd die Hände. »Mein Zug fährt in eineinhalb Stunden. Das Taxi holt mich hier ab.«

»Das ist sehr schade«, seufzte Ariane. »Dann sollten wir die Zeit nutzen, die uns bleibt.« Sie goss ihnen beiden Kaffee ein. »Ich hab die Leute vom Catering gefragt, ob sie uns ein kleines Frühstück mitbringen könnten. Na ja, so was verstehen die eben darunter.«

Sie lachte fröhlich, und Tilde fand ihre übertrieben gute Laune völlig unangemessen.

»Greif zu! Es ist mehr als genug da.«

Tilde nahm sich ein Croissant aus dem Brotkorb und tunkte es in ihren Kaffee.

Ariane runzelte die Stirn. »Du isst das Croissant blank? Das geht aber nicht!«

»Ich mag es aber so.«

Die Künstlerin lächelte breit und schob Tilde ein Marmeladenglas hin. »Probier wenigstens das hier. Holunderkonfitüre mit Schokolade und Chili. Die ist von mir. Eigenes Rezept.«

»Du kochst Marmelade ein?«, fragte Tilde überrascht.

»Seit letztem Jahr probiere ich das eine oder andere aus. Wozu haben wir denn den Erdkeller? Da kann man das wunderbar lagern.«

»Womit wir beim Thema wären«, unterbrach Tilde, die möglichst schnell auf den Anlass ihres Besuchs kommen wollte, nämlich Arianes angekündigte Enthüllungen. Aber die hörte gar nicht zu.

»Auf Croissants schmeckt die Konfitüre übrigens am besten. Nun mach schon, probier sie! Ich will hören, wie du sie findest.«

Tilde ließ das angebissene Croissant sinken und tat sich aus reiner Höflichkeit etwas Marmelade auf, dabei wurde sie von Ariane beobachtet. Sie biss hinein und war angenehm überrascht. »Hm! Das ist wirklich köstlich.«

»Bevor du gehst, werde ich dir ein Glas davon schenken, erinnere mich daran. Noch Kaffee?«

»Wolltest du mir nicht noch etwas erzählen?«, fragte Tilde und hielt Ariane ihre leere Tasse hin. Die goss nach. »Ach das«, sagte sie leichthin und stellte die Kanne wieder ab. »Tja. Ich fürchte, ich war ein bisschen durcheinander gestern. Verständlicherweise.«

»Und warum bin ich dann hier?«, fragte Tilde ärgerlich, die an Ewald dachte, mit dem sie hundertmal lieber gefrühstückt hätte.

Ariane seufzte tief. »Kannst du dir das nicht denken?«

»Nein.«

»Ich bin nicht so gern allein.«

»Falls du darauf spekulierst, dass ich bei dir einziehe, muss ich dich leider enttäuschen«, polterte Tilde und warf ihre Serviette auf den Teller.

»Tut mir ehrlich leid, Tilde.« Ariane war jetzt sehr kleinlaut. »Ich wollte nur, dass du kommst.«

»Und was ist mit den ganzen Toten hier auf dem Hof? Du wolltest mir dazu etwas sagen.«

»Meine Güte, nein! Gundulas Tod war ein Unfall. Henning, na ja, den habe ich ein bisschen dramatisiert, und Otto hat sich totgefahren. Das ist alles.«

»Du nimmst das ja überraschend locker.«

»Wir hatten uns schon länger auseinandergelebt, Otto und ich.«

»Und der Brief und alles andere? Du musst das der Polizei sagen.«

Ariane lachte freudlos. »Tammo Niemann wird das nicht verstehen.«

»Mit Verlaub, ich verstehe es auch nicht«, sagte Tilde und schob ihren Teller von sich weg.

Eisiges Schweigen machte sich breit. Ariane blickte aus dem Fenster. Sie schien über etwas nachzudenken.

»Ach, weißt du, Tilde«, begann sie langsam, »ich finde es wirklich schade, dass wir uns unter diesen Umständen kennenlernen mussten. Wir hätten Freundinnen werden können.«

Das sah Tilde entschieden anders, aber sie nickte, denn sie hatte wenig Lust auf weitere Diskussionen, die ins Leere führten. Sie erhob sich.

»Ich muss los. Das Taxi kommt jeden Augenblick. Danke für das Frühstück.«

Ariane erhob sich ebenfalls. »Lass uns nicht im Streit auseinandergehen. Du willst doch ein Glas von der leckeren Konfitüre mitnehmen, oder? Komm, wir holen schnell noch eines.«

Bevor Tilde protestieren konnte, war Ariane schon draußen. Sie folgte widerwillig.

Der Garten war jetzt leer, der Cateringservice hatte zusammengepackt, die Frauen fuhren gerade ab, während Tilde in einigem Abstand hinter Ariane her trottete, die den Garten mit schnellen Schritten durchquerte.

»Komm, beeil dich!«, rief sie ihr zu und winkte ungeduldig. »Ich hab noch mehr leckere Sachen anzubieten.«

Tilde seufzte. Das war ja wie bei ihrer Mutter, die sie ebenfalls nicht gehen ließ, bevor sie sich nicht die Taschen mit Eingemachtem vollgestopft hatte. Tilde drehte sich in der Hoffnung um, dass die Ankunft des Taxis sie erlöste, aber das ließ auf sich warten.

Sie kam am Grillplatz vorbei, wo alles seinen Anfang genommen hatte. Tilde schien es mindestens hundert Jahre her zu sein, dabei war nicht einmal eine Woche vergangen.

»Nun komm schon!«, rief Ariane ungeduldig.

Tilde legte einen Zahn zu, schließlich stand sie neben Ariane vor dem bewachsenen Hügel, unter dem sich der Erdkeller befand. Ariane schritt die wenigen Stufen hinunter und entriegelte das Schloss, das dort neu angebracht worden war. Sie stieß die hölzerne Tür auf, die über den Boden schabte.

Ein leicht modriger Geruch wehte Tilde entgegen, und sie spürte, wie sich ihre Nackenhaare aufstellen. Sie fand es reichlich kaltblütig, an dem Ort, wo vor wenigen Tagen ein Mensch gestorben war, immer noch Lebensmittel zu lagern, als wäre nichts geschehen.

Ariane machte eine einladende Geste. »Nur hereinspaziert. Such dir ein Glas aus. Oder auch mehrere.«

Tilde zögerte.

»Du hast doch nicht etwa Angst?«, fragte Ariane und trat vor ihr in den Keller. »Nun komm schon!«

»Na gut.« Widerwillig ging Tilde durch die schmale Tür in den höhlenartigen Vorratsraum.

»Ich habe Chutney, eingelegte Tomaten, Weinpflaumen und Erdbeergelee«, erklärte Ariane stolz und machte Licht. Eine altmodische Glühbirne flammte über ihren Köpfen auf. Sie zeigte in die entsprechenden Regale. »Alles selbst gemacht.«

Tilde wunderte sich schon ein wenig. So viel Begeisterung für hausfrauliche Tätigkeiten hätte sie Ariane nicht zugetraut. Sie blickte sich um, denn sie hatte das Innere des Erdkellers nie betreten. Der Raum war vollgestellt mit Regalen, in denen Gläser mit Eingemachtem neben Kartons mit unbekanntem Inhalt, Gartenmöbeln und Kisten mit Wein und Mineralwasser lagerten. Es war kühl hier drinnen. Der Grill, der Gundula das Leben gekostet hatte, war verschwunden.

»Such dir aus, was du willst«, forderte Ariane sie auf und machte Tilde Platz, indem sie zur Tür zurückwich.

Um ihre nervige Gastgeberin zufriedenzustellen, griff Tilde wahllos nach einem Marmeladenglas. Da hörte sie hinter sich ein Geräusch und fuhr herum.

Die Tür schabte wieder über den Boden. Bevor sie registrierte, was gerade passierte, knackte das Schloss.

Ariane hatte sie eingeschlossen.

In einem ersten Reflex ließ sie das Glas fallen und warf sich gegen das Türblatt. Sie rüttelte an der Klinke, aber die Tür bewegte sich keinen Millimeter.

»Was soll das? Mach auf!«, schrie Tilde und schlug mit der flachen Hand gegen das Holz. »Ariane! Das ist nicht witzig.«

»Ich weiß.« Ihre Stimme drang ein wenig dumpf, aber deutlich zu Tilde herein. Sie musste direkt vor der Tür stehen.

»Warum tust du das?«

»Am besten machst du es dir ein bisschen bequem. In der Ecke steht ein Gartenstuhl, die Auflage liegt irgendwo auf einem der Regale. Mach dir eine Flasche Wein auf und entspann dich. Ich will dir eine Geschichte erzählen. Darum bist du doch gekommen.«

»Das Taxi holt mich gleich ab. Mein Zug fährt!«

»Vergiss das mal. Du bist jetzt bei mir.«

»Das ist doch vollkommen verrückt. Wenn du einsam bist, dann geh ins Dorf oder so. Du kannst mich nicht wie ein Haustier hier einsperren.«

»Entspann dich. Du kannst nichts tun.«

Tilde holte tief Luft. Ihr Herz raste. Was hatte diese Verrückte mit ihr vor?

»Ariane, ich bitte dich! Lass mich hier raus. Meinetwegen verschiebe ich meine Abreise, wenn du jemanden zum Reden brauchst … Ariane?«

Tilde hörte sie die wenigen Stufen hinaufsteigen. Ein Wagen fuhr auf den Hof, sie vernahm dumpf das Brummen eines Motors. Das musste ihr Taxi sein.

»Hier bin ich!«, schrie sie und hämmerte so fest gegen das Türblatt, dass sie glaubte, ihre Handknochen müssten brechen.

Ariane brachte es fertig und schickte das Taxi weg. Wer würde dann nach ihr suchen? Aber der Fahrer hatte den Koffer. Das müsste ihn doch misstrauisch machen, oder nicht?

»Hier bin ich! Ich bin eingesperrt!«, schrie sie so laut sie konnte und horchte, aber außer dem Brummen des Motors konnte sie nichts hören.

Ihre Knie wurden weich. Sie rutschte an der Tür hinunter und hockte sich keuchend auf den kalten Boden, der aus festgestampftem Lehm bestand. Sie saß fest. Niemand hörte sie hier.

»Wie konnte ich nur so blöd sein, ihr zu vertrauen?« Sie schlug sich gegen die Stirn, nur würden Selbstvorwürfe ihr nicht helfen. Was sie brauchte, war eine Idee, wie sie sich bemerkbar machen konnte, und zwar schnell. Mehrmals atmete sie tief durch, um sich zu beruhigen, dann sah sie sich um. Ihr Blick fiel auf einen Stapel Mineralwasserkisten. Sie schoss hoch, hob die oberste herunter und schmetterte sie gegen die Tür. Der Knall war ohrenbetäubend laut. Fast alle Glasflaschen gingen zu Bruch.

»Hilfe! Hier bin ich! In diesem verfluchten Erdkeller. Hört mich denn keiner?« Tilde schrie sich die Lunge aus dem Leib, trat gegen die Tür, hämmerte sich die Fäuste wund, aber niemand kam, um sie zu befreien.

»Ich bin doch hier drinnen«, heulte sie und sank erschöpft auf den Boden. Bis vor wenigen Augenblicken hatte sie das alles noch für einen schlechten Scherz gehalten, aber das war es nicht.

Schritte näherten sich, und Hoffnung keimte in Tilde auf. Hatte der Taxifahrer Verdacht geschöpft? Hatte er sie gehört?

»Hallo? Hier bin ich! Bitte lassen Sie mich raus!«

Jemand stand außen vor der Tür.

»Hallo? Wer ist da?«

»Ich habe dem Fahrer gesagt, dass du es dir anders überlegt hast und noch ein bisschen bleiben möchtest. Er hat mir deinen Koffer ausgehändigt. Das war doch richtig, oder?«

Tilde vergrub den Kopf in ihren Händen. Kein Mensch würde nach ihr suchen. Zumindest nicht in absehbarer Zeit. Sie war auf Gedeih und Verderb dieser Verrückten ausgeliefert. Nicht einmal das Handy hatte sie dabei, denn das lag in ihrem Koffer.

»Vergiss alles und entspann dich«, sagte Ariane in sanftem Tonfall. »Es ist nicht schlimm.«

»Nicht schlimm? Das ist Kidnapping, was du tust. Entführung. Freiheitsberaubung!«

Ariane blieb stumm, aber so wie es sich anhörte, hantierte sie draußen an irgendetwas herum.

Tilde kroch zur Tür und legte das Ohr daran. Dabei entdeckte sie am unteren Rand der Tür einen Spalt im Holz, nur wenige Millimeter breit, durch den ein wenig Licht fiel. Sie bückte sich und versuchte hindurchzuspähen, aber die Lücke war zu schmal. Sie konnte nicht erkennen, was Ariane vor der Tür trieb. Allerdings fühlte sie, dass das Holz an dieser Stelle morsch war. Vorsichtig begann sie, Splitter herauszukratzen, ohne dabei viele Geräusche zu machen.

Draußen wurde es still. »Was tust du?«

Tilde rückte von der Tür ab. Ariane schien jetzt direkt davorzustehen, sie hörte sie atmen.

»Ich … suche den Gartenstuhl«, log Tilde.

»Zwischen den Regalen. Einfach zu finden.«

Sie hatte ihn natürlich längst entdeckt und zog ihn nun in die Mitte des Raumes. Sie machte dabei möglichst viel Lärm, damit Ariane nicht misstrauisch wurde. Rede, dachte sie, verstrick sie in ein Gespräch, vielleicht kommt sie zur Vernunft.

»Es ist sicher schwer für dich, dass du nicht weißt, was mit Otto ist, oder?« Tilde klappte den Stuhl auseinander. »Oder wurde seine Leiche gefunden?«

Wieder kam keine Antwort, nur dieses Atmen. Ariane stand immer noch vor der Tür.

»Er ist tot«, sagte sie plötzlich, und Tilde zuckte erschrocken zusammen. »Was spielt das noch für eine Rolle, ob seine Leiche aus der Harle gefischt wird?«

Tilde spürte einen Schmerz im rechten Zeigefinger. Sie hob ihn ins Licht. In der Kuppe steckte ein Splitter. Sie zog ihn heraus. »Was machst du da draußen?«, fragte sie und steckte sich den Finger in den Mund.

»Du wirst es schon bald merken.«

Das klang nicht gerade beruhigend. Ariane hatte etwas mit ihr vor, aber was? Tilde sah sich verzweifelt nach irgendetwas um, mit dem sie das Loch in der Tür vergrößern konnte, um sehen zu können, was Ariane da draußen trieb. Sie klaubte eine Flaschenscherbe vom Boden. Damit könnte es vielleicht gehen.

Ariane machte sich wieder an irgendetwas zu schaffen. Da war ein Schaben und Klappern, Tilde konnte die Geräusche nicht einordnen. Sie wandte sich wieder ihrer eigenen Arbeit zu. Mit der Scherbe ging es besser voran.

»Was ist das für ein bescheuertes Spiel, das du mit mir spielst?«, fragte Tilde.

»Das ist kein Spiel.«

»Was ist es dann?«

Ariane ließ sie schmoren und setzte schweigend ihre geheimnisvolle Tätigkeit fort. Tilde konnte nichts anderes tun, als ebenfalls weiterzumachen. Sie drückte die Scherbe tief in das Holz und riss einen beachtlichen Splitter heraus, dabei rutschte die Scherbe ab und drang schmerzhaft in ihren Handballen. »Verdammter Mist!«, fluchte sie.

Vor der Tür wurde es still. »Was ist los?«, fragte Ariane.

»Ich habe mich … am Gartenstuhl geklemmt!«

Tilde warf die Scherbe weg und leckte sich das Blut von der Hand. Der Schnitt war tief und blutete stark. Sie ballte die Faust. Trotzdem quoll das Blut zwischen ihren Fingern hindurch und lief ihr den Arm hinunter.

Über sich hörte sie dumpfe Schritte. Ariane lief auf dem Hügel herum. Jetzt war keine Zeit, sich darüber Gedanken zu machen. Tilde riss sich das Halstuch ab und wickelte es fest um ihre Hand, in der es heftig pochte. Sie sah sich um. Warum nur hatte sie die Scherbe weggeworfen? Sie suchte sich eine andere, die geeignet war, und setzte ihre Arbeit fort. Ihr fiel einfach nichts Besseres ein.

Ein weiteres Stück Holz brach knackend aus der Tür. Tilde hielt inne. Hatte Ariane das gehört? Wo war sie überhaupt? Sie beugte sich hinunter und sah durch das Loch hindurch. Sie konnte die unterste Stufe des kurzen Aufgangs erkennen. Draußen schien die Sonne.

»Weiß du eigentlich, wie kindisch das ist, mich hier einzusperren?«, schrie Tilde durch das Loch hindurch. Statt einer Antwort vernahm sie ein Schaben an der Rückseite des Hügels. »Hast du das mit Gundula auch so gemacht?«

Keine Antwort. Stattdessen Füße in Sneakern, die plötzlich in

Tildes Blickfeld gerieten. Ariane hatte sich auf die unterste Stufe gestellt. Tilde hielt den Atem an. Sie drückte das Auge gegen die Lücke in der Tür. Ariane kam die Stufe herunter und hockte sich hin. Die Sneaker waren zum Greifen nah.

»Ich will dir die Wahrheit erzählen«, begann Ariane.

»Warum sperrst du mich dafür ein?«

»Du hast recht. Ich habe das mit Gundula auch so gemacht. Oder sagen wir mal, so ähnlich.«

Tilde blieb einen Moment lang die Luft weg. Plötzlich wusste sie, was die seltsamen Geräusche draußen zu bedeuten hatten. Ariane machte sich am Grill zu schaffen. Sie schürte die Glut. Tilde meinte, Rauch zu riechen.

»Was soll das? Willst du mich ausräuchern?« Sie lachte auf. »So klappt das nicht, Ariane. Du musst den Grill zu mir reinstellen.«

Tilde kam hoch und baute sich vor der Tür auf. Wenn Ariane vorhatte, ihr den Grill vor die Nase zu stellen, würde sie sie überwältigen. Sie sollte nur kommen.

Aber sie kam nicht. Nach einer Weile kniete sich Tilde wieder vor das Guckloch. Ariane saß immer noch auf der untersten Stufe. Was hatte diese Irre vor? Solange sie da nur herumsaß, konnte Tilde nicht einmal das Loch vergrößern, denn sie würde es sofort merken. Sie drehte sich um und setzte sich neben die Tür auf den Boden. Erschöpft schloss sie die Augen. Die Luft hier drinnen war stickig. Es stank immer noch nach Rauch. Seltsam, dass ihr das beim Hineingehen nicht aufgefallen war. Tilde hustete und schnappte nach Luft. Und dann kam ihr ein schrecklicher Gedanke: Ariane leitet den Rauch in den Erdkeller!

Tilde war sofort auf den Beinen. Im schwachen Licht der Glühbirne erkannte sie Dunstschlieren. In ihrer Panik nahm sie Anlauf und warf sich mit voller Kraft gegen die Tür. Das Holz zitterte, hielt aber stand. Ein höllischer Schmerz durchzuckte ihre Schulter, und sie schrie auf.

»Oh. Hast dir wehgetan?«, fragte Ariane in gespielter Sorge.

»Meine Schulter«, keuchte Tilde, die den linken Arm nicht mehr heben konnte. »Ich glaube, sie ist gebrochen!«

»Das spielt jetzt keine Rolle mehr.«

»Ich habe Schmerzen!«

Ariane lachte schrill. »Du hast genug Wein da drinnen. Trink und genieß das Leben.«

»Quatsch doch nicht so einen Scheiß!«

»Gut. Reden wir Tacheles. Kommen wir zur Wahrheit. Aber die hat seit jeher einen hohen Preis.«

Tilde schluckte. »Wie hoch genau?«

»Den höchsten, den es gibt.«

29

Einige Jahre vorher

Er hatte sie von der Bühne geschickt. Jetzt saß sie wieder am Tisch neben ihrem Busnachbarn, den Korb auf den Knien, und starrte fassungslos die in Folie eingeschweißte Mettwurst an, die auf den billigen Konserven lag.

»Na ja. Besser als nichts, oder?«, versuchte ihr Begleiter sie zu trösten. »Aber warten Sie ab. Das war nur die Ouvertüre.« Er rieb sich die Hände. »Oh, wie ich das liebe, diese Typen zu ärgern!«

»Haben Sie es jemals geschafft?«

»Was denn?«

»Na, den Gewinn einzuheimsen.«

Er starrte sie an. »Aber das ist doch nur ein Spiel. Lächeln Sie! Das Leben ist schon traurig genug.«

Sie schloss die Augen, denn sie hörte ihren Sohn, wie er sie tadelte: »Wie blöd kann man sein, um darauf reinzufallen?«

Er hatte recht gehabt. Die Aussicht auf tausend Euro hatte ihren Verstand benebelt, und nun saß sie auf einem Berg Schulden.

»Wissen Sie eigentlich, dass Sie und dieser Verkäufer sich irgendwie ähnlich sind?«, fragte sie ihren Begleiter.

Sein Lächeln verblasste. Er blickte empört auf. »Also, das hat noch niemand zu mir gesagt, gute Frau!«

Er war wieder laut geworden, und der Verkäufer unterbrach erneut seine Show.

»Ist jetzt endlich mal Ruhe da unten? Ansonsten nehme ich Ihnen den Korb wieder weg!«

»Ich will ihn sowieso nicht haben«, sagte sie laut.

30

Der Qualm wurde immer dicker und brannte in Tildes Lunge. Sie überlegte fieberhaft, was sie tun konnte. Irgendwo leitete Ariane den Rauch ein. Der Keller war nicht groß, insofern müsste es möglich sein, das Loch zu finden.

Tilde ließ ihren Blick durch den Raum wandern. Sie hörte Arianes dumpfe Schritte über sich, sie wanderte wieder auf dem Hügel herum. Der Erdkeller füllte sich immer mehr mit Qualm. Zudem roch es leicht nach Benzin, oder bildete sich Tilde das nur ein? Sie kniete sich wieder vor das Loch in der Tür und drückte ihren Mund dagegen, denn sie gierte nach frischer Luft. Sie nahm ein, zwei tiefe Atemzüge, aber dann wurde etwas von außen davorgeschoben. Das Loch war zu.

Tilde hustete. Panik schnürte ihr die Kehle zu. »Tu das nicht!«, schrie sie und schlug mit der unverletzten Faust gegen die Tür. »Bitte nicht, Ariane!«

»›Bitte nicht, Ariane‹«, äffte die Künstlerin sie nach. Sie stand vor dem Eingang.

In Tildes Kopf überschlugen sich die Gedanken. »Was ist denn nun mit der Wahrheit?«, schrie sie. »Wenn ich schon mit dem Leben dafür bezahlen muss, dann lass sie mich wenigstens hören!«

»Wenn du aufhörst zu schreien, werde ich mit der Wahrheit anfangen.«

»Scheiße!« Tilde trat noch einmal gegen die Tür, dann sank sie auf den Boden. Vor ihren Augen tanzten Sterne. Es gab nichts mehr, was sie tun konnte. Sie würde hier drinnen elend zugrunde gehen.

Sie versuchte, möglichst flach zu atmen, aber ihr Herz schlug wild gegen die Rippen, sodass sie glaubte, es würde ihren Brustkorb sprengen. Dann rief sie sich zur Räson. Wenn sie jetzt durchdrehte, war alles verloren. Sie musste sich am Riemen reißen, so schwer es ihr auch fiel, nicht in blinder Panik gegen die Tür zu hämmern und um ihr Leben zu betteln.

»Ich muss die Zuleitung finden«, flüsterte sie.

»Hast du was gesagt?«

»Ich … höre dir zu.«

»Na endlich.« Ariane räusperte sich. »Schön. Wo fangen wir an?«

»Vorn«, keuchte Tilde, die Ariane zum Reden bringen wollte, damit sie nicht mitbekam, wie sie das Innere des Erdkellers nach der Quelle des Qualms absuchte.

»Gut, fangen wir vorn an«, begann Ariane. »Es war einmal ein kleines Mädchen, das hatte keine Lust, Kühe zu melken.« Sie verlor sich in einem weitschweifigen Lamento über ihre unverstandene Künstlerseele, die in einem winzigen Dorf an der Nordsee gefangen gehalten worden war.

Tilde hörte nur mit halbem Ohr zu. Sie tastete die Wände hinter den Regalen ab. Wo kam der Rauch her? Roch es hier hinten nicht etwas intensiver als direkt neben der Tür? Langsam tastete sie sich vorwärts. Die schmerzende Schulter und die verletzte Hand behinderten sie dabei erheblich. Eine Sekunde lang passte sie nicht auf und stieß mit dem Fuß gegen die Wasserkiste, die immer noch neben der Tür inmitten von Scherben lag. Es schepperte laut.

Ariane hörte auf zu reden, dann schlug sie hart gegen die Tür. »Wenn du irgendwelche Spielchen treibst, zünde ich den Keller an. Ich hab hier einen ganzen Kanister Benzin.«

Bluffte sie? Tilde war nicht scharf darauf, es herauszufinden. »Ich hab mir nur eine Flasche Wein aufgemacht.« Sie hustete. »Musste den Flaschenhals abschlagen.«

Ariane schien das zu beruhigen, denn sie salbaderte weiter, während Tilde mit wachsender Verzweiflung weiter die Wände absuchte.

Der Rauch lähmte sie zunehmend. Es kostete sie ungeheure Anstrengung, sich Zentimeter für Zentimeter weiter vorzutasten, aber sie fand nichts. Kein Rohr, kein Loch, keine Ritze. Wie viel Zeit blieb ihr noch? Ihr war übel, und sie hatte das Gefühl, jede Sekunde das Bewusstsein zu verlieren. Sie begann, mit dem gesunden Arm die niedrige Decke abzusuchen. Immer wieder verließ sie die Kraft, und sie musste innehalten.

»… und dann hab ich ihn einfach überfahren«, rief Ariane gerade. »Ich höre ihn jetzt noch schreien und spüre dieses entsetzliche Holpern. Zweimal kurz hintereinander.«

Tilde hatte ihr die ganze Zeit nicht zugehört, aber nun horchte sie auf. Was hatte Ariane gerade gesagt?

»Von wem sprichst du?«, keuchte Tilde und spürte, wie ausgetrocknet ihr Hals war. Sie klaubte sich eine heil gebliebene Wasserflasche vom Boden, schraubte sie auf und trank in langen Schlucken.

»Das hab ich doch gerade gesagt. Du hörst mir nicht zu!«

»Mir ist schwindlig und schlecht. Wie soll ich da zuhören?« Sie wurde von einem Hustenanfall gepackt und ließ die Wasserflasche fallen.

»Ich lasse ein klein wenig Luft zu dir rein«, sagte Ariane. Vor der Tür rumpelte es, dann fiel wieder der Streifen Sonnenlicht durch die Türritze. »Du sollst den Rest schließlich auch noch hören.«

»Das reicht doch niemals, um zu atmen!«, keuchte Tilde.

»Es wird schon gehen. Wo war ich stehen geblieben? Ach ja. Ich kam von einer Vernissage und er aus dieser Kneipe. Er war betrunken und torkelte auf die Straße. Er blieb einfach in der Mitte stehen und glotzte mich an.«

»Wer blieb stehen?«

»Otto! Das hatte ich doch gesagt.«

Es dauerte eine Weile, bis Tilde verstand, was Ariane ihr da gerade erzählte. »Dann hast *du* ihn zum Krüppel gefahren?«

»Sag ich doch.« Ariane lachte irre. »Ja. Ich war das. Verstehst du?«

»Nein.«

Tilde brauchte eine Weile, um das zu verdauen. Sie rang nach Luft. In ihrem Kopf drehte sich alles. Sie wollte Ariane von dem Foto erzählen, das sie in Ottos Schreibtischschublade gefunden hatte, aber sie brachte kein Wort mehr über die Lippen, während Ariane vor der Tür wieder ins Schwafeln geriet. Tilde hatte das Gefühl, jeden Moment in Ohnmacht zu fallen. Sie gab ihre Suche auf, es hatte keinen Sinn. Dann presste sie ihren Mund gegen den winzigen Spalt in der Tür und sog frische, süße Luft in ihre gereizten Lungen. Das war alles, was sie noch tun konnte. Wenn nicht bald ein Wunder geschah, war es aus mit ihr. Sie hatte das dringende Bedürfnis zu schlafen.

»Ich hätte eigentlich nicht ins Auto steigen dürfen«, sagte Ariane laut.

Tilde schreckte aus ihrem Dämmerzustand hoch.

»Und dieser Trottel dachte die ganze Zeit, er wäre mir im Suff ins Auto gelaufen.«

Tilde versuchte ein Lachen, aber es kam nur ein krächzendes Geräusch über ihre Lippen. »Warum habt ihr dann überhaupt geheiratet?«, keuchte sie.

»Er hatte gerade eine Scheidung hinter sich, und ich konnte einen Verwalter für den Hof gebrauchen«, sagte Ariane. »Und, ja, meine Güte, ich hatte mich mit der Zeit auch ein bisschen in ihn verliebt. Eigentlich war alles gut. Aber dann tauchen aus heiterem Himmel die beiden Idioten von dem dusseligen Rentnerkommando auf und erzählen mir, dass mein eigener Mann in Wirklichkeit ein mieser kleiner Kaffeefahrtenbetrüger ist! Verstehst du? Die wollten alles auffliegen lassen. Da musste ich doch reagieren.« Sie lachte. »Das klingt echt banal, so im Nachhinein.«

Tilde war nicht mehr fähig zu einer Entgegnung. In ihren Ohren rauschte das Blut, aber Ariane plapperte schon weiter.

»Gundula lag schon im Erdkeller, als ich den Grill reinbringen wollte. Ich hab ihn zuerst draußen stehen lassen, es sah ja nach Regen aus. Aber dann dachte ich mir, das ist ein Wink des Schicksals. Ich habe den Grill zu ihr reingeschoben. Dann bin ich ins Haus zurück, und da ist mir blöderweise Henning über den Weg gelaufen.«

Tildes Augen brannten. »Bitte«, bettelte sie, »mach die Tür auf! Ich kann dir helfen.«

Ariane lachte auf. »Nein. Das kannst du nicht. Das kann keiner.«

Tilde krallte ihre Finger in die kleine Lücke im Holz und riss an den Kanten, in der Hoffnung, den Spalt zu vergrößern, durch den ein wenig Sauerstoff in den verqualmten Keller drang, aber ihr fehlte die Kraft.

»Du machst einen großen Fehler«, flüsterte sie.

»Auf eine Leiche mehr oder weniger kommt es jetzt doch nicht mehr an, oder?«

Mit dem Mut der Verzweiflung riss Tilde an dem Loch, und tatsächlich löste sich ein weiteres Stück aus dem Holz. Sie presste den Mund dagegen und holte rasselnd Luft.

»So, das reicht jetzt«, sagte Ariane.

Draußen raschelte es. Tilde hörte, wie sie die Stufen herunterkam. Etwas schabte über das Pflaster vor der Tür. Im selben Moment wurde es dunkel. Ariane hatte wieder etwas vor das Atemloch geschoben.

»Nein! Ariane, bitte lass das!«

Tilde hörte eilige Schritte auf dem Erdhügel. Der Keller füllte sich weiter mit beißendem Qualm. Sie hustete. Ihre Augen brannten, und Tränen liefen ihr die Wangen hinab. Sie wusste nicht, ob sie weinte oder ob es vom Rauch kam oder von der Angst, hier elend zugrunde zu gehen, vielleicht auch von allem zusammen. Sie erinnerte sich, irgendwo gelesen zu haben, dass Qualm nach oben zog. Oder war es Gas? Sie drückte sich dennoch auf den Boden und suchte kriechend nach einer Ecke, in der der Rauch weniger dick war, aber es war vergebliche Mühe. Tilde schnitt sich an den Scherben, die überall auf dem Boden lagen, und spürte das warme Blut an ihren Händen. Ihre Lungen schmerzten, und sie wurde von Hustenanfällen geschüttelt. Sie kroch weiter an den Regalen entlang, bis ihr ein Schwall beißenden Qualms mitten ins Gesicht wehte. Ihre Lungen rebellierten, ihr Magen stülpte sich um, und sie kotzte die Holundermarmelade und die Reste des Croissants auf den Boden.

Sie tastete panisch um sich – und dann fasste sie in eine Lüftungsklappe, die sich direkt hinter dem Regal befand, nur wenige Zentimeter über dem Boden. Die Lamellen flatterten leicht im tödlichen Dampf. Hier also leitete Ariane die Gase ein.

Tilde drückte ihre unverletzte Hand dagegen, aber die Klappe ließ sich nicht schließen. Sie krallte ihre Finger hinein und wollte sie herausreißen, doch das blöde Ding gab nicht nach. Ihr Kopf dröhnte wie eine Kathedrale während eines Orgelkonzertes.

»Mach schon!«, feuerte sie sich an und mobilisierte ihre letzten Kräfte.

Sie kam auf die Knie und schaufelte mit dem gesunden Arm Gläser mit Eingemachtem aus dem Regal. Sie fielen laut scheppernd zu Boden und zerbrachen. Vor ihr breitete sich eine klebrige Mischung aus Glassplittern, Marmelade, sauren Gurken und selbst gepresstem Apfelsaft aus. Tilde griff hinein und stopfte die Masse in die Lamellen der Lüftungsklappe. Ihre Finger spürte sie kaum noch.

Dann verlor sie das Bewusstsein.

31

Einige Jahre vorher

»Verlassen Sie sofort die Bühne!«, fuhr der Mann sie an.

Sie ließ sich nicht beirren, stellte sich vor den Verkäufer, der sie um mehr als einen Kopf überragte, und blickte ins Publikum. Die Scheinwerfer blendeten sie ein wenig, aber wenn sie ganz am Rand stand, konnte sie in die Gesichter der Leute sehen.

Sie hörte den Verkäufer hinter sich aufgebracht schnauben. Er stand nur wenige Zentimeter von ihr entfernt, und sie meinte, seine Körperwärme in ihrem Rücken zu spüren. Wenn er wollte, brauchte er sie nur mit dem Finger anzutippen, dann würde sie über den Bühnenrand fallen. Seltsamerweise hatte sie keine Angst, ja, es war ihr sogar egal. Sie blickte in die Gesichter der Leute an den Tischen. Manche schüttelten verärgert den Kopf, die meisten sahen jedoch neugierig zu ihr hoch.

»Ich möchte etwas sagen«, begann sie und schnappte vor Aufregung nach Luft.

Das Herz schlug ihr bis zum Hals. Im Mittelpunkt zu stehen hatte ihr nie behagt, aber sie war nun mal hier, und jetzt galt es, allen Mut zusammenzunehmen. Sie hatte nichts mehr zu verlieren. Selbst ihr Mann wäre ohne sie besser dran.

Der Verkäufer grinste verächtlich. »Wollen Sie jetzt meinen Job machen? 'n bisschen was zur Rente dazuverdienen, was? Kann ich verstehen. Ich werde Ihnen gern meine Nummer geben, dann reden wir über eine Anstellung.« Er musterte sie spöttisch. »Mit Ihrer Statur könnten Sie die Klos im Bus sauber machen. Was halten Sie davon?«

»Es würde mir nichts ausmachen, wenn Sie mir das geben, was Sie uns allen versprochen haben. Ich brauche es. Bitte.«

»Meine Güte, was können Rentner gierig sein! Ich kenne Sie ja nicht mal.«

»Dann sind Sie nicht Professor Dr. Eggebrecht?«

Schallendes Gelächter brach aus dem Verkäufer heraus. »Wer soll ich bitte schön sein? Sind Sie verrückt, gute Frau?«

»Ich bin weder verrückt noch Ihre gute Frau.« Sie spürte, wie sie zornig wurde, und wandte sich dem Publikum zu. »Ich weiß ja nicht, wie es Ihnen allen geht, aber ich habe von meinen Eltern gelernt, dass man weder lügt noch Versprechen bricht.«

Zustimmendes Raunen ertönte.

»Die Frau hat recht«, sagte jemand.

»Uns wurde gesagt, dass es tausend Euro gibt!«, rief ein anderer aus dem Publikum.

Sie nickte ihm dankbar zu. Auch vom Rest kam zustimmendes Gemurmel.

»Und dass wir es sicher ausgezahlt bekommen«, fügte sie mutig hinzu.

Ein Mann erhob sich. »Ich will das Geld auch haben!«

Seine Frau packte ihn jedoch am Ärmel und zog ihn wieder auf den Stuhl zurück. »Mach dich nicht lächerlich! Das ist doch nur Bauernfängerei.« Zu ihr gewandt rief sie auf die Bühne: »Geben Sie endlich Ruhe! Sie nerven.«

»Genau«, pflichtete ihr jemand bei. »Im Fernsehen machen sie uns auch weis, dass wir alle glücklich werden, wenn wir die richtige Haftcreme benutzen. Den möchte ich sehen, der den Hersteller verklagt, wenn er trotzdem schlechte Laune hat.«

Fast alle lachten. Sie ließ den Brief sinken und stopfte ihn mit zittrigen Fingern in die Handtasche zurück. Sie gab sich geschlagen. Mit gesenktem Kopf schlurfte sie zur Bühnentreppe.

Der Verkäufer klatschte Beifall. »Tolle Vorstellung, gute Frau! Sie sollten damit in einer Talentshow auftreten.«

Einige im Publikum lachten schadenfroh, andere senkten den Kopf.

Sie blieb vor der Treppe stehen. Ihr war etwas eingefallen. »Eine Frage habe ich noch«, rief sie laut.

Die Lacher verstummten, denn sie hatte in einem scharfen Ton gesprochen, der ihr selbst fremd vorkam.

»Wenn Sie alle wussten, dass wir hier betrogen werden, und ich sehe Sie hier so sitzen, wie Sie brav den Ramsch kaufen, den man Ihnen andrehen will, dann frage ich mich, wer hier dumm und naiv ist. So, das musste ich nur mal loswerden! Und nun werde ich schweigen.«

Sie stieg die Treppe hinunter, und ihre Schritte hallten laut, denn es machte sich betretenes Schweigen breit. Während sie den Saal durchquerte, spürte sie die Blicke der Anwesenden in ihrem Rücken.

Das einsame Klatschen ihrer Busbekanntschaft durchbrach die gespenstische Stille, als sie die Tür leise hinter sich schloss.

32

Tilde lag auf dem Boden und hustete sich die Lunge aus dem Leib. Es tat höllisch weh. Jemand war bei ihr und redete auf sie ein, aber sie verstand kein Wort. Wenn er doch nur endlich schweigen würde! Sie war vollends damit beschäftigt, zwischen den einzelnen Hustenattacken nach Luft zu schnappen.

Aber der Mensch redete und redete. Sie schlug nach ihm, doch er ging nicht weg. Im Gegenteil. Sie spürte, wie er sie unter den Achseln packte und in eine sitzende Position zog. Überrascht stellte sie fest, dass sie so leichter atmen konnte, und erst jetzt registrierte sie, dass sie nicht mehr im Erdkeller eingesperrt war.

Durch die geschwollenen Augenlider erkannte sie helles Licht. Ihre Hände taten weh, aber sie tasteten Gras, und das, was sie einsog, war klare, frische Luft. Sie wischte sich mit der rechten Hand über die Augen, denn die linke war nicht zu gebrauchen. Ihre Augen tränten in einem fort. Trotzdem konnte sie schemenhaft Büsche erkennen, eine Gartensitzgruppe, dahinter ein Haus.

Dann fiel ihr ein, wo sie war. Sie saß auf dem Rasen in Arianes Garten. Die Sonne stand hoch am Himmel, und der Wind wehte von der See her und fuhr ihr durch die Haare. Wie kam sie hierher? Wer war das, an den sie sich lehnte? Bevor sie sich umdrehen konnte, wurde sie von einem weiteren Hustenanfall geschüttelt.

»Der Krankenwagen kommt gleich«, beruhigte sie der unbekannte Mensch in ihrem Rücken. Die Stimme kam ihr bekannt vor.

Tilde würgte ein Lachen hervor. Ihr Hirn arbeitete nach dem Sauerstoffentzug noch nicht wieder richtig. Das waren Halluzinationen – alles andere war unmöglich. Sie schüttelte heftig den Kopf, als würde das helfen, ihre Gedanken und Eindrücke in Ordnung zu bringen, aber die gespenstische Stimme in ihrem Rücken redete weiter auf sie ein.

Ein neuer Hustenanfall quälte sie. Es dauerte eine halbe Ewigkeit, bis sie sich ein wenig erholt hatte, und endlich schaffte sie es, sich umzudrehen. Sie erkannte durch den Tränenschleier vor ihren Augen das Gesicht von Otto Coors.

»Bin ich tot?« Dies war ihr erster Gedanke. Sie starrte ihn an.

Er schüttelte den Kopf. »Nein.«

»Aber du bist –«

»Kein Geist. Ich lebe.«

Tilde rückte von ihm ab und starrte ihn fassungslos an. »Wie kann das sein? Du bist mit deinem Wagen in der Harle untergegangen. Ich habe es selbst gesehen.«

»Ich kann schwimmen. Und tauchen. Das habe ich früher gern und oft getan.« Er lachte bitter. »Anscheinend vergisst man so was nicht.«

»Du hattest einen schlimmen Unfall.«

»Ja. Und ich habe überlebt. Anscheinend will man mich da oben noch nicht haben.«

»Bist du verletzt?«

»Nur ein paar Schrammen. Mir fehlt nichts. Außer dem da.« Er schlug sich auf den linken Oberschenkel. Das Hosenbein hing unterhalb des Knies schlaff hinunter.

Tilde schaffte es, die Augen etwas weiter zu öffnen. Es gab keinen Zweifel. Das war Otto Coors, der da auf dem Rasen hockte. Ihr erster Impuls war, aufzustehen und wegzulaufen, aber dazu war sie eindeutig zu schwach.

»Wie hast du mich überhaupt gefunden?«, fragte sie.

»Ich wohne hier. Oder zumindest habe ich das mal getan.«

»Ich verstehe das nicht. Erst entführst du mich und willst mich umbringen, dann ziehst du mich aus dem verqualmten Loch?« Wieder wurde sie von einer Hustenattacke geschüttelt.

Otto klopfte ihr auf den Rücken. »Jetzt komm doch erst mal zu Atem, bevor wir hier tiefschürfende Gespräche führen.«

Tilde keuchte und wischte sich den Rotz von der Nase, nachdem sie sich wieder ein wenig beruhigt hatte. Tausend Fragen wirbelten in ihrem Kopf durcheinander. »Wie hast du es aus dem Wagen rausgeschafft?«, fragte sie schließlich.

»Ich habe mit meiner Prothese die Windschutzscheibe eingeschlagen und bin so aus dem Wrack rausgekommen.«

»Einer der Polizisten ist runtergetaucht, er meinte, da käme jede Hilfe zu spät.«

»Hm, ich war kurz bewusstlos. Bin wohl mit dem Kopf gegen das Lenkrad geknallt. Als ich zu mir kam, saß ich bis zum Hals im Wasser. Da hab ich gemacht, dass ich rauskam, bin ans andere Ufer geschwommen und hab mich versteckt.«

»Halb Ostfriesland sucht dich, und du hüpfst auf einem Bein einfach weg?«

Otto lachte auf. Er griff neben sich und hob einen armdicken Ast in die Höhe. »Das hier ist mein neues Ersatzbein. Hab ich im Wald gefunden. Gar nicht mal so übel.«

»Warum bist du überhaupt zurückgekommen?«

Sein Blick schweifte ab. Er wurde wieder ernst. »Ich hatte noch was zu erledigen.«

Tilde wischte sich erneut über die Augen. Auch wenn sie immer noch nicht klar sehen konnte, erkannte sie doch, dass Otto Coors vollkommen ramponiert aussah. Das Haar stand ihm wirr vom Kopf ab, über der Stirn klaffte eine Wunde, und seine Kleidung hing in Fetzen an ihm herunter. Sie holte Luft, um ihn zu fragen, wo er sich die ganze Zeit rumgetrieben hatte, aber er kam ihr zuvor.

»Es tut mir leid«, sagte er. »Ich wollte nie, dass dir was passiert. Ich wollte niemals jemanden umbringen. Ich wollte nicht mal mich selbst töten.«

»Was sollte dann die Nummer mit dem Auto?«, platzte es aus Tilde heraus.

Er griff sich an die Stirn und gab einen verzweifelten Laut von sich. »Ich war nicht ich selbst! Ich kann es mir nicht erklären, Tilde, aber das war alles ein bisschen viel in den letzten Tagen. Und dann konnte ich plötzlich nicht mehr bremsen.«

»Wie meinst du das?«

»Die Bremsen. Sie funktionierten nicht.«

Tilde starrte ihn an. »Du meinst, der Wagen hatte einen Defekt?«

»Der Wagen ist brandneu«, schnaubte Otto grimmig. »Ich vermute viel eher, da hat jemand dran rumgefummelt.«

»Und wer soll das getan haben?«

»Henning vielleicht? Oder meine Frau?«

»Kennt die sich denn mit Automechanik aus?«

»Ich traue ihr mittlerweile alles zu.« Er angelte nach dem Knüppel und stützte sich darauf ab, während er stöhnend aufstand. »Ich werd mal sehen, wo der Krankenwagen bleibt.«

»Ich brauche keinen«, sagte Tilde und musste wieder husten. »Wie geht es eigentlich Ariane?«, rief sie ihm nach.

Er blieb stehen. »Du machst dir allen Ernstes Sorgen um die Frau, die dich elend zugrunde gehen lassen wollte?«, fragte er und schüttelte den Kopf.

Tilde kam ebenfalls auf die Füße. Sie stolperte ihm nach und hielt ihn am Arm fest. »Wo ist sie?«

Er riss sich los. »Hör endlich auf, dich überall einzumischen.«

»Dann verrate mir wenigstens, wo du dich die ganze Zeit rumgetrieben hast!«, schrie Tilde ihn an.

Otto blieb stehen. »Also gut«, sagte er in einem ergebenen Tonfall. »Ich war am Hafen in Harlesiel. Ich hab mich in einem der Segelboote versteckt. Wenn die Eigentümer wiederkommen, werden sie sich wundern, dass die Kombüse leer gefuttert ist.«

Tilde war nicht nach Scherzen zumute. »Ein Zeichen von dir, dass du lebst!«, schrie sie ihn an. »War das zu viel verlangt?«

Sie stürzte sich auf Otto und hämmerte mit den Fäusten gegen seine Brust. Alles, was sich in den letzten Tagen an Wut, Zorn und Angst in ihr aufgestaut hatte, brach jetzt aus ihr heraus. Er schaffte es nicht, sie abzuwehren, und sie gingen beide zu Boden. Keuchend blieben sie schließlich nebeneinander liegen.

»Warum hast du Ariane nur geheiratet?«, fragte Tilde, als sie sich ein wenig beruhigt hatte. Die Frage brannte ihr unter den Nägeln.

Otto drehte ihr sein Gesicht zu. Er wirkte verblüfft. »Ariane hat dir alles erzählt?«

»Ja. Als ich im Erdkeller feststeckte. Sie dachte ja, ich nehme das alles mit ins Grab.«

Otto schwieg lange. Schließlich holte er tief Luft. »Es war ein Fehler. Wir waren beide einsam. Es lief alles nicht so rund in meinem Leben, und dann war Ariane plötzlich da und –«

»Warst du damals schon im Kaffeefahrtengeschäft aktiv?«, unterbrach Tilde.

»Was? Nein!« Otto runzelte empört die Stirn. »Glaubst du diese hanebüchene Geschichte jetzt auch?«

»Es gibt Beweise.«

»Da bin ich aber gespannt.«

»Henning Stein hat das behauptet. Er und Gundula waren dir auf der Spur.«

»Warum nehmt ihr diese militante Rentnercombo eigentlich alle für voll?«

»Du hast jemanden getötet.«

Er drehte sich auf den Rücken. »Ich habe davon gehört.«

»Es gibt einen Zeitungsartikel«, bohrte Tilde weiter. »Ein Onno Siefken wurde wegen fahrlässiger Tötung angeklagt, aber freigesprochen. Dieser Siefken hat Verkaufsfahrten organisiert, bei einer dieser Fahrten wurde eine Frau getötet. Dein Geburtsname ist ebenfalls Siefken. Außerdem bist du abgebildet.«

Otto drehte ihr sein Gesicht zu. »Du hast du im Atelier diese Kopie in die Finger bekommen, mit der Henning und Gundula mich erpressen wollten, ich weiß.«

»Hast du mich deswegen in den Schwitzkasten genommen? Weil ich diesen Wisch in den Händen hatte? Das hat wehgetan!«

»Das sollte es auch. Ihr hattet euch alle gegen mich verschworen. Was sollte ich denn machen?« Otto setzte sich auf und riss wütend einige Grashalme heraus, nur um sie dann von sich zu schleudern.

Tilde setzte sich ebenfalls hin. Sie senkte den Kopf. »Die Kopie lag da rum. Da habe ich sie eingesteckt.«

Otto sah sie fast flehend an. »Hör zu, Tilde. Siefken ist mein Geburtsname. Ich habe Arianes Namen angenommen, weil meine liebe Frau das so wollte, aber ich heiße Otto, nicht Onno!«

»Was?« Sie starrte ihn wie vom Donner gerührt an. »Aber das Foto! Das bist doch *du* auf dem Foto!«

»Eine plumpe Fälschung.«

»Was? Jetzt verstehe ich gar nichts mehr.«

»Dann weißt du ja, wie es mir seit ein paar Tagen geht.«

Sie schwiegen lange. Düstere Wolken rasten über den Himmel, hin und wieder regnete es ein paar Tropfen, und es roch nach Qualm. Sie würde diesen fürchterlichen Gestank wahrscheinlich auf ewig in der Nase haben. Sie blickte zum Erdkeller hin, der von Büschen verdeckt wurde.

»Wo ist Ariane?«

Ottos Blick irrte zum Erdkeller hin, aber er wandte sich schnell wieder ab.

Tilde kam auf die Füße. »Sie ist doch nicht etwa da drin?«

Otto sah zu ihr auf. Er angelte nach seinem Ast und rappelte sich ebenfalls hoch. »Ist das wichtig?«

»Du sagst mir jetzt sofort, ob sie da drin ist!«

»Sie hat es verdient.«

Tilde konnte es nicht fassen. Sie lief los, aber nach wenigen Metern blieb ihr die Luft weg. Sie hustete, und vor ihren Augen tanzten Sterne. Dann riss sie sich zusammen und trudelte weiter wie eine Betrunkene in Richtung Erdkeller. Sie hörte, wie Otto ihr nachhumpelte.

»Bleib stehen!«, schrie er.

Tilde hörte nicht auf ihn. Sie setzte Schritt vor Schritt. Aber auf halbem Weg verließ sie die Kraft, und die Knie gaben unter ihr nach. Sie brach zusammen.

Otto holte sie ein und ließ sich neben ihr ins Gras fallen, während sie heftig um Atem rang. Er zog sie auf seinen Schoß und begann, sie zu wiegen, wie ein Kind, das getröstet werden musste.

»Warum hast du mich geküsst?«, flüsterte Tilde. Sie wusste selbst nicht, warum sie das ausgerechnet jetzt fragte, aber es ging ihr schon lange durch den Kopf.

»Ich mag dich einfach«, sagte Otto und strich ihr eine Strähne aus dem Gesicht.

»Aber dann hast du so getan, als wäre ich dir lästig. Das hat mich verletzt.«

»Schscht«, machte er.

Aus der Ferne hörte sie Motorenlärm. Ein Wagen raste auf den Hof und kam mit quietschenden Reifen zum Stehen. Eine Autotür knallte. Der Krankenwagen musste direkt hinterherkommen, die Sirene war schon deutlich zu vernehmen.

»Dann war das so eine Art Ausrutscher von dir, dieser Kuss?«, hakte Tilde nach.

Otto schüttelte den Kopf. »Nein. War es nicht. Aber Ariane …«

Er stockte, denn ein Schatten fiel auf sie beide. Sie sahen gleichzeitig auf. Jemand beugte sich über sie.

»Herr Bramstede!«

Der Redakteur vom Meckumer Boten stand da wie aus dem Boden gewachsen.

»Was wollen Sie denn hier?« Otto ließ Tilde los, die mühsam aufstand, um ihm hochzuhelfen, aber Bramstede schubste Otto, und er fiel wieder hin.

»Wo ist Ariane?« Er war ganz weiß im Gesicht, und seine wässrigen Augen hatten einen fiebrigen Glanz.

»Das geht dich einen Scheißdreck an!«, zischte Otto.

»Wenn du ihr was getan hast, bringe ich dich um.« Bramstede trat mit voller Wucht gegen Ottos Schienbein. Der brüllte auf und rollte sich vor Schmerzen auf dem Boden herum.

»Was tun Sie denn da?«, schrie Tilde und kniete sich neben ihn, aber Bramstede packte sie an der Schulter und zog sie wieder auf die Füße. Er schüttelte sie heftig.

»Wo ist sie?«

»Im … Erdkeller«, keuchte Tilde.

33

Einige Jahre vorher

Ihr war furchtbar elend zumute, und die Tränen stiegen ihr in die Augen, ohne dass sie es verhindern konnte. Sie wollte sich nicht die Blöße geben, dass jemand sie weinen sah. Nicht vor diesen Leuten. Also beschloss sie, sich auf der Toilette einzuschließen, bis sie sich wieder in der Gewalt hatte.

Es stank nach Urin und Schimmel, die Fliesen sahen aus, als ob sie vor dem Krieg dort angebracht worden wären. Viele zeigten Risse, und in der Toilettenschüssel wucherten bräunliche Ablagerungen. Die Spülung funktionierte noch über eine Kette, die man ziehen musste. Sie schloss sich dennoch in einer der Kabinen ein, denn niemand sollte sie so sehen. Sie weinte eine ganze Weile still vor sich hin.

Als zwei Frauen hereinkamen, die sich angeregt unterhielten, drückte sie sich ein Taschentuch auf den Mund, um ihr Schluchzen zu unterdrücken. Die Frauen gehörten zu ihrer Reisegruppe, denn eine von ihnen sagte: »Die hat wohl noch nie so was mitgemacht! Wer glaubt denn, dass es Geld gibt auf solchen Veranstaltungen?«

»Aber mutig ist die schon«, sagte die andere. »Ich hätte mich das nicht getraut, auf die Bühne zu klettern.«

Beide Frauen seufzten und schlossen sich ein. Sie hörte sie fast gleichzeitig pinkeln, während sie sich durch die Kabinenwand weiter unterhielten.

»Man kommt mal raus. Darum mache ich mit.«

»Genau. Man weiß doch, worauf man sich einlässt.«

»Man muss ja nicht alles kaufen.«

Fast gleichzeitig bedienten sie die Wasserspülung.

»Den Ausflug nach Sanssouci hätte ich trotzdem gern gemacht«, seufzte eine von ihnen.

»Na, den holen wir morgen nach. Hat er doch gesagt.«

»Wenn dieser Kerl dem Verkäufer nicht ständig ins Wort gefallen wäre!«

Sie verließen die Kabinen und redeten an den Waschbecken weiter.

Sie presste die Hände auf die Ohren und unterdrückte noch ein Schluchzen.

34

Tilde lag im Bett. Auf dem Nachttisch standen Blumen und eine angebrochene Tüte mit Friesisch Brot von Anke Joken. Ewald hatte alles mitgebracht, als er zu Besuch ins Krankenhaus gekommen war. Er hatte sie auch mit dem süßen Brot gefüttert, denn ihre Hände samt Schulter waren dick bandagiert. Jetzt war sie pappsatt und ein bisschen müde.

Ariane lag noch immer auf der Intensivstation; wie es aussah, würde sie durchkommen. Otto Coors war an Ort und Stelle verhaftet worden, als die Polizei endlich auf dem Künstlerhof eingetroffen war. Er saß wegen Entführung und des Mordversuchs an seiner Frau in Untersuchungshaft.

Tilde fragte sich ein ums andere Mal, was alles passieren musste, damit Menschen, die sich einmal geliebt hatten, sich gegenseitig umzubringen versuchten. Sie hatte es Ewald erzählt. Seine einzige Bemerkung dazu war ein knappes »Das ist mir alles zu hoch«. Er hatte sich verabschiedet und versprochen, am nächsten Tag mit einem Glas Rumrosinen wiederzukommen.

Sie leckte sich einen Zuckerkrümel von der Fingerspitze, die aus dem Verband herausguckte. Leider hing sie immer noch am Sauerstoff, der ihr über einen Schlauch in die Nase gepustet wurde. Es kostete Tilde die allergrößte Mühe, Geduld zu bewahren und nicht sofort das Krankenhaus zu verlassen, um die eine Frage, die noch nicht beantwortet war, endlich zu klären: Wer war der ominöse Kaffeefahrtenunternehmer Onno Siefken? Und wer hatte den Artikel manipuliert, um den Verdacht auf Otto zu lenken? Wusste Tammo Niemann die Antwort und ließ sie hier schmoren? Zuzutrauen wäre es ihm.

Tilde angelte sich seufzend die neueste Ausgabe der »Cottage«, die auf ihrem Bett lag. Die Redaktion hatte umdisponiert und statt des Artikels über den Künstlerhof eine Reportage über das Wohnen mit Dachschrägen gebracht.

Es klopfte. »Ja bitte?«

Die Tür öffnete sich langsam, und ein verlegener Tammo Niemann trat ein. Er hatte seine schäbige Tasche dabei. Er öffnete sie, aber diesmal beförderte er weder eine Thermoskanne noch eine Brotdose heraus, sondern eine Flasche »Doppelherz«. Niemanns Geschenk erinnerte sie an ihre Mutter, die, wenn sie Krankenbesuche machte, immer eine Flasche Traubensaft verschenkt hatte, wegen der Vitamine und dem Eisen.

»Tammo! Das wurde aber auch Zeit. Ich habe schon auf dich gewartet.«

»Na, das ist ja mal eine freundliche Begrüßung«, sagte er und legte ihr die Flasche auf die Bettdecke.

Tilde runzelte die Stirn. »Ich habe es nicht am Herzen, Tammo.«

»Das ist für alles gut, sagt Jutta.«

Tilde seufzte. »Na dann …«

Niemann zog sich einen Stuhl heran und setzte sich. »Wie geht es dir?«

»Wie ein Testraucher von Marlboro nach einer Doppelschicht. Und bei dir so?«

»Läuft.«

Tilde grinste. »Ich freue mich richtig, dich zu sehen, Tammo.«

»Und ich freue mich, dass du so munter bist.«

Sie riss sich den Sauerstoffschlauch vom Gesicht und schwang die Beine aus dem Bett. »Wollen wir in die Cafeteria gehen?«

»Ich habe leider nicht viel Zeit.« Er hob bedauernd die Hände und ließ sie in den Schoß zurückfallen. »Ich bin nämlich dienstlich hier.«

»Na, das trifft sich ja gut. Ich habe nämlich noch die eine oder andere Frage, die mir keine Ruhe lässt.« Tilde machte es sich wieder in ihrem Bett bequem. »Du zuerst.«

Niemann beugte sich vor. »Otto Coors redet die ganze Zeit von diesem Zeitungsartikel, den du mir gegeben hast. Du weißt schon. Diese Kopie mit dem Kaffeefahrtenzeugs und so.«

»Ja, er behauptet, dass es eine Fälschung ist. Stimmt das?«

Niemann nickte. »Die KTU hat die Kopie untersucht. Coors hatte tatsächlich recht. Es ist eine Fälschung. Da hat jemand seinen Kopf reinretuschiert.«

Tilde riss die Augen auf. »Ist das wahr?«

»Ich kenne mich mit solchem Kram nicht aus, aber das kann

man wohl am Computer ganz einfach hinkriegen. Coors ist, was diese Kaffeefahrtensache angeht, aus dem Schneider.«

»Da stellt sich die Frage, wer ihm die ganze Suppe eingebrockt hat.«

»Genau.«

»Was ist mit dieser Rentnergang?«

Niemann hob die Schultern. »Weiß nicht so recht. Die waren hinter diesem Siefken her. Ich denke, die wurden auch manipuliert. Jemand hat sie auf Coors' Fährte gesetzt. Jemand, der ihm schaden wollte. Und damit sind wir wieder bei Ariane.«

»Ich kann das ehrlich gesagt nicht glauben. Warum sollte sie denn ihren eigenen Mann loswerden wollen? Und überhaupt, wäre sie in der Lage gewesen, die Bremsen so geschickt zu manipulieren, dass die erst nach einigen Kilometern den Geist aufgeben?«

Niemann winkte ab. »Eigentlich ist das kein Problem. Du musst es nur so drehen, dass die Bremsflüssigkeit langsam ausläuft. Erst wenn der Druck zu niedrig wird, versagen die Bremsen.«

»Und woher wusste sie, wie man das macht?«

»Vielleicht hat sie die Betriebsanleitung gelesen? Diese ganze Aktion war jedenfalls ziemlich raffiniert.«

Tilde warf Niemann einen argwöhnischen Blick zu. »Ihr wisst doch, wer dahintersteckt, oder?«

Niemann schüttelte den Kopf und seufzte. »Nein. Noch nicht.«

Eine Weile hingen sie schweigend ihren eigenen Gedanken nach. Dann nahm der Polizist seine Tasche vom Bett und ließ den Verschluss zuschnappen. »Wir werden das wohl nie bis in alle Einzelheiten aufklären.«

»Das ist wirklich ärgerlich.«

Eigentlich konnte es Tilde egal sein. Sie sollte sich vielmehr freuen, dass sie noch lebte – aber sie war unzufrieden. Es fehlte nur ein winziges Puzzleteilchen, dann wäre der Fall gelöst.

»Was wird eigentlich aus Ariane, wenn sie das Krankenhaus verlässt?«, fragte sie nachdenklich.

»Die wandert auch ins Gefängnis. Ihr Mann sitzt ja schon.«

»Damit wird die nicht klarkommen.«

»Hast du etwa Mitleid?«

»Ich weiß nicht so recht.«

Niemann nahm seine Mütze und setzte sie auf. »Was das angeht, da musst du dir keine Sorgen machen. Gerd Bramstede sitzt den ganzen Tag an ihrem Bett. Der wird sie auch im Knast besuchen.«

»Na, sieh mal einer an«, sagte Tilde nachdenklich und sah dabei aus dem Fenster. Draußen war schönstes Sommerwetter. Leider blickte sie von hier aus statt auf den Deich nur auf Hausdächer.

»Ich habe mich schon die ganze Zeit gefragt, was die beiden verbindet«, fuhr sie fort und wandte sich wieder Niemann zu. »Du hättest mal sehen sollen, wie der sich aufgeführt hat. Er hat gedroht, Otto umzubringen.«

»Na ja, der war ja auch dabei, einen Mord zu begehen. An seiner eigenen Frau.«

»… die kurz zuvor mich ins Jenseits befördern wollte. Woher wusste er überhaupt, was los war?«

»Wahrscheinlich hat er wieder mal den Polizeifunk abgehört und eins und eins zusammengezählt. Der war doch schon immer in Ariane verknallt. Schon in der Schule.«

»Bramstede ist ein Meckumer Ureinwohner? Das wusste ich gar nicht.«

»Doch, doch. Aber es hat ihm keiner nachgeweint, als er weggezogen ist. Er ist kein angenehmer Zeitgenosse. Sehr von sich eingenommen.«

»Das habe ich auch schon gemerkt«, seufzte Tilde. »Seit wann ist er denn wieder da?«

»Nicht lange. Drei oder vier Jahre.«

»Wo hat er denn die ganze Zeit gesteckt?«

»Ich weiß nicht. Es hieß mal, er hätte in Cloppenburg eine Firma.«

Tilde setzte sich auf. »In Cloppenburg?«

35

Einige Jahre vorher

Sie verließ die Toilettenkabine, denn sie musste an die Luft. Ihr war schwindlig, und sie spürte erst jetzt, wie sehr ihre Beine zitterten. Sie war aufgeregt und enttäuscht zugleich. Außerdem schämte sie sich fürchterlich.

»Seid ihr da drinnen endlich fertig?«, sprach sie eine Bedienung an, als sie den Flur entlang in Richtung Ausgang strebte.

Sie hob den Kopf und überlegte. Dann sagte sie: »Ich für meinen Teil bin es.« Sie ließ die Frau mit dem Wagen stehen, ging weiter in Richtung Ausgang und trat ins Freie.

Motorenlärm brüllte ihr entgegen. Der Gasthof lag direkt an einer viel befahrenen Straße. Wenn man aus der Tür kam, stand man fast schon auf der Fahrbahn, auf der Pkws und Lastwagen in Richtung Autobahnauffahrt vorbeirasten, die ganz in der Nähe war. Das Gebäude sah von außen genauso heruntergekommen aus wie von innen.

Sie blickte die Straße hinunter, die unter einer Eisenbahnbrücke hindurchführte. Gerade ratterte ein endlos langer Güterzug vorbei, der den Motorenlärm sogar noch übertönte. Sie blieb auf der untersten Stufe des überdachten Eingangs stehen.

Eine Frau bugsierte einen Kinderwagen den schmalen Bürgersteig entlang.

»Entschuldigung?«, sprach sie sie an.

Die junge Frau sah auf. »Ja?«

»Wie weit ist es bis ins Stadtzentrum von Potsdam? Kann man zu Fuß dahin gehen oder fährt ein Bus?«

Die Frau sah sie etwas irritiert an. »Potsdam?«

»Ja. Ich würde es mir gern ansehen und vielleicht einen Kaffee trinken, wo ich schon mal hier bin.«

Die junge Frau machte ein Gesicht, als hätte sie eine Irre vor sich. Sie lachte verlegen. »Sie sind hier in Neuseddin. Bis Potsdam sind es knapp zwanzig Kilometer. Ob heute noch ein Bus fährt, weiß ich leider nicht.«

Sie starrte die Frau an. Dann schluckte sie. »Ach so. Na dann, entschuldigen Sie bitte.«

»Keine Ursache.«

Sie musste sich setzen. Eine Weile sah sie dem Verkehr zu. Dann vergrub sie ihr Gesicht in den Händen. Ihr graute vor den Konsequenzen dieser Fahrt, die sie nie und nimmer hätte antreten dürfen. Sie machte sich die schwersten Vorwürfe.

Hinter ihr klappte die Eingangstür zu. Jemand lief die Stufen herunter und baute sich vor ihr auf. Sie blickte auf ein Paar dunkle Herrenschuhe, hob den Kopf und kam erschrocken hoch. Es war der Verkäufer. Er funkelte sie wütend an.

»Was haben Sie sich eigentlich dabei gedacht, mich vor den Leuten so bloßzustellen?«, schnauzte er.

»Aber ich –« Sie kam nicht weiter, denn der Kerl unterbrach sie rüde.

»Ich mache nur meine Arbeit. Ich muss schließlich auch von irgendwas leben, und ich bekomme keine üppige Rente wie Sie!«, blaffte er sie an.

»Ich bekomme gar keine üppige Rente! Und dass ich Sie gestört habe, tut mir leid«, sagte sie mit zittriger Stimme, denn sie hatte Mühe, ihre Tränen zurückzuhalten, aber dieser Kerl sollte sie nicht weinen sehen.

»Wenn Sie so arm sind, warum fahren Sie dann überhaupt mit?«

»Das habe ich Ihnen doch schon gesagt.«

Er lachte auf. »Ach so. Ja. Der Gewinn.« Er schnaubte verächtlich.

»Sie sollten nicht mit Lügen werben«, sagte sie leise.

Der Verkäufer musterte sie mit tiefer Verachtung. »Mir sind ja schon die dollsten Dinge untergekommen, aber so eine verrückte alte Kuh wie Sie noch nie.«

Sie starrte ihn an. »Was haben Sie da gerade gesagt?«, fragte sie und spürte etwas, das sie kaum noch von sich kannte: Zorn.

»Verrückte alte Kuh habe ich gesagt«, wiederholte der Verkäufer leichthin. »Und ich habe was vergessen: Sie sind auch noch dumm. Dumm wie Stroh. Und unverschämt. So was habe ich gern. Sie haben mir das Geschäft versaut.«

Sie streckte sich. Der Kerl war einen Kopf größer als sie, aber sie hatte keine Angst mehr vor ihm. »Suchen Sie sich eine ehrliche Arbeit, junger Mann«, sagte sie erzürnt. »Was Sie tun, ist in meinen Augen kriminell.«

Er lachte bellend. »Na und? Wir müssen alle sehen, wo wir bleiben, gute Frau.«

»Ich hab Ihnen da drinnen schon gesagt, ich bin nicht Ihre gute Frau«, fuhr sie ihn an. »Mein Name ist Dora Barthus. Merken Sie sich das!«

Der Verkäufer war nur kurz überrascht, fing sich aber schnell wieder. Dann musterte er sie abschätzig.

»Wenn Sie sich nicht zusammenreißen, kann ich Sie auch von dieser Reise ausschließen. Sie können schon mal Ihren Koffer packen.«

Dora schnappte nach Luft. Ihre Kehle schnürte sich zu. Der Zorn, der sie gerade noch mutig gemacht hatte, war verflogen.

»Sie können mich doch nicht einfach in einer fremden Stadt aussetzen«, jammerte sie. »Das dürfen Sie gar nicht.«

»Ich kann, und ich darf«, sagte der Verkäufer kühl. »Mir gehört nämlich dieses Reiseunternehmen.« Er plusterte sich auf und pikte ihr mit dem Finger in die Schulter. »Und ich sag Ihnen noch etwas, *gute Frau.* Wenn Sie noch einmal diesen bescheuerten Gewinn erwähnen oder sonst was Blödes sagen, dann werde ich es ohne mit der Wimper zu zucken tun. Dann können Sie zu Fuß von Potsdam nach Hause laufen, verstanden?«

»Wir sind ja gar nicht in Potsdam.«

»Uups!« Der Verkäufer riss in gespielter Überraschung die Augen auf. »Sollten wir uns etwa verfahren haben?«

»Sie sind so unverschämt!«, keuchte Dora. »Ich werde das meinem Sohn berichten. Der ist Anwalt.« Das rutschte ihr nun schon zum zweiten Mal heraus, aber es verfehlte seine Wirkung nicht.

Der Verkäufer wurde blass, und jeglicher Hohn verschwand aus seinem Gesicht. »Das wagst du nicht«, sagte er leise und bedrohlich.

Dora riss die Augen auf. Sie hatte das gar nicht sagen wollen. Aber nun blieb ihr nur ein Ausweg: die Flucht nach vorn.

»Und ob ich das wage«, stieß sie hervor und griff in ihre Handtasche. »Ich werde ihn sogar sofort anrufen und ihm von Ihren miesen Methoden erzählen!«

Der Verkäufer fasste nach der Tasche, aber Dora zog sie rechtzeitig weg und trat einen Schritt zurück. Er griff noch einmal danach und bekam die Henkel zu fassen. Dora ließ nicht los. So zogen sie beide und drehten sich im Kreis.

»Loslassen!«, rief Dora mit dem Mut der Verzweiflung. »Oder ich zeige Sie an!«

Der Verkäufer ließ los, und Dora stolperte einen Schritt zurück. Ihr Fuß trat ins Leere. Nach hinten fallend sah sie, wie der Verkäufer große Augen machte. Er streckte den Arm aus, bekam aber wieder nur die Tasche zu fassen.

Dora ließ los und fiel.

Bremsen quietschten, sie wurde in die Luft gehoben und flog auf die andere Straßenseite. Dort blieb sie liegen.

Der Verkäufer rannte zu ihr, ohne auf den Verkehr zu achten, der jäh zum Stillstand gekommen war. Dora konnte sich nicht bewegen, aber sie konnte sehen. Sie sah, dass er sich über sie beugte.

»Um Gottes willen. Das wollte ich nicht. Ich wollte das nicht!«

Der Mann weinte ja. Vielleicht bestand noch Hoffnung für ihn. Dora lächelte.

»Wie ist Ihr Name, junger Mann?«

»Bramstede. Ich bin Gerd Bramstede.«

»Suchen Sie sich eine anständige Arbeit. Dann wird alles gut.«

36

Tilde stand auf dem Friedhof. Sie war lange herumgeirrt, bis sie das richtige Grab gefunden hatte. Zwei Namen waren auf der Marmorplatte eingemeißelt, die das Grab bedeckte: Bernhard Barthus und Dora Barthus. Sie waren kurz hintereinander gestorben, zuerst die Frau und zwei Wochen danach der Mann.

Das war nun schon einige Jahre her, und wie es schien, kümmerte sich niemand um das Grab. Der Marmor war grün vom Moos, und in der Sonne glitzerten unzählige getrocknete Schneckenspuren. Ein verwelkter Blumenstrauß lag am unteren Ende der Platte. Tilde vermutete, dass der von Henning und Gundula stammte, schließlich hatten die sich geschworen, Doras Tod zu rächen, was sie selbst das Leben gekostet hatte.

Vor einer Woche war Tilde aus dem Krankenhaus entlassen worden, aber vorher hatte Tammo Niemann ihr stolz seinen Ermittlungserfolg verkündet. Er hatte nach seinem Besuch bei ihr noch am selben Tag Bramstede vernommen, und der hatte gestanden, den Zeitungsartikel gefälscht zu haben. Sowohl Otto Coors' Foto als auch seinen Geburtsnamen hatte er hineinretuschiert und die Fälschung dann kopiert, um alle Spuren seines Betrugs unkenntlich zu machen. Die Täuschung war gelungen. Sowohl die militante Rentnergang als auch seine alte Liebe Ariane waren ihm auf dem Leim gegangen. Er hatte zwei Fliegen mit einer Klappe geschlagen. Aber zu guter Letzt war sein Spiel dann doch aufgeflogen.

Jetzt lag das letzte Puzzleteil an seinem Platz, aber Tildes Seelenfrieden war noch nicht vollständig wiederhergestellt. Sie hatte Tammo Niemann bekniet, und der hatte ihr schließlich verraten, wo Dora begraben lag. Es war nicht weit weg von Bremen, und so hatte sich Tilde auf den Weg gemacht, damit sich der Kreis endlich schloss.

Sie räumte den gammeligen Kranz beiseite und legte frische Blumen auf das Grab.

Ihr Handy klingelte. Sie nahm das Gespräch an. Es war die

Redaktion der »Cottage«. Sie horchte eine Weile in den Hörer. Dann lächelte sie.

»Was für eine Frage! Natürlich habe ich Zeit für einen weiteren Inselaufenthalt. Ich kann in zwei Stunden aufbrechen. Wie hieß noch mal das Thema für die Reportage?«

MALEN UND MORDEN AN DER NORDSEE

Klappenbroschur, 256 Seiten

ISBN 978-3-95451-542-4

DER KOMMISAR BELLT!

Klappenbroschur, 208 Seiten

ISBN 978-3-95451-280-5

SO SCHMECKT DER URLAUB!

Klappenbroschur, 288 Seiten

ISBN 978-3-95451-543-1

STRAFVERSETZT NACH AMEROOG

Klappenbroschur, 192 Seiten

ISBN 978-3-95451-541-7

INGOMAR VON KIESERITZKY

DA KANN MAN NICHTS MACHEN

ROMAN

VERLAG C.H.BECK

ISBN 3 406 48056 x

www.beck.de
Gesamtherstellung: Kösel, Kempten
Gedruckt auf säurefreiem, alterungsbeständigem Papier
(hergestellt aus chlorfrei gebleichtem Zellstoff)
Printed in Germany

Vicovic 1

Kurz hinter der Station Pardubice fand der Schaffner des Vindobona, Vicovic, in der Toilette des leeren Wagens 265 einen mittelgroßen Herrn, der, tot, mit herabgelassenen Hosen extrem bequem zurückgelehnt, auf dem rauchfarbenen Klosettdeckel saß. Er sah so friedlich aus wie ein schlafender Säugling und zeigte ungerührt seine beiden häßlichen, keulenartigen Knie.

Vicovic bewaffnete seine Augen mit einer Sonnenbrille; sofort wurde die enge Kabine schön, der Spiegel erstrahlte in einem rostigen Gold.

Gottlob hatte sich dieser stille Passagier keiner letzten Lockerung überlassen; da kannte Vicovic ganz andere Fälle – unreinliche Selbstmorde, Herzinfarkte mit Entleerung, aber auch triviale Alkoholiker, die sich ungeniert erleichtert hatten. Dieser Herr roch nicht schlecht, ja, er war von begrüßenswerter Geruchlosigkeit, was eine Bearbeitung dieses Falls auf engstem Raum zu einem Kinderspiel machte.

Personalien sind immer interessant; der stille Herr hieß (so sagte der Paß in der Brieftasche) Randolf v. K. und war (nach der Fahrkarte zweiter Klasse zu schließen) auf dem Weg von Berlin nach Wien. Der Mann sah leidend aus, als habe er eine langwierige Kur überstanden. Sein Kopf mit dünnen Haaren ruhte auf dem Spülkasten und folgte getreulich jedem Schwanken des Zuges. Sein Mund war leicht geöffnet. Er roch nach einem süßen Tonicum, das Vicovic an Orangenlikör erinnerte; vielleicht eine Medizin, die wohlschmeckend war.

Zwischen den Füßen in furchtbar häßlichen Gesundheitsschuhen hütete dieser Randolf (ein Name wie aus einem anderen Jahrhundert) eine bauchige Tasche aus schwarzem Leder. Traurig entnahm Vicovic der leider anämischen Brieftasche ein wenig Geld für die Kinder, 4000 Schilling, 200 Franken, 300 Deutsche Mark – eine einsame ägyptische Pfundnote legte er zurück, während er an den Tod dachte, den dieser Herr so diskret hinter sich gebracht hatte, ohne Lärm und ohne Schmutz.

Als leidenschaftlicher Leser populärer medizinischer Artikel wußte Vicovic, daß alle inneren Funktionen erloschen waren; auch die Haare wuchsen nicht mehr, und niemals würde der Tote seine Soljanka verdauen. Als er die zweite Innentasche des Sakkos untersuchte, ertönte ein Magengeräusch, als trennten sich verschiedene Sekrete, um in den dunklen Röhren des Leibes zu verschwinden.

Was mochte der stille Herr hier von Beruf sein? Seine Hände waren zart, die Finger lang, und Vicovic fand ein paar Tintenspuren am Daumen der rechten Hand; er hatte X-Beine, ritt also nicht. Die Brille hatte dicke Gläser mit einer hohen Dioptrienzahl. Da wurde an die Tür geklopft, und Vicovic erstarrte, während eine Extrasystole ihm die Luft nahm. Er hielt den Atem an und betrachtete aufmerksam das Gesicht des schweigenden Herrn, die wohlgeformte, bleiche Stirn, die acht Querfalten und die abstehenden Ohren, die rosig schimmerten.

Er sieht, dachte Vicovic, geistvoll aus, aber er hat weißen Grind auf dem Schädel. Dann wusch er sich entschlossen die Hände in einem dünnen, lauen Strahl und machte sich an die Aufgabe, die Tasche zu inspizieren. Vielleicht war der Passagier Vertreter für elektronisches Spielzeug. Das Söhnchen Milan war ganz wild auf das Zeug. Oder dieser Herr war ein berühmter Schriftsteller, gar ein Poet, was noch interessanter wäre – denn Vicovic schrieb heimlich Gedichte; nicht über Vögelein, die Wolken, Blumen oder Mädchen, sondern über Lokomotiven, selbstverständlich Dampflokomotiven. Sein Gedicht über den Orientexpreß und die berühmte Riesenlokomotive Buddicom war erst in einem zarten Anfangsstadium, und über die erste Zeile kam er einfach nicht hinaus –

O, Buddicom der CIWL, umgürtet von
Schwarzen Lenden aus Stahl! Illuminiert
Von feurigen Funken, beben deine Lenden.

Zwei farbenprächtige Bücher lagen auf einem Kulturbeutel, die Vicovic mit großem Interesse in die Hand nahm. Das eine hieß *Herzen in Flammen* von einer gewissen Vanessa Wolf. Auf dem Umschlag sah man eine nackte, junge Dame mit milchweißen Brüsten, die auf einem schwarzen Hengst saß. Das zweite Buch war von einer Joyce Palmer – hier schmiegte sich eine junge Dame mit Dekolleté an einen Riesen, der lange Bodybuilding getrieben hatte; der Titel: *Prinzessin des Wahnsinns*.

Der romantische Leser Vicovic legte die beiden Schätze vorsichtig auf den abschüssigen Schoß des bleichen Gastes; zu späterem Gebrauch. Herr Randolf v. K. starrte gleichmütig ins Nichts, während Vicovic den Kulturbeutel untersuchte. Einmal, vor Jahren, hatte er in einem verwaisten Necessaire kostbare Lotionen, Parfum-Flacons und herrlich duftende Seifen gefunden und für seine Frau eine exklusive Crème gegen Damenbärte. Neben belanglosen Toilettenartikeln fand sich ein hübsches Arsenal von Medikamenten, mit denen er seine Taschen polsterte; Medikamente aus dem Westen waren teuer und gut, und er dachte vage an seine ewigen Magenschmerzen, seinen Gichtzeh, auch Podagra genannt, und einen dunklen Schmerz unterhalb des Herzens, der ihn überfiel, wenn er ein schönes Gedicht las. Der Rest des Tascheninhaltes war leider unbrauchbar; es handelte sich um einen Aktenordner mit genealogischen Tafeln, einen Haufen von Stadtplänen, und in der untersten Schicht fand sich ein broschiertes Bändchen, auf dem eine schwarze Rose in einem weißen Feld blühte: *Meine Reinkarnationen* von E. Landau. Ein hochinteressanter Reisender, der da vor ihm saß, Knie an Knie, aber die Ausbeute war leider nicht so ergiebig, wie Vicovic gehofft hatte.

Das Buch über die Reinkarnationen steckte er ein.

In einer Tasche fand sich ein ordentlich an der Seite gelochtes Manuskript, voll von wilden Flecken und Tintenklecksen, in einer kleinen, runden Handschrift. Ein Teil war auf einer uralten Schreibmaschine mit fehlenden Buchstaben getippt.

Vielleicht ein Roman?

Vicovic fand keinen Titel, was er tief bedauerte. Ein Roman mußte einfach einen Titel haben. Er kannte den ganzen Balzac, da hatte jeder Roman einen richtigen Titel.

Beim Blättern las Vicovic das Wort Darm-Hirn – die Poesie dieser ungewöhnlichen Kombination berührte sein Herz –, er rollte das Manuskript, versah es mit einem Gummiband und verstaute es in seiner geräumigen Hose unter der Jacke.

Der Tote, dachte Vicovic, wird wohl nichts dagegen haben, daß ich sein letzter Leser bin. Er blickte in Randolfs Augen, während er sein rechtes behostes Knie gegen das nackte linke des Toten preßte – und da machte er eine Entdeckung, die unheimlich war. Auf dem linken Lid hatte der stille Poet eine kleine Entzündung, ähnlich einem Gerstenkorn im Reifestadium.

Vicovic kam ein fürchterlicher Verdacht. Für alle Fälle wusch er sich noch einmal die Hände; vielleicht hatte der Leichnam eine ansteckende Krankheit – und Vicovic rief sich verzweifelt jene Rubrik aus dem *Reader's Digest* vor das innere, im Augenblick hypochondrische Auge, die da siegreich hieß: Neues aus der Welt der Medizin. Er konnte sich aber leider nicht daran erinnern, ob die Geschlechtskrankheiten wieder auf dem Vormarsch waren oder im Rückzug begriffen. Ein Gerstenkorn wäre natürlich harmlos. Tante Irina hatte ihr Lebtag – bis 80 – unaufhörlich unter Gerstenkörnern gelitten, immer im Wechsel, mal am einen Lid, dann wieder am anderen, so regelmäßig wie Sonnenaufgänge. Nur die Syphilis ist ansteckend, sagte sich Vicovic, und sie wird durch Tröpfchen beim Küssen übertragen, durch den Koitus und durch den Atem. Bei Atem fiel ihm sofort ein Satz ein, den er zu Hause beim Bier in der Küche gelesen hatte: Im Durchschnitt enthält jeder Mensch zwei Moleküle des letzten Atems von Julius Cäsar! Vicovic fixierte nachdenklich den Herren auf der Klosettbrille: vielleicht krank, vielleicht ein Poet, aber ansteckend? Wenn diese Information mit J. Cäsar stimmte, dann besaß jeder Mensch, vorausgesetzt, er lebte noch, auch zwei Moleküle des letzten Atemzugs von Marilyn Monroe, von Jane Russell, Jack the Ripper, Hitler und Balzac; er dachte immer intensiver über diese phantastische Idee nach, und ihn schwindelte. Wenn das also stimmte, hatte er eine Unzahl prominenter Moleküle intus, leider auch die seines geduldigen Passagiers. Vicovic wusch sich noch einmal sorgsam die Hände, schloß den Mund und atmete trotz seiner Polypen durch die Nase, weil ihm noch eine wichtige Information eingefallen war: – der Mensch atmet etwa 23000-mal am Tag aus und ein; multiplizierte man diese Zahl mit der Anzahl der Moleküle, dann war die Gefahr, sich zu infizieren, unkalkulierbar. Vicovic räumte gründlich auf, beseitigte seine Spuren und sagte Adieu. In wenigen Minuten, exakt um 15 Uhr 21, würde der Zug Prag erreichen.

Zwei Stunden später saß Vicovic in seiner Küche an einem fleckenreichen Tisch und breitete die Kostbarkeiten in einer geometrischen Ordnung aus. In der Wohnung war es still und der Herd kalt, aber auf dem Fensterbrett lag ein toter Hase, der gewisse Freuden des Abends verhieß – doch was war der schönste Hase gegen diese Dokumente.

Die beiden Romane mit den farbenprächtigen Titelblättern legte er exakt aufeinander. Rechts neben die Romane stellte er eine geöffnete Flasche Stamopramen, aus der er hin und wieder vorsichtig trank. Neben den Randolf'schen Aktenordner mit den genealogischen Anmerkungen legte er das broschierte Bändchen mit dem interessanten Titel *Meine Reinkarnationen* von E. Landau. Als letztes legte er das an der linken Seite perforierte Manuskript neben die Reinkarnationen und gönnte sich eine lange Zeit der Betrachtung und Vorfreude, ehe er mit der bestimmt genußreichen Lektüre begann.

Aus der Schublade, die ein wenig klemmte, nahm er feierlich eine marmorierte Mappe, in der sich sein immer noch nicht vollendetes Gedicht *Die Große Lokomotive Buddicom* befand. Liebevoll betrachtete er sein Poem im Licht des scheidenden Tages und wurde ein bißchen sentimental. Über die ersten Zeilen hatte er mit schwarzem Kugelschreiber eine Wolke gezeichnet, geformt wie die Dampfwolke, die große Lokomotiven bei hohen Geschwindigkeiten ausstoßen; diese Wolken waren für Vicovic eine Quelle unerschöpflicher Inspiration, und über allen seinen Gedichten dräute diese Wolke.

Ach, Jaroslav, sagte er laut zu sich selbst, so eine Dampfwolke ist irgendwie ein Symbol der Kraft, der Bewegung natürlich, der Geschwindigkeit, und sie ist so flüchtig wie der Erfolg. Diesen Einfall notierte er unter die letzte Zeile des Gedichtes und zeichnete unter den Bauch der Wolke einen kleinen Auswuchs, der an eine Nabelschnur erinnerte.

Jaroslav, sagte er laut, deine Selbstgespräche müssen aufhören, auch wenn dir keiner außer dir selbst zuhört, es wirkt irgendwie krank, wie Eva in ihren helleren Minuten sagt, und macht einen unguten Eindruck auf die Umgebung. Und genug mit diesen Symbolen, den Wölkchen und dem Qualm; das Gedicht muß warten, und auch die Buddicom wird's aushalten müssen. Sie ist so unsterblich wie kaum etwas anderes auf dieser Welt, und vielleicht steckt sich mein Gedicht einfach an den anderen Manuskripten an, sozusagen, oder das Einatmen der Moleküle aus den Manuskripten meines seligen Passagiers hat einen – irgendwie inspirierenden – Einfluß auf mein Gehirn, das im Stillstand nicht richtig funktioniert. Im Express kann ich leidlich denken, das liegt an der gleichmäßigen Bewegung des Zuges. Und das Gehen im Gang eines Zuges entgegen der Fahrtrichtung macht bei Jaroslav den Dichter in ihm gewissermaßen frei, während das Gehen in Fahrtrichtung die Gedanken behindert, Gott allein weiß, warum.

Und Jaroslav Vicovic bedauerte es, daß er keinen einzigen Dichter kannte, der Schaffner gewesen war.

Sehr, sehr schade, sagte er laut zum toten Hasen, und es ist doch schon September.

1

Wieder im Zug nach Wien, über Prag.

Am voraussichtlichen Ende dieser Exkursion bin ich zu Tode erschöpft. Gott, wie kam das alles? Ein niederträchtiger Tremor plagt mich. Die Wirbelsäule ist dahin. Und der Kopfschmerz ist mal konzentrisch, dann wieder elliptisch, nachts im Hinterkopf, tagsüber in der Stirn, aber immer präsent. Von den Stirnhöhlen will ich nicht reden. Mein Augenlicht hat mich auch verlassen – 5,6 Dioptrien minus auf jedem Auge, jedenfalls sind die sich einig. Ja, und meine Zunge ist lahm, das kommt vom vielen Sprechen. Mein Arzt sagt, es ist eine Totalerschöpfung und ich soll nach Baden bei Wien reisen, zur Kur. Warum nicht.

Als exemplarisch gesunder Mensch, lebfrisch sozusagen, bestieg ich damals den EC Aurora, um eine neue Existenz zu beginnen, an meinem vierundfünfzigsten, im übrigen banalen Geburtstag. Nun sitze ich wieder in einem Zug, zweite Klasse, Nichtraucher, ein Wrack, früh vergreist, der Tremor ist ja nicht alles.

Vor diesem Unternehmen war ich kerngesund, Nichtraucher, kaum Fleisch, wenig Gemüse, Obst, klar, keine Frauen (Bücher, massenhaft Bücher in jedem Jahr zweimal, in jeder Saison, unermeßlich viele, ganz unlesbar viele).

Bei meiner ersten Reise von Berlin nach F. war ich noch Buchhändler. Was habe ich damals, die Leberwerte noch in Ordnung – ein Status sondergleichen, sagte Dr. Labsam – im EC Aurora gelesen? Wenn ich überhaupt gelesen habe, wer weiß. Meine Abneigung gegen Bücher war groß. Aber das Lesen ist eine Manie, eine schlechte Angewohnheit wie das Rauchen. Unterwegs lese ich immer Reisebücher, was soll man sonst auf Reisen tun, wenn man einen Zug benutzt, und ich benutzte immer Züge; Flugzeuge sind vulgär und Autos zu gefährlich, Schiffsreisen konnte ich mir noch nie leisten. Ich erinnere mich wieder – auch mein Gedächtnis läßt nach, wie das Augenlicht –, ich hatte drei Bücher bei mir für die Fahrt nach Süddeutschland, Herders *Journal meiner Reise im Jahr 1769*; damals gab's noch Kutschen, und es war eine Reclam-Ausgabe, deren Druck ich mühelos lesen konnte, aber es war mir zu gebildet. So griff ich zu den *Reisen im Orientexpreß*, reich illustriert mit farbigen Photos, Fahrplänen und Abbildungen von Prospekten der CIWL, der Compagnie Internationale des Wagons Lits. Die einzige Gemeinsamkeit eines modernen Zuges mit dem alten Orientexpreß besteht darin, daß man auf Schienen vorwärts fährt, das ist schon alles.

Mein Vorfahr Alexander Baron K. (auf Reisen ins Ausland waren alle Balten und Polen Barone oder Grafen) führte auf seinen Touren im Orientexpreß auf der Route Paris-Konstantinopel aus begreiflicher Angst vor Giften immer ein Sortiment Falz-Fein'scher Konserven mit sich, die damals berühmt waren. Er selbst stellte in seiner Fabrik ab 1904 Patentdosenöffner her, die mit einer kleinen Säge und einem Taschenmesser kombiniert waren, so daß er jeder Konservendose in jedem Zug der Welt gewachsen war. Ausgerechnet dieser gebildete, reiche und seelenvolle Mann erlag im Simplontunnel – das war die Route des Orientexpresses 1929 durch die Schweiz und Norditalien – einer Fleischvergiftung, die er sich durch die einzige Büchse Falz-Fein'scher Delikatessen eingehandelt hatte, die ihr Verfallsdatum überschritten hatte; dabei hatte er den Patentdosenöffner vorsorglich MAINTENANT genannt, um zum schnellen Verzehr der Konserven anzuregen. Armer Alexander,

der den genialen Dosenöffner erfunden hatte – nicht Gift in der Türkei, dem neuen bedürftigen Markt für den MAINTENANT, raffte ihn dahin, sondern ein unersättliches Bakterium. Dieser weitläufig verwandte Onkel Alexander arbeitete während seiner Akquisitionstouren an einer Seelenkunde, d.h., er machte sich in seinem Coupé der ersten Klasse zwischen Paris, Wien und Konstantinopel unaufhörlich Notizen zur Seelenfrage, wie man sie definiert, wo die Seele zu Lebzeiten wohnt, was von ihr zu halten sei und wo sie steckt oder bleibt, wenn man ablebt. Ob der rührige Fabrikant reiste, um seine Seelenkunde im Orientexpreß zu schreiben, oder ob er schrieb, um im Orientexpreß zu reisen, ist nicht bekannt.

Welchen Seelen-Begriff der unglückliche Onkel bevorzugte, wußte niemand; aber gleichgültig, ob als Hauch oder als Konglomerat aus Feueratem, er widmete sich dieser Sache wirklich mit Leib, Geist und Seele und galt als Experte in dieser Frage. Im Baltikum hielt er Vorträge, und in den Salons streute er einer jeden Seele, die sich zeigte, Salz auf den Schwanz, wie eine berühmte Okkultistin sich einmal ausdrückte.

Ich löste mich auf meinem reservierten Platz 61 von der Seelenfrage und dachte an die Postkarte der uralten Tante Bea Victoria (Zweig Dorpat), die mir geschrieben hatte: Lieber Randolf, bitte besuche mich. Es ist Zeit, meine Bibliothek aufzulösen; viel Wertvolles ist dabei, aber einer muß es sichten, und du bist doch Buchhändler! Deine Bea Victoria.

Auf der Kunstpostkarte der Firma Fingerle war das berühmte Bücherstilleben von Arcimboldo zu sehen; ein wahrer und falscher Fingerzeig des Schicksals, wie sich bald zeigen sollte. Als Clan-Älteste, der gute Jahrgang 1902 – extrem hart, scharf und langlebig, wie es in der Reklame für ein japanisches Küchenmesser hieß –, hatte sie wahrscheinlich verstaubte baltische Autoren gesammelt, Poesiealben mit Widmungen aus der Mädchenzeit und garantiert diverse von Zenta Maurina signierte Bücher und – ganz unvermeidlich, wie in einer jeden baltischen Familie, die Literatur liebte – die Gedichte des Herrn von der Trenck, den keine noch so gutmütige Literaturgeschichte erwähnt.

Das war der Zweck der Reise. Meine psychische Verfassung war leidlich, aber nicht wohlgemut; doch vielleicht hatte die alte Dame Schmuck. Für alle Fälle lernte ich ein paar Daten aus den genealogischen Tafeln auswendig. Verwandte unterhalten sich gern über lebende und tote Verwandte.

Der Baron Alexander war als Reisender cholerisch, als Fabrikant seiner Patentwerkzeuge ein Maniak der Präzision, die Konflikte der Liebe ließen ihn kalt, während ihn die sepiafarbenen Photographien sexueller Handlungen ein wenig erwärmten.

In Kassel stieg eine doppelte Störung ein – ein alter Herr mit Hund setzte sich mir gegenüber an den rechteckigen Tisch, auf dem ich meine Papiere ausgebreitet hatte: die Tafeln, das Buch über den Orientexpreß, Herders Journal seiner Reise und das kunstlederne Adreßbuch aller noch lebenden Familienmitglieder. Bei irgendeinem der Verwandten ließen sich bestimmt Akquisitionen tätigen, die mir die leidige Arbeit als Buchhändler ersparten.

Das Reisen im Zug ist eine bequeme Angelegenheit. Ich konnte Alexanders Schwäche für den Orientexpreß komplett verstehen. Man sitzt auf seinem reservierten Platz, liest Reiseberichte und familienchronikale Notizen mit Jahreszahlen am Rande der Tafeln; alles ist vergangen, die meisten sind tot, verweht und verbrannt oder vergraben und vergessen. Die Geschwindigkeit ist anständig, die Erschütterungen gering; nur hatte ich damals vergessen, daß meine Adressen zwölf Jahre alt waren – nicht gerade veraltet, aber auch nicht ganz aktuell.

Die Promenadenmischung des alten Herrn, schwarzweiß gefleckt, sah mich aus tränenfeuchten Augen an, Schnurrbart schneeweiß, am Unterkiefer gelblich, was mich an Löwensenf erinnerte.

Und dann erlebte ich eine unangenehme Überraschung.

Nicht nur der Köter weinte, nein, der alte Herr, wohl das sog. Herrchen, weinte ebenfalls. Es handelte sich um ein dezentes Schnüffeln. Als die Nase endlich voll war, zog er kräftig hoch und hustete hohl in die rechte Hand, die er an der Hose abwischte. Als sein nacktes Gesicht ebenso tränenüberströmt war wie das seines mitfühlenden Hundes, suchte er nach einem Taschentuch und schneuzte sich mit zarten Trompetentönen. Erleichtert ließ er sodann das von Rotz und Tränen schwere Taschentuch in seinen Schritt fallen.

Wohl ein Trauerfall mit einer verspäteten Initialzündung.

Beileid, murmelte ich begütigend.

1904 hätte einen niemand mit Tränen öffentlich so belästigt, vor allem nicht im Orientexpreß, an dessen Spitze die pechschwarze Buddicom-Lokomotive durch die Nacht raste, voller Feuer im Leib.

Kurz hinter Lausanne zog sich der Reisende Alexander in sein mit Teak und Mahagoni getäfeltes Schlafcoupé zurück, legte sich auf die mit Cordobaleder und eingestanztem Gold gepolsterte Couch auf den maroden Rücken – ein Erbteil seines Großvaters – und meditierte bei einer Flasche Mailly-Champagner und Karten legend über die Seele der Frauen, während er Patiencen mit nackten gefesselten Schönheiten betrachtete, die von einem Eunuchen ausgepeitscht wurden. Erfrischt öffnete er dann wohl in Venedig seine erste Büchse von Falz-Fein, wahrscheinlich fleischige Wachtelschenkel, Truffe in Aspik, oder den sublimen Hintern eines Kapauns im eigenen Saft.

In den Erinnerungen eines alten Rittmeisters heißt es (erschienen als opulenter Privatdruck 1924) – der Name des alten Herrn tut nichts zur Sache, aber er fiel, sturzbesoffen, aus einem Regionalzug: Baron Alexander war außerordentlich unpraktisch, was ihn nicht daran hinderte, großartige Erfindungen zu machen, der Menschheit zum Heil und seiner Ehre als Geschäftsmann, die ihm Reichtum eintrugen. Aber der Dosenöffner, den er MAINTENANT nannte, verschaffte ihm bleibende Unbill. Dies lag an seinem cholerischen Temperament, seinem Jähzorn, seiner Ungeduld. Ich selbst, und ich spreche als Rittmeister, weiß, wie sich das Temperament eines Reiters auf ein Pferd überträgt (an dieser Stelle folgt eine umfangreiche Reitergeschichte). Der Rittmeister fährt dann fort: Und so war es auch mit Alexander. Es existierte zwischen ihm und den Objekten eine sympathetische Feindschaft – Stühle stellten ihm unvermutet ein Bein, Tische neigten sich, wenn er sich auf sie stützte, Gläser zersprangen, wenn er sie in die Hand nahm, Matratzen verloren ihre Konsistenz und schlossen sich über ihm, Lampen bespritzten ihn mit Petroleum –, aber es führte zu weit, alle Beispiele im einzelnen zu nennen.

Schade. Leider ist mir das Buch abhanden gekommen. Ich lieh es einer jungen Dame namens Irma, deren Toaster alles verbrannte, womit man ihn fütterte.

Haben Sie wohl ein Taschentuch, fragte der trauernde

Herr, nicht für mich, sondern für die Hündin. Sie hat eine Konjunktivitis seit ihrer Mädchenblüte.

Schöne Sprechweise, dachte ich, einerseits Konjunktivitis, andererseits Mädchenblüte wie beim alten Proust.

Nur Papiertaschentücher, sagte ich.

Danke nein, sagte der alte Herr verschnupft und verschwand gottlob für einige Zeit in einem mir nicht bekannten Tagtraum.

Neben der Vita des ingeniösen Fabrikanten entdeckte ich eine kleine Notiz, die da hieß – *Der Psyche A.s Zusammensetzung – ein kurioses Konglomerat!*

Diese handschriftliche Notiz war 1912 gemacht worden –

A. leidet aus Blödheit. Genuin oder nicht, ist aber vorhanden. Er bewegt sich nicht selbst, er will bewegt werden – siehe auch seine Photos! Er ist ein Sadist, weswegen er sich für die Seele interessiert, aber er hat keine Ahnung. Der onaniert über Seelen, die er sich im Orientexpreß modelt, und säuft dabei Burgunderwein! Widerlich! Wichtig: Die Konservenfrage!

Warum frißt er immer Konserven von Falz-Fein?

Warum befriedigt ihn nur kalte Nahrung in Büchsen?

Da ist was faul! Warum will er partout einen Roman schreiben, wo es doch schon so viele schlechte gibt? Ist doch alles abgegrast! Positives ist über A. kaum möglich zu sagen, aber Erbarmung auch – nein! Vielleicht seine Fähigkeit, aus Brennesseln und Disteln Honig zu saugen – masochistische Variante! Oder sein Schönheitssinn? Ist man reich, ist das eine billige Karriere. Seine Lärmempfindlichkeit ist extrem ausgebildet, aber wahrscheinlich eine Marotte, ein Tick, wieder eine Nebenblödheit.

Was ist das einzig Gute an diesem (und dann folgt leider ein unleserliches vielsilbiges Wort) – seine Angst vor den Tücken der Objekte; da ist er einmal menschlich und nicht der Patentdosenöffner, der er immer war. Idiotisch, so ein Ding MAINTENANT *zu nennen, idiotisch!*

Diese 23 Zeilen waren nicht klein geschrieben, aber so eng, Buchstabe an Buchstabe, daß man sich im Dickicht der vielen Zeichen verlieren konnte. War aber aufschlußreich, für mich jedenfalls, denn da hatten sich plötzlich viele Ähnlichkeiten ergeben, keine Familienähnlichkeiten und keine biographischen.

Ich holte mir aus dem Speisewagen eine große Büchse Bier. Als ich zurückkehrte, saß die alte Hündin trockenen Auges auf meinem reservierten Platz.

Vicovic 2

Wäre ich so reich gewesen wie dieser Alexander, dachte Vicovic im Bett liegend, ich hätte mir ein Dauerbillett der ersten Klasse gekauft und wäre aus dem Orient-Simplon-Taurus-Expreß nur manchmal ausgestiegen, hätte Champagner getrunken, Gänseleber gegessen und Austern en masse verschluckt. Ich hätte Gedichte geschrieben über Lokomotiven, auch Frauen; und in der Nacht vielleicht ein elegantes Tagebuch über die Liebe, Landschaften, Züge und Geschäfte geführt. Nur was für Geschäfte wären in den Zeiten des Barons möglich gewesen, ohne eine Erfindung wie den Patentöffner?

Eva erschien in ihrem falschen Seal und legte einen Brief auf die Nachtkonsole. Es war eine Vorladung auf das Polizeirevier 9.

Das ist nicht gut, dachte Vicovic, ich muß mich präparieren. Polizisten sind nicht besonders intelligent, aber man weiß ja nie.

Hast heut keinen Liebeswunsch, fragte Eva, deren schwerer, schöner Kopf auf seinem Brustbein ruhte.

Ich muß morgen aufs Revier, sagte Vicovic und seufzte, als Zeuge.

Was sollst denn du bezeugen, fragte Eva.

Keine Ahnung, ich weiß es nicht, sagte Vicovic.

Hast du am Ende wieder etwas ausgefressen?

Nichts, nichts, sagte Vicovic, morgen wird sich's aufklären.

Schlaf gut, Jaroslav, sagte seine Frau und rollte sich zur Seite. –

Der Kommissar Kosic war ein dicker Herr mit einem Katergesicht und gelben Augen. Das ist der deutsche Botschaftssekretär, der Herr Müller, sagte er und zeigte auf einen Mann mit einer langen, scharfen Nase.

Ob ihm auf der Fahrt am 13. September Berlin–Wien im Wagen 265 ein Passagier aufgefallen sei, fragte der Kommissar.

Ein Deutscher, sagte Herr Müller eifrig.

Mir fallen alle Passagiere auf, sagte Vicovic, weil ich sie kontrollieren muß – was mit diesem Deutschen vorgefallen sei?

Er wurde tot auf der Toilette im 265 gefunden, auf dem Prager Hauptbahnhof, exakt 15 Uhr 40, durch eine Putzfrau. Kosic reichte ihm den Paß des toten Herrn.

Kenn ich nicht, sagte Vicovic und starrte angestrengt auf das bekannte Gesicht, ich merk' mir alle Physiognomien photographisch genau – der Kollege Hurych wird ihn kontrolliert haben.

Ihren Kollegen Hurych haben wir schon befragt, sagte der Sekretär, auch der hat nichts Auffälliges bemerkt. Das Rätsel ist halt, daß die Toilettentür nicht abgeschlossen war. Wie kommt es, daß Sie so gut deutsch sprechen?

Vicovic lächelte sonnig.

War mein Mütterchen Deutsche, sagte er, liebte Herrn Goethe und auch Herrn Beethoven.

Er blickte beiläufig zum Fenster und sah eine schwarze Wolke mit einem weißen Bauch, die ihn aus dem Konzept brachte. Symbole waren für Gedichte gut, aber nicht auf einem Polizeirevier.

War es Raub, fragte Vicovic den Kommissar teilnahmsvoll, der ihn mit gelben Augen anblinzelte.

Nix, sagte der Kommissar, alles beieinander, sogar Bargeld war in der Brieftasche, ägyptische Pfund, seltsam. Raub war's sicher nicht.

Mord, fragte Vicovic ermuntert, ist auch nicht möglich?

Herzversagen, sagte Müller und schlug sich an die Brust, das hat der Dr. Bilek konstatiert, natürlicher Herztod.

Wer da stirbt, zahlt alle Schulden, sagte Vicovic, Shakespeare.

Shakespeare, sagte Müller, Sie mögen Shakespeare?

Aber ja, sagte Vicovic, doch auch Molière, hören Sie: Man stirbt nur einmal und für so lange – sehr große Erkenntnis.

Absolut, sagte Müller und bot Vicovic eine Zigarette an, der ablehnte und fragte, ob der tote Herr auf der Toilette eine bekannte Persönlichkeit gewesen sei?

Nix berühmt, sagte der Kommissar, Gottseidank, aber man habe der Sache nachgehen müssen.

Sie mögen auch die Sonette von Shakespeare, fragte Müller. Kennen Sie die Nummer einundsiebzig? –

No longer mourn for me when am dead
than you shall hear the surly sullen bell
give warning to the world that am fled?

Herrlich, wie?

Ich kann leider das Englische nicht, sagte Vicovic, während die gelben Augen des Kommissars unbewegt in die seinen starrten, ohne einen einzigen Lidschlag.

Pardon, sagte Müller, zu deutsch:

Wann ich gestorben bin, betraure mich
nicht länger, als mit dumpfem Schall der Türmer
der Welt verkünden wird, daß ich entwich.

Sie können auch entweichen, äh gehen, Herr Vicovic, sagte Kosic gereizt. Herr Müller, richten Sie in der Botschaft aus, daß die Polizei die Angelegenheit ad acta legt.

Vicovic kaufte drei Flaschen Wein (natürlich Frankovka) und eine Schachtel Pralinen, setzte sich an den Küchentisch und wartete auf Eva. Er zeichnete eine schwarze Wolke auf ein neues Blatt und dachte voller Sympathie an den Sekretär Müller, dessen Nase an ein Fallbeil erinnerte. Aber wieviel Kultur! Er konnte fließend Englisch.

Aus seiner kleinen Bibliothek holte er den Muret-Sanders, Deutsch-Englisch, aus dem Jahre 1907, und schlug unter Liebe/Liebes nach.

Als Eva nach Hause kam, begrüßte er sie mit den Worten: O, Eve, my flame and ardour, now but not yet have wishes for the night in love with you.

Du hast getrunken, sagte Eva und auf ihrer kugelrunden Stirn zeigte sich die süße Unmutsfalte.

Aber nein, sagte Vicovic, doch mein Liebeswunsch an dich läßt sich auch auf englisch sagen. Komm her, mein Schatz.

2

Ach, die Vorfahren!

In Gedanken setzte ich mich auf die tränenselige Hündin, die vom Sitz sprang, würgte und blasenreichen Schaum erbrach. Mochte sie. Ich dachte darüber nach, wie viele der zweifelhaften Gene des Barons Alexander in mir schwelten, denn Ähnlichkeiten waren unübersehbar, bis auf ein paar Elemente, die mir abgingen. Die menschliche Seele, die *anima,* die interessierte mich einen Dreck. Ich war jetzt in einem Alter, in dem man endgültig aufgibt oder etwas gänzlich Neues anfängt. Alexander war also lärmempfindlich, liebte den Luxus, schätzte Zugreisen und wollte einen Roman schreiben, obwohl er reich war. Abstruse Ideen hatte dieser Baron. Wer reich ist, muß keine Romane schreiben.

Der alte Herr schlief jetzt und röchelte. Das alte Hundemädchen schloß die Augen und weinte im Schlaf, dabei sabberte es auf meine Hose. Nach einer belanglosen Station wurde der Zug voll. Handys musizierten wie ein bekloppptes Orchester und man teilte sich mit, heilige Kommunikation, daß man eben dort war, wo man sich gerade befand. Es war wie das Gebell von Hunden in dunkler Nacht. Oder wie es der Kynologe Fischer aus Wien richtig sagte: Hunde, die bellen, teilen sich absoluten Blödsinn mit.

Ich wechselte das Abteil, ging in die erste Klasse, Raucher, war allein und bestieg wieder den Orientexpreß.

Eine wohlmeinende Freundin hatte einstmals eine wilde Liste aller unserer Familienmitglieder auf Koordinatenpapier angefertigt und einem jeden Namen eine

Eigenschaft hinzugefügt, die sie mühsam recherchiert hatte. Sie war wohl die am meisten gehaßte Angeheiratete; nach diesen Notizen wurde sie geschnitten.

Ein Beispiel genügt.

Alexander – ein perverser Maniak

Gandolf – Sadomasochist!

Felix – Schwachkopf!

Herbert – Idiot!

Olga – schöngeistige Sadistin! (hatte nichts mit R. Steiner)

Milly – benutzt Patschuli, widerliche Kuh!

Molly, ihre Schwester – handwerklich begabt, geistig inkontinent.

Die umsichtige Freundin der Familie hieß Cordelia B. – 1963, an einem nebligen Herbstmorgen, erlag sie in Biarritz einem Herzinfarkt – und hatte die üble Angewohnheit konzentrationsarmer Kommentatoren, ihre Einfälle unter dem gleichen Rubrum zu variieren; so stand Herbert hinter Olga:

– aber ein reicher Idiot, und – Schlepphoden!

Und unter *Olga – schöngeistige Sadistin*! hatte sie geschrieben: *Ließ sich nur von schönen oder schrecklichen Seelen penetrieren!*

Auch das Schwesternpaar Milly und Molly wurde an einer anderen Stelle, weit hinter Lionel, noch einmal bedacht:

Milly – die widerlich arrogante Kuh hat einen Geist, der aussieht wie die Parfumflasche der Marke Soir de Paris; ihr Reichtum rätselhaft, will eine Romancière werden und frönt diesem Laster heimlich! Und Molly, die ewige Jungfrau, soll beim Gehen schon rascheln wie Herbstlaub.

Die Ergänzungen zu den Namen und Personen in einer kleinen Schrift mit giftgrüner Tinte erinnerte an

Kolonnen kriegerischer Ameisen, und ein jeder bekam sein Fett ab.

Auch das berühmte Mitglied Lionel K., Zweig Dorpat, war stark von Giftgrün umrankt:

Schachmeister von Frankreich, allemal, und warum auch nicht. Begabt, aber labil. Wahrscheinlich Inzestschädigung mit Schwester Lydia, was auf die Konzentration in London im Match gegen Anderssen schlug; trat dann die Schwester an Bruder Guido ab und floh nach Paris ins Café de la Régence, wo er Simultanpartien spielte. Schwer bionegativ!

Und in Klammern, mit indigoblauer Tinte:

Milly, s. oben, will einen Roman über Lionel schreiben, kann aber nur Dame oder Mühle spielen!

Über meine Mutter Helene hieß es nur: *Bizarre Person und ganz unberechenbar! Nationalsozialistin mit einer ganz frühen Parteinummer, schlimmere Nazikuh als Olga mit ihrem Seelensalon. Helene hatte eine Affäre mit dem Verf. der Biene Maja, Bonsels (am Starnberger See), wonach er sofort seine Indienreise antrat!*

Die Ausrufezeichen der Anmerkungen in den Tafeln fielen wie Schwerthiebe!

Arthur! Dr. Arthur, Paris, ein Scharlatan, auch Zweig Dorpat.

Installierte seine Seelendoktoranstalt 1835 in Paris u. behandelte ausschließlich weibl. Patienten, die auf einer Couch gelegen haben! Und er saß auf einem Sessel hinter einem Paravent u. soll bei hübschen Patientinnen während der Explor. onaniert haben u. das zu horrenden Honoraren! Hat übrigens auch einmal Lionel therapiert – natürlich vergeblich! Schwer bionegativ!

Ich mußte meine Augen eine Weile erholen; diese alte Cordelia B. verfügte über ganz erstaunliche Informationen.

Bea-Victoria – (mein Gehirn erstarrte vor Aufmerksamkeit) *Sammlerin ödester Art! Sammelt Bücher, aber nur signierte oder Dedikations-Exemplare! Sie ist –*

In diesem Augenblick und kurz vor dem völlig überflüssigen Mannheim, wo der Zug wieder halten würde, betrat eine junge üppige Dame mein Abteil, setzte sich an den Gangplatz, schlug ihre sahneweißen dicken, aber wohlgeformten Beine übereinander und begann, mit feuchten Lippen und feuchten Fingern einen farbenfreudigen Band zu lesen – *Herzen in Flammen* von einer gewissen Vanessa Wolf; sie las mit offenem Mund und entflocht ihre delikaten Beine nach jedem Abschnitt, legte sie mit einem seidigen Flüstern des Stoffes wieder übereinander oder öffnete und schloß sie wie ein Krebs seine Scheren. Es war ein bißchen irritierend.

Sie atmete tief und regelmäßig; bei spannenden Passagen blähte sie die Nüstern. Hin und wieder seufzte sie tief.

Wenn schon die Trivialliteratur eine derartige Wirkung auf den weiblichen Organismus hatte, wie – meine Gedanken verwirrten sich und verließen die Planeten- und Fixsternbahnen der Genealogie.

Als die üppige junge Dame vor Erregung zu rauchen begann – sie stöhnte zart bei jedem Zug –, floh ich mit meinen Papieren aus dem Abteil und besuchte die Toilette.

Auf der Klosettbrille sitzend, entdeckte ich in der Tafelmappe einen Manila-Umschlag im DIN-A4-Format, in dem vier eng beschriebene Blätter staken; es war die nämliche Schrift jener Dame Cordelia, die ihr Herz in Biarritz verloren hatte.

Die Seelenfrage in der Fam. K. hieß diese Arbeit, und darunter stand zierlich kalligraphisch: *Miniaturen von C. B. 1952.*

Ach, wie ich diese Ausflüge in die Vergangenheit schätzte; und das alte Mädchen fing auch wirklich wie eine waschechte Romancière an und gab mit einem wohl bitterlichen Lächeln alles zum besten, was sie je herausgefunden hatte. Ob die Details stimmten, mochte der liebe Gott entscheiden.

3

Cordelias Aufzeichnungen (Fortsetzung)
Tante Bea-Victoria!
Jahrgang 1898 oder 1902, war ein bißchen berüchtigt – nicht nur innerhalb des Clans Dorpat –, weil sie achtmal verheiratet war, und einen jeden Mann, auch die jüngeren, überlebte sie mühelos. 1924 (Tod von Anatole France) heiratete sie einen Corsettagen-Fabrikanten aus dem Kurland, den ein chronisches Asthmaleiden schnell abrief. Im Trauerjahr las sie den ganzen Tolstoi auf russisch und übersetzte ihn ins Deutsche; dann heiratete sie abermals; während die Männer an diversen Krankheiten eingingen wie ungepflegte Topfpflanzen, las sie immer mehr und immer schneller, und als sie das schwarze Schaf Gandolf heiratete, oder er sie – oder es war eine Amour fou auf Gegenseitigkeit –, hatte ihre Lesegeschwindigkeit das Maß des Menschlichen überschritten. Ein Roman, sagte sie immer, muß eine kühne Psychologie enthalten, die Personen müssen kultiviert sprechen, die Intrige ist absolut uninteressant.

Gandolf, ein entfernter Vetter aus Riga, war ein notorischer Heiratsschwindler und ein Kenner der weiblichen Seele; er soll auch Essays geschrieben haben, die leider während seiner vielen Gefängnisaufenthalte verlorengingen.

Alle Frauen, pflegte er zu sagen, haben eine schöne Seele, aber diese Seele muß in einem hübschen Körper stecken, und der muß auf einem Sack Geld sitzen.

Das war so sein Prinzip, mit dem er sich bis zu einer beklagenswerten Impotenz im Greisenalter salvierte.

Nach Photographien, die in den Familien kursierten, war er ein mittelgroßer dunkelblonder Mann mit einer schönen Stirn und großen grauen Augen. Ein Ondit behauptete, er habe Röntgenaugen, mit deren Hilfe er alle Schichten und Hüllen der weiblichen Seele durchdringe. 1935 trennten sich die schöne Vic und der schöne Gandolf, und sie las im Trennungsjahr theosophische und wohl auch okkultistische Literatur, die sie auf immer der Belletristik entfremdete. Nun lagen auf ihrem Nachttisch Helena Blavatsky und Fechner, Pioniere der Seelenerforschung. Dann verliebte sich Vic in einen Herren namens Felix H. aus der Schweiz, einen begnadeten Konstrukteur von Drahtseilbahnkabinen, der die Menschheit in zwei Hälften teilte, in schöne Seelen und in häßliche Seelen. Zwischen ihnen, sagte er, gebe es immer nur Konfusion, die allein durch stumme Erotik gedämpft werden könne. Den meisten Damen seines Herzens schickte Felix nach einer ersten Nacht ein Billet folgenden Inhalts mit einer runden, eleganten, kleinen Schrift auf einer Visitenkarte, auf der das Matterhorn mit einer Drahtseilbahn abgebildet war:

Meine liebe X,
Sie haben einen schönen Geist,
Ihr Körper ist ganz ähnlich gebaut,
aber Ihre Seele ist abgrundtief häßlich.
Adieu, Ihr F.

Auch Vic hatte nicht die Seele, nach der er unausgesetzt dürstete – so verlockend wie ein Abgrund, so tief, so süß wie der Speichel von Engeln und so undurchschaubar wie brunierter Stahl –, so daß er sich nach zwei Jahren von ihr trennte, ohne zu sterben. Enttäuscht verlegte er sein Interesse auf das männliche Geschlecht und wurde auch hierin enttäuscht. Bei Stargardt habe ich eine seiner Visitenkarten erworben, die 1938 in Wien eine wohl mißglückte Affäre beendete.

Mein lieber Poldi,
die Nacht war
ein Erlebnis, das ich nicht missen
möchte, aber wie du dir am Morgen
die Unterhosen angezogen hast, verriet
eine seelische Roheit, die mich an
einer gemeinsamen Zukunft zweifeln
läßt.
Servus auf immer!
Dein F.

Sein mehr als heikles Verhältnis zu menschlichen Seelen, mit ihren Formen, Tiefen oder Untiefen, Schönheiten und Häßlichkeiten, gespeist und veredelt durch reiche Erfahrung, bewirkte am Ende einer seelenvollen Karriere voller Rückschläge sogar den Mord an einer unschuldigen, aber erzhäßlichen weiblichen Seele und führte den armen Felix schrecklich lange in ein französisches Zuchthaus, aber auch zu dem würdigen Plätzchen «Kuriosa» im Katalog der exklusiven Autographen-Anstalt Stargardt, diskret dotiert mit 150.– DM.

Leser! Wer Seelenschmerzen kennt, ihre nach innen und nach außen gerichteten Stacheln, steif vor Pein, wird den Preis für dieses Abschiedsbillet nicht teuer finden! Gerade eine so strenge *anima candida* wie die des unglückseligen Felix neigt zu Korrekturen von Fehlern der Natur, und mitunter enden sie unausweichlich in einer *maison de correction*.

Felix verscholl nach Kriegsende im Orient, Allah sei ihm gnädig!

Olga!

Auch so eine Seelen- und Psychopervertierte, verließ 1924 das Baltikum, hatte eine feurige, scharfsinnige, aber russische Seele, so tief wie ein Teich von Seerosen, und wollte Karriere machen. In Berlin unterhielt sie einen Salon, und sie besaß die wohl vollständigste Sammlung armer, düpierter und hungriger Künstlerseelen – ein Sortiment, das von Saison zu Saison, von Mode zu Mode, unaufhörlich wechselte.

Ihr Interesse an immer neuen seelischen Apparaten, die sie im Salon ausstellte, war ganz unerschöpflich, und sie reichte Kanapees, Vichywasser, Wein und Orangenlikör, okkultes Blut in Kristallkelchen, Natursekt nach Jahrgängen verschiedener Seelen, aber auch Wodka. Ihre Lieblingsseele, die immer präsent war auf dem Parkett ihrer Wohnung in der Rankestraße, war der damals noch nicht recht avancierte Dichter Werner B. aus Dorpat oder Reval, der ihre dunkle Seele stark umgarnte, d.h., er hielt sie für dunkel. Hätte er geahnt, wie aufgeräumt und hell sie war, er hätte sich schneller entfernt. Wenn die anderen Gäste mit den weniger schön möblierten Seelen gegangen waren, sprach er zu der ihren – in dem gewaltigen Körper mit großen Brüsten – von unerhörten Begebenheiten, schlimmen Geschehnissen, Grenzsituationen zwischen Seele, Körper und Geist, von zauberhaften Umnachtungen formvollendeter Geister, gleichnishaften Schicksalen, die das Gesetz des Daseins frei- und offenlegten, bis zu einem Finale, das der Dichter seine metaphysische Pointe nannte. Währenddessen plünderte er plaudernd das Sakuska-Buffet. Sie seufzte dann wohl aus ihrem privaten Abgrund an Verständnis und stellte – das nehme ich an – in Gedanken ein Rokokokommödchen in ihrer geräumigen Seele um. Die gute Olga hatte für den Hausgebrauch auch eine Liste angefertigt, sie war ja eine präzise Person. Auf der standen die Namen ihrer Gäste und eine Seelencharakteristik mit dem verschlüsselten Code der Summen, die ihr große Seelen für ihre Hingabe übergaben. Der verblüffte Werner B. las zum Beispiel: Sirin, die strahlende Seele, dunkel und transparent mit einem opaken Kern, unzugänglich u. geheimnisvoll – und so weiter fort, Name nach Name, Seele zu Seele, in diesem speziellen Fall ohne Schlüssel.

Einmal soll der Dichter nach vielen intimen Séancen gefragt haben, welchen Seelennamen sie ihm zugedacht habe, und Olga soll mit einem tiefen Augenaufschlag erwidert haben: Werner B. – eine Vase von Charpentier mit einem zarten Sprung, der sich verbirgt.

Freilich, warum nicht, erwiderte der Dichter oder so ähnlich.

Erbarmung! Was für eine öde Reaktion!

Welchen Namen er für seine Gastgeberin ersonnen hat, ist leider nicht überliefert, aber nach diesem Abend wurden seine Besuche spärlich, hin und wieder übersandte er Blumen – fegefeuerrote Rosen –, erschien immer seltener und eines Tages überhaupt nicht mehr. Zwei große Seelen behaupten immer viel Platz, und mitunter ist ein Salon zu eng für beide, gottlob! Gibt es etwas Schlimmeres als Harmonie?

Olga, die gierige, diese Seelenoboe – nach meinem Wörterbuch: Doppelrohrinstrument mit Löchern, Klappen und engem Mundstück –, Olga verschaffte sich Ersatz, denn ihr Hunger nach Seelen war ganz unstillbar, und die Kollektion noch nicht komplett. Hatte sie früher behauptet, nur die Seele des Künstlers, des Dichters, des Musikers, des Malers und des Irrsinnigen sei groß – der Rest Erbarmung! –, genügte ihr nach ein paar Jährchen der Ausstattung immer armseligerer Seelen der Salon nicht mehr, und sie mußte ihre Seele neu möblieren.

Und, Erbarmung! dann gründete Olga in der Nähe des Savignyplatzes ein sadomasochistisches Atelier. Sie trat als Messalina auf, mit einem Ochsenziemer, und brachte viele männliche Seelen zum Bluten, was nie ganz schlecht ist, und alles gegen horrende Honorare in bar! Sie ließ sich von Hoppé photographieren, den sie aus London bestellt hatte, und er hat Olga getroffen! – Sie liegt in ihren Messalina-Schleiern auf einer leopardenfleckigen Ottomane, der Ochsenziemer ruht in ihrem Schoß. Eine dunkle Locke fällt ihr über die feiste rechte Wange. Den Hintergrund hat der große Photograph diffus gelassen, so daß es in ihrem Rücken wabert wie von anämischen und gequälten Seelen aus Blut und Sperma.

Ach, Olga war ein bißchen untypisch; was sie zu Fall brachte, war das ungesunde und morbide Interesse an etwas, was ja gar nicht existiert – es ist lediglich die Summe von Körper und Geist, ein flüchtiges Substitut.

Im Clan K. hatten brave bürgerliche Ziele immer den Vorrang – es wimmelte von Juristen, Apothekern, Pastoren, Badeärzten, Arrendatoren, Kronsrentmeistern, Buchhaltern, Lehrern, und auch ein paar Statistiker waren dabei, aber Künstlernaturen waren – außer Lionel und später auch Olga – sehr selten.

1938 wurde sie von dem SS-Mann Meyer erwürgt während ihrer Desdemona-Charade. Schade, daß man nicht wissen kann, wo ihre schwarze Seele weilt, welche dornigen Dickichte sie in ihrem Messalina-Gewand durchstreifen muß auf ewig, wie ich hoffe.

Nachtrag **Arthur K.**:

Freilich, auf seine Weise auch ein Künstler, weil ihn die ärztliche Kunst entsetzlich langweilte. Er fand schon in Dorpat alle seine Patienten und ihre düsteren Gebresten widerlich, die Idee einer Psychosomatik unappetitlich und eignete sich stattliche, rote Ausschläge aus Ekel an, die blitzartig wieder verschwanden, wenn er mit dem Patienten auch dessen Krankheit durch rigorose Behandlungsmethoden beseitigt hatte.

Arthur mußte fliehen, und er floh nach Paris, in seiner Arzttasche ein wenig Leibwäsche, die französische Ausgabe Bichats *Physiologische Untersuchungen über den Tod* und unter einer Bodenklappe die Honorare seiner toten Patienten, von denen er, gestaffelt nach der Schwere des Falls, immer Vorauskasse verlangt hatte.

Sein erfinderischer Geist träumte von Reichtum, Wollust, Villen, beklemmten Witwen und wüsten Orgien in einem hübschen Arrondissement, alles beschattet von Platanen.

Was nicht schlecht roch, was nicht übel näßte, was nicht schuppte, was weder eiterte noch blutete, das war die bedrückte Seele oder Psyche; so gründete er in der Rue Keppler nahe dem Etoile 1835 seine Seelenklempner-Praxis.

Das war im Frühling; im Sommer erweiterte er die Praxis um einen ledergepolsterten Extraraum für seelisch kranke Haustiere; im Winter trat Arthur in der Avenue George V. einem bärtigen Herrn mit aller Kraft auf den linken Fuß, was ihm die Feindschaft von Dr.

Charcot senior verschaffte, wie auch die Aufmerksamkeit dieses Konkurrenten. –

Wieder eine leidige Unterbrechung dieser Pariser Episode aus dem Leben des Dr. Arthur K.

Irgend jemand wollte auf die Toilette und hämmerte an die Tür. Es war eine alte, kleine Dame mit einem Brokattäschchen, die mich unflätig beschimpfte, als ich mit zusammengerafften Papieren den gastlichen Locus verließ; das Mädchen in meinem Abteil war verschwunden. Die weißen Beine waren schon irritierend gewesen. Als ich jung war, bedeuteten mir schöne Beine alles, mochte der Rest des Körpers auch unstimmig sein oder gar abstoßend. Und einmal hatte ich eine Einbeinige geliebt, die ein ganz wunderbar geformtes Bein ihr eigen nannte, aber sie vermißte ihr verlorenes Bein (Autounfall) so sehr, daß sie immer in elegischen Stimmungen war. Leider habe ich ihren Namen vergessen.

Und wieder widmete ich mich der Lektüre: Arthurs Seelenanstalt, kombiniert mit einem Seelenlabor für schwermütige Hunde, zahnlose Katzen und liebeskranke Papageien.

Aus einem unerfindlichen Grund, teilte Cordelia mit, behandelte Arthur weder Mäuse noch Meerschweinchen. Sein erster Fall war eine schwermütige junge Dogge, ein Weibchen, die ihren trüben Zuständen mit Hilfe hysterischer Anfälle entfloh; der Dr. Charcot, sagte die reiche, sehr schöne Besitzerin, habe eine Behandlung abgelehnt. Arthur verliebte sich in die junge Dame, eine gewisse Eleonore d'Abov, während er die Dogge, die auf den träumerischen Namen Sirène hörte, mit Brechweinstein traktierte und Musik von

Offenbach. Als die Therapie nicht anschlug, steckte er das arme Tier in eine Rotationsmaschine, wie sie in Irrenhäusern benutzt wird – der Erfinder war Erasmus Darwin, der Großvater des Affenforschers Darwin!

Hand in Hand saß das Pärchen auf einer Chaiselongue, die Gräfin stieß schmerzliche kleine Seufzer aus ihrem rostroten Mündchen, indessen der bedauernswerte Köter mit großer Geschwindigkeit um die eigene Achse rotierte. Arthur war eben der Auffassung, daß melancholische Zustände zu den geistigen Störungen gehören. Der Darwinsche Apparat war ein Fehler von Arthur. Sirène erlitt ein Schleudertrauma, bekotzte ganz furchtbar die Teppiche der Praxis und zeigte nach der zweiten Rotation keine Neigung, sich im Käfig durch Riemen fixieren zu lassen.

Zu dem Unfall, den Arthur dann erlitt, muß folgendes angemerkt werden: Arthur war unter der sog. Mittelgröße, die geliebte Eleonore dagegen riesengroß und muskulös in schönen Proportionen.

Sirène verriet ihre Instinkte und heuchelte Lebensfreude. Aber in einem unbedachten Moment, als die Liebenden sich stehend zu einen Abschiedskuß vereinigen wollten, drängte sie ihren schweren Körper zwischen die beiden menschlichen Körper, die die wahre Nähe noch nicht gefunden hatten, und biß zu. Die starke Eleonore ergriff die Dogge und warf sie aus dem Fenster. Das Tier landete glücklich auf einem Kutschendach, besann sich und verfiel wieder in Schwermut, während sie sich frenetisch erbrach.

Eleonore hatte selbstlos vier Phasen eines Erste-Hilfe-Kurses absolviert und pflegte, betupfte und verband die angegriffenen Preziosen, aber Dr. Arthur K. war nicht mehr der alte.

Als Lionel K. ihn aufsuchte, im Winter des Jahres 1839, fand er Arthur im Tierseelen-Labor. Er saß auf einem Stuhl in der Rotationsmaschine, starrte schweigend aus dem Fenster, das die Dogge Sirène so blitzartig hatte verlassen müssen, und war zu einem therapeutischen Gespräch nicht aufgelegt. Was ist dir, soll Lionel, der geniale Schachmeister, gefragt haben. Nichts, soll Arthur erwidert haben, aber ich könnte, setzte Arthur vielsagend hinzu.

Ach, Männer!

Leider erinnert mich diese kurze Romanze mit der Gräfin Eleonore d'Abov an meine eigene mit dem Riesen Robert. Auch Robert war groß, nein, er war ein Riese mit göttlichen Proportionen, er hatte die goldene Haut eines Laubwaldsatyrs, und er hieß Curt und nicht Robert, Erbarmung!

Curt, mein Geliebter; ach; das war 1937! wie die Zeit vergeht! duftete, als badete er täglich in mit Moschus imprägnierten Waldbächen. Sein Kopf war winzig klein und wirkte wie eine auf einen riesigen Berg gebaute kleine Burg, und sein Verstand war ein Erkerchen in dieser Burg, das ein Nest banaler, aber seelenvoller Gedanken enthielt. Seine Seele war so groß, daß sie ihr Ende an den Ort verlegen mußte, der angemessen war. Noch nie habe ich so viel Wollust erlebt. Seine Umschlingungen waren so gewaltig, als paare man sich mit einer Felsenpython, seine Libido … – Wir lernten uns in einem hübschen Lebensborn-Heim kennen, wo er Herkulesarbeiten leistete, die nicht in der Mythologie stehen.

Die ausrufungsreiche Prosa der Dame C. aus Biarritz endete in einem Blutbad roter Wellenlinien, auf denen letzte Sätze wie auf einem Floß schaukelten. Die elegische Sentenz über ihren riesenwüchsigen Liebhaber lautete:

Im Leben ein Schaf, im Bett ein Löwe.

Alle anderen dagegen, Erbarmung! und wie sie alle hießen – lendenlahm und geistesschwach! Edgar! John! Robert, der Schönheitschirurg aus Bozen, der hatte beseelte Hände.

Nach diesen Anmerkungen, die ich überging, weil mich die Sentenzen unangenehm berührten wie klebrige Pseudopien an intimen Stellen und mich an moderne Prosa junger Damen erinnerten, schlug ich eine neue Seite auf, die Kurzweil und Information versprach.

Nachtrag **Dr. Arthur K.**, die Pariser Zeit.

Arthurs heitere Frohnatur war dahin, seine Schwermut wuchs gerade proportional zur Abnahme seiner Patienten; er legte sich im Frühjahr 1840 eine Acta Psychosomatica an und fahndete nach einem Präzedenzfall in der Melancholieforschung ab Hippokrates, fand aber zu seinem Leidwesen nicht einen einzigen Fall, der ähnlich tragisch gewesen wäre wie der seine; so begab er sich in die Hände eines Kollegen –

Da hielt der Zug, die unvermeidliche Station Mannheim erschien, plötzlich und unerwartet. Und nun hätte ich geistesgegenwärtig sein müssen. Eine neuerliche Flucht in die lauschige Toilette wäre möglich gewesen, dann hätte ich niemals Landau kennenlernen müssen, den ewigen Reisenden, und alles wäre für alle Beteiligten glücklicher ausgegangen.

4

Ein Herr in einem schwarzen, langen Mantel mit Biberfellkragen steuerte vorsichtig auf mein Abteil zu, spähte in die anderen Abteile, die offenbar leer waren, blieb dann vor meiner Tür stehen und starrte mich an. Er hatte ein weißes Gesicht von reptiliengleicher Alterslosigkeit. Seine Unterlippe war viereckig und sehr rot. Und wirklich, der Reisende enterte mein Abteil und setzte sich gegen die Fahrtrichtung, also mit dem Rükken gen Süden, auf den Fensterplatz. Ich verabscheue das Irrationale, alles Religiöse ist mir fremd, aber dieser Herr hatte eine eisige Aura ... ein Fluidum ..., als atmete man den Modergeruch eines alten Gewölbes. An den Füßen trug er karierte Pantoffeln. Als er saß, kratzte er sich mit der Spitze des linken Pantoffels die rechte Wade.

Ich verschanzte mich hinter dem Buch eines gewissen Dropsam, *Die Seele auf der Flucht vor dem technischen Zeitalter,* eine Art Reiseroman aus der schönen, prädigitalen Zeit. Im Abteil schwebten noch immer die unsichtbaren Emanationen der alten Familiengespenster.

Der alte Herr schnüffelte mit seiner bleichen Vogelnase und streckte eine graue Zunge heraus, als schmecke er die Aromen. Dann fixierte er mich mit seinen dunklen Reptilienaugen und sagte: Mein Name ist Landau, ich reise in den Zeiten. Sie lesen da Familiengeschichten einerseits und das gute Buch Dropsams, der sich 1991 mit seinem McIntosh verbrannte, um ein Zeichen zu setzen. Sie gestatten?

Und er nahm mir die Familienpapiere weg, schlug sie auf und las die Cordelia-Passagen.

Dieser Arthur, sagte er (und die Luft wurde kälter),

ist eine unglückliche Existenz. Aber natürlich verliert man ungern seinen Elan in den Fängen eines Hundes. Ich kann jeden Hund mit einem Blick zum Wahnsinn bringen.

Ich glaubte ihm aufs Wort.

Und plötzlich sagte er: Ich kannte Olga sehr gut, schon vor der Berliner Zeit, und ich werde Ihnen eine Voraussage machen. Sie werden dieses Abteil nicht verlassen, weil ich Ihnen meine Geschichte erzählen werde. Es gibt da eine kurze Version, die bis Freiburg dauert, eine mittellange bis Basel und eine vollständige, für die wir in Basel nach Paris umsteigen müßten. Welche bevorzugen Sie?

Als habe er mich vollständig verhext, erwiderte ich wie paralysiert: bis Basel.

Bon, sagte Landau befriedigt, eine kluge Wahl.

Ich war über meine Reaktion so verblüfft, daß ich die Büchse Bier öffnete, die mich sofort bespritzte, ein Strahl mitten in den Schritt; ich fror.

Das Reptil lächelte.

Das hätte ich Ihnen sagen können, ich bin gut in Voraussagen, die Kunst der Vorausschau ist meine Spezialität.

Was sehen Sie voraus, fragte ich. Ach, damals glaubte ich ihm nicht – und das war ein Fehler.

Zeigen Sie mir Ihre Hand, befahl er.

Nicht nur die Kunst der Voraussage, dachte ich voller Hohn, auch noch die Kunst der Chiromantik. Was zuviel ist, ist zuviel.

Korrekt, sagte er und ließ meine zukunftsträchtige Handlandschaft in die arktische Luft fallen.

Ich werde, sagte er, die Voraussage, lieber K., in der Form des vorsichtigen Konjunktivs treffen, jede andere grammatische Form könnte ein Unglück antizipieren.

Nun leg mal los, dachte ich und klapperte mit den Zähnen.

Sie gäben gern Ihre Position als Buchhändler auf, obwohl Sie es liebten, weibliche Lehrlinge auszubilden, sagte Landau. Sie würden gern ein Buch schreiben, haben aber kein Material. Sie hätten gern viel Geld, ohne zu arbeiten, sehen aber keine Möglichkeit. Sie könnten sogar jemanden ermorden, wenn auch nicht kaltblütig, um Ihre potentiellen Möglichkeiten auf einer gesunden finanziellen Basis zu erweitern.

Korrekt?

Gott, ja, seine Trefferquote war erstaunlich.

Wie sieht die nahe Zukunft aus, fragte ich, sagen wir, in 10 Stunden?

Mein Gehirn war wie betäubt. Durch die Hirnwindungen kroch Nebel.

Sie würden gern akquirieren, sagte er, den Kopf zurücklegend, so daß seine gänzlich unbehaarten Nasenlöcher wie ein zweiläufiger Revolver auf mich gerichtetet waren, aber die Chancen seien gering. Am aussichtsreichsten, so fuhr er fort, sei ein Besuch bei der Dame Milly, dort könne die Chance meines Lebens warten, bedauerlicherweise verbunden mit Knechtschaft und Fron.

Er schloß die dunklen Augen, mit Lidern so transparent und bleich wie die Membran über einem Vogelauge.

Verzeihen Sie, sagte er, meine altmodische Ausdrucksweise, aber ich bin gezwungen, sehr rückgewandt zu leben.

Meine Sympathie für Landau wuchs trotz der Kälte.

Hätte es Zweck, fragte ich, die Älteste des Clans aufzusuchen, Dame Bea-Victoria?

Das käme darauf an, sagte Landau. Wissen Sie, die Dame Bea-Victoria hatte einen herbstlichen Unfall und ruht im Augenblick mit einem maroden Bein auf einer schönen Couch, neben sich einen alten Whisky, und liest die Memoiren des Fürsten Jussupow, der einer der Mörder Rasputins war. Die Lektüre erregt Ihre Ahnin stark, aber nur im Hinblick auf das Schicksal des armen Rasputin. Sie werden die Geschichte kennen ... Wenn Sie ein bißchen *human touch* genießen wollen, die gewöhnlichen Wonnen des Menschlichen, dann besuchen Sie die Dame, aber ich muß Sie warnen – das linke Bein ist in gar keinem ansprechenden Zustand, und Sie werden sich ekeln.

Lohnt sich der Ekel, fragte ich völlig korrumpiert vom Blick in die nahe Zukunft.

Man könne Schmuck akquirieren, sagte Landau. Auf seinem Schädel sträubten sich die weißen Haare wie Flaumfedern. Wieder schloß er die Augen und öffnete den Mund.

Bilder, sagte er, da sind ein paar ganz gute Bilder, die das alte Reff sich in der Zeit der Arisierungen unter den Nagel gerissen hat ... Ich sehe im Salon – der übrigens entsetzlich überladen ist – einen sehr guten Schadow, einen Kersting in einem kleinen Format und eine Landschaft von Waldmüller. Leider sind die Bilder voller Fliegendreck. Der Schmuck – Moment –, nein, da ist nichts. Ich sehe leider nur eine Spargelzange von Rentveld, Amsterdam 1823, und eine Perlenkette in einem Bett aus schmutziger Watte, die aus Glas besteht.

Haben die Bücher irgendeinen Wert, fragte ich und wurde immer gieriger.

Nein, mein armer Freund einer weitläufigen, teilweise verarmten Familie, ich stehe gerade vor dem Regal, aber Kostbarkeiten sind nicht zu entdecken, jedenfalls keine, die mich als Leser interessieren könnten. Warten Sie –

Auf dem Boden, erklärte Landau nach seinem retrospektiven Blick in die Vergangenheit, verludere die Sophienausgabe Goethens; aber ein Schatz befinde sich in einem Kapitänskoffer, die Memoiren Eckermanns in einer grünen Seidenmappe, beschriftet von seiner Hand, *Erinnerungen an meine Kanarienvögel*, 1832.

Mir fiel die Bierdose aus der Hand, und sie benetzte meine Hose und die Schuhe.

Beifällig sagte Landau: Ach ja, unter den Tücken der Objekte litten viele Ihrer Familienmitglieder ab 1723. Sie sollten sich in acht nehmen.

Wir schwiegen. Die Landschaft war verhältnismäßig hübsch, wir hielten in Freiburg und schwiegen; niemand stieg ein, und der Zug setzte sich nach Basel in Bewegung, wie es seine Pflicht war.

Der alte Herr Landau entnahm der Innentasche seines Mantels einen Flachmann aus Sterlingsilber, dessen Ledergürtel wie von Blutstropfen gefleckt war.

Habe ich Ihnen je von meiner Zeit mit La Mettrie erzählt, fragte er. Es war dies die einzige Reinkarnation, in der ich ein Objekt war – und es ist eine lehrreiche Geschichte.

5

La Mettrie hatte damals das Glück, sich – gleichzeitig mit der Erkenntnis, der Mensch sei eine Maschine – in eine junge Dame namens Violet zu verlieben. Sie saßen in seinem Garten dos à dos unter einem Apfelbaum, dessen Früchte geformt waren wie ihre Brüste unter der dünnen Perkail-Bluse, und er erklärte sein System.

Violet lauschte den Vögeln, den Bienen und seiner Stimme.

Nach Landaus ersten Sätzen öffnete ich eine zweite Büchse Bier, die abermals einen urinfarbenen Strahl auf mich spritzte, und fragte, wie lange diese Geschichte voraussichtlich dauere. Landau fixierte mich, und seine lange, belegte Zunge erschien zwischen den roten Lippen.

Wenn Sie noch irgend etwas von mir, sagte er, über die Vergangenheit oder Ihre Zukunft erfahren wollen, hören Sie sich alle meine Geschichten an. Ich reise ununterbrochen in Europa; würdigen, nicht ganz unintelligenten Menschen erzähle ich meine Geschichten in einer nicht-chronologischen Ordnung und Reihenfolge – dabei könnte ich mit der Mäuseplage des Aristoteles anfangen.

Ich war hypnotisiert unter seinem Blick, wie das berüchtigte Kaninchen, das eine ängstliche Seele hat und immer von dem fasziniert ist, was ihm Angst einflößt.

Dieser Gedanke war nicht von mir, und Landau wußte es.

Ich nehme an, sagte er, diese Geschichte ist Ihnen zu episch geraten, zu ausladend vielleicht? Zu naturnahe, ausgerechnet bei dem Materialisten La Mettrie, der übrigens klammheimlich ein entsetzlicher Romantiker war, mein bester Randolf v. K., was mich ein bißchen irritiert – aber nicht so fatal, wie Sie von den sahnigen Beinen der Leserin vorhin irritiert waren –, Sie stellen nicht die Frage, die naheliegt: Wann wurden Sie geboren, Herr, Monsieur, Sire und Sir, Signor usw., Cavaliere, Duc oder wie die alten Titel der Vergangenheit wohl auch lauten mögen. Ich fürchte, die Titelflut Ihrer Buchhändlerexistenz hat Ihre fruchtbareren Gehirnareale doch in Mitleidenschaft gezogen, ist es so –?

Ich gab es zu, ja, ich gab es zu, weil es der Wahrheit entsprach. Diese düstere Existenz zwang mich zu einer Aufrichtigkeit, die ich noch nicht kannte und die mir noch einmal sehr schaden würde.

Aufrichtigkeit, sagte Landau und rollte sich zusammen wie die Schlange auf einem Stein in der Mittagshitze, nützt Ihnen gar nicht mehr; Sie wollten die Geschichte von La Mettrie und die Liebesgeschichte mit Violet nicht hören; jetzt ist es zu spät. Schade, Ihre Aura ist lange nicht so dumm wie Sie selbst. Noch vor Basel wird der Schaffner kommen, und wir werden uns für längere Zeit verabschieden müssen.

Pardon, sagte ich, mein Gehirn habe wirklich gelitten in der letzten Zeit, wenig Geld, kein Erfolg, Schulden, keine Frau, kein wirklich gutes Buch außer bei den Italienern oder den Polen oder Russen usf. –

Letzte gute Ratschläge, sagte der strenge Landau nach einem eisigen Schweigen, Sie werden den Auftrag erhalten, einen sog. Familienroman zu schreiben.

Und, soll ich es tun, fragte ich tonlos.

Familiengeschichten, sagte Landau, seien eine sehr interessante Literaturgattung, freilich nicht für einen jeden *crétin* geeignet, nicht jede oder jeder sei *capable* für stimmige Total-Intrigen im Landhausstil und Tolstoi schon lange tot; man könne sich aber auf singuläre Schicksale kaprizieren, soviel zur Zukunft meines Romans.

Ich kann gar nicht schreiben, bekannte ich.

Können die wenigsten, und die meisten lernen es nie, sagte Landau, und bedauerlich, daß Sie sich durch meine La-Mettrie-Geschichte molestiert fühlten, pardon, gelangweilt, pardon, ich falle immer in meine Vergangenheiten, in denen man sich präziser ausdrückte. Lesen Sie Hesse!

Ich war ein bißchen bestürzt. Womöglich war Landau wirklich ein wenig gaga?

Hesse, warum Hesse, fragte ich.

War auch Buchhändler, sagte Landau, und kein schlechter; hätte dabei bleiben sollen – und Bücher erschöpfen Sie?

Ganz ungemein, sagte ich, weil ich mich an die Ausdrucksformen Landaus gewöhnt hatte.

Es gibt da einen kleinen Satz bei einem toten Spezialisten für Haut- und Geschlechtskrankheiten, den Sie beherzigen sollten: Es waren ungefähr zweitausend Leichen durch seine Hände gegangen, und das hatte ihn in einer merkwürdigen und ungeklärten Weise erschöpft, und genau das ist der Zustand, wenn man zu viele Romane gelesen hat.

Landau, sagte ich, bitte ein paar Fragen – wie alt sind Sie wirklich? Und wann kommt der Schaffner?

Der Schaffner, sagte Landau, trifft in 20 Minuten ein, er leidet unter einer Koronar-Thrombose, die ihn irgendwann zwischen Basel und Freiburg abgehen läßt, pardon, dieses widerliche Verb habe ich in Ihrem schwachsinnigen Jahrhundert gelernt.

Mir schwindelte.

Wie alt sind Sie, fragte ich.

Biologisch, fragte Landau und bedeckte mit den Membranen seine Augen.

Absolut, sagte ich, die absolute Zeit natürlich.

Nichts ist natürlich, sagte Landau und versank in sein Schlangenschweigen.

Passen Sie auf, sagte er, und finden Sie's selbst heraus – vier Elemente – Feuer, Luft, Wasser und Erde, Empedokles, kapiert?

Mich kann so leicht nichts erschüttern, da ich die Niederungen, die Sümpfe, die Hügel, die Berge, die mittleren Täler, die bukolischen Gelände, die unbesuchten Gipfel und die flachen, aber gestrüppreichen Ebenen kannte; nicht umsonst absolviert man zweieinhalb Jahre, wenn's hochkommt, die Buchhändlerlehre, und wenn sie gut war, kann man unter Umständen ein gutes Buch von einem schlechten unterscheiden. Man lernt ja auch manches, was dem Zeitgeist nicht entspricht, dem Himmel sei Dank –

Nicht dem Himmel, sagte Landau, der sich in meine Erinnerungen geschlängelt hatte, lesbare, mitunter gute Literatur, die einen affiziert und in den besten Fällen inflammiert, hat ihren Ursprung nicht im Himmel, nicht in den wohltemperierten Zonen, sondern eher da, wo die Geister sich scheiden; die einen gehen den bequemen Weg, die anderen –

Die Hypnose dauerte an.

Welches ist der andere Weg, die Impasse, die Sackgasse, fragte ich, und mir fielen Wörter ein, die ich noch nie benutzt hatte.

Noch fünfzehn Minuten, sagte der Greis und fixierte mich ruhig. Sie sollten zu den letzten Fragen vorstoßen. Es wäre das eine Gelegenheit für einen älteren sentimentalen Trottel wie Sie. Ich schluckte die Beleidigung. Wann lernt man schon einen Menschen kennen, dem nichts fremd ist. Eine gewisse Sentimentalität überkam mich.

Wer, fragte ich feierlich und zerdrückte dabei meine Bierdose zwischen den Schenkeln, die an Muskeln gewonnen hatten, wer sind Sie?

Ich werde mich, sagte das alte Reptil, nach meinem Tod in einem Jahr in eine junge Frau verwandeln. Verwandeln ist der falsche Ausdruck, ich schlüpfe in diese Simone, so wird sie heißen. Meine Adresse – Moment – wird sein Rue Keppler 14, unweit des Etoile. Ich muß *immédiatement* aussteigen – der Schaffner!

Bitte, rief ich, Meister, Sir, Monsieur Landau – bitte – ich brauche letzte Instruktionen für die Zukunft!

Instruktionen, sagte Landau und zeigte seine bleiche Zunge, warten Sie. Als ich meine Affäre mit Anastasja hatte – hübsch, aber dumm, wie alle adeligen Weiber –, da sagte sie mir nach einem ziemlich stoßartig herbeigeführten Orgasmus – unvermutet bei der Beinlage –, mein Lieber, ich habe echt gefühlt, über meinen Höhepunkt hinaus ... Naja, hübsche Frau, aber am besten in ihrer Rolle hat mir Lilly Palmer gefallen.

Und beiläufig fügte er hinzu: Es wäre jetzt die 22. Reinkarnation in 3500 Jahren, *Vous compris*. Und ich bin in einem ganz unerhörten Maße erschöpft...

Ich war derart berauscht von seiner kalten Gegenwart, daß ich noch einmal um letzte Instruktionen bat.

Hüten Sie sich vor der Dame Milly K., sagte Landau. Sie ist ein kluges Biest, mit den Seelen-Atomen der Lukrezia Borgia, hüten Sie sich ... ach ja, vor Toastern, Staubsaugern, Biedermeierkommoden ... mein Gedächtnis ... ich kenne Sie noch nicht gut genug...

Landau unterbrach seinen Monolog und sagte, in fünf Minuten käme der kranke Kondukteur.

Hüten, sagte ich, was bitte, vermeiden, mich hüten vor – bitte die ganze Liste!

Beim Luzifer, sagte mein greiser Freund, wovor hüten. Auch vor Wörtern. Vermeiden Sie Verba wie abwickeln, abtun/abspritzen, ich bin ein wenig erschöpft. Meine Reserven lassen nach, in 370 Tagen werde ich die Fusion vollziehen. Hüten Sie sich, was war's – vor der Angst zu erblinden, vor Hunden, ach, zum Teufel, hüten Sie sich vor allem. *Finis*.

Le conducteur; ein leidend aussehender Beamter mit einem Gerstenkorn stellte fest, daß Landau keine gültige Fahrkarte hatte und den Zug in Basel verlassen mußte.

Mir schwammen alle Felle davon, und wir hatten nur noch sieben Minuten bis Basel SBB, Ausstieg rechts.

Ich muß zurück nach Hamburg sagte Landau zerstreut, Paris via Zürich muß warten, wie so vieles wartet.

Landau, sagte ich in einem munteren Delirium, was hat es mit Ihren sogenannten Reinkarnationen auf sich, die nicht existieren? Wo haben Sie die Kunst der Vorausschau gelernt? Sind das Taschenspieler-Tricks? Was hat das alles zu bedeuten? Sind Sie vielleicht ein Freigänger und ein bißchen gaga?

Sie sind doch ein Leser, sagte er kalt, finden Sie's heraus; wer der Herr über so viele Bücherleichen ist, sollte seinen Friedhof kennen, Adieu.

Stay, stop! rief ich in meiner Not, bitte Landau, letzte Fragen! Wir glitten mit der Zugschlange gerade durch das belanglose Weichbild von Basel nach dem Badischen Bahnhof.

Landau lächelte. Sein Zahnfleisch war blau.

Wann werde ich Erfolg haben, wann werde ich sterben, wann und auf welche Weise? Das waren meine letzten Fragen.

Keine Ahnung, sagte Landau, da lägen gewisse Dämpfungen in der Luft und dumme platonische Körper balgten und verbissen sich vor seinem inneren Auge, und außerdem müsse er dringend seine Blase entlasten. Entlasten – auch so ein Ausdruck, den ich in Ihrem entsetzlichen Jahrhundert lernen mußte. Hüten Sie sich vor Entlastungen! Leben Sie wohl. Sie haben ein hochinteressantes Schicksal vor sich, um das Sie andere Leute beneiden werden. Sie werden viel mit dem Zug reisen müssen, Sie werden auch mit Flugzeugen gewisse Strecken überwinden und mit Schiffen, aber Sie sind ja noch jung, sechsundfünfzig; wie das Lesen doch konserviert! Ihre Liebesgeschichte fängt übrigens am 23. November des nächsten Jahres an, sie heißt Sonja und kommt aus Jaroslawl, schöne Grüße.

Landau drängte sich mit einem eiskalten Hauch durch die Abteiltür.

Ich folgte ihm natürlich. Solche Informationen bekam man nicht jeden Tag.

Landau, sagte ich beschwörend, ich sehe Ihr Talent mit aller Positivität, die ich nur habe – gibt es einen Punkt, den ich bei der Dame Milly dringend beachten müßte?

Fragen über Fragen, sagte Landau über die Schulter und richtete dann seinen kalten Blick auf den Hauptbahnhof von Basel, SBB.

Auf dem Bahnsteig zog es. Ein trockener Föhn aus den Alpen.

Mein ingeniöser Herr Landau, sagte ich feierlich und packte ihn mit zwei Fingern an einem eisigen Knopf, ich bewundere Ihre Fähigkeiten, Sie haben mehr Informationen, als mir wahrscheinlich gut tun, lassen wir den leidigen Tod beiseite, – aber wie habe ich mit der Dame Milly zu verfahren?

Landau fixierte mich mit halb geschlossenen Augen und fröstelte.

Keine Zeit mehr, sagte er und seufzte. Nisten Sie sich ein, seien Sie Diener, Gesellschafter, Seelenfreund und ein amüsanter Erzähler von erfundenen Anekdoten – das liebt sie heiß –, essen Sie alles, was Ihnen vorgesetzt wird – leider ist sie eine leidenschaftliche Amateurköchin baltischer Provenienz, widersprechen Sie ihr nie, und nehmen Sie alles an, was Ihnen angeboten wird, inklusive des ehrenvollen Auftrages.

Auftrag, fragte ich in dieser letzten Minute, was zum Teufel für einen Auftrag?

Restfragen nur noch gegen Honorar, sagte Landau, und ich werde ihn wahrscheinlich, sozusagen voraussichtlich, am Anfang des Frühlings in Kairo unter einer Adresse aufsuchen können, die er bei seiner alten Freundin Milly hinterlassen werde.

Keine Instruktionen für Milly – das war mein einziger, sehr schwarzer Gedanke.

Erwähnen Sie immer wieder Ihre Lieblingslektüre, sagte Landau, während er sich schön um seine Achse drehte. Ermahnen Sie sich fortwährend oder auch unausgesetzt, ganz wie Sie wollen, mit dem Herzen zu denken. Vegetieren Sie. Ältere Damen lieben es ganz ungeheuerlich, mit dem Herzen zu denken. Notieren Sie in Gedanken die berühmte Doppelsentenz, die direkt in das Herz der Akquisitionen führt: *Man sieht nur mit dem Herzen gut*. Machen Sie ein Semikolon. *Das Wesentliche ist für die Augen unsichtbar*. Finis, auch für uns.

Und mit diesem Zitat, das wie in einer Eisblase schimmerte, ließ er mich auf dem Bahnsteig allein.

Vicovic 3

Vicovic liebte über alles seine nächtlichen Zugfahrten; es war Mitternacht und er saß mit seinem Kollegen Chovanec (weiches Gemüt, zähe Seele) im Restaurant an einem der kleinen Fenstertische mit zitronenfarbenen Lampenschirmen; sie tranken Bier, rauchten und plauderten über Literatur. Lästige Passagiere waren nicht in Sicht, der Ober schlief im Kabuff hinter der Theke.

Ich habe mal ein Buch gelesen, sagte Chovanec, aber aus Versehen, weil es nichts anderes gab, in einem Krankenhaus. Es spielte in Frankreich, der Titel fällt mir nicht ein; aber es war ein guter Plot.

Wirklich, sagte Vicovic aufgeräumt und legte das schwarze Notizbuch auf die Tischdecke, von wem?

Keine Ahnung, sagte Chovanec, aber irre Intrigen seien vorgekommen, hübsche Frauen, ein Graf und ein Zuchthausschicksal mit Flucht nach seinem Geschmack.

Ach so, rief der belesene Vicovic, du sprichst von Dumas, Alexandre Dumas, Vater, 1802 bis 1870, du meinst *Der Graf von Monte Christo,* der, der hat massenhaft und auch die *Drei Musketiere* geschrieben. Chovanec, du bist kein großer Leser?

Lesen ist Arbeit, erklärte Chovanec, außerdem habe er ein schlechtes Gedächtnis für Personen in Romanen wie auch im Leben.

Traurig, sagte Vicovic und ließ das schwarze Notizbuch geschlossen. Die Gläser klirrten in den Messingringen. Vicovic dachte mit Trauer und Vergnügen an Onkel Marek, der ein leidenschaftlicher Leser war, bis ihm vor zwei Jahren die Lesewut im Irrenhaus abhanden kam. Aber vorher – was für ein Maniak! Man sollte ihn einmal mit Eva und Milan in seinem Refugium besuchen, vielleicht am Sonntag, wenn er keine Tüten klebte.

Onkel Marek konnte schon mit fünf Jahren fließend lesen und verschlang alles, was man ihm gab, wenn es nur bedruckt war. Sein Appetit war immens, aber wahllos; nur Atlanten lehnte er ab, als wüßte er, daß er Prag niemals verlassen werde. Eine seltsame und eigensinnige Existenz, dieser Onkel. Er wollte Maler werden, entdeckte rechtzeitig einen großen Mangel an Talent, studierte Kunstgeschichte und schlug sich später als Restaurator durch, um seine Existenz zu sichern. Am liebsten war ihm die Prosa; er las englisch, französisch, deutsch, russisch und italienisch; spanisch nicht. Eine

Nation, die derlei blutige Rituale wie Stierkämpfe schätze, sagte er, habe bestimmt eine barbarische Sprache. Über der Lektüre Sir Walter Scotts hatte er die englischen Fuchsjagden vergessen.

Vicovic hatte ihn einmal direkt gefragt: Onkel, warum liest du wie ein Wahnsinniger oder Bekloppter und vernachlässigst Frau und Kinder und deine schöne Geliebte?

Um mich, hatte er erwidert, von der blöden Realität abzulenken. Eine gute Idee, hatte Vicovic gesagt, ob er denn Erfolg mit diesem Rezept habe?

Nein, erwiderte Marek, man kann keinen Erfolg haben, solange man nicht das absolute, wahre, sozusagen ideale Buch gefunden habe.

Ob er eine Vorstellung von diesem Buch habe, fragte Vicovic.

Leider immer noch nicht vollständig, sagte Marek betrübt, und das sei der Grund, warum er so viel lese. Aber irgendwo müsse das perfekte, vollkommene Buch auf dieser Welt existieren.

Was denn darin so vorkommen müsse, fragte Vicovic begierig. Alles und nichts, sagte der Onkel, aber das Erhabene inszeniert neben dem Komischen herrliche brünette Frauen mit Silberblick, brave, ethisch unbedenkliche Tiere; kurz, Liebe, Tod und endliche Verdammnis, keine Metaphysik und Landschaftsbeschreibungen nur schwarzweiß.

Mareks Haß gegen die Bildwelt erreichte vor zehn Jahren ihren Höhepunkt. Sieh dir diese dummen Buntfilme an, sagte er in seiner Werkstatt, wo er ein schneeweißes Einhorn mit Watte und Verdünner von einer ziemlich bunten Blumenwiese erlöste, bis es sehr einsam in einem dunkel grundierten Vakuum stand, die Literatur ist dem Film weit überlegen, und ich als Leser kann alle Gegenstände neu colorieren, wenn mir eine Farbe mißfällt, und habe auf diese Weise eigene Eindrücke.

Onkel Marek wurde eingeliefert (in die bewährte Anstalt des Dr. Wachs, der in den Köpfen und Seelen seiner Patienten lesen konnte wie in einem Buch), nachdem er die Wohnung mit einer Axt zerstört hatte, weil ihm das Interieur zu bunt war; er schlitzte die Bilder mit einem japanischen Messer auf, verbrannte allzu bunte Vorhänge und die Blusen und Schürzen der Gattin.

O ja, dachte Vicovic, mein Onkel Marek ist eine durchaus würdige Figur für meinen Familienroman … ein Leser, der sich die Welt nicht schänden läßt und der etwas gegen die Bilderflut unternimmt, kurz, ein wahrer Samurai in seiner kleinen Welt der Bücher, die wahre Universen enthielten. Marek einbauen, schrieb er in sein Notizbuch. Tante Irina? Vielleicht, aber nicht so gut; die hat nie versucht, die Wirklichkeit nach ihren Vorstellungen umzumodeln. Irina modeln! d.h. neu erfinden! Auch Randolf hat bestimmt viel erfunden, wenn ihm die Originale nicht gepaßt haben. Als Vicovic zur Toilette im Wagen 265 ging, auf der er seinen glücklichen Fund gemacht hatte – den sanften, widerspruchslosen Toten mit einem kostbaren Manuskript im Gepäck –, fielen ihm die potentiellen Moleküle des baltischen Autors ein, und er atmete tief.

Schreibst du noch Gedichte, fragte ihn Chovanec, als er zurückgekehrt war und seine Erinnerungen mit einem Pils löschte.

Nein, sagte Vicovic und dachte an das unvollendete Poem über die Lokomotive Buddicom, die Grande Dame mit den schwarzen Flanken und dem glühenden Atem.

Für Gedichte muß man, glaube ich, geboren sein, sagte er, und nach einer Pause setzte er bedeutsam hinzu: Ich schreibe an einem Familienroman. Chovanec verschluckte sich an seinem Bier. Ein Gegenzug rauschte machtvoll vorbei in Richtung Berlin.

Ist das nicht sehr schwer, fragte Chovanec teilnahmsvoll, wenn man nicht so viel Anhang hat? Ich hätte z. B. nur meine Mutter, die mit alten Kleidern in einem Schrank spricht, sie hält sie alle für entflohene Verwandte, die sich aus dem Staub gemacht haben.

Vicovic war entzückt über diese Idee, bestellte noch eine Lage Bier und dachte, daß sein Kollege gar nicht so dumm sei.

Vielleicht, sagte er, muß ein Mann in seinem Leben nur ein einziges Buch lesen, mein lieber Chovanec, und sei es auch nur *Der Graf von Monte Christo.*

Da ist was dran, sagte der dankbare Chovanec, der Held hieß übrigens Dantes oder so ähnlich und seine Geliebte Mercedes, das habe er behalten; wie weit Vicovic mit dem Roman sei, also wie viele Seiten schon existierten? Vicovic sah mit zärtlicher Liebe auf sein schwarzes Notizbuch.

Noch keine Seite, sagte er aufrichtig, aber alles notiert für jedes einzelne Kapitelchen, Namen, Orte und Situationen.

Dein Onkel Marek, sagte Chovanec, ist doch in der Klapsmühle, gibt das nichts her? Und warum eigentlich ist er drin?

Weil er das Wahre Buch nicht gefunden hat, sagte Vicovic, wer weiß. Inspiriert vom Bier, fragte Chovanec, ob der Leser Marek eigenhändig ein Buch verfaßt habe oder immer nur wie ein Verrückter gelesen.

Wie du selbst gesagt hast, Lesen ist Arbeit, da kommt man zu nix, sagte Vicovic; kennt deine Mutter noch alle Namen der verschwundenen Angehörigen, die ihre Kleider verlassen haben?

Klar doch, sagte Chovanec, sie orientiert sich irgendwie an Gerüchen, den Stoffen und den Farben.

Mareks Alptraum, murmelte Vicovic und rauchte schweigend eine Zigarette.

Ich geh lieber ins Kino, sagte Chovanec, Bilder sind einfach zu begreifen, und wenn sie schön sind, dann hat man was davon. Und dann noch Weiber und Titt-Brüste meine ich, das ist das Wahre.

Vicovic erfuhr, daß Chovanec eine Sammlung Videos pflegte, aber nur Titel vor 1980, und einen alten Film könne man immer wieder genießen, vor allem alte Western.

Er wurde schläfrig und schloß die Augen. Noch 20 Minuten bis Prag.

6

Nach 1945 interessierte sich meine schon selige Mutter plötzlich, da auch ihre «glorreiche» Zeit zu Ende war, nur noch für drei Dinge auf der Welt: die Tiere, die Theosophie und die Antiquitäten anderer Leute, d.h., der Verwandten, die sie überraschend besuchte, um ihre Akquisitionen zu bewundern, die den Krieg überstanden hatten. Immer mit dem Herzen denkend, ein Prinzip, das sie gegen alle Widrigkeiten eisern durchhielt, inklusive der entsetzlichen Gesetze der Gastfreundschaft, verzeichnete sie jede schöne Vase, jedes Gemälde, alle kostbaren Möbel und photographierte mit einer alten Rocca-Kamera heimlich die Preziosen. Und noch auf der Rückreise nach F. notierte sie in ihrer mädchenhaften Schrift im Poesiealbum das Inventar.

Es kam auch zu einem mit dem Herzen arrangierten Rendezvous zwischen meiner schon maroden Alten und der uralten Bea-Victoria, die einen Alzheimer heuchelte, der exakt die Partikel der Vergangenheit verbarg, die ihr peinlich waren, also die Zeit zwischen 1933 und 1945. Aus unerfindlichen Gründen ist die Inventarliste über Bea-Victoria mit ungewöhnlich vielen persönlichen Bemerkungen gewürzt:

Bea-V. – dumm, aber reich, nie ausgebombt! Immer unter den Fittichen der Vorsehung, die Sau! Und welche Vermögen ab 1935 in ihre fetten arischen Hände gingen, vor allem Kunst! Dabei versteht sie nicht die Bohne von Kunst, die Schnepfe.

Arisierungsgesamterfolg: Ein echter Kersting 1811, Goethe und Eckermann wandelnd am Ufer eines Flusses. Viel akkurat gemaltes Gebüsch, herrlich! Ein Waldmüller, eine Gebirgslandschaft. Dabei ging die dumme Kuh nie spazieren, weil sie was am Bein hat. Die Sophienausgabe Goethes voller Stockflecken, stark beschabt und auch noch Mäusefraß – für sie, die sie Tiere immer gehaßt hat, gute, ganz unterschätzte Tiere. Leider fehlt G.s Sudelsack, typisch!

Ein Reisewecker von Breguet aus dem Jahr 1800 – allein das Silbergehäuse ist 2000 wert, und was mag die Uhr mit ihren Indikationsblättern alles beobachtet haben. War ja stark sexuell, die geile Akquisiteurin, u. kannte jede höhere Charge in der Partei. Sammelt auch idiotischen Unsinn wie Kissen mit gestickten Ansichten aus der Heimat – Riga bei Gewitter, Dorpat während eines Wolkenbruchs, Reval im Winter.

Die größte Schweinerei sind ihre Widmungsexemplare. Ein Gedichtband vom lieben von der Trenck – Meiner süßen Samenräuberin Vic. Im unerträglichen Sommer 1925 in Bad Ischl! T.

Und dann ein Bergengruen-Exemplar im Schlafzimmer, auf einem dieser bestickten Kissen ruhend: Der geliebten Vic für ihre geistige Tiefe mit ethischem Einschlag, Berlin 1935.

Naja, ein Kavalier, einwandfrei und das Buch ist nicht beschabt.

Was mich überrascht (auch der!): Eine französische Ausgabe von *Erbarmung mit den Frauen,* leicht bestoßen, helle Stockflecke, die da glänzen, wie mit Eiweiß unterlegt, er wird ja wohl nicht! und die Widmung ganz unverständlich – ejaculatio praecox, verzeih! an einem Frühlingstag in Paris ist so dumm wie ein Herzanfall kraft Überlastung. Dein Henry.

Und sie sammelt tatsächlich auch Unsinn wie ein Manuskript, das sie mir stolz im Salon zeigte, mit dem Titel *Das Einhorn, das sich langweilte,* und nur die Verpackung war gut, nämlich ein marmorierter Karton, umschnürt von einer ochsenblutfarbenen Kordel, Seemannsknoten Modell Ahab, da hat also die dumme Kuh sich durch diesen ganzen Fischroman gequält und kennt einen Knoten! Rätselhaft! Ein *Exemplar Rasputins Ende* vom Fürsten Felix Jussupoff, auch mit einer Widmung: Von Deinem Wundermönch, der deine Seele bis in die letzten Kammern betrat, nicht datiert! Rasputin hätte sie nie erhört! Ich kenne die Russen.

Schwachsinn bei Schuhkauf oder woher sie's sonst hat, z. B.: 62 unpaare Pumps in allen Farben und Formen der Firma Ferragamo und ein Karton signiert von einer Elinor Wylie mit einem Gedicht, das ganz hübsch ist, wenn man Schuhe liebt –.

Wir werden wandeln in samtenen Schuhen. Und wo immer wir schreiten, senkt Stille Wie Tau sich über stillweißes Land.

Was weiß die schon vom Stillen!

Ein päpstlicher Slipper mit gesticktem Wappen der Firma Eugenia aus Florenz, silbern paspeliert, wer weiß, was sie mit diesem Slipper getrieben hat.

Und dann die Möbel! Ein richtiger Röntgen!

Und dann war die Liste an ihrem Ende, was ich sehr bedauerte.

7

Fuhr von Basel zurück nach Freiburg, dann noch einmal Bummelzug durch den Schwarzwald, sodann Bus bis K., einem Nest auf einem Hochplateau; dort wohnte die Älteste des Clans, die uralte Diebin kostbarer Bilder aus jüdischem Besitz, die reiche Witwe, die unübertroffene Kreuzworträtsellöserin, die Besitzerin einer antiken Spargelzange und einer Perlenkette aus Glas.

Ich meldete mich telephonisch an, avisierte den abtrünnigen Großneffen zu 17 Uhr, kaufte eine übelriechende Gruppe von Orchideen der Gattung Cattleya und besuchte Das Schlimme Bein. Ach, die baltische Gastfreundschaft ist teuer, sie ist auch kostbar und Gottseidank selten, und wer sie einmal genossen hat, vergißt sie nie.

Das auf zwei Kopfkissen gebettete Bein war schlimm, schlimmer aber war der Gestank.

Die fette Greisin lag da, sehr überschminkt, ihr Mund leuchtete im Kerzenschimmer, und sie trank Wodka aus einer Karaffe.

Randolf, schrie sie, komm an meine Seite! Die Zugehfrau sei schon gegangen.

Es gibt, sagte sie feierlich, Sakuska! Und Wodka. Ich

gab ihr den üblichen Handkuß. Sie duftete oben nach Nivea, und von unten stieg ein heißer, ein bißchen feuchter, beizend süßer Duft auf, als verweste ihr Bein.

Wie geht es deinem Bein, fragte ich höflich.

Nicht so gut wie vor 14 Tagen, erwiderte die alte Dame. Auf ihrem so gut wie kahlen Schädel sträubten sich ein paar gelbweiße Haare mit violetten Spitzen. Es war übermäßig warm. Ich bat, das Fenster öffnen zu dürfen.

Nein, sagte die Uralte, Zug!

Es sei sehr warm, bemerkte ich und versuchte, die Luft anzuhalten.

Zug schade dem Bein, sagte die Clan-Älteste – und im übrigen solle ich sie Vic nennen, das sei eine Abkürzung von Victoria.

Liebe Vic, sagte ich, gerade ein krankes Bein bedarf der frischen Luft; das hat ein amerikanisches Institut in Goshem schon 1980 herausgefunden.

1980, sagte Vic, sei ein schlechtes Jahr gewesen. Ich mußte mich auf einen Hocker zu ihren Füßen setzen. Die gemischten Gerüche der Sakuska betäubten mich; es roch nach Hering, Sauerkraut, Zwiebeln, einem faulen Ei und, sehr metallisch, nach verbranntem Öl.

Ich suchte, schon halb erstickt, nach Gesprächsthemen. Mir fiel der Satz ein, den ich sofort äußerte: Vic, der Schwarzwald ist schön.

Geht so, sagte die Dame Vic – du mußt es mit einem W sprechen, nicht mit einem vulgären F –, die Rocky Mountains seien schöner.

Ich war noch nie in Amerika, sagte ich; immerhin ein Thema.

Schlechtes Essen, sagte Vic düster und streichelte mit den Fingerspitzen das schlimme Bein.

Du wirst Hunger haben, sagte sie, du weißt hoffentlich noch, was Sakuska ist, wie?

Ach ja, sagte ich ergeben, der berüchtigte Imbiß vor dem Diner oder dem Souper.

Du scheinst Sakuska nicht zu schätzen, sagte Vic, aber alles Eßbare ist Sakuska.

So konnte man die Sache sehen.

Ich habe keinen Hunger, sagte ich, Magenverstimmung. Pause.

Wie alt bist du, fragte sie plötzlich, und wie ist deine Mutter gestorben, wie alt wurde sie und warum überhaupt?

Sechsundfünfzig, sagte ich matt; Magenkrebs, sechsundachtzig, und es mußte wohl so kommen.

Sechsundfünfzig, sagte die alte Dame und trank aus einem Wasserglas Wodka. Du siehst, sagte sie, jünger aus, eher wie fünfzig.

Eine neuerliche Pause ergab sich. Die Kerzen auf dem runden Messingtisch neben ihrem maroden Bein flackerten nicht. Am Bauch der Karaffe tickte in einem ovalen Gehäuse aus Silber eine Uhr. Hin und wieder schnarrte sie, und im Inneren zeigte eine sonor klingende Glocke eine jede qualvolle Viertelstunde an.

Verscharrt oder kremiert, fragte sie, begleitet oder nicht, konfessionell oder ohne?

Kremiert, sagte ich, begleitet von mir, nicht konfessionell, dann anonyme Urnenbestattung.

Scheußlich und greulich zugleich, sagte Vic, und es gebe gebackene grüne Heringe. Hunger, sagte sie plötzlich – und ich müsse sie füttern. Im rechten Arm Polyarthritis, im linken Gicht, so sei die Lage.

Bring mir, sagte sie und richtete ihren üppigen Oberkörper auf, gebackene grüne Heringe, davon vier, sodann Sprotten in Schmandsauce, ein Schälchen Salat Olivier, von der kalten Japanese, vier Würstchen in Tomatensauce und zwei Fleischpiroggen.

Als ich die Nahrung auf Teller und Schalen verteilte, fiel mein Blick auf eine hübsche detailreiche Gebirgslandschaft. O Landau, bei Landau, es war ein Waldmüller, ein richtiger guter Waldmüller; ein Maler, den ich schon immer geschätzt habe. Gediegene Landschaften, in denen man sich nie langweilt, gediegener Kurswert.

Iß, liebe Vic, sagte ich begeistert und sprach das V wie ein doppeltes W aus, fast eine Liebkosung. Wonne, dachte ich, du wohnst nicht weit.

Die alte Kuh schlang. Ihr Kinn tropfte. Nach vier grünen Heringen kippte sie einen Wodka.

Ich mümmelte an einem Speckküchlein gegen den Wodka, den ich irgendwann würde trinken müssen.

Der Breguet-Wecker tickte, und alle fünfzehn Minuten ertönte das Glöckchen. Die ersten Tropfen Tomatensauce wischte ich ihr zärtlich vom Kinn.

Tut nicht not, Erbarmung, sagte Vic, weißt du was, du hast etwas Greisenhaftes an dir. Ich weiß nicht, ob es deine morose Miene ist, deine dummen Falten auf der Stirn, aber da ist etwas Greisenhaftes. Aber du warst schon als Kind mordshäßlich. Ich war als junges Mädchen eine *Russian beauty*! Sieh dir gefälligst die Photographie über dem Napf mit der Soljanka an!

Sie war in der Tat eine Schönheit, 1924.

Wir müssen jetzt anstoßen, sagte sie, Wodka liebt die Seele und umgekehrt.

Vic, sagte ich und fand endlich ein Thema, das zu Akquisitionen führen könnte, wieviele Liebhaber hattest du eigentlich, denn du bist ja eine berühmte Schönheit gewesen, und alle ebenfalls berühmten Liebhaber hinterließen dir doch Widmungsexemplare? Und du blätterst in ihnen und –

Alle vergessen, sagte alte Vic, bring mir bitte ein Stück Wildkäse, Rudolf.

Ich brachte ihr diese seltsame Masse, bestehend aus Butter, Emmenthaler, Roquefort, Perlhuhnbrüstchen, sehr passiert, und alles vermengt auf einem hohen Teller, und sagte, mein Name sei Randolf und nicht Rudolf.

Furchtbare Namen, alle beide, sagte sie schaudernd.

Zum Essen der weich-gelblichen Paste nahm sie ihre Prothese aus dem Mund, legte sie an den Kristallfuß der Karaffe und aß mit einem Löffel. Hin und wieder wischte ich mit einer Serviette das dreifache Kinn. Der Breguet tickte mit einem langsamen Pulsschlag und vertrieb nicht recht die Zeit. Hitze und Gestank nahmen zu. Die Alte wollte partout kein offenes Fenster. In Not trank ich Wodka aus einem böhmischen Kelch.

Beste Victoria, sagte ich nach dieser Erfrischung, weißt du, daß es für die Autographen, das sind Handschriften berühmter oder berüchtigter Leute, mitunter eine Menge Geld gibt? Ich kannte einmal einen Herrn in London, der für ein Gedicht Landrus, einen Tag vor dem Gang zur Guillotine verfaßt, 20000 englische Pfund erzielte.

Wer war denn Landru, fragte die Alte.

Ein lyrisch begabter Familienvater, sagte ich, der seine beiden innig geliebten Familien an zwei verschiedenen Orten damit unterhielt, daß er nicht mehr junge, begüterte Damen durch Mord beerbte. Die Leichen zersägte er in einer Wanne und verbrannte sie dann partieweise in einem Kanonenöfchen.

Was! Erbarmung, sagte die gute alte Henne, in einem Kanonen-Ofen? Das müsse doch ganz fürchterlich gestunken haben.

Ich warf einen Blick auf ihr unförmiges Bein und sagte, das sei noch gar kein Ausdruck; ob sie mir nicht ein paar Briefe berühmter Zeitgenossen zeigen wolle.

Alle vernichtet, sagte die Tante, setzte mit spitzen Fingern und einem gezierten kleinen Finger ihr Gebiß wieder ein, arretierte es sorgsam und schmatzte befriedigt.

Muß auf die Toilette, sagte sie nach diesem Akt, hilf. Bist du eigentlich religiös? Sie sprach das Wort aus wie alle im Clan: relijös.

Nicht besonders, sagte ich und brachte sie zur Toilette. Sie kroch sehr langsam, aber das schlimme Bein war für mich in einer guten Position: weit unten. Sie war schwer und erdrückte mich beinahe mit ihrem Gewicht. Bei jedem Schritt murmelte sie Erbarmung! und ächzte. Im Badezimmer mit einer Wanne ganz in türkis und einem Thron auf einem Podest, umgeben von Gestänge, roch es erstaunlich gut. König Faruk von Ägypten besaß ein ähnliches Gelaß im Montazah-Palast. Auf dem Podest stehend, bat mich die Dame des Hauses, hinauszugehen und die Tür zu schließen.

Ich fühle, sagte sie resigniert, in den Knochen, daß es ein großes Geschäft wird.

Sie ihren Geschäften überlassend, öffnete ich ein Fenster im Salon und verlor mich noch einmal im Gebirge des Malers Waldmüller. Wirklich, eine erlesene Kostbarkeit.

Rudolf, schrie sie nach fünfzehn Minuten, ich bin fertig! Dann ertönte brausend die Spülung, und die Wohnung erbebte. Alte Rohre, erklärte Victoria, als ich sie wieder abschleppte. Im Lokus roch es jetzt durchdringend süß nach Tantenkot, Parfum und einer kleinen dezenten Note Schweiß. Das Niedersetzen und die Aufbahrung des schlimmen Beines dauerte lange, weil die Wade besonders gelagert werden mußte.

Du hast das Fenster geöffnet, Rudolf, sagte sie, ich werde mir noch den Tod holen. Ich bedeckte sie nur zu gern mit eine Kamelhaardecke und konnte ein bißchen aufatmen.

Ja, die Relijon, sagte sie, ich war nie relijös, aber fromm.

Wieder stockte das Gespräch, eine Lähmung der Sprechwerkzeuge überkam mich. Vielleicht Sauerstoffmangel. Außerdem zuckte ein Nerv unterhalb des Brustbeins, und mein rechter Fuß war eingeschlafen. Der Breguet tickte sich schläfrig durch die Zeit. In den konvexen und konkaven Flächen der Karaffe spiegelte sich die Flamme der letzten sterbenden Kerze.

Wie geht es den Tanten Milly und Molly, den lieben Schwestern? Diese Frage stellte ich, als Breguets Reisewecker leise neunmal Laut gab mit einer Glocke, so zart wie von einem weit entfernten Friedhof.

Das alte Mädchen röchelte durch den Mund und pfiff durch die Nase. Die Augen waren geschlossen. Sie verlangte nach einem Kissen für den Nacken. Ich legte ihr ein dickes, weiches (Ansicht von Reval im Regen oder Riga bei einem Gewitter) zwischen Couch und Kopf und hatte eine Idee, einen Keim von Idee, das Gespenst einer Idee. Das Kissen war schuld.

Ich habe, sagte sie plötzlich und öffnete ein Auge, dem Dienstbolzen, der Habel, einen Tag freigegeben, damit wir uns einmal so richtig ausplaudern können. Sie hat eine Gans vorbereitet, die du morgen nur in die Röhre stopfen mußt, der Herd mache dann alles selbst.

Eine ganze Nacht in dieser Wohnung.

Ich bin der Pflege bedürftig, sagte sie, als habe sie meine schwarzen Gedanken gelesen – nach dem kleinen Schläfchen fühle ich mich besser, gieß uns Wodka nach. Ich war noch nie in England.

Ich dachte positiv und machte den Sprung mit.

Schönes Land, sagte ich, ein Häuschen in Kent oder einer anderen Gegend, das wäre was.

Ein Land, sagte sie, das eine derart sonderbare Familie hat, ist kein gutes Land, und diese Lady Di und ihr Prinz, der dauernd vom Pferd fällt –

Die kleine Di ist gerade in Paris tödlich verunglückt, sagte ich, um beim Thema zu bleiben.

Ja dann, sagte sie befriedigt und trank einen großen Schluck, wobei sie die Hälfte verschüttete; die sei keine *English beauty* gewesen mit ihrer langen Nase. Schweigen.

Das Thema war für sie erledigt, und ich hatte den glücklichen Einfall, immer im Schatten meiner Idee, das alte Mädchen auf ihr Lieblingsterrain zu drängen.

Wie hast du dich so wunderbar konservieren können, liebe Vic. Was ist dein Geheimnis?

Viel trinken, sagte sie, nicht rauchen, viel Sakuska, aber ich möchte nicht darüber reden. Was bist du eigentlich von Beruf, Rudolf?

Buchhändler, sagte ich, will's aber nicht mehr sein, es macht mürbe, man verdirbt sich die Augen.

Wie furchtbar, sagte sie, ich habe dich immer für einen verkannten Schriftsteller gehalten, der gottlob nichts veröffentlicht, aus Scham und Selbstbewahrung!

Nach diesem gut sortierten Satz (was seine Teile betrifft und nicht die Botschaft) mußte sie furzen, sagte Hoppla und wedelte mit einer Serviette vor meiner Nase herum. In die Dünste der klassischen Sakuska, in die animalischen Aromen der Cattleya mischte sich würziger Schwefel.

Sulfur, sagte die Tante befriedigt, und ihre Nüstern blähten sich.

Ich entschuldigte mich und ging mir zehn Minuten die Hände waschen.

Sage einmal, liebe Vic, fragte ich, wer wird dermaleinst, wie man so schön sagt, deine herrlichen Bilder erben?

Onkel Romeo aus Dorpat, sagte die alte Dame in einem irgendwie lyrischen Tonfall, ist an einem Ileus eingegangen.

Was du nicht sagst, an einer Darmverstopfung also, sagte ich.

Nein, sagte Vic, das heißt Darmverschluß, und er ist buchstäblich geplatzt, indem er alles von sich gab – oder nicht alles von sich gab –, die Ursache ist nicht klar und die Wirkung uneindeutig; du mußt mich jetzt ins Bett bringen. Die Habel hat alles für dich notiert, was man bedenken muß. Der Zettel hängt über meinem Nachttisch im Schlafzimmer.

Wir krochen durch den Flur bis zum Gastzimmer, das Gästeklosett wurde gezeigt, und dann mußte ich sie ins Bett legen. Sie hielt auch im Schlafzimmer frische Luft für todbringend. Das schlimme Bein mußte ausgewickelt, mit einer honigfarbenen Paste eingerieben und neu bandagiert werden, für die Nacht gebettet etc., ich stopfte ihr die Kissen in den Rücken, und dann lag sie endlich. Vic furzte wieder wollüstig, sagte Gute Nacht, und ich war entlassen. Als die Tante frenetisch zu schnarchen anfing, inspizierte ich mit einer Taschenlampe noch einmal alles, erleichterte die Großtante um ein paar Objekte, die sie später wohl nicht mehr brauchen würde, ging zu Bett und träumte im Schatten von einem Grabstein aus lichtem Marmor, auf dem ein schwarzer Annoncenfinger nach unten zeigte.

Am nächsten Tag Regen, die Tante bettlägerig; viel Pflege. Die Gans wurde zu Stein, so daß wir die alte Sakuska essen mußten.

Das sei ohnehin gesünder, sagte die Alte, und gegen neun Uhr abends erlöste ich Vic so gut wie schmerzlos von ihrem schlimmen Bein, nachdem wir uns über ihr Lieblingsthema ausgetauscht hatten – Krankheiten, die nicht gut enden, diverse Finale und letzte Worte. Wir aßen wieder traulich bei Kerzenschein, die Miasmen wogten im Raum, draußen regnete es gleichförmig, und der Waldmüller ließ seine Berge, Bäche und Matten leuchten.

Mein Gatte, sagte sie, wurde nach 1933 sehr schnell ziemlich reich und starb an einer Koronarthrombose, keine degenerative Erkrankung, wenn man von seinen Verstandeskräften absieht.

Und wie geht's dem Bein, fragte ich.

Es ist sonderbar, sagte Vic, nach der Bettruhe ist es abgeschwollen, was den Nutzen horizontaler Lagen erklärt, es riecht aber dafür, daß es ein degenerativer Schaden ist, immer noch schlecht. Es ist ein Kreuz mit dem Alter.

Wir betrachteten lange die an die Wodkakaraffe gelehnte *Russian beauty.*

Vorbei, sagte sie, alles vorbei, alte Haut, alte Seele und mit siebzig erging's mir wie der alten Coco Chanel, die konnte plötzlich nicht mehr die Hintern ihrer Liebhaber im Schlafzimmerspiegel sehen …

Wieder schlug der Breguet alle Viertelstunde, die Speckpiroggen rumorten in meinem Magen, die gute Vic stieß ab und zu behutsam auf.

Und keine Kinder, sagte sie traurig, mit meinen Eierstöcken war etwas nicht in Ordnung. Aber so ein Kind wie dich hätte ich mir beileibe nicht gewünscht, mein lieber Rudolf, warst du denn schon als Kind so mordshäßlich?

Ach, Tantchen, sagte ich, leider sähe es im Inneren ähnlich aus, nichts als seelische Armut, mitunter Sodbrennen und kein Schatz innerer Werte.

Vergeblich wartete ich auf eins der Letzten Worte, für die unsere Familie zu Recht berühmt ist … Als sie endlich schlief, legte ich ihr das Kissen *Reval im Regen* auf das Gesicht, so leicht wie ein Hauch, und ging mir die Hände waschen; als ich nach zehn Minuten zurückkehrte, lag das Kissen auf dem winzigen Täbris. Vics Mund war geöffnet, und ihre Augen – blicklos, wie es in schlechten Kriminalromanen heißt – glotzten ins Leere. Aber was heißt schon «Leere» bei baltischen Tanten; ihr Himmel war voller alter Freunde, treue Hunde leckten nun freudig die polyarthritischen Hände, und Katzen nahmen Reißaus vor dem schlimmen Bein. –

Ich preßte ein glühendes rechtes Ohr auf ihre Brust, das berühmte Muskelorgan schwieg für alle Zeit der Welt stille. Dann rief ich das Fräulein Habel an und sagte, die alte Dame fühle sich unwohl, sie möge doch bitte einen Besuch machen und die Medikamente mitbringen. Die Dame war sehr nervös am anderen Ende, und ihre Stimme flatterte. Sie wolle sofort kommen. Ich durchsuchte sämtliche Schubladen der Kommoden im Salon, die Nachttische im Schlafzimmer und das Küchenbüffet, in dem alte Herrschaften gern Gold aufbewahren; leider fand ich weder Gold noch Bargeld, was mein Gewissen sofort einschläferte. Die Bronzefrösche Wiener und französischer Animaliers: Ochsenfrösche, Gras- und Seefrösche, Leopardfrösche, Laubfrösche, marmorierte Ferkelfrösche ließ ich stehen und steckte nur eines der unzähligen Paperweights von der klassischen Firma Baccarat in meine Jacke.

Ich lüftete, warf die Reste der Sakuska in den Mülleimer und wartete ab; meine Tasche stand schon im Flur. Eine halbe Stunde später erschien eine große weibliche Person mit grauen, wie ein verlassenes Nest zerrauften Haaren.

O Gott, sagte sie mehrmals, wie konnte es geschehen, o Gott, und wie ist es geschehen, warum mußte es geschehen.

Viele Fragen auf einmal.

Es ging blitzschnell, sagte ich; eben trank sie noch voller Vitalität, die wir so an ihr schätzten, ihren Wodka, dann sah sie mich eine halbe Minute an, die wie eine Ewigkeit war, seufzte, sagte: Randolf, mein Lieber! Pause. Sodann äußerste sie einen letzten Satz, den ich Ihnen keineswegs vorenthalten möchte, der lautete:

Zwei, Vier, Sechs, Gott. Erkennen Sie eine Botschaft? Und dann muß sie wohl verschieden sein. Vielleicht das Herz, sagte ich für alle Fälle, sie klagte gestern über Herzflimmern und Atemnot ... O, Medikament, sagte Vic mehrmals. Was sie damit wohl meinte? Ich weiß es nicht; Sie? Na, jetzt käme es ja ohnehin zu spät.

Zwei? Vier? Sechs? Gott! – sagte Fräulein Habel, ich kann's einfach nicht verstehen.

Vielleicht eine Telephonnummer, sagte ich.

Zu kurz für eine Telephonnummer, sagte sie bestimmt, und nun müsse sie den Doktor Stache anrufen, einen alten Freund, der sich sehr um ihr armes krankes Herz gekümmert habe. Und nun hat es aufgehört zu schlagen, mein Gott. Aber Dr. Stache hat es schon seit 20 Jahren hervorgesagt, ich meine vorausgesehen. Fett meiden, das hat er gesagt, und den Wodka reduzieren, ach ja.

Dr. Stache diagnostizierte Herzversagen, als er eine Stunde später das gastliche Heim der alten Vic erreichte. Mit Fräulein Habel trank ich einen letzten Schluck Wodka auf das Wohl der entfernten Tante, Zweig Dorpat oder Riga, je nachdem.

Sie waren wohl ein sehr lieber, alter Verwandter, fragte sie.

Nicht direkt, sagte ich wahrheitsgetreu, ein sehr entfernt verwandter armer Vetter. Leider habe ich einen Termin in Freiburg, sagte ich zum Abschied. Fräulein Habel, leben Sie wohl. Meine liebe Vic hatte alle möglichen Vorbehalte gegen alle und alles, aber Sie standen ihrem Herzen wohl am nächsten.

Was Sie nicht sagen, erwiderte die Habel und trank vor Überraschung noch einen Wodka.

Zur Gans, sagte ich in der Tür, sind wir nicht mehr gekommen, aber so ein fetter Vogel wäre ihr auch nicht bekommen, nehme ich an.

Da mögen Sie recht haben, sagte die Habel und reichte mir eine eiskalte Hand.

Wieder eine Episode abgeschlossen. Akquisition ziemlich jammervoll, aber immerhin die Älteste des Clans wiedergesehen und rechtzeitig, vor ihrem Ende, wie es das mitunter gütige Schicksal einrichtet. Nach dem Bus, der Regionalbahn und dem Taxi zum Hotel in Freiburg bedauerte ich doch sehr, daß die gute Vic nichts Nennenswertes mehr geliefert hatte. Ich habe schon immer gern letzte Worte gehört, wenn ich auch kein Sammler bin, wie Tante Asgard (auch schon hinüber), die sich bei schweren Erkrankungen, die Hoffnung auf letzte Sätze gaben, in den Familien einnistete und geduldig wie ein alter Geier auf Beute wartete. Auf zu neuen Ufern!

8

In einem kleinen Hotel nahe dem Bahnhof in F. schrieb ich auf Hotelbogen meine Liste mit den Optionen –

1. Landau suchen, d.h. Landaus Adresse herausfinden, vielleicht über Dame Milly, die mit dem Herzen denkt; für die Zukunft so wichtig wie bares Geld.

2. Wen zuerst für längere Zeit besuchen, das heißt bei wem sich einnisten, egal unter welchen Bedingungen?

3. Alle Informationen über die Lebenden sind mehr als lückenhaft, die genealogischen Tafeln mit den Informationen veraltet, weil sie nur Tote betreffen.

4. Ausbeutung der Toten, aber auf welche Weise, siehe auch Landaus Bemerkung, Milly liebe Anekdoten.

5. Anekdoten erfinden, Vortrag üben, Namen alter Familien kennenlernen, die Angeheirateten; Genealogie, Daten und Verbindungen auswendig lernen!

6. Investitionen vor der Großen Besuchsrunde wie Blumen, Pralinen etc. Finis.

Ich zählte die Barschaft: 345 DM und 50 Pfennige.

Schecks vorhanden, würden aber mangels Deckung nicht eingelöst werden, hoffnungslos. Im trüben Licht vor einer Wand aus Teppichboden, mit der das ganze entsetzliche Zimmer gepolstert war, las ich noch einmal meine Victoria-Liste, die ich in der Nacht vor ihrem Ableben angefertigt hatte unter den beiden hoffnungsvollen Kapitelüberschriften «Vor V.» und «Nach V.»; unter «nach V.» blieb nichts übrig, das man günstig hätte verkaufen können. (Ein einziges Bild von Kersting oder Waldmüller, oh, die liebe Vic hätte mich für unabsehbare Zeit saniert ...)

Ich stellte fest, daß ich in der Vornacht umnachtet gewesen sein mußte, als ich den Posten las: Rote Pumps eines päpstlichen Slippers mit gesticktem Wappen, silbern paspeliert. Die genitivische Verdoppelung der Schuhe erregte mich damals bis zur Atemnot. Ich legte mich nieder, es wurde eine ganz furchtbare Nacht. Ich träumte unaufhörlich von toten Tanten unter bestickten Kissen mit Stadtmotiven. Es stank nach faulen Fischen.

Landau erschien mir im Traum und reckte vorwurfsvoll einen Zeigefinger. Auf den bukolischen Matten des Gemäldes von Waldmüller marschierte ein Trauerzug aus lauter Hasen mit schwarzen Zylindern – eine Ziege in einem rosa Schlüpfer humpelte an der Spitze, ihr rechtes Bein war mit Lumpen umwickelt –, ein Sarg war nicht zu sehen. Der Offizier auf dem Schadow-Bild salutierte mit seinem Säbel und zeigte dann auf sein linkes Bein, das auf einer fest im Fußboden verankerten Prothese endete. Ach, und auch Goethe und Eckermann erschienen wie auf dem Kersting-Bild von 1811. Aber das Bild hatte sich verändert. Nun saß Goethe wie in dem berühmten Italienbild Tischbeins auf einem Baumstamm, und Eckermann untersuchte mit einer Lupe einen schmutzigen Verband mit roten Flecken. Eine Armee von Fröschen rückte über die Alpen; auch die Wiener Bronzen hatten schlimme Beine, ihre Pfoten waren bandagiert, und sie fielen nach jedem ihrer hilflosen Sprünge auf den Rücken und quakten nach Erbarmen. Und dann erschien die Uralte, oder ich erschien ihr, das läßt sich nur schwer rekonstruieren. Sie saß auf ihrem Thron mit einem gestreckten Bein, das rostrot glänzte und sagte:

Wisch mich ab, du alter Idiot.

Dann wieder erschien Landau, diesmal im Justeaucorps eines preußischen Offiziers, und sagte ernst: Besuchen Sie noch zum Frühstück Ihre reiche Tante Milly in der Glümerstraße. Vergessen Sie nicht die Geschenke, vergessen Sie nicht, mit dem Herzen zu denken. Und besuchen Sie noch am gleichen Tag deren Schwester Molly, die große Konkurrentin in der Zone der Liebe und der Literatur.

Gegen Morgen tauchte noch einmal die tote Victoria auf und wollte mir wieder ihr marodes Bein zeigen; als Fräulein Habel mir die ihren zeigen wollte, gelang es meinem Gehirn, aufzuwachen. Seit dieser Nacht ging ich nie wieder ohne ein Schlafmittel zu Bett.

Ich nahm ein ausgiebiges Bad, rasierte mich lange Zeit und ging dann an der Dreisam spazieren, bis es 11 Uhr war und ich Tante Milly anrufen konnte.

Soso, der gute alte Randolf, sagte eine träge und ein bißchen rauhe Stimme am Telephon, und in pekuniärer Not, soso, aber wir empfangen immer erst am späten Nachmittag, sagen wir zur Teezeit.

Tante Milly war eine kleine, elegante, ältere Dame, die mich an Olivia de Havilland erinnerte, ich hatte nur den Film vergessen; eine alte Mühle am Meer spielte eine Rolle, es gab da viel Nebel und schwarze Wolken am Horizont.

Sie trug ein schwarzes Kostüm von Chanel und duftete nach Chanel.

Im Flur hingen diverse Photographien teils rasierter, teils unrasierter Herren, Damen waren nur wenige dabei, und wenn, dann alle im Profil, nie en face.

Keine Seelenverwandten, sagte sie, sondern Vorlagen für meine Figuren, ich bin im Erfinden von Figuren nicht so talentiert. Ich schenkte ihr einen Briefbeschwerer.

Nein, sagte sie, was für ein entzückendes Ding, mein Lieber, es geht doch nichts über die alte Millefiori-Technik.

Ein paar Gesichter auf den Photographien kannte ich. Das schwarze Schaf Gandolf, der Heiratsschwindler, sah mich mit einem maliziösen Lächeln unter seinem Menjoubärtchen an, im Hintergrund war der Eiffelturm zu sehen. Paris, sagte ich, ach, Paris, und wie gern ich dort wäre. Ein bedrückt aussehender Herr mit Backenbart zeigte sich von der Seite, der unglückliche, internierte Felix, sehr passend auf einem Stuhl vor einem vergitterten Fenster sitzend, und auch der traurige Dr. Arthur K. fehlte nicht. Er saß, wie Felix, auf einem Stuhl, aber in einem weißen Raum mit Publikum im Hintergrund, alle mit Backenbärten. Ein junger Mann in einem weißen Kittel legt gerade zärtlich seine Hand in Arthurs Nacken, der ergeben auf seine Lackstiefel glotzt.

Eine historische Aufnahme, sagte Milly, wohl aufgenommen nach der zweiten Phase der Behandlung Arthurs durch Prof. Charcot in der Salpetrière ca. 1863. Hübsch, wie?

Ach, sagte sie mit einem Seufzen, mir kann kein Arzt helfen, und wäre es Charcot – nein! der am allerwenigsten.

Oh, wie ich erschrak; was fehlt dir denn, Tante Milly.

Bitte nenn mich Vanessa, sagte sie, das sei der Vorname ihres nagelneuen Pseudonyms, Vanessa Wolf.

Ich hatte den Braten noch immer nicht gerochen. Vor dem Salon hingen einige Porträts sog. bekannter Persönlichkeiten, wie Vanessa sich ausdrückte. Der Name Vanessa paßte zu ihr,

Der Dichter Bergengruen zeigte in einem mattierten Silberrahmen sein mensurenreiches Herrenreiterprofil. Aus einem kleinen, aber breiten Rahmen richtete Rudolf Steiner seine immer vorwurfsvollen dunklen Vogelaugen auf den Betrachter.

Den brauchte ich einmal, sagte Vanessa, für eine Arbeit, in der ein bißchen Theosophie und Okkultismus und die Kenntnis der höheren Welten vorkommen sollte; war ein Flop, rätselhaft eigentlich, aber auch der einzige …

Wie gesagt, Damen hingen nicht so viel herum.

Zenta Maurina, die große Essayistin, saß im Sonnenlicht im Rollstuhl vor einem Gartentor, im umfangreichen Schoß natürlich ein aufgeschlagenes Buch.

Die gute Zenta, sagte Vanessa und zündete sich eine Zigarette mit einem teuren Feuerzeug an, die hatte eine gewaltige, vielleicht allzu geräumige Seele, aber das ist unter Umständen gar nicht so schlecht. Meine dagegen, sagte sie seufzend, könnte zu engstirnig sein.

Sie schüttelte heftig den Kopf. Ihre alten Perlengehänge klingelten melodisch.

Du interessiert dich, fragte ich, für Psychologie oder die Psyche oder die Anima oder wie man diese merkwürdigen und auch uneindeutigen Konglomerate auch nennen mag –?

Gott, ja, sagte sie, das muß ich ja wohl, aber es handele sich um ein quasi naturwissenschaftliches Interesse.

Über einer Kommode (immer noch vor dem crèmefarbenen Salon) hing der Dichter Graf Keyserling, der seine Hände schlaff in Brusthöhe hängen ließ wie ein hypnotisierter Affe.

Der hatte wahrscheinlich, sagte Vanessa und stieß blauen Rauch aus dreieckigen Nasenlöchern, eine große Seele, aber durch Degeneration gepolstert wie eine Gummizelle im Irrenhaus.

Du weißt, was Rudolph Steiner über den Grafen in einer wohl sehr besonnenen Minute gesagt hat, fragte ich.

Freilich, sagte Vanessa überdrüssig, wer kennt diesen stehenden Witz *entre nous* nicht: Als Gottes Atem leiser ging, schuf der den Grafen Keyserling.

Das letzte Porträt vor der Tür zum Salon zeigte einen Herrn mit einer kultivierten Entennase, der gebannt mit hängendem linken Arm auf ein Schachbrett stiert, Lionel K. im Café de la Régence, immer Zweiter, niemals Erster Schachgroßmeister von Frankreich.

Und dann tranken wir Tee.

Der Erfolg, sagte Vanessa, während draußen schon wieder ganz unerschöpflich der Regen rauschte, macht mich noch kaputt.

Der Mißerfolg machte mich kaputt, sagte ich und trank Tee aus papierdünnen chinesischen Täßchen.

Mißerfolg – womit, fragte Vanessa.

Erfolg, liebe Vanessa – womit, fragte ich.

Es war eine sehr symmetrische Unterhaltung.

Sie zeigte mit ihrer schwarzen Zigarettenspitze auf einen Glasschrank, in dem sich kakelbunte Bücher zwischen zwei Elephanten aus dunklem Holz in einer stattlichen Reihe tummelten.

Ich bin Trivialautorin, sagte sie und seufzte, ich schreibe entsetzliche Bücher für weibliche Seelen im Alter von fünfzehn bis siebenundsiebzig.

Das ist doch keine Schande, sagte ich, wäre es mir vergönnt, dieses Genre perfekt zu bedienen, ich wäre niemals Buchhändler geworden.

Was, rief sie, du bist Buchhändler? Ich dachte immer, du wolltest in die Damenkonfektion.

Das wollte ich auch einmal, sagte ich, aber es hat sich nicht ergeben.

Wir schwiegen. Eine Tiffanylampe – eine mit kleinen Affen besetzte Palme, deren Kokosnüsse die Fassungen für die Glühbirnen verbargen – warf regenbogenfarbene Reflexe auf die Kirschholz-Politur der Möbel.

Ich möchte einmal im Leben einen seriösen Roman schreiben, sagte Vanessa, aber ich kann's nicht. Immer drängen sich mit Macht Drachen, babylonische Prinzessinnen, geile Eunuchen, muskulöse Helden, Quacksalber und Zauberer dazwischen, und die Intrigen sind immer Erlösungsintrigen; befreit wird immer, und das Zeug geht und geht, nein, es ging und ging – und jetzt geht's nicht mehr, und das hat einen Grund.

Stagniert der Absatz, fragte ich, oder ist er gesunken.

Er sinke wie Blei im Wasser, sagte Vanessa. Ein neuer Stern, die leibliche Schwester Molly, das Miststück, habe ihr das Wasser abgegraben –, die plagiiere sie unter dem Pseudonym Joyce Palmer.

Ich schlug einen Genrewechsel vor.

Inzwischen hasse sie Phantasyromane, sagte Vanessa, sie wolle irgendwie aus dem Leben gegriffene Geschichten schreiben.

Das ist ja furchtbar, sagte ich aufrichtig erschüttert, unter dem Gesetz: Beherzte Frauen ergreifen endlich das Panier?

Und zelebrieren das Hochamt heile Familie samt Versöhnungsexzessen? Erbarmung, sagte Vanessa und sah mir direkt in die Augen. Wenn du solchen Schund kennst und wenn du Buchhändler bist und solchen Schund verkaufst, warum bist du dann in einer finanziellen Klemme?

Ich sagte das Poem auf. Mieterhöhung, Lebenskosten, Käuferschwund, die Überzahl der Autoren gegenüber der Zahl der Leser, die Hyperproduktion der Verlage, das alles und eine teure Freundin, die mich gottlob rechtzeitig abgestoßen habe, kurz, auf verlorenem Posten, alles Ramsch, alles Makulatur.

Puh, sagte die Trivialautorin und Verfasserin von vierzig Romanen, wie ich erfuhr. Dann murmelte sie so etwas wie Ich brauche jetzt einen Whisky. Es war ein bernsteinfarbener Scotch, zwölf Jahre alt.

Du auch, fragte sie. Ich lehnte ab.

Und du rauchst auch nicht, wie?

Nein, sagte ich, seit einer Woche nicht mehr.

Wie stellst du dir deine Zukunft vor, fragte sie und trank, wobei sie in der Kehle nach jedem Schluck gurrte.

Ich wollte, sagte ich, es war neunzehn Uhr, eigentlich schon immer Schriftsteller werden, wie schon so viele aus unserer Familie.

Und du hast bestimmt etwas in der Schublade, sagte Vanessa und sah mich neugierig an.

Unerheblich, sagte ich, ein Gedicht, eine alte Inzestgeschichte –

Inzest, sagte Vanessa, das ist interessant; im übrigen wirst du jetzt einen Whisky trinken und rauchen; du bist in einem Alter, in dem man ein paar Laster pflegen muß, mögen sie noch so schädlich sein. Ich habe immer geraucht und getrunken – es handelt sich um reinen Betriebsstoff.

Ich rauchte und trank und wartete ab.

Wie schnell ich im Schreiben sei, fragte die Schriftstellerin, also Tagesdurchschnitt sozusagen; wieviel ich wegschmeißen müsse und was übrig bliebe und am nächsten Tag nicht verändert werden müsse?

Ich weiß es nicht, sagte ich aufrichtig; ich hätte noch nie versucht, systematisch zu schreiben, und der Tagesschnitt sei wahrscheinlich ziemlich gering.

Und dann schlug sie mir den Coup vor, den ich leider dankend annahm, mehr als dankend, mit gewisser Demut, in die man am Ende einer Sackgasse immer gerät.

Du wirst, sagte sie, Fingerübungen mit einem Familienroman machen. Die Intrigen, die Personen und Charaktere aus der Familie werde ich liefern; du sorgst für Stil, Tempo und Stimmigkeit, d.h., du stellst so etwas ähnliches wie Literatur her.

Schriebe ich, sagte sie, jeden Tag sechs Seiten am Roman, dann hätte ich sehr schnell einhundertachtzig, in zwei Monaten dreihundertsechzig Seiten, und teile man die Seitenzahl durch die Zahl von, sagen wir, drei Helden, dann entfielen auf einen jeden nur durchschnittlich einhundertzwanzig Seiten.

Ich erinnerte mich an einen Freund in B., Kollege in einer inzwischen pleite gegangenen Buchhandlung in Schöneberg, der die Titelflut beherzt zu vermehren gedachte. Er saß, und er schrieb, hatte ein unbestimmtes Idol-Verhältnis zu südamerikanischen Autoren, die damals en vogue waren, und siedelte seine Intrigen in Urwäldern oder der Pampa an, in schönen Gebirgen und tiefen, regenreichen Zonen, die er, wegen der Bilder, geographischen Zeitschriften entnahm. Wir trafen uns oft bei Zuntz oder im Bristol am Kurfürstendamm oder nach der Tage Vergeblichkeit im Drugstore.

Ich weiß nicht, sagte Freund Willy oft, wie man den Fluß hinkriegt, über den jede mittlere Begabung verfügt. Schon nach dem ersten Satz kriege ich das geistige Frieselfieber, dann packen mich entsetzliche Skrupel über einem Komma oder einem ‹und›, dieser einfachen, aber nützlichen Copula ... Und in der Nacht weiß ich ganz positiv, daß ich wieder am Anfang gescheitert bin, und fange mit einem neuen Anfang an; aber ich habe schon über hundert Anfänge und fange dennoch immer wieder von vorne an, als gäbe es kein Ende der Anfänge.

Fang doch, sagte ich damals, einfach in der Mitte an und versuche dann, den Anfang zu schreiben.

Ich weiß nicht recht, sagte mein düpierter Freund, aber es sei wie mit dem ersten Schluck Schnaps – man sollte zuerst den zweiten trinken, aber das widerspräche der Logik, ob beim Schreiben oder beim Trinken. Auch hier schlug ich einen Genrewechsel vor; vielleicht sei der deutsch-südamerikanische Roman nicht die wahre Herausforderung für ihn, besser sei vielleicht eine süffige Mixtur aus Elementen, die man zusammenrühren müßte, von jedem etwas, und dann könne sich unter Umständen ein – rein kombinatorisch – ganz attraktiver Cocktail ergeben.

Ich sähe das allzu pragmatisch, sagte Willy und verabschiedete sich kühl.

Ich konnte ihm nicht weiterhelfen. Auch ich schrieb an einem Roman mit einem Titel, der mir Gottseidank entfallen ist und in dem ein junger Mann namens Bliss mitten im Winter in einem Hotel auf einem kahlen Hochplateau absteigt, und im Hotelzimmer wußten dann weder der Ankömmling noch der Verfasser, wie es weitergehen sollte. Ein Mord kam auch vor, aber auch hier verweigert das mitunter höfliche Gedächtnis die Information darüber, an wem und warum überhaupt.

Willy dagegen schrieb mit roten Augen in der Nacht die Anfänge um und fand dabei kein Ende. Die Mittelstück-Idee leuchtete ihm ein, aber, so sagte er resigniert, auch der schönste Anfang habe einmal ein Ende, dann müsse zwangsläufig das Mittelstück kommen; aber das sei immer nur ein neuer Anfang.

Für die Idee, mit dem endgültigen Ende anzufangen, schenkte er mir später eine Flasche Chantré, um mich lahmzulegen.

Wie, fragte ich Vanessa nach einer langen Pause, wie denn die Modalitäten aussähen?

9

Modalitäten, wie, das willst du wissen, fragte Milly, komm in mein Büro, aber nimm den Whisky und den Aschenbecher mit! Setz dich, sagte sie, trink, rauch ...

Das große Projekt und seine Konditionen ... Ich habe da ein Papier gemacht, setz' dich doch endlich ... wir müssen uns beeilen, um acht kommt Dr. Haiko zum Essen, mein Analytiker.

Du lädst Analytiker zum Essen ein?

Klar doch, sagte sie, das ist auf die Dauer billiger, als in seine Praxis zu fahren; was sie wissen wolle, könne sie auf diese Weise auch herausbekommen.

Das Büro war groß. Es wimmelte von zweckmäßigen Patenttischen auf Rollen, auf denen Laptops, Konsolen, Bildschirme und Drucker, eben das ganze kabelreiche Zeug, herumstand.

Ich war diesen Objekten fremd, und sie zeigten es mir. Die roten Knöpfe glühten und glotzten mich böse an; ein Störenfried war eingedrungen, ein Technik-Idiot.

Und überall standen, extrem ordentlich, Bücher.

Meine Handbibliothek, sagte Milly.

Darf ich, fragte ich höflich, und ich durfte.

Die Titel, mein Gott, eine Symphonie! Tonart und Schlüssel (unterste Reihe, oft benutzt) gaben die Grünen Gebrüder Grimm vor. Danach folgten Titel aus der wohl bewährten Praxis der Kompositionstechnik, nämlich das *Handbuch des Autors oder Wie man über den Anfang hinauskommt*. Dagegen lehnte sich müde *Die Kunst des Schreibens* von einem gewissen McPuffin jun. Stolz und isoliert ragte ein senfgelber, feister Band mit dem Titel *Die Knopflösungsmethode Hagauers, angewendet auf Romananfänge*.

Offenbar litt die Romancière unter Initialschwierigkeiten, denn eine ganze Gruppe eng aneinander geschmiegter, pinkfarbener Exemplare kümmerte sich um dieses Problem mit so ermunternden Ausrufen wie *Tausend Anfänge leicht gemacht: Phantasy, Science, Fiction.* Eine gewisse Eudora Taft lag auf dem Bauch und versprach auf ihrem grünen Rücken in goldener Schrift das Rätsel über *Die Kunst der Rückblende im Südstaatenroman* zu lösen.

Tante Milly, sagte ich, du hast ja wahre Schätze.

Nenn mich nicht Milly, sagte sie und rauchte heftig, ich heiße mit meinem Künstlernamen Vanessa.

Sicher, sagte ich, sicher, liebe Vanessa, und griff nach einem bleichen, beinahe fleischfarbenen Buch, auf dessen Umschlag in blutroter Antiqua stand *Krankheiten in der Literatur,* Bd. I, von Abasie bis Fruchtwasser-Embolie. Gierig griff ich nach diesem Juwel, aber es entzog sich mit glatter Haut meinem Griff, fiel auf ein Glas mit Kugelschreiber-Speeren in allen Farben und entblätterte sich. Es war ein Blindband, d.h., es enthielt lediglich leere Seiten holzhaltigen Papiers; wahrscheinlich die Jahresgabe eines Medizinverlages an gute Kunden.

Ein Geschenk, murmelte die gute Vanessa und blies Rauch in meine Richtung.

Wir müssen jetzt ernsthaft reden, sagte sie, setz dich endlich.

Ich erklärte, ich könne beim Gehen besser zuhören und denken.

Du hast ja, rief ich, um sie abzulenken, sogar ein Idiotikon!

Was habe ich, fragte sie bestürzt, laß die Schweinereien! Ich konnte sie beruhigen.

Das ist ein Lexikon, sagte ich, das sich um Dialekte in den speziellen Sprachlandschaften kümmert.

Ach so, sagte sie, können wir nun endlich? Und sie wedelte mit einem eng bedruckten Blatt Papier. Ich konnte mich von der Sammlung nicht trennen. Es war ein Kosmos herrlicher Ratgeber aus der direktesten Praxis, praktischer ging es gar nicht; es war die Bibliothek, die ich brauchte. Ich verdrehte meinen Hals und sah das stattliche Opus einer Ricarda Mentalis, *Tragische Entwicklung – Vorspiel bis Klimax*. Da knackte es im Nacken, und ein glühender Schmerz fuhr mir vom Kinn bis in die Mitte der Stirn, und ich sagte: Scheiße, schon wieder.

Das kommt von der Indiskretion, sagte Vanessa fromm, setz dich endlich, Idiot, alter.

Einen Titel hatte das Auge noch erfaßt, und er war unübertrefflich: *Konflikt- und Intrigen-Sammlung von A bis Z, geordnet nach literarischen Gattungen*.

Naja, sagte ich im Geviert einer niedrigen, indigoblauen Polstergarnitur auf einem fragilen Sessel, sag mir alles über das Große Projekt.

Ergeben sah ich aus dem Fenster auf den regennassen Garten, in dem ein frierender Gingko stand.

Paß auf, sagte Milly und inhalierte eine unmäßige Menge Rauch, die sie nicht wieder von sich gab, in schwarzen Blüten liegt die Heldin Olivia während eines Schneesturms einsam in ihrem verwaisten Bett, die Kristalle prickeln an ihr Fenster, sie ist traurig und sie denkt: Was juckt mich denn eigentlich? Und sie denkt und denkt –

Was sie juckte, sagte ich, das läge in der Situation recht nahe.

Ruhe, sagte Vanessa, vom Whisky befeuert, du begreifst gar nichts – und sie denkt über ihr Leben nach, die Liebe und den Tod.

Da sei alles versammelt, sagte ich, die Liebe, der Tod, das Leben und der Juckreiz.

Alter geiler Bock, sagte die Romancière, nein, ganz anders – Olivia denkt, was fehlt mir? – und sie kommt zu dem Resultat, daß sie ihren Ursprung nicht kennt –!

Alter Topos, sagte ich, die ubiquitären Quellen, wie?

Altes Schwein, du, sagte sie freundlich. Na, und da kam ich auf die Idee: Sie hat recht.

Wer, fragte ich.

Olivia, sagte Milly.

Ach die, sagte ich.

Wir schwiegen. Ich setzte meine Brille zum Erkennen von Objekten in Entfernung auf die Nase und versuchte, Titel zu erspähen. Gerade hatte ich einen hinter einer alten, krank aussehenden Olivetti entziffert *Metaphernkollektion I* von A bis T – Adler der Seele bis Treibsand der Leidenschaft –, da sagte die alte Dame giftig:

Wenn du nicht richtig zuhören und begreifen willst, kommen wir nicht ins Geschäft.

Wie gut, daß sie mich zur Ordnung rief, und wie schlecht, daß ich mich darauf einließ; sonst wäre alles seine belanglosen Nebenwege gegangen.

Ich weiß nicht mehr genau, wie ich mich mental zusammenriß, aber es gelang. Sie goß mir einen großen Whisky ein, und ich trank gehorsam. Ich war Alkohol nicht gewöhnt; mein dummer Organismus hatte sich schon immer gegen Alkoholika gesträubt. Nach einem Glas Rotwein schlief ich ein, nach zwei Gläsern Weißwein sprach mein Magen mit einfühlsamen und verzweifelten Worten zu mir und schickte von unten nach oben – immerhin, ein Signal – eine erste Warnung, nach der ich die Wahl hatte, das Sodbrennen mit einem Glas Milch und geraspeltem Rettich zu besänftigen oder unaufhörlich aufzustoßen; und bei mir klingt das Aufstoßen wie die gebrochene Stimme eines Gespenstes, das lange kein Publikum mehr hatte.

Die Buchstaben schwammen in seltsamen, leicht versetzten Konfigurationen vor meinen Augen, und ich las Titel, die niemals existieren dürften!

Familienromane für Anfänger, Frettchen Willy auf Reisen – im Handgepäck wahrscheinlich eine Depression –, *Landschaftsbeschreibungen, aber richtig!*

Hügel erschienen vor meinem benebelten Hirn, klassische Gärten, und ich empfand einen schmerzlichen Mangel an Frauen auf Stevensons Schatzinsel.

Da sagte ich in aller Klarheit: Liebste Milly, alias Vanessa, Olivia hat eine Depression – was während eines Schneesturms, der da einsam vor sich hinheult, absolut richtig ist, und überhaupt sei die Depression die Basis für vieles, selbst eine kaum merkliche Neurasthenie sei schon fruchtbar –, und beginnt dann wie der Schneesturm, sozusagen einsam im Bett, sich Gedanken zu machen, das sei ganz groß irgendwie –.

Ach, ich redete wie im Delirium, um die zarten Knospen unserer Geschäftsbeziehung nicht zu zerstören.

Aber genau, sagte sie mit schwerer Zunge, ich wußte, du bist der geborene Schriftsteller, magst du auch als Buchhändler ein Trottel sein. Du hast das Problem im Schneesturm mit kristalliner Klarheit erkannt; und nun zum Projekt.

Der seriöse Familienroman; es war der seriöse Familienroman.

Was ist ein seriöser Familienroman?

In diesem Augenblick ergab sich eine meteorologische Klimax (siehe Handbuch!) und ein Wolkenbruch äußerte sich mehr als nur metaphorisch. Der kleine Gingko duckte sich und verlor die letzten Blätter. In der Ferne hörte man gedämpften Theaterdonner über dem Sternwald, Blitze zeigten sich nicht.

Ein Gewitter, sagte Vanessa befriedigt, du glaubst

nicht, wie überaus befreiend ein Gewitter auf den Anfang eines Romans wirkt, ich habe immer eins untergebracht.

Die Atmosphäre betäubte mich, ein Kollaps drohte.

Abermals eine genetische Last, diese Kollaps-Gefahr, alt dazu, lästig! Mein Großvater, ab 1897 stolzer Badearzt in seiner Wasserheilanstalt in der Nähe von Riga, litt an einer Schwäche des peripheren Kreislaufs, einer mangelhaften Gehirndurchblutung, und mit seinen Nerven war auch etwas nicht in Ordnung; aus Angst vor dem immer drohenden Kollaps lutschte er unaufhörlich Koffeinpastillen, und wenn er eine Unstimmigkeit in seinem Körpersystem spürte, fügte er sich, streng nach Trousseau, kleine Wunden auf der Hautoberfläche mit Hilfe eines Federmessers zu, das er in einem Lederetui auf allen Gängen, Visiten und Inspektionen mit sich führte. Denn der große, philanthropische Therapeut hatte an einer Stelle seines Werkes gesagt, bei einer Verwundung möge man an einer anderen empfindlichen Stelle eine weniger gefährliche Wunde künstlich erzeugen, damit die erste gelindert werde.

Als Balneologe zitierte der Großvater auch gern den großen Esquirol: Die Begießungen mit kaltem Wasser bewirken äußerlich eine nervöse Reaktion, aber gleichzeitig lockern sie die innere Spannung und bewirken eine glückliche Lösung der Krankheit.

Auf diese Weise organisierte der Arzt seine Abwehrreserven mit Blut, Wasser und Koffein.

Seelenkunde, die Psyche etc. interessierte ihn nicht die Bohne, aber er hielt eine Menge von hysterischen, traurigen oder nur lebensdüpierten reichen Damen, die er durch sämtliche Wechselbäder seiner Anstalt trieb, beobachtet von seiner winzigen Frau, einer geborenen Basorgia, die gerade Spieltischhöhe erreicht hatte. Der dreifachen Selbst-Therapie – dem systematischen Zufügen von Wunden, regelmäßigen Kaltwassergüssen und dem Schlucken der Koffeinpastillen – fügte er ein viertes Element hinzu, das wohl die Nerven erschütterte, den Kreislauf dagegen stabil hielt: Badekuren mit jungen und hübschen Damen, die er unter persönlicher Aufsicht in den abgeschiedenen Pavillons des Parks veranstaltete.

Für mich blieb an diesem Regennachmittag kurz vor dem Großen Auftrag nur eine Option, und mit dem Mut der Verzweiflung bohrte ich eine Bleistiftspitze unter den Nagel des linken Daumens. Der Schmerz war so vehement, daß der dumme Kreislauf sich besann.

Wie recht du hast, sagte ich herzlich, es geht nichts über ein Gewitter auf der allerersten Seite eines Romans …

10

Tante Milly mit dem schönen Künstlernamen Vanessa verfügte über magische Kräfte wie Landau, der Vögel zum Absturz und junge Mädchen aus großer Ferne zum Stolpern bringen konnte. Ein Blitz schlug in den armen Gingko und rasierte ihn vollständig. Während der Donner infernalisch rollte, wie der erfolgreiche Reiseschriftsteller V. (auch ein Verwandter) mit vielen, weichen Rs zu sagen pflegte, erwachte einer der Computer zum Leben, öffnete ein grünes Auge, in seinem Inneren hörte man irgendwelche Geräusche, und dann erschien auf dem Bildschirm ein Text, der nach dem nächsten Blitz verschwand.

Merde, sagte Vanessa, das habe eigentlich nicht passieren dürfen.

Die Technik, sagte ich, mache alles möglich, ob es sich um einen systemischen Defekt handele?

Keine Ahnung, sagte Vanessa, während die Blitze zuckten und der Donner rollte, wie es sich gehörte.

So ein Naturschauspiel, sagte ich, um sie von ihrem Kummer über den verschwundenen Text abzulenken, habe irgend etwas erhabenes, wenn man es in einem sicheren Raum erlebte; – ob sie die Geschichte Onkel Basorgias kenne, der 1839 im Kaukasus Bären gejagt habe?

Kenn ich nicht, sagte sie ungnädig, aber erzähl meinetwegen.

Herr Basorgia machte sich Anfang September auf die Jagd nach einem Kodiacbär. Er wußte nicht, wann die Bären den Winterschlaf beginnen, aber dieser Monat war unverhältnismäßig warm, und der Jäger hoffte, ein munteres Exemplar zu finden, das nicht daran dachte, sich schon zurückzuziehen; er wünschte sich dringlich einen ausgestopften Bären für sein Rauchzimmer, in dem er meistens Bücher über die Bärenjagd las. Basorgia war ein großer Leser, aber nicht alle Bücher gefielen ihm; Jagd, Blut und Schweiß mußten vorkommen.

Während eines gewaltigen Gewitters in einem Flußtal entführte ein Windstoß sein Zelt samt den Pflöcken, und der Jäger floh mit Jagdtasche, Gewehr und Lektüre in eine geräumige Höhle, machte ein gemütliches Feuerchen, hockte sich davor und wartete ab, kaute Pemmikan und trank Wodka, um sich innerlich zu erwärmen. Im Licht des Feuers las er die *Erinnerungen eines alten Kammerjägers* (Weimar, 1832) und ärgerte sich – wie jedesmal – über das unwaidmännische Verhalten der Kammerjäger.

Beim Kapitelchen *Ratten-Rebellion in Weimar!* hörte er ein Geräusch vor der Höhle, welches ihn darauf schließen ließ, daß ein zweiter Gast den Unterstand zu betreten wünschte. Basorgia fachte sein Feuer an (mumifizierte Fledermäuse und Tauben) und sah am Eingang den Schatten eines Bären, der ratlos den Kopf wiegte und aufdringlich schnüffelte.

In einer solchen Situation ist die Überlegung Was tun? nicht ganz abwegig.

Basorgia griff zu seiner Waffe, einem amerikanischen Musketen-Modell im Kaliber 58, und schoß aus einer Entfernung von fünf Metern – und der Bär fiel nicht um, nein, er hielt sich mit der linken Pfote die Brust und suchte mit der rechten nach einem Halt. Basorgia ergriffen Gewissensbisse. Hat das arme Tier, dachte er, doch auch nur Schutz vor dem Gewitter gesucht.

Für alle Fälle, nachdem diese Regung erledigt war, schoß er noch einmal auf die Trophäe, die seine Lektüren begleiten sollte, und wartete ab.

Der Bär stöhnte, setzte sich langsam auf sein dickes Hinterteil und ließ die Pfoten hängen. Er brummte ganz furchtbar und wiegte den schweren Schädel. Das Gewitter verlor sich, draußen rauschte der Regen, in der Höhle wurde es still. Endlich erhob sich Basorgia und untersuchte den Leichnam, den er mit einem brennenden Ast beleuchtete. Der Bär hatte um den Hals ein ledernes Halsband, auf dem in Golddruck stand: Circus Machahali, Rowena, 9 Jahre alt.

Nun hatte Basorgia noch niemals ein so großes Tier wie einen Bären geschossen.

Und es ist eine Frau, sagte sich Basorgia, eine ältere Dame, mit neun Jahren kein junges Mädchen mehr, und wieder stellte er sich die Frage: Was tun?

Aber die Bärin atmete.

Sentimentale Geschichten über die Jagd sind bekannt; erst tötet man und dann kommt ein Reflex und dann ist die Jagd beendet. Nicht so unser Jäger. Er verließ die Höhle und schleppte Zweige und Laub für ein Krankenlager herbei, und er mußte viel schleppen, ehe die Dame auf dem Rücken lag. Dann verband er sie und erfrischte sie mit Quellwasser aus seinem Hut. Basorgia pflegte das kranke Tier wie eine alte Pflegerin.

Rowena, sagte er, werde gesund, und dann hob das alte Mädchen ihre rechte Pfote, als balanciere sie einen Ball in der Arena. Der Jäger fischte und schoß Wild für sie, als die Luft immer klarer und kälter wurde. Ende September fiel die Temperatur unter den Gefrierpunkt; Basorgia machte sich ernsthafte Sorgen. Rowena erholte sich und machte Balanceübungen auf ihren Hinterbeinen. Im Zirkus mußte sie eine gute Ballkünstlerin gewesen sein, und vielleicht trainierte sie für künftige Auftritte. Der Schnee fiel immer dichter, der Bärin ging es immer besser, aber das Feuerholz wurde knapper und Rowena träger und schläfriger – die Zeit für den Winterschlaf war da, und sie wehrte sich nicht.

Auch Basorgia überkam eine große Müdigkeit.

Eine Jagdgesellschaft aus Tiflis fand ihn in den Armen der Bärin, die ruhig und regelmäßig atmete. Der Jäger war tot. Man sagte, seine Fettreserven hätten für einen Winterschlaf nicht ausgereicht. Die Ziegenleder-Ausgabe *Erinnerungen eines Kammerjägers* war stark benagt, die Rückenvergoldung zeigte Biß-Spuren, die von den regelmäßigen Zahnreihen des Toten stammten. Das Halsband der Bärin mit der Inschrift vom Circus Machahali: Rowena, 9 Jahre alt, war verschwunden.

Unser Gewitter verzog sich, und auch meine Geschichte war zu Ende.

Jaja, die Bärenjagd in Rußland habe es in sich, sagte

Vanessa, bis auf ein paar kleine Korrekturen sei sie druckreif, aber: erstens habe Basorgia sofort auf die Tifliser Gesellschaft geschossen und zweitens zwei Herren verwundet, und die Kodiak-Bärin habe sich ihrer Herkunft besonnen, sei nach Amerika ausgewandert und habe sich als Artistin beim Zirkus Barnum anstellen lassen, wo sie noch lange, trotz eines chronischen Schnupfens, gearbeitet haben soll –, soviel zu deiner Geschichte! Noch ein Täßchen Tee?

Was wurde aus Basorgia, fragte ich.

Keine Ahnung, sagte V., ist doch deine Geschichte gewesen, gar nicht so unbegabt für eine Intrige mit Gewitter. –

Im übrigen habe sie eine Art von Vertrag für mich vorbereitet – im Geiste! –, was den Familienroman anginge; als Modelle könne man folgende alte Romane nehmen: *Das Erbe der Barrings, Ewig singen die Wälder, Die Trapp-Familie* von Simpelson, doch auch Gwen Bristows *Symphonie des Südens* oder *Vom Winde verweht*. Aber alles in der schönen Manier von Agatha Christie! Und rauch endlich, wir haben eine geschäftliche Verhandlung!

Danke, danke, sagte ich, und man müsse nicht alle Voraussetzungen opfern, um an ein so uneindeutiges Ziel zu gelangen, ich wolle mehr Details über die Konditionen.

Höre, sagte die alte Dame, ich bin nicht blöd; ein authentischer Familienroman bedarf der Zeit für Recherchen, eines Arbeitszimmers, eines gewissen Honorars, der Inspiration und der Verpflegung; wird alles – außer den Recherchen – in diesem Haus geliefert.

Reisen für Recherchen? fragte ich.

Wenn notwendig, sagte die sparsame Romancière, nur unter exakter Angabe der Gründe, warum und weshalb, und Ausland nur unter Umständen, wegen der verfluchten Kosten.

Dieser Punkt war geklärt.

Ich sagte, ich fände den Ausdruck ‹authentisch› für das Projekt sehr gut. Sollten alle Figuren authentisch sein oder nur einige und die ein bißchen, und den Rest könne man dazuerfinden?

Im Erfinden sei ich gut, sagte sie, aber der wichtigste Strang sei natürlich der einzige berühmte Vorfahr, den die familiären Tiere je gehabt hätten, und das sei der Schachspieler Lionel gewesen.

Über den hätte ich keine einzige Information, sagte ich, und wie sie sich das zeitliche Kontinuum im Roman denke, also von wann bis wann, so ungefähr?

Ab 1830 bis 1930, sagte sie und rauchte heftig, das seien die interessantesten Jahre, und alles nach 1930 sei Schweinezeit: entsetzlich, blutig und korrupt, inhuman und auch dumm, gerade was unseren Clan angehe. Und 100 Jahre müßten eigentlich für ein Familienfresko genug sein.

Genau, sagte ich, das reiche vollkommen; welche große Linie sie sich so vorstelle?

Sie finge immer mit einem Wetter an, sagte sie ratlos, entweder Schneewetter oder einfach schlechtes Wetter, die Auswahl in diesen Breiten sei so groß nicht, am besten sei ein Schneesturm gleich auf den ersten Seiten.

Ich dankte begeistert, Hinweise von Praktikern waren damals mehr als willkommen. In Gedanken malte ich mir einen Schneesturm mit stürzenden, großen Flocken aus. Ja, Schneesturm war in Ordnung.

Aber, sagte ich, mit welchen Personen oder Intrigen soll ich anfangen so um 1830.

Herrgott, rief meine Gastgeberin wütend, natürlich mit dem Großen Schachmeister Lionel K. in Dorpat, wie er da im Bett mit seiner Schwester erste sizilianische Eröffnungezüge übt, und Bruder Guido sitzt am Bett auf einem Hocker, damals Taburett genannt, und liest ihnen aus einer baltischen Schachzeitung vor – darf natürlich kein Dorpater Vereinsblatt sein –, und draußen fällt der Schnee in dicken Flocken und schmilzt an den Fensterscheiben, während Lionel sich auf Lydia in der Missionarsstellung bis zu einem Schachmatt kämpft, und hinter seiner edlen blassen Stirn nehmen seine Gedanken Positionen ein, die die 64 Felder noch nie gesehen haben. Und während der Schnee fällt, verflechten sich die drei Körper zu Ornamenten, die griechische Künstler auf Terrakottavasen verewigt haben.

Der Regen rauschte so gleichförmig, wie er's konnte. Die Apparate summten zufrieden vor sich hin; sie hatten offenbar gemerkt, daß die Kurzschluß-Gefährdungen für sie vorbei waren.

Was für ein Text, sagte ich, da sei Sex, Stimmung im Zimmer und Wetter draußen, ganz großartig sei das. Ich seufzte, um meinen Respekt für diesen wahrhaft professionellen Vor-Wurf zu zeigen.

Geh, sagte Vanessa, das war eine Idee, wie man's am Anfang machen könnte, jedenfalls in Dorpat.

Viele, viele Reisen, viele Recherchen, sagte ich, und viel Arbeit.

Dafür würde ich ja wohl auch bezahlt, das war die Antwort.

Wieviel, fragte ich direkt und trank noch einen Cognac, um den widerlichen Zigarettengeschmack zu dämpfen.

Und dann müsse das Fresko ausgemalt werden, alle Farben seien erlaubt, die Beleuchtung müsse stimmen wie das Wetter, und Lionel sei bis zu seinem Tod der Hauptstrang.

Und dann, fragte ich, weil die Frage so nahe lag.

Du machst, sagte Vanessa, Familienporträts auch von den Zeitgenossen, die nicht berühmt wurden oder nur komisch sind oder tragisch, und dann beschreibst du in der Form der *petite histoire* halt den ganzen Abstieg.

In der Manier, sagte ich in Cognac-Nebeln, Verfall einer Familie? Wäre es das?

Meinetwegen, sagte Milly, das käme ihr irgendwie bekannt vor, aber von Verfall könne gar nicht die Rede sein, der Balte an sich sei zäh, die Seelenkräfte so elastisch wie Gummiarabicum und die intellektuellen Kräfte auf der Höhe der Zeit, wie überhaupt der Roman immer auf der Höhe des Inhalts stehen müsse, was die Form betreffe, aber auch umgekehrt.

Da erst begriff ich, daß sie komplett betrunken war.

Ihrem Zustand zum Trotz notierte ich mühsam alles, was sie von sich gab.

Der Stil, sagte ich, sei auch nicht so ohne, wie sie sich den vorstellte?

Gute Frage, sagte sie, der Stil, freilich, der Stil.

Und sie versank in Nachdenken und tat mir irgendwie leid, da auf der Strecke vor dem Großen Projekt; und ich dachte ans Honorar.

Primat der, sagte ich hilfreich, der Angemessenheit vielleicht?

Nee, sagte sie. Sie mochte keine Fremdwörter, die sie nicht kannte. Ich dankte Gott für die Bekanntschaft mit Landau und sagte beherzt, es gäbe auch einen Stil gerade für Familienromane, und ich lieferte sofort Exupéry als liebes Stichwort.

Mit dem Herzen denken, sagte ich.

Ihr plötzlicher Absturz in die Nüchternheit gab mir zu denken; sie war voller Überraschungen.

Bist du plemplem oder nur durch das Wetter gaga,

fragte sie wütend, ist es der Große Auftrag, der dich verwirrt, oder bist du einfach nicht in Form, oder solltest du eine Krankheit haben, die sich so blödsinnig äußert? Mit dem ‹Herzen› denken, was nicht gar! Und sie schnüffelte vor Erregung, eine Reaktion, die in unserer Familie häufig ist; meine Mutter litt darunter und produzierte dieses arhythmische Schnüffeln in Zuständen der Erregung, der Freude, wahrscheinlich auch der Wollust, und es war wohl eine genetische Sache, gegen die man nichts machen konnte.

Bist du gesund, fragte Milly, wirklich attestierbar gesund, denn du bist nicht mehr der Jüngste und deine Hände zittern.

Liebe, Beste, sagte ich sanft, von einer kleinen Neurasthenie, chronischen Magen- und Kopfschmerzen und einem Gichtzeh – das ist der sogenannte Prädilektionspunkt für die junge Gicht – abgesehen, sei ich exemplarisch gesund.

Milly schnaubte. Und deine Tagesform, fragte sie.

Konzentrationsfähigkeit und Augen, will sagen, die Sehkraft etc., alles intakt, die chronische Müdigkeit und ein lästiger Tinnitus (Glocken aus einem weit entfernten Dorf) seien nicht weiter bemerkenswert.

Gicht, sagte sie verächtlich, und ein Tinnitus, in deinem Alter! Lächerlich! Du hättest mich einmal mit sechsundfünfzig sehen müssen. Sonstige Handikaps?

Von der Honorarfrage gequält, stand ich auf und wanderte zwischen den Maschinen herum, deren grüne Augen mich starr beobachteten. Und dann passierte der unverzeihliche Lapsus, die Mausefalle schnappte zu, und ich war schuld, was niemals ein Trost ist. In meiner rechten Hand hielt ich die untertassenlose Wedgewoodtasse mit Tee. Der Henkel war heiß wegen des ewig glühenden Samowars, und so stellte ich die Tasse auf einem leicht abschüssigen Gehäuse ab; die Tasse neigte sich graziös und übergab sich zwischen die Plastiklamellen. Im Inneren des armen Dings hörte man ein Zischen – und dann explodierte es. Aus den Lamellen stieg Qualm, und zu guter Letzt erlosch das grüne Auge, nachdem es noch einmal gelb geflackert hatte. Finis.

Meine Auftraggeberin erschauerte auf ihrer Chaiselongue und sagte tonlos: Das war Marilyn mit *Die vier Ritter vom toten Acker.*

Phantastischer Titel, sagte ich und hob die Tasse auf, die auf einen Lederpouf gefallen war, und ich würde den Schaden selbstverständlich ersetzen.

Wirklich, sagte sie mit süßer Stimme und einem starken Schnüffeln, mein bester Illiquider, ganze 6000,– DM? Wirklich?

Ich erschrak tödlich, und mir wurden die Knie weich. Wer hätte gedacht, daß die moderne Technik so teuer ist. Mit Marilyn war die Honorarfrage für diesen Nachmittag auch gestorben.

Ich gebe all meinen hilfreichen Maschinengeistern Namen, sagte Vanessa, einfach allen! Harold zum Beispiel arbeitet zur Zeit an *Pest in Düsseldorf,* ein historischer Roman. Gary, das ist der kleine weiße da hinten an der Wand, hat gerade *Abenteuer eines Hymens* beendet (jetzt schluchzte sie stilisiert, was ich übertrieben fand, denn den Geschwistern war ja nichts passiert), und Maude daneben ist mitten im *Zauberer von Omabu,* einer Phantasy-Geschichte, was ich mir bloß dabei gedacht hätte?

Zufall, sagte ich, Tee zu heiß, Ungeschicklichkeit, pardon. Bitte, hast du schon jemals irgend jemandem eine solche Arbeit aufgehalst, und wenn, wem, wie ist die Sache ausgegangen, und wie hoch war die Vergütung?

In dieser Situation an Entlohnung zu denken, sagte die alte Dame verschnupft, komme ihr seltsam vor; selbstverständlich habe sie schon ein paar Versuche unternommen, leider vergeblich, und es seien richtige – bedauerlicherweise erfolglose – Autoren gewesen, denen sie habe unter die Arme greifen wollen, nicht aus Altruismus oder so dummen Motiven, sondern weil sie Not litten – und Not oder Leiden seien immer die beste Basis für das Verfassen von Familienromanen.

Ich sagte, das sei mir neu.

Das mag sein, sagte sie und schwieg. Das Schweigen dauerte ungemütlich lange. Also mußte ich eine Verbesserung der Atmosphäre erreichen. Die Form des Romans, sagte ich, muß auf der Höhe des Inhalts sein, das sagtest du, glaube ich?

Oder umgekehrt, sagte Vanessa, ich weiß es nicht mehr.

Liebe Vanessa, fragte ich, welches Thema liegt dir besonders am, pardon, Herzen?

Und nach einer langen Pause sagte sie: Das Altern. Keiner von diesen debilen Autoren kümmert sich um das Altern, wie man altert, welkt und abstirbt. Innen eine *anima bella,* aber die Haut, wenn du in den Spiegel siehst jeden Tag ... die Tränensäcke sind das einzige, was zunimmt ... mitten im Gesicht ... das schlaffe, ungnädige, immer gekränkte Bindegewebe. Dieser Prozeß sei so empörend, obszön und ungerecht wie ein Krieg Zeit gegen Körper.

Du bist noch immer eine sehr schöne Frau, sagte ich.

Laß deine Scherze, sagte sie müde, ich führe dich jetzt in dein Arbeitszimmer, denn bevor du einen Pfennig siehst, solltest du eine kleine Arbeit verrichten – eine Art Autobiographie schreiben, aber absolut subjektiv! –, keine Lügen, keine Beschönigungen und inklusive aller Fehler, Versehen und Irrtümer; erst dann könne ich an ein Honorar denken, unabhängig vom Leichnam der armen Marilyn.

Sie führte mich den langen Flur entlang, vorbei an der Gästetoilette in eine Kammer, mehr war's nicht, in der nichts weiter stand als ein schlichter Tisch, ein Stuhl und ein Bett ohne Nachttisch; das Fenster sah auf ein anderes Haus, das schweigend hinter ein paar Büschen vor sich hindämmerte.

Das wäre dein Arbeitsdomizil, sagte Tante Milly, die Zentralheizung dürfe ich auf drei stellen, niemals mehr, Papier und eine noch sehr gut erhaltene elektronische Olivetti könne ich morgen aus dem Keller holen, sowie eine Filzunterlage, denn die Olivetti sei ein bißchen laut, vor allem der Tabulator, und eine drehbare Architektenlampe wäre aufzutreiben, sollte ich nachts zu schreiben wünschen, was wegen der Nachtruhe nur im Notfall empfehlenswert sei.

Vanessas Augen waren so kalt und klar wie schwarze Diamanten.

In diesem Zimmer werde übrigens nicht geraucht. Wenn ich denn unbedingt rauchen müsse, dann könne ich das im Salon machen, aber das Rauchen sei eine scheußliche Angewohnheit und ich sollte es besser lassen.

Es war 21 Uhr 30, und ich hatte außer Cognac und Keksen nichts im Magen.

Essen, fragte sie. Die Zeit sei längst überschritten, aber ich könne mir in der Küche ein paar Konservendosen besorgen.

Die berühmten Falz-Fein'schen Konserven, fragte ich und dachte an den guten Baron Alexander, der im Orientexpreß nichts anderes zu sich nahm.

Keine Ahnung, worüber du sprichst, sagte Vanessa, ich solle nach meiner Mahlzeit noch einmal über alles nachdenken, dann sei der Nachmittag vielleicht doch nicht ganz verloren.

Sie wünschte mir eine gute Nacht und verschwand in den Tiefen des alten Hauses; die Dielen knarrten und jammerten.

Das Leben ist ein Jammertal, wenn man sich in einer finanziellen Klemme befindet. Die Lage war so trostlos, daß ich Hoffnung schöpfte wie mein Lieblingsbär Pooh in meiner frühen Kinderzeit in F., groteskerweise nur ca. 600 m reiner Luftlinie entfernt in der Uhlandstraße; und nun saß ich über einer Dose Sardinen auf einer Stoffserviette am kahlen Tisch in der Urachstraße mit Blick auf Bahnhof und Sternwald, ohne Mittel, ohne Energie, nicht sehr frei und unter Druck. Im Kühlschrank hatte ich eine Batterie Büchsenbier gefunden, die so kalt war, daß sie näßte. Und ich malte – nach den Sardinen ohne Gräten – Muster mit dem Zeigefinger auf die Kondensschicht des Blechs; es war eine neue Situation, immerhin.

Autobiographie, dachte ich, was soll man da schon schreiben, wenn sie gewissermaßen als Probe verlangt wird.

Das kahle Kabuff glich einer weiß getünchten Grabkammer; die einzige Leiche war ich. Über meinem Kopfende hing ein bunt wie ein Specht bemalter Jesus an einem Teakholzkreuz und blickte steinern auf die Wand hinter meinem Fußende. Aber da war nichts zu sehen außer den Spuren erschlagener Mücken aus anderen Zeiten. Durch das Fenster strömte Luft, die Messingfassung mit der 40-Watt-Birne taumelte, auch das ein ziemlich hoffnungsloses Symbol.

Als ich mit rumorendem Magen im Bett lag (die Matratze war zu weich, die Federn zu hart, alles paßte zusammen), fing's wieder zu regnen an; irgendwo im Haus schlug traurig und bedrückt eine Uhr elfmal. Mein letzter Gedanke war: Du wolltest doch immer Schriftsteller werden und – man kann die Sache positiv sehen.

Vicovic 4

Dieser Randolf, dachte Vicovic am Küchentisch, weiß gar nicht, wie gut er es hat. Zentralheizung … Garten … offenbar Parterre, während wir im Keller wohnen, Souterrain nennen es die Mieter der Beletage, und ein eigenes Zimmer zum Dichten, mein Gott.

Vicovic, sagte er zu einer leeren Flasche Stamopramen, was hättest du in der Situation gemacht?

Eva hatte Nachtdienst im Betrunkenen Hussiten und kroch spät, nach Bratkartoffeln duftend, an seine Seite.

Schläfst du schon, fragte sie und legte ihren Kopf auf seine Brust, weil sie gern seinen Herzschlag beim Einschlafen hörte. Vicovic lag mit offenen Augen in der Dunkelheit.

Nein, sagte er, ich kann nicht, aber du mußt schlafen, Liebes.

Noch nicht, murmelte sie schläfrig, was hast du an deinem freien Nachmittag gemacht?

Gelesen, sagte Vicovic und mußte seufzen, und lesen ist schön, aber so anregend.

Was hast du gelesen, fragte Eva schläfrig.

Vicovic seufzte wieder und dachte an Evas molligen Leib unter dem zarten Hemd, an ihre brombeerfarbenen Brustwarzen und die göttliche weiße Haut.

Geschäftserinnerungen, sagte er, von diesem Randolf.

Ach, wieder der, sagte Eva und gähnte. Und worüber schreibt er gerade?

Er soll, sagte Vicovic und streichelte mit den Fingerspitzen ihre heiße Schläfe, eine Autobiographie schreiben.

Worüber, fragte Eva schläfrig.

Über sich selbst, sagte Vicovic und öffnete in der Dunkelheit weit seine Augen, über sich selbst.

Was gibt's da zu schreiben, sagte Eva und schlief ein.

Viel, sagte Vicovic nachdenklich. Sein Kopf summte, und in den Ohren bimmelten kleine Glocken.

Tinnitus, sagte er zärtlich in Evas linkes Ohr, so nennt man das. Und das Sonderbarste ist, sagte er, daß ich glaube, ich kann sie alle verstehen: diesen Randolf, der keinen Alkohol verträgt, und diese Tante, die viel Alkohol verträgt, und wie er sich mit der Technik nicht auskennt, und daß er so abgebrannt ist wie wir, seitdem du den teuren Kühlschrank gekauft hast.

Aus dem Nachtlokal gegenüber fielen alle vier Sekunden violette Blitze über Evas majestätische Wangen mit den hohen Backenknochen, das volle Haar und den immer schmollenden Mund. Ihre Augen waren geschlossen, und er küßte vorsichtig die langen, dunklen Tartarenwimpern.

Dieser Randolf, sagte er, weißt du, der hat keine Persönlichkeit wie diese Romanschriftstellerin, aber er ist eine, das ist irgendwie ein Unterschied, verstehst du? Morgen muß ich wieder auf den zweihundertsechsundfünfziger nach Berlin, zweite Klasse, leider, und da lernt man nie Leute kennen wie diesen Arthur K. oder den reichen Alexander und nicht mal – mit einer Ausnahme, aber da war er schon tot – so eine Persönlichkeit wie diesen verrückten Randolf. Ich muß jetzt schlafen, sagte er mit weit offenen Augen, aber ich hoffe, daß Randolf da bei der Tante in dem Schwarzwaldstädtchen was hinkriegt, auch wenn er keinen Alkohol verträgt.

Im übrigen, sagte er halblaut, wie immer, wenn er zu sich selbst sprach, werde ich morgen im Zug zu rauchen anfangen, zuerst heimlich, weil ich noch nie geraucht habe und üben muß, und später ganz offen, vor allen Kollegen in der Pause. Wie, du rauchst, werden sie fragen, o ja, sage ich dann, und wie, aber nur Soubranie! Entschuldige, ein schlechter Reim. Aber ich schwöre dir, Vicovic, ich werde nach meinem Projekt das Rauchen sofort aufgeben, denn Erfolg kann man nur durchhalten, wenn man gesund ist, – und währenddessen werde ich mir vor jedem Kuß die Zähne mit Randolfs herrlicher Zahnpasta putzen; du mußt ja nicht unter meinen Ideen leiden, meine Süße.

Dann schloß er ermattet seine Augen und schlief ein. Eine widerspenstige Autotür fiel endlich zu, die Reklame erlosch, die violetten Blitze wichen dem bläulichen Schimmer der Morgendämmerung, in die er so gern einmal die Große Lokomotive Buddicom auf Schienen in Richtung Süden gesetzt hätte – auf zu neuen Ufern, auf nach Konstantinopel, das jetzt Istanbul heißt.

Sein letzter Gedanke galt der Dame Milly-Vanessa. Randolf war verrückt. Lernt man ältere Damen kennen – was sind schon 74 Jährchen! –, dann fängt man eine Affäre an, vielleicht ein Affärchen. Gerade derart clevere Damen, die sowas wie *Vom Winde verweht* hinkriegen – und Vanessa hatte Bestseller gelandet, wie er einem Prospekt entnommen hatte –, die sollte man endlos beglücken. Tief in Gedanken preßte er sich an Eva.

11

Der Gedächtnisschwund und die Erinnerungslücke, die stillen Täler des Vergessens oder gar die simulierten Demenzen bis zu einem leidlichen Alzheimer oder einer seligen Altersblödigkeit sind Gottesgaben, zu denen der zeitlich begrenzte Gedächtnisausfall nicht gehört, eine Art Totalschaden, über den allein die Erinnerung an sehr viel frühere Zeiten (Kindheit, Adoleszenz etc.) hinwegzutrösten und -zutäuschen vermag.

Nur meine liebe Mutter, die nach dem ‹Zusammenbruch› Privatstunden in Englisch, Französisch und Russisch erteilte, übrigens jenseits aller Grammatik, aber mit charmanter Aussprache, erinnerte sich komplett und freudig an die Zeit zwischen 1933 und 1945, in der sie als ‹Arbeiterin der Stirn› für die Antikomintern und das Propagandaministerium übersetzte und lektorierte, allzu vertraut mit deren spezieller deutscher Grammatik.

Fragte man die anderen Mitglieder des Clans, was sie denn in dieser Zeit so eigentlich gemacht hätten, flüchteten sie sich in Amnesien, die ein alter Nazineurologe in einem immer noch benutzten Lehrbuch als eine zeitlich umgrenzte Erinnerungslücke definiert.

Fragen wurden als lästig, dumm, peinlich empfunden und waren gar nicht beliebt.

Als Kind wollte ich von der uralten Tante Josie etwas über diese Jahre wissen – aus purem Interesse, weil sie alle und alles überlebt hatte und im 102ten sogar zu rauchen anfing –, aber die Greisin keckerte wie ein Rhesusäffchen auf seinem Ast im Urwald. Sie starb im 105ten Jahr, und die anderen alten Schnepfen sagten, das hat sie vom Rauchen, so schädlich ist das; ähnlich unergiebig waren sie alle und zogen sich blitzartig in ihre spezifischen Unterwelten zurück.

Sie sind alle Lethe-Trinker, sagte ein befreundeter Psychiater über die Familie, aber es handelt sich um ein verständliches Epikur-Rezept, nämlich das der Unlustvermeidung; freilich wolle nach einiger Zeit das ungut Vergessene wieder ans Licht, sei pathogen und erzeuge verschiedene Krankheiten der Seele, die ihren Ausdruck sogar in einem späten und verzweifelten Bettnässen fänden – die unterminierende Arbeit des Unbewußten eben. Sie suchten Entlastung um jeden Preis, der billigste sei eben die zeitlich begrenzte Lücke, der man natürlich eine Form geben müsse, sei es eine Leerstelle, die Tröstung der selbstgewählten Demenz oder das Labsal der Altersblödheit, die verläßlichen Schutz gewähre vor unangenehmen, peinlichen oder unerwünschten Fragen.

Das erfolgreiche Vergessen, sagte der Psychiater – jetzt fällt mir auch wieder sein Name ein: Zahneysen –, sei eine ganz extraordinäre intellektuelle Leistung, und niemand dürfe sie unterschätzen.

Wie es um das sogenannte schlechte oder düpierte Gewissen bestellt sei oder die Schuld- und Sühne-Ideen, fragte ich.

Die seien als moralische Elemente nicht im Spiel, sagte Zahneysen, weil sie sich nicht einbauen ließen in die Kombinationen der Schutzbedürfnisse der alten Damen und Herren, die würden streng haushalten mit ihren geistig-moralischen Ressourcen; wäre das Gewissen als solches in ethischer Hinsicht bis zur ‹Sorge› Heideggers ein integraler Bestandteil der Gesamtstrategie des Vergessens, drohe ein Kurzschluß im ganzen System wegen Überlastung. Entlastung erstrebten sie immer, sagte der Doktor kranker Seelen, Überlastung nie!

1952 zogen wir, meine liebe Mutter und ich, von

Stadthagen, wo wir als Aftermieter einquartiert waren (ein Zimmer mit Küche und Klosett in einem Holzverschlag), nach F. und wohnten dort in zwei Zimmern in der Uhlandstraße; das Klosett auf einem Podest stank erbärmlich, und im hohlen Leib der gußeisernen Wanne mäanderten in einer gewissen Höhe Schmutzstreifen von Generationen; die Wohnung gehörte einer uralten Jungfrau namens Steinmetz, die Hitler-Devotionalien sammelte. Zu arm, um Klopapier zu kaufen, wischte sie sich ihren welken Hintern mit dem gehorteten Völkischen Beobachter.

Ein spätes Kind, Ihr Randolf, sagte die Steinmetz zu meiner Mutter, und irgendwie unterernährt, ja, der unselige Krieg.

Er ist 44 geboren, sagte meine Mutter und ihre Augen leuchteten, gezeugt oder auch empfangen, je nachdem, in Kiew nach einer Partisanenjagd. Das alte Weiblein belebte sich, auf ihren hageren Wangen erschienen rote Flecke. Ich kannte die Geschichte.

Es war eine laue Nacht, sagte Mamachen träumerisch, und wir kamen von einer Patrouille gegen die Roten, und es gibt da eine gewisse Erregung, eine Art Jagdfieber, die das Herz berührt, dann kam noch Champagner aus Offiziersbeständen hinzu, es war heiß, der Mond schien, und so führte eines zum anderen, Sie werden das kennen.

Nein, flüsterte Fräulein Steinmetz und streichelte ihre schwarzweiß melierte Promenadenmischung Hermann unter dem Kinn, eine ewig hungrige, von Flöhen geplagte Kreatur, die sich unaufhörlich kratzte.

Der Hund habe ja Flöhe, sagte Mama entsetzt, man muß ihn einschläfern; wahrscheinlich hatte sie wieder einmal rassehygienische Bedenken.

Das käme nicht in Frage, sagte die Greisin, nur über ihre Leiche, aber es seien leider viele Flöhe, die ihn besetzt hielten, eine große Familie eben, und eine jede Nacht in ihrem Bett verfolge und knacke sie ein paar Familienmitglieder. Sie zeigte ihre rechte Hand mit übermäßig langen, gelben Nägeln an Daumen und Zeigefinger.

Eines Nachts schlich ich mich zur Schlafkammer der Flohjägerin und entdeckte durch ein großzügiges Schlüsselloch eine idyllische Szene: Der Köter Hermann lag auf dem Rücken, die dürren Beine in die Luft gestreckt, die Steinmetz lag auf der Seite neben seinem Leib und flöhte seinen zottigen Bauch mit ihren hornigen Nägeln und summte. Der Köter röchelte vor Wonne und verdrehte die Augen.

Mama erteilte Privatunterricht im kleinen Zimmer, der Zulauf war so besonders nicht; ich besuchte eine Waldorfschule, war nicht gut und nicht schlecht, amusisch und desinteressiert, aber dafür im Besitz von Hermanns Flöhen, wahrscheinlich Jugendlichen, die eine Ortsveränderung gewünscht hatten.

Freiburg war damals, Gott weiß warum, ein Nest mit alten Bekannten und Verwandten, die sich, wie Mama sagte, alle in der inneren Emigration aufgehalten hätten.

Was das sei, fragte ich, diese innere Emigration, man könne doch in kein Inneres emigrieren.

Der Ausdruck stammt von einem Schriftsteller, sagte Mama, von Frank Thieß, der dieses Wort so rechtzeitig erfand, daß er Deutschland nicht verlassen mußte.

1953, als der Privatunterricht florierte, vor allem Englisch mit starkem baltischem Akzent, erlitt sie eine altruistische Phase und organisierte Besuchsorgien in F. und Umgebung. Wo immer sie eine alte Bekannte, einen verarmten alten Herrn vermutete, sie suchte sie alle heim, und ich mußte sie begleiten. Die Inneren Emigranten lebten nicht besonders gut. Wir haben, das sagten sie meist unisono, viel Schweres durchgemacht, oder das Schicksal habe es nicht gut mit ihnen gemeint, oder die Vorsehung habe manches vereitelt; also besuchten wir diese Schicksale immer mit einer Menage Brotsuppe, mit der ich mich einmal eine Treppe hinunterfallen ließ, um ihnen zu entgehen. Brotsuppe war kostbar; ich wurde suspendiert und durfte zu Hause bleiben, ein schwächliches Kind, Knie wie ein Verkrüppelter (die beiden Kniescheiben glotzten sich an, ein *lusus naturae*), und las wie ein Wahnsinniger.

Auf Reisen begleitete ich meine Mutter gern, z.B. nach Hamburg zu Tante Daisy, meiner Patentante, einer Protestantin und gewaltigen Persönlichkeit! Ein Berg mit blauen Augen, die glitzerten wie Gletscher.

Mich fixierte sie schweigend, umkreiste mich einmal mit schweren Schritten und sagte: Dein Randolf! Ein Zwerg, aber ganz niedlich, der wird dir einmal viel Kummer machen. Was ist mit seinen Knien –? Und sie starrte auf meine verrückten Knie.

Schlechtes Zuchtmaterial, sagte Mama, mein Fehler.

Soso, sagte die Tante. Ob ich lesen könne?

Lesen kann er, sagte meine Mutter, aber sonst gar nichts.

Was ich läse, fragte die majestätische Tante.

Schwarzer Hengst Bento, Puma Manso, Die Höhlenkinder, murmelte ich.

In seinem Alter, sagte sie mißbilligend, fütterte meine Mutter mich mit Stifter, ethisch unbedenklichen Büchern –

Und Günther *Die Heilige und ihr Narr,* sagte ich sehr schnell, weil man mir endlich einmal zuhörte, und Kybers *Tiergeschichten* und Voss *Zwei Menschen* –, ich hätte ewig weitergemacht, wenn Mama nicht mein Schienbein getreten hätte.

Sie müsse sich schon sehr wundern, sagte Daisy, einem Kind derartigen Schund zu verabreichen, gerade in diesen Zeiten, in denen der geistige Mensch hungere nach spezieller geistiger Nahrung …

War Daisy auch in der inneren Emigration, fragte ich, als die Tante dünnen Tee machte.

In der innersten, sagte meine Mutter giftig-fromm.

Der Rest des Besuches war belanglos; die beiden Damen tauschten zum Kamillentee ein paar überraschende Todesfälle aus – ein Onkel war von einer Leiter gefallen und hatte sich den Hals gebrochen –, dann klagten sie ein bißchen über die beginnende Polyarthritis und verglichen ihre Hände; im Flur erspähte ich vor unserem Abschied ihre drei Töchter, von denen die jüngste meiner Heidi aus dem Kinderbuch der Spyri so ähnlich war, daß ich mich fünf Jahre später in sie verlieben sollte.

Die Patentante schenkte mir eine Broschüre, auf dem ein Auge abgebildet war, mit dem Titel *Jesus sieht alle*, dann fuhren wir weiter nach Jesteburg, ein Dorf, in dem die liebe Freundin Toni H. residierte, auch sie ein schwerer Fall innerer Emigration. 1939 konvertierte sie, und ihr neuer Bräutigam hieß jetzt Rudolf Steiner. Gern verbreitete sie an einem Ostersonntag die Wahre Lehre. Toni rezitierte aus den Mysteriendramen des Meisters, die ganz unerhört sind, meine ungebildete Mutter lachte Tränen (wir sind Verfolgung gewöhnt, sagte Toni, und ihr weißer, borstiger Damenbart senkte sich verächtlich), aber ich bewunderte ihre Fähigkeit, sich einer, wenn auch allzu tröstlichen, Idee so vollkommen hinzugeben. Später fuhr sie immer nach Dornach, um dort den unpurgierten Faust I, II und III zu erleben, Besuche, von denen sie lange Zeit zehrte; neben Steiner war auch Goethe ihr immer nah; nur den West-Östlichen

Diwan verabscheute sie wegen Obszönität und Reineke Fuchs wegen Tierquälerei!

In der Waldorfschule liebte ich eine Gleichaltrige namens Armgard, die grüne Augen und schwarze Zöpfe hatte, an denen ich hing. Als ich endlich neben ihr saß, gingen wir wie Hänsel und Gretel Hand in Hand durch den Epochenunterricht, der das Lernen so außerordentlich intensiviert, auch wenn man nicht richtig zuhört. Geduldig wurde der Stoff x-mal wiederholt, so daß sogar der grenzdebile Schüler Viol, auch ein Nachbar in der Uhlandstraße, mühelos das Seine begriff. Er hieß Karl-Heinz und hatte Läuse wie ich Flöhe, und es herrschte ein reger Verkehr zwischen uns.

Wegen Geldnot, der ewigen Klemme, hörten die Reisen auf, und Mama besuchte herabgekommene Verwandte in der Nähe, die zwischen Persilkartons hausten. In dieser Zeit entwickelte ich meinen Ekel vor widerlichen Gerüchen. In den Wohnungen stank es nach ungelüfteten Betten, bei den spätgebärenden Müttern roch es nach Babypipi und billigem Puder, nach ranzigem Fett und schmutziger Wäsche; es war ein beizender Geruch, der die Schleimhäute peinigte. Nachdem ich einmal eine sehr gute Ohnmacht mit Gehirnerschütterung simuliert hatte, wurde ich vom Dienst befreit und konnte ungestört mit Armgard an der Dreisam Mama und Papa unter einer Brücke spielen. Auch da stank es, aber das war gleichgültig.

So war das Leben in F. zwischen Büchern, Armgard an der Dreisam und der langweiligen Schule; meine Lesegeschwindigkeit maximierend, wie der Leseforscher Zielke sich ausdrückt, erledigte ich bald ein Buch pro Tag.

Unsere Wirtin Steinmetz mußte früher die Ärzte geliebt haben, aber wie! In einer Kammer fand ich wahre

Schätze: eine Anatomie in einem Band, wo ich den Ursprung der Welt (Courbet) entdeckte, das heilige Organ und das süße Nichts, wie der Dichter sagt, und träumte von dem 8 bis 10 cm langen, ventrodorsal abgeplatteten, muskulösen, bindegewebigen Schlauch, den Armgard unter einem rosigen Höschen verbarg.

Als penibles Kind notierte ich bei den wenigen Krankenbesuchen – und sie laborierten alle an irgendwelchen Krankheiten, Schäden, Ausfällen, Ausschlägen, mißgelaunten Organen, getrübten Ganglien und verstimmten Synapsen –, was sie so sagten, in ein kleines Notizbuch, das mir eine Tante geschenkt hatte, damit ich meine geheimsten Gedanken aufschreiben könne.

Die inneren Emigrationen waren sehr verschieden ausstaffiert, ließen es aber an geistigem Komfort nicht fehlen. Ich schnappte alle Standardsätze auf und notierte sie in mein kunstledernes Notizbuch, bis meine Mutter mich erwischte. Sie las mir jeden Abend mit inniger Betonung Andersens Märchen vor und fand unter meinem Kopfkissen die Geheimaufzeichnungen. Ich hatte sie kryptisch verfaßt mit Abkürzungen und magischen Wörtern, aber die Absicht einer Dokumentation über interfamiliäre Geheimnisse war deutlich. An dem Abend brach sie die Lektüre der Eisprinzessin ab und gab mir mit meinem Holzlineal Schläge auf die Hände, um ihre polyarthritischen Hände zu schonen.

Vicovic 5

Lesen macht Hunger; Vicovic saß an seinem Küchentisch und aß, während er las, kalten Schweinsbraten, rosig wie die Gemahlin Eva, dazu Senfgurken und einen fließenden Käse, trank sein Stamopramen und blickte mit einer Mischung aus Rührung und Neid in die Aufzeichnungen über eine doch glückliche Kindheit.

Randolf ist ein Dummkopf, sagte er halblaut zur leeren Flasche, niemals wird doch ein Nazischwein zugeben, daß es ein Nazischwein war; nie haben sie von irgend etwas gewußt, wenn sie überhaupt je etwas bemerkt haben; sie hätten nicht einmal bemerkt, daß ein Nachbar verschwand, sie hätten es nicht einmal zur Kenntnis genommen, wenn er in der gleichen Wohnung gelebt hätte, nur die Bettwäsche hätten sie als reinliche Deutsche tags darauf gewechselt und nach Preziosen unter der Matratze gesucht. Und der Ausdruck – aber bitteschön! – von dem Doktor, der bestimmt auch ein alter Nazi war, von wegen dem sog. Epikur-Rezept mit der Unlustvermeidung, das ist doch ein Dreck, aber wirklich.

Vicovic unterbrach sein Küchenselbstgespräch und starrte aus dem Fenster. Graue Regenwolken strömten mit großer Eile von Westen nach Osten.

In seinen Gehirnwindungen kreiste das seltsame Wort ‹Hitler-Devotionalie›. Was mochte das sein? Wahrscheinlich handelte es sich um Monster-Souvenirs, vielleicht braune Unterhosen, Schaftstiefel oder ein paar Knochen oder Haare von der Braun, die leider auch Eva hieß.

Unlustvermeidung, was für ein Wort, sagte Vicovic, da morden und da plündern sie, oder sie lassen es geschehen, und machen sich danach richtig Gedanken darüber, wie man sich keine Gedanken macht, nur um die Unlust zu vermeiden. In einem hat der alte Kerl Zahneysen recht – das Vergessene will irgendwann wieder nach oben, weil es sich nicht unter dem Deckel halten läßt, das ist wie bei dem Dampfkessel einer Lokomotive. Ohne Druckausgleich und Ventile würde sie explodieren. Wüßte zu gern, welche Krankheiten sich so ausbilden. Ein gefinkelter Gedächtnisausfall ist ja keine Krankheit, sondern ein Ausdruck von Gesundheit, der aber wiederum total krank ist; ich glaube, ich nehme eine Tablette gegen Kopfschmerzen, dann kann ich besser nachdenken.

Mein Vater besaß eine Porträtbüste von Beneš aus Bronze, die in seinem Büro aus dem Fenster blickte, später hing er eine Photographie von Gottwald auf und natürlich eine von Stalin, aber nur bis 1956, soviel ich weiß. Dieser Randolf unterschätzt entschieden die Anpassungsfähigkeit des Menschen, die ja immer wieder ein Wunder ist.

Vicovic entnahm dem runden Leib des Kühlschrankes eine neue Flasche Bier, die er ungeöffnet zwischen Manuskript und Schweinsbraten plazierte, und dachte an Tante Irina, die ein schlechtes Gedächtnis hatte, aber auch keinen Verstand. Sie war jetzt neunzig, so alt wie die randolfschen Damen, und hatte kein Gefühl mehr für Raum und Zeit, kroch viel auf dem schmutzigen Linoleum des endlosen Flurs entlang, sehr langsam, erschien aber blitzschnell zu den vier Mahlzeiten. Irina hatte einen Appetit, als wolle sie die ganze Welt dezimieren, und als wüßte sie nicht, daß alles nachwächst, das Gemüse, das Fleisch, die Fische, und daß die Saucen ewig brodeln, und sie schiß auch gern und ausgiebig, wobei sie versuchte, von den kostbaren Substanzen, die sie verlor, einiges aufzubewahren, was den Unmut der Pfleger herausforderte; und nachts schläft sie schlecht und wälzt sich, eine dicke Leibesrolle, um und um und stöhnt dabei herzerbärmlich, und das stört die anderen sieben Damen, die in Ruhe träumen, furzen und verdauen wollen. Und die arme Irina wird mit Pantoffeln, leeren Keksdosen und Zeitschriften beschmissen.

Vicovic seufzte tief. Er würde sie bald wieder besuchen müssen, aber nicht ohne Eva. Bei Eva wurde Irina zu einem zutraulichen Hündchen, das vor Entzücken mit dem Kopf wedelte.

Der Hund ist gut, sagte Vicovic, den Randolf untergebracht hat, man nennt das Sodomie, wie ich aus dem Fremdwörterlexikon zuverlässig weiß, aber vielleicht ist es gar keine, und es handelt sich wirklich nur um einen Krieg gegen Flöhe …

Über der Küchenuhr, die aufdringlich und in einem falschen Takt die Zeit fraß, immer im Kreis herum, hatte Eva auf weiße Pappe geschrieben: Selbstgespräche unterlassen!

Du hast so recht, sagte Vicovic, aber es ist mir ein Bedürfnis, süße opulente Eva, ich habe keine Freunde, ich habe keine Geliebte außer dir, und ich brauche Gesellschaft, und sei es nur die meine. Mit irgend jemand muß man sich austauschen können dürfen. Ich denke, mein Deutsch ist recht gut, aber was hat Mamachen mich auch geschlagen, noch im Altersheim, wenn ich einen falschen Konjunktiv benutzt habe oder den *genus verbi* geschändet …

Vicovic öffnete mit einem rostigen Instrument gedankenvoll sein drittes Stamopramen und sagte zu Eva: Und Randolf hat nicht mit einem Gewitter angefangen, wie es die alte Dame verlangt hat. Ich möchte wetten, das war ein Fehler, unter dem der arme Randolf noch schwer zu leiden haben wird. Und dann die Ironie, Randolf!

Eva, die Ironie ist eine griechisch-literarische Figur und gefährlich im Gebrauch, und eine Geisteshaltung, die durch übertriebene und deshalb durchsichtige Zustimmung den nur scheinbaren Wert einer Sache zeigt – so weit geht die Definition in meinem Wörterbuch von

Pricznik, der selbst einige Gedichte geschrieben hat, die gar nicht ironisch sind ... Du verstehst Ironie leider gar nicht, meine süße Opulente, meine Leserin von banalem Zeug; ich werde einmal nach Berlin fahren müssen und dir die Bücher besorgen, die das Kind Randolf damals las.

Randolf, meine Liebe, ist ein Problem; wenn die Tante einen authentischen Familienroman will, obwohl ich diesen Ausdruck nicht verstehe, dann ist er der falsche Kandidat; denn ihm fehlt der Ernst. So ein Familienroman, mein Herz, ist so ähnlich wie ein historischer Roman, denk nur an *Quo vadis* oder an Bulmers *Ben Hur*, die ich als Kind lesen mußte, Deutschlektionen! – Ernst sind die, keine Ironie!

Auf die Pappe mit Evas runder, kindlicher Schrift blickend – Selbstgespräche unterlassen! –, sagte Vicovic gedankenverloren: Ich verstehe das mit der Religion nicht. Papa war nicht religiös, Gott war ihm egal, Mama hatte was am Hut mit ihm. Was ist mit Randolf los? Man nimmt doch eine Schrift mit dem idiotischen Titel *Jesus sieht alle!* nicht an. Ganz unverständlich. Aber danach, meine Liebe, erzählt er eine frühe Liebesgeschichte, leider überhaupt nicht ausführlich und mit Details. Aber in deinen Liebesromanen steht ja auch immer nur: Und sie vereinigten sich in flammender Hast ... Blöd ist das, Eva, blöd. Ich hoffe, Randolf besinnt sich da mal in seiner stillen Kammer. Die alte Milly mag bestimmt Erotik, wenn sie sie nicht eigenhändig aufs Papier bringen muß.

Schade, daß es keine Zeitreisen gibt und ich Randolf als männliche Muse nicht in den Hintern treten kann.

Und dann, Eva, sein Ekel oder seine Ekelgefühle!

Er ekelte sich vor allem Möglichen, sogar Gerüchen, stell dir das vor. Wenn ich an Tante Irina denke, wenn sie vollgekackt, die Gummihosen randvoll, auf allen Vieren den Gang entlangtrabt! – was hätte Randolf wohl zu der Tante gesagt, denn man kann, meine Süße, nicht immer alles ironisch sehen. Wenn ich das täte, wäre auch Tante Irina gekränkt, und das zu Recht, obwohl das Scheißen für sie ein so großes Vergnügen ist wie das Essen, rein und wieder raus. Ist ja auch schön, wenn alte Frauen die unvermeidlichen Zyklen anerkennen, was hätten sie denn sonst, wenn sie nicht an die Ewigkeit glauben, wie die dumme Mama …

Die Küchentür öffnete sich, und Eva erschien in einem kurzen Mantel, der ihre runden, wunderschönen Knie nicht verbarg.

12

Zwei Tage später, nach Selterwasser und trockenem Brot – viel Arbeit handschriftlich auf Papier –, überreichte ich die numerierten Blätter der Dame des Hauses mit den Worten: Liebe Milly, hier ist das Werk, eine Kindheitserinnerung, aufrichtig bis zur Selbstverleugnung, wahrheitsgetreu bis zur letzten Temporalbestimmung, und alles in einem bestrickenden Stil, der nichts ausläßt, angereichert mit erfreulichen Details, gänzlich unsentimental, zurückhaltend in der Zone des Psychologischen, aber immer garniert mit wohldosierten, dezent gefaßten Meinungen, wie Kirschen auf einer Schwarzwälder Torte; nimm und lies. Ein Selbstporträt. Und dann ging ich im Sternwald spazieren.

Mit der Ironie ist das so eine Sache, sagte Milly, die mich abermals bat, sie immer Vanessa zu nennen. Sie empfing mich im Studio. Ihre elektronischen Gefährten summten und brummten und schnurrten. Sie trank Sherry und rauchte.

Ich biete dir, sagte sie, hier nichts mehr zu trinken an, du begingest wieder eine Blödheit ... Tja, dein Entwurf, mein Lieber, mit der Hand geschrieben, und du hast eine furchtbar neurotische Handschrift ... Morgen oder noch heute abend holen wir die Olivetti aus dem Keller ... daß deine Mutter eine widerliche Kuh war, wußte man ... aber wenn man wie du alles mit Ironie imprägniert, wenn man wie du ... kaum etwas ernst nimmt, dann ist eine solche Prosa, die durchaus ihre Qualitäten hat, eine Fälschung.

Vor allem das Ich, der gute Randolf, sei absolut uninteressant; der wahre Autor ließe sich aus, ich solle nur an Flaubert denken! Und ich hätte wahnsinnig viel ausgelassen, z.B. den Bruder meiner Mutter, Erich, und den Hauptnazi Gerhard, mit dem meine dumme Mutter immerhin verlobt gewesen sei – und was für eine Karriere, widerlich!

Liebe Va-Milly, sagte ich, ein Experiment ...

Und dann, fuhr sie fort, erführe man gar nichts über dieses Randolf-Ich; ich hätte doch bestimmt onaniert, schmutzige Bilder betrachtet etc. – aber nichts käme vor, keine Details!

Was den Onkel Erich betrifft, sagte ich, der wurde zur allgemeinen Enttäuschung der Familie Eisenbahner im gehobenen Rangierdienst und in Opladen.

Wo liegt denn das, fragte Milly entsetzt, komm mit ins Büro. Da ist meine alte Olivetti aus dem prädigitalen, goldenen Zeitalter, aber eine elektronische Maschine – und sie hat sogar einen Kugelkopf, und löschen könne man die unliebsamen Zeichen auch irgendwie; mach dich mit ihr vertraut ... sie ist ein liebes, altes

Ding, nur ein bißchen staubig – und zärtlich fuhr Milly mit dem Handrücken über den schweren Leib.

Sie hat viele Geburten hinter sich, sagte sie wehmütig, aber es waren doch alle sehr gelungene Kinder ... *Piratenleben, Das Geheimnis der schönen Witwe* und *Die Nonne und der Ritter*. Mögen die Geister der Inspiration dich umschweben, sagte sie; ich solle die Maschine putzen und sodann mit frischen Kräften den gräßlichen Gerhard aufschreiben.

Wir gingen in ihr Studio zurück.

Als Vanessa arbeitete Milly gerade mit Harold an der Düsseldorfer Pest.

Es existierte ein gewisses Problem für mich, es gab nichts Vernünftiges zu essen in diesem Haus. Die gute Alte lebte von Sherry und Keksen, sehr exklusiven englischen und französischen Keksen in kostbaren Dosen.

Weißt du, sagte sie, ich liebe diese Seuchenromane, die schreiben sich weg wie nichts, und sie habe schon einen Choleraroman hinter sich. Und jetzt sei sie dabei, ein Liebespaar zu erfinden, das seine Liebe in Krisenzeiten wie der Pest rein halten müsse um jeden Preis, was mit dem Essen los sei?

Nichts sei mit dem Essen los, sagte ich, nur Fischkonserven, wahre Kontingente für U-Bootbesatzungen.

Was gegen Fisch einzuwenden sei, fragte Milly gekränkt und schon ganz im Jahr 1720, das sei reine Gehirnnahrung. Im übrigen solle ich mich um die Arbeit kümmern und nicht immerfort an den Kalorienerwerb denken. Wenn ich das Porträt beendet hätte, könne man gewissermaßen über das Honorar sprechen.

Das war immerhin etwas. Ich schleppte die Maschine in meine Kammer, spannte vorschriftsmäßig ein Blatt ein und suchte dann eine Steckdose, die ich auch glücklich unter dem Tisch fand. Die Maschine summte freudig, und ich schrieb den ersten Satz: Der Verlobte meiner Mutter, Gerhard, der Kulturfunktionär, Jahrgang 1911 ... und der Satz wäre auch weitergegangen in einem quasi epischen Fluß, aber die alte Maschine machte einen Höllenlärm. Die Dame Olivetti mochte mich nicht; sie knallte ihren alten Kugelkopf mit einer solchen Vehemenz gegen die Walze, daß ich Kopfschmerzen bekam. Bei jedem Buchstaben – sie hatte nicht gegen jeden etwas, mochte aber besonders das E nicht – bebte der kleine Tisch. Beim E machte sie eine achtungsvolle Pause, ehe sie es gnädig setzte. Groß ist der Zahl der Es in einem Satz. Hin und wieder verdoppelte sie Buchstaben, die sie mochte, wie das P und das F, die besser für sich geblieben wären. Auch zur Leertaste hatte sie ein feindliches Verhältnis, an dem sie konspirativ den Kugelkopf als Chef beteiligte. Manchmal flog der begeistert nach links zum Anfang der Zeile und schlug den Kopf an die Walze, aber mit einem Buchstaben seiner ganz privaten Wahl. Dann wieder blieb er in der Mitte eines Satzes stehen, weil er einen Buchstaben mißbilligte; tippte ich statt des E ein R, waren Tastatur und Chef immer dabei, ein mühsames Schreiben. Leider verfügte sie auch über Ironie. Konnte ich partout kein E in einem Wort gebrauchen, setzte sie mir, mitten im Satz, eine Serie von Es bis zum bitteren Ende der Zeile. Eeeeeeeeeeeeeeee – es klang wie eine Klage, als hätte ich etwas Falsches geschrieben. Nie spendete sie ein achtungsvolles Aaah! Im Laufe der Zeit lernte ich sie natürlich besser kennen und kapierte ihre Animositäten. Ich besorgte eine Filzunterlage, ich deckte sie nachts mit einer hellgrauen Plastikdecke zu, ich säuberte mit einer Spezialbürste ihren alten, zeichenreichen Schädel; aber sie dankte es mir nicht. Statt Erich schrieb sie hartnäckig rich, statt Gerhard Grhard, als habe sie keine Lust, die

Namen im laufenden Text zu zeigen, doch hin und wieder schrieb sie ein Ger und ließ den Rest einfach weg. Sie fuhr mit mir Schlitten, diese durch Phantasyromane geschändete Dame. Ich besorgte ihr eine Architektenlampe, die freundlich ihre Manöver von oben verfolgte, die mochte sie auch nicht. Vielleicht war die Birne zu hell, immerhin 75 Watt!

Welche Geschichten wären noch über die Olivetti möglich, die sich wie eine kapriziöse Schauspielerin benimmt, die nicht jedes Engagement annimmt; welche Rolle hätte sie zum Teufel gern gespielt oder geschrieben?

Ich machte diverse Experimente mit Namen und Wörtern ohne E, die ich ausließ, um die Maschine nicht zu schockieren. Allen Vokalen außer E schien sie geneigt. Leider ist der fünfte Buchstabe des Alphabets unvermeidlich, und das Biest wußte das.

Sie hat einen schlechten Charakter, sagte ich zur Besitzerin, als wir uns in der Küche Kalorien besorgten, sie Kekse und ich Thunfisch in der Dose. Ich könne mir auch ein Bier dazu aus dem Kühlschrank nehmen, nichts schmecke besser als Thunfisch mit Bier. Die alte Olivetti habe keinen üblen Charakter, sei aber animos gegen bestimmte Buchstaben, die sie nicht erfreulich fände.

Warum sie denn bestimmte Buchstaben nicht erfreulich fände, fragte ich. Das wisse sie auch nicht, erwiderte die Autorin, schon in ihrer Jugend habe sie das E nicht ausstehen können, sei aber allen anderen Buchstaben gegenüber freundlich gesonnen – sie habe z. B. noch niemals einen Konsonanten verweigert, sei immer entzückt über Kommata und das Semikolon, verabscheue freilich das Kolon, den Doppelpunkt, habe eine große Vorliebe für die Klammer und gar keine Vorurteile gegenüber den Ziffern; mit dem Fragezeichen stünde sie auf Kriegsfuß, Gott wisse warum, und setze dafür gern ein Ausrufezeichen.

Wem gehörte die Olivetti früher, fragte ich mißtrauisch.

So einer Dame, sagte Milly verdächtig einsilbig.

Welcher Dame, fragte ich, einer baltischen, die Ausrufezeichen setzte, wie die wütenden Pfeile des Geschicks?

Leider, sagte meine Gastgeberin, ich habe damals noch nicht viel verdient, iß deinen Fisch, trink dein Bier, nimm dir Toast und arbeite weiter. Die Olivetti wird sich irgendwann an dich gewöhnen. Du hackst doch nicht am Ende auf ihr herum?

Ich hacke nicht, sagte ich, außer bei der E-Präsenz auf dem Papier, ich behandele sie wie eine Frau und drücke die Tasten wie ein alter Liebhaber ... Und wenn ich einmal ihre Clitoris fände, sei ich ein ganz glücklicher Amateurschriftsteller.

Gedankenvoll und mit einem hübschen Lächeln sagte Milly, sie habe wie alle Frauen eine und ich müsse sie nur finden.

So fing mein Leben als sog. Freier Schriftsteller an.

Der Verlobte meiner Mutter, ca. 1937, war eine widerliche Existenz, aber meine irregeleitete Mutter bewunderte seine Karriere, die Uniform und sein durchgeistigtes Kinn, wie sie mit ganz hysterischen Ausrufezeichen in einem Brief an meine Großmutter nach Berlin schrieb. Der Mann hieß Gerhard, Jahrgang 1911, studierte Germanistik in Tübingen, trat in den nationalsozialistischen Studentenbund, die SA und die Partei ein, alles an einem Tag; kurz darauf war er Kulturreferent; wie ein Pfeil, von der Vorsehung persönlich befördert, landete er im Präsidialrat der Reichsschrifttumskammer, und meine trübe Mutter schenkte ihm in einer schwülen Nacht, als er Chefdramaturg war, ihre Schrift *Die Bolschewisierung Litauens*, und er bedrängte sie im Gegenzug mit einem Gedichtband namens *Getragene Tiefe* oder so ähnlich. Verlobung.

Trennung durch den Krieg und Rückkehr aus amerikanischer Gefangenschaft 1948. Kontinuierliche Fortsetzung seiner schöngeistigen Karriere, und er lebt noch heute.

Leider sträubt sich die Olivetti gegen den rechten Rand, als verstünde sie den Text; jetzt hat sie sich gefangen, aber ich breche diese übliche Vita ab.

Später in den Sechzigern wollte auch ich zur Bühne, als Schauspieler.

Schon 1954 ging die endlose Chose los mit der blöden Frage: Was willst du einmal werden, die ganze Umgebung fragte unaufhörlich.

Mit sechs und frühreif wollte ich Rungholtforscher werden – viel Meer, viele Exkursionen, vielleicht Vampirologe, auch gefielen mir die Sterne, warum nicht Sternengucker. Insekten kannte ich nur zu gut, warum nicht Flohforscher, oder Heiratsschwindler wie der Onkel Gandolf, das schwarze Schaf. Die frommen Tanten rieten zur Religion, aber die lag mir nicht. Arzt, sagte die Umgebung, da verdient man Geld, also Arzt im Urwald, vielleicht unter kranken Schlangen. Der Dr. Albert Schweitzer hatte mir in Königsfeld einmal die rechte Hand auf den Scheitel gelegt und gesagt: Du bist ein gutes Kind. Der berühmte Doktor, sagte eine Dame, habe in Lambarene kranke Neger geheilt.

Gut, sagte ich bereitwillig für alle Abenteuer, dann wolle ich kranker Neger bei Dr. Schweitzer in Lambarene werden, aber mein Lieblingswunsch sei das nicht.

Die Trapper in die Wüste ziehen, der Trippa färbt det

Hemde jrün, sagte mein Onkel Erich, der Eisenbahner; das schöne Gedicht hatte er an der Ostfront gelernt, die Syphilis holte er sich in Berlin; er kannte tausend solcher Sprüche genitaler Art.

Was ist denn dein Lieblingswunsch, fragte man mich.

Ich will, sagte ich, damals elf, in die Damenkonfektion.

Meine Patentante, jetzt schon lange in ihrem protestantischen Himmel, fand meine Berufsideen frühreif und inferior; ich sei ein gefährdetes Kind, Gott weiß, warum.

Du mußt später Koch werden, sagte eine andere, von Entbehrung gezeichnet, dann wirst du nie hungern müssen. Ich wollte noch gar nichts werden. 1953 waren meine Idole Tarzan und Donald Duck.

Ein Kind, das solche Idole hat, sagte die Protestantin, wird Verbrecher.

Die bunten Hefte, Kupfertiefdruck, durfte ich unter Aufsicht bei Freund Viol lesen, reicher Leute Kind. Später nannte er sich Roman. Künstler heißen nicht Karl-Heinz.

An der Waldorfschule wurde *Gyges und sein Ring* vom hölzernen Hebbel aufgeführt, Wort für Wort geschnitzt mit Hilfe der Sprachgestaltung. Als dann auch noch junge Damen mit Schleiern über die Bühne waberten (die unerläßliche eurhythmische Einlage), war ich entzückt.

Die Bühne mußte es sein. Wir lasen Stücke mit verteilten Rollen. Gegen Schokolade übernahm ich die weiblichen Parts; ich war ein charakterschwaches Kind, dem der Epochenunterricht im Fluge verging; ich erlernte sogar das Stricken und schenkte Mama nach zwei Jahren einen schmutzigen Topflappen und wußte immer noch nicht, was ich werden wollte.

Man muß gegebenenfalls den Gral suchen, sagte Daisy.

Und wenn man ihn fände, fragte ich mißtrauisch.

Dann muß man sofort sein Leben ändern, sagte sie.

Mir schien, das sei kein erstrebenswertes Ziel.

Alles hatte mit Arbeit zu tun, alles auf der Welt lief auf Arbeit hinaus, Arbeit, wie es in der Definition eines Wörterbuchs heißt: – als Einsatz und Aufwand –, und Hartmann legt dann auch richtig los und sagt, daß die Arbeit vollbracht werden will und nicht nur auf den Widerstand der Sache stoße, sondern auch auf den der Person. Wäre das alles nicht so bitter wahr, säße ich nicht in dieser Misere.

Der Dr. Haslein, unser Deutschlehrer, der noch Mutterlaut sagte und sich dabei in den Schritt faßte, verteilte seine Lieblingssprüche über *Die Arbeit* und benutzte sie auch als Aufsatzthemen zur Besinnung.

Selbstlos förderte er unsere künstlerischen Ambitionen und gab uns Sprachunterricht; wir lernten herrliche Lektionen über die Stimmatmung, den Stimmton – den Einsatz, gehaucht, weich oder fest –, den Artikulationsmodus und die vielen Zungenkontakt-Stellungen, bis unsere Zungen so beweglich waren wie betrunkene Raupen. Herr Haslein schonte seinen pädagogischen Eros keinen Augenblick. Die Kinder, sagte er, sie glühen. (Meine Mutter war bestürzt, und des Co-Künstlers Eltern erwogen den Wechsel auf ein Realgymnasium.) Sein Blick fiel besonders stechend auf mich.

Kind, sagte er in den Pausen unter einer Kastanie im Hof, du bist ein großer Leser, auch deine Lesegeschwindigkeit ist erstaunlich, aber du liest immer das Falsche. Dein Sprechorgan ist unvollkommen, ich rate dringend zum Mutieren. Dein Gedächtnis ist gut, denn du kannst dir mühelos die überflüssigsten Dinge merken; du bist indolent und schläfst gern, du bist nicht sehr gesellig und meidest die Knaben. Eine gewisse Faulheit ist dir angeboren, also bist du prädestiniert für den schönen, aber dornigen Pfad des Dichters!

Aber ich müsse – und an dieser Stelle seiner Darstellung des jungen Künstlers als Kind hob er seine schwärzlich behaarte Hand – fleißig studieren, vor allem die Technik und die Form, freilich auch die Stoffe, die entweder das Leben schriebe, denn ein interessantes Leben sei immer beschreibenswert, oder aber ich generierte die Stoffe aus mir selbst, was bei mir ziemlich unwahrscheinlich sei. Zur Poesie fehle mir einfach alles, und für die erwähnten prosaischen Formen brauche man Sitzfleisch, Geduld und Zeit, das alles sei nichts für mich. Am besten sei es, einen Beruf zu erlernen, in dem man etwas mit Büchern zu tun habe, vielleicht Buchhändler oder Packer in einem Verlag.

Dichter, fragte ich und blickte in einen dunklen Tunnel ohne Licht am unvermeidlichen Ende, nein danke.

Da ließ mich Herr Haslein fallen.

Ich ging am Nachmittag in den Zarewitsch und verliebte mich heillos in Sonja Ziemanns braun-bläuliche Augen; die erste Fixierung.

Der Pädagoge H. vergriff sich in einer prosaischen Minute im Kartenzimmer an einem Mädchen, wurde diskret versetzt, soll aber Jahre nach seinem Fehlgriff einen hübschen Gedichtband verfaßt haben, Moment, der Titel erscheint sofort – ja, ich hab's wieder: *Nie tiefer die Stunde*, wahrscheinlich von Benn geklaut.

Ich wollte der beste Schauspieler der Welt werden. Ich sah mir *Glocken um Mitternacht* an, und das erste Idol wurde Glenn Ford. Alle diese Erinnerungen sind recht authentisch, und ich wüßte kein einziges Gespenst der Vergangenheit, das mich heimsuchte und sagte: Unwahr! Die Stimmigkeit der Szenen einerseits und ihre Vollständigkeit andererseits beweisen, unabhängig vom Stofflichen, an dem man nicht hängen sollte, den Wahrheitsgehalt.

Freund Viol fiel für die Karriere aus. Bei einem kleinen Feuer in seiner Wohnung in einer stofflich dichten Situation – Sprechübungen, eine süße junge Elevin und Kerzen – verlor er infolge des Schocks seine Sprechfähigkeit und behielt ein leichtes Stottern zurück. Der Ausfall fiel ihn an wie ein Raubtier, das schon immer am Ende des Alphabets gelauert haben muß – es war der Buchstabe Z.

Das Schicksal ist keine dunkle Macht, wie ein Herr Szondi einmal schrieb, sondern Ausdruck latenter genetischer Tendenzen, welche den einzelnen lenken. Ich wurde nicht Schauspieler, sondern Buchhändler. Finis! Auf zu neuen Ufern.

13

Der Familienroman ist tot; die noch Lebenden sind uninteressant, die alten Toten vergessen. Nach meiner Theorie, verfaßt nach einer Dose Thunfisch, hätte so ein Projekt nur in der Form von Nekrologen einen gewissen Sinn, und seine eigentliche Bedeutung läge in den Beschreibungen ausgewählter Finale bestimmter Personen. In diesem Fall wäre Lionel bemerkenswert, aber auch das Verlöschen der Existenz des Pariser Therapeuten Dr. Arthur v. K.; sodann das qualvolle Ende des Alexander Baron K. im Orientexpreß (Fischvergiftung an einer edlen Konserve der Firma Fein-Falz oder Falz-Fein). In Frage käme auch das Phänomen ländlicher Vergiftungserscheinungen (ich denke dabei an Onkel Herbert, der 18** die Gastfreundschaft auf einem Gütchen des Hauses Werro mißbrauchte, vielleicht verjährt oder für das weibliche Publikum nur bedingt von Interesse; in Betracht käme unter Umständen auch Gandolf, das schwarze Schaf, was die Arbeit an der Hochstapelei und das unrühmliche Ende betrifft...). Nicht zu unterschätzen als quasi historische Unperson in aller Scheußlichkeit wäre die okkulte Olga in den Berliner Jahren bis zu ihrer endlichen Ermordung, die aufschreibenswert bizarr war und ein Sonderplätzchen in den Annalen der Kripo am Alexanderplatz einnimmt. Von den noch Lebenden und Moribunden, die meisten sollte man gnädig vergessen, ist nur Vetter Nikolaj, ein bekannter russisch-baltischer Autor erwähnenswert, denn sein mißglückter Selbstmord 1961 in Paris wirft ein gewisses Licht auf die Behauptung, Schriftsteller seien unpraktische Menschen:

Er beschloß eines Winterabends, seinem Leben eine glanzvolle Coda zu verleihen, in der Hoffnung, daß sein Werk wieder auflebe. Der Ruhm hatte nachgelassen, der Verkauf seiner immerhin achtzehn Romane stagnierte, er hatte genug.

An diesem Winterabend saß er vor dem Kamin, in dem kein Feuer brannte, und dachte systematisch über die Modalitäten nach. Wegen seiner Höhenangst, Hypsiphobie hieß der lächerliche griechische Ausdruck, verbot sich ein Sprung von einem Wolkenkratzer. Schlaftabletten waren auszuschließen, weil er nicht wußte, welche Anzahl zum ewigen Schlaf führte. Der Gedanke an die Eisenbahn machte ihn schaudern; er kannte einen Kollegen, der sich in Pau vor einen Pilgerzug gestürzt hatte, gräßliche Verwundungen am Schädel links davontrug, seine Sprechfähigkeit einbüßte und das rechte Bein, so daß er auf eine Pflegerin angewiesen war, die ihn kujonierte und ausplünderte. Es gab durchaus Schicksale, die man sich bei einigem Kalkül ersparen könnte.

Während dieser schweren und traurigen Gedankenmanöver schrieb er beiläufig in sein Notizbuch das, was er glaubte, versäumt zu haben.

Immer stationäre Verhältnisse, schrieb er, keiner meiner Helden war je ambulant, Fehler!

Die Toxikologie ist eine Wissenschaft.

In einem Buch, das er sich einmal für einen metaphysischen Kriminalroman angeschafft hatte (chemische Toxikologie), mußte er den ermunternden Satz lesen, daß sich die Menge möglicher Gifte seit dem Beginn einer leistungsfähigen Chemie enorm vergrößert habe.

Das war kein Trost in seiner Situation. Auf der Seite 102 sang dieser Autor ein hohes Lied auf das Arsen. 0,1 Prozent genügten, um die Welt zu verlassen; aber wahrscheinlich, dachte N., ist es rezeptpflichtig und greift die maroden Magenschleimhäute an.

In den Romanen des 19. Jahrhunderts spielte der Revolver eine gewisse Rolle für glückliche Abgänge; man schoß sich in die Schläfe, oder als Liebhaber des Weins füllte man sich den Schlund mit Bordeaux, führte den Lauf zwischen die Lippen und zog den Abzug.

Bestimmt effizient, dachte N., aber nicht für mich.

Seine Mutter hatte ihm einen Browning hinterlassen, ein Souvenir aus dem Krieg, als sie fürchten mußte, von Wehrmachtssoldaten vergewaltigt zu werden. Der Autor suchte und fand ihn in einem kleinen Karton verstaubter Liebesbriefe. Die Pistole war winzig, aber kompakt, im Kaliber 6.35, Jahrgang 1910. Nikolaj polierte das kleine Instrument, in dessen Griff sich ein volles Magazin befand; eine Kugel schimmerte wie Gold in der Laufkammer. Er zielte auf die abgekämpfte Lehne seines Stuhles vor dem Arbeitstisch und drückte ab. Es gab einen schüchternen Knall, das Projektil prallte von der Lehne ab, als wolle es zurück in die Pistole, und verletzte seine linke Hand, die er ängstlich hatte hängen lassen. Vielleicht, dachte er, war die Entfernung zu groß, immerhin vier Meter, oder die Patronen sind altersmüde wie ich. Ein zweiter Versuch zerschmetterte immerhin einen gläsernen Aschenbecher, den er nie gemocht hatte.

N. fröstelte plötzlich, machte Feuer im Kamin und holte sich einen dreifachen Cognac.

Die kleine Browning versteckte er unter den Liebesbriefen, wie er bemerkte, von einer gewissen Nancy aus London. Der Cognac regte seine Synapsen an, und beim dritten Dreifachen hatte er die Lösung des Knotens: Es war der Strick. Man muß sich erhängen. Der Alkohol belebte die Erinnerung an einen Freund, der sich auch hatte erhängen wollen. Leider sichert die Absicht nicht den Erfolg. Der Selbstmörder wurde bewußtlos gefunden, neben einem Hocker, der vorwurfsvoll auf der Seite lag. Sauerstoffmangel hatte ihn gaga gemacht, er konnte sich nur noch mit den Händen verständlich machen, und die redeten obszönes Zeug. Ein trauriges Schicksal infolge eines falschen Knotens. So einen dummen Unfall wollte N. durch das Studium einer kleinen englischen Schrift ausschließen, die da hieß: *Der Henkersknoten in Wort und Bild*.

N. war beruhigt. Die Evidenz des Henkersknotens in der Geschichte war erstaunlich, und er würde den bevorzugen, der in der Vergangenheit den größten Erfolg gehabt hatte. Nach dieser glücklichen Wahl quälte ihn ein Nebenproblem, das des Abschiedsbriefes an die Welt allgemein, in dem er das Warum zu erklären hätte. Über die Botschaft hinaus sollte das Motiv leuchten wie ein Feuer in der Nacht.

Nikolaj setzte sich auf seinen unerheblich malträtierten Stuhl, legte Japanpapier auf die Lederunterlage, schraubte seinen Füllfederhalter auf, richtete die Spitze korrekt auf das Blatt und starrte lange ins Kaminfeuer.

Ihm fiel nichts ein.

Wie hatte ein genialer, russischer Schriftsteller geschrieben?

Der Mensch ist sterblich, das ist meine Meinung. Recht hatte der Mann.

Dann schrieb er seinen ersten Satz unter das Zitat in achtungsvoller Entfernung: Auch ich bin dieser Meinung und manchmal muß es sein, strich den Satz wieder aus und schrieb: Sterblich ist der Mensch, aber dieser Satz ist unsterblich.

Nikolaj entfernte sich vom Schreibtisch. Distanzen zwischen dem Ort, dem Mittel und der Gelegenheit dienen immer der Inspiration. Er nahm noch einen doppelten Cognac.

Es geht nicht ohne ein Motto, sagte er zu sich selbst, ich werde den göttlichen Satz als Motto nehmen, unter dessen Fittichen ich mich leider selbst entfalten muß. Ratlos schlug er ein paar Lieblingsbücher auf, deren Sätze ihn wie Leichen anstarrten; dann blätterte er im Alten Testament – nichts als blutige Familienintrigen. Hoffnungsvoll öffnete N. ein Pornomagazin, aber nichts regte sich, nur seine zirkulären Gedanken, die um den Abschiedsbrief schwebten.

Ich muß, sagte er sich, von einem Endpunkt ausgehen, d.h. von meinem Finale. Eigentlich sollte einem massenhaft viel einfallen, weil es einen selbst betrifft.

Worin wäre nun der Grund zu suchen, daß mir zu meiner Existenz kein Gedanke von einigem Gewicht kommt?

Die Tatsache, daß mir ausgerechnet in diesem Lebensabschnitt nichts einfällt, zeigt, daß ich ausgepowert bin, ein *burnout-case,* ein Idiot meiner Verhältnisse, und es ist die Bestätigung, daß es Zeit ist, das Lager zu wechseln. Jetzt in diesem Augenblick habe ich das wahre Motiv, und das Motiv hat mich; mag's vorher ein Gedankenexperiment gewesen sein, nun liegt endlich die endliche Sachlage vor. Nicht, was mich zu diesem Entschluß führte, wird mein Ende sein, sondern allein die Folgen. Ich nehme den Strick.

Nikolaj hätte den Strick ohne Besinnen nehmen sollen, sofort und mit der Willenskraft, mit der man ein großes Ziel ins Auge faßt; letzten Endes scheiterte sein Versuch an einer halben Flasche Cognac und an dem Brief an die Nachwelt.

Der Brief an die Welt wurde Jahre später in N.s Nachlaß gefunden, nachdem man seine kaputte Leber begraben hatte; er fand sich in einem zerlesenen Band *Unsere Gifte. Kleine Geschichte der Toxikologie,* und lautete:

Motto:

Der Mensch ist sterblich, das ist meine Meinung!

Liebe Welt, was für ein unsterblicher Satz, voller Tiefen und Höhen an der Oberfläche und auch von tragischer Komik. Ich kann nicht mehr, ich will auch nicht mehr. Der Suff, die Prostata, ein Gichtzeh, ein nässendes Geschwür am Arsch – die Lunge rasselt bei jedem Atemzug, momentan rauche ich wirklich lauter letzte Zigaretten –, es ist genug. Wer jede Nacht traumlos schläft und tränenüberströmt aufwacht, muß begreifen, daß er auf diesem Planeten nichts mehr verloren hat.

Den letzten GV hatte ich mit einem weiblichen Fan. Das war vor vier Jahren, ejaculatio praecox, außer Spesen nichts gewesen.

Die Romanproduktion stockt seit fünf Jahren, die Presse schweigt mich tot und zu Tode, nichts geht mehr, das Ende der Geisterbahn ist erreicht. Letzten Endes ist jeder Selbstmord eine Geburt. Vielleicht werde ich als Tier reinkarniert, hoffentlich als Rhinozeros, aber ohne Horn.

Leider nie einen Roman geschrieben mit dem Titel *Da kann man nichts machen...*

Da kann man nichts machen! Ich schwebe, ich schwebe. Schöner Zustand, leicht psychotisch.

Cognac, *ma reine*! Flaumfederleicht im Kopf, bleischwer der alte Arsch. Es stirbt als Knabe, wen die Götter lieben. Zu spät.

Wäre auch ein schönes Motto gewesen (von Byron Hinkefuß...) Ich habe niemand zu Lebzeiten gefehlt; nur noch ein Glas Cognac! Ich fehle niemandem ich werde niemandem fehlen ich niemand gefehlt haben werde hätte würde sein.

Habe die kobaltblaue Vase vernichtet bei Versuch Suche nach einem Cicero-Zitat. Cicero! Muß mich von einem alten, weisen Geist infizieren lassen. Aber auch die Infekte dauern im Alter lang und länger. Hätte ich wer sonst von Anfang an alles vom Ende aus gedacht also Punkt Z bis A qua Gewißheit, daß der Mensch sterblich ist/sei, ja dann!

Welt, du beschissene, ich sage dir eines.

Der Cicero, es gibt keinen Sterblichen mehr wie Cicero! Was ist schon Slöterwyk gegen einen Cicero! Ein Dreck, ein Stück Exkrement oder nicht. Scheiße hat ihre eigene Integrität, sagte ein guter Amerikaner. Ich müßte jetzt urinieren. Bleischwerer Arsch, der.

Tod bedeutet oder so ähnlich heißt es bei Cicero, Tod ist oder Tod bedeutet Ruhe, Ruhe von, von: Arbeit und Elend. Finalistisch – ich könnte jetzt nicht mehr Flanell-Läppchen sagen, guter Test – betrachtet, ist Arbeit Elend und auch das Elend ist Arbeit. Ich war 2 Monate bei den Werwölfen. Einzige Sünde, Welt, hau ab. Ich scheiße auf diese Zeit und ihre verschissenen Mitläufer. Größer, schneller, dümmer und dümmer.

Meine Bibliothek vermache ich dem Tierheim. Bitte Feuerbestattung, aber subito! Grüße an die Klosterfrau Melissengeist. Ade!

Nikolaj

Befriedigt über seine Arbeit am Brief gegen Welt oder N. gegen alle, warf sich der Autor in seinen uralten Gehpelz (räudiger Zobel aus Sibirien), steckte den Abschiedsbrief in die rechte Tasche des Mantels, ergriff seinen mit einem ordentlichen Henkersknoten à la Cruikshank präparierten Strick, den er zärtlich streichelte, und begab sich seufzend in dunkler Nacht in den Heizungskeller.

Oi, oi, oi, sagte er ein paar Mal und suchte ein Rohr von zuverlässiger Stärke in richtiger Höhe, vage Gedanken im Kopf über ein unerläßliches Detail, das in keinem Selbstmordszenario fehlen durfte, wie er wußte. Polster, murmelte er, Hocker, Leiter, nein, Kiste! Kiste oder Stuhl oder Stuhl und Kiste am Ende.

Im Nebenkeller fand er eine leere Weinkiste (Château Margaux, 1948), stellte sie an die Wand, legte sich seufzend den Knoten um den Hals, schlang das freie Ende des Stricks um das dicke, solide aussehende Rohr, voller Spinnweben und ziemlich heiß, und erklomm die Kiste.

Korrektur. Auf der Weinkiste stehend, mußte er noch einmal den Knoten lösen, der sich um die Gurgel des Rohres wand, schürzte und verkürzte ihn, dann seufzte er, schloß die Augen und stieß mit den Füßen die Kiste von sich.

Drei Sekunden später saß er auf seinem schmerzenden Hintern, und heißes Wasser aus zwei Rohrmündungen bespritzte ihn wild und durchnäßte Pelz, Sacco, Hemd, Unterhemd und Nikolaj bis auf die Haut. Dampf hüllte ihn ein. Sein Kehlkopf pulsierte mit hysterischen, negativen Impulsen, die sein stark klopfendes Herz getreulich an seine arme, düpierte Seele sendete.

Oi, oi, oi, sagte er verdrießlich.

Sein erster Versuch, auf die weichen Knie zu kommen, mißlang. Aufstehen war ein Ding der Unmöglichkeit. Also kroch Nikolaj, den klassischen Henkersknoten im Nacken, auf allen Vieren zum Ausgang. Der Gehpelz schien so elend schwer wie das ganze Leben. Hätte ich, dachte er, vom Ende aus gedacht, wäre klar gewesen, daß man mit einem solchen Zufall rechnen muß. Während er mühsam die zwei Treppen emporkroch, entwarf er einen Brief an die Hausverwaltung: Meine Damen und Herren, ich gestatte mir, darauf hinzuweisen, daß die Heizungsrohre im Keller B II in einem erbärmlichen Zustand sind!

14

Zuerst wähle ich den Stoff, dann den Effekt. (E. A. Poe)

Man beginnt zu erzählen, wenn das Ende gewiß ist oder die Gewißheit des Endes schon am Anfang wie eine Katastrophe droht.

Ich höre jetzt mit den romantischen Erinnerungen an die öde Kindheit und Jugend auf und verlege mich auf *petite histoire.* Die einzige interessante Existenz ist Lionel K., und über die muß ich recherchieren, alles andere taugt nichts.

Möglich wäre ein sachlicher Familienroman, der wie ein Karussell gebaut ist, bevölkert mit Tieren, pardon, mit Themen, unter die alle schönen, schrecklichen, genialen oder belanglosen Schicksale fallen, mit Geschäftssinn, Liebe, Krankheiten, Selbstmorden, Skandalen und Katastrophen, immer von hinten aufgezäumt. In den meisten Fällen ist das Ende oder ein vermeintlicher Schluß tausendmal interessanter als das Leben, das zu dem bestimmten Finale führte, auch wenn es zwangsläufig wie in einer Gleichung nur ein Resultat kennt.

15

Nichts geht über glückliche Zufälle. Im Haus war es still. Die Romancière boxte wahrscheinlich noch mit Harold im Büro. Nach Thunfisch mit Orangensaft (vertrugen sich schlecht) öffnete ich die Schublade des Tisches in der Kammer und fand – wie Nikolaj, eine schöne Koinzidenz – einen Haufen Briefe. Sie waren von niemand anderem als dem schwarzen Schaf Gandolf. In einem Brief in eleganter, aber zügelloser Schrift hieß es:

Liebste Milly, wir hätten niemals heiraten dürfen. Ich betrat Dich gewissermaßen wie eine Kathedrale und verließ sie nach den Flitterwochen wie ein abtrünniger Priester. Es gibt Seelentiere unter den Menschen, deren Sekrete nicht zusammenpassen. Du bist ein Abgrund, der gähnt. Den Brief überfliegend, bemerke ich, daß der Ausdruck ‹betrat Dich wie eine Kathedrale› nicht korrekt ist, ich bin aber geistig-seelisch und sexuell zu erschöpft, ihn durch einen passenderen zu ersetzen. Leb wohl, meine anima impura, Dein Gandolf.

Sein post scriptum war erstaunlich.

Pardon, daß ich Dir diese angesichts unseres Glücks dürre Epistel in einem Päckchen schicke, aber 120000 ägyptische Pfund, das Resultat einer Unternehmung in Alexandria, ließen keinen anderen Modus zu. Deine schauerlichen Romane, die ich immer verachtet habe, gehen ja nicht mehr so gut; vielleicht schreibst Du einmal im Leben etwas Seriöses – Deine Familie ist wirklich verrückt genug, so daß man sich gar nicht in fremde Welten flüchten muß. Wasch Dir die Hände, ägyptische Pfundnoten sind die schmutzigsten der Welt. Non olet.

Nicht mehr der Deine.

Ich schrieb an Milly oder an Vanessa auf der lauten Dame Olivetti:

Liebste, lies bitte meine kleinen Ausführungen zum Familienroman. Ich reise nach Paris, zu Monsieur Monier, der die Lebens- und Sterbedaten sämtlicher französischer Schachmeister gesammelt hat und der sich im Besitz aller der Informationen befinden wird, die uns für den Wahren Familienroman noch fehlen.

PS:

Es gibt im Leben immer ein Finale nach einem verfehlten Finale. Nikolaj erreichte an jenem unglücklichen Abend sein Bett, verließ seinen nassen Gehpelz und legte sich nieder, um mit einem Schnupfen aufzuwachen, den kein Sterblicher je erlebt hatte. Am nächsten Mittag regenerierte er sich mit einer ginreichen Bloody Mary und machte Inventur.

Nikolaj reinigte sich von allen Schlacken, entfernte

den Cognac aus seinem Leben, las noch einmal seinen Abschiedsbrief und versteckte ihn endlich im bekannten Buch, das wohl keiner aufschlagen würde, wie er hoffte.

Es muß ein natürliches Ende mit mir nehmen, sagte er sich. Leben und Sterben, das sind Complements wie Meinen und Verstehen, Essen und Verdauen, Hören und Sehen, das ist dualistisch gefaßt, und so soll es sein. Ich bin sterblich? Nein, ich werde unsterblich sein, das ist meine Meinung. Und er schrieb seinen berühmten Roman *Nichts oder etwas Ähnliches*. Menschen kommen nur an der dunstigen Peripherie vor, er referiert Sterbefälle von Tieren, deren Ausrottung, Dezimierung und Vernichtung; wenn ein Mensch auftaucht, dann nur in den Klauen eines Löwen oder unter den Tritten eines Elefanten, aber mit allen wunderbaren blutigen und tödlichen Details.

Vicovic 6

Vicovic war in einer Mordsstimmung, die zum Wetter paßte, Nebel und diverse Schlammlöcher und das dunkle Murmeln des Flusses; irgendwie eine Shakespeare-Atmosphäre, die sein Jagdfieber schürte, den Puls beschleunigte und den normalen Herzrhythmus veränderte. Leider teilte sich diese Spannung dem Magen mit, der rumorte, was seinen Darm, der heute träge gewesen war, beunruhigte. Die riesige Gänseherde tat, was sie immer tat – sie schnatterte, ein paar junge Gänseriche verfolgten einander, aber die Hauptgruppe lagerte auf einem kahlen Hochplateau und schien zu ruhen. Vicovic streichelte noch einmal seinen falschen Schnurrbart aus dem Bauchfell eines Nutria und entdeckte unmittelbar hinter dem

Gatter einen Ganter, der sich auf einem kleinen, separaten Grabbuckel postiert hatte wie auf einem Feldherrenhügel. Im Zeitlupentempo kletterte Vicovic über den Zaun und fixierte das feiste und hochmütige Tier. Die Wiese war kahl und voller Löcher. Vicovic verließ sein Glück mit dem einsamen Gänserich – er geriet mit einem Fuß in ein schlammiges Loch, das ihn festhielt. Der Ganter sah ihn an. Schönes Tier, dachte Vicovic, mindestens 6 kg. Der Schlamm schmatzte, als er seinen Fuß befreite, und er verfluchte sich, daß er Schuhe mit Gummisohlen gewählt hatte, aber die mit den Honigkreppsohlen hatten Löcher. Der Ganter wurde jetzt nervös und streckte seinen Kopf mit dem tiefgelben Schnabel in Richtung Feind. Vicovic hatte in den letzten zwölf Jahren fünfzehn Gänse erbeutet, der Modus (Erwürgen) stand fest, nur die nasse, abschüssige Wiese war neu. Die Beute mußte sich auf gleichem Niveau befinden, das erleichterte die Aufgabe. Vicovic führte eines seiner Selbstgespräche, das im Nebel unterging und sagte sich, er müsse es mit einem Tigersprung schaffen. *Tiger, tiger in the night,* hieß das schöne Gedicht von William Blake, von dem er den Rest vergessen hatte. Der Ganter erhob sich voller Höflichkeit, als der Mörder auf allen Vieren auf ihn zu kroch, so langsam wie eine Schnecke. Die Kraft des Tigers beim Sprung liegt in den muskulösen Hinterbeinen, das wußte Vicovic aus Filmen. Aber das verfluchte, naßglatte Gras mit den heimtückischen Löchern war ein großes Handicap. Aus seinem Parka fischte er den Plastikbeutel mit gekochten Maiskörnern und warf sie dem Ganter zu, der ihn mißtrauisch betrachtete. Das dicke Tier (frohwüchsig und wetterhart, nicht zu hochgestellt und leicht beweglich, wie er in einem Lehrbuch für Geflügelzucht einmal gelesen hatte) richtete sich auf. Das Niveau war immer noch nicht erreicht, das einen Gänsemord zur Kunst machte. Also kunstlos, aber schnell. Vicovic erwischte im Sprung auch richtig den Hals des Vogels, verfehlte aber die Stelle, die ihm die Luft abschnürte. Nun lag er in einer albernen Haltung auf dem Bauch und suchte mit beiden Daumen den todsicheren Punkt an der langen Gurgel, aber der Ganter schlug wild mit den starken Flügeln. Vicovic rollte sich auf den Rücken, packte das widerspenstige Vieh, das ihn fast erdrückte. Und es schrie.

Dann zischte es schwächer; hieb aber mit aller Kraft Vicovic den Schnabel unter das linke Auge, schrie noch einmal jammervoll und erschlaffte dann endlich. Vor Schreck rutschte Vicovic in eine Schlammrinne vor dem Gatter und war einen Augenblick betäubt.

Das Blut lief ihm über die Wange in den Mund. Das Wehgeschrei des Ganters hatte die Aufmerksamkeit der Genossen erregt, die sich mit schrillem Geschnatter und geschlossen wie in einer geübten Formation den großen Hügel abwärts bewegten – allen voran eine große schöne und schneeweiße Gans, dic wic cine Nebelwolke heransegelte.

Gott nein, dachte Vicovic, das muß die Gattin sein, diese Vögel sollen einander treu sein bis in den Tod, streng monogam, wie es heißt, und dann noch die bedrohliche Solidarität der ganzen Herde, das war zuviel. Vicovic packte den Leichnam des Gatten unter den Arm und kletterte mühselig abermals über das Gatter; die Gans schrie wie am Spieß, weil sie ihren Gemahl nicht mehr sehen konnte. Dieser schmerzliche Schrei der Armen war so erhaben wie die Prosa von Chaloupecky, und der Mörder fürchtete die Wirkung auf Publikum, Hunde und Gänse.

Vicovic bewunderte sehr die Geschwindigkeit, mit der er seinen in einer Scheune versteckten Škoda erreicht hatte. Er packte den Braten in einen Sack und bedeckte ihn mit alten Zeitungen. Jetzt habe ich ein Liebespaar für immer voneinander getrennt, sagte Vicovic laut und inspizierte im Innenspiegel seine Wunde unterhalb des Auges; ein schöner Bluterguß würde entstehen. Er spürte, wie sich allmählich das linke Auge schloß.

Da liegt so ein Tier auf einer Wiese im Nebel, dachte Vicovic, verdaut friedlich seine Körner, im Einklang mit der Natur, dem Wetter und seinem Stoffwechsel, denkt sich nichts Böses, und dann muß ich es töten, weil Eva so unmäßig gern Knödel und Gänsebraten ißt; das ist unmoralisch irgendwie. Und es liegt allein daran, daß der neue Kühlschrank noch nicht abgezahlt ist. Eva hat in der letzten Zeit auch etwas zugelegt, natürlich ohne Einbuße an Schönheit – mehr Eva unter dem Aspekt des Quantitativen, aber doch eine kleine Verminderung unter dem Aspekt des Qualitativen, weil sie zarte Hängebäckchen bekam und ein süßes, sehr fleischiges Doppelkinn mit Grübchen.

Es ist erstaunlich, sagte sich Vicovic in der Sicherheit seines Škoda, welche Gedanken dem Menschen nach dem Mord an einem Ganter durch den Kopf gehen. Der kultivierte Autor Randolf, der Frauen gegenüber so hilflos war, hatte garantiert niemals eine Gans geklaut, was vielleicht ein Fehler ist, denn der Schriftsteller (auch einer von Familienromanen) muß auch solche Erfahrungen sammeln und notieren.

Die besten literarischen, mit Moral und Unmoral verknüpften Morde, dachte Vicovic, hat wahrscheinlich der Dostojevski geschrieben, nicht so dilettantisch wie mein Vogelmord auf einer nassen Wiese mit Löchern und Nebel. Das linke Auge hatte sich geschlossen, und Jaroslav V. erfuhr alle Nachteile selbstverschuldeter Einäugigkeit, die viele Gedanken moralischer Art in Gang setzte über den Mord, das Schicksal, den Zufall und die Literatur. Auch der Tierschriftsteller Nikolaj, der Verf. des berühmten Buches *Nichts oder etwas Ähnliches*, hat sein Lebtag kein Tier getötet, vielleicht Mücken oder Fliegen. Sogar die bluten, aber man macht sich keine besonderen Gedanken über ihr Schicksal. Ich werde die Gans wieder Frau Choupa geben, die ganz meisterhaft rupft und sich auf Gänsebraten versteht; dafür kann sie einen Schlegel abhaben, das ist nur billig.

Kurz vor Prag regte es sich im Sack, und die Zeitungen rutschten vom Sitz. Ein kehliges Schnattern ertönte, nicht sehr laut, aber elegisch irgendwie. Was bin ich für ein Dilettant, sagte Vicovic laut, ich bitte dich um Verzeihung, mein bester Fleischiger, daß ich dich nicht richtig erwürgt habe, ich hoffe, du leidest keine Schmerzen. Und er faßte den Entschluß, nie wieder eigenhändig zu töten mit einer gewissen Genugtuung, die ihn moralisch ein wenig erhob. Dann drückte er sein linkes Auge, um einen Schmerz zu erzeugen – eine Art Selbstvergewisserung –, und sagte zum Ganter: Du Saugans, du, beinahe hätte ich ein Auge verloren, blöder Hund. Ab in die Röhre, das ist deine Bestimmung bis in alle Ewigkeit. Das schöne deutsche Wort hatte er schon immer bewundert, und er wiederholte es mit vielen Modulationen, wobei er einen Riegel Schokolade aß.

Im Kartoffelsack war es still. Der Ganter schwieg und hing wohl eigenen Gedanken nach. Ruhe im Karton, sagte Vicovic befriedigt und beschloß, eine Novelle über diese Erfahrung zu schreiben.

Die Literatur, sagte er sich kurz vor Prag, ist das bessere, höhere und logischere Leben, in dem alles funktioniert, ohne Nebel, ohne Löcher, ohne treue Gänseweibchen, man muß die Helden eben nur mit

Honigkreppsohlen bewaffnen, das ist schon alles. Und in Gedanken machte er sich Stichworte, über die unbedingt noch vor dem Gänsebraten nachgedacht werden mußte: über die Ewigkeit, den Tod und über den Zufall. Alles hing irgendwie auf eine sonderbare Weise zusammen, wie bei einer guten Füllung im Braten.

16

In der Retrospektive, die alles auf ein erträgliches Maß bringt, war die Pariser Zeit der Lionel-Recherchen bis auf ein paar Initialschwierigkeiten mit dem Buchanfang, der vergeblichen Suche nach des großen Schachspielers Grabstätte, die ich auf dem Friedhof von Passy vermutet hatte, und, *last not least,* dem allzu vorzeitigen Altern und Sterben einer großen Liebe, die wohl glücklichste Zeit meines staubgrauen Lebens.

Freundliche Zufälle bescherten mir in der ersten Klasse des Zuges nach Paris via Basel zwei Überraschungen.

Mein Abteil war leer, draußen in der Landschaft leichter Bodennebel, im Hintergrund drehten sich langsam braune Kühe auf grünen Weiden.

Die Arbeit in Millys Kammer hatte mich geschwächt. Der Mensch lebt nicht ungestraft eine Woche lang von Thunfisch und Orangensaft. Beim Service bestellte ich eine Portion Foie gras naturel – nicht zu verwechseln mit Crème de foie gras –, dazu eine Demi-Flasche eines Château Margaux 1995, ein Jahr mit besonders vielen Neuerscheinungen, wenn ich mich recht erinnere.

Leider beging ich einen alten Fehler – ich hatte wieder

einmal nicht die Konsequenzen bedacht, bevor ich zu handeln begann. Die Gänseleber rumorte mit wüsten Geräuschen in meinem Magen. Ich goß darauf Wein, der konnte nicht mehr schaden. Glückliche, vitale Naturen, die ihr Frühstück mit Gänseleber anfangen und dann mit eiskaltem Champagner traktieren, wie der alte Alexander Baron K. im Orientexpreß 1906. Vielleicht mochten die Restfermente des Thunfischs keine Foie gras naturel.

Ich stürzte zur Toilette, gottlob nicht besetzt. Eine glühende Diarrhöe suchte mich heim.

Als ich zurückkehrte, saß niemand anderes als Landau auf dem Gangplatz 52, wie immer in seinem schwarzen Mantel, auf der Nase eine Sonnenbrille, an den Füßen die üblichen karierten Pantoffeln. Ich verscheuchte alle meine Gedanken an eine Theorie des Familienromans in der Form einer *petite histoire*.

Landau machte einen etwas überraschenden Eröffnungszug und sagte: Arme, arme Bea-Victoria.

Der Greis sah blühend aus. Sein Teint schimmerte kupferfarben, als habe er Wochen unter einer milden Sonne gelebt.

Es war, sagte ich, das arme, arme Herz.

Nun kriecht sie, sagte Landau wollüstig, unter vielen anderen Seelen auf braunen Steinen in ihrem speziellen Orkus und dürfte jeden Montag die Schleimspuren verwandter Animae auf moosigen Pfaden kreuzen.

Sehr poetisch, sagte ich.

Wir schwiegen, der Zug raste dahin, die Polsterfedern seufzten dezent.

Sie sehen sehr gut aus, sagte ich höflich.

Ach, wissen Sie, sagte Landau, die Folge einer Melatonin-Kur. Ich floh wieder einmal – er zeigte auf seine Pantoffeln –, wie immer überstürzt, lernte in einem der unzähligen Züge einen Schweizer Gerontologen namens Aebersoll kennen, und wir kamen uns bei einem nächtlichen Apero näher. Er unterhält eine schmucke kleine Klinik in Neuchâtel, wo er anregende Experimente mit nagelneuen Medikamenten anstellt; viele Medikamente und viele uralte Damen und Herren, die nichts zu verlieren haben. Die Ausfälle halten sich in Grenzen. Es hätten auch himmlische Gaben von Viagra in einer anderen Versuchsgruppe zu verblüffenden Erfolgen geführt, aber ich lehnte ab – mit Rücksicht auf die Damen –, mir war nicht danach. Prof. Aebersoll gewinnt seinen Extrakt übrigens aus der Hypophyse von Föten, die nicht mehr gebraucht werden.

Scheußlich, sagte ich. Und sei es nicht Descartes gewesen, der diese kleine Drüse so geliebt habe?

Exakt, rief Landau. Hören Sie. Als ich damals, 1649, unerkältet und frei von Schnupfen, an meinen *Leidenschaften der Seele* schrieb, ehe mich die lästige Einladung der dummen Amazone Christine, Königin von Schweden, erreichte, konnte ich noch alle Lebensumstände estimieren. Meine Drüse funktionierte souverän und ließ die Lebensgeister nur so strömen… Ah, die Seele … ihr Hauptsitz ist die Zirbeldrüse.

Ich habe einmal gelesen, daß man Irren nicht widersprechen darf.

Leider, setzte Landau kummervoll hinzu, zeigten sich gewisse Nebenwirkungen.

Welcher Art, fragte ich. Wurde das Stück, zu dem Sie damals in Stockholm das Ballettlibretto schrieben, jemals aufgeführt?

Die Tänzer in Schweden, sagte Landau, hätten alle krumme Beine, und sie verrenkten sich wie die Gehirnwindungen der höfischen Philologen. Die Nebenwirkungen? Das Gedächtnis liefere alte Erinnerungen en masse, aber seine Kunst der Vorausschau habe gelitten, die Trefferquote sei im Verhältnis zur Qualität der Erinnerungskraft gesunken. Lassen Sie uns ein wenig Tempo vorlegen, sagte er plötzlich. In zehn Minuten wird eine gewisse Isabella oder Ida oder so ähnlich dieses Abteil betreten –

Da meldete sich wieder mein verfluchtes Darm-Hirn und wünschte Entlastung.

Mit wehen Hämorrhoiden kehrte ich zurück.

Kennen Sie Rogier van der Weyden, fragte Landau, bitte kurze Antworten.

Er sprach jetzt klar, kalt und gemessen und preßte die Lippen zusammen.

Nein, sagte ich, pardon, welches Bild? Ein spezielles?

Bildnis einer Dame, sagte er, so sieht diese junge Dame aus, ca. 26, und sie wird Ihre Geliebte.

Wie, was, wer, wo, wann, fragte ich geistesgegenwärtig.

In acht Minuten ist die Introduktion, sagte Landau und sah auf eine Uhr mit Stahlgehäuse, sollte mich die Kunst der Vorausschau nicht vollständig im Stich gelassen haben.

Ich bat um ein paar Details.

Sie haben sich doch immer eine Amour fou gewünscht, sagte Landau, eine unselige oder selige Leidenschaft, kurz, eine Passion, correct?

Ach ja, das stimmte. Schon als Kind hatte ich mir eine Passion gewünscht, bin aber über das Sammeln von Schneckenhäusern oder Muscheln nie hinausgekommen. Ja, eine Passion, dachte ich, eine Liebespassion wäre in meinem Alter das einzig Wahre.

Ist sie schön, fragte ich. Mir schwante, daß Landau einen Coup plante, einen Melatonin-Traum reproduzierte oder sich einfach einen schlechten Scherz mit mir erlaubte.

Landau sagte, ich solle nicht so töricht sein, an dieser seiner Vorausschau zu zweifeln, sie sei schön, und sie käme vielleicht in vierzig Minuten.

Plötzlich war er sich der Zeit nicht mehr gewiß, auch verdächtig.

Wie geht die Geschichte aus, Landau, bitte, fragte ich.

Sie lieben sich sehr, sagte Landau wie eine Zigeunerin über einer Kristallkugel, Sie werden sich hier über den Weg laufen, an diesem lauschigen Plätzchen à deux sein, Sie werden eine schöne und schlimme Zeit mit ihr haben; hüten Sie sich vor der Wohnung ihrer Grandmère in Neuilly, eine entsetzlich häßliche, alte Vettel und durchtrieben; aggressiv wie Satans Frau – sie füttert seit fünf Jahren Kakerlaken durch – ha! Jetzt dämmert's mir wieder ... Vermeiden Sie den Friedhof von Passy ... Da war doch noch etwas, ich komm nicht drauf, mir fällt im Augenblick nur ein, daß ich einmal die Teekanne La Mettries war. Kennen Sie die Geschichte?

Wie lange dauert diese Passion, fragte ich, und wann und auf welche Weise findet sie ein natürliches oder unnatürliches Ende?

Die Dauer läge an mir, sagte Landau, das Ende kenne er nicht, aber ein jedes Verlöschen einer Liebe sei ganz natürlich, darüber solle ich mir keine Sorgen machen. Sei etwas zu Ende, dann könne man nichts machen, sagte er, und ob ich ihm fünfhundert Franc leihen könne, aber tausend seien ihm lieber. Ich gab ihm zweitausend.

Ein Zettel flatterte aus meiner Brieftasche. Auf dem stand – ich las laut –: 23. November Sonja aus Jaroslawl.

Erst im nächsten Jahr, sagte Landau ärgerlich; ich brächte, wie es meine unglückliche Natur sei, immer alle Daten und Fakten durcheinander. Muß jetzt gehen, sagte er, nachdem er die Scheine deponiert hatte, ich wohne noch immer in der Rue Keppler numéro 12, Sie werden sich erinnern. Ihr Hotel dagegen befindet sich in der numéro 14, *compris*? Besuchen Sie mich einmal. Ich bin ein Liebhaber Rogiers, adieu. Und Landau verschwand.

Landau, rief ich, bevor er sich im allgemeinen Nebel auflöste, wie ist sie?

Kurz vor seinem endgültigen Verschwinden im Gang sagte mein reisender Freund: Sie hat ein linkes smaragdgrünes Auge und ein tiefbraunes rechtes, ihr Muttermal – leider kam uns ein Güterzug entgegen; ich verstand kein Wort.

17

Ich wartete. Hin und wieder beklagte sich der Magen mit kleinen Geräuschen, wie einem Glucksen oder einem Pilgerröcheln, der Darm respondierte nicht und schwieg beleidigt. Ich wartete auf die ominöse Isabella, entsprungen dem Gemälde Rogier van der Weydens, lebendig auf zwei Beinen, ohne Schleierhaube, aber vielleicht mit einem roten Gürtel wie auf jenem Bildnis. Ich aß ein Baguette und trank Tee; draußen, aber auch im Abteil, waberte hinter den gelben Seidenvorhängen Nebel. Ich sagte mir: Rationalität, meine Güte, was soll das!

Ein alter, boshafter Herr hat sich einen trüben, dummen Witz mit deinen Wünschen erlaubt. Was soll man mit Passionen? Damals glaubte ich nicht an einen *coup de foudre,* erinnerte aber nicht genau, ob Landau ihn nur erwähnt oder gar avisiert hatte. Ist ja etwas sehr seltenes, ein Wunder sozusagen.

Ließ ein paar Liebesgeschichten Revue passieren, die ich aus der Literatur kannte, Abaelard und Heloisa zum Beispiel, und auch Anna Karenina und den Grafen Wronski, der beim Rennen sein Pferd zuschanden ritt; dachte auch an den Schachspieler Lionel – vor einem Brett mit undeutlichen Konturen und verschwimmenden Figuren. So eine Ménage à trois damals in Dorpat war bestimmt aufreibend, unaufhörlich beobachtet, auch wenn sie nur Dame, Mühle oder Schach in geschlossenen Räumen spielten. Hätte ich eine schöne Schwester gehabt, dachte ich wehmütig, dann hätte sie mir alles zeigen können, was mir später versagt blieb.

Liebe als Passion, unmöglich. Bestellte beim Service noch eine Demi vom Château Margaux, als hätte ich etwas zu feiern. Der Magen reagierte freundlich, und das Darm-Hirn suchte keinen Streit. Liebe, dachte ich gerade, oder Liebesdispositionen sind eine Frage des Entschlusses, da öffnete sich die Abteiltür und – Isabelle erschien.

Sie hatte tatsächlich ein smaragdgrünes Auge und ein tiefbraunes; es war ein *coup de foudre*; Landau hatte mit den Details in allen Punkten recht, die Große Liebe dauerte drei Monate, so daß keine Veranlassung besteht, auf die Einzelheiten einzugehen. Passion ist Passion. Wir stiegen im Gare du Nord aus.

18

Über das *Bildnis einer Dame* von Rogier van der Weyden im Format 37 × 27 cm auf Holz schrieb der Kunsthistoriker Antonelli, der das Objekt seiner Begierde in Washington besucht hatte und nach einem Autounfall erblindete, in einem zu Herzen gehenden Stil:

Eine eigenwillige und schöne Persönlichkeit begegnet uns in diesem Damenbildnis. Die elegant gekleidete Frau sieht den Betrachter nicht an. Mit einem hintergründigen Blick schaut sie unter halb gesenkten Augenlidern nach unten. Ihre Physiognomie mit den vollen Lippen und der markanten Wangen-Kinnpartie ist individuell, und doch, wie auf allen späteren Bildern Rogiers, auf eindrucksvolle Weise abstrahiert und stilisiert. Sie trägt keine burgundische Mode, statt dessen ein tief ausgeschnittenes Kleid mit weichem Kragen, dunkel wie die Nacht, das unter der Brust durch einen roten Gürtel mit goldener Schnalle zusammengehalten wird.

Die Dame bewahrt mit maliziösem Lächeln ihr harmonisches Gleichgewicht in einem exakt berechneten Bild-Universum ohne Hintergrund.

Antonelli schwärmt am Ende seiner Betrachtung, die er gottlob noch vor dem Unfall niederschrieb, vom Goldenen Schnitt an der Unterkante des Bildes, stellt einige Berechnungen über die Schnittpunkte imaginärer Quadrate an und kehrt zu ihren Augen zurück, die auf diesem Meisterwerk braun sind.

Nie würde er die Augen von Isabelle sehen; ihr rechtes Auge war braun wie das der Dame Rogiers, das andere smaragdgrün. Schloß meine Geliebte das linke Auge, strahlte ihr rechtes in einem warmen Glanz, tiefbraun mit einem bläulichen Emaille-Schimmer. Öffnete sie nur das mit der giftgrünen Iris, war der Blick so kalt wie der Morgan la Fays, der bösen schwarzen Königin.

Wir stiegen im Hotel Keppler ab, in einem recht schäbigen Doppelzimmer mit Aussicht auf den Innenhof und laut. Die Gerüche der Küche krochen aus dem Erdgeschoß nach oben. Über unseren Köpfen wohnte eine Schar junger Engländerinnen, die wie eine Horde Soldaten stampfte.

Wir tauschten uns aus und entdeckten, daß unsere Biographien nicht besonders interessant waren.

Ich erfuhr, daß auch sie einmal Buchhändlerin gewesen war und jetzt in einer Berliner Galerie arbeitete. Sie wolle sich in deren Auftrag um unentdeckte, junge Talente kümmern und – privat – um ihre französische Grandmère, eine uralte Dame namens Claire, die in einer riesigen Wohnung in Neuilly lebte.

Ich sagte, ich hätte einige Erfahrung mit alten Damen und sei ihr gern behilflich, ja, alte Damen seien meine Spezialität und fräßen mir zutraulich aus der Hand.

Die nicht, sagte Isabelle, richtete ihren schönen Oberkörper auf und sah mich neugierig mit ihren zwiefarbenen Augen an.

Die frißt dir nicht aus der Hand, sagte sie, sie schnappt danach, mein Lieber, laß uns an etwas anderes denken. Und dann griff sie nach mir, und der schöne Tumult begann abermals.

Mit einem Buchhändler im Bett, sagte sie danach und kniff ihr braunes Auge zu, einfach furchtbar.

Pardon, sagte ich, liebste Isabelle, ich bin Schriftsteller.

Du und ein Schriftsteller, rief sie, niemals!

Seufzend erzählte ich ihr vom Auftrag Lionel und legte ihr, auf dem Rücken liegend, meine Idee vom transpersonalen Familienroman in der Form lauter Finale dar. Sie war entzückt. Wir werden gemeinsam recherchieren, sagte sie, sprichst du Französisch?

Leider nicht mehr als mangelhaft.

Ich werde deine Dolmetscherin sein, sagte sie, aber vorher besuchen wir Claire, und ich muß eine plausible Erklärung erfinden, warum ich nicht bei ihr logiere. Und du willst deinen Familienroman in diesem Zimmer schreiben?

Vor dem Bad stand ein winziger Tisch mit einem zu kurzen Bein. Man müsse improvisieren, sagte ich. Und wir improvisierten.

19

Grandmère Claire, nie werde ich dich vergessen. Noch auf dem Totenbett, Krankheit und Zustand gleichgültig, werde ich mich an deine weiß-gelben, halbmondförmigen Augen erinnern, an deine Warzen im Gesicht, asymmetrisch, an deine gichtigen, eiskalten Finger, die übermäßig langen Daumennägel, blau im bleichen Fleisch – sie pflegte mit ihnen altersschwache Kakerlaken zu zerquetschen –, und an deinen Ebenholz-Stock mit dem Knauf aus Silber in der Form eines Adlerschnabels.

Sie empfing uns nach einer kurzen Taxifahrt und kam sofort zur Sache.

Die Enkelin müsse bei ihr wohnen, sagte sie bei einem bitteren Tee. Die alte Claire sprach fließend Deutsch mit leichtem Akzent, schnaubte durch ihre bewegliche Knopfnase und murmelte halblaut irgendwelche Flüche oder Verwünschungen. Wir saßen auf einer schäbigen Ledercouch, Claire räkelte sich in einem riesigen Ohrensessel in einer undefinierbaren Farbe, ihren Stock zwischen den Beinen.

Eine erstaunliche alte Dame mit winzigen Füßen in violetten Pumps, die Beine dünn wie skelettiert, Hintern – und Beckenpartie breit, dann (von unten nach oben) folgte ein großer Busen, und auf ihren Boxerschultern thronte der kleine, bleiche Schädel mit einem blutroten Mund. Ihr Gebiß war bemerkenswert gelb.

In der Wohnung mischten sich Chemikalien- mit schweren Parfumdüften, und mir fiel eine Gedichtzeile des Schlesischen Schwans ein: Dringt ein Duft aus der Gruft …

Und Sie sind, fragte sie plötzlich, – was?

Un écrivain, sagte ich.

Ach was, *merde,* sagte sie, es gibt keine mehr. Proust war einer, Anatole France vielleicht auch, nach Anlage Roger Peyrefitte, aber die Schwulen kümmerten sich nie um einen persönlichen Stil, wie man auch an Maurice Sacks sehen könnte; und das Hotel sei viel zu teuer. Wir würden bei ihr wohnen. Eine Madame Sourent werde kochen, natürlich schlecht, aber dafür nahrhaft. Und getrennte Zimmer, das sei eine Selbstverständlichkeit bei einer Jungfrau wie Isabelle, *une vièrge,* leider, Monsieur! Sie sei ihr Augapfel und Schätzchen, und kein *Boche* dürfe sie berühren. *Les Boches,* sagte sie giftig, Drecksvolk das! Plötzlich bohrte sie mir die Spitze ihres Stocks – das stählerne Äquivalent des Adlerschnabels – in den Schritt, wobei sie nur um Zentimeter meine entsetzten Testikel verfehlte.

Der, sagte sie und zeigte mit dem linken Zeigefinger auf mich, ist kein Schriftsteller, der ist ein Betrüger, *un tricheur*! Zufrieden meckerte sie vor sich hin. Isabelle fixierte mich mit einem grünen und einem braunen Auge.

Dann kam die Nacht der Nächte.

Gegen Mitternacht schlich ich in einem nagelneuen seidenen Pyjama und Saffianpantoffeln zu Isabelle und wurde im Flur vom alten Reff erwischt; da stand sie in einem pinkfarbenen Morgenrock und richtete im trüben Licht einer Sparbirne an der Decke ihren Stock auf die Mitte meines Leibes.

Roué, blökte sie, *crétin*! und stieß zu.

Zwei Türen öffneten sich, eine gewisse Symmetrie entstand – in der rechten Tür stand meine Geliebte in einem Babydoll extra für mich, in der linken erschien Madame Sourent aus der Touraine und lächelte süß.

Gib's ihr, rief sie melodisch.

Nimm dich in acht, rief Isabelle, sie kann fechten!

Die tapfere Dame focht aber nicht, ihr war nach Stoßen.

Mir gelang eine Riposte mit einem alten Regenschirm, den die gütige Garderobe für mich zur Verfügung stellte.

Ich traf sie in den Bauch. Sie war stark im Nehmen, und die Spitze des Stockes stach in meine rechte Schulter. Ich weiß nicht mehr genau, wann die Birne ihren schwachen Geist aufgab; sie platzte in dem Augenblick, als ich den Gegner auf allen Vieren kriechend unterlaufen wollte.

Es war nicht gerade stockdunkel – aus den Zimmern der beiden Damen drang ein bißchen Licht, aber gut sehen konnten die Duellanten auch nicht.

Hussa, schrie die Köchin.

Bring sie zu Fall, schrie mein Geliebte, sie ist nicht gut zu Fuß! Der muskulöse Oberkörper ist alles, was sie hat. Mach's über das Ginstergestrüpp …

Später erklärte mir Isabelle, daß ihr der korrekte Ausdruck für Beine nicht eingefallen sei.

Claire brachte sich eigenhändig zu Fall; sie stolperte über den Körper des Roué, der wie eine ängstliche Kakerlake herumkroch. Ihr Körper war überraschend schwer und weich. Sie lag vollständig auf mir, und wir nahmen die Position eines Kreuzes ein. Keinen Augenblick versäumte sie, den Stock effizient zu benutzen. Sie mochte um die 70 Kilo wiegen. An Flucht im geläufigen Kriechgang war nicht zu denken. Sie grunzte in grenzenloser Wut und stach mit dem Stock nach imaginären Feinden. Dann gelang es mir endlich, ihr heißes, dickes Handgelenk mit beiden Händen zu umklammern, um dem verfluchten Stock zu entgehen, da wurde ich mit einer alten französischen Spezialität bekannt, einem Kopfstoß von oben, der den dunklen Flur mit Sternen illuminierte.

Hab ich dich erwischt, Roué, murmelte die alte Dame.

Sie atmete schwer und löste sich vom halbseidenen Liebhaber, dessen Pyjamahose in den Kniekehlen hing. Kaum stand sie auf den dürren Beinen, wollte sie mir den Gnadenstoß versetzen – aber Isabelle, die sich gefaßt hatte, entwand ihr die Waffe.

Die Duellanten wurden in verschiedene Zimmer geführt.

Claire stieß obszöne Flüche aus, der ramponierte Randolf murmelte Ungereimtheiten.

An Liebe war in dieser Nacht nicht mehr zu denken.

Die Liebe, sagte ein zu recht vergessener Dichter, ist ein Paradiesgärtchen, aus dessen Humus seltsame Pflanzen und bunte Blumen sprießen etc., genug der Metaphern, in unserem Garten war der Wurm.

Das Schicksal nahm seinen Lauf – eine geläufige Satzformel, die ich einem Schundroman Vanessas entnehme, weil man sich damit viel Aufwand erspart.

Zwar überlebte ich das Duell der ersten Nacht, aber danach waren meine Nerven beschädigt.

20

Eine Grande Passion hatte ich mir anders vorgestellt.

Ich glaube, wir trugen die alte Dame zu dritt in ihr Bett, wo sie in der Obhut der kleinen Sourent brav liegen blieb, mit dem Gebiß klapperte und fauchende Anfälle von Asthma erlitt, wie ein wütender alter Mops.

Isabelle sagte, es sei im Augenblick für alle Beteiligten am besten, wenn ich mich wieder im Hotel Keppler einquartierte und die weitere Entwicklung abwartete. Wir könnten ja zur Not telephonieren.

Du bist vielleicht eine nervöse Natter, sagte sie zum Abschied, bist du wirklich gesund?

Ich zitierte Ceronetti: Die Gesundheit ist ein bedenklicher Zustand des Menschen, der nichts Gutes verheißt. Ergebene Grüße an Grandmère.

Im Hotel schlief ich mich aus und besuchte zur Mittagszeit des nächsten Tages das Antiquariat Monier in einer kleinen Straße hinter der Rue de Lille, in einer leichten Tasche Eckermanns Seidenmappe mit seinen Memoiren.

Monier war ein großer, stattlicher Mann, rosig und glattrasiert, der sich im Laufe seines Lebens mühelos acht Sprachen einverleibt hatte.

Lionel K., sagte er befriedigt, ein großer Romantiker, ganz gewiß, freilich nur unsterblich geworden durch sein Gambit.

Wer, fragte ich, hat 1853 seinen Pariser Nachlaß aufgelöst? Monier blätterte in einem dicken Folianten.

Mein Großvater, sagte er, hat einmal vor langer Zeit eine Art Journal oder ein Tagebuch erworben, aber bitte – zwei Kriege –, leider fände er keine Aufzeichnung über dessen Erwerb.

Bitte, Monsieur Monier, sagte ich, es könnte in der Tat sein, daß ein Journal Lionels existierte?

Das wäre möglich, sagte Monier, aber die Suche im Laden und in den alten Kellern sei so gut wie aussichtslos, und er sei, was die Arbeit betreffe, mitten im Frühjahrskatalog.

Vielleicht könnte ich eine kleine Recherche ... fragte ich.

Impossibile. Monier ließ niemand an seine Schätze.

Da zeigte ich ihm die grünseidene Mappe mit den Spinnweb-Buchstaben Eckermanns *Erinnerungen an meine Kanarienvögel.*

Monier las den schönen Titel und ließ seinen Unterkiefer hängen wie eine Schlange, die ein Kaninchen herunterwürgen will.

Mein Gott, sagte er heiser, das ist noch nicht möglich... Aus wessen Besitz? Hoffentlich seriös? Und wie erworben?

Nachlaß einer toten Tante, sagte ich, Vorbesitzer nicht bekannt.

Bestimmt eine Fälschung, sagte er, aber schon die Idee allein sei bestechend, und, sollte die Fälschung makellos sein, das Papier aus der Zeit, dann könne man einen guten Preis aushandeln, ohne einen der Autographenhändler zu bemühen. Wenn Sie über den großen Schachmeister recherchieren, sagte Monier, dann kennen Sie doch gewiß das Schicksal seines Arztes, des Dr. Arthur v. K.?

Flüchtig, sagte ich ausweichend, warum er frage.

O, sagte der Antiquar mit einem gewissen Enthusiasmus, dieser Seelendoktor habe ein interessantes Leben hinter sich gebracht als einer der destruktivsten Psychiater seiner Zeit, begünstigt durch eine ingeniöse Erfindung nach seinem Unfall im Seelenlabor.

Ich fragte, was dem armen Arthur zugestoßen sei.

Traurige Geschichte für einen Mann in den besten Jahren, sagte der mitfühlende Monier, eine weibliche Dogge habe ihn mit einem Biß kastriert, danach sei er schwermütig geworden, exakt bis zum Auftauchen Lionels, an dessen Therapie er gänzlich scheiterte; aber dieses Scheitern habe eine positive Wirkung auf Arthur gehabt, die zuguterletzt Aphrodite erzeugte, eine Schönheitscrème von fulminanter Kraft.

Wie bedauerlich, sagte ich, daß Arthur nichts Schriftliches hinterlassen habe, ein Tagebuch, ein Journal oder Briefe über seine Forschungen.

Ein Tagebuch, sagte an diesem glücklichen Tag Monsieur Monier, existiere in der Tat, geschrieben im Gefängnis.

Ich weiß genau, daß ich mich auf einen Stapel ziegenlederner Folianten setzen mußte.

Sie sitzen auf den Memoiren des Kindermörders Gilles de Rais, kongenial von Pubus mit Stierblut koloriert, sagte Monier vorwurfsvoll.

Mein lieber Monier, sagte ich und verließ die Folianten, Sie sind ein Füllhorn wichtiger Informationen – bitte, wo sind Arthurs Papiere?

Es ist immer angenehm, sich mit Antiquaren zu unterhalten. Sie mögen nur alte Bücher, auf deren Blütenstaub sie fliegen, und sie hassen, wie ich übrigens auch, uniforme, in Präservative geschweißte Neuerscheinungen, die ausnahmslos aussehen wie Suppendosen im Supermarkt.

Diese Dossiers, so sagte Monier zu meiner Enttäuschung, die Arthur-Papiere, also ein Sträußchen liederlicher, nie geordneter Blätter, die Psychoblätter, befänden sich seit langer Zeit im Keller unter Schichten von alten Zeitungen und Rezeptblöcken.

Vergessen wir Eckermann, sagte ich, vergessen Sie Ihren Frühjahrskatalog, oder rechnen Sie die schönsten Posten Ihres Kataloges auf und runden Sie die Summe nach oben ab, aber ich flehe Sie an – recherchieren Sie diese kostbare Doppellast der Vergangenheit, die historisch so unendlich bedeutsam ist, nicht nur für mich, sondern auch für Frankreich.

Geldgier und Nationalstolz gaben den Ausschlag. Monsieur Monier überschlug eine hektographierte Fassung seines Katalogs, unterhielt sich lange mit seinem Taschenrechner, der melodische Töne wie eine singende Maus von sich gab, und nannte mir endlich eine Summe, die akzeptabel war. Wir verabschiedeten uns sehr herzlich, war es doch für alle Beteiligten, inklusive Lionel und Arthur, eine höchst befriedigende Begegnung gewesen.

Gott denkt, aber der Antiquar lenkt, glaube ich.

Ende November überreichte mir Monsieur Monier in seinem Antiquariat mit triumphierendem Lächeln ein paar Blätter mit Stockflecken in einer Plastikfolie.

Es war, sagte Monier, eine ermüdende und staubige Jagd im Keller, die ich nur unterbrach, um meine greise, leider hoffnungslos demente Schwester auf dem Friedhof von Passy zu begraben, aber letzten Endes erfolgreich, die Jagd unter den Pranken des *lieu des mémoires*, dem Schutzgott aller Antiquare. Die Lionelpapiere fand ich in einem Jahrgang der *Baltischen Schachblätter*, die Notizen des verrückten Arthur v. K. – großer Autographenwert, doch wohl hoffentlich nicht ein enger Verwandter –, in einer Sammlung von Lithographien nach Gemälden des genialen Hundemalers Eugen le Bon.

Wir tranken aus Wassergläsern einen Roederer Cristal, um die gelungene Recherche zu feiern.

Es sind Schätze, sagte Monier und rieb sich die grauen, kleinen Hände, nicht so sehr die Experimente, die Ihr Vorfahr in einem eigentümlichen Stil schrieb, der medizinhistorisch interessant ist, sondern die leider spärlichen Aufzeichnungen des großen Schachspielers.

Ich schaute entzückt auf die alten Blätter, die ein bißchen nach Fisch rochen.

Dieser Geruch ginge allein von den Arthur-Notaten aus, sagte Monier, und sehen Sie die beiden Briefe im Lionel-Konvolut? Der eine ist von Musset und der andere von Nerval! Hoher Autographenwert. Und auch ein dritter Brief sei vorhanden, von niemand geringerem als dem Erfinder des Fleischextrakts, Liebig, gerichtet an Dr. Arthur v. K., die beiden anderen natürlich an den Champion.

Es muß, sagte er, eine wirklich große und glückliche Zeit gewesen sei. Der Doktor verlor übrigens seine Approbation aus unbekannten Gründen kurz nach der Februarrevolution. Nach ein paar Textproben von Lionel sagte ich unbedacht, das sei der Anfang meines Romans, exakt in diesem Stil könnte man anfangen.

Sie wollen wirklich, fragte er argwöhnisch, eine Romanbiographie Ihres Verwandten verfassen? Ist das nicht ein bißchen sehr zurückgewandt, altmodisch, und – können Sie überhaupt Schach spielen?

Leider nicht, Monsieur, sagte ich; seine Frage sei absolut berechtigt, aber ich hätte mir ein Buch von einem gewissen Lissowski besorgt, leider in polnischer Sprache, mit dem schönen Titel *Zagadka Lionel K.ego,* also Rätsel oder Geheimnis K., und ich müsse nur noch Polnisch lernen, um dem großen Thema gerecht zu werden.

Monier sagte begütigend, er habe ja nur gefragt. Dann wurde seine Miene düster. Die Eckermannschen Kanarienvogel-Erinnerungen seien leider eine Fälschung, freilich aus der Zeit, im Tonfall stimmig, sogar das Papier, aber inhaltlich – und Monier hob einen Zeigefinger – ganz unmöglich …

Datiert sind die Erinnerungen auf das Jahr 1827, und da heißt es an einer Stelle: – brachte Goethe einen jungen Kuckuck, der aus einem Grasmückennest gefallen war, und er brachte dem Vogel ein nicht gelindes Interesse entgegen. Zeigt sich doch, sagte er wohlgefällig, immer wieder ein ehernes Gesetz, daß nämlich die Gestalt die Lebensweise des Tieres bestimmt. Betrachten wir nun den Kuckucksvogel als ein Zerrbild des Menschen, denn alle Tiere sind Zerrbilder des Menschen, dann ist dieser Vogel und seine Aufzucht durch kleinere Vögel eine mindere Approximation an das Bild der Erziehung schlechthin – usf.

Und der Schlußsatz lautet: Sodann fiel der große Mann majestätisch auf den Rücken, wo er ruhig und gefaßt liegenblieb, während seine rechte Hand beredt sich bewegte … Verstehen Sie, was ich meine? Nach einer Handschriftenanalyse wisse man mehr, aber er sei bereit, dieses Kuriosum zu erwerben.

Für seine staubige Keller-Recherche zahlte ich 4000 Francs und schenkte ihm unbesehen Landaus *Meine Reinkarnationen*. So erfreulich diese Geschäftsbeziehung mit Monsieur Monier auch sein mochte, so bitter sollte sich dieses unbedachte Geschenk rächen. Im Englischen heißen solche Gaben nicht umsonst *gift*.

Vicovic 7

Auf die Frage Vicovics, ob er den Onkel in der Anstalt des Dr. Wachs besuchen dürfe, wurde sofort sehr zuvorkommend erwidert. Bring mir, schrieb der manische Marek, um Himmels willen einen Edding 850 mit, ein Stahllineal und eine internationale Literaturgeschichte, ich muß etwas überprüfen, Gruß Marek.

Die Enge und die Atmosphäre im Haus erinnerten Vicovic stark an seinen Dienstverkehr in den Zügen. Sozusagen viele Passagiere, aber nicht in Straßenanzügen, sondern in Nachthemden, an den Füßen karierte Pantoffeln, auf denen sie in endlos langen, mit grauem Linoleum belegten Gängen saßen, standen oder liefen. Mehr machten die Irren nicht. Seltsam, dachte Vicovic, ich hatte sie mir irgendwie lebhafter vorgestellt. Dr. Wachs, immer heiter, einen potentiellen Kandidaten zu sehen, erläuterte seine Therapie. In den Nachthemden und dann noch Pantoffeln wähnten sich die Patienten in einem Traum mit lauter Gespenstern, und das habe eine sedierende Wirkung; sie gingen leise und suchten immer nur den Ausgang, ohne die anderen Gespenster zu stören. Leider sei er an der Einführung von Kapuzen gescheitert; es hatten sich Karambolagen und andere Unfälle ergeben.

In einem Klosett ohne Tür fand Vicovic auch glücklich den Onkel Marek in einer farbenfrohen Zeitschrift lesend. Sein Nachthemd war hochgeschlagen.

Grüß dich, sagte der Onkel, habe eine Obstipation, es wird dauern, es ist dies alles eine Frage der Zeit, aber du kannst mit mir warten.

Danke, sagte Vicovic. Die Situation war ihm peinlich, denn er verehrte den großen Leser.

Hast du mir die Sachen mitgebracht, fragte Marek und drückte mit einem dezenten Stöhnen.

Vicovic überreichte ihm eine Plastiktüte, in der sich folgende Objekte befanden: ein Lineal aus edlem Stahl, 30 cm, ein extra breiter Marker, Farbe grün, und eine fette Geschichte der Weltliteratur auf deutsch. Onkel Marek küßte das Lineal und warf den grünen Marker voller Ekel zwischen seine unbehaarten Beine ins Klosettbecken. Mit dem alphabetischen Lexikon der Weltliteratur war er zufrieden.

Verlag Kröner, sagte er zufrieden, seriöse Firma, kenn ich. Aber bring mir doch bitte beim nächsten Besuch, der immer auch ein Versuch ist, sich mißzuverstehen, den Edding 850 mit, der zum Streichen und Einschwärzen der Materie besser geeignet ist.

Seine tragische Liebe zur Literatur riß Vicovic zu der Frage hin, was der Onkel mit der Literaturgeschichte in Kombination mit Lineal und einem schwarzen Edding 850 vorhabe.

Ich will, sagte Marek, jene Autoren auf ewig tilgen, die da meinen Gedächtnispalast besetzt halten, sozusagen ein Rausschmiß unliebsamer Gäste…

Ich verstehe, sagte Vicovic, zu viele unliebsame Gäste sind lästig, nicht wahr?

Dein Verständnis erfreut mein altes Herz, sagte Marek und preßte, die rechte Hand ans Herz gedrückt.

Warum liest du, um Gottes willen, bunte, kakelbunte Zeitschriften und dann noch den Playboy, fragte Vicovic.

Es seien da Mädchen abgebildet, sehr bunt und auch formenreich, kurz, überaus anschaulich, und es gäbe, anders als in der Literatur, eine Art Evidenz, die – so weit kam Marek immerhin. Schon gut, sagte Vicovic. Das Problem mit der Anschaulichkeit von Mädchen ginge ihn nichts an; er hatte Eva, immer mehr Eva. Sie wog jetzt 80 kg. Marek, fragte er mit großem Ernst, du hast doch unglaublich viel gelesen... Du hast ganze Literaturen verschlungen auf einem Sitz ... was ist von einem Familienroman zu halten –?

Der Onkel wurde blaß um die Nase. Ein gewaltiger, nach Sulfur duftender Furz entfuhr ihm in einer Kaskade aus gleich runden Tönen, und er sagte: Pardon, Jaroslav, ich denke, es kommt.

Hat, fragte der erkenntnisdurstige Vicovic, deine Verstopfung etwas mit dem Lesen zu tun? Sag's mir.

Ah, sagte Onkel Marek wollüstig. Er richtete seinen Oberkörper auf wie ein König, der Untertanen empfängt. Die Antwort des Onkels nach der Erleichterung fand Vicovic als Leser und Autor eines Familienromans ein wenig unbefriedigend. Das Lesen war, sagte Marek, ein verzehrendes Verlangen. Andere Naturen als ich haben ein Verlangen nach Frauen, Alkohol, dem Sternenhimmel, den Tiefen der Südsee oder der Kopulation mit Tapirweibchen; bei mir ist es das Schlingen und Schlucken von Büchern, eine Droge ... eine Betäubung – bitte ein bißchen Klopapier von der Rolle rechts neben dir –, und es hat irgendwie nicht meiner Persönlichkeit geschadet, ist mir aber auf den Magen geschlagen und führt nun in jeder Beziehung zur Verstopfung.

Vicovic suchte nach seinen Zigaretten, fand die Schachtel und rauchte. Onkel, sagte er, bewunderter Assimilator, ingeniöser Verzehrer der Literatur – was ist für dich speziell der Familienroman? Onkel Marek saß sehr entspannt auf dem Klosett und erinnerte Vicovic an Randolfs würdige Haltung auf der Zugtoilette.

Jaroslav, sagte der Onkel, während er sich mit kontemplativer Miene den Po putzte, fast alle Romane sind irgendwie Familienromane – hast du das nie bemerkt?

Ein Herr mit Ziegenbart trat vor die Kabine.

Ich muß, sagte er streng und meckerte traurig.

Besetzt, wie Sie sehen, sagte Marek streng. Das war, fügte er hinzu, der berühmte Computerspezialist Honzatko, der sich einmal selbst programmierte und darüber, absolut zu Recht, wenn ich seinen Klagen Glauben schenke, wahnsinnig wurde.

Vicovic wollte nicht unhöflich sein. Aber die Idee des Familienromans hockte in seinem Gehirn wie in einem großen Haus mit einer unabsehbaren Zahl von Zimmern, Kammern, Gelassen, Sälen und Fluren.

Was ist, bitte, Onkel Marek, flehte Vicovic, der Zusammenhang zwischen Familienroman und –

Mein schönstes Erlebnis, erwiderte Onkel Marek und furzte noch einmal behaglich, war meine Zeit in Zermatt – Alpen, Schnee, Berge, ein hübsches Hotel, und ich mit Marcel Proust ganz allein. Und dann die Lawine, die uns verschüttete, einfach herrlich, das reine Glück. Nur der Portier, der leider kein Leser war, und ich blieben zurück... Vicovic war erschüttert irgendwie. Lawine auf Hotel und dann mit diesem Proust ganz allein.

Er wagte die zarte Bemerkung, daß er nun vollkommen verstünde, warum Marek zum Playboy greife ... eine Art Konversion. Vicovic hatte in einem Fremdwörterbuch gewildert, um Onkel Marek ein bißchen gewachsen zu sein. Er fand die Reaktion des Onkels merkwürdig.

Der Onkel furzte noch einmal und sagte: Höre zu, Idiot, Marcel Proust ist einer der größten Schriftsteller der Welt. Ich habe da unten, behütet von Schneemassen, die *Recherche du temps perdu* gelesen. Es waren die schönsten Tage und Wochen meines Lebens.

Vicovic gab nicht auf. Er reichte dem Onkel eine neue Rolle Klopapier zur Reinigung aller Ausgänge, entschlossen, seine letzte Frage nur ein einziges Mal zu stellen, unabhängig von den Folgen intestinaler Prozesse, und fragte noch einmal nach dem Familienroman und seiner Bedeutung in der internationalen Literatur. Sie bestehe – in toto – immer unweigerlich aus Beziehungen, Verknüpfungen, Kombinationen zwischen Menschen, Schwestern, Brüdern, Söhnen und Töchtern, Vätern und Söhnen, Müttern und Töchtern, Müttern und Söhnen, Großvätern und Großneffen, Onkels und Tanten, Cousins und Cousinen – und dann auch zwischen Bekannten und auch Unbekannten, kurz, es seien immer Familiengeschichten, vorausgesetzt, daß auch die unbekannten Personen sich in einer schönen Intrige kennenlernten, sich liebten und trennten; es dürfe aber nicht so zugehen wie im gewöhnlichen Leben.

Soll ich einmal diesen Proust lesen, fragte Vicovic. Er war enttäuscht von Onkel Marek, der sich nackte Weiber im Playboy betrachtete und der Literatur untreu wurde.

Des Onkels Erwiderung war abermals eine gelinde Enttäuschung: Lies, was du nicht lassen kannst, sagte er, warum nicht auch den lieben, alten Proust, aber bring mir doch bitte beim nächsten Besuchs-Versuch, wenn sich das Verständnis füreinander vertieft haben wird, den letzten Stephen King mit, aber als Taschenbuch, das ist billiger.

Dr. Wachs erschien lautlos, als der arme Vicovic das türlose Klosett verließ. Eine hochinteressante Unterhaltung, sagte er, die ich anhören durfte. Unsere Patienten tragen ein kleines Mikrophon in der Brusttasche ihrer Nachthemden, die weit empfindlicher sind als sie selbst. Mit Vergnügen – als Leser, Therapeut und Mensch – durfte ich vernehmen, daß sich Ihr Onkel auf dem geraden, aber immer noch dornigen Weg zur Besserung befindet. Seine cerebrale Obstipation nimmt offenbar in einer harmonischen Proportion zum Mangel am Weltinteresse ab, ja, ab, wie so vieles, sagte er sehr abwesend, gewissermaßen mit dem linken Ohr, während er über das rechte einem Stöpsel lauschte, in dem wahrscheinlich ein Chor kleiner, gefangener Stimmen zu hören war.

Pardon, mein Freund, sagte er zu Vicovic und reichte ihm eine heiße, weiche Hand, kommen Sie bald wieder, Sie sind ein Gewinn für jede Anstalt ... ich muß leider in Trakt vier – das ist die Abteilung mit den verschließbaren Toiletten, wo soeben Prof. Honzatko mit Hilfe eines Kabels einen nicht sehr erfolgreichen, aber immerhin sportlichen Selbstmord verüben wollte – an einer Türklinke, ein schöner Einfall, alle Achtung –, übrigens hat Ihr liebenswürdiger Onkel die Geschichte nicht korrekt wiedergegeben ... Honzatko gab die Frage, schlicht aber existentiell, in seinen Computer ein – Wer bin ich, wenn ich Honzatko bin? –, und er bekam aus aller Welt derartig widerspruchsvolle Antworten, daß sein System zusammenbrach. Leben Sie wohl, mein Freund, und achten Sie immer auf die richtigen Fragen.

Im Flur begegnete Vicovic einem großen Herrn, selbstverständlich in karierten, in diesem Fall hochgeschlossenen Pantoffeln, der unter seinem Nachthemd einen Wintermantel mit Pelzkragen trug.

Ungewöhnlich, selbst hier, dachte Vicovic. Der Herr fixierte ihn mit der Entschlußfreudigkeit eines Reptils. Er sprach: Ich kenne Sie. Vicovic wurde blaß; der Linoleumboden schien sich zu öffnen. Das war der Herr Landau, der große Magier, der Reisende und Seelenwanderer, die Teekanne Lamettries (wer immer das war), der Geruch von tausend erledigten Existenzen. Er stammelte vor Entzücken: Landau, Sie sind Landau.

Lassen Sie die dummen Formalitäten, sagte Landau,

geben Sie ihre Existenz auf, reisen Sie sofort nach Paris und suchen Sie den Antiquar Monier auf, erwürgen Sie ihn wie den Ganter, der François hieß, und rauben Sie mein Manuskript *Meine Reinkarnationen,* danach trennen Sie sich von ihrem fetten Weibchen Eva; Milan, nebenbei, wird wieder sitzenbleiben, lesen Sie aber seinen Aufsatz, das ist wahre Besinnungsethik im Intimen – und schreiben Sie meine Lebensgeschichte. *Bon soir,* ich muß jetzt auf die Toilette. Es liegt am Essen. Entweder Obstipation oder Diarrhöe, aber das ist alles eine Frage des Konsums.

Vicovic benötigte fünf Pils in der nächsten Kneipe, um sich von der Anstalt, Marek, den Toiletten und Landau gänzlich zu erholen.

21

Im Hotel Keppler las ich die zwei Blätter Lionels; als Held aller seiner Eröffnungen, des speziellen Gambits und der Rochaden schrieb dieser freie Geist von sich in der dritten Person Singularis, was für das Sujet immer gut ist und der Objektivität auch nicht schadet:

Im Jahre 1849 litt der Dorpater Schachspieler Lionel K. an einer gewissen Blödigkeit des Kopfes, einem sehr störenden arhythmischen Bauchklopfen – mir klopft das Herz immer in der Bauchgegend! – und an einer langwierigen Obstipation nach einem Lammgericht im Hinterzimmer des Café de la Régence.

Immer wieder drängt sich das kommende Simultanspiel gegen sieben mittelstarke oder mittelschwache Gegner auf, je nachdem, wie man es sieht. Ein Remis wäre keine ausreichende Leistung, aber zuerst muß ich die zentrale Störung verbannen. Auch muß ich herauskriegen, was es mit meinen Absencen auf sich hat, die mich zum Erbarmen oft aus heiterem Himmel heimsuchen; dann ist im Kopf ein glühend schwarzer Abgrund, wie in einem bösen Traum.

Ich muß einen der Seelendoctores aufsuchen, die sich in Paris so stark vermehrt haben. Ich könnte auch Dr. Arthur v. K. konsultieren, der sogar einen Bassett von seiner Schwermut hat heilen können, aber Verwandten sollte man auch im Ausland aus dem Wege gehen, obwohl es nun doch interessant wäre, seine schöne Geliebte kennenzulernen, die den sprechenden Namen Sirène trägt, und vielleicht würde mir weibliche Gesellschaft gut tun. Sind's die Millionen Kombinationen, die Lionel verwirren? Ist es gar eine geistige Indisposition oder eine seelische Verstimmung? Ach was, Seele gibt's nicht, es gibt nur den Geist, der in einem unzuverlässigen Körper wohnt.

Aber warum werde ich vom Geist, d.h. von Verstand und Vernunft, verraten an die Seele, die nicht existiert; ein Gefühl oder ein Vorgefühl, so zeichenreich und hysterisch wie ein Bienenkorb im Frühling. Und warum ist mein Gehirn voller Aufruhr bis zur kalten Gehirnhaut, während mein dummer Darm träge und selbstbewußt in sich selbst ruht und nicht das geringste erwünschte Zeichen für eine Erleichterung aussendet?

Muß Kutteln essen! Die Substanz, die Konsistenz und der Geschmack sind so widerlich, zumal in der strahlenden Beleuchtung des Cafés, das sich Lionels Gehirn vielleicht durch einen Ekelanfall regenerieren könnte. Schön und nützlich wäre auch ein Bordellbesuch, hat der Spieler doch seit Dorpat keine nackte Frau gesehen, aber denkt Lionel an die Kosten einerseits und die albernen, immergleichen Kombinationen andererseits, ist Erlösung auch dort nicht zu finden.

Habe einen Doktor der englischen Ärztekolonie besucht, Herrn Blythe, physiognomisch ein Satyr oder Nöck, intellektuell eine Laus und professionell ein Idiot, obwohl das, was er sagte einleuchtend klang: K's Leiden ginge zurück auf eine Eigenmächtigkeit des Magen-Darm-Hirns; an so eine Kombination, das Naheliegende denke der Patient nie, sagte Blythe, und der Vagus leite die Störungen von oben nach unten über die motorischen Nervenfasern. Wer hätte das gedacht. Ich dachte noch, daß die Naturwissenschaft gewisse Fortschritte gemacht hat. Ich müsse viel Vichy trinken, dann löste sich alles auf einmal in pures Wohlgefallen auf. 100 Francs in der Hand, fragte er, ob ich nicht der berühmte Mühle- und Damespieler Boulanger sei. Erbarmung! Am nächsten Morgen ein *cours de ventre,* ein wahrer Abmarsch, Gott sei Dank, daß die Concierge weiches Toilettenpapier liebt. Aber – Kopfzustand unverändert, umringt von Kopfschmerzen, wie ein Berggipfel von Wolken. Nein, die Partie sieht für die schwarze Phalanx heute abend bedenklich aus, Lionel. Werde Arthur, den Seelenspezialisten, aufsuchen; vielleicht ist die schöne Sirène zugegen, an deren Anblick sich das müde Hirn erlaben könnte, so der Zufall gnädig ist.

Der Zufall war nicht gnädig. Ging in die kleine Rue Lamettrie: enges Haus, großer Kutschenhof, die Praxis im zweiten Stock vergittert, typisch für die akademischen Verwandten aus der Provinz in Paris, und wie sie wohnen!

Ich fand Arthur nicht recht bei Kräften. Die Begrüßung war eine herzliche, er lobte mein Genie, nachdem mich eine olivenhäutige Greisin in sein Ordinationszimmer geführt hatte. Arthur hatte sich stark verändert und nicht zu seinen Gunsten. Paris schien ihm nicht zu bekommen.

Er fixierte mich über schweren, braunen Tränensäcken; ob ich privat käme oder als ein Patient?

Beides, mein Lieber, erwiderte ich, und warum er in diesem merkwürdigen Käfig-Karusell säße und mit einer so morosen Miene?

Ich hatte ein Unglück, sagte Arthur, wann sahen wir uns zuletzt?

Beim Jour fixe der Dame X, sagte Arthur, er wisse es nicht mehr, aber ich sei ja inzwischen berühmt; wie die Symptome denn aussähen?

Schlecht, sagte ich sehr kurz, ganz schlecht.

Das täte ihm leid, sagte Arthur, auch ihm sei es schon einmal besser gegangen.

Ach, dieser leidige, überflüssige Besuch bei einem Kranken, einem Geschädigten, einem Depravierten und Düpierten!

Arthur, sagte ich, du hast eine Affäre mit einer der schönsten Frauen von Paris, der herrlichen Sirène, wo ist sie? Möchtest du sie mir nicht vorstellen, worauf ich brenne? Da versank der Doktor in eine der Absencen, die ich kannte und fürchtete, sitzend in seinem Käfig.

Später erfuhr ich natürlich, welchen Lapsus ich begangen hatte; die Dame hieß nicht Sirène (Sirène hieß ihr Köter), und in seiner Liebesgeschichte hatte sie in den Nächten ohne Hund auf den Namen Eleonore gehört.

Was geschah, fragte ich teilnehmend, die Teilnahme war schon immer ein guter Zug von mir.

Die Dame d'Abov hetzte den Hund auf mich, eine weibliche Dogge in Dolorosa-Farben, der mich entmannte, sagte Arthur.

Dann wirst du, sagte ich enttäuscht, weil ich die Schönheit nicht sehen durfte, in deinem Zustand wohl keine Zeit für meine kleinen Beschwerden haben?

Er fragte vorsichtig, ob sie interessant seien, ob sie mit dem männlichen Geschlechtsapparat zu tun hätten oder vielleicht gar mit der Unfähigkeit, sich auf naheliegende Dinge wie Gehen, Stehen, Liegen, Sitzen zu konzentrieren?

Nein, sagte ich, nichts dergleichen, ob er denn wieder gesund sei, also gewissermaßen wiederhergestellt.

Arthur kroch tödlich gekränkt aus seinem Käfig, öffnete seinen weißen Kittel, die Gürtelschnalle und den Knopf seiner karierten Beinkleider; die fielen auf seine Knöchel, dann folgte eine pechschwarze Unterhose, und ich sah seinen wirklich traurigen Apparat, ein kleines Schrumpfding, eine Restruine in seinem vor Kummer graumeliertem Haarnest.

Das blieb mir, sagte er gepreßt, das blieb ihm und mir.

Ich war beruhigt, daß er diese schreckliche Angelegenheit mit seinem Organ gewissermaßen transpersonal sehen konnte.

Höre, sagte er wieder vollständig angezogen, ich habe diese Wunden noch niemandem auf der Welt gezeigt; du wirst eisernes Stillschweigen bewahren.

Erbarmung, sagte ich, wem man eine solche Geschichte denn schon erzählen könne! Aber ich sei dankbar, daß er mir seine Wunden gezeigt habe, Männer müßten sich mitunter ihre Wunden zeigen.

Zeig mir deine, sagte der tapfere Arzt.

Gegen seinen Verlust hatte ich nichts zu bieten, absolut nichts, Kleinigkeiten, Dummheiten.

Konzentrationsmängel, sagte ich, entweder Durchfall oder Verstopfung oder kleine Absencen und das dumme, dumme Bauchherzklopfen vor jeder Partie.

Integre Ausscheidungen des Menschen, sagte der Doctor abwesend, seien selten.

Darin liege viel Trost, sagte ich, was für eine Diagnose er auch stellen werde, ich sei für jedes Medikament dankbar.

Aus einem Arzneischrank klaubte er ein paar braune, verkorkte Fläschchen; es handelte sich um Bullrichsalz, Kampfer und Laudanum.

Nimm's und schluck's sagte er, und hilft es nicht, muß es nicht unbedingt an den Medikamenten liegen. Es könne durchaus sein, daß ich an einer Gehirnlues litte, also einer Hirnsyphilis, von der gerade der geistige Mensch oft ganz unbemerkt befallen werden könne; es seien eben die Hirn-Nerven, ob ich denn oft hinfiele, einfach so?

Ich war ziemlich entsetzt. Übrigens fiel ein früher Novemberschnee in der Form großer Flocken dicht, stetig und langsam vom grauen Himmel. Mich fröstelte.

Arthur, sagte ich, wie holt man sich denn, Erbarmung, eine Hirnsyphilis?

Arthur erklärte mit matter Stimme, er sei kein Geschlechtsarzt, außerdem habe ihm der Biß von Sirène und nicht der von Eleonore seines Gedächtnisses beraubt, er könne sich gerade mal an die Lage der verschiedenen Organe erinnern, mehr aber nicht. Und eine Infektion geschehe durch einen geistigen Kontakt oder einen sexuellen zwischen Mensch, Tier, Pflanze oder Blume.

Arthur, sagte ich und stand auf, bist du bei Bewußtsein? Hat dir der partielle Verlust deiner Männlichkeit den Verstand geraubt? Was redest du da von Tieren, Pflanzen und Blumen? Hast du dich einmal von einem Kollegen untersuchen lassen? Hast du diese Dame geliebt, deren Hund dich zerfleischte?

Es geht nichts über Psychologie; Verständnis zermürbt den Gegner exakt so, wie der Schein absoluter Gleichgültigkeit gegenüber seinen Zügen.

Die morose Miene belebte sich, er mahlte mit seinen Kieferhälften, so daß es gehörig knirschte (übrigens ein Geräusch, mit dem der große Philidor seine nervenschwachen Gegner in Schach hielt), und sagte freundlich, er sei nicht verrückt, nur traurig gestimmt mit allen klassischen Symptomen oder Syndromen, die der alte Esquirol so vortrefflich beschrieben habe; er werde Rache nehmen am weiblichen Geschlecht, wie unser Vetter Gustav. Zu meiner Überraschung zog sich Arthur wieder in seinen Käfig zurück und beobachtete eine lange Zeit die Schneeflocken, die da fielen und fielen. Ich muß mich ziemlich überstürzt verabschiedet haben, ich brauchte frische Luft, Erde und Himmel.

Man kann sich nicht am weiblichen Geschlecht rächen, sagte ich und reichte ihm meine Hand, die er schlaff ergriff und fallen ließ.

An einer Dame und an einer Dogge könne man sich rächen, setzte ich hinzu, aber warum überhaupt, wenn der Zug schon abgefahren ist? Ihn seinem Schicksal im Käfig, eingesperrt mit Rachegedanken, überlassend, spazierte ich zurück in die Rue Dauphine und suchte den Schlaf, der mich floh.

22

Die Dekomposition der Grandmère Claire im verstörten Liebesnest in Neuilly fing beinahe unmerklich an und korrespondierte leider mit meiner, d. h., es ergaben sich gewisse Ähnlichkeiten, die bei mir gottlob nicht zum Wahnsinn führten.

Claire hatte sich verliebt. Der verblüffte Verfasser dieser Aufzeichnungen war das Objekt.

Nach der intimen Nacht im Flur – Grandmère, der Stock und ich – badete sie exzessiv, schaffte sich eine Laufmaschine an, auf der sie täglich eine halbe Stunde wie ein Hamster im Laufrad trabte, dabei fortlaufend den klangvollen Diphthong A-U ausstoßend, wie ein gequältes Tier.

Isabelle erklärte, sie wolle abnehmen. Sophie kochte vegetarisch, auch ich nahm ab, was auf die Potenz schlug. Schön ist so eine Leidenschaft, gewiß, aber der Liebhaber darf nicht auf Diät gesetzt werden.

Im Hotel warteten traurig die Fundamente des Romans auf mich; vor lauter Passionen, denen man in der Literatur gern folgt, hatte ich noch nicht einmal das Tagebuch des verrückten Doktors lesen können.

Die Metamorphosen der alten Claire waren ein Wunder. Nach dem Bad erschien pünktlich um 11 Uhr morgens ein Masseur namens Kamejka, ein tschechischer Athlet mit Riesenhänden, deren Daumenballen so groß wie Orangen waren, und dann ertönten aus Claires Schlafzimmer Geräusche, die mich stark an Olgas sadomasochistisches Atelier in Berlin erinnerten – Stöhnen, dunkle Diphthonge, mit denen sich die Greisin auf dem Laufrad anfeuerte, helles Gekecker wie von geilen Makaken und dazwischen der tiefe Baß des Masseurs.

Diese Zeit nutzten die Liebenden weidlich aus. Leider immer nur eine Stunde; nach der Massage machte die Alte einen Schönheitsschlaf, und Sophie fütterte mich mit Kraftnahrung – Austern, Kaviar, getrüffeltem Rührei mit Käse nach einem bretonischen Rezept, *pour l'amour,* Monsieur. Die Nächte waren nicht so gut und an Schlaf gar nicht zu denken, denn Claire litt unter Alpträumen und schrie aus einer wirren Hölle, und nur Isabelles ‹Verlobter› durfte ihre Hand halten, bis sie wieder eingeschlafen war; von Feindseligkeit oder Animosität keine Spur – sie nannte mich *Chéri* und drückte mich an ihren Busen. Und in einer besonders alptraumreichen Nacht schlief ich vor Erschöpfung auf Claires Busen ein.

Isabelle sagte, ich sei ein schmutziger Gerontophiler, und verbot mir ihr Bett. Ich schlief ergeben auf der Ledercouch im Salon. Am nächsten Morgen hatte ich Läuse. Isabelle verzieh mir (meine Schuld, sagte sie, ich hätte es wissen müssen) und entlauste mich.

Es war eine schöne Zeit, aber anstrengend.

Ende November rief mich die Rezeption des Keppler an und übermittelte mir telephonisch einen Gruß aus F.

Wo bleibt Lionel-Roman? Erste Lieferung! Wenn nicht in vier Tagen (bis 4. Dezember) Lief. in F., mache ich dir Beine in Paris!

Milly.

Die alte Claire blühte auf, ihr Teint wurde rosig. Sie schminkte ihre halbmondförmigen Augen wie Kleopatra. Die drei asymmetrischen Warzen verschwanden, ihre Nasenflügel wurden zart und bebten nervös wie die einer rossigen Stute. Kraft welcher Griffe der Athlet Kamejka ihren Oberkörper so veredelte, daß die muskulösen Schultern und Oberarme schmolzen, ist nicht bekannt.

Wir aßen gemeinsam in der Küche. Claire gestattete mir Fleisch.

Damit du bei Kräften bleibst, *Chéri,* sagte sie zärtlich und warf einen dunklen Blick auf die versteinerte Isabelle.

Und auch Sophie aus der Touraine sah mich unter halbgeschlossenen Albinowimpern an und lächelte mit der Zunge zwischen den Lippen, wenn sie mir ein Stück Fleisch auf den Teller legte. Insgesamt war die Atmosphäre ein wenig zweideutig, aber auf eine mehr als angenehme Weise, wäre nicht Claire immer zudringlicher, aufsässiger und vitaler geworden. Wurde Fleisch serviert, sprach sie gern über Erotik.

Wieviele Frauen hattest du, fragte sie, und ich erwiderte wahrheitsgetreu, so viele seien es leider nicht gewesen. Ich hatte hunderte Geliebte, sagte Claire und lächelte mich grausam strahlend an, aber ich habe sie alle verlassen. Das schneeweiße Gebiß hatte ihr der bewährte Dentist Pascal verpaßt, der mit einer berühmten Familie aus Clermont-Ferrand entfernt verwandt war, wie er behauptete.

Die Fluchten aus dem Haus in Neuilly wurden immer schwieriger. Claire, sagte ich, ich bin *un écrivain,* und der muß in die Welt, er muß recherchieren, Exkursionen unternehmen, *compris*? Er kann sich nicht immer nur um Damen kümmern, mögen sie noch so attraktiv sein.

Claire errötete und küßte meine rechte Wange.

Certainement, sagte sie, und ich küßte ihre linke Hand.

Ich ging mit Isabelle ins Theater, warum nicht, wir gingen in den Zoo, wir gingen ins Kino und sahen uns infantile amerikanische Filme an, aber am liebsten waren wir im Keppler.

Ihre Dame, sagte der verständnisvolle Portier, ist der reine Botticelli-Engel. Ich habe ihn niemals korrigiert.

Am 22. Dezember gab ein Rohr im Keller seinen Geist auf, und die Heizung fiel aus. Das generöse Hotel stellte gelb lackierte Radiatoren auf, und wir blieben noch länger im Bett als gewöhnlich, bis eines Tages (es war ein Samstagnachmittag) Claire im Hotel Keppler erschien und an unsere Tür klopfte.

Chéri, rief sie, ich weiß, daß du mit einer fremden Frau in der numéro einhundertundvier bist, öffne sofort, oder ich rufe die Feuerwehr.

Claire, sagte ich, meine liebste Freundin, es ist keine fremde Frau, es ist ein Kerl, unbehaart und ephebisch, verzeih mir.

Isabelle zog sich die Decke über ihr rotes Haar, vor der Tür hörte man kein Geräusch, dann entfernten sich Schritte, langsam wie bei einem Friedhofsdefilee.

23

Wie die Konstellationen am Firmament änderten sich auch, ganz leicht, die in der Wohnung. Der Masseur und Athlet Kamejka erschien im Dezember plötzlich wie ein Komet (natürlich mit Schweif) und quartierte sich mit einem Kapitänskoffer, zwei Kofferkindern der gleichen Herkunft und einer schwarz-weiß gefleckten kleinen Bulldogge bei Claire ein, die Hunde haßte.

Nimm dich vor ihr in acht, sagte Isabelle, wenn Claire glücklich ist, wird sie tückisch.

Es ist nicht bekannt, welche Aura Grandmère bei Hunden genoß, die kleine Bulldogge mochte sie jedenfalls nicht.

Sophie fand Hundehaltung überflüssig und fütterte das arme Vieh mit Trockenfutter, hin und wieder gab es einen Napf Wasser. Als ein greiser Hausarzt die Alte routinemäßig besuchte und sie für die Tochter Pamela hielt, drang sie abends in unser Schlafzimmer ein und verlangte, wir sollten die Wohnung verlassen, für sie, ihren Masseur, die Haushälterin sei dann gerade genug Platz, und schließlich müsse man auch an den armen Hund denken. Und zudem, sagte sie triumphierend, sei sie nicht gewillt, Schwule in ihrer Wohnung zu dulden oder auch nur Bisexuelle. Wir flohen wieder in unser altes Zimmer in der Rue Keppler, und Isabelle mietete das Zimmer direkt neben der Nummer 104, so daß wir uns durch Klopfzeichen verständigen konnten.

Die Rezeption händigte mir einen Brief der Romancière aus, die seit dem 4. Dezember einer Lieferung des Lionel-Romans entgegensah… Es war der 22. Dezember – ich habe Dir oft ins Hotel Keppler geschrieben, Telegramme geschickt und auch Schecks (kein Wort wahr!), zwei Todesannoncen, ich weiß nicht mehr, welche es waren, aber sie waren nicht von Belang, und nun kannst Du Deinen Roman oder was das werden soll in den Orkus schreiben. Heute vor einer Woche erschien mir meine Mutter mitten in der Nacht, gottlob konnte ich ohnehin nicht schlafen, so hat alles sein Gutes, und sie sagte zu mir: Kind, du darfst keinen Schund schreiben, und Familie ist immer Schund, und wie die klatschsüchtige, boshafte, aber scharfsinnige Freundin C. zu sagen pflegte, im Sarg, in der Urne oder im Irrenhaus ist sie am besten aufgehoben.

Gen Morgen bestieg Mamachen ein Taburett, sagte dreimal in einem irgendwie sehnsüchtigen Tonfall RASPUTIN! und flog nach Osten davon.

Ja, und das ist es, lieber Neffe, der trivialste Scheiß ist

es; laß die Schachgeschichte, laß Arthur, laß sie alle ruhen, und kümmere Dich noch einmal um Alexander Baron K., der ein lieber guter Freund des magischen Mönches war, ich weiß leider nicht, wo oder unter welchen Umständen sie sich kennenlernten, aber es wird ca. 1907 gewesen sein. Genaueres wirst Du bei einem jungen Freund in Wien erfahren, Bruno Zehfuss in Wien, Adresse steht im Telephonbuch, Grüße von mir. Z. ist Sammler, was genau er sammelt, weiß ich nicht, aber er tut nichts anderes, soll aber fünf Kinder haben, keine Ahnung, wo er die aufgesammelt hat.

(Woher, dachte ich, kennt Milly meinen schnarchenden Bettnachbarn aus dem Internat, Bruno Z.?)

Der Rasputin soll die Hauptfigur sein, und vielleicht könnte man ja einen Psychothriller daraus machen auf dem schönen historischen Hintergrund, der so einmalig ist, denk nur an die Bluterkrankheit von Alexej ... die Liebesabenteuer ... die Religion, und alles bis 1912, nicht bis zum Ersten Weltkrieg. Für die Recherchen lege ich einen Scheck bei, sei sparsam. Milly.

PS:

Wie geht es, lieber Randolf, Deinen unausgesetzten Neurasthenien, den chronischen Magen- und Kopfschmerzen, den Absencen und Deinem Gichtzeh? Hoffentlich auch gut.

PS: 2

Das Schreiben fällt mir im Augenblick schwer, aber es wird Dich interessieren, daß Marilyn einen zweiten Teil von *Die vier Ritter vom toten Acker* geliefert hat, und er ist obszön geworden, Gott weiß warum. Vielleicht ist Dein Tee schuld, den Du in ihre Innereien geschüttet hast. Gary (der kleine weiße in der Ecke) arbeitete brav an dem Roman aus dem 17. Jahrhundert, *Abenteuer eines Hymens,* und dann beim Korrigieren muß etwas passiert sein – ab Seite 215 erschienenen Kirchenlieder von Gerhardt und Zinzendorf, technisch ganz unmöglich, aber vielleicht ein Bedienungsfehler.

Die Apparate und Lebensgefährten Maude und auch Harold sind wohlauf.

Allerletztes PS (diese Altdamen-Allüren in meinem Alter sind wirklich lächerlich).

Ich hatte, sozusagen en passant, einen kleinen Schlaganfall (der junge Zehfuss in Wien, schöne Grüße! vor drei Jahren auch); bei mir passierte es auf der Toilette des Morgens beim Üblichen, war aber nicht so schlimm. Ich kann jetzt schon wieder sprechen, denken und schreiben, nur im Bad muß ich vorsichtig sein. Meinen Bruder hat es zwei Jahre vor seinem Tod auch auf dem Klosett mit einem Mal angesprungen, und er war danach linksseitig gelähmt. Ist man im Mündlichen unbeholfen, steckt mans einfacher weg, auch als Mann. Lieber Randolf, überschätze oder unterschätze mir die Figur des Rasputin nicht! Der ist nicht so anstrengend wie eine Inzest- und Schachgeschichte und kostet weniger teure Recherchen. Dieser Roman sollte authentisch sein, aber auch eine Romanze; in Einzelheiten provokativ, aber nicht schweinisch – und keine *Four-Letter-Words*! Meine Mutter, die davonflog, rief zum Abschied, Rasputin sei ein militanter Pazifist gewesen, bringe doch auch bitte das hinein, aber nicht zuviel. Um 1912 muß schon das Schmieröl der Tanks zu riechen sein, das Donnern der Haubitzen oder Mörser – ich habe den Unterschied nie begriffen –, und über den künftigen Schlachtfeldern sieht man schon den Qualm etc. Lies doch einfach noch mal Tolstois *Krieg und Frieden* oder geh in den Film von Bondartschuk, sehr inspirabel. 1955 hat King Vidor auch einen gemacht mit Mel Ferrer und der

Audrey Hepburn, die ich immer um ihre Figur beneidet habe, man kann nicht alles im Leben haben.

Als Stichwörter fallen mir noch ein: Sie ist eine Humanistin des Horrors, das sollte schon so sein, in den Rezensionen wenigstens. Schreib mir sofort aus Wien.

Deine Milly.

Du willst doch, fragte Isabelle, nicht etwa wirklich über diese Existenz schreiben?

Ich sagte, ich sei von der Familiengeschichte infiziert, in einem guten und in einem schlechten Sinn; Rasputin gehöre nicht dazu.

Aber, sagte ich entschlossen im Hotel, wir werden nach Wien reisen – in Paris haben wir nichts verloren. Ich zählte die Punkte auf: Grandmère schwimme im Glück mit ihrem Athleten, der sie wie einen Lehmkloß zu erstaunlichen Formen knetete, der Hund sei glücklich mit Sophies Aufmerksamkeiten, und Kamejka habe zum ersten Mal eine große, luxuriöse Wohnung in Paris, eine Dame der Gesellschaft zur Geliebten und fühle sich wie der liebe Gott persönlich.

Wie du dich ausdrückst, sagte Isabelle und sah mich zerstreut über ihre nackte linke Schulter an, während ich all diese positiven Punkte an einer Hand auf dem Bett sitzend aufzählte.

Wenn das mal gut geht, sagte sie.

Es war die pure Prophetie; natürlich ging nichts gut.

Und Weihnachten, fragte sie.

Für sentimentale Daten, sagte ich, hätten wir keine Zeit. Laß uns für meinen Roman recherchieren, zuerst in Wien und später in Kairo.

Du bist verrückt, sagte Isabelle.

Es war der 23. Dezember. Am nächsten Morgen ergatterte ich Flugtickets nach Wien.

24

Der Besuch bei der genialen Familie Zehfuss in Wien ist eine Quelle steter Inspiration und ermunterte mich wesentlich zum Lionel-Projekt; Isabelle ertappte sich plötzlich bei rasenden Kinderwünschen, die wir nachts im Hotel Wandl mit Leidenschaft realisierten, aber es funktionierte nicht. Am Tage unserer Ankunft hatte ich bei Bruno Zehfuss angerufen – wir wurden auf 19 Uhr zum Nachtmahl gebeten.

Bruno, sagte eine weibliche, sehr volle, überströmende Stimme, sei noch bei den Korrekturen.

Und so fuhren wir in die Johannagasse zu meinem alten Freund, dem Lehrer, Kindsvater, Schachspieler und Mathematiker, der im Schlafsaal des Internats so schrecklich und feindlich geschnarcht hatte.

Die große Wohnung lag im zweiten Stock eines alten Stiegenhauses, und eine junonische Göttin mit blauschwarzen Haaren, gänzlich ungeschminkt, öffnete uns und sagte, ich bin Bibiana, die Gemahlin von Bruno. Sie führte uns in ein großes Zimmer mit Holzpaneelen. Ein kleines Mädchen mit schwarzen Locken saß auf einem Nachttopf und warf Isabelle einen kurzen ernsten Blick zu, dann schloß es die Augen, als lausche es nach innen. Auf einem alten Ledersofa mit kahlen Stellen, grau und gebuckelt wie ein Elefantenhintern, saßen noch zwei Mädchen, circa neun Jahre alt, wie zwei kleine Buddhas, zwischen sich ein Schachbrett.

Irina und Johanna, sagte die stolze Mutter, sie sind so begabt.

Ihr spielt schon Schach, fragte ich. Sie blickten nicht auf.

Fliegt mein Turm, fällt dein Läufer, sagte Irina.

Dann ertrinken die Bauern und mein König muß ins Exil, sagte Johanna und warf alle Figuren mit einem Handstreich über den Haufen.

In einem Erker mit Eckfenstern, umgeben von Bücherbergen, saß ein größerer Junge an einem Tisch und las, konzentriert die Lippen bewegend.

Ach, die Kinder, sagte Bibiana strahlend. Das ist der Älteste, unser Anton, Bruno gab ihm den Namen wegen dem Kuh Anton. Setzen Sie sich, bitte, ich werde nun Bruno stören, der dann Wein aus dem Keller holen wird.

Bibiana verschwand.

Sie ist schwanger, flüsterte Isabelle, wie gut ihr das steht.

Das ist der neue, sagte Johanna über dem Schachbrett, er sei jetzt schon sechs Monate in Mamas Bauch und heiße Sigismund.

Irina hat so recht, sagte die Schwester und beleckte den Kopf eines elfenbeinernen Königs, Bruno wollte einen Bub haben, und er hat's nach den Mondphasen berechnet.

Johanna lüge, sagte Irina, der Papa habe es nach Sonnenstürmen berechnet und nach magnetischen Feldern im Schlafzimmer. Das kleine Mädchen auf dem Nachttopf fixierte uns und wickelte unaufhörlich ihre schwarzen Locken um die Zeigefinger.

Die ist fast noch ein Baby, sagte Irina, sie heißt Genoveva und sitzt immerfort auf dem Topf.

Sie denkt, da tät was kommen, sagte Johanna verächtlich, aber sie sitzt immer nur.

Ich hab ein Bild von Genoveva gemalt, sagte Irina und glitt vom Sofa, ich kann's dir zeigen. Du weißt wohl, wer Genoveva ist?

Eine arme Prinzessin, sagte ich, die im Wald ausgesetzt wurde … Irina schleppte eine Mappe herbei, die so groß war wie sie selbst, und zeigte uns ihre Genoveva.

Isabelle öffnete den Mund und atmete tief ein.

Die Proportionen stimmten nicht; eine riesige, schneeweiße Hirschkuh lagerte auf einer blumenreichen Waldeslichtung. An ihren schwellenden Zitzen ruhte innig saugend in einer kommoden Haltung die arme Genoveva, die ihrerseits ihren Säugling mit einer schönen, weißen Brust bediente. Neben ihr kniete ein Förster in einem grünen Wams neben seinem Hirschfänger, den er friedlich abgelegt hatte. Sodann weideten verschiedene andere Tiere an der großmütigen Hindin: ein sehr kleiner Hirsch mit hochgereckter Kruppe und Stummelschwanz und ein kleiner Löwe mit einer goldgelben Schwanzquaste – und das alles in glühenden Farben, mit sorgsam gemaltem Geäst; im Hintergrund schimmerte karmesinrot eine Sonne, die aber einen bleichen Mondglanz auf den Pelz der Hirschkuh warf.

Ich möchte wissen, sagte Isabelle halblaut, wie die Kleine den Pelz derart perfekt hingekriegt hat.

Dürer-Methode, sagte Irina, hat mich Papa gelehrt.

Bruno erschien, ein mittelgroßer Mann mit einem Cäsarengesicht (wie der gute Stotterer Claudius), und begrüßte uns. Wir umarmten uns nicht, aber es war herzlich genug. Bibiana deckte den Tisch.

Irina, sagte Bruno, sei die gegenständliche Malerin, die ihre Motive aus alten Mythen, Sagen und Legenden bezöge, Johanna habe sich schon im Kindergarten für die nicht gegenständliche Malerei entschieden, halb konstruktivistisch, aber auch abstrakt-organisch, was die Auflösung der Formen beträfe, und er zeigte uns ein schönes Blatt, ein Aquarell, auf dem eine figürlich-organisch blühende Wolke in einem sehr präzisen schwarzen Loch verschwand.

Sie müssen sehr glücklich sein, sagte Isabelle.

Ach ja, freilich, sagte Bruno und goß uns Grünen Veltliner in alte böhmische Gläser, nur der Älteste macht uns Sorgen. Anton saß noch immer beschirmt von seinen Büchern in seinem Erker. Sein dunkles Haar war gesträubt.

Wenn er die Lippen bewege, dann lerne er etwas auswendig, sagte Bibiana, und er merke sich alles, unabhängig vom Inhalt.

Bruno sagte, er lese und lese ganz ungeheuerlich und schreibe seit dem achten Lebensjahr ein Tagebuch.

Was er denn so schreibe, fragte ich arglos. Bruno sah mich an und streichelte seine Glatze.

Ich dringe doch nicht in die Geheimnisse eines Kindes, sagte er. Anton, magst du etwas speisen?

Später, sagte Anton.

Bibiana pflückte Genoveva vom geliebten Topf, der sehr einsam vor einem weißen Vorhang stand, nahm sie auf den Schoß und fütterte sie mit Prager Schinken. Die beiden Mädchen aßen mit den Fingern Kirschstrudel. Irina hatte neben ihrem Teller einen König, Johanna einen Turm.

Leider war es unmöglich, über andere Themen zu sprechen als die Kinder.

Ich fragte, ob Bruno gern Lehrer sei, nein, sagte er, die Erziehung fremder Kinder lenke enorm ab, am liebsten kümmere er sich ausschließlich um die Erziehung der eigenen; in den gewöhnlichen Schulen sei das Aufkommen von Genies beklagenswert gering.

Bruno, fragte ich direkt gegen 21 Uhr – die Zwillinge saßen entspannt neben ihren Schachfiguren und wischten die kirschblutigen Finger an der Tischdecke ab; die kleine Genoveva thronte wieder auf ihrem Nachttopf, einem antiken Stück aus einer Brünner Manufaktur; Anton brütete über seinen Kombinationen; und die schöne Bibiana sah sehr schwanger aus –, Bruno, sagte ich, laß uns einen Augenblick das Kinder-Genie-Problem vergessen – deine Genoveva sieht so aus, als erwarte sie auf dem Nachttopf die *lux divinitatis* der heiligen Mechthild, und sei es auch nur als Wurst-Transfer…

Bibiana lachte voll und wohlklingend, während sich Brunos Miene verdüsterte, ja, ich erinnere mich, daß seine Nasenspitze bleich wurde – deine Töchter sind geniale Malerinnen, was meine liebste Isabelle – aus dem Fach – schon bestätigt hat, und dein Anton, der schon drei Klassen übersprungen hat, wird der neue Hawking oder ein Shannon oder ein Descartes, er solle nur Stockholm vermeiden, aber einige Fragen hätte ich denn doch. Da trottete schweigend das Genie Anton an den Tisch und legte Bruno die sorgsam mit Lineal gezeichnete Darstellung eines pythagoräischen Tripels auf den Teller, schnaufte einmal durch die Nase und kroch wieder in seinen Erker.

Wir schwiegen. Der Engel der Geometrie warf einen grauen Schatten auf das sehr weiße Papier.

Da kannst du mal sehen, sagte Bruno und preßte die Lippen zusammen – was ich denn für eine Frage gehabt hätte?

Nichts besonderes, sagte ich; nur, wenn alle seine Kinder Genies seien, inklusive des noch schlummernden Sigismund im Leib der schönen Gemahlin Bibiana, was bliebe ihm?

Bibiana seufzte und schüttelte ihre schwarze Mähne. Isabelle ging aus Verlegenheit zu Genoveva auf dem antiken Topf und streichelte ihre rechte Wange.

Bruno massakrierte eine Wurst und trank in einem Zug ein Glas Veltliner.

Du konntest schon im Internat, sagte er schwermütig,

dumme Fragen stellen, die alle außer Fassung brachten – was ich mache?

Er sei so fleißig und engagiert, sagte Bibiana, und er käme kaum noch zum Eigentlichen.

Ich habe damals zu viel Grünen Veltliner getrunken. Was denn das Eigentliche sei, fragte ich unhöflich, außer dem häuslichen Geniekult?

Der sanfte und eloquente Bruno verhärtete sich vollständig. Eine Flasche Pfefferschnaps erschien auf der Tafel. Die Damen seufzten. Irina und Johanna ließen ihre Schachfiguren nach unbekannten Regeln fliegen und abstürzen, Anton brütete über neuen Kombinationen, und Genoveva stieß plötzlich ein weiches, zartes ‹ah› aus und verließ sofort ihren Thron, um sich zu den großen Schwestern zu gesellen, die sie mit einem Bauern fütterten.

Bibiana sagte vorsichtig, ihr Bruno versuche seit sechs Jahren, einen Roman zu schreiben, einen Bestseller natürlich, wegen der dummen Geldsituation.

Isabelle sah mich von der Seite an, ich sah Bruno an, Bibiana sah auf ihren Teller. Mitunter ist es gut, mit dem Herzen zu denken, man muß den Entschluß nur nicht spontan fassen, dann mißlingt er.

Bruno, sagte ich herzlich, auch du bist ein Genie auf deine Weise (seine Brauen wanderten nach oben, nach oben), du bist Schachspieler, Mathematiker, Spieltheoretiker, der Verfasser göttlicher Kinder, begabt mit einer herrlichen Frau –

Bibiana schreibe Gedichte, sagte Bruno, die besten der Welt.

Unbesehen, sagte ich, selbstverständlich, warum auch nicht, aber warum ausgerechnet er etwas intellektuell so Minderwertiges wie einen Roman schreiben wolle – und worüber?

Schach, sagte Bibiana glücklich und goß mir das böhmische Glas voll Pfefferschnaps.

Schach, murmelte Isabelle, ihre schönen Nasenflügel und der Mund wurden sehr beweglich.

Schach, sagte ich, du willst einen Schachroman schreiben?

Er hat gestern, sagte Bibiana, als Grünfeld gegen Rubinstein gesiegt.

25

Nur meiner hypersensiblen, leicht subalternen Buchhändlerseele und Isabelles freiem, souveränen Geist ist es zu verdanken, daß ich an diesem Abend keinen Schiffbruch erlitt und die große Freundschaft über Bord ging, um es einmal maritim zu sagen.

Ich sage immer, Schachroman ist unmöglich, sagte Bibiana, und ich stimmte ihr zu; und Bruno wolle alles erzählen aus der Sicht einer Schachfigur aus dem 17. Jahrhundert, einem König.

Ich behauptete lässig, die Idee käme mir ein bißchen bekannt vor; es wurde stimmungsvoll, denn draußen begannen Schneeflocken zu tanzen. Bibiana stellte einen Kandelaber auf den Tisch und arbeitete an Wachskerzen, mißmutig beobachtet von Bruno.

Die Idee mit einer anthropomorphisierten Schachfigur sei schlicht genial, sagte ich.

Soso, sagte Bruno, ich sei doch Buchhändler – wie groß seine Chancen auf dem Buchmarkt seien?

Minimal, sagte ich der Wahrheit gemäß, selbst wenn er als Autor bekannt sei; die Leute wollten belehrt werden, aber auf eine amüsante Weise, sie verlangten Lebenshilfe, General-Orientierung, Leuchtfeuer und Kennmarken in den Stürmen der Zeit, auf dem Mast aber Elmsfeuer –

Genug, sagte Bruno, lieber Freund, das möge aus der Buchhändler-Perspektive stimmen, aber es sei ja allgemein bekannt, daß gerade Buchhändler am wenigsten läsen.

Es war die geliebte Isabelle, die ein Remis zustande brachte.

Randolf, sagte sie heiter, schreibt auch an einem Schachroman.

Genoveva, die, wie ich bemerkte, an einer Bibianabrust hing, löste sich mit einem Schmatzen von einer brombeerfarbenen Brustwarze, die Bruno mit viel Liebe betrachtete (wie auch meine Isabelle, deren Brustwarzen rosig waren), und starrte mich an. Die beiden Schachspielerinnen auf dem Sofa rutschten abermals die Elefantenhaut entlang nach unten und fixierten mich Hand in Hand; Anton unterbrach seine Lektüre für einen Augenblick, hüstelte trocken, lächelte und las weiter.

Isabelle drückte unter dem Tisch mit aller Kraft meine rechte Hand. Ihr grünes Auge sagte: Gib's ihm! Ihr rechtes: Arrangiere dich!

Die schwarze Bibiana übergab das Kleinste den beiden Töchtern, die es zum Sofa schleppten und so lange routiniert schaukelten, bis es ein bißchen Schaum von sich gab; dann wurde es wieder auf den Topf gesetzt.

Ja um Himmels willen, sagte Bruno, ich wußte doch nicht … auch du … und einen Schachroman.

Bibiana nestelte ein Schlangennest rothäutiger Klobassi-Würste auf den Tisch und bat Anton, den Versunkenen, ein paar Flaschen Bier zu holen. Nach kurzer Zeit kehrte Anton wieder, vier Flaschen im Arm.

Zu warm, sagte Bruno.

Bier ist Bier, sagte der Knabe, ist eine Tautologie, stimmt aber.

Bruno küßte ihn auf die Stirn.

Wo er recht hat, hat er recht, sagte er, und nun erzähle ... du willst also einen Schachroman schreiben?

Ich erzählte ihm, milly-warm, die ganze Geschichte.

Dieses alte, liebenswerte Reff, sagte Bruno, sieh an – und sie ist mit ihrer erfolgreichen Produktion unzufrieden und will etwas Seriöses. Du hast selbstverständlich das wahre Verhältnis zu seriöser Literatur, wenn auch sehr metaphorisch, aber er persönlich wisse bis jetzt nicht, was ein seriöser oder ein nicht seriöser Roman sei.

Mit seriös, sagte ich, meine die Professionelle ‹authentisch›. Wir aßen ratlos ein paar Klobassy-Würste und tranken ein dünnes Gösser.

Kann man, fragte Bruno, mit Romanen, seriös oder nicht oder authentisch oder nicht, Geld verdienen?

Nur wenn man einen Bestseller schriebe, sagte Isabelle. Also Zufall, sagte ich, nicht mehr und nicht weniger. Der kleine Anton schoß an unseren Tisch und schnappte sich eine dicke rote Klobassy. Mit vollem Mund sagte er zu Isabelle:

Der Zufall sozusagen selbst ist ein Ereignis, welches vom Willen unabhängig und der Erkenntnis zugänglich ist, küß die Hand – und er küßte zart Isabelles Knöchel der rechten Hand.

Ein süßes Kind, gell, sagte Frau Zehfuss. Die Schwestern kicherten und warfen sich Blicke zu.

Der liest einfach alles, sagte Irina. Und merkt sich alles einfach so, sagte Johanna. Dann kicherten sie wieder.

Wie habt ihr euch kennengelernt, fragte Bibiana.

Landau ist schuld, sagte ich und trank leider noch einen Schnaps, sekundiert von Bruno.

26

Isabelle sagte, die große Betrunkenheit habe nach einem doppelten Slivovic angefangen; sie habe mit Bibiana lediglich ein oder zwei Gläser Eau de Vin de Prune zu sich genommen. Es war ein Duell zwischen euch, zwar Zündplättchen-Pistolen, aber immerhin auf geringe Entfernung.

Wer obsiegte, fragte ich im Zug nach München.

Keiner, sagte Isabelle, wir hätten uns gegenseitig derart entkräftet, daß nur ein großes Kaliber eine Entscheidung hätte herbeiführen können.

Im Verlauf des Abends zwischen den blutroten Würsten und dem guten Slivovic erkannte und durchleuchtete, sagte Isabelle, Freund Bruno das Genieproblem vollständig am Beispiel seiner herrlichen Kinder, vor allem am prominenten Beispiel Anton. Dann seid ihr – gleichzeitig, weil Anton übel wurde – in eine gewisse Verstrickung geraten, ganz freundschaftlich, wegen des Romans.

Bitte, liebste Isabelle, was ist das alles an einem schweren Katertag – Anton wurde übel, wir schluckten diesen Schnaps, und dann drängte sich noch dieser Roman dazwischen – das ist doch alles nicht wahr ...

Wir hätten uns wie die Trottel aufgeführt, sagte Isabelle, mein Charme sei auf der Strecke geblieben... Und ich hätte mich nach dem achten Slivovic für die runden Knie der Dame Bibiana interessiert.

Unmöglich, sagte ich im Zug, beobachtet von einem katholischen Priester, der Isabelles herrliche Beine einer Beichte unterzog, ganz unmöglich in deiner Gegenwart –

Wie, fragte ich, ist dieser Abend ausgegangen, wie hat er geendet, wie sah das gottverdammte Finale aus?

Simpel, sagte meine Isabelle, ich hätte versucht, drei Dinge auf einmal zu tun, eine Angelegenheit, die jedem Genie in die Hosen ginge.

Aus Not und Verlegenheit habe ich damals im Zug zwei Stamopramen auf einmal bestellt.

Ich hätte Isabelle auf die Jugularvene geküßt, mit den Fingerspitzen der rechten Hand Bibianas linkes Knie gestreichelt und versucht, dem künftigen Verfasser eines Schachromans ein Matt anzubieten.

Wie ging's aus, fragte ich matt.

Kombination, sagte Isabelle, Bruno schreibt den technischen Teil – es kam heraus, daß du lediglich Mühle, Dame und Monopoly spielen kannst –, und du schreibst den sog. psychologischen Teil, was für mich die ganze Sache nicht wesentlich verbessert, *compris*? Und jetzt, mein Lieber, will ich ein Kind, ein geniales kleines Mädchen, schön wie du und klug wie ich.

Heilige Ironie.

Leider erinnerte ich mich an die Niederlagen dieses Abends allzu sehr, wie sich meinem Gedächtnis ohnehin immer nur Niederlagen oder Abstürze einprägen. Zwischen zwei Frauen sitzend, vor mir das Klobassy-Schlangennest und eine düstere Reihe Flaschen, gegenüber der immer muntere Bruno, belagert von Genoveva – sie hatte ihren Topf verlassen und sah mich verzehrend an, einen Daumen im Mund, während die munteren Sofa-Mädchen ihren Schachfiguren schreckliche Dinge antaten, da schlich der kleine Erker-Eremit, der manische Leser, an meine Seite und sagte verschwörerisch in weichem Wiener Akzent, man müsse Obacht geben auf die Logik.

Bruno wurde augenblicklich bleich, sagte Isabelle.

Bibiana sagte mit sanfter Stimme, bitte, Anton, nicht dieses Thema, das den Papa kränkt, sonst gibt es wieder Bücherentzug, gell?

Eine hochinteressante Situation, sozusagen interfamiliär, aufgeladen mit unbekannten Bedeutungen.

Kann dein Sohn so gut Schach spielen wie du, fragte ich Bruno, bist du so auf die Idee eines Schachromans gekommen?

Das war ein schlechter Zug. Anton spiele vorzüglich, da er sich wie ein kleiner Automat alle Partien der großen Meister einverleibt habe, von den *Baltischen Schachblättern* (hier warf mir Isabelle einen Blick von der Seite zu) bis zum *Base Chess Magazin,* aber seinem Spiel hafte etwas Mechanisches an. Anton sei bei aller Klugheit außerstande, einer Intuition zu folgen.

Der Knabe hob einen Finger und sagte mit tiefem Ernst: Die Logik hilft.

Dann fixierte er mich direkt aus seinen tiefliegenden grauen Augen und fragte, warum Lionel gegen Anderssen in London verloren habe.

Lionel habe Lebensprobleme gehabt vor der Partie, sagte ich. Irina und Johanna verließen ihr Elefantensofa, an den Köpfen ihrer Könige lutschend.

Soso, sagte Bruno, auch du willst einen Schachroman … nun, was ihn und den seinen anginge, handele es sich um eine historiographische Arbeit, eine Studie in schwarz und weiß sozusagen.

Hätte sich, fragte Anton, der romantische Lionel mit Intuition retten können?

Magst du Risi-Bisi, fragte Irina.

Noch einen Pfefferschnaps, Randolf, fragte Bibiana.

Genoveva reichte mir voller Mitleid ihren kleinen Daumen, den ich ablehnte.

Schön bei euch, sagte Isabelle.

Retrospektiv betrachtet viele unbedachte Züge, aber sie folgten der Logik der Themen und ihrer Variationen.

Bruno goß viel Gösser in sich und fragte nach technischen Modalitäten; ob ein Computer gut sei bei einem solchen Vorhaben oder eher eine elektronische Schreibmaschine oder eine mechanische oder gar mit der Hand –?

Gut ist, was dem Zweck dient, sagte Anton.

Bibiana sagte, dieses Kind erstaune sie immer wieder.

Hast du nichts mehr zu lesen, fragte Bruno mit einem ziemlich hoffnungslosen Blick.

Ich muß das dem Onkel Randolf erklären, sagte Anton, paß auf... Die Phantasie, gell, ist strenger als die Logik, weil die, die kümmert sich um sich selbst immerfort. Die Phantasie, gell, um die muß man sich fortimmer kümmern, weil sie sonst nur Abweichungen erzeugt. Verstehst' das?

Du meinst, sagte ich, die Digression, die Abschweifung – kennst du vielleicht schon den Tristram Shandy von Sterne?

Sein Lieblingsbuch, sagte Bibiana und streichelte Antons Quadratschädel.

Dieses Buch, sagte Anton, sei zusammengesetzt aus lauter Abschweifungen, aber systematisch, und die Intuition des Phantastischen sei nur die Kehrseite der Logik des Phantastischen, wie bei einer Münze.

Isabelle fragte mit einem leicht glasigen Blick, was der Kleine einmal werden wolle.

Liebhaber, sagte Anton und starrte auf Isabelles Busen.

Der Junge habe viele Begabungen, sagte Bruno, ob er

nicht endlich mit seinem neuen Leibniz zu Bett gehen wolle?

Bin noch nicht fertig, sagte Anton. So ein Roman müsse immer eine eigene Logik verfolgen, aber gemäß natürlicher Regeln.

Inzwischen saß Genoveva bei mir auf dem Schoß und saugte am Schlips.

Ich tu ihn in die Waschmaschine, sagte Bibiana, das Kind habe eine Schwäche für seidene Krawatten, am liebsten möge es die blauen.

Ich hab einmal ein blaues Quadrat gemalt in lichtechten Farben, sagte plötzlich Johanna und ließ die Hand ihrer Schwester los.

Sie hat, sagte der Bruder Anton achtungsvoll, einen blauen Quader gemalt, ein Prisma, das ist ein konvexer Polyeder, der von zwei kongruenten und parallelen Ebenen –

Lies deinen Leibniz, sagte Bruno streng und verschone uns jetzt, bitte, mit deinen Lesefrüchten.

Euer Kind ist ein Genie, sagte Isabelle und küßte Anton auf die gebuckelte und bepickelte große Stirn. Man konnte bemerken, daß Antons Knie weich wurden. Mit weit geöffneten Nasenlöchern atmete er Isabelles Düfte ein und schloß berauscht die schweren Lider.

Seht, sagte Bibiana, als habe sie eine ferne, schöne Küste entdeckt, der Bub genießt trotz seines Gehirns mit allen Sinnen.

Ist Leibniz nicht ein bißchen zu früh, fragte Isabelle, ich meine trotz seines unmenschlichen IQ –?

Bruno sagte tonlos, der Junge assimiliere alles wie ein Schwamm, in diesem Fall halt die *Metaphysischen Abhandlungen* von Leibniz.

Meiners Philosophische Bibliothek, Band 260, sagte ich erschüttert.

Schlaf gut, mein kleines Genie, und er dürfe den Damen einen Kuß auf die Wange geben, der Isabelle und der Mama natürlich, sagte Bruno. Anton blieb stocksteif stehen und legte vorsichtshalber seine Hände hinter den Rücken.

Ich küß noch nicht, sagte er, weil ich noch nicht am Ende bin.

Eine irgendwie prophetische Antwort; ich bewunderte ihn sehr.

Kennst du denn den Leibniz, fragte er. Bruno trank noch einen Schnaps.

Nicht gut, erwiderte ich vorsichtig.

Guter Mann, sagte der junge Gelehrte, denn er sagt, daß die Gegenstände der Logik wie im Roman –

Da rief Bruno wie eine alte Krankenschwester: Wir gehen jetzt auf der Stelle ins Bett!

Geh, sei doch nicht so streng, sagte Bibiana, er hat doch noch so viel zu sagen!

Das ist es ja, erwiderte Bruno, gute Nacht.

Das Genie saugte sich einen Augenblick an Isabelles Wange fest, löste sich von der geliebten Haut und murmelte, es wäre eh nur um Wahrheit- und Ereignisfolgen-Analysen gegangen, küßte der Mutter die Hand, lächelte die Schwestern schief an und verschwand.

Armes Kind, sagte Bibiana, da geht er einmal aus sich heraus, und keiner tut's würdigen.

Ach was, sagte Bruno, wir bewundern diesen kleinen Hosenscheißer viel zu sehr, der redet ja kaum noch mit anderen Kindern.

Mit uns schon, sagten die Zwillinge, aber nur wahre Geheimnisse und warum du dich bei den Eröffnungen so blöd anstellst.

Irina, Johanna, rief Bibiana, eßts eure Würste und

gehts ins Bett. Die beiden Mädchen wollten einen Abschiedskuß von mir.

Im Zug erinnerte ich mich daran, daß mir eine der beiden eine Karte in die Hand gedrückt hatte; es war eine Ereigniskarte, und auf der Rückseite stand in Krakelschrift – Man muß sich hüten vor ungewissen Ereignissen, aber auch gewissen, wenn sie vorausbestimmt sind. Friedhöfe meiden! Deine Irina.

PS: Du bist ein Lieber! Deine Johanna.

Der Rest des Abends verlief gedämpft. Bruno überkam ein gewisses Elend.

Sei du einmal umringt von lauter genialen Kindern, sagte er, die Zwillingsweibchen hätten's auch gefressen … und die kleine Genoveva erst recht.

Kurz vor unserem Abschied (das weiche Bett im Hotel Wandl lockte uns) fragte mein Freund Bruno, ob ich jemanden kenne, der durch's Schreiben Millionär geworden sei?

Nur im Ausland, sagte ich, und bei einem niedrigen Niveau, und er möge die Landromane der Dame Pilcher lesen oder die der pinkfarbenen Cartland.

Seids uns nicht böse, sagte Bruno, aber der Tag war aggressiv. Zuerst die leicht debilen Kinder in der Schule, alle lieb, aber anstrengend, dann Besuch und dazu die kleinen Genies… Was zuviel sei, sei zuviel.

Wir sagten uns herzlich Servus und tauschten Adressen und Telefonnummern.

Vicovic 8

Für seine Fahrt nach Wien, incognito, hatte sich Vicovic nach einer Photographie T. S. Eliots gerichtet – dunkler Anzug und Aktentasche, in der das Randolf-Manuskript und der Schulaufsatz seines Sohnes Milan steckten. Er las und er rauchte und las mit still wachsender Bestürzung Milans ersten Aufsatz: TIERE DIE ICH KENNE, für den er von seiner Lehrerin ein ‹sehr gut› erhalten hatte; o je, dachte Vicovic.

Das Lama, hatte Milan geschrieben, blickt den ganzen Tag voller Hochmut, bis es spuckt. Dann schaut es wie ein Kaiser. Es ist ein Tier aus den Anden und voll Wolle, die man zu Pullovern und Mänteln und Bettdecken macht. Man weiß nicht warum es spuckt. Das Lama es pißt auch viel. Der Strahl ist goldgelb und nicht wie bei Papa wasserhell und er pinkelt immer daneben sagt die Mama. Das Lama hat eine gespaltene Zunge und wackelt mit der Oberlippe. Sein Schwanz ist kurz und behaart und wedelt viel. Papas ist lang und dünn, wenn er sein Bier rausläßt.

Der Tiger lebt nicht überall. Er ist schön und traurig und spuckt kein bißchen. Der Tiger ist unfreundlich und hat große Eier die er leckt. Sie gleichen den Eiern von Jungen nicht und er beleckt sie gern. Aber nur im Liegen und er sieht nachdenklich dabei aus wie der Papa am Küchentisch. Wenn er sitzt und schreibt. Der Tiger besteigt seine Frau, beißt sie in den Rücken und dann faucht die Frau wie wild. Meine Mama faucht auch und sagt immer ja ja mach doch.

Das Meerschweinchen, das ist klein und es rennt und es hat Rosetten oder es hat keine und ist glatt. Es trägt einen Schnurrbart, der ist aber nicht falsch wie der von Papa, den er nur manchmal hat. Dann dürfen Mama und ich nicht mit. Das ist traurig.

Die Gans ist ein großer dicker Vogel der keinen guten Charakter hat und nicht fliegen kann. Die Gans schmeckt wunderbar und meine Mama füllt ihren Bauch mit Kastanienmus und Rosinen und Fettspeck und die Großen trinken Rotwein aus dem Supermarkt und der Papa hat keinen Schnurrbart und küßt die Mama auf den Mund und geht ihr an die Titten und dann gehen sie ins Schlafzimmer und machen die Tür zu und man sieht nichts. Aber man hört viel. Und dann sagt die Mama du machst mich ganz hin und ist voller Fröhlichkeit wie der Papa, der immer Uff macht.

Die Biene war früher auch ein wildes Tier aber jetzt muß sie arbeiten. Sie ist gut wenn sie sich nicht ärgert. Aber die Gans ist das beste Tier, weil man sie essen kann.

Ich werde Milan eine Nuß statt ‹sehr gut› geben, dachte Vicovic verdrießlich, aber, immerhin, so kann man Familienromane auch schreiben. Er versenkte, in Gedanken an seine kleine Recherche in Wien, die zwei mit grünen Wölkchen bemalten Blätter in seine Aktentasche neben das schon etwas klebrige Manuskript Randolfs.

Der Besuch in Wien war sehr erfreulich, dachte Vicovic auf der Rückfahrt.

Die Familie Zehfuss existiert wirklich, vor allem die schöne Bibiana mit ihrem nagelneuen Baby.

Vicovic hatte im Telefonbuch die Adresse gefunden, wartete eine Weile auf einer Parkbank in der Nähe der Johannagasse im Regen und beobachtete das betagte Haus; und zu seiner Freude kam, als die Sonne wieder schien, eine üppige Dame, die der Beschreibung Randolfs entsprach, mit einem Kinderwagen heraus und setzte sich neben ihn. Sie schaukelte den Säugling und sah traurig aus.

Bruno, hatte Vicovic gedacht, ist wahrscheinlich nicht sehr aufmerksam.

Wie geht es Anton, fragte er herzlich.

Sie kennen Anton, fragte Bibiana und öffnete weit die umbrafarbenen Augen.

Oh, verzeihen Sie, ich kenn Ihre ganze Familie durch einen alten Freund, sagte Vicovic, küss' die Hand, den Anton, die Zwillinge und die Kleine auf dem Nachttopf; und nun auch Ihr Jüngstes! Sie sind doch Bibiana Zehfuss? Und Ihr Gatte der Herr Bruno? Mein Sohn Milan spielt nämlich mit Anton Schach.

Damit hatte er alle Informationen in einer hoffentlich vorsichtigen Mischung auf den Tisch gelegt.

Bibiana fragte nach dem Namen des gemeinsamen Freundes.

Randolf, sagte Vicovic, Randolf K., kein anderer.

Der Arme, sagte Bibiana, ein Selbstmord … nie –

Vicovic war überrascht. Nach einem Selbstmord konnte man einfach nicht so friedlich aussehen wie der Herr Randolf auf seinem Klosettdeckel. Wie und womit?

Aber Ihr lieber Bruno, fragte er, hoffentlich wohlauf?

Ach nein, ach nein, sagte Bibiana, leider gar nicht. Es sei alles recht unerfreulich. Bibiana reckte sich und gähnte. Ihr schöner Busen wogte, wie es in der besseren Literatur wohl hieß. Keine Romanfigur, dachte Vicovic, nein, göttliches Fleisch und Blut! Um die schöne Konversation fortzusetzen, behauptete er, Anton sei sehr stark mit der Sizilianischen Eröffnung.

Ach ja, ach ja, erwiderte die schöne Bibiana sanft, ein intelligentes Kind, ach ja. Sie schien unendlich müde zu sein und ausgelaugt von gewissen Strapazen, die Vicovic gern mit ihr geteilt hätte.

Gottlob, dachte er kurz vor Prag, hab' ich mich dann auf die Gebote der Höflichkeit besonnen und mich vorgestellt.

Gestatten, hatte er gesagt, Vicovic, Jaroslav aus Prag, Schriftsteller. Ohne diesen Satz wäre das Treffen glücklicher verlaufen.

Ach gehens', sagte die schöne Bibiana, Sie auch noch? Sie könne Schriftsteller nicht ausstehen, weder in der Familie noch außerhalb; der Anton sei einer, die Schwestern auch, und die zweitjüngste hatte schon ihr erstes Gedicht auf der Stiegentoilette verfaßt, zehn Wörter, schlecht gereimt, aber tief gefühlt.

Auch an Ihnen ist eine Dichterin verloren gegangen, sagte Vicovic zum Abschied, küßte ihre Hand und ging zum Ostbahnhof.

26

Wir riefen bei Grandmère Claire an; der Masseur sagte mit grober belegter Stimme, die Dame empfange nicht, und legte auf. Liebevolle Übernahme des Lagers, sagte Isabelle.

Wir bezogen wieder unsere Zimmer im Hotel Keppler, am Morgen des 24. Dezember. Am Vormittag trennten wir uns das erste Mal, um wie alle anderen Verrückten Geschenke zu kaufen. Am Nachmittag suchten wir Lionels Grab und gerieten leider auf den Friedhof von Passy, ein Ort, an dem man seinen schlimmsten Feind nicht begraben wünschte ... graue Stelen mit dunklen Gravuren von Namen und Geburts- und Sterbedaten unbekannter, längst vergessener Toter, nicht ein einziges trauriges Gebüsch, kein Baum, keine Blume. Eine bleiche Wintersonne schien auf das trübe Ensemble der Verlassenen. Wir gingen von Stein zu Stein, aber kein Schachgenie dämmerte großen Revanchen entgegen.

Hätte ich am Morgen oder am Mittag oder irgendwann noch einmal Irinas Ereigniskarte, Rückseite, gelesen, wäre es mir möglich gewesen, die Warnung Landaus abzurufen, vielleicht hätte das Ereignis nicht stattgefunden.

Die alte Jugendliebe hieß Michel (Kuhaugen über einem assyrischen Bart) und beugte das schöne Profil über die Stele ihrer Mutter, die am 24. Dezember vor einem Jahr an einem Krebs gestorben war.

Michel! rief Isabelle.

Isabelle! rief Michel.

Die glatten Reime hätten mir zu denken geben müssen, aber ich war mitten im Winter in bukolischer Stimmung – Paris, ich hatte eine Geliebte – das waschechte Modell Rogiers –, Claire lag in den Armen des Athleten, und wir würden gemeinsam im Hotel am ersten Weihnachtsfeiertag den Lionel-Roman beginnen, Schenkel an Schenkel, vierhändig wie Virtuosen am Piano, unterbrochen von Küssen, Sätzen, Absätzen, Seiten und Pausen im Bett.

Wer war das, fragte ich in der Rue Keppler.

Ein alter Bekannter, sagte Isabelle und schüttelte den Kopf.

Hübscher Mensch, sagte ich, schwul?

Ach nein, sagte Isabelle gedankenvoll, eher nicht.

Und von Beruf, fragte ich mit idiotischer Hartnäckigkeit.

Sorbonne, sagte sie versonnen, irgend etwas mit Poststrukturalismus, sie habe keine Ahnung, sie wisse nur, daß seine Mutter wirklich vor einem Jahr gestorben sei.

Ja dann, sagte ich.

Über das Glück kann man nichts Vernünftiges schreiben. Finis. Glück kapiert man erst, wenn man es nicht mehr hat (Cervantes). Präventivmaßnahmen wären möglich gewesen, hätte ich nur auf Landau gehört oder auf die kleine Irina; aber läßt man erst einmal das Element des Irrationalen in sein Leben, gibt's kein Halten mehr.

27

Isabelle hielt sich bedeckt. Ich rief morgens, mittags, abends und nachts an, immer meldete sich der glückliche Masseur Kamejka und sagte, die Damen seien nicht zu sprechen; und eines Tages waren sie verreist. Sie weilten, so sagte er vornehm, wohl ein nagelneues Wort, das er aufgeschnappt hatte, in einem Kurort namens Würelos in der Schweiz.

Allein, fragte ich, die beiden Damen? Langes Schweigen am anderen Ende. Kamejka hüstelte. Sind in die Begleitung von Therapeut, sagte er.

Kenn ich, sagte ich matt, assyrische Schule. In Wahrheit war's armenische Schule, wie ich später erfuhr.

Die Logik der seelischen Ereignisse ist kompliziert, besonders für ältere, nicht besonders gut auf Eifersucht präparierte Herren und auf einem Bett, dessen Matratze mit ihrem Körper wollüstig seufzte.

Ein oder zwei Tage vergingen bettlägerig. Südlich von meinem Ohr wurden endlos tiefe Badewannen gefüllt und wieder geleert, im Norden rauschten die Gezeiten eines Klosetts mit einem vibrierenden Rohr, immer in Korrespondenz zu den Spülgeräuschen eines Bidets mit Schluckauf.

Über mir trabte eine Dame in Stilettos von ihrem Bett bis ins Bad und wieder zurück.

Der belesene Liebhaber bestellte in seiner Buchhandlung Burtons *Schwermut der Liebe,* doch auch der fleißige Verfasser dieses Kompendiums kannte kein Antidot. Ich betrank mich systematisch, aber der Kater am nächsten Morgen hatte allzu dicke Pfoten. Endlich faßte ich einen Entschluß, der mich später vor dem schleichenden Schwachsinn meiner *idée fixe* retten sollte – ich kaufte eine elektronische Schreibmaschine, eine dicke Filzunterlage und 500 Blatt Papier à 80 Gramm und fuhr in die Römersteinbrüche nach Würenlos, wegen des vielen Rotweins weiß ich nicht mehr, wie ich die erreichte. Im Zug lernte ich eine ausgemergelte Dame kennen, die sich jedes Jahr durch einen Besuch der Emma-Kunz-Grotte regenerierte. Das Gestein, sagte die Dame, habe eine enorme Energie, und man könne sich aufladen wie eine Batterie. Immerhin, das klang hoffnungsvoll.

Was das für eine Kraft sei, fragte ich.

Die große Kunz, sagte die Dame, habe die Kraft Aion-A genannt.

Ob sie auch gegen Schmerzen helfe, die Kraft, fragte ich in meinem wahrscheinlich unverbesserlichen Zustand. Die Dame sah mich scharf an.

Gegen welche Schmerzen, fragte sie, denn dann käme es darauf an.

Herz- und Kopfschmerzen, sagte ich.

Ich befände mich in Disharmonie mit den kosmischen Gesetzen, und eine körperwarme Anwendung sei das einzig Wahre.

Merci, Madame, sagte ich demütig.

Dann richtete sie sich auf und lächelte ekstatisch.

Spüren Sie's, fragte sie, denn jetzt seien wir mitten im magischen Kraftfeld des Würenlosen Heilgesteins. Gehen Sie zu Fuß ins Epizentrum, das ist die Grotte der Emma Kunz, und öffnen Sie bewußt all Ihre Sinne.

Danke für den Hinweis, sagte ich und stieg aus.

Mit der Grotte hat es nichts weiter auf sich. Touristen krochen herum, aber auch ernste Liebhaber, die ihre Leiden linderten, indem sie die Steine berührten oder verstohlen küßten.

Hinter einem riesigen Elefantenfuß aus Stein entdeckte ich das Trio; Isabelle traulich am Arm des Bärtigen, der mit einer großen, schwarz behaarten Hand Grandmère Claire führte, ein schönes Bild – Kavalier führt Damen in magische Grotte.

Später gingen sie in das Kunz-Museum und kauften sich kleine Päckchen mit Aion-A in Pulverform, Gott allein weiß, wogegen.

Am späten Nachmittag bestieg ich den Zug und verließ das friedliche Kraftfeld, das die hübsche Emma 1933 entdeckt hatte; gegen obskure Leiden wirkt es ganz und gar nicht.

Im Hotel Keppler raufte ich mir die Haare, sammelte alle meine Papiere, Dokumente und Notizen – Lionel, aber auch Arthur, den ich dringend als Figur brauchte.

Willkommen im Laboratorium.

Ich begann zu schreiben; zuerst mit einem Finger und dann mit zweien, und siehe, es funktionierte. Ich sehe mich jetzt noch im schäbigen Hotelzimmer des Keppler an dem fragilen Tisch sitzend, mit gekrümmtem Rücken zu Bad und Toilette; der inkontinente Spülkasten rauschte dezent und machte unvermutete Pausen, und es knackte im Gerippe des Heizkörpers.

Der Autor des authentischen, historischen Familienromans verließ das wollüstige Stadium des Sammelns und machte ein Konzept, wie es eine wirklich seriöse Arbeit verlangt.

Alexander pflegte sich auf seinen Reisen im Orientexpreß (bis zur dummen Fleischvergiftung im Simplontunnel 1929) mit Champagner zu inspirieren, ehe er auch nur eine Zeile zum unerschöpflichen Corpus seiner Seelenkunde hinzufügte, die postum in einem Privatdruck erschien unter dem schönen und irreführenden Titel *Jenseitsbaedeker.* Der Einband war aus Maulwurfsfell; die Familie rottete ganze Maulwurfsippschaften aus. Leider konnte ich nie ein Exemplar in Augenschein nehmen, das letzte (Auflage 17 Stück) verbrannte 1944.

Ich als Verfasser setzte mich in jenen Wochen auf eine Diät: Petit Fours und einen leichten Rouge.

Der neurasthenische Arthur, der Doktor, setzte sich vor schriftlichen Arbeiten in seinen Rotationskäfig und drehte ein paar Runden entgegen dem Uhrzeigersinn, bis sein Gehirn dem Schwindel der Nervenbahnen folgte, wodurch auch entlegene Synapsen gedopt wurden. Auf diese Weise kam er zwangsläufig auf die Idee seiner Schönheitscrème Aphrodite, die er, nägelbeißend, mit rachesüchtigen Gedanken an seine geliebte Eleonore d'Abov verfaßte. Die Wirkung dieser Crème war enorm, der Erfolg bescheiden, und eine Dame verklagte ihn.

Der sentimentale Großwildjäger Basorgia schrieb seine Tiersonette nur dann, wenn es regnete, hagelte oder schneite – die Sonne sagte ihm absolut nichts –, hüllte sich in ein altes Bisonfell, das Geschenk eines kanadischen Freundes, und wartete dann geduldig auf die erste Zeile, die sich in den Dünsten unter dem Fell entzündete und dann fünffüßig voranschritt, bis die kunstvolle Angelegenheit nach vierzehn Zeilen ihr natürliches Ende fand.

Der geniale Verfasser der Moritat *Memoiren eines Kammerjägers,* Hochweg, schrieb seine mitfühlende Prosa nach exzessiven Bädern in einer gußeisernen Wanne mit Löwenpranken.

Der gelehrte Freund unserer Familie, Liebhaber kranker, weiblicher Seelen (männliche konnte er auf den Tod nicht ausstehen und sagte, sie röchen schlecht), der Psychiater Zahneysen, verfaßte seine Anamnesen in einem würdigen Protokollstil, der jedem Casus gewachsen war; er benutzte die Methode der Abstoßung durch Lektüre. Leider habe ich ihn nie gefragt, von welchen Büchern er sich so kraftvoll abstieß, bis ihn die Inspiration ereilte.

Ob Landau eine bestimmte Arbeitsmethode benutzte, weiß ich nicht, was mehr als bedauerlich ist. Lionels Freund Musset war Säufer und fühlte sich nur in den Paradiesen des Delirs zuhause. In den Stadien der Nüchternheit erlaubte ihm seine *audition colorée,* das Farbhören, phantastische Kater im Spektrum aller Farben und Klänge, bestimmt sehr anregend für die Produktion seiner privaten *Proverbes Dramatiques.*

Proust! Proust und Parmentier erfanden lange vor Liebig das Extractum Carnis, den Fleischextrakt, aber wie und unter welchen Bedingungen waren sie auf die Idee gekommen? Heiße Bäder? Exkursionen unter Wüstensonnen?

Und wie zapfte Lionel sein Genie an oder seine vielen Begabungen, denn ein Duell mit einem Gegner verlangt andere Fähigkeiten, als ein Blind- und Simultanspiel.

Lionels exzentrischer Freund Nerval, der seinen Hummer an einem blauen Band spazieren führte (jedenfalls bis zu seiner ersten Einlieferung ins Irrenhaus, 1841, an einem milden Märztag), mußte sich nicht von fremden Ideen abstoßen; als Nachtwandler war er sich selbst genug; – genug, genug – schrieb meine gebrauchte Olympia eilfertig. Vielleicht ein Speicherlapsus oder die zwanghafte Erinnerung an den Vorbesitzer. Die Tasten hatten ihre Tücken, d.h. einzelne Buchstaben. So produzierte sie hartnäckig immer ein Doppel-m, wo eines genügt hätte; man kann nicht immer über Mammillaria der Mammuts unter Mammatuswolken schreiben. TA liebte Ausrufezeichen und verweigerte Fragezeichen. Kommata hätte sie gemocht, hätte ich sie ausgeschrieben; als Zeichen bevorzugte sie allein den Punkt, was nachträglich der Garant für einen mitunter allzu lakonischen Stil war. Wir arrangierten uns dann irgendwie, die Maschine und ich.

Ich fand heraus, daß ihre Seele die Zeichen auf den Tasten einfach umgepolt hatte. Ihr Repertoire war in Ordnung, wenn man sich erst daran gewöhnt hatte, daß sie die Zeichen gern über andere Tasten als die bezeichneten bezog.

Matt mit Dame
Roman

Lionel K. saß unbegreiflich matt im Kopf vor seinem Brett im Café de la Régence und führte in Gedanken seinen zwölften. Zug spazieren. Sein Gegner war ein feister Mann mit bleichen Hamsterbacken, die er bei jedem seiner recht unbedachten, aber kühnen Manöver blähte und wieder zusammenfallen ließ. Es war Lecrivain. Lionels drei Finger warfen einen dreiohrigen Schatten auf die blasse Seidentapete mit dem Kalender und dem Datum des 2. Mai 1849. Das Licht der niedrig hängenden Gaslampe rechts von seinem erhitzten Körper – fliegende Hitze wie heiße Schauer – blendete ihn. Er bestellte bei der schönen Isabella einen Absinth, dessen Geruch Lecrivain haßte. Sie brachte sein Lieblingsglas, einen Zylinder, und eine Karaffe Wasser. Isabella war im Besitz von zwei herrlichen Brüsten, die Lionel in Gedanken voluptuös nannte, und wohlgeformten Beinen; ihr Gesicht war herzförmig, der Mund eine delikate, blasse Wunde. Eine etwas ungepflegte Schönheit, und Lionel liebte sie rasend.

Das Café de la Régence war heute nicht so voll wie gewöhnlich; unter den Gaslampen saßen die Stammgäste, ein paar Veteranen, die jeden Zug notierten, und im Hintergrund hörte man die Karambolagen von Billardkugeln aus Elfenbein.

Lecrivain zog, ließ Läufer und Springer ohne Deckung, bemerkte das Malheur und wollte den Turm mit zitternden Fingern sofort retournieren.

Mais non, mon ami, sagte Lionel sanft. Etwas geriet in Bewegung.

Ein Gast betrat das Lokal, begleitet von einem Windstoß, der die Flämmchen der Lampen zum Flackern brachte, ein Glas Bier fiel von einem Tablett; Dr. Arthur v. K., der neue Gast, setzte sich an den freien Marmortisch hinter Lionels Rücken.

Über Paris braute sich ein Gewitter zusammen.

Lecrivain steckte sich eine Papyrossi an. Lionel machte einen schönen Zug, und Lecrivains Turm war hin.

Die große Glastür wurde wieder geöffnet, und ein großer, muskulöser Mann in karierten Knickerbockern erschien, ließ seine hervorquellenden grünen Augen blitzschnell durch den Raum streifen, entdeckte Lionel und setzte sich dann an einen Tisch an der Wand.

Der Wind nahm zu und die Fensterscheiben klirrten. Noch bevor die grauen Wolken sich entleerten, öffnete sich die Doppeltür abermals. Ein kahlköpfiger Herr in einer Pelerine trat ein, geführt von einem tiefblauen, riesigen Hummer, der ihn an einem hellblauen Seidenbändchen zu einem Tisch neben den Spielern geleitete, wo der Herr ruhig seine schweren Lider hob.

Laß dich nicht stören, lieber Lionel, sagte Gérard de Nerval, um die Zeit existiere ich noch gar nicht.

Etwas abseits beobachtete ein Greis mit spindeldürren Gliedern und einem faltigen Schädel die Szene.

Beim ersten Donnerschlag stürzte ein Herr mit Gehrock und Schlapphut ins Café, schon vollständig durchnäßt, setzte sich an den zweiten Nebentisch zu Lionel und bestellte eine Karaffe Eau de Vin de Prune.

Musset, trink nicht so viel, sagte Lionel, oder laß uns zusammen trinken, mein Freund Lecrivain ist in zwei Zügen matt.

Lecrivain starrte aufs Brett. Draußen rauschte der Regen, Blitze flammten, und der Donner tat, was er sollte – er grollte und ließ manchmal auf sich warten, ehe er den Schlag setzte.

Sie sind der Dr. Arthur v. K., fragte der Herr mit den urwaldgrünen Basedow-Augen.

Jaja, sagte Arthur gleichgültig.

Gestatten, Basorgia, sagte der Herr, Riga, Sie sind doch aus Dorpat, wo Sie –

Nie gehört, sagte Arthur unhöflich und vertiefte sich in Papiere, die nach Fisch rochen.

Ich habe, sagte Basorgia und legte ein stämmiges Bein über das andere, die Großwildjagd aufgegeben und mache eine Bildungsreise, wissen Sie … große Kokotten, geniale Ärzte, Meister des Schachspiels, kranke Dichter.

Was Sie nicht sagen, erwiderte Arthur, den Blick auf die mit Fliegendreck beschmutzte Decke gerichtet.

Aber eigentlich suche ich einen Jagdhund, sagte Basorgia – er habe aus zuverlässiger Quelle erfahren, daß der Doktor welche züchte?

Der Alte mit den Insektengliedern rückte näher und sagte zu Basorgia: Gestatten, Hochweg, Kammerjäger.

Im Hinterhof schlug ein Blitz ein, ein Augenblick großer, kontemplativer Stille folgte, dann erst besann sich der Donner und tat das seine, wie es bei Gewittern üblich ist.

Macht nichts, sagte Basorgia und fragte Arthur, wer der Herr mit dem Hummer sei oder der Hummer mit dem Herrn.

Ein neurotischer, aber guter Dichter, sagte Arthur, leider kein Patient, er therapiere sich eigenhändig, de Nerval...

Haben Sie nicht Ihre Approbation verloren, fragte Basorgia und rückte um eine Stuhlbreite näher.

Der andere Herr sei Alfred de Musset, sagte Arthur, und liebe die Gesellschaft von Bildungsreisenden wie ihn; er müsse natürlich für alle Getränke aufkommen.

Ob Musselt etwas von Hunden verstehe, fragte Basorgia besorgt.

Nicht die Bohne, sagte Arthur, der Mann heiße Musset und nicht Musselt.

Macht nichts, sagte Basorgia mit der Großzügigkeit eines viel gereisten Mannes, der Dschungel und Savannen kennt, schade.

Suchen Sie einen Kammerjäger, fragte Hochweg, der sich lange zurückgehalten hatte.

Basorgia erwiderte, daß sein Hotel recht komfortabel sei.

Keine Kakerlaken, keine Wanzen; keine Milben, keine Flöhe, keine Läuse, keine graziösen Silberfischchen, für die sein Berufsstand eine Schwäche habe – nichts dergleichen?

Herr, sagte Basorgia, lassen Sie Ihr ungeziefferreiches Geschwätz. Er wolle nach der Partie den Großmeister von Frankreich, den Herrn Lionel kennenlernen, er befinde sich schließlich auf einer Bildungsreise.

Da sagte der Kammerjäger Hochweg: Ich war einmal Kammerjäger in Goethes Küche!

Herr Basorgia rieb sich mit den Zeige- und Mittelfingern die Schläfen. Goethe, sagte er, jaja, freilich, Goethe, der Name komme ihm irgendwie bekannt vor.

Arthur, der Doktor, wurde ein bißchen munter.

Goethe ist gut, sagte er zu Hochweg, aber kannten Sie die Vulpius?

Freilich, sagte Hochweg, sie warf mich aus der Küche; dabei hatte Goethe selbst mich bestellt...

Lionel legte Lecrivains letzte Position lahm und trank seinen Absinth. Auf dem Trottoir dampfte es; die Sonne strahlte.

Ein letzter Gast erschien, d.h. ein kleiner buckliger, aber kräftiger Groom zwängte sich gepäckbeladen herein, gefolgt von einem sonnig lächelnden Herrn, der auf Lionel zusteuerte und rief: Lionel, Meister, schöne Grüße von Lydia und Guido! Und alle deine baltischen Tanten lassen grüßen, wie geht es dir, du siehst ja ganz schauerlich aus – Service! Champanskoje für alle! Und dann setzte er sich in Lionels lieben, alten Plüschsessel, den er, mit dem Rücken zum Publikum sitzend, für seine Blindpartien benutzte.

Alexander, rief Lionel, als sei ihm ein lang gefürchtetes Gespenst aus der Zukunft oder der Vergangenheit erschienen.

Wer ist diese Persönlichkeit, fragte Hochweg, der Hoffnung schöpfte.

Alexander Baron v. K., sagte Arthur gedämpft, ein überaus weitläufig entfernter, unendlich reicher Vetter.

Reich, flüsterte der Kammerjäger und schlug die dünnen Arme um den Oberkörper, bis sich seine Fingertentakel im Rücken berührten; eine akrobatische Leistung, die der Baron mit einem Champagner Rosé aus Reims honorierte.

Dann bat Alexander Lionel, ihn den anderen Herren (außer vielleicht dem Fußvolk) vorzustellen.

Lionel überkam wieder eine hitzige Absence, die seine Kopfhaut prickeln ließ, exakt das Gefühl, das Baudelaire ‹Die Flügel des Schwachsinns› nannte.

Der mit dem Hummer, sagte er mühsam, sei Musset und der andere Gérard de Berval, nein, seufzte er, umgekehrt!

Wie interessant, sagte der Baron und breitete beide Arme aus, der Verfasser von Aurélia…? Nicht wahr: Der Traum ist ein zweites Leben. Nicht ohne Schauder konnte ich je die Tore aus Elfenbein oder Horn durchschreiten, die uns trennen von der unsichtbaren Welt … Ja, mein Freund, so ist es in der Tat, wie mich die Erfahrung lehrte, kommen Sie doch bitte für einen Moment an meine Brust … Sie leiden hoffentlich arge Not, Sie sind verarmt, Sie sind voller Bitterkeit gegen die Welt, und Sie hassen alle Menschen…? Das würde meine Verhandlungen überaus vereinfachen, *cher ami.*

Nerval kratzte sich mit einem langen Fingernagel ein Schüppchen von der Kopfplatte und sagte, nein, er leide nicht, er habe ja Trixi; *le rêve et la vie.*

Wer die entzückende junge Dame sei, fragte der Baron entzückt.

Mein Hummer, sagte Nerval düster, er müsse jetzt zu Bett, um sich für die Nacht zu präparieren.

Wir werden speisen, schrie der Baron, große Tafel, Austern, Champanskoje!

Muß ins Bett, sagte Nerval und zupfte am hellblauen Seidenbändchen von Trixi, die sich unendlich langsam auf die Socken machte, nachdem sie ihre Scheren geschlossen hatte.

Eine bizarre Idee, sagte Alexander und rang die Hände; und Sie mögen Hummer?

Nerval erwiderte, daß Hummer die einzigen Tiere seien, deren Gesellschaft halbwegs erträglich wäre.

Sie sind ein Seelenfreund, sagte der Baron, wir werden speisen, was er gegen den Haarausfall mache –?

Hummerscheiße, sagte Nerval, hilft aber nicht viel.

Alexander war ein bißchen verstört und bat Lionel an die Tête der Tafel, wo sich schon alle niedergelassen hatten; besonders Lecrivain lockte nach der üblichen Niederlage ein Diner.

Der Champagner floß, und der Baron lernte seine Tischgäste kennen, die er zerstreut und wohlwollend an seine Seele drückte, natürlich nur symbolisch; seine Interessen galten der Speisekarte und dem Popo von Isabella.

Herrlich, sagte er zu Lionel, derlei habe er nur im tiefen Orient gesehen. Schach sei nicht alles, sagte er tiefernst, du mußt unbedingt einmal jemenitischen Keller spielen, begleitet von Zimbeln. Ein Kammer- und ein Großwildjäger an einem Tisch; wie groß denn die Unterschiede auf der Jagd seien, abgesehen von den Größenverhältnissen.

Arthur drängte sich zwischen Hochweg, der ergeben seine Spinnenfinger knetete, und Alexander, dem er sich als Seelendoctor vorstellte.

Der Baron fragte, ob er etwas vom Jenseits verstünde.

Meine Domäne schlechthin, sagte Arthur, der Morgenluft witterte.

Alexander orderte Champagner.

Sind Sie nicht, fragte Arthur, der geniale Erfinder eines Patentdosenöffners?

Der Baron schäumte vor Glück, und Arthur befand sich plötzlich im Besitz von fünf patenten Exemplaren.

Sie sehen hungrig aus, sagte er zum Kammerjäger Hochweg, aber man soll nichts überstürzen ... ich kann auf nüchternen Magen nichts essen...

Und Sie sind doch im Falz-Fein-Konservengeschäft, fragte Arthur, oder irre ich mich.

Aber nein, brüllte der Baron und rief den buckligen Groom. Eine Büchse von jedem, befahl er, aber schnell!

Lionel formte nervös Brotkügelchen und wünschte, der Abend wäre vorbei. Der charmante Baron zerrte an seinen Nerven. Und Lydia ließ mich grüßen, fragte er in einer Pause, in der – es war ein ungünstiger Augenblick für diese Frage – der hungrige Hochweg sanft und ohne Geräusch von seinem Stuhl glitt.

Der Baron war entsetzt und machte sich Vorwürfe. Fein-Falz'sche Konserven der New Line wurden gebracht. Der Baron hatte gewisse Schwierigkeiten, die Dosen zu öffnen, mit deren Inhalt er den Teller Hochwegs überschwemmte.

Passen Sie auf, mein Guter, sagte er, Sie werden bald wieder bei Kräften sein ... Fischlippen im Sud ... eine ganz neue *création* meines Kochs, und das, das ist Kamelstuteneuterragout in einer Sauce à la Meunière ... aber was ist Ihnen, mein Bester?

Der Kammerjäger fiel wieder vom Stuhl, wurde wieder placiert und bekam Pommes frites mit Remouladensoße.

Ach ja, sagte Alexander, bei exotischen Gerichten müssen die Märkte immer erst entdeckt werden, das mache diesen Beruf so anstrengend.

Und Lydia hat mich grüßen lassen, fragte Lionel das zweite Mal.

Jaja, sagte der Baron und blätterte in der Speisekarte, das habe sie wohl, das Schwesterchen und ihr Pony haben sich auf dem Dachboden erkältet.

Ja, aber, sagte Lionel, wie kann sich –

Entschuldige, Lionel, sagte Nerval mit Hummer Trixi auf dem Schoß, deine Schwester hält sich ein Pony auf dem Dachboden? Trixi richtete seine oder ihre schwarzen Stielaugen erwartungsvoll auf Lionel, der resigniert nickte.

Lydia habe etwas gegen Weiden speziell und die Natur ganz allgemein.

Nerval schien über die Erklärung enttäuscht zu sein und legte seinen rechten Zeigefinger in die linke Schere des Hummers.

Lionel, sagte der Baron laut, hatte ich dir schon erzählt, daß dich deine Schwester Lydia grüßen läßt?

Mehrmals, sagte der Meister und betrachtete traurig die Figuren am Tisch. Isabelle stellte einen goldbraunen fetten Kapaun vor seine Nase und preßte dabei ein rundes Knie an sein Bein. Lionel belebte sich augenblicklich und riß sich einen Schenkel ab. Was hat Lydia gesagt, fragte er Alexander, der seine zwanzigste Auster schlürfte.

Nicht viel eben, sagte Alexander, schöne Grüße an Lionel, und der Guido arbeitet an der Lösung von Fermats letztem Satz – und Sie sind Kammerjäger, Monsieur Hochweg?

Sind Sie, fragte Arthur den Baron, der gerade den Kapaun tranchierte, als habe er eine weibliche Leiche auf dem Tisch, am Kosmetikgeschäft interessiert?

Ich war, sagte Hochweg, Kammerjäger bei Goethe!

Kosmetik, fragte der Baron erstaunt zu Arthur, und ob sich die Vulpius stark geschminkt habe? Und wie sie gerochen habe – und wie alt er sei?

Er kenne nur die Drüsenabsonderungen von Insekten, sagte Hochweg traurig, die schminkten sich nicht, und er sei der Jahrgang von Eckermann.

Und was hat Guido mir ausrichten lassen, fragte Lionel, der an der Brust des Kapauns saugte.

Der Baron wandte sich wieder Lionel zu. Es ging, sagte er, um – Moment – den Schauderschen Fixpunktsatz oder etwas ähnliches – als höflicher Gastgeber war der Baron für alle da.

Er sei an Kosmetik enorm interessiert, weil er die Damen liebte, und zu Hochweg sagte er nach seinem Satz für Arthur, er sei an Eckermann interessiert, der Meister aus Weimar sei ihm allzu kompliziert.

Ich hätte da eine gute Idee, sagte Arthur verzweifelt und goß sich Hochwegs Remoulade in den Schoß.

Mit Eckermann könne er dienen, sagte der Kammerjäger glücklich – sie seien Freunde gewesen. Wissen Sie, sagte er zum Baron, der Peter ist ein herzensguter Mensch –

Ein Masochist, sagte Arthur streng –

Freilich, sagte Hochweg, in dieser Umgebung, nicht wahr, und er züchtet Kanarienvögel –

Wie, der Eckermann lebt noch? – Aber ja, sagte Hochweg, nicht glücklich, aber wie …! Und ich lernte das Englische bei ihm, während die Sperlingsvögel ihr teils rollendes, teils pfeifendes Lied hören ließen, und wir –

Der tiefe Baß Basorgias meldete sich: Monsieur, ich als Großwildjäger…

Verzeihen Sie, sagte Alexander, ich habe Sie über diesen kleinen und belanglosen Plaudereien völlig vergessen, ich bitte um Pardon – was sagten Sie gerade?

Großwildjagd, sagte Basorgia, wer's einmal geschmeckt hat, vergißt's nie! Wer je einen Bären schoß – ganz unvergeßlich … diese Majestät im Todeskampf … die Tatzen und die Krallen … und sie weinen!

Hat, fragte Lionel, Lydia dir nichts Schriftliches für mich mitgegeben?

Nicht, daß ich wüßte, sagte Alexander, aber vielleicht eine deiner unzähligen Tanten oder Onkel aus Dorpat, Riga oder Reval. – Und sie weinen? Erbarmung – wilde Tiere, und sie weinen! Haben Sie je eines getötet?

Ich – wo denken Sie hin, sagte Basorgia überrascht ... ich habe mein Mütterlein gezüchtigt, ich habe Dienstmädchen genotzüchtigt, ich habe Domestiken mit der Peitsche bis aufs Blut ... aber einen Bären, mein lieber Baron, habe ich noch niemals zum Weinen gebracht ... Nicht ich, ich nicht!

Wir sollten Brüderschaft trinken.

Der Baron und Basorgia tranken mit Hilfe einer Karaffe Wodka mehrmals Brüderschaft.

Mein liebster Basorgia, sagte der Baron, es gibt da in Ägypten eine Peitsche, sag ich dir; die heißt Kurbash, ja Kurbash ... aus Nilpferdhaut gedreht, weißt du, mein Bester, geschlungen wie die Eingeweide toter Vorfahren oder toter Seelen – ich heiße, prost, Alexander – wie heißt du, mein lieber Freund? Basorgia, der Jäger, hatte seinen Namen vollständig vergessen, so daß der agile Arthur wieder seine Geschäftsidee mit der Kosmetik auf den Tisch neben das Kapaun-Skelett legen konnte.

Der Baron begriff und ergriff die Idee sofort – ein teures Produkt, das bei der dritten Phase der Anwendung irreparable Schäden erzeugte.

Herrlich, mein Freund, sagte er, man muß eben oft verreisen und eine GmbH gründen, dann seien die Lasten verteilt; ob ihm, fragte er Basorgia, sein Vorname eingefallen sei –? Als liberaler Mensch benutze er ungern Nachnamen an einem so genialen Abend.

Der Abend wurde immer genialer.

Gegen elf rauschte Olga, eine begnadete Damespielerin und Kokotte herein, bleich wie der Mond, an ihrer Seite trottete, die Rute unter dem weiten Seidenrock, ein Bergamasker Hirtenhund mit einem verschlafenen Gesicht hinterher. Sie reichte Lionel die Hand, damit er sie küsse, und trank aus seinem Glas Champagner. Basorgia wurde von einer wilden Erregung gepackt, als er die bunte Dame mit dem Harlekingesicht sah.

Was, so fragte er, das für eine Race sei. Der Baron rettete die Dame und die Situation.

Der Herr meine den Hund.

Das ist Kiki, sagte Olga und sah hochmütig auf den Stiernacken des Großwildjägers.

Die Nacht auf dem Boulevard sank wie eine blaue, durchlöcherte Samtdecke, durch die goldene Lichter fielen. Die Spiegel in den schwarzen Rahmen leuchteten.

Es ist, sagte der Baron, zwei Stunden bevor er verschwand, eine Stimmung hier wie in einem der Etablissements an der Goldenen Pforte, es fehle nur der Blick auf den Bosporus, leider fehle es auch an Damen. Der weltläufige Reisende schickte den Groom auf Tour, der nach zehn Minuten wiederkehrte, im Schlepptau eine uralte Hure, die sich neben den Baron setzte. Musset hob seine Nase aus dem Absinth und hielt die Dame längere Zeit für seine Mutter, aber als sie partout keine Erinnerungen mit ihm teilen wollte, tat er sie als die übliche Vision nach dem zwölften Glas ab, die nichts mit seinem Leben zu tun haben wollte. Wieder wurde der Bucklige ausgeschickt. Jetzt brachte er eine junge, hübsche Dame in der Begleitung eines dicken Herrn mit. Die junge Dame suchte seit Stunden die Rue de Lille und hatte sich verirrt, ihr Begleiter suchte das Café de la Régence, um sich mit einem gewissen Liebig zu treffen. Er sprach kein Wort Französisch und wiederholte immer nur: Ich, Blume, Rindfleischkontrakt mit Professor Liebig für Fleischextrakt, Liebig hier vielleicht? Er drückte sich so einfach aus, weil er dachte, die Eingeborenen sprächen kein Deutsch. Auf Ordre des Barons schrieb der Groom auf eine Tafel *Ist Liebig anwesend?* und trug sie im Lokal herum.

Irgendwann kreuzte dann Liebig in einem derangierten Zustand auf; er hatte im falschen Lokal den ganzen Tag auf den Fabrikanten Blume gewartet und systematisch, wie es seine Art war, in schöne Kombinationen der organischen Chemie vertieft, ein Glas Rouge nach dem anderen getrunken, aber leider die Formel für die Mineraldüngung auf einer Papierserviette im Paysan vergessen.

Die endliche Begrüßung zwischen Blume, dem Kontrakt, Liebig und dem Extrakt bis zum Vertrag war rührend, aber eine Beschreibung führte doch zu weit; andere Figuren dieses Abends waren wichtiger, so daß Lionel von einer Speicherung dieser Vorgänge, die nichts mit ihm direkt zu tun hatten, absah. Er sehnte sich nach Isabellas weichem Körper und ihrem weichen Bett.

Inzwischen hatte Kiki, der Bergamasker Hirtenhund, trotz seiner Schläfrigkeit den Hummer entdeckt, der feindlich seine Scheren öffnete.

Hau ab, Olga, sagte Nerval.

Gottchen, Gérard, sagte Olga, hast du dich immer noch nicht am Laternenpfahl aufgehängt?

Der Baron verteilte Platten mit Petit Fours und goß unaufhörlich Champagner nach.

Lieber Lionel, sagte er gegen Mitternacht, das ist doch kein Leben für ein Genie … kommen Sie mit mir auf mein Landgut, spielen Sie mit mir auf der Veranda Schach … spielen Sie simultan gegen meine Familie – immerhin sechzehn Mitglieder … spielen Sie an lauen Sommerabenden siegreich gegen sich selbst … oder spielen Sie gar nicht – aber immer gegen regelmäßige Honorare in großer Höhe, lassen Sie uns darauf trinken.

Die Unterhaltungen wurden verworren und pilgerten sehr zerstreut zwischen den Personen, Stühlen und Tischen; beim Entkorken einer neuen Flasche flog dem Baron der Korken an die Stirn. Unbeabsichtigte Kopfschüsse von eigener Hand seien selten, sagte Basorgia beifällig und durfte schon Olgas Hand halten.

Der Kammerjäger litt an einem schrecklichen Schluckauf, und niemand wollte ihm zuhören. Nerval streichelte abwesend das Hinterteil seines Hummers, auf den Musset einsprach; der Wortlaut der Unterhaltung ist nicht überliefert, aber der Hummer hörte aufmerksam zu.

Hochweg drängte sich an den Stuhl von Basorgia und bat um eine Unterredung von Kammer- zu Großwildjäger, ganz kurz; er habe erstens seine Memoiren verfaßt: *Weimars Küchen und Keller,* erlesene Jagden auf Weimarer Ungeziefer, streng wahr, und eine Kostbarkeit im Gepäck: Eckermanns Erinnerungen an seine Kanarienvögel, bestrickende Erinnerungen des Freundes an seine Freunde, die Vögel, seine Verlobte, aber auch an Goethe und seine Eßgewohnheiten …

Lionels Kopfschmerzen wanderten von links nach rechts, also von Hemisphäre zu Hemisphäre, kreuzten sich in der Mitte, wo sie sich im großen Stirnlappen vereinigten, um dann die Migrationen wieder aufzunehmen.

Seit Lionel das Glück mit Isabella zugestoßen war, glaubte er wieder an einen Gott, einen aufmerksamen, prädestinativen Gott, der die Geschicke hienieden lenkte; nicht in Dorpat, da hatte Gott weggeschaut, wie es mitunter seine Art ist, aber schon in Paris hatte der Herr von oben einen Blick riskiert und mit Isabella alles vorzüglich eingefädelt. Das Glück, dachte der Schachspieler, muß etwas Unentrinnbares wie eine Falle haben. Der Kopfschmerz ließ nach und pulsierte nur mehr leicht in der rechten Schläfe, wie das Herz eines sehr kleinen Tieres.

Mit Wohlwollen betrachtete er das Tableau im Régence mit den lieben Gästen.

Nerval saß auf seinem Stuhl an der Spiegelwand neben dem Eingang und schlief. Musset hockte dicht vor Nerval und erklärte dem Hummer die Unzumutbarkeiten einer Italienreise mit George Sand. Das Tier öffnete und schloß ratlos seine Scheren und richtete die sensiblen Stielaugen auf Musset.

Die Tafelordnung hatte sich aufgelöst. Olga tuschelte Intimes mit der alten, zahnlosen Hure; unter ihrem Stuhl schlief friedlich der Bergamasker Hirtenhund Trixi seinen Rausch aus und träumte wahrscheinlich von schwarznasigen Maremma-Schafen auf ginstergelben Wiesen. Olga reichte dem Hund abends immer einen Napf Milch mit Opiumtinktur. Lionel war in einer gewissermaßen alkoholisch-poetischen Stimmung, als er auf das Figurenensemble blickte.

Der Baron fläzte sich elegant in Lionels Sessel, an der Seite hockte auf einer Stuhlkante der alte Kammerjäger und sprach – eine Hand vor dem Mund, die mottenzerfressenen Haare gesträubt – auf den Erfinder des Patentdosenöffners ein. Basorgia saß auf dem kleinen Wandsofa unter einem der Spiegel und schrieb ein Gedicht; wie Lionel später erfuhr, handelte es sich um ein Sonett über Huren und Hirtenhunde, das leider ein bißchen unzüchtig ausfiel; der bucklige Groom saß ergeben neben ihm und gähnte konvulsivisch.

Freund Arthur, der Seelendoctor, war verschwunden.

Die Lüster zischten und flackerten, und der Zigarrenrauch dämpfte ihr mattes Licht noch mehr. Lionel hörte, wie Hochweg Wanzen-Agonie sagte. Der Baron erwiderte mehrmals mit: Vulpius, vielleicht Nacktbildnis… Der Groom schlief.

Alle würden bald einschlafen. Wieder sah Lionel in den Abgrund einer kleinen Absence.

Entschlossen verließ er das Tableau, um den Ort aufzusuchen, den die Franzosen *privé* oder *retirat* nennen. Für diese Geschäfte hatte die Grande Nation viele zartsinnige Ausdrücke erdacht. Leider führte der Weg dorthin unweigerlich an der Küche vorbei. Lionel wußte eine Stunde später nicht mehr, wie er den Punkt erreicht hatte, den man auch *lieu à l'anglaise* nennt.

Die Tür zur Küche stand offen, und er mußte sehen, wie sich der Souskoch Jean, ein ehemaliger Schlachtergeselle, über seine Geliebte hermachte – ihre Hinterbacken umklammernd an einem Herd, die Zunge in ihrem Mund; seine rechte, fleischige Tatze wühlte in ihren Haaren.

Lionel dachte nicht viel, murmelte ein paarmal: Nein, nein, ich habe mich getäuscht, und verscheuchte die Vision. Bewußtlos folgte er dem Gang zur gekachelten Pißrinne und erleichterte seine Blase. Aus dem Cabinet hörte er eine vertraute Stimme, die da sagte: *Merde alors*! Diverse Flüssigkeiten wurden ausgestoßen.

Ist dir unwohl, fragte Lionel höflich. Ablenkung tat not.

Dumme Frage, sagte der Doktor, Vomitus und Diarrhöe in einem … danke der Nachfrage.

Lionel lehnte sich an die dünne hölzerne Wand des Aborts, in dem Arthur so vehement kämpfte, und fragte, was es mit Halluzinationen auf sich habe, vor allem nach Alkohol.

Beim Wort Alkohol würgte Arthur kraftvoll, aber ohne Resultat.

Ist dir immer noch unwohl, fragte Lionel, der den Zustand des Doktors bedauerte, weil er im Augenblick so viele Fragen hatte: physiologische, psychologische und ganz allgemeine auch. Arthur bekam schwer Luft.

Arthur, bitte, sagte Lionel, du kennst dich doch mit Frauen aus –

Blurp, sagte der Doktor.

Wie sich eine *aliénation* äußere, fragte Lionel.

Arthur röchelte und spuckte nach einem Hustenanfall, was Lionel denn eigentlich meine, es handele sich um einen uneindeutigen, ziemlich schillernden Begriff, der alles mögliche bedeuten könne, Wahnsinn wie auch Veräußerung, aber auch Entfremdung oder Entfernung der Herzen und Gemüter – also was?

Das alles, sagte Lionel, ich danke dir.

Er verließ den nach Urin und Exkrementen stinkenden Ort dieser begrenzten Aufklärung.

Die Küche war dunkel.

Überlassen wir Arthur seinen spezifischen Beschwerden. Lionel fand das Szenario verändert. Musset, Nerval und der Hummer hatten sich davongemacht. Musset kümmerte sich im Suff wie immer rührend um den Nachtwandler und tischte ihm unterwegs, wahrscheinlich das fünfzigste Mal, seine Affäre mit der Sand auf.

Die Jäger waren in andere Jagdgründe gezogen und mit ihnen die beiden Damen und der Hirtenhund. Wenige Lampen brannten, und der Baron saß immer noch in Lionels Sessel. Im schwachen Licht schimmerten auf dem Tisch die Falz-Fein-Dosen.

Und Isabella, fragte Lionel.

Fort, sagte Alexander, sie sind alle fort, und auch ich muß bald aufbrechen nach Konstantinopel.

Am Büffet schlummerte der alte Louis Trabant und schnarchte im Stehen; hin und wieder schmatzte er.

Champagner, murmelte der Baron und suchte mit beiden Händen auf dem Tisch. Eine Flasche fiel und zerschmetterte Gläser. Die Objekte, sagte der Baron resigniert und lehnte sich wieder im Sessel zurück, dessen roter Rücken so viele Blindpartien Lionels ausgehalten hatte, von 1839 bis heute. In seinem rechten Hinterbein hausten Larven, Holzwürmer genannt, und fraßen unmäßig. Die Konservendosen verloren ihren Glanz.

Sie war Souterrain, sagte Alexander, Lionel solle sich nichts daraus machen oder sich einer anderen Methode bedienen, wenn schon die Erotik absolut unvermeidbar sei.

Lionel seufzte. Welche Methode, fragte er.

Der Baron wurde blasser, und allmählich verschwammen seine Konturen. Er habe sich nach dem Daguerre-Verfahren ein paar hübsche Porträts, aber auch gestellte Szenen, herstellen lassen, nackte junge Damen, die ihre Wunden zeigten, und der Verkehr mit ihnen sei trocken und gefahrlos für Körper und Seele, kein Sperma, keine Tränen, kein Blut und keinerlei seelischer Aufwand, kurz, die ideale Lösung.

Nicht für jeden, sagte Lionel und analysierte traurig einen neuen Zug. Über dem Tisch erlosch das Licht; auch der Baron verflüchtigte sich wie der Schatten eines Objektes auf einer Silberbromplatte, die Federn des Sessels seufzten erleichtert, als sie die Last los waren. Ein Stuhl polterte zu Boden, dann war alles still bis auf das Schnarchen vom alten Trabant.

Alle fort, sagte Lionel, dem nur noch ein Remis zu diesem Abend einfiel.

Er würde zu Bett gehen.

Matt mit Dame 2

Nach dem Ende der zwölften Partie war der Großmeister zu Tode erschöpft; in seinem Schädel herrschte Krieg in den bekannten Zonen, die rechte Hemisphäre schien diesmal den Sieg davonzutragen und hißte eine schmerzlich wehende Fahne in der Schläfe. Lionel hatte vier russische Emigranten aus St. Petersburg besiegt, fünf mittelprächtige Franzosen, drei Deutsche, die kühn, aber unüberlegt gespielt hatten, und vor einer Stunde war es zu einem Remis gekommen.

Was ist bloß mit mir los, fragte sich Lionel und trank in seinem Sessel einen Absinth.

Ein schlechter Tag war das gewesen, seit dem Aufstehen in seinem kalten Zimmer in der Rue Dauphin (klamme Laken, eine dünne Eisschicht in der Wasserkanne, später Zahnfleischbluten), von den Partien des Spätnachmittags bis jetzt im Café de la Régence, seinem eigentlichen Zuhause in Paris. Ihm war zumute, als habe er den alten roten Plüschsessel seit dreizehn Jahren nie verlassen, bis zum traurigen Datum von heute, dem 31. Dezember 1852. Neben den Kopfschmerzen, die rötliche Absencen erzeugten, litt er – gottlob nur unter den Lidern bei geschlossenen Augen – unter dem Andrang weißer, unscharf begrenzter Flecken, die eine verrückte Sarabande zu tanzen schienen. Besonders schlimm war es gestern gewesen, nach einer Partie mit Schwartz, ein intuitiver Spieler auch er, was zu einem gewissen Gleichklang der Zugfolgen geführt hatte, eine Harmonie, die auf ein ehrenvolles Remis hinausgelaufen war. Ein neuer Kopfschmerz hatte sich dem alten hinzugesellt; der fing seine Arbeit im Hinterkopf an, folgte der Scheitellinie des Schädels und verebbte in der Stirn; deshalb hatte er die nicht besonders glorreiche Idee gefaßt, seinen entfernten Vetter Arthur, den Arzt K., zu konsultieren. Der Besuch in der Maison de Santé im XII. Arrondissement hatte sich als außerordentlich unerfreulich erwiesen.

Freilich ist er bei Verstand, sagte der joviale Docteur für betuchte Umnachtete, aber wie der funktioniert … na, Sie werden selbst sehen. Seine Vapeurs, die man am besten – vom Klinischen in die Laiensprache transponiert – Launen nennen könne, seien von einer erstaunlichen Vielfalt; Lionel würde den Vetter im Gemeinschaftsraum finden.

Dr. Pleasant sah ihn prüfend an, Lionel starrte prüfend zurück. Das rechte Lid des Doktors begann in einem bewunderungswürdigen Gleichmaß zu zucken. Sie erlauben, daß ich Sie begleite. Lionel war herzlich dankbar. Er ängstigte sich vor Verwandten, wenn sie krank waren, mochten sie noch so entfernt verwandt sein.

Sie sehen nicht gesund aus, sagte der Arzt, ob er spezifische Beschwerden habe?

Nur Kopfschmerzen, sagte Lionel bescheiden, sonst gar nichts.

Sie spielen ununterbrochen Schach, sagte Pleasant bewundernd, und er vermute da durchaus einen kausalen Nexus.

Jaja, sagte Lionel mit einem gewissen Stolz, ich spiele schon eine Ewigkeit.

Warum haben Sie bloß gegen Anderssen verloren, sagte Dr. Pleasant betrübt, beim ersten internationalen Turnier in London! Gegen einen Mann, der aussieht wie ein Lustmörder.

Es lag am Nebel, sagte Lionel.

Wir sind da, sagte der Arzt und schloß eine ledergepolsterte Tür auf, fühlen Sie sich wie zu Hause.

Der Gemeinschaftsraum – ewig freie Zeit für alle, dachte Lionel, in zufälliger Gesellschaft – war ein kleiner Saal mit komfortablen Chaisen, kleinen Marmortischen, und an einer Wand stand ein stattliches Bücherregal. An der Decke hing ein Lüster mit tränenförmigen, ungefärbten Glasperlen; es war eigentlich – bis auf die Bücher – genau so wie im Café de la Régence.

Arthur, der Vetter und Arzt, stand vor einem der vergitterten Fenster, blickte in den Park, bewegte seinen Schädel von links nach rechts und von rechts nach links im Regelmaß eines Metronoms.

Arthur denkt gerade, sagte Pleasant, da wollen wir ihn nicht stören, ich werde Ihnen die anderen Patienten zeigen. Sie interessieren sich hoffentlich für interessante Abweichungen … sonderbare Deprivationen und noch nicht ganz reife Ideen für die arme Gesellschaft?

Der arme Lionel interessierte sich nicht im geringsten für die Gesellschaft, die armen Umnachteten, reife oder unreife Ideen, sondern nur für seinen seltsamen Zustand, den kleinen, nur graduellen Unterschied zwischen Abwesenheit und Absence, kurz, sein Interesse galt allein der verwickelten Logik seiner speziellen internen seelischen Ereignisse.

Ein Herr in einem dunkelblauen Pyjama aus Shantungseide hatte sich der Aufgabe ergeben, alle menschlichen Alltagshandlungen über vierundzwanzig Stunden sorgsam und Schritt für Schritt in Handlungssegmente zu zerlegen und jedes Segment mit einer fortlaufenden Nummer zu versehen; zum Schrecken seiner Familie seit vier Jahren, mit lauter erbitterter Stimme. Gestern, beim Mittagsläuten, war er bei der Zahl 953 353 gelandet und hörte abrupt auf zu zählen. Seine Familie hatte den Gatten und Vater mit dem Zählzwang zwischen 14 000 und 14 337 eingeliefert.

Ein trauriger Fall, sagte Lionel, wie sich le Docteur sich das plötzliche Schweigen erkläre?

Es könne an der Zahl 53, den letzten beiden Ziffern, liegen, sagte Pleasant.

Ein anderer Herr im Straßenanzug saß schwermütig über ein Schachbrett gebeugt, auf einem Feld eine einsame Figur.

Ein Schachspieler, sagte Lionel leicht gerührt; aber es handelte sich um einen von seiner Geliebten verlassenen Verleger, der sich freiwillig in die Maison de Santé begeben habe, im kleinen Handgepäck das Schachbrett und die schwarze Dame. In einem Sessel neben Dr. Arthur K., der inzwischen das innere Metronom beschleunigt hatte, saß ein junger, bärtiger Mann, der ein sepiafarbenes Bild betrachtete, während er unter einem schwarzen Tuch masturbierte. Das Bild hielt er mit der linken Hand in Augenhöhe.

Dr. Pleasant verabschiedete sich dezent und bot Lionel an, sich die schweren Fälle nach dem Besuch anzusehen – wunderbare und tragische Fälle, sagte er, für ihn die wahre Menschheit, wie diese armen Menschen hier mit ihren kleinen Abweichungen oder fixen Ideen oder sonderbaren Vapeurs…, normales Verhalten existiere eigentlich nur in der Form zwanghafter Mechanismen, das sei das Schmieröl der Funktionstüchtigkeit in der Gesellschaft.

Arthur, sagte Lionel zaghaft.

Arthurs Kopf bewegte sich nach links und wieder nach rechts. Das Bild, auf das der Herr so leidenschaftlich blickte, zeigte eine Fächerpalme am Strand.

Ich war in London, sagte Lionel. Das Metronom hielt inne. Langsam drehte sich der Kopf. Arthur sah Lionel an und sagte: Pardon, Monsieur, ich kenne Sie nicht und auch nicht London.

Die Konversation war schwierig. Lionel mußte sein Gedächtnis nicht strapazieren, um die wahren Wörter zu finden. Sirène der böse Hund, sagte er, Eleonore d'Abov die gemeine Schlampe.

Arthur drehte sich um die Achse, sah Lionel aus tintenblauen Augenhöhlen an und stieß ein weiches HA! aus. Endlich, dachte Lionel. Arthur riß einen gelben Vorhang ab und warf ihn blitzschnell über den Mann auf dem Sessel, der ruhig zu masturbieren fortfuhr.

Du hast Nachrichten von Eleonore, sagte er und führte Lionel zu einer kleinen, hoch gebauten Glasbar mit diversen Flaschen und Gläsern.

Lieber Freund, nein, sagte Lionel, ich leide unter – und dann beschrieb er alle seine Beschwerden.

Soso, sagte Arthur, das ist schon alles? Kennst du die *Boutons terminaux* ...? Lebt die Gräfin noch? Ist der Hund tot? Hat der Hund die Gräfin totgebissen?

Als der unglückliche Arthur sich anschickte, die Hosen herabzulassen, um die alte Wunde zu zeigen, reichte ihm Lionel ein Glas Gin.

Pardon, sagte Arthur mit klarer Stimme, ich habe mich vergessen, und trank den Gin. Ich habe mich vergessen. Wer sind Sie, bitte?

Lionel wurde plötzlich sehr müde.

Dein entfernter Vetter Lionel, sagte er, Schachspieler und Mathematiker mit ein paar Problemen, Sirène und Eleonore, Arthur!

Da gibt es das Darm-Hirn, das Gehirn, das Bewußtsein und das Geschlecht, Monsieur, und sie alle müssen getrennt voneinander funktionieren, weil es die Seele nicht gibt, die alle miteinander kombiniert. Absencen? Zerstreutheiten? Es liegt alles am Vagus-Nerv, sagte Arthur.

Zeig mir deine Wunden, sagte Lionel beherzt.

Die Zeit schlägt die wahren Wunden, erwiderte Arthur, vor allem und Gott sei Dank der Frau.

Lionel gab auf. Im Park lag eine dünne Schneedecke, der Himmel war grau, und wieder schneite es. Die Kristalle fielen sehr vereinzelt.

Du kannst mir nicht helfen; ich kann dir nicht helfen, sagte Lionel, leb wohl.

Ich habe das Patent auf eine Schönheitscrème, sagte Arthur, wenn Sie so freundlich wären, Eleonore und dem Hund ein Pröbchen zu dedizieren…?

Der kranke Doktor reichte Lionel eine Ampulle mit honigfarbenem Inhalt, zähflüssig wie eine Emulsion.

Danke, sagte Lionel, ich kann nichts mehr für Sie tun.

Grüßen Sie, sagte Arthur am Fenster, meinen entfernten Vetter Lionel von mir. Sie finden ihn seit Jahrhunderten im Café de la Régence am Place Royal, aber nicht mehr lang, *décédé le* 19. Mai 1853, im Alter von siebenundvierzig Jahren.

Nach diesem Satz betätigte er das Metronom, und sein Schädel bewegte sich im Dreivierteltakt. Lionel drückte den Klingelknopf, eine muskulöse junge Dame erschien und führte ihn zu Dr. Pleasant, dessen heitere Gestimmtheit um keinen Grad nachgelassen hatte.

Ein angenehmer Mann, dieser Kollege, sagte *le Docteur,* aber seine eigentliche Krankheit sei die Moral, d.h. ein wunderbarer Fall von Moral-Hypertrophie.

Wie sich diese Krankheit äußere, fragte Lionel.

Der Patient, sagte Pleasant, fühle sich für alles auf der Welt verantwortlich; bei Arthur habe das bestimmte Gründe, die leider mühsam zu explorieren seien.

Er wurde beim Küssen einer Dame von deren Hund kastriert, sagte Lionel, lange her. Ab da verdüsterte sich sein Gemüt.

Gemüt sei kein wissenschaftlicher Terminus, sagte Pleasant, aber das sei ein bemerkenswertes Detail, das der Patient nie mitgeteilt habe.

Er zeigt nicht jedermann seine Wunden, sagte Lionel, und eine glühende Billardkugel drehte sich langsam in seinem Gehirn.

Das erkläre viel, wenn nicht alles, sagte der Arzt, aber der dunkle Punkt Aphrodite, eine Schönheitscrème, werde ein wenig heller.

Arthur hatte eines Tages seine Rotationsmaschine – eine überholte Therapie, erklärte Pleasant – an einem Winternachmittag verlassen und sich manisch in die Erfindung einer Schönheitscrème vertieft. Die hinterließ, wie der Therapeut sich ausdrückte, tiefe Fettspuren in Arthurs Seele, verzeihen Sie den unwissenschaftlichen Ausdruck. Der rachsüchtige Doc mixte Paraffin, Vaseline, Natriumperporat und zentrifugierte Fischeingeweide und fügte, um den Geruch zu überdecken, eine mit Äthylalkohol vermählte Dosis Zitronensäure hinzu. Unser skrupelloser Arthur testete die Schönheitscrème an Damen, die keine anderen Beschwerden hatten als zu altern, und der Zulauf war groß, vor allem der Damen, die über siebzig waren und deren Haut sich nach der ersten Applikation überraschend straffte, ein rosiger, makelloser Teint erblühte, leider nur einen Abend lang. Am nächsten Morgen spannte sich die Haut, frenetisch gewissermaßen, aber eine neuerliche Applikation machte die Sache noch schlimmer…

Warum, fragte sich Lionel, hat er diese Crème nicht zuerst der großen Liebe Eleonore geschenkt?

Seine Dame sei, so erfuhr er, wohl nach A.s Entmannung beim Kuß in die Dordogne gezogen, mit dem schuldigen Hund und einem neuen Liebhaber.

Arthurs Crème hatte eine vehement adstringierende

Wirkung auf die armen Frauenhäute; nach einer Woche versteckten sie ihre Mumiengesichter unter schwarzen Trauerschleiern und verklagten den Erfinder auf Schadensersatz.

Arthur hat sich, so sagte Pleasant, natürlich furchtbare und furchtbar überflüssige Vorwürfe gemacht, allein, es war zu spät.

Um den Prozessen zu entgehen, biß er eines Tages in der Rue de Lille einem Pudel die Kehle durch, entschuldigte sich mit blutigem Mund formvollendet bei der Besitzerin und begab sich stante pede in das freundliche Institut des Dr. Pleasant.

Ob Arthur sich an alles erinnern könne, fragte Lionel.

Mal so und mal so, sagte der Arzt, Leute wie er verließen ungern ihre hermetischen Refugien, die vielleicht Paradiese der Erinnerungslosigkeit seien.

Bei mir, sagte Lionel, hat er sich an die Vergangenheit erinnert, auch an sein Matt mit Dame durch Hund; er übergab mir mit einem schmerzlichen Lächeln diese Tinktur für die abtrünnige Dame seines Herzens, die besser Sie in Gewahrsam nehmen sollten.

An Ihnen ist ein Poet verlorengegangen, sagte Pleasant und betrachtete wohlgefällig das braune, verkorkte Fläschchen. Ich freue mich immer, sagte er, als Arzt, Mensch und Zeitgenosse, wenn meine lieben Gäste einer Idee nachjagen, mag sie noch so verbohrt, misanthropisch oder philanthropisch sein –, ich denke doch, das Engagement entscheidet. Sie als Genie des Schachs jagen die Chimäre des Siegens; der Sieg, nicht wahr, entscheidet über die Grade Ihrer psychischen Verfassung von der Deprivation bis zur Wollust –

Monsieur le Docteur hätte seinen Monolog gern fortgesetzt, aber Lionel unterbrach ihn und fragte, wie gut oder verläßlich Arthur in der Kunst der Vorausschau sei.

Nicht so besonders, sagte der Arzt; sein Lidtremor hatte jetzt das linke Auge befallen, das sich in hoher Geschwindigkeit öffnete und schloß. Fasziniert beugte sich Lionel zu diesem Auge, als fixiere er einen Gegner.

Jaja, sagte Pleasant, dieses Phänomen sei die Folge einer lethargischen Enzephalitis. Kollege K., fuhr er fort, hatte den Tod von Edgar Allan Poe für 1850 vorausgesagt, als der schon ein Jahr zuvor in einem fürchterlichen Zustand in Baltimore gestorben war.

Er hat mir mein Todesdatum vorausgesagt, sagte Lionel verstört.

Fassen Sie sich, sagte Pleasant, unser Arthur irrt sich immer um ein Jahr, Sie haben also noch Zeit.

Die Krankheit des Arztes ermutigte Lionel, über seine Kopfschmerzen zu sprechen.

Sehen Sie diese Schneeflocken, sagte Pleasant mit flatterndem Lid, eine ganz unbestimmbare Zahl, nicht wahr –, und ganz ähnlich verhält es sich mit den möglichen Ursachen für die Kopfschmerzen ..., die aufträten infolge der Reizung sensibler Nerven der Hirnhäute – die Hirnsubstanz sei völlig unsensibel und also schmerzfrei. Der Docteur bemühte noch einmal das schöne Beispiel mit den unzähligen Schneeflocken und nannte freudig alle Cephalgien, die Symptome diverser Grundleiden seien, z. B. die Hirndrucksteigerung wegen Raumbeengung im Schädelinneren durch das Wachstum von Tumoren. Auch die Hirn-Lues sei, als Symptom vereinzelt betrachtet, eine hochinteressante Sache, auch chronische Obstipationen und Bandwürmer erzeugten Kopfschmerzen, selbst Idioten litten unter ihnen, kurz, Kopfschmerzen seien die gewöhnlichste Sache von der Welt.

Lionels Kopfschmerz (Vorderlappen rechts) reagierte auf Pleasants ausführliche Rede und verzog sich auf ein prominenteres Plätzchen (Stirnmitte).

Arthurs Geschwätz über den Tod hat Sie irritiert, sagte der Chef der Maison de Santé, ich zeige Ihnen, wenn Sie möchten, einen sehr interessanten Fall im Zellentrakt, das wird Sie ablenken.

In einer mit schokoladefarbenem Leder gepolsterten Zelle mit Bullauge saß ein dicker, bleicher, muskulöser Mann in einem langen Nachthemd auf seinem Bett.

Badier, sagte der Docteur stolz, Souskoch einstmals, Herr der braunen Saucen und mehrfacher Mörder; Ursache: Ein Tumor, der die moralische Empfindung betäube und außer Kraft setze.

Der Koch Badier erinnerte Lionel vage an den Konkurrenten Anderssen; unter der niedrigen Stirn mit schwärzlichem Haarflaum leuchteten ihm die stechenden Augen entgegen.

Bettnässer und Kinderschänder in der Adoleszenz, sagte Pleasant, seine Mutter verschwand spurlos, als Badier im bildsamsten Alter war; man vermute Mord, aber eine Leiche wurde nie gefunden. Wenn man wüßte, sagte der Therapeut, welchen Sitz das Moralempfinden im menschlichen Gehirn einnähme, dann bekäme die Wissenschaft viel über Tumore heraus, selbstverständlich erst nach dem Tod Badiers bei einer Trepanation des Schädels; leider sei der Tumor zu Lebzeiten unzugänglich, aber das sei eine reine Zeitfrage.

Plötzlich verließ der Schmerz Lionels Stirn.

Hat Badier, fragte er, einmal im Café de la Régence gearbeitet?

Das sei korrekt, sagte le Docteur. Sein Lid beruhigte sich. Sie kennen den Mann?

Aber nicht doch, sagte Lionel, es war eine gewisse Ähnlichkeit mit … wen hat er denn ermordet?

Ganz normale, ganz gesunde junge Leute beiderlei Geschlechts, sagte Pleasant, in der Blüte ihrer Jahre – und immer mit einem schmalen Messer von hinten ins Herz und immer sofort so gut wie tot. Später spezialisierte sich Badier auf Damen, die er in seine Wohnung lockte, in den meisten Fällen Prostituierte, ermordete, filetierte oder tranchierte, was ein Koch eben professionell so macht; dann kochte er die Leber, die Nieren und das Herz, den Rest verschnürte er in Hutschachteln und ließ sie im Morgengrauen in der Seine schwimmen.

Er muß dabei furchtbare Kopfschmerzen gehabt haben, sagte Lionel.

Badier stürzte von innen an das bleigefaßte Bullauge und segnete Arzt und Besucher mit geschlossenen Augen und offenem Mund; seine Zähne waren kariös.

Er hält sich jetzt für Jesus, sagte le Docteur, jaja, die Blastome haben's in sich.

Unmittelbar nach diesem Satz überfiel Lionel der Hinterkopfschmerz, als pulsierende Kugel, an die er sich im Gehirn gewöhnt hatte.

Und es gibt keine Mittel, fragte Lionel, gegen Kopfschmerzen?

Bis zum Kopfschmerz scharf denken, sagte Pleasant, das hält ihn sozusagen in Schach.

Danke, Monsieur, erwiderte Lionel, verließ die Maison de Santé und ging auf vielen Umwegen zurück in das Café de la Régence.

Im Saal illuminierten die Lüster leere Tische und Stühle; Lionel war der einzige Gast. Auf dem Billardtisch lagen die sieben Schachbretter, behütet von den sieben Holzkästchen mit den schlafenden Figuren.

In seinem Schädel summte eine kleine Maschine. Lionel zwang sich zum Essen und bestellte ein Baguette mit Salami und Gurkenscheiben. Die taubstumme Irène brachte ihm auf einem geblümten Teller ein allzu weiches Brot, die Salami war versalzen und schmeckte nach drei Bissen wie Essig, die Gurken waren dagegen süß.

Er bat Irène um eine Flasche Rouge. Irène, dachte Lionel, Sirène, die Hündin, sonderbare Koinzidenz nach meinem wahrscheinlich letzten Besuch bei Arthur, dem unglücklichen Vetter.

Hinter der Theke lehnte schlafend der Kellner, sein Bein verhakt mit dem Holzbein des Barhockers.

Blicklos fixierte Lionel die Lichter auf dem Place du Palais Royal. Passanten in Pelerinen eilten vorbei, bewehrt mit schwarzen Regenschirmen wegen des Schnees, der unaufhörlich sank und sank.

Beinahe bewußtlos suchte er in der Seitentasche seines Rocks das Etui mit den ägyptischen Zigaretten und stieß auf einen Briefumschlag, der stechend roch. Für Lionel K.! stand da mit Buchstaben, die sich einmütig nach links beugten, als müßten sie einem Orkan von rechts widerstehen.

Lionel entzündete sich eine der süß-scharfen Zigaretten an einer Kerze und las die folgende, bemerkenswerte Epistel:

Lieber Lionel, ich werde morgen, am 31. Dezember d. Jahres 1852, aus dem Leben scheiden; bitte informiere in keinem Fall den cretinösen Dr. Pleasant, dessen Name für sich spricht. Ich bin klaren Geistes, nur mit den Nerven hapert's, und kleine schwarze Insekten krabbeln in meinem Gehirn. Hatte gestern um 18 Uhr einen Tagtraum mit Eleonore, und denke Dir nur, ich bekam eine Erektion, wenn man die Elevation meines winzigen Rest-Instrumentes so nennen darf. Was für eine Vergeudung der Kräfte, die ich im Gehirn benötigte. Zur Ablenkung las ich einen schlechten Roman, und ich las – Zitat – (der Erzähler sitzt auch im Irrenhaus, wie wir alle) –:

Langsam dämmerte mir nebelhaft ein Empfinden, das sich allmählich durch mein benommenes Hirn tastete, bis es (sic!) mein Bewußtsein erreichte.

Der Mann hat recht! Er mag ein Idiot sein, seine fahrlässige Prosa enthält ausschließlich Abbildungen, aber ich habe über die Realität des Bewußtseins ganz anders nachdenken müssen; du wirst die Stufen bemerkt haben – das nebelhafte Empfinden, sodann die tastende Spur durch das benommene Gehirn, bis endlich das Gehirn erreicht ward! Ich werde den umgekehrten Weg einschlagen, d.h. eine Inversion vornehmen – vom Bewußtsein bis zum nebelhaften Empfinden, dann erst ist meine Existenz ausgelöscht.

Der tapfere Arthur hatte diesen Zeilen eine Illustration in einer Mischtechnik (Aquatinta und Bleistift) hinzugefügt. Durch ein rosiges, überaus labyrinthisches Gehirn, vielleicht benommen, vielleicht auch nicht, tastete sich ein dünner, indigofarbener Faden, der sich zwischen Thalamus oder Zirbeldrüse auflöste; Lionel war kein Fachmann für die wirklich bedeutenden Zonen des Gehirns.

In einem PS bat ihn Arthur, das sog. experimentelle Tagebuch in seiner Praxis zu vernichten. Es ständen dort verzeichnet ganz furchtbare Dinge, die einer unaufgeklärten Öffentlichkeit vorenthalten werden sollten. Das Publikum sei noch nicht reif für seine Forschungen.

Der letzte Abschnitt sagte mit einer zaghaften Stimme:

Grüße mir bitte Musset und Nerval.

Sie waren mir immer lieb, lieber noch warest Du mir.

Einen letzten Gruß auch an den Hummer, dessen Namen ich vergessen habe.

Milliarden Schneekristalle, soviel wie Hirnzellen; behüte die Deinen, mein Freund.

Keine Trauer bitte über das Verschwinden Deiner Caféschnepfe Isabella, die der Souskoch schlachtete. Es war, sagte er mir bei einem Hofgang, harte Arbeit, aber ihr Herz, dressiert und dann auf leichter Gasflamme erhitzt, war gut.

Denk immer daran – sie hatte ein gutes Herz. Und geh zur Beerdigung von Eleonore.

Leb wohl.

Arthur.

Oi, oi, oi, sagte Lionel halblaut zur Kerze und trank einen großen Schluck. Auf der Rückseite der Epistel entdeckte er eine letzte Notiz:

Das Tagebuch befindet sich unter meiner Matratze, eingewickelt in Ölpapier. Ich hab's versteckt und beleckt, bis zum Verrecken so blöd wie ein dummer Verbrecher mit Gehirnerweichung, das trübe Schicksal der meisten, und sie merken es nicht einmal.

A.

Lionel wiederholte ein trauriges oi, oi, oi und beugte sich mit wandernden Brauen über Arthurs trübes Schicksal, ein wahres *taedium vitae* von Dorpat bis Paris. Auch er ein armer Emigrant.

Ihn verlangte nach Betäubung, und er gab der lieben taubstummen Irène ein Zeichen. Auf dem Tablett, das sie mit der Flasche Rouge brachte, umkrallte ein Metallbügel mit einer kleinen, dünnen und krummen Kerze einen Mistelzweig mit drei Beeren, die ihn schmerzlich an Vetter Arthur erinnerte.

Mit Tablett, Wein, Glas und Kerze wechselte er vom Platz unter dem Wandspiegel zu seinem Lieblingssessel mit Blick auf Boulevard und Platz; draußen tobte ein konfuser Schneesturm, der seine Kraft aus allen Himmelsrichtungen bezog.

Lionel trank einen Château-Neuf du Pape, mußte an die persische Syrah-Traube denken und damit an den Geschmack der Küsse von Isabella, die nun, verteilt auf Hutschachteln in der Seine, dem atlantischen Ozean entgegenschwamm.

Er seufzte.

Eine runde Hutschachtel für ihren lieblichen Popo – zwei Hutschachteln, falls der Souskoch Badier die Backen geteilt haben sollte

Er trieb seine Assoziationen bis zu einem Punkt, der gerade noch erträglich war. Hätte er gewußt, in wie viele Hutschachteln der Schlachter welche Teile seiner Isabella gepackt hatte, wäre es möglich gewesen, die Körperteile separat zu betrauern. Einen Augenblick stellte er sich ihren schönen Kopf vor, der in einem Karton für Kapotthüte in den Wellen trieb, während Schnee auf dem roten Samt schmolz, falls ihr schweres Haupt nicht längst auf dem Grund der Seine lag.

Schluß mit diesen Gedanken.

Der Patient mit dem Zählzwang fiel ihm ein, Arthurs trauriger Genosse, der zu zählen aufgehört hatte. Aber warum? Gab es nichts mehr zu zählen? Hatten die Einzelhandlungen das Prinzip des Numerischen überwuchert wie ein Geschwür?

Auf einen Cassablock notierte er:

Gegenwart
Zukünftige Gegenwart
Gewesene Vergangenheit
Vergangene Gegenwart = Vergangenheit
Gegenwärtige Vergangenheit
Zukünftige Zukunft

Zukünftige Vergangenheit
Gegenwärtige Zukunft –

Er mußte seufzen, weil ihn eine Beklemmung befiel.

Lionel beschloß, systematisch über die gegenwärtige Vergangenheit nachzudenken, die sich heillos mit der Gegenwart und die wieder mit der zukünftigen Gegenwart vermischte.

An der gegenüberliegenden Spiegelwand spielten zwei Herren schwerfällig Mühle. Nach jedem Zug tranken sie ein kleines Glas Absinth.

Lionel dachte an den angenehmen, ein wenig haltlosen Abend im Sommer 1849.

Leider war der Baron spurlos verschwunden, Alexander oder Alexandre, mit seinem großzügigen Angebot; er hätte es annehmen sollen. Was war eine Blamage beim Spiel auf einer ländlichen Veranda in der Provinz gegen eine glorreiche, öffentliche Niederlage in London?

Und Basorgia –?

Die Glastür wurde aufgestoßen, und ein alter Herr mit einem Ziegenbärtchen erschien, der Lionel mit schlaffen Fingern einen Gruß zuwedelte und sich entfernt niedersetzte, ein Balte namens Dehio, vor zwanzig Jahren ein wenig intuitiver Schachspieler, der Stunden über einem Zug grübelte, ehe er zustieß wie der Adler auf ein Lämmchen.

Nerval befand sich wieder einmal in einer Maison de Santé; Musset laborierte an einer Novelle und zeigte sich kaum mehr im Café.

Basorgia hatte die Welt verlassen:

Der Tiersonette überdrüssig, warf er sich mit dem Mut des Großwildjägers auf die Novelle, eine Form, die ihm für gewaltige Jagdgeschichten am ergiebigsten zu sein schien. Er schloß sich in sein Zimmer ein, streichelte die Felle und Pelze der ausgestopften Tiere aus dem Nachlaß eines estnischen Taxidermisten, atmete tief durch, stärkte sich mit einem Pfeifchen und legte los.

Die Witwe hatte geschrieben: Basorgia begab sich um 12 Uhr mittags in sein Rauchkabinett und arbeitete ununterbrochen bis Mitternacht. Er weckte mich und sagte mit rauher Stimme, es sei doch das Sonett und nicht die Novelle. Niemals hat er trauriger geschnarcht als in dieser Nacht. Ich lege das kleine Prosastück bei, lieber Lionel, Sie sind ja auch Künstler, wenn auch in einer anderen und abstrakteren Zone des Geistes.

Immerhin, dachte Lionel, war die Viertelseite sehr lebendig, und in Gedanken repetierte er die Frucht vergeblicher Mühe mit der Form Novelle...:

Der Bär trommelte sich mit seinen Riesentatzen (tun sie das wirklich – nachlesen!) auf die Brust mit seinen sichelgroßen Krallen (nachschlagen, ob die wirklich so groß sind) und öffnete sein fürchterliches Maul, dessen Reißzähne (wahrscheinlich sind die bei einem Fleischfresser gelb, aber sind Bären überhaupt Fleischfresser und nicht viel eher Pflanzen- und Blumenfresser, auch nachlesen) weiß leuchteten. Und seine Augen (aber was für Augen haben die? Mit einer runden Pupille oder wie bei einer Katze, also schräg?) funkelten (in welcher Farbe – vielleicht:) höllengelb – (bei dieser Farbwahl kann mir kein Schwein an den Karren fahren, weil keiner die Farbe der Hölle kennt...) – da (man könnte auch plötzlich schreiben, während z. B. unverhofft nicht gut wäre), da merkte der Jäger, daß (und jetzt muß die Überraschung kommen oder der Fluch der Technik, ja!), daß er keine Kugel im Lauf hatte, uff.

Der grimmige Grizzly (Amerika!) lag auf dem Jäger und der Jäger unter ihm, nein – zwei Zentner Bär (Gewicht überprüfen!) lasteten auf dem Jäger, der seinen (des Jägers) Kopf schon im Maul hatte, aus welchem es übel roch. –

Der Bär soll jetzt den Jäger zerfleischen und dann zur Tagesordnung übergehen, aber wer zum Teufel erzählt dann die Geschichte, wenn der Jäger perdu ist. Scheint eine Frage des *point of view* zu ein, wie ich einmal gelesen habe. Irgendwie müßte ein zweiter Erzähler sich in den Rocky Mountains befinden, der diese Geschichte sozusagen beobachtet, aber der müßte irgendwie schon vorhanden sein, ehe der Bär seinen Auftritt hat.

Geht so nicht, *encore une fois.*

Da warf mein Basorgia, schrieb die Witwe, die Flinte ins Korn, reinigte sich am nächsten Morgen von allen Anstrengungen, einer Novelle mit Bär Herr zu werden, und ging auf Bärenjagd, um, wie er beim Abschied sagte, sein Sujet besser kennenzulernen.

Das Ende, mein lieber Lionel, wird Ihnen vertraut sein.

Mit leichter Scham mußte Lionel konstatieren, daß endgültige, hoffnungslose Finale einen unwiderstehlichen Charme entwickeln, wenn erst einmal die Logik des Zufalls ins Spiel kommt. Vielleicht erzeugte das Leben verschiedene Logiken, die sich mühelos überschnitten oder bei ein paar Ereignissen überlappten. Hätte der Ehrgeiz Basorgia nicht dazu getrieben, eine Bärennovelle zu schreiben, hätte er seine Tiersonette wahrscheinlich bis zu einer reifen Blüte gebracht und wäre friedlich in seinem Bett gestorben, ach ja.

Kammerjäger Hochweg hatte man tot am Rive Gauche unter dem Tisch eines Bouquinisten gefunden, vollständig nackt, aller Manuskripte entblößt, d. h. bestohlen.

Lionel beschloß nach dem fünften Glas, die Verluste seiner Freunde, tot oder lebendig, weniger metaphorisch aufzufassen.

Vor seinem inneren Auge erschien eine gelbe Hutschachtel, ihm wurde heiß, und sein Herz begann zu klopfen, arhythmisch wie immer.

Herr Blume lebte noch in dieser für Rindfleischkontrakte besten aller Welten. Hatte wohl mit Liebig, nachdem der sich von seinem einsamen Exzeß erholt hatte, einen günstigen Vertrag für seine Extrakte abgeschlossen. Mochten sie nur; es war gleichgültig.

Der Balte mit dem Ziegenbart kroch an seinen Tisch, schleichend wie immer, als habe er eine Prostatahypertrophie, und flüsterte mit Anisatem in das bestürzte Ohr Lionels:

Hüten und bewahren Sie Ihre *capsula interna,* mein Freund ... und verschwand im Schneegestöber.

Lionel rauchte irritiert eine seiner ägyptischen Zigaretten und dachte über die beiden medizinischen Begriffe nach, die ihm leider nichts sagten.

Man muß Pläne machen, sagte er sich, oder beruhigende Gedanken fassen.

Isabella also treibt, verstreut auf eine Unmenge von Hutschachteln, zum Atlantik; hoffentlich hat der Mörder ihre schöne Frisur nicht durcheinandergebracht, was freilich zum Aufruhr der sog. inneren Ereignisse gepaßt hätte, die den äußeren Ereignissen so entsprochen hatten.

Man müßte, dachte Lionel, Zug um Zug über die Logiken nachdenken; die natürliche, die Logik der seelischen Ereignisse, freilich mit einem uneindeutigen, das heißt nicht berechenbaren Status und die Logik der Praxis, die den Zufall vorausschaut und in manchen Fällen unterminiert.

Nach einem neuen Glas Wein faßte er die folgenden Entschlüsse: Er würde der Witwe Basorgia einen Kondolenzbrief schreiben. Gnädige Frau, so würde er schreiben, ich finde den Anfang der Jagdnovella ihres Gatten ganz exzellent; vor allem die Kommentierung versetzte das traumatische Bärenerlebnis in einen höheren Zustand, auf den jeder Novellist stolz sein dürfte…

Leider hatte Lionel vergessen, wann exakt die Witwe geschrieben hatte. Sollten mehr als zwei Jahre vergangen sein, wäre die Kondolenz unhöflich. Allerdings war ihm der Tod Basorgias sehr präsent, aber das hatte keine Bedeutung für diesen Trauerfall.

Wie er als Mathematiker wußte – und als alter Theoretiker der Zeit am Schachbrett (Spielzeit gleich Arbeitszeit und umgekehrt) –, wußte er, daß die alten Griechen den Dauerzustand des Gegenwärtigen schon im Präsensstamm artikuliert hatten. Aber wie gegenwärtig war der Tod Basorgias? Resigniert verwarf Lionel diesen Brief, entwarf aber statt seiner ein Kondolenzschreiben an Dr. Pleasant, das Ableben Arthurs betreffend – lieber Monsieur, mein lieber Vetter Arthur ist nicht mehr!

Als ingeniöser Erfinder adstringierender Tinkturen hat er mir zum Schluß eine Theorie des Bewußtseins mitgeteilt, die für Sie nicht ohne Interesse ist. Fragen Sie doch bitte einmal den Koch nach der Serviererin Isabella aus dem Café de la Régence.

Mit ergebenen Grüßen, Ihr Lionel K.

Das Jahr 1849 lag so klar vor ihm wie die in einem Paperweight eingeschlossene Blüte aus Kristall; das folgende war mit den tausenden Partien zu gleichförmig vergangen, als daß er sich erinnern konnte; und 1851 war so dicht und kompakt, daß es wie ein physischer Körper in einem Loch verschwunden war, schwarz wie die Nacht.

Die Zeit; wenn es nur eine mathematische Definition der Zeit gegeben hätte, in der alle Ereignisse sich so regelmäßig ordneten wie Stahlspäne an einem Magneten.

Der alte Kellner näherte sich mit einer Speisekarte, die er schweigend Lionel überreichte. Mit seinem abgeknabberten Fingernagel zeigte er auf die Rückseite, auf der – in Arthurs Schrift – stand: Experiment nach Spalanzani wiederholt: – Habe Frosch geköpft, wegen Untersuchung der reflektorischen Impulse. Habe ihm eine Nadel in den Leib gestoßen, und der Frosch berührte mit der rechten Pfote die ihm zugefügte Wunde.

Das gibt zu denken.

Schwindel erfaßte Lionel, und sein linkes Lid begann zu zucken. Gegen eine weiche Welle von Kopfschmerz (Stirnmitte) kämpfte er mit dem Gedanken an, wann und unter welchen Umständen er an der Beerdigung von Nervals Hummer teilgenommen hatte.

Ganz gewiß in gewesener Vergangenheit, aber schon sehr verknüpft mit der gegenwärtigen; doch wie hieß der Hummer?

Die Gegenwart des Abends bescherte ihm den Auftritt Olgas, die eine Hutschachtel trug. Sie lächelte lieblich mit ihrem blutroten Mund und entnahm der Schachtel eine Biberfellmütze. Auch Lionel lächelte, aber bevor er ein Wort äußern konnte, verlor das rechte Hinterbein seines Sessels Geist oder Seele oder auch nur Holzsubstanz und warf ihn auf die Dielen, wo er, das rechte Bein an den Leib gezogen, das linke gestreckt, liegenblieb.

28

Die Erschütterung durch das Tippen, sagte die Dame vom Hotel, habe sich durch die Wand übertragen, und dann müsse sich eine Schraube gelöst haben oder deren zwei; ich bekäme aber sofort Ersatz.

Ich lag völlig erschlagen auf meinem Bett, um den Schädel einen Verband, der immer wieder über die Augen rutschte.

Eine kleine Gehirnerschütterung, sagte der Arzt, der mich von Landau grüßen ließ.

Wer ist Landau, fragte ich, Durst, sagte ich wohl auch. Auf der pelzigen Zunge hatte ich einen Geschmack, als hätte ich Tabak mit Essig gekaut.

Eine Folge der kleinen Kommotion, sagte der Arzt und richtete das zweite Mal Grüße von Landau aus. Der Apparat habe mich nur am Hinterkopf erwischt, sonst wäre ich jetzt mausetot. Später kehrte die Erinnerung wieder, aber leider unvollständig. In meinem Kopf war dichter Nebel, in dem aufgeschreckte oder verstörte Gedanken wimmelten wie schwarze Insekten in einem Terrarium. Ich weiß noch, daß ich dem Arzt sagte, er rieche komisch.

Das sei eine Folge der Gehirnerschütterung, sagte der Doc und gab mir eine Spritze in die Armvene.

Ein Zimmermädchen hatte mich am Morgen gefunden. Ich lag auf dem Bauch, ein Bein an den Leib gezogen, das andere ausgestreckt. Madame – und nun ist mir ihr Name vollständig entglitten –, brachte mir eine Bouillon – für den Salz- und Elektrolythaushalt, sagte sie gütig, räumte vierzehn leere Flaschen Rouge à la maison fort, leerte die drei Aschenbecher und den Papierkorb und stellte meine brave Olympia ab.

Die glüht ja, sagte Madame.

Der Doktor war immer noch anwesend und las voller Hingabe in einem Manuskript. Hochinteressant, sagte er und vertauschte seine Lesebrille mit einer anderen, ein historischer Roman, der in Schachkreisen spiele.

Wirklich, sagte ich an dem Tag und ließ mir eine Spritze gegen Rückenschmerzen injizieren, die nicht recht wirken wollte.

Ich kann mich nicht erinnern, sagte ich.

Ich bat ihn, Madame nach oben zu schicken, mit einer Flasche Wein.

Mais non, sagte dieser integre Arzt, Wein sei nach einer Gehirnerschütterung bestimmt kontraindiziert; meine Zähne und mein Magen seien in einem bedenklichen Zustand, ich zeigte alle Symptome einer Avitaminose, was ich die letzen Wochen zu mir genommen hätte?

Das wußte ich selbst nicht mehr so genau.

Jedenfalls kein Obst und kein Gemüse, sagte der Arzt, dann griff er mit zwei latexbewehrten Fingern in meinen Mund und hatte ohne den geringsten Kraftaufwand plötzlich meine gute, treue Nummer sechs unten zwischen den Fingern.

Sehen Sie, sagte er streng, murmelte etwas von Südfrüchten, aber nicht aus Algerien, und verabschiedete sich.

Mein Gedächtnisausfall, diese kleine Amnesie, dauerte acht Tage, hin und wieder matt erleuchtet von Erinnerungsblitzen an Details, die kein Puzzle ergaben, das sinnvoll gewesen wäre.

Madame kam mit einem winzigen Fernsehapparat und war besorgt. Diesen Apparat, so sagte sie, könne ich mit ins Bett nehmen und dann gefahrlos die Pornos auf Kanal 29 genießen. Sie hatte, wie ich später erfuhr, den Verdacht, ich hätte das dumme Ding infolge sexueller Erregung aus seiner Verankerung gerissen. Heilige Einfalt.

Der Versuch, die letzten Wochen zu recherchieren, mißlang, weil auch Madame unter Kopfschmerzen litt; nicht die Tücke eines Objektes war schuld, sondern eine Gruppe Finnen im zweiten Stockwerk, laut wie Makaken bei Mondschein.

Wo ich hier sei, fragte ich, und was ich hier wie lange mit wie vielen Unterbrechungen gemacht, getan, vermieden oder unterlassen hätte.

Im Hotel Keppler, sagte Madame einsilbig, einige Wochen schon.

Was ich exakt den ganzen Tag getrieben hätte?

Yvonne sagt geschrieben, Yvette sagt viel weggeschmissen, weil der Papierkorb immer voll war, erwiderte Madame.

Was ich geschrieben hätte? Zimmermädchen seien neugierig.

Die Zimmermädchen verstünden die deutsche Sprache nicht gut und ich hätte die Seiten immer in einer schwarzen Mappe versteckt, vielleicht Pornoromane (Madame löste sich schwer von dieser ihrer Idée fixe) oder Erpresserbriefe oder Bettelbriefe, aber retour sei nichts gekommen.

So eine retrograde Amnesie ist lästig. Während die gute Madame unaufhörlich die fleischigen Achseln zuckte, fiel mir ein Erinnerungspartikel ein, der völlig abseitig war – wie das Gehirn nun einmal funktioniert. Onkel Blasius, ein Verwandter mütterlicherseits, war 1902 (Geburtsjahr meiner seligen Mutter, das fiel mir auch noch ein und war ebenso überflüssig) in Ascona mit einem Ziegenbock zusammengestoßen, Stirn an

Stirn, in dem Fall Gehörn gegen Stirn, auf einer Wiese, bei der Suche nach Himbeeren. Dann verschwand dieser Punkt und gesellte sich wieder dem allgemeinen Nebel im Kopf zu.

Anrufe, fragte ich, Post, Telegramme, Faxe etc.; Büchersendungen, Briefe, Postkarten?

Läge alles unten an der Rezeption, ich hätte ja nicht gestört werden dürfen, sagte Madame.

War ich oft außer Haus?

Aber nie, sagte die Wirtin und machte eine Schwurhand über ihrem dicken Busen.

Wovon, das interessierte mich wirklich, hatte ich mich ernährt?

Baguette am Morgen, Suppe am Mittag; Baguette am Abend, nachts Rouge, sagte sie, ob ich denn nicht wüßte, was ich geschrieben hätte, denn wenn man's wüßte, dann – eine vernünftige Idee. Ich blätterte in einem mageren Manuskript mit dem Titel *Matt mit Dame,* das ein paar flüchtige Assoziationen aufflattern ließ, aber die totale Erinnerung ließ mich – hier – noch im Stich.

Wer das geschrieben habe, fragte ich und ob mich jemand bei dieser Tätigkeit beobachtet habe?

Wir drehten uns im Kreis.

Niemand natürlich, sagte Madame, das Zimmer sei abgeschlossen gewesen.

Madame, sagte ich ernst, wer hat wirklich in diesem Zimmer gesessen, an diesem schäbigen Schreibtisch mit einer Olympia, wie ich gerade bemerke.

Sie, sagte Madame.

Wie mein Name sei?

Schauen Sie, sagte Madame, in Ihren Paß.

An dem elenden Tag brachte mich auch mein Name nicht weiter: Randolf K. Damenbesuch, fragte ich mißtrauisch, junge Damen, ältere oder uralte in furchtbar bunten Kostümen oder schwarzen, räudigen Pelzen?

Sie sollten sich niederlegen, sagte Madame; kein Damenbesuch, niemand, nur einmal habe ein älterer Herr an der Rezeption nach mir gefragt, sein Name sei Randau gewesen oder Rauwall, in einem Pelz.

Ohne Kalender ist man bei einer Gehirnerschütterung aufgeschmissen. Ich fragte nach dem Monat, d.h. der Zeit, d.h. der Jahreszeit, denn der cremefarbene Himmel sagte mir nichts.

April, sagte Madame, Mitte April, und heute sei ein Freitag.

Wieder drängte sich Onkel Blasius auf der Wiese in Ascona auf; nach dem Kontakt trug auch er eine Gehirnerschütterung davon, aber sein Gedächtnis war nicht beschädigt, im Gegenteil, sein Gehirn funktionierte ausgezeichnet. An seine Familie schrieb er kurz, er habe endlich sein Glück auf dem Monte Verità gefunden, in einer kleinen Hütte mit Seeblick, auch Berge, widme sich der Ziegenzucht, sei nackt wie die Kreatur und gedenke, an diesem Ort Tolstoi nachzueifern … Wahrheit, Natur, Leben, Bergpredigt, wißt Ihr, seelische Krisenbewältigung im Natur-Zustand, Euer B. Das einzig Wahre!

Die Gattin schrieb, das alles kannst Du auch bei uns haben! und brach die Verbindung ab.

Das Gedächtnis, sagt mein ältliches, erfahrenes Wörterbuch der Neurophysiologie, Memory, ist im weitesten Sinn die Fähigkeit eines Organismus, Informationen zu speichern, s.a. Nervensystem. Gedächtnisleistungen finden sich vor allem bei hochentwickelten Tieren wie Insekten, dekapoden Krebsen, Spinnen, Tintenfischen und Wirbeltieren.

Mit dem immer noch bandagierten Kopf fuhr ich durch tout Paris, vor allem auf die Friedhöfe, aber der Schädel blieb leer. Keine Erinnerungspartikel auf dem Montmartre, keine einzige Assoziation auf dem Père Lachaise, keine Dissoziation auf dem Cimetière du Montparnasse; nur auf dem Cimetière des Animaux erzeugte irgendeine Gehirnregion irgendwie die Vision einer schwarz-weiß gefleckten Bulldogge, die sofort wieder im Dunst verschwand. Die Besuche auf den Friedhöfen Pipcus und Saint-Vincent blieben ebenfalls ohne ein nennenswertes Ergebnis. In der steinernen Stelen-Wüste von Passy duftete es in der Nähe eines Grabes intensiv nach Chamade, aber dem Duft-Engramm folgte nichts. Verzweifelt saß ich tagelang im Taxi und streckte mentale Tentakel in alle Richtungen des Himmels und der Terra firma; nichts.

In der Buchhandlung *Le Plaisir du Texte* endlich ergab sich durch Zufall die Initialzündung, und mein Gedächtnisloch, das Desiderat, die peinliche Lücke (für das sog. Ich und das Bewußtsein) füllte sich plötzlich, d.h. das Gedächtnis, dieses neuronal fixierte Ding, stürzte sich wie ein übermütiger junger Hund auf mich und apportierte im Maul alle Erinnerungen. Arglos in einem Kunstband blätternd, hatte ich van der Weydens *Bildnis einer Dame* aufgeschlagen – ach, wie schnell ich mich setzte, so, daß die Kopfbandage über die Augen fiel und ich eine Weile im Dunklen war.

Vollständige Erinnerung ist eine trübselige Sache. Ich weiß noch deutlich, daß ich mein reumütig zurückgekehrtes Gedächtnis pernonal ansprach – und in der Folge, d.h. nach dem Zufall, der mir Rogiers Dame, also Isabelle, beschert hatte, litt ich unter dem Kreuz greisenhafter Selbstgespräche. Mußte das sein, sagte ich zum Gedächtnis und küßte die Dame auf die volle, sehr gut reproduzierte Unterlippe, kaufte den fetten Band mit dem Bildnis meiner ungetreuen Geliebten und nahm ein Taxi nach Neuilly.

Sie waren alle ausgeflogen.

Im Hotel Keppler eine schlaflose Nacht mit Herz- und Kopfschmerzen. Immer wieder letzte Gedanken wie schwarze Nachtfalter um eine brennende Kerze. Gegen Morgen las ich noch einmal das Manuskript *Matt mit Dame*; es war von mir, was den Tonfall betrifft, es war nicht von mir, was den Stil betrifft, gegen Morgen begann der Lärm, in der Küche zerbrach Geschirr, über meinem Kopf wurde eine Kommode getötet und verlor alle ihre Schubladen. An meinem linken Ohr rauschten Wasserfälle, stöhnend entleerten sich Badewannen, und in einem Rohr klopfte es verzweifelt. In der Situation, Kopf unter Kissen, Beine im Laken verschlungen, fragte ich mich sogar: Was ist der Mensch, und das liebe Gedächtnis erwiderte, der Mensch sei das nützliche, Lebensfunktionen schaffende Tier, mahnte mich aber gleichzeitig an die stillen Zeiten des Jahres 1850.

Habe mir die Post an der Rezeption aushändigen lassen, Brandbriefe von Milly und eine Kunstpostkarte von Schinkel, Landschaft im Charakter des Mont Blanc, mit dem Text: Lieber Freund, benötige dringend mein Manuskript, um die Erinnerungen an meine Reinkarnationen aufzufrischen.

Gruß, Landau.

Das Selbstgespräch suchend, photokopierte ich zwei Exemplare meines Lionel-Konvoluts und schickte eines per Express der Dame Milly und ein zweites dem guten Bruno. Wartezeit getötet durch Weinkonsum. Ich werde noch zum Säufer, doch Alkohol betäubt angenehm, nur die Exkremente sind schwarz.

Zwei Nächte hintereinander vor dem Haus der Grandmère in Neuilly verbracht, kein Licht, keine Jalousien, keine Schatten.

Stark erkältet und doppelt heiser wegen der unaufhörlichen Selbstgespräche. Träume. Eine Nacht im Café de la Régence verbracht; alle waren versammelt, Lionel hatte einen großen Tag – sämtliche Partien gewonnen wie nichts. Olga hat mich dann abgeschleppt, unerhörte Praktiken kennengelernt und auch schöne, quälende Prozeduren, im Morgengrauen las ich ihr das Manuskript vor, sie war sehr charmiert.

Auf der elektronischen Schreibmaschine falsche Taste gedrückt – Stillstand auf der ganzen Linie. Sie summt verstockt, piept aber nicht mehr hysterisch wie früher.

Habe die Maschine unter den maroden Tisch gestellt. Unter der Filzmatte ein Blatt gefunden, bedeckt mit Druckbuchstaben, alle Sätze Imperativa, am Satzschwanz befinden sich immer ein Ausrufezeichen und hin und wieder ein Tintenklecks.

Von wem ist das Blatt?

Ich hasse Füllfederhalter, habe nie einen besessen, machen zu viel Schweinerei. Irgend etwas hatten die Notizen mit meinem Manuskript zu tun.

Lionels großes Jahr 1851 fehlt vollständig!

Das war korrekt; aber ich mag keine anonymen Vorwürfe, soll das Jahr doch fehlen. Ich hatte meine Gründe, sagte ich zur Wand mit sechzehn Reproduktionen der Dame von Rogier, die Wand schweigt.

Das Schach-Café Cigar-Divan in London fehlt ebenfalls! sagte der zweite Satz. (An diesem Tag sprachen nur die Sätze; zwei Tage später fing die unangenehme Geschichte mit den Stimmen an – viel Unterhaltung.)

In die Zeit (1851!) zurückversetzen (dritter Satz), als Personal die Tanten Milly und Molly, vielleicht als alte Huren und als Konkurrenz zu Olga, die schon abbaut!

Wie paralysiert habe ich immerfort weitergelesen. Die Stimme redete voller Güte auf mich ein, aber mit einem resignierten Unterton, als habe sie alle Hoffnung auf Besserung verloren.

Der Selbstmord von Arthur, ein schönes Stück Arbeit in der Geschichte der Technik des Suizids, fehle! Vergessen hätte ich auch die Figur Landau, die ein würdiges Plätzchen im Café de la Régence wohl verdient habe, der Hummer Nervals habe auf den Namen Victoria gehört und lauter solche Details, die man für eine Romanproduktion brauchen konnte oder nicht.

Habe durch Zufall am Pont d'Jéna den guten, alten Landau getroffen, es war leider keine besonders erquickliche Begegnung. Hat am ganzen Leib endogene Ekzeme, sagte er, infolge oder auf Grund der Hormonkuren, sein linkes Bein lahme, und dann leide er auch noch unter Soormykosen, das sollen üppige Hefebesiedlungen in der Genitalgegend sein. Er wollte mir seine Wunden zeigen, ich habe abgelehnt, man müsse nicht immer alles sehen. Es war sieben Uhr morgens. Über der Brücke, dem Fluß und den Reitergruppen lag leichter Nebel.

Er fragte, ob ich seine Postkarte erhalten hätte; hatte ich. Wo seine Aufzeichnungen seien? Hoffentlich noch in meinem Besitz, er brauche sie dringend.

Pardon, sagte ich, die *Reinkarnationen* hätte ich dem Antiquar Monier überlassen, sozusagen in Kommission.

Diesem polyglotten, katholischen Crétin, sagte Landau und riß mir einen Knopf vom Staubmantel, den zweiten von oben. Sie werden, sagte er, nahe an meinem Gesicht, früh sterben, mein Bester, weil Sie leichtfertig

Geschenke in den vulgären Verkehr bringen, Sie werden an mich denken, Monsieur, sagte er drohend.

Ich fragte, harmoniesüchtig und müde, nach dem Zustand seiner Seele.

So lala, sagte der alte Herr, die Erektions-Unfähigkeit, existentiell betrachtet, ließe auch die psychischen Zustände verkümmern, wie es Isabelle ginge?

Ich glaube, ich erwiderte etwas wie sie sei fort oder auf und davon.

Jaja, sagte darauf mein Freund, der Armenier habe es im Kopf und in den Hosen, eine Feststellung von unzweifelhaftem Wert, will man die Wahrheit einmal positiv sehen. Wir tauschten dann, kurz vor dem Abschied, noch ein paar Bemerkungen über Krankheiten, Störungen und Symptome aus. Stimmen höre auch er, aber sie machten ihm keine Vorwürfe über die Vergangenheit, wollten nur etwas über die zukünftige Gegenwart wissen. Gegen die Stimmen der vergangenen Gegenwart habe er Tabletten – und Landau reichte mir eine kleine Weißblechdose, in der zwei Gelatinekapseln in einem Wattebett schlummerten. Die betäuben, sagte er, auf eine beinahe wollüstige Weise des Nachts das Phänomen des zirkulären Denkens.

Ich dankte und fragte nach der vorausgesagten Dame Sonja aus Jaroslawl am 23. November dieses Jahres.

Die Sache mit dem Knopf täte ihm leid, sagte Landau und tätschelte kurz das verwaiste Knopfloch, Sonja würde ich noch vor November (sie besucht ihre Mutter in Wien) im Vindobona-Expreß kennenlernen; ich müsse aber über Berlin fahren, die ganze schöne Route – Berlin, Prag, Wien – bis zum Ende.

Ich sei spätestens im Mai wieder in Paris, sagte ich.

Ende der Begegnung mit Landau an der Seine. Der Nebel, wie Nerval einmal schrieb, lichtete sich...

29

Ich war beim Arzt, bei dem, der damals die Gehirnerschütterung so erfolgreich bandagiert hat. Es war ein nützliches und positives Unternehmen. Schönes Wartezimmer mit bequemen Fauteuils und überall gerahmte Kunst an den Wänden, farbige Lithographien, alle vom Vater der modernen Psychiatrie, einem Mann namens Esquirol; schöne Porträts. Auf Messingschildchen standen die Namen von Krankheiten, wie Manie, Lypemanie, Monomanie, die waren so zahlreich vertreten wie die Dementia. Die armen Idioten wurden im Profil gezeigt, gefesselt an Holzstühle; sie hatten schon damals nichts zu lachen. Auf einer Photographie entdeckte ich einen riesigen Käfig mitten auf einer blumigen Wiese, in dem sich bärtige Herren in weißen Kitteln ergingen; wohl die Psychiater beim Auslauf.

Unter diesem Bild saß eine alte Dame mit einem bandagierten rechten Bein, sie sah müde und traurig aus. Das Bein stank so vor sich hin (der Geruch erinnerte mich vage an etwas, aber ich hab's vergessen), und sie war, vielleicht wegen der Schmerzen oder wegen des Geruchs, eingeschlafen. Der kranke Organismus kennt viele Waffen gegen seine Gebrechen, so auch den hilfreichen Schlaf. Ich freilich hätte eben wegen des Gestanks nicht schlafen können. Ein kleiner, gelber Köter mit einer schwarzen Maske rieb sich hin und wieder sein halb erigiertes Organ, spritz und rot wie eine kleine Zunge, am Gips des ausgestreckten, unförmigen Fußes. Und die Sonne schien, auch ein schöner Eindruck, friedlich irgendwie. Manchmal drehte der Hund seinen Schädel zu mir, sah mich traurig an, als wolle er sagen: was machen wir eigentlich, frottierte sich wohlgemut und träge weiter und wedelte mit seinem Fuchsschweif.

Mein Arzt mochte offenbar Privatpatienten oder meine Gehirnerschütterung und die Amnesie hatten ihm gefallen, jedenfalls ließ er Hund und Bein einfach sitzen.

Pressac, mein Spezialist hieß wie ein guter Rotwein, hatte strahlende Laune. Krankheiten seien eine dumme Sache, allemal, die Beschwerden, die sie verursachten, natürlich, auch wenn sie sich allgemein unverständlich oder unspezifisch äußerten, trotzdem sei der Heilberuf höchst befriedigend, wenn auch mitunter nicht für den Patienten, da könne man nichts machen. Und manche Krankheiten – und denen folgten dann auch die Beschwerden – würden chronisch oder chronifizierten unmerklich und schleichend, und manche gar seien notorisch, aber so groß seien die Unterschiede nicht. Welche Beschwerden ich besäße? Er habe in Göttingen und Heidelberg studiert, sagte Dr. Pressac wehmütig, aber den souveränen Gebrauch des deutschen Verbs nie gelernt.

Es sei, sagte ich, immer noch das dumme Gedächtnis, d.h. eher der Mangel an Gedächtnisleistung; da seien Lücken, gewisse Zeit-Löcher, Temporal-Grüfte sozusagen, immer belästigt von Stimmen mir persönlich Unbekannter, vor allem nachts und im Morgengrauen, und immer Kopfschmerzen.

Jaja, sagte Pressac, da kann man nichts machen, was ich denn gegenwärtig so vergessen hätte?

Die Vergangenheit zum Beispiel, sagte ich.

Also, exakt die vergangene Gegenwart, sagte der Dr. Pressac. Und welche Partikel speziell? Sein alter Vater, ein lieber Greis, leicht zerstreut schon in der Jugend, nun aber seit Mitterands Tod gänzlich gaga, habe vergessen, was es mit den Exkrementen auf sich habe; er sitze Stunden auf der Brille, starre zwischen seine Beine und würde die Resultate gern für eine gegenwärtige Zukunft konservieren, kurz, mit seinem Zeitgefühl sei etwas nicht in Ordnung; wie sich der Gedächtnisausfall in der täglichen Praxis bei mir äußere?

Ich sei im Besitz eines rätselhaften Manuskriptes, sagte ich, einer ganz wilden Mixtur in Form und Art eines Romans, mir aber so fremd, als habe es ein anderer verfaßt; manchmal wandelten durchaus vertraute Gestalten oder Figuren über die Blätter, andere blieben mir sehr fern; das Hauptproblem aber bestehe in der Frage, wann genau ich dieses Ding verfaßt haben könnte, wenn es denn wirklich von mir sei.

Ich habe bei meiner Visite nach dem kleinen Unfall interessante Papiere bei Ihnen gesehen. Neigen Sie zum Tagebuch, fragte Pressac begierig, sein debiler Papa habe ein Journal geführt, rührend und voller Poesie. Und nicht über das Innenleben, die Seele oder geistige Abenteuer. Der Doktor zitierte mit geschlossenen Augen: 21. August: drei kleine, wie eine Mastaba (eine Art Pyramide) gebaute Gebilde in einem ansprechenden Mahagonibraun, durchsetzt mit rötlichen Punkten.

Mein Abwehrreflex war nicht schlecht.

Aber nein, sagte ich, diese Form der Selbstvergewisserung sei mir gänzlich fremd.

Pressac war entzückt über das Substantiv Selbstvergewisserung. Derlei Konstruktionen, sagte er, machten den deutschen Geist so erhaben und einzigartig, und er beneide mich um die deutsche Sprache.

Zur Sache, sagte ich streng, welcher Methode ich mich bedienen müsse, um zweifelsfrei herauszufinden, wann und wo ich dieses Konvolut verfaßt haben könnte.

Durch unausgesetzte Lektüre, sagte Pressac, steigen Sie hinab in Ihre Labyrinthe, werden Sie vertraut mit Ihrem ganz persönlichen Orkus, vermeiden Sie blähende Speisen und allzu fette Kost, dann setze die komplette Erinnerung wieder mühelos ein.

Ich könne mich nur an eine Dame Isabelle erinnern, sagte ich, und an zwei Kapitel des Romans, die nicht in der Gegenwart spielten, sondern in der vergangenen Gegenwart.

Da kann man nichts machen, sagte Pressac ernst. Setzen Sie sich in einer ruhigen Stunde über Ihr Konvolut und verschaffen Sie sich einen systematischen Überblick über Zeit und Raum. Mitunter ist die korrekte Reihenfolge die Mutter der Ordnung.

In dieser hoffnungslosen Lage erwähnte ich noch ziemlich *en passant* den Zwang zum Selbstgespräch, um die vielen Stimmen im Schädel zu übertönen.

Es gibt keine gute Methode, sagte Pressac, Sie müssen mit diesen Stimmen den Dialog suchen. Wie es denn mit Rauchen, Trinken und Geschlechtsverkehr stehe?

Nichts von alledem, sagte ich, wie mir scheint, schon seit Ewigkeiten nicht mehr.

Sehen Sie, sagte der Doktor befriedigt, da hätten wir schon ein Zeitresiduum, ein unerklärbares Restchen einer stofflichen Ablagerung – in dieser Zeit, so sagte er, werden Sie wie ein Verrückter und warum auch immer, ich bin kein Psychologe, getrieben von unbekannten Energien, Ihr Konvolut abgefaßt haben; *c'est le point, Monsieur!*

Was er mir raten könne, als Mensch und Arzt und auch Sohn eines verstörten Vaters ...?

Meiner Treu, sagte der gütige Pressac, war das der exakte deutsche Ausdruck? Gegen Ihre Kopfbeschwerden, ich will nicht ins Detail gehen, denn ich bin kein

Neurologe, helfen nur Schwefelthermalbäder, am besten in Baden bei Wien. Die Schweiz ist zu teuer, aber manche Weine sind gut.

Aus dem Sprechzimmer ertönte hündisches Gekreisch. Eine asiatische Dame, schöne Mandelaugen, erschien und rief: *Docteur, Docteur, vite, vite!*

Das Schlußbild so als Abschiedstableau war nicht ermutigend. Die alte Dame drückte den armen, kleinen Köter mit dem Gewicht ihres Gipsbeines auf das Linoleum. Das Tierchen winselte und wedelte versöhnlich mit seinem Schweif, die dunklen Augen nach oben gerollt zur Herrin seines Schmerzes.

Madame Malgret, sagte Pressac, ich bin befremdet, entfernen Sie Ihr Bein von dem Hund, sonst gibt es heute keine Spritze, verstanden?

Er drückte mir die Hand und wünschte mir eine gute Reise. Die Dame befreite das Hündchen vom Bein, stöhnte wie das Hündchen, das, auf den Hinterbacken sitzend, sein Glied wieder zu lecken begann.

Ich muß Paris verlassen.

Die Frottage des Hündchens am befleckten, übelriechenden, formlosen Gipsbein verfolgt mich. Befriedigung um jeden Preis ist moralisch bedenklich und unästhetisch; und dann kam es noch nicht einmal zum Ziel, sollte es ein Ziel im Auge gehabt haben, wer weiß.

Ganz durch Zufall wieder in Neuilly gelandet. Grüne, geschlossene Jalousien, die Wohnung schlief. Keine Isabelle. Die war mit ihrem armenischen Beschäler aufs Land gezogen, nach Rambouillet. Die arme Grandmère Claire hat der geile Tatzelwurm beim Galopp mit ihrem Masseur erwischt, ein *mort douce,* schön, sagte mir die Concierge in ihrem katzenreichen Kabuff. Mit dem Taxi zurück in die Rue Keppler in einer Wolke von Knoblauch. Ich werde die Stadt verlassen. Der Außenlärm nimmt zu, innen macht sich eine große Leere breit, oder sie verdichtet sich, der Effekt ist der gleiche.

Im Hotel. Der letzte Abend, morgen werde ich Paris verlassen haben. Sehr erfreuliche Post. Ein feister Brief retournierte meine gesammelten Liebesbriefe an Isabelle, *sans adresse.*

Der Brief von Tante Milly hatte großen Charme, aber sie schien mir hochgradig verwirrt zu sein.

Lieber Lionel, schrieb sie, Dein Roman *en miniature* ist sehr hübsch geworden und atmet eine gewisse Anmut, die Dir sonst abgeht, nur weiß ich nicht, warum Du nicht in der Ichform erzählst, wie es natürlich wäre für die erste P., sondern in der dritten. Für die kleine narrative Welt, die Du entwirfst, hättest Du Dich doch nicht verstecken müssen. Ein paar gute Ratschläge einer alten, erfahrenen Autorin, mein lieber Randolf, wie schon Goethe an irgendeiner Stelle sagt, ist Kunst immer einfach und schnörkellos, ein ganz furchtbares Adjektiv, wohin man es auch in welchem Zusammenhang setzt, aber wo der Mann recht hat, hat er recht. Das Artistische liegt Dir irgendwie, vielleicht ist nur das Sujet falsch. Deine Vexierspiele sind sehr schön und auch allusionsreich, aber Anspielungen, mein Bester, streut der routinierte Autor nur hin und wieder wie ein Sämann über den Text-Leib.

Und dann der rückgewandte Blick! Freilich spielt Dein Roman im 19. Jahrhundert, aber es wäre viel besser, Du verlegtest diese ganze Intrige ins 20. Jahrhundert. Die Leserin will in dieser furchtbaren Zeit Lebenshilfe, Aufklärung, Vergnügen und Ablenkung, und Deine alten Erinnerungen an das Café de la Régence sind ja aus einer vielleicht angenehmeren, aber leider untergegangen Epoche.

Ich wünsche Dir noch eine schöne und fruchtbare Zeit in Paris. Übrigens ist *Abenteuer eines Hymens* ein großer Erfolg in der Hardcover-Ausgabe – allein 40000 Vorausbestellungen bei den Sortimentern. Wie geht es Deinem Gichtzeh? Ich habe meinen Arzt gefragt, der hat gesagt, es gibt gar kein Darm-Hirn im Sinne eines cerebralen Aufbaus oder einer Organisation, die der Darm steuert. Hirn-Lues ist viel besser, weil du dann eine sexuelle Komponente einbauen kannst, die schicksalsmäßig trächtiger ist als Deine Zerstreuungen im Café. Besuch mich mit dem Manuskript, wenn du fertig bist.

Deine alte Milly.

Zeit der blauen Stunde im Hotel Keppler. Zeit der blauen Stunden mit Isabelle.

Die Atmosphäre ist hin. Aus dem Innenhof kakophonische Küchengeräusche, ein Staubsauger über mir heult wie am Spieß.

An das Gipsbein gedacht, das der kleine Köter so tapfer zu penetrieren suchte.

Bruno schrieb sehr heiter und furchtbar wohlgemut. Kein Wunder. Der hat gut reden zwischen den schönen Beinen von Bibiana, ihre ungarische Zunge zwischen den Lippen und seine Finger auf den brombeerfarbenen Brustwarzen, beobachtet von den genialen Kindern, das kleinste verständig auf dem Nachthafen hockend. – Habe mich geirrt, Bruno liegt im Spital. Ist eine Treppe hinabgestürzt und hat sich am Kopf beschädigt, aber wohl nicht auf Dauer.

Mein lieber Randolf, Deine beiden Kapitel sind phantastisch. Du hast da einen zarten, quasi musikalisch-melancholischen Tonfall gefunden, der der Sache angemessen ist. Schöner Einfall mit dem Nerval und dem

Hummer, es geht nichts über gut ausgedachte Intentionen, mein Lieber!

Freilich muß die Geschichte viel strenger gebaut werden – der Roman muß selbstverständlich aus 64 Kapiteln mit exakt 32 Personen bestehen; es wäre auch möglich, alle Deine Personen in schwarze und weiße Figuren zu transponieren und damit eine historische Partie zu spielen. Der Vagus-Nerv kommt zu kurz, das hätte dir Dr. Pleasant sagen müssen. (Der gute Bruno, verwechselt wieder eine Spielfigur.) Ein solitäres Meisterwerk ist Dein Entwurf, d.h. die Niederschrift des Jägers Basorgia. Diese Klammertechnik erreicht mühelos die beiläufige schöne Kunst des Dia- und Synchronischen –

Die Bettpfanne kommt, pardon.

Weiter im Text, das ist ein großer Wurf.

Bibiana hat einen Buben entbunden, hoffentlich Anton ganz unähnlich.

So ein Treppensturz hat auch immer etwas Gutes, lieber Randolf, und ist für den Geistesarbeiter empfehlenswert, weil man ins Spital kommt und seine Ruhe hat, wenn freilich nicht fortwährend. Im Bett neben mir liegt ein Herr, der wohl unsachgemäß auf sich geschossen hat. Er kann nicht mehr sprechen; himmlische Ruhe, bis auf das Bett am Fenster, das von einem Entomologen bewohnt wird, der furchtbar uninteressante Geschichten aus Borneo erzählt. Vor einem Monat hat ihn beim Scheißen an einem Urwaldfluß ein Schwarm Hornissen angegriffen, Vesta Tropica heißen die, und nur die Weibchen stechen, die Männer können's nicht, typisch, und nun liegt er vergiftet herum und spricht, so lang der Tag ist. Nachts schweigt er, sein Schweigen ist sympathisch. Bibiana besucht mich nicht oft, sie ist aufgegangen wie ein Hefekuchen, das Treppensteigen fällt ihr schwer. Sie duftet süß nach Milch und ihrem speziellen Manna. Ihre kuhäugigen Blicke verheißen eine noch kinderreichere Zukunft, das ist ein Alptraum. Anton hat sich auf sich selbst geworfen, als Forschungsobjekt sozusagen; was blöd ist für ein Kind, was kann's da schon finden. Vom Taschengeld hat er sich eine kleine Dezimalwaage gekauft und mißt so gut wie alles (ich will nicht ins Detail gehen), den Schmutz unter den Nägeln, Augengries am Morgen, Rotz und Tränen, Urin und Exkremente. Der Mensch ist ein messendes Wesen, sagt er; Gott allein weiß, wohin das führen wird. Je älter ich werde, desto krankhafter finde ich das Interesse am Menschen, so daß ich Deinen kleinen Roman auch nicht vollständig würdigen kann. Ich muß Anton trotz der Kosten die *Selecta Mathematica* abonnieren, schöne abwegige Probleme. Da gerät er wieder auf einen wahren Pfad; die Töchter schreiben eine Liebesgeschichte zwischen einem Oktopus und dreizehn Seepferdchen nach einem Fund in meiner Bibliothek (Marquis de Sade, vielleicht ein bißchen früh, aber die meisten Wörter verstehen sie nicht – warum also nicht). Die Kleinste hat endlich ihren Nachthafen verlassen und schließt sich Stunden in der Stiegentoilette ein. In allen diesen Fällen kann man nichts machen. Mehr Neuigkeiten hab' ich nicht, außer der vielleicht, daß Dein Freund, der Autor Nikolaj, im Gefängnis sitzt, d.h. in U-Haft, weil er im Foyer des Hotels Wandl einen harmlosen Rezensenten aus der Schweiz gewürgt hat. Das wäre als affektive Handlung durchgegangen – die Kinder würgen einander unaufhörlich –, aber leider hat N. immer wieder sein knochiges Autorenknie in des Rezensenten Bestes gerammt, was dann doch zu einer ernsthaften Mißstimmung führte. Meine Stimmung ist nicht so schlecht, wie man nach einem Treppensturz denken sollte. Komm nach Wien, Randolf, und schreibe Deinen so wunderbar retrospektiven Roman bei uns weiter. Bibiana läßt grüßen und auch die Kinder.

Hast Du schon entdeckt, daß Leben ein Anagramm von Nebel ist?

Alles Gute, Dein Bruno.

Stilles, ein wenig wehmütiges, Finaltableau im Hotelzimmer. Das Manuskript glotzt mich beleidigt, gekränkt oder düpiert auf dem Rücken liegend an, als hätte ich es vorsätzlich verstümmelt; dabei habe ich es selbstlos mit einer Schere, Tesafilm (dem französischen, der nicht gern klebt), Lineal und einem unüberlegt klecksenden Füllfederhalter bearbeitet, dieses Ding, diesen Rom. Fam., das Konvolut, bis wir gemeinsam und alle für alle Zeit einen gewissen Zustand der Ordnung erreicht hatten, für den wir angemessen dankbar hätten sein müssen, das Manuskript und ich. Und zum Schluß schenkte ich ihm eine mitternachtsblaue Hülle aus Plastik, damit es in Ruhe alles überdenke.

Stumm und fremd liegt es da auf dem Schreibtisch, leicht am Leib geschwollen wegen des vielen Streichens, Klebens und Klitterns. Aber nun mache ich Schluß. Bis Lionel, inkl. der Stelle, wo der Sessel im Café de la Régence die *façon* verliert und den armen Schachspieler auf die Bretter schickt. Dann habe ich mich niedergelegt; leider kehrten die Stimmen in schweren Traummanövern zurück; in einer wüsten Gegend ohne Palmen klagten hinter denen, die da wanderten, die dünnen Stimmen der Modalverben, gemischt (choral auf eine unangenehme Weise) mit den Bässen der transitiven, aber auch intransitiven Verben, begleitet vom süßen Alt der genügsamen reflexiven Verben; Basorgia, der Jäger, trat auf und vertrieb sie mit neunundzwanzig weißen

Tatzen, bis er gottlob wie eine Grabwespe in einem Loch verschwand; die Apotheose dieser Alpträume erschien auch endlich: Isabelle, nackt, im Damensattel auf einem Hummer reitend. Als die Scheren nach meinem ängstlichen Genital schnappten, erwachte ich.

In der Küche des Souterrains heulte ein verlassener Teekessel wie eine Lokomotive.

Bagage komplett erledigt, ich verlasse den Schauplatz. Allen Blicken entzogen, liegt das Manuskript zwischen den genealogischen Tafeln und dem Kulturbeutel mit den Gelatinekapseln Landaus, die angenehm nach Orangenlikör duften, wahrscheinlich ein Elixier. Passionen und komplizierte Hobbys hatte ich mir in meiner allzu lebhaften Phantasie ganz anders vorgestellt.

Das Verbrennen meiner Liebesbriefe im Papierkorb aus Blech mißlang, dabei sollte es ein wahres Autodafé werden. Es kokelte entsetzlich; immerhin die Vision einer kleinen Menge Chamade-Moleküle von Isabelle.

Zwei ausgeschnittene Zeitungsnotizen entflohen der Hitze des Eimers und legten sich zutraulich auf mein Knie, bestimmt ein gutes Omen: Der Erfinder des Teebeutels, ein gewisser Rambold, sei im Alter von fünfundneunzig Jahren gestorben. Immerhin. So finden auch nützliche Passionen ihr Ende.

Die zweite Notiz teilte mit dürren Worten mit, der berühmte Schriftsteller Nikolaj sei zwischen Pau und Lourdes in seinem Auto mit einem Bus voller japanischer Internisten zusammengestoßen und habe diese Begegnung nicht überlebt. Da kann man nichts machen.

Schade. Eigentlich hatte ich einen Besuch bei ihm geplant. Es ist immer interessant, ältere Kollegen zu konsultieren.

In Wien Zahnpasta kaufen.

B. Russells *Mein Leben I* und *II* besorgen.

Vicovic 9

Vicovic saß in der Goldenen Gans und hatte sich mit einer Hornbrille bewaffnet.

Jaroslav, sagte er zu seinem neuen Ich, ein Autor wie du muß sich ein Generalthema wählen, das zu ihm paßt wie eine seidene Schneiderweste. Sei kühn, *think big*!

Nach diesem Gedanken zeichnete er eine schwarze Tintenwolke in sein Notizbuch, unter deren Bauch er sorgfältig schrieb: Zufall und Schicksal, aber wie!

Das Lokal war voll, und der Dichter mußte eine private Stille für sich lokalisieren. Auf dem Tisch lag das Manuskript Randolfs, das schwarze, noch ziemlich leere Notizbuch und eine broschierte Ausgabe der Memoiren Bertrand Russells, die er nach Randolfs Empfehlung letzter Hand in Berlin erworben hatte. Der erste Satz war schön im Bau und hatte viel zu sagen, nur der konnte auch gemeint sein: Drei einfache, doch übermächtige Leidenschaften haben mein Leben bestimmt – das Verlangen nach Liebe, der Drang nach Erkenntnis und ein unerträgliches Mitgefühl für die Leiden der Menschheit. Das ist ein Motto, das man immer brauchen kann. Jaroslav, sagte er halblaut, da hast du das Manuskript eines Toten. Die Tante Milly kann es für ihre Zwecke nicht brauchen, Bruno will es nicht, weil es nicht wie eine Schachpartie gebaut ist, der Rest der lesenden Menschheit kennt es nicht.

Unter eine zweite schwarze Wolke schrieb er feierlich: Roman-Anfänge. Danach fiel ihm nichts mehr ein. Er starrte die Tapete an, auf der eine endlos lange Reihe von Elefanten von rechts nach links trottete. Ich werde, sagte Vicovic zur Weinkaraffe, alle Elemente kombinieren, ebenso die Personen und die dazu passenden Situationen.

Er setzte die ungewohnte Hornbrille ab; heute schien kein Kollege hier zu sein.

Ich nehme alle Randolfschen Verwandten und werde sie mit den meinen vermischen. Je mehr Personen ein Roman hat, desto besser. Tante Irina, die im Kopf nicht ganz klar ist, mache ich anders, äußerlich und auch seelisch irgendwie. Onkel Marek kann so bleiben, aber er müßte das Augenlicht rechtzeitig verlieren, ein furchtbares Schicksal für einen Leser, und das erregt Mitgefühl...

Meine Geschichte beginnt 1912 im Orientexpreß mit der herrlichen Buddicom. Landau wird auch eine Rolle spielen, vielleicht als Spion, der giftige Gelatinekapseln verabreicht...?

Vicovic schwärzte diese Notiz mit einer Wolke.

Wenn Landau die Leute vergiftete, was wollte er dann noch ausspionieren, aber die Idee mit dem Gift rumorte in ihm, und er machte ein Fragezeichen.

Immer noch kein Anfang.

Ratlos blätterte Vicovic in Russells Memoiren. Auf Seite 206 gefiel ihm ein Satz über einen englischen Puritaner, offenbar ein Gynäkologe: «Sein Gesicht war wie verheert von angestrengter Selbstbeherrschung...» Ja, die Leidenschaften müssen vorkommen, mehr als bei Randolf, der bestimmt zu beherrscht war. Also erweitern wir die Reihe.

Schicksal, Zufall, Tod und Leidenschaft, erst einmal allgemein, schrieb er auf ein neues Blatt (ohne Wolke), alle diese Elemente sind am besten im Orientexpreß versammelt. Er blätterte in Randolfs Manuskript und las, bei einer zweiten Karaffe Weißwein, noch einmal die Abenteuer des Barons Alexander in der ersten Klasse, ein sehr komfortables Schicksal bis zur dummen Fischvergiftung durch eine verdorbene Konserve.

Der erste Satz, der sich mühelos hätte entrollen müssen, fehlte immer noch. Vicovic nahm eine Erfrischung zu sich und zählte bewußtlos die Elefanten auf der Tapete, die immer und auf ewig von Osten nach Westen wandern.

Sehr bedauerlich, sagte Vicovic, daß ich Randolf nie werde fragen können, wie er seinen Anfang hingekriegt hat. Nach einer halben Stunde intensiver Kontemplationen und verworfener Wörter schrieb er seinen ersten Satz.

Es war einmal…

Literatur bei C. H. Beck

Marek Lawrynowicz
Der Teufel auf dem Kirchturm
Roman
Aus dem Polnischen von Renate Schmidgall
2000. 208 Seiten. Gebunden

Zwischen Lemberg und Wilna, zwischen Polen und Litauen – mit einem kurzen Intermezzo in Deutschland – spielt diese hinreißende Familiengeschichte: Es geht los mit der Jugendzeit der Großväter und ihren zahlreichen Kindern, deren Leben sich durch die Ereignisse der Zeit ebenso spektakulär wandelt wie der Charakter der Städte, in denen sie aufwachsen. Der Erzähler nimmt, bevor er sich endlich entschließt, geboren zu werden, zunächst einmal die Ordnung dieser Welt und das Treiben der Menschen unter die Lupe. Als seine Familie Wilna endgültig hinter sich läßt, wird ihr von einer jubelnden Menge, die sie für die letzten Vertreter der Zarenfamilie hält, ein triumphaler Abschied beschert. Mit verschmitztem Charme und bilderreicher Sprache, durch groteske Überzeichnung und vergnüglichen Spott vollbringt der polnische Satiriker Marek Lawrynowicz das Kunststück, den Lauf der wechselhaften polnischen Geschichte unterhaltsam darzustellen.

«Wo Lawrynowicz einhält, sich zurücklehnt und sozusagen der Zeitlupe die Handlung überläßt, gelingen ihm brillante Szenen: Der von der Sicherheitspolizei geladene Sutowicz, der vor der Tür wartet, Haltungen einübt, nervös wird, die Gänge schrittweise ausmißt, weiter wartet, in Halbschlaf verfällt, aufschreckt, Litaneien aufsagt und sich nach Stunden Warterei einem völlig absurden Verhör ausgesetzt sieht, verkörpert in einer Person den listigen Überlebenswillen des Schweijk und die Verzweiflung des Josef K.»

Der Tagesspiegel

«Der Roman ist voll dramatischer Verwicklungen, grotesker Szenen und skuriler Einfälle.»

NZZ

Deutsche Literatur bei C. H. Beck

Johannes Hösle
Vor aller Zeit
Geschichte einer Kindheit
2000. 129 Seiten. Gebunden

Irene Ruttmann
Das Ultimatum
Roman
2001. 221 Seiten. Gebunden

SAID
Landschaften einer fernen Mutter
Roman
2001. 117 Seiten. Gebunden

Fridolin Schley
Verloren, mein Vater
Roman
2001. 240 Seiten. Gebunden

Jochen Schmidt
Triumphgemüse
Geschichten
2001. 247 Seiten. Gebunden

Anke Velmeke
Luftfische
Roman
2000. 156 Seiten. Gebunden